DAS ALPHABET DER SCHÖPFUNG

Dieses Buch ist ein Roman. Handlungen und Personen sind frei erfunden. Ähnlichkeiten mit lebenden oder toten Personen sind nicht gewollt und rein zufällig.

I. L. CALLIS

DAS ALPHABET DER SCHÖPFUNG

THRILLER

emons:

Bibliografische Information der Deutschen Nationalbibliothek
Die Deutsche Nationalbibliothek verzeichnet diese Publikation in der Deutschen Nationalbibliografie; detaillierte bibliografische Daten sind im Internet über http://dnb.d-nb.de abrufbar.

FSC
www.fsc.org
MIX
Papier aus verantwortungsvollen Quellen
FSC® C083411

Umschlagmotiv: ANNA JONCZYK/Arcangel Images
Umschlaggestaltung: Nina Schäfer
Gestaltung Innenteil: César Satz & Grafik GmbH, Köln
Lektorat: Carlos Westerkamp
Druck und Bindung: CPI – Clausen & Bosse, Leck
Printed in Germany 2018
ISBN 978-3-7408-0416-9
Thriller
Originalausgabe

Dieses Werk wurde vermittelt durch die AVA international GmbH, Autoren- und Verlagsagentur.

Für Reinfried

To live, to err, to fall, to triumph,
to recreate life out of life.
James Joyce

Die Welt ist so schön und wert,
dass man um sie kämpft.
Ernest Hemingway

Bücher sind vor allem eines:
Magie zum Mitnehmen.
Stephen King

PROLOG

Hauslabjoch, Tirol
3500 v. Chr.

Flucht, Flucht, Flucht.

Ein einziger Gedanke kreist in seinem dröhnenden Kopf. Zweimal ist die Sonne aufgegangen, seit er unterwegs ist. Und noch dreimal wird sie untergehen, bis sein Weg endet. Wenn er durchhält.

Weiter, weiter, weiter.

Nie ist ihm der steile Weg über das Joch so schwergefallen. Die ledernen Beinlinge kleben feucht an seiner Haut, wie das frisch abgebalgte Fell eines Hasen. Der Pelz seines Mantels ist vom Regen der ersten Nacht vollgesogen und lastet schwer auf seinen Schultern. Bei jedem Schritt kämpft er um sein Gleichgewicht, stützt sich mühsam auf den Bergstecken. Krampfhaft suchen seine Zehen Halt in den strohgefüllten Füßlingen. Zu seiner Rechten geht es steil bergab. Ein falscher Tritt, und er stürzt in den Abgrund. Nicht der Versuchung nachgeben. Nicht hinabsehen.

Er bleibt stehen und legt den Kopf in den Nacken, sucht mit Blicken den Himmel ab. Von Sonnenuntergang her quellen dunkle Wolken über das Joch. Darunter ragt der rettende Felsvorsprung aus dem Hang. Hier werden ihn die Mörder nicht entdecken.

Oft hat er auf der Jagd dort Rast gemacht, ein Feuer entzündet und Schutz vor der Kälte gefunden. Auch jetzt führt er Pfeil und Bogen mit, doch seine Gedanken gelten nicht dem Wild. Das Wetter bereitet ihm Sorge. Obwohl es schon spät im Frühjahr ist, weht ihm der eisige Atem des Winters ins Gesicht.

Weiter, weiter, weiter.

Hinter ihm knirscht Geröll. Steine poltern den Abhang hinunter. Er fährt herum, erwartet seine Verfolger.

Wenige Schritte vor ihm steht ein Kind.

Es ist schmächtig, geht ihm kaum bis zum Gürtel. Eine Erinnerung wird wach. Er hat das Kind schon einmal gesehen. Am Tag seiner Flucht ist es allein zwischen brennenden Häusern, brüllendem Vieh und sterbenden Menschen herumgeirrt. Jetzt steht es da und sieht ihn an.

Es muss ihm gefolgt sein. Seine Verletzungen haben ihn schwach und langsam gemacht.

Ihn überkommt Angst. Seit zwei Tagen bewegt er sich wie ein Wild vor dem Jäger, versucht er, keine Spuren zu hinterlassen. Das Kind muss eine regelrechte Fährte gezogen haben. Es wird seine Mörder direkt zu ihm führen.

Flucht, Flucht, Flucht.

Verzweifelt fasst er seinen Stecken fester, dreht sich um, hastet davon. Nur weg von dem verräterischen Kind. Er muss es loswerden.

Allein wird es am Berg nicht überleben.

Weiter, weiter, weiter.

Schritt für Schritt kämpft er sich den Weg zum Felsvorsprung hinauf. Dass er nur die linke Hand gebrauchen kann, macht ihm zu schaffen. Seine rechte ist von tiefen Schnitten gezeichnet, dort, wo er versucht hat, die Klinge des Angreifers abzuwehren. Die Wunden werden schwer heilen, er weiß das. Bei jeder unbedachten Bewegung klaffen die Schnittränder wie rote Münder. Seine ganze Hand glüht. Das Pochen darin hat ihn nicht gestört. Doch letzte Nacht ist das Feuer hinaufgekrochen. Jetzt tobt und wühlt es in seinem ganzen Arm. Ihm ist abwechselnd heiß und kalt.

Hinter sich hört er rennende Schritte.

Wieder dreht er sich um.

Das Kind ist ihm gefolgt, starrt ihn an.

Heimlich macht er das Zeichen gegen den bösen Blick. Dann hebt er den Arm mit dem Stecken, will das Kind verjagen. Der Schmerz raubt ihm den Atem. In seiner linken Schulter steckt noch immer die Spitze des Pfeils, der ihn auf den ersten Schritten seiner Flucht in den Rücken getroffen hat. Mit der zerschnittenen rechten Hand konnte er ihn nicht herausziehen, nur der Schaft brach ab.

Als er wieder Luft bekommt, ruft er: »Lauf weg, lauf.«

Das Kind rührt sich nicht.

Er weiß nicht, ob es ihn versteht. Bisher hat es noch kein Wort gesprochen. Vielleicht haben ihm die Schrecken, die es gesehen hat, die Sprache geraubt. Aber es scheint fest entschlossen, ihn weiterzuverfolgen.

Wut überkommt ihn.

Seit er das Kind bemerkt hat, weiß er, dass die Mörder ihm auf der Spur sind. Noch kann er sein Leben retten. Wenn er es schafft, vor Einbruch der Dunkelheit das Joch zu überqueren. Weil das Kind ihm gefolgt ist, kann er sich nun kein Nachtlager mehr leisten.

Er zieht die Axt aus dem Gürtel. An ihrem Blatt klebt das Blut von drei Männern. Er wird auch das Kind töten. Und den Körper für seine Verfolger zurücklassen.

Langsam geht er los, setzt einen Fuß vor den anderen, pirscht sich an seine Beute an.

Das Kind bleibt ruhig, erkennt die Gefahr nicht.

Auf einmal ergreift ihn Schwindel. Der Boden schwankt unter seinen Füßen. Er bleibt stehen, schließt die Augen. Hinter seinen Lidern drehen sich rote Kreise. Zwar kann er sich fangen, aber er spürt, wie seine Kräfte schwinden.

Er schlägt die Augen auf, und sein Blick fällt auf das vertrauensvolle Gesicht des Kindes. Es hält nicht nach Verfolgern Ausschau, macht sich keine Sorgen wegen des Wetters, denkt nicht an die Lebensgefahr.

Eine neue Hitzewelle flutet durch seinen Körper. Sein rechter Arm ist steif und geschwollen. Seine linke Schulter schießt Pfeile aus Schmerz. Es fällt ihm immer schwerer, klar zu denken. Während sein Kopf glüht, laufen Eisschauer über seinen Rücken. Er wirft die Axt und den Köcher mit den Pfeilen zu Boden. Den Bogen stellt er an die Felswand. Dann geben seine Knie nach. Er lehnt sich mit dem Rücken an den Felsen und lässt sich zu Boden gleiten.

Das Kind kommt heran, bleibt dicht vor ihm stehen.

Es ist das einzige Lebewesen außer ihm in einer Welt aus Fels und Geröll. Erst jetzt bemerkt er, wie mager es ist. Seine Haut ist rau, und die dunklen Augen liegen tief in den Höhlen. Seit zwei Tagen sind sie nun schon auf der Flucht. Bestimmt hat es in der Zeit nichts gegessen und kaum getrunken. Nun ist er froh, dass er das Kind nicht getötet hat. Er braucht den warmen Atem eines Menschen. Als könnte ihm dieser noch ein wenig Leben einhauchen. Bald wird der Tod seinen dunklen Mantel über ihn breiten. Nicht mehr lange, dann werden ihn Kälte und Finsternis umfangen.

Das Kind fährt sich mit dem Handrücken über den Mund.

Er löst den Birkenholzköcher vom Gürtel. Dann nimmt er sein letztes Essen, ein Stück getrocknetes Steinbockfleisch, heraus und hält es ihm hin. Gleich greift es danach, schlägt die Zähne in das hölzerne Fleisch, reißt Stücke heraus und schlingt die Bissen hinunter.

Da hört er den Warnschrei.

Ein Adler kreist über ihnen, fliegt in Richtung Sonnenaufgang davon. Etwas hat ihn aufgeschreckt.

Er lauscht angespannt. Da sind Schritte, die behutsam gesetzt werden, um sich nicht zu verraten. Noch sind sie ein Stück entfernt. Das Kind hat sie nicht bemerkt.

Er beugt sich vor, sucht mit den Augen den Hang ab.

Zwei Männer in dicker Fellkleidung, Bögen in den Händen, steigen vorsichtig, um die Fährte nicht zu zerstören, im weichen Moos neben dem Pfad zu ihnen herauf. Es sind seine Verfolger. Angst ergreift ihn, doch nicht um sich. Sein eigener Tod ist ihm seit zwei Tagen auf den Fersen. Ihm kann er nicht mehr entkommen. Er fürchtet um das Kind.

Flucht, Flucht, Flucht.

Hastig packt er das Kind am Arm, reißt es zu sich heran und deutet mit dem Kinn in Richtung Sonnenuntergang. Es folgt seinem Blick und nickt, hat verstanden.

Der Tod tritt lautlos aus seinem Schatten.

Er löst den Griff, schließt erschöpft die Augen und lehnt sich gegen den Fels. Kälte kriecht in seinen Rücken.

Der Tod kauert sich an seine Seite.

Jetzt jagen Hitzewellen und Eisschauer abwechselnd durch seinen Körper. Sein Kopf dröhnt. Rote Nebel treiben hinter seinen Lidern. Eine Stimme ruft ihn aus der Ferne.

Der Tod faltet seinen Mantel auf.

Er will das Kind warnen. Aber er kann den Mund nicht mehr bewegen. Seine Welt verdunkelt sich.

Der Tod wirft seinen Mantel wie einen weichen Pelz über ihn und taucht die Welt in Finsternis.

Er stürzt vornüber, schlägt mit der Stirn auf einen Stein, spürt, wie der Knochen über seinem Auge bricht. Bereits halb bewusstlos, streckt er den linken Arm aus und birgt das Gesicht in der Beuge. Die letzten Laute, die an sein Ohr dringen, sind die Schritte des fliehenden Kindes.

Der Tod eilt weiter.

Weiter, weiter, weiter.

1

»Oh, well, I'm the type of guy who will never settle down where pretty girls are, well, you know that I'm around …«

Die Musik des Computerspiels quakte.

Alexander Lindahl starrte stirnrunzelnd auf den Bildschirm seines Notebooks. Er hatte das Spiel am Vortag gekauft, als er in Frankfurt auf den Anschlussflug nach Hamburg gewartet hatte. »Fallout«. Die Verkäuferin hatte gesagt, es sei das Spiel des Jahres.

»They call me wanderer, yeah, the wanderer
I roam around, around, around …«

Ein bewaffneter Mann rannte über den Bildschirm, einen großen Schäferhund zur Seite. Seine Welt: blaugrau, vernichtet nach einem Atomkrieg. Seine Mission: der Wiederaufbau des durch Menschenhand zerstörten Planeten. Es war ein Klischee. Alexander hasste Klischees.

Er ließ die Computermaus los, schwenkte seinen Schreibtischsessel herum und starrte in den Hamburger Herbst hinaus. Vor den Fenstern der Redaktion waberte Novembernebel. Über die Binnenalster liefen raue Wellen, und die Häuserfront am gegenüberliegenden Ufer verbarg sich hinter feuchtem Dunst. Das Klappern der Computertastaturen, das durch die offene Bürotür drang, klang in seinen Ohren wie Regengetrommel.

»Oh, well, I roam from town to town
I go through life without a care …«

Er war erst am Vorabend aus Lagos zurückgekommen.

Noch vor zwei Tagen hatte er in der Hölle von Benin geschmort, hatte sein anderes, zweites Leben gelebt. Eindrücke hatten tiefe Spuren hinterlassen, Bilder sich unauslöschlich in seine Netzhaut gebrannt. Nach jeder Reportage-Reise fand er sich schwerer wieder in die Schreibtischarbeit ein.

Und das lag nicht nur am Hamburger Wetter. Jede Rückkehr war ein Kulturschock. Zunehmend hatte er das Gefühl, seine zwei Leben nicht mehr in Einklang bringen zu können. Irgendwann, das wusste er, würde er sich für eines entscheiden müssen.

»And I'm as happy as a clown
A-with my two fists of iron, but I'm going nowhere ...«

Alexander wandte sich seinem Notebook zu und schloss das Spiel genervt mit einem Klick.

Er tippte auf der Tastatur herum.

Auf dem Bildschirm erschien ein afrikanischer Markt. Verrostete Lastwagen, Zelte, Müll und Unrat auf dem vom Regen aufgeweichten Boden. Menschen hocken zwischen Obstkisten oder transportieren Stoffbündel auf dem Kopf. Eine Horde Schweine wühlt im Schlamm. Kinder laufen herum und versuchen Plastikbeutel mit Wasser zu verkaufen. *Cotonou.* Westafrika, Benin, die ehemalige Sklavenküste, Hauptumschlagplatz für Waffen und Drogen. *Und noch mehr.* Ihm war, als könnte er den Gestank nach Fäulnis und Urin, der über dem Marktplatz gehangen hatte, wieder riechen.

Jemand klopfte an den Türrahmen.

»Sandro?«, sagte eine Frauenstimme.

Alexander fuhr herum. »Ja?«

In der offenen Tür stand Annette Weinzierl, Anfang fünfzig, die Chefin der Kulturredaktion. Mit kurz geschorenen grauen Haaren, schwarzem Sackkleid und einer riesigen Brille, die sie an eine Hornkette gelegt hatte, betonte sie stets den künstlerischen Anspruch ihrer Arbeit. Alexander mochte sie, auch wenn sie ihn Sandro nannte. Er war zwar kaum über mittelgroß und hatte schwarze Locken, doch das waren nicht die Gene einer italienischen Familie, sondern Erbteil einer marokkanischen Großmutter. *Sandro.* Annette hatte ein paar Jahre beim Corriere della Sera in Mailand gearbeitet.

Sie kam herein und postierte sich neben seinem Schreibtisch. »Heil zurück aus Afrika? War's schlimm?«

»Meine Seele ist noch nicht ganz angekommen.«

Annette lachte. »Niemand fragt hier nach deiner Seele«, sagte sie und ließ ihren Blick über seinen Schreibtisch wandern. »Ich wollte mich auf einen Tee bei dir einladen. In unserer Abteilung gibt's anscheinend nur noch Soja-Latte.« Sie rümpfte die Nase. »Einfach grauslich.« Annette war aus München.

»Ich habe heute keinen Tee gemacht.«

Normalerweise kochte er gleich zu Beginn jedes Arbeitstages grünen Tee mit Zucker auf und fügte frische Minzeblätter hinzu, so wie es ihn seine Großmutter gelehrt hatte. Dann trank er ihn heiß aus hohen goldverzierten Gläsern. Der Tee erfrischte seinen Geist.

Annette zog die Brauen hoch. »Hör mal, wie lange kennen wir uns jetzt schon?«

Er überlegte. »Bald ein Jahr.« Seit elf Monaten arbeitete er in der Außenpolitik-Redaktion des MAGAZINS. Das war nicht lange. Einerseits. Andererseits aber eben doch.

Er lehnte sich zurück und verschränkte die Hände im Nacken. Seine Schultern waren verspannt, schmerzten, seit er in Lagos ins Flugzeug gestiegen war. »Ich koche später Tee.«

Sie nickte, offensichtlich erfreut und erleichtert. »Hey, hast du nicht gerade Geburtstag gefeiert?«

Alexander war an seinem vierunddreißigsten Geburtstag in Nigeria gewesen. »Nein.«

»Alex?« Die Stimme hallte durch den Gang.

»Na gut«, sagte Annette. »Ich muss dann mal wieder.« Sie drehte sich um und segelte aus der Tür, vielleicht etwas schneller als nötig, und verschwand in Richtung Kulturressort.

»Alex?« Sven Heckenbusch stand in der Tür. In der Hand trug er ein Bündel Papier. »Kannst du mir sagen, was dir da wieder eingefallen ist?«

»Dir auch einen guten Morgen«, sagte Alexander.

Wenn Heckenbusch, der Chef vom Dienst, in diesem Ton mit einem seiner Redakteure sprach, bedeutete das in der Regel Unannehmlichkeiten. Das war Alexander egal, aber die damit verbundenen Diskussionen waren ermüdend.

Heckenbusch durchquerte mit energischen Schritten das Büro und knallte das Papierbündel auf den Schreibtisch.

Alexander sah, dass es Fotoabzüge waren.

»Sag mal, spinnst du?«, fragte Heckenbusch und starrte von seinen fast ein Meter neunzig auf Alexander herab. Er war Mitte vierzig und strahlte die Hektik eines viel beschäftigten Zeitungsmannes aus, die ganz im Kontrast zu seiner Kleidung stand – Oxford-Hemd, Tweed-Jackett und runde Hornbrille. Offenbar erwartete er von dieser Aufmachung einen intellektuellen Anstrich. In dem nüchternen Redaktionsbüro wirkte sie manieriert.

»Wieso?«, fragte Alexander, obwohl er genau wusste, worum es jetzt gleich gehen würde. Es war noch nicht zehn am Morgen, und er fühlte sich bereits erschöpft.

»Was hast du mir da für Material geschickt? Ich habe mal ein paar Ausdrucke gemacht, aber so was will doch keiner sehen!« Heckenbusch schlug auf die Abzüge, als wollte er mit der Faust auf den Tisch hauen. »›Sehnsucht Afrika‹ war dein Thema, soweit ich mich erinnere.«

Alexander griff nach den Bildern und legte sie in einer Reihe vor sich hin. »Ist das nicht Afrika?«

»Verarsch mich nicht! Was ist das auf den Fotos? Das sieht wie ein Leichenhaufen aus.«

»Ist einer.«

Heckenbusch war empört. »Bist du irre? Was wolltest du überhaupt in Benin?«

Alexander nahm das Foto eines jungen Mannes und betrachtete es. *Amadou.* Sein Fahrer. Er lächelt in die Kamera, aber seine Augen scheinen ohne Leben. »Ich habe einen Tipp bekommen.«

»Von wem? NGO?«

Amadou. »Von einem Einheimischen.«

Heckenbusch schnaubte verächtlich. »Hör mal, mein Bester, du bastelst nicht mehr deine Räuberpistolen. Du arbeitest jetzt für ein bekanntes Qualitätsmagazin. Hier verdienst du deine Brötchen, und hier lieferst du Material ab, das wir drucken können, klar?«

Räuberpistolen.

Alexander war nach dem Abitur durch die Welt getingelt und hatte seinen Unterhalt mit Reisereportagen bestritten. Beides, das unstete Leben und das Schreiben, lag ihm. Bald hatte er für GEO und National Geographic gearbeitet. Mit einem Artikel über Blutdiamanten aus Südafrika hatte er seinen ersten Preis gewonnen. Weitere Auszeichnungen waren gefolgt. Schließlich war das MAGAZIN auf ihn aufmerksam geworden und hatte ihm eine Festanstellung angeboten. Er hatte angenommen, allerdings nur auf Freelance-Basis.

Wahrscheinlich hätte er den Schreibtischjob abgelehnt, wenn nicht zeitgleich Mia, eine Studentin der Film- und Theaterwissenschaften, in sein Leben getreten wäre. Auf einmal hatte er sich ein bürgerliches Leben vorstellen können. Doch es hatte sich herausgestellt, dass seine und ihre Vorstellungen von einer gemeinsamen Zukunft nicht in Einklang zu bringen waren. Mia, eine begeisterte Cineastin, hatte ihn in zahllose Vorstellungen geschleppt. Meistens war er nach dem Vorspann eingeschlafen. Seine Arbeitszeiten waren mit Kinobesuchen schwer vereinbar und der Grund ständiger Auseinandersetzungen gewesen, genau wie sein mangelndes Kunstverständnis, seine ständigen Reisen und seine Bindungsunfähigkeit überhaupt. Nachdem er sich vor ein paar Monaten auch noch geweigert hatte, zu einem Festival des Film noir nach Südfrankreich mitzufahren, hatte sich Mia endgültig von ihm getrennt. Geblieben waren ihm eine halb leere Altbauwohnung und der Schreibtischjob.

»Ich liefere gute Arbeit.«

Heckenbusch seufzte. »Sonst wärst du auch nicht bei uns. Aber diese Alleingänge müssen aufhören.«

Alexander griff nach dem nächsten Bild. Es war das Porträt eines kleinen Mädchens. Dunkle Augen glänzten in einem Gesicht, das keines mehr war. Das Feuer hatte die Lippen weggefressen und die Haut in eine Kraterlandschaft verwandelt. Starke Zähne bleckten, und anstelle der Nase klaffte ein Loch. Es war ein Totenkopf auf einem Kinderhals. Amadou hatte ihn am letzten Tag seiner Reise mit in sein Dorf an der Grenze zu Nigeria genommen.

On va voir ma nièce.

Où est-elle?

Elle se cache. Vous devez l'aider.

Pourquoi moi?

Parce que je vous fais confiance.

Weil ich Ihnen vertraue. Amadou hatte ihn zu dem Versteck seiner Nichte geführt, hatte Gerechtigkeit gesucht. Alexander hatte versprochen, zu tun, was in seiner Macht stand. Öffentlichkeit war seiner Erfahrung nach der erste Schritt zur Hilfe. Sie erschwerte den Tätern das Handwerk. Außerdem veranlassten solche Bilder staatliche Stellen zum Handeln. Schlechte Presse im Ausland scheute jede Regierung.

»Bis zu fünfzigtausend Kinder werden jedes Jahr in Benin in die Sklaverei verkauft«, sagte Alexander. »Die Region lebt von Kinderhandel, Kinderdiebstahl und Enthauptungen von Kindern. Die Köpfe gehen an Voodoo-Priester in Nigeria.«

Alexander warf das Foto auf den Tisch zurück. »Sie heißt übrigens Marie-Ange. Ihre Eigentümerin hat sie mit Öl übergossen und angezündet, als sie das Essen hat anbrennen lassen. Weißt du, wie alt sie ist? Neun.« Er sah zu Heckenbusch hoch. »Wenn niemand über diese Zustände berichtet, gibt es auch keine internationale Hilfe vor Ort.« Er nahm das Foto, über das sich Heckenbusch bei seinem Eintritt beschwert hatte. »Das sind die Überreste des sogenannten Organhandels.« Er hielt das Bild hoch.

Amadou hatte ihm den traditionellen Handel erklärt. Nicht nur Köpfe, sondern auch andere Körperteile von Kindern wurden zu Voodoo-Zwecken verkauft. Dann hatte er Alexander zu einer Blechhütte am Strand geführt. Alexander hatte gezögert, doch Amadou hatte das verrostete Schloss aufgebrochen und ihm die Tür aufgehalten. Der Geruch, der dieser Hütte entwichen war, war wie ein Schlag in die Magengrube gewesen. Minutenlang hatte Alexander gegen den Brechreiz gekämpft. Dann war er in die Hütte gegangen. Es war ein Berg von Leichenteilen, der dort verweste und den infernalischen Gestank verströmte. Mit angehaltenem Atem, ohne einen Gedanken an Flucht zuzulassen, hatte Alexander seine Kamera genommen und auf den Auslöser gedrückt. Wieder und immer wieder. In solchen Situationen handelte er pragmatisch, machte seine Arbeit, dokumentierte.

»Solche Fotos«, sagte er, »sind mein Job, klar? Das ist die Welt, wie sie ist. Und wer jetzt sagt, das kann man nicht veröffentlichen, der sollte noch mal über seinen Auftrag nachdenken.« Er warf das Bild auf den Tisch.

»Hat eben nicht jeder so ein robustes Gemüt wie du«, sagte Heckenbusch säuerlich. »Wir haben in dem Heft schon drei Seiten über die Scharia – mit Bildern von einer öffentlichen Handamputation. *Nahaufnahme.* Das ist diese Woche der Schocker für unsere Leser.«

Das Telefon auf dem Schreibtisch klingelte. Alexander drehte Heckenbusch den Rücken zu und nahm den Hörer ab.

»DAS MAGAZIN, Lindahl?«

»Hi, Alex«, sagte eine Männerstimme, die ihm entfernt bekannt vorkam. »Hier ist Max van Damme.«

Max van Damme? »Max!«

»Wie geht's dir, Alex?« Max klang erfreut, als habe er nicht damit gerechnet, dass sich Alexander an ihn erinnerte.

»Prächtig. Lange nicht mehr von dir gehört.«

»Zu lange.«

»Fünfzehn Jahre?«

»So in etwa, schätze ich.«

»War eine tolle Zeit damals.«

»Denkst du noch manchmal an *good ole Paly*?«

Ole Paly. »Ja klar.«

Mit fünfzehn waren Max und er gemeinsam für ein Jahr als Austauschschüler nach Kalifornien gegangen, hatten bei derselben Gastfamilie gewohnt und zusammen die Palo Alto High School, liebevoll *Ole Paly* genannt, besucht. Während Alexander Kurse in Creative Writing und Foto-Workshops belegt hatte, war Max in den naturwissenschaftlichen Fächern aufgegangen. Weder der Sport noch das soziale Umfeld hatten ihn interessiert. Mit der ihm eigenen Energie und Kompromisslosigkeit hatte er sich in ein eigenes Forschungsprojekt gestürzt und dabei alle technischen und finanziellen Widerstände überwunden. Alexander hatte immer das Gefühl gehabt, dass Max umso verbissener kämpfte, je widriger die Bedingungen wurden. Der erste Preis, den er schließlich mit der Entwicklung einer schädlingsresistenten Reissorte gewonnen hatte, war ein Stipendium am Massachusetts Institute of Technology gewesen.

Alexander war nach Deutschland zurückgekehrt. Max van Damme hatte das Rückflugticket verfallen lassen. Alexander hatte sich öfter gefragt, ob seine Entscheidung die richtige gewesen war. Gerade jetzt war wieder einer dieser Momente.

»Max! Wo bist du? Bist du in Hamburg?« Die Aussicht auf ein Treffen mit Max van Damme beflügelte ihn. »Hast du heute Abend schon was vor?«

Heckenbusch räusperte sich und verlagerte sein Gewicht von einem Bein aufs andere. »Alex?«

Alexander ignorierte ihn.

»Ich bin in Berlin«, sagte Max. »Ich arbeite hier.«

Soweit Alexander wusste, war Max inzwischen Biochemiker, Genetiker und Eigentümer von Phoenix, einem internationalen Biotechnik-Unternehmen mit Sitz in Europa.

»Ich hab immer mal wieder Artikel von dir gelesen«, fuhr Max fort. »Great job! Du bringst die Botschaft gut rüber.«

»*Du* liest noch Zeitung?«

»Reine Nostalgie.« Max lachte. »Ich möchte dich fragen, ob du an einer Zusammenarbeit mit uns – mit Phoenix – interessiert bist.«

Ein Verdacht keimte in Alexander auf. »Ich wüsste nicht, was ich hier für dich tun könnte«, sagte er ruhig. Immer wieder kamen Anfragen von Unternehmen, einen positiven Artikel im redaktionellen Teil des MAGAZINS unterzubringen. Das war billiger als eine Werbeanzeige und wesentlich wirkungsvoller. Alexander wusste, dass einige Kollegen ihr Gehalt mit versteckten Public Relations aufbesserten. Er gehörte nicht dazu. »Tut mir leid, Max.«

»Ich will keine PR in deinem Blatt«, sagte Max. »Ich suche jemanden, der unsere Arbeit publizistisch aufbereitet, und zwar allgemein verständlich. Dafür brauche ich einen Profi.« Er räusperte sich. »Phoenix hat in den letzten Jahren große Fortschritte auf dem Gebiet der medizinischen Forschung gemacht. Wir stehen knapp vor einem Durchbruch. ›Phoenix dient den Menschen‹ ist unser Wahlspruch.«

»Und ich dachte, du züchtest resistentes Gemüse«, sagte Alexander. »Ich hab in Biologie nie richtig aufgepasst, ich verstehe nichts von Vererbung oder von Genetik.«

Heckenbusch malte mit dem Zeigefinger Kreise in die Luft, wollte wohl andeuten, dass seine kostbare Zeit ablief.

»Naturwissenschaftsgenies haben wir genug.« Max klang, als amüsierte er sich über einen gelungenen Scherz, den Alexander jedoch nicht verstand. »Wir suchen jemand ganz Neuen, nicht vom Fach, und dein Zugang ist genau der richtige. Unverbildet – unverdorben. Zu viel Basiswissen schadet da nur. Du bekommst alle Unterlagen, die du zum Schreiben brauchst, von uns und verpackst sie in einen ansprechenden Text. Unsere Investoren wollen schließlich wissen, wo ihr Geld bleibt.«

»Welche Investoren?« Alexander griff nach einem Stift und zog einen Schreibblock zu sich heran. »Ich mache mir ein paar Notizen, wenn dir das recht ist.«

»Also, zur Verdeutlichung«, sagte Max. »Vor einiger Zeit hat der New Yorker einen Artikel über Clinkle, einen vielversprechenden Hersteller mobiler Zahlungssysteme, gebracht. In der nächsten Finanzierungsrunde war daraufhin sogar Richard Branson mit von der Partie.«

»Clinkle? Richard Branson?« Alexander schrieb mit, würde später alle Angaben überprüfen.

Heckenbusch stützte die Hände auf den Schreibtisch und beugte sich zu Alexander hinab. »Wer ist am Apparat?«

»Phoenix ist an einem Punkt angelangt, an dem eine attraktive Außendarstellung hilfreich sein könnte«, sagte Max. »Die finanzielle Unterstützung durch die Industrie ist Teil unseres Konzepts. Nach Abschluss unserer Forschungen geben wir die Gelder dann in Form von für die einzelnen Unternehmen relevanten Ergebnissen zurück.«

Alexander schrieb mit. »Was wäre mein Job?«

»Ich denke an eine Art populärwissenschaftliche Dokumentation«, sagte Max. »Etwas, das auch Menschen verstehen, die nicht in der Forschung arbeiten. Wenn du willst, dann schreib ein Buch, *unser* Buch. Über die Form können wir reden. Ach ja, und noch was ist mir wichtig: Das Buch soll meine … *Vision* zeigen.« Er machte eine Pause, ließ sein Angebot wirken. Schließlich fragte er: »Wann kannst du nach Berlin kommen?«

Es war typisch für Max, dass er keine Sekunde an Arbeitsverträge oder private Verpflichtungen dachte. Schon in Kalifornien hatte er von seinen Visionen gesprochen.

Weißt du, was das Wichtigste ist, Alex?

Was denn?

Der Glaube an das Grenzenlose, das noch Undenkbare und dass man es erreichen kann.

Hatte Max das Undenkbare erreicht?

Heckenbusch trommelte mit den Fingern auf die Schreibtischplatte.

»Ich weiß nicht, Max«, sagte Alexander. »Das ist nicht mein Fachgebiet. Ich schreibe nur über Dinge, die ich verstehe. Und wenn ich mich erst in Genetik einarbeiten –«

»Quatsch«, sagte Max. »Für deinen Job braucht man kein Studium, sondern eine gute Schreibe. Wir wollen einen Autor. Die Wissenschaftler sind wir. Keine Angst, Alex, unsere Erfolge sind für jeden nachvollziehbar, sie müssen nur aufbereitet werden. Und wenn das deine Sorge sein sollte: Niemand verlangt von dir Schönfärberei oder wird dir in die Arbeit reinreden. Du hast völlig freie Hand.«

Alexander warf Heckenbusch einen Blick zu.

»Ich brauche jemanden, der den Geist von Palo Alto kennt«, setzte Max hinzu. »Einen, dem ich vertrauen kann.« Er holte hörbar Luft. »Und der mir vertraut.« Seine letzten Worte hatten einen eindringlichen Unterton.

Parce que je vous fais confiance. »Verstehe.«

»Phoenix arbeitet mit den Besten.« Es klang nicht nach Schmeichelei, war einfach eine Feststellung. »Das ist unsere Erfolgsformel. Du gehörst in unser Team. Komm an Bord.«

Palo Alto. Alexander dachte an Kalifornien, die zur Schau getragene Bescheidenheit von Silicon Valley, die Straßen im Schachbrettmuster, die Betonschachteln, von denen aus weltweit agierende Internetkonzerne geführt wurden – Facebook, YouTube, Google, Yahoo und Wikipedia. Keine Hochhäuser, Villen oder Pools, dafür Gespräche und neue Ideen. Offiziell ging es nie um Geld, sondern um Leidenschaft. *Visionen.* Genau wie die Gründer im Silicon Valley dachte Max vom Problem her, suchte immer nach einer Lösung. Und diesen Zugang hatte er auch stets bei seinen Biologie-Projekten gehabt. Er war fest davon überzeugt gewesen, dass eine innovative Lösung für ein Problem von selbst Erfolg brachte. Ob er damit reich wurde, hatte ihn nicht interessiert.

Die größte Wertschöpfung findet immer von null auf eins statt, Alex. Nur das wirklich Neue schafft große Werte.

Und jetzt war Max der Herr von Phoenix.

»Kann ich drüber nachdenken?«, fragte Alexander und schaute zu Heckenbusch hoch. Der deutete mit dem Zeigefinger auf die Fotos und tippte sich dann an die Stirn.

»Komm an Bord, Alex.«

»Du hörst von mir.« Alexander legte auf.

»Wer war das?«, fragte Heckenbusch.

Alexander nahm das Foto mit dem verstümmelten Mädchengesicht und blickte Marie-Ange in die Augen. Die verbrannten Lippen hatten sie am Reden gehindert. Amadou war ihr Fürsprecher gewesen. Es gab nichts, was man am Schicksal des Kindes noch ändern konnte.

Heckenbusch seufzte theatralisch. *Ihr Jungs bringt mich mit meiner Gutmütigkeit noch um.* »Deine fünf Seiten in der nächsten Ausgabe sind noch frei«, sagte er. »Deswegen nimmst du jetzt das restliche Bildmaterial – irgendwas Hübsches muss dir ja vor die Linse gelaufen sein – und bastelst daraus eine kitschige Fernweh-Story. ›Jenseits von Afrika‹, so was in der Art. Kleiner sozialkritischer Touch! Und die Grafik sorgt für ein Cover mit Löwen und Sonnenuntergang.« Er ließ seine Hand auf Alexanders Schulter fallen. »Mach zur Abwechslung mal was Nettes, ja?«

Was Nettes.

In diesem Moment fiel Alexanders Entscheidung. Er löste seinen Blick von dem Foto und sah zu Heckenbusch hoch.

»Das hier sind die besten Aufnahmen«, sagte er. »Keine Bilder, keine Story.«

Heckenbusch zog seine Hand zurück und ließ Alexanders Worte auf sich wirken. Dann sagte er ruhig: »Übertreib's nicht, mein Guter. Es gibt genug junge Kollegen, die deinen Job mit Handkuss machen würden.«

Alexander verschränkte die Arme vor der Brust und lehnte sich zurück. »Das würdest du tun, ja?«

»Du bist mein bester Mann«, sagte Heckenbusch, als bedauerte er diese Tatsache. »Aber du hältst dich endlich an die Blattlinie …«

»Ich bin freier Journalist.«

»… oder du suchst dir einen neuen Job. Man beißt nicht die Hand, die einen füttert. Im Übrigen habe ich deine Zicken satt.« Heckenbusch drehte sich um und machte sich auf den Rückweg in sein Büro. An der Tür, die Klinke in der Hand, blieb er noch einmal stehen und sagte: »Entweder ich habe deinen Artikel morgen früh auf dem Tisch, und zwar so, dass wir ihn veröffentlichen können, ohne dass dem Leser das Kotzen kommt. Oder Marlene kriegt den Platz für ihre beschissene Weihnachtsmarkt-Strecke.« Mit diesen Worten verließ er das Büro.

Alexander klickte die Musik des Computerspiels an.

»Yeah, I'm the type of guy that likes to roam around
I'm never in one place, I roam from town to town …«

Dion. Er nickte den Takt mit und dachte nach. Dann schnappte er sich den Schreibblock und überflog noch einmal seine Notizen. Clinkle. Er tippte den Begriff in das Notebook ein. Wie Max gesagt hatte, war Clinkle ein amerikanischer Hersteller mobiler Zahlungssysteme, der als Studie begonnen hatte. Nachdem der New Yorker berichtet hatte, dass zwei Dutzend Studenten ihr Studium für Clinkle aufgegeben, ihre Lehrer in das Unternehmen investiert hatten und der Dekan der Wirtschaftswissenschaften im Aufsichtsrat saß, war das ehemalige Forschungsprojekt durch die Decke gegangen. Zwei Monate nach Erscheinen des Artikels hatte Clinkle fünfundzwanzig Millionen Dollar Gründungskapital. Richard Branson saß in der Finanzierungsrunde.

Natürlich brauchte Forschung Geld und Aufträge aus der Industrie. Mit dem Beispiel Clinkle hatte ihm Max auf einfache Weise klargemacht, was er erwartete. Nämlich nichts anderes, als das Bild – *die Vision* – von Phoenix zu schaffen, mit dem diese Zuwendungen eingeworben werden konnten.

Max setzte viel Vertrauen in ihn und forderte das Gleiche von ihm. Eine warnende Stimme, die er von gefährlichen Reisen her kannte, meldete sich in seinem Kopf. Warum hatte Max dieses gegenseitige Vertrauen so betont? War das nicht selbstverständlich? Und blieb ihm überhaupt etwas anderes übrig, als Max zu vertrauen? Von der Biologiestunde über Vererbung war Alexander nur noch die Vorstellung von schwarzen, weißen und schwarz-weiß gefleckten Kaninchen in Erinnerung geblieben.

Und *unverdorbener Zugang*? Er war ein totales Greenhorn. Gern wollte er glauben, dass nur seine spannenden Artikel ihm dieses Jobangebot beschert hatten. Aber der Max, den er kannte, dachte strategisch, würde in der Auswahl seiner Mitarbeiter niemals ein Risiko eingehen. *Wir arbeiten nur mit den Besten.* Ja klar. Schätzte Max ihn denn richtig ein? Irgendetwas passte nicht zusammen, doch er konnte den Finger nicht auf den Punkt legen, der ihn störte.

Das war der Moment, in dem ihn die Sache ernsthaft zu interessieren begann, sein Instinkt erwachte und er die lästige innere Stimme zum Schweigen brachte.

Alexander tippte »Phoenix« ein.

Eine Maske erschien auf dem Bildschirm.

Phoenix AG, Unternehmen
Phoenix ist ein deutsches Unternehmen mit Sitz in Berlin, Deutschland. Die Gesellschaft beschäftigt sich mit der Erforschung und Optimierung biologischer Prozesse.
Aktienkurs: PHX (ETR) EUR 122,73 +4,25 (+3,24%)
CEO: Maximilian van Damme
Gründer: Maximilian van Damme
Tochterunternehmen: Phoenix Scientific, Phoenix Genetics Development, Phoenix Biological Engineering
Hauptsitz: Berlin-Dahlem, Deutschland

Alexander schloss die Maske auf dem Bildschirm.

Phoenix, Phoenix, Phoenix.

Phoenix – der Wiedergeborene. Der mythische Vogel, der am Ende seines Lebens verbrennt oder stirbt und aus der Asche oder dem verwesenden Leib wieder aufersteht.

Warum hatte Max ausgerechnet diesen Namen gewählt?

»I hop right into that car of mine and drive around the world

'Cause I'm a wanderer, yeah, a wanderer …«

Alexander nahm den Telefonhörer ab und wog ihn ein paar Sekunden in der Hand. Wenn er jetzt bei Max anrief und sein Angebot annahm, konnte er beim MAGAZIN einpacken.

Er drückte die Wiederwahltaste.

2

Nils Korittke lenkte das flache Schlauchboot durch die immer undurchsichtiger werdenden Nebel über dem Teufelsbruch, während er mit der ganzen Gelassenheit seiner vierzehn Jahre versuchte, seinen Freund und sich selbst davon zu überzeugen, dass sie sich nicht verirrt hatten.

Leon schwieg bereits seit fast einer Stunde. Die Hände in die Ärmel seiner orangefarbenen Jacke gezogen und die Arme eng um den Oberkörper geschlungen, kauerte er im Bug des Bootes. Nur wenn herabhängende Äste ihn zu streifen drohten, fuhr er zusammen und duckte sich, als hätte er Angst, dass sie mit ihren kahlen Zweigen nach ihm greifen könnten. Er war erst zwölf und noch nie im Moor gewesen, ganz anders als Nils, der seinen Großvater schon oft auf seinen Wanderungen im Teufelsbruch begleitet hatte. Aber da war es immer Sommer gewesen, wie sich Nils zerknirscht eingestand, und Horden von Spaziergängern waren auf dem Uferweg am Rand des Sumpfes unterwegs gewesen.

Auf einem dieser Ausflüge hatte Nils überrascht ein Loch zwischen einer verkrüppelten Kiefer und einem Vogelbeerstrauch am Wegrand bemerkt. Eine Steinplatte hatte zwischen den Stämmen gelegen, lockend wie eine Schwelle, die überschritten werden will. Aufgeregt hatte er seinem Großvater die Entdeckung gezeigt.

Sieht aus wie ein Durchstieg, Nils. Komisch, der ist mir noch nie aufgefallen. Dahinter ist doch nur das Moor.

Kann ich mal gucken gehen, Opa?

Nee, Neugier ist der Katze Tod.

Alles Betteln hatte nichts geholfen, sein Großvater war unnachgiebig geblieben. Der Sommer war zu Ende gegangen, die Schule hatte wieder angefangen, und sie waren auf ihren Wanderungen nie mehr an dem geheimnisvollen Blättertor vorbeigekommen. Nils hatte den Verdacht, dass sein Großvater den Weg seit jenem Tag absichtlich mied.

Aber ihm selbst wollte seine Entdeckung nicht mehr aus dem Kopf. Wochenlang hatte er auf eine Gelegenheit gewartet, zu dem Durchstieg im Teufelsbruch zurückzukehren. Sie hatte sich an einem trüben Sonntagnachmittag geboten, den Leon und er mit einem öden Computerspiel verbracht hatten.

Wir könnten mal wieder angeln gehen, Leon.

Im November? Spinnst du?

Im Teufelsbruch gibt's jede Menge Barsche.

Wer sagt das?

Na, mein Opa.

Und jetzt saßen sie in seinem kleinen Schlauchboot aus Lignano und paddelten seit einer gefühlten Ewigkeit durch die einsame Moorlandschaft. Rund um das Boot breitete sich der Sumpf aus, dunkle Wasser, aus denen Grasbüschel wie schwarze Haarschöpfe ragten, und immer wieder die Skelette abgestorbener Bäume. Nils hatte alle Hände voll damit zu tun, das Boot um die morschen Stümpfe herumzumanövrieren und nicht an der rissigen Borke hängen zu bleiben. Einmal war die schemenhafte Silhouette eines plumpen Vogels, der auf einem der bizarren Äste hockte, aufgetaucht. Der feuchte Dunst hatte seine Konturen wie mit einem Weichzeichner verwischt. Runde Augen hatten sich auf sie gerichtet. Vielleicht eine Eule.

»Sollen wir's hier mal probieren?«, rief Nils zu Leon hinüber, um eine menschliche Stimme zu hören, und wenn auch nur seine eigene. »Sieht nach einem guten Angelplatz aus.«

Auf dem Boden des Bootes lagen die noch immer zusammengeschobenen Teleskop-Angelruten. Daneben standen eine grüne Plastiktrommel für die Barsche und die Brotdose mit den kleinen silbernen Köderfischen. Gemeinsam hatten sie ihnen die Köpfe abgerissen. Das war eklig gewesen, weil die Fische ja noch gelebt und gezappelt hatten, aber wenn man die Rümpfe an den Metallkopf des Hakens steckte, wirkte das Ganze ziemlich echt. Vor allem auf Barsche.

»Was meinst du?«, beharrte Nils.

Leon gab keine Antwort.

Das Wasser neben der Bordwand kräuselte sich, und Nils zeigte aufgeregt auf die kleinen Wellen. »Da«, rief er, »ein Barsch, ich sag's ja!« Er wollte schon nach seiner Angelrute greifen, als das, was er für einen Fisch gehalten hatte, nur Zentimeter neben ihm auftauchte. Es war kein Barsch. Lang und schmal und schwarz wand sich eine Schlange neben dem Boot. Nils fuhr zurück, das Boot geriet ins Wanken, und das Reptil schoss im Zickzack davon.

Nils schluckte. »Ein Stück weiter ist noch eine bessere Stelle«, sagte er. »Glaube ich.«

In Wirklichkeit hatte er schon seit einer Weile keine Ahnung mehr, wo sie waren. Das Boot war auf allen Seiten von modrigem Wasser umgeben, unter dessen Oberfläche sich fransige Wasserpflanzen wiegten, deren Stiele irgendwo in der dunklen Tiefe verschwanden. Nur wenn der Nebel für kurze Zeit aufriss, konnte man an den Ufern das gelbe Herbstlaub und die silbrigen Stämme der Birken sehen.

Am meisten nervte Nils die Stille.

Seit Leon nicht mehr sprach, waren das Klatschen der Ruderblätter und die Schreie der Kraniche die einzigen Geräusche. Ihr Trompeten wurde von den Waldrändern irgendwo jenseits der weiten Wasserfläche zurückgeworfen.

Endlich hob Leon den Kopf und sah Nils an. »Mir ist kalt«, sagte er. »Ich will nach Hause.«

Auch Nils fror. Dabei war es erst früher Nachmittag, und als sie in Moabit aufgebrochen waren, hatte die Sonne geschienen. »Wir sind doch noch keine halbe Stunde unterwegs«, wandte er ein, weil er unmöglich gleich nachgeben konnte.

»So eine Scheißidee«, sagte Leon. »Ich wette, du hast nicht mal 'ne Ahnung, wo wir sind.«

»Klar doch«, sagte Nils. »Aber bitte, wenn du Angst hast, drehen wir eben um.« Erleichtert darüber, dass ihm die Entscheidung für den Abbruch des Ausflugs abgenommen worden war, stach Nils das Paddel ins Wasser, bremste die Fahrt des Bootes und machte eine Linksdrehung. Das trübe Wasser rauschte, und ein modriger Geruch verbreitete sich. »Bettel mich bloß nie wieder an, dass ich dich irgendwohin mitnehme. Du bist eben noch zu klein für so was.«

Leon gab nur einen verächtlichen Laut von sich. Er kuschelte sich tiefer in seine orangefarbene Windjacke, steckte die Nase in das blaue, mit weißen Sternen gemusterte Halstuch. Mit halb zusammengekniffenen Augen starrte er voraus, als könnte jeden Augenblick hinter einer der Nebelbänke die Stelle am Uferweg auftauchen, an der sie das Boot zu Wasser gelassen hatten und von wo es nicht mehr weit bis zu ihren Fahrrädern war.

Obwohl Nils nicht wusste, ob die Richtung stimmte, paddelte er jetzt wie wild drauflos. Wie zur Belohnung für seine Mühe löste sich der Dunst nach und nach auf. Das Licht wurde seltsam weiß und gleißend. Ein weiter, wie mit Wasserfarben hingetupfter Himmel spannte sich über die einsame Landschaft. Auf dem dunklen Spiegel des Wassers glitten Wolkenfetzen dahin. In der Ferne wiegte sich ein Schilfwald in einer leichten Brise. Sein Rascheln war bis zum Boot zu hören. Es klang, als tuschelten die langen Halme miteinander, als raunten sie sich etwas zu. Fast erinnerte der Laut an menschliche Stimmen.

Und es wurde merklich wärmer.

Zuerst dachte Nils, die Anstrengung habe ihn ins Schwitzen gebracht, aber dann sah er, dass Leon seine Jacke aufknöpfte und zu ihm zurückblickte. Auf einmal reckte er die Faust mit erhobenem Daumen hoch. Keine Frage, auch Leon spürte die Wärme und war davon überzeugt, dass sie den unheimlichen Sumpf hinter sich ließen. Die Zuversicht seines Freundes wirkte auf Nils ansteckend.

»Na, wie habe ich das gemacht?«, rief er.

Leon nickte anerkennend.

Irgendwo gellte ein Pfiff, verhallte über dem Wasser.

Links und rechts tauchten jetzt wie Vorboten des Festlandes frische Grasbüschel auf, die sich weit in den Sumpf zogen und wie kleine Inseln aus dem schwarzen Wasser ragten. Sie wurden immer zahlreicher, bis sich zwischen dem Grasteppich nur noch schmale Kanäle schlängelten. Ein kurzes Stück glitt das flache Schlauchboot darüber hin, aber dann war kein Vorwärtskommen mehr. Vor ihnen erhob sich jetzt wie eine Wand der Schilfwald. Sie saßen fest.

Nils klopfte probeweise mit dem Paddelblatt auf eines der Grasstücke. Es war widerlich weich, bot keinen Widerstand und ließ sich leicht unter Wasser drücken, wie der Körper eines toten Tieres.

»Lass uns zu Fuß gehen«, quengelte Leon. »Kann doch nicht mehr weit sein.«

Nils schüttelte den Kopf. »Ist zu matschig.«

Wieder ertönte ein Pfiff. Diesmal kam er aus dem Schilf, und er schien näher zu sein.

Leon drehte den Kopf. »Was war das jetzt?«

»Irgend so ein Vogel«, sagte Nils, der auch keine Ahnung hatte. Dann fiel ihm eine Erklärung ein. »Könnte ein Singschwan gewesen sein.«

»Hab ich noch nie von gehört«, sagte Leon zweifelnd.

»Mein Opa sagt, die Singschwäne werden im Winter manchmal vom Eis eingeschlossen«, belehrte ihn Nils. »Und dann verhungern sie und singen dabei.«

Leon schüttelte sich. »Ist ja creepy.« Er ließ seinen Blick über das Schilf wandern. »Vielleicht war das der Geist von so einem Singschwan.«

»Hier gibt's keine Geister.«

»Sagt dein Opa oder wer?«

Zwei Pfiffe, jetzt aus verschiedenen Richtungen.

Leon riss die Augen auf und starrte Nils angstvoll an.

»Scheint ein Pärchen zu sein«, presste Nils hervor.

»Pst!« Leon reckte den Hals. »Da bewegt sich was.«

Angespannt starrten sie auf das hohe Schilf, das sich jetzt bog und wiegte und rollte, als liefen Wellen darüber hin, als bräche sich eine Horde wilder Tiere Bahn. Dann, auf einmal, nichts mehr. Starr und schweigend wie ein Wald von Speeren standen die Halme. Kein Tuscheln, kein Raunen, nichts. Nur das leise Murmeln des Sumpfes.

Leon schnüffelte. »Riechst du das?«

Ein eigenartiger Geruch hing in der Luft. Er war süßlich, metallisch, warm, einfach ekelerregend. Es war nur ein leichter Hauch, der sich mit den Ausdünstungen des Moores mischte, aber er reizte zum Erbrechen.

Nils rümpfte die Nase. »Riecht wie verrotteter Fisch.«

»Da ist ein Weg!« Leon sprang auf, sodass das Boot ins Wanken geriet, und deutete auf eine Stelle im Sumpfgras. »Da vorn«, rief er. »Hinter dem Schilf, siehst du? Da ist der Weg – du hast ihn gefunden, Mann!«

»Echt, was?«

Auch wenn Nils nicht wusste, wo sie sich befanden, der Uferweg musste noch mindestens eine halbe Stunde entfernt sein. Aber vielleicht irrte er sich auch, hatte in der Aufregung das Zeitgefühl verloren. Ganz bestimmt sogar. Eine Welle der Erleichterung durchlief ihn.

»Vollgas«, sagte er zu Leon, tauchte das Paddel wieder ins Wasser und stieß das Boot vorwärts, bis es sich zwischen die scharfen Stängel des Schilfsaums bohrte. Nils konnte hören, wie die lanzenförmigen Blätter in die Gummihaut schnitten, und vernahm das Zischen entweichender Luft. Aber das machte jetzt nichts mehr aus.

»Wir lassen das Boot zurück«, entschied er im Ton eines Polarforschers, der sich zur Aufgabe des Expeditionsschiffes entschlossen hatte. »Abmarsch, nichts wie weg hier.«

Leon lachte, schob die Füße über die Bootswand, die schon bedenklich schlaff im stinkenden Wasser hing, und ließ sich hinabgleiten. Sofort versank er bis zu den Knien im Morast, doch er watete unbeirrt voran, kämpfte sich mit rudernden Armen durch das Schilf und verschwand darin. Kurz darauf tauchte sein Kopf über den lanzenartigen Halmen auf. Er hob die Arme und schwenkte sie wie ein Fluglotse. *Alles gut.* Sie hatten den Uferweg gefunden.

Wie zur Bestätigung waren jetzt leise Stimmen zu hören. Männerstimmen. Es war nicht mehr als ein Flüstern, und Nils konnte nicht verstehen, was sie sagten. Aber es waren Menschen. Leon und er waren nicht mehr allein. Nils griff nach den Angelruten. Den Behälter mit den Köderfischen ließ er stehen.

Plötzlich von links ein gellender Pfiff.

Nils fuhr herum. »Leon?«

Ein weiterer Pfiff.

»Leon!« Seine Hände krampften sich um die Angeln.

Nun kamen die Pfiffe von allen Seiten.

Nils wusste nicht mehr, wohin er sich wenden sollte. Sein Herzschlag beschleunigte sich. Er ließ die Ruten fallen.

Das Sumpfgras raschelte, Zweige brachen, und jemand keuchte vor Anstrengung. Ein erstickter Laut war zu hören, überrascht, entsetzt. Etwas platschte und wühlte im Wasser. Gleich darauf rollten heftige Wellen auf das halb gesunkene Boot zu, drohten es in die Tiefe zu drücken. Sie schwappten über die Bordwand und rissen die Angelruten und die verstümmelten Köderfische mit sich. Dann auf einmal – nichts mehr. Die Wellen verliefen sich. Die seltsamen Laute verstummten. Eine gespenstische Stille breitete sich aus.

Nils war wie gelähmt. »Leon?«, flüsterte er.

Keine Antwort.

»Leon!«

Nur das leise Gurgeln des Sumpfes war zu hören.

Nils wurde schlecht vor Angst. Er kannte die Natur und fürchtete sie nicht. Aber dies hier war anders als alles, was er bisher erlebt hatte. Er spürte eine unsichtbare Gefahr, die so unmittelbar war, dass er sie körperlich fühlen konnte. Etwas Wildes, Böses, Unnatürliches war ihm ganz nah gewesen. Etwas, das ihn ohne Weiteres hätte vernichten können. Auch wenn er keine Ahnung hatte, was er eben erlebt hatte, es jagte ihm tiefes Entsetzen ein.

Der Gedanke an Leon schoss ihm durch den Kopf.

Wo war Leon?

Hastig ließ Nils sich von Bord gleiten. Das Wasser war viel kälter als die Luft und stank nach totem Fisch. Er musste würgen, aber dann tauchte er mit den Armen in die Schneise ein, die Leon in das Schilf gedrückt hatte. Die scharfen Kanten der Blätter schnitten seine Haut auf, doch er fühlte keinen Schmerz. Die Sorge um Leon beherrschte seine Gedanken und sein Tun. Er hatte seinem Freund diesen Schlamassel eingebrockt, er würde ihn auch wieder herausholen. Tapfer kämpfte er sich weiter durch die harten Halme. Leon hatte recht, dieser Ausflug war eine Scheißidee.

Endlich stieg der Moorboden an, das Wasser wurde flacher, und seine Füße fanden festen Halt. Sekunden später stand er, triefend und zitternd, auf einem Trampelpfad. Es war nicht der vertraute Wanderweg. Sie hatten sich also doch verirrt. Seine Schultern sackten herunter, und das bisschen Kraft, das er noch spürte, drohte ihn zu verlassen.

»Leon?« Er erhielt keine Antwort. *»Leon! Leon!«*

Das Schilf wiegte sich in der windstillen Luft.

Nils suchte die Umgebung mit Blicken ab. Das sah Leon gar nicht ähnlich, ihn hier im Stich zu lassen. Er stutzte, kniff die Augen zusammen, um schärfer sehen zu können. Lag da in der Ferne etwa ein Dorf? Oder war das eine optische Täuschung? Eine warnende Stimme sagte ihm, dass mitten im Moor keine Menschen wohnten. Dass er weglaufen sollte. So schnell er konnte. Aber sein Schuldgefühl und die Angst um Leon hielten ihn wie in Ketten geschlagen. War Leon zu den Häusern gelaufen, um Hilfe zu holen?

Das Schilf in seinem Rücken zischelte. Eine dünne Geruchsspur wand sich zwischen den Stängeln hervor, glitt über den Weg heran und kroch seinen Körper hinauf, legte sich klebrig auf sein Gesicht.

Nils erstarrte.

Da war er wieder, der Gestank, den Leon als Erster wahrgenommen hatte. Auf einmal hatte Nils das Gefühl, nicht mehr allein zu sein, beobachtet zu werden. Die unsichtbare Gefahr war wieder da. Das Wilde, das Unnatürliche, das nicht in diese Welt gehörte.

Hektisch schaute sich Nils nach einem Fluchtweg um.

Sein Blick streifte den Schilfsaum am Rande des Weges. Und da sah er es. Ein Stück Stoff dümpelte auf dem flachen Wasser zwischen den Stängeln, hatte sich in ihnen verfangen. Es war leuchtend orange und an vielen Stellen blutrot. Sanfte Wellen blähten den Stoff auf, liefen darüber hin und ließen ihn wieder zusammenfallen. Es war eine Windjacke. Die gleichförmige Bewegung ließ sie wie ein lebendes Organ erscheinen.

Und nun wusste Nils Bescheid.

Das Böse hatte sich seines Freundes bemächtigt. Jetzt griff es nach ihm. Kaltes Grauen packte ihn. Er wollte weglaufen, aber seine Glieder waren wie eingefroren.

Hinter ihm teilte sich das Schilf.

3

Ein schmaler Wintermond hing tief über Brandenburg. Sein Widerschein tanzte auf den Wellen des Sees und verlieh dem schwarzen Wasser silbernen Glanz. Vor dem gegenüberliegenden Ufer spiegelten sich die Lichter von Potsdam. Philipp Warnke spürte die Kälte des Anlegesteges durch die Sohlen seiner Turnschuhe. Er konnte das Schlagen der Brandung an den Pfosten hören. Und die Musik, die hinter ihm aus dem Wintergarten der Gründerzeitvilla drang.

Mozart. »Zauberflöte«. Die Arie der Königin der Nacht.

Er legte den Kopf in den Nacken und ließ die nächtliche Brise über sein Gesicht streichen. In Berlin war es den ganzen Tag über nebelig-grau gewesen. Das war deprimierend genug. Aber vor allem der Gedanke an das Gespräch, das jetzt vor ihm lag, hatte ihm zugesetzt.

Neben ihm tanzte ein Flämmchen wie ein Irrlicht in der Dunkelheit, dann schnappte das Feuerzeug mit einem scharfen Klicken zu. Warnke warf einen Seitenblick auf Hans Lechtenbrinck, der gerade den ersten Zug aus seiner Zigarette nahm. Er sah seinen Geschäftspartner an diesem Abend zum ersten Mal. Nur zwei Telefonate waren dem Treffen vorausgegangen. Das erste hatte sich um seine grundsätzliche Bereitschaft zur Zusammenarbeit gedreht. Beim zweiten hatten sie den Termin fixiert.

Lechtenbrinck musste um die sechzig sein, war schlank und sonnengebräunt. Er trug eine blaue Daunenjacke und helle Hosen. Wenn er die Zigarette zum Mund führte, glänzte an seinem Handgelenk eine teure Sportuhr. Der auffrischende Nachtwind spielte in seinem weißen Haar und verbreitete einen Hauch von Après-Ski und St. Moritz. Am Ende des Steges dümpelte auch jetzt, im November, seine Segelyacht. Warnke hörte das leise Schaben der Bordwand und das Knarren der steif gefrorenen Vertäuung. Er schätzte Lechtenbrincks Seegrundstück auf mehrere tausend Quadratmeter.

Natürlich war er nicht so naiv, zu glauben, dass die Einladung in Lechtenbrincks See-Villa nur dessen Selbstinszenierung diente. Was Warnke von ihm hielt, war ihm sicher egal. Aber sie war Teil des Anwerbeversuchs: *Sieh her, was möglich ist, wenn du für mich arbeitest.*

Warnke dachte an seine Studentenbude im Wedding, die er seit fünfzehn Jahren bewohnte. Er hatte sich bereits an den Gedanken gewöhnt, auch den Rest seines Lebens in den zwei Zimmern mit Hinterhofblick zu verbringen. Aber vielleicht zeigte sich gerade jetzt ein Silberstreif am Horizont.

Ein Windhauch wehte kühle Luft heran und fächelte durch das Uferschilf. Die gefrorenen Halme knisterten, und das Wasser murmelte zwischen ihren Stängeln. In Brandenburg war es erheblich kälter als in der Stadt. Warnke fröstelte in seiner Jeansjacke und zog die Schultern hoch.

Jetzt hatte Lechtenbrinck etwas gesagt, und Warnke hatte es nicht gehört. »Wie bitte?«

»Ich habe Sie gefragt, ob Sie segeln.«

»Nein, wieso?«

»Wie finden Sie meinen See?«

»Schön.«

»Schön.« Lechtenbrinck lachte. »Dunkel und verlockend, nicht wahr? Aber spüren Sie unter dem flüssigen Silber der Oberfläche die gefährliche Tiefe?«

Warnke war nervös, hatte keinen Sinn für Poesie. »Sieht ziemlich tief aus.«

Lechtenbrinck deutete mit der Zigarette auf die Yacht am Ende des Steges. »Eine Brenta dreißig, schnell wie eine Windsbraut. ›Gentleman Racer‹ nennt man so ein Boot.«

»Ich verstehe nichts von Schiffen.«

Lechtenbrinck wandte sich Warnke zu. Im Mondlicht glänzten seine Augen so hell und starr wie die eines Huskys.

»Beim Segeln muss man sich aufeinander verlassen können«, sagte er. »Bedingungslos. Das ist eine Frage von Leben oder Tod.«

Leben oder Tod. »Wie gesagt, ich bin kein Segler.«

»Manchmal geht ein Mann über Bord.« Lechtenbrinck machte eine Pause. »Es gibt Situationen, da kann man nicht helfen. Wenn das Schiff in Gefahr ist, zum Beispiel.«

Warnke nickte höflich. Er brauchte den Job.

Lechtenbrinck zog an seiner Zigarette und wandte sich ab. »Ich will ehrlich sein, Sie sind nicht die erste Wahl.«

Warnke schluckte. »Ach so?« *Arschloch.*

»Ich war mit Ihrem Vorgänger handelseins.«

Ein Windstoß fuhr in das Uferschilf. Die scharfen Blätter schwankten wie Speerspitzen. *Ihr Vorgänger.* Warnke spürte, wie sich seine Nackenmuskeln verspannten.

»Mit Ben Miskin?«, fragte er so gelassen, wie er konnte.

»Leider müssen wir jetzt handeln.« Lechtenbrinck hielt die fast zu Ende gerauchte Zigarette zwischen zwei Fingern und musterte sie, als überlegte er, ob sich ein letzter Zug lohnte. »Mein Informant meint, dass Phoenix demnächst mit Ergebnissen an die Öffentlichkeit gehen wird. Die Zeit wird also knapp für uns.«

Warnke schob die Hände in die Taschen seiner ausgebleichten Jeans. »Max will eine Werbebroschüre herausgeben oder so was in der Art. Ich glaube, sie suchen einen PR-Fachmann.«

»Wie weit ist van Damme damit?«

Warnke schüttelte den Kopf. »Keine Ahnung, mit dem geschäftlichen Teil habe ich nichts zu tun. Da müssten Sie schon Amanda fragen.«

Lechtenbrinck zog die Brauen zusammen. »Wen?«

»Amanda Donovan, Max' rechte Hand. Er hat sie direkt nach ihrem PhD von der London School of Economics geholt.« Amanda war erst seit ein paar Monaten bei Phoenix und hatte bereits eine der einflussreichsten Positionen inne.

Niemals würde sie mit einem Hans Lechtenbrinck reden, geschweige denn Geschäfte mit ihm machen. Im Gegensatz zu Warnke hatte sie das nicht nötig. »Sie kennt sich mit den Finanzen aus.«

»Kann sie uns gefährlich werden?«

Warnke zögerte. »Nicht auszuschließen.«

Lechtenbrincks Augen wurden schmal. »Hat sie Einblick in Ihre Arbeit?«

»Das nicht, nein.« Warnke schüttelte den Kopf. »Die Experimente im S4-Labor haben die höchste Risikostufe. Von der Umwelt sind wir nahezu abgeschottet. Gegen unsere Virenstämme gibt es keine Therapie – Ebola, Lassa, Marburg, Pocken.« Er zuckte die Schultern. »Mit uns gibt es in ganz Deutschland nur fünf S4. Bei Phoenix trage ich allein die Verantwortung für Forschung und Sicherheit.« So wie mein Vorgänger, wollte er hinzufügen, brachte es aber nicht über sich. »Niemand außer mir hat Zugang zu allen Experimenten.« Er hörte selbst, wie sehr seine Worte nach Anbiederung klangen.

Eine Windböe ließ die Brandung anschwellen, brachte den Mast des Segelboots ins Schwanken. Die Musik war verstummt.

»Und Ihre Mitarbeiter?«

»Forschen nur in Teilbereichen.« Bis auf Thomas Brenner, er hatte eng mit Miskin zusammengearbeitet. Tom allein konnte noch gefährlich werden. Aber der war in letzter Zeit auch ziemlich wortkarg und mürrisch. Vielleicht lag es daran, dass er bald Vater wurde. Zwillinge, so wurde gemunkelt. Warnke hoffte, dass Tom dann mehr Zeit auf die Familie als auf seinen Arbeitsplatz verwenden würde. Aber Tom war gut. Wenn er ehrlich zu sich war, fragte sich Warnke, warum Max ihn und nicht Tom zu Ben Miskins Nachfolger ernannt hatte.

Lechtenbrinck ließ die Zigarette zu Boden fallen und trat sie aus. Dann bückte er sich, hob den Stummel auf und bedeutete Warnke, ihm zu folgen. »Kommen Sie, es ist kalt. Wir reden drinnen weiter.«

Schweigend stapften sie den Weg zur Villa hinauf. Das Licht, das aus dem Haus fiel, warf groteske Schatten hinter ihnen auf den knirschenden Kies. Als hingen Dämonen an ihren Fersen. Auf dem Rasen, der sich zu beiden Seiten ausbreitete und sich im Dunkel zwischen hohen Bäumen verlor, krümmte sich gefrorenes Laub.

»Wir bleiben gleich auf der Terrasse«, sagte Lechtenbrinck.

Warnke hatte erwartet, ins Haus gebeten zu werden. Aber er nickte nur zustimmend. Er brauchte den Job.

Die Terrasse war für die kalte Jahreszeit zu einem Wintergarten umfunktioniert worden. Ihre efeuumrankten Säulen schimmerten kalt im Mondlicht. Die Blätter erinnerten Warnke an das zottelige Fell eines erlegten Tieres. Neben den Stufen, die zu den Glastüren hinaufführten, bildete die Schlingpflanze einen Teppich. Ihre Wurzeln mussten bis zum See hinunterreichen.

Wenigstens war der Wintergarten gut geheizt. Zwischen Palmen und blühendem Hibiskus in Terrakottatöpfen gruppierte sich eine geflochtene Sitzgarnitur. Auf dem Tisch standen ein Windlicht und ein Aschenbecher mit einer Streichholzschachtel darin.

Warnke wartete, bis Lechtenbrinck einen Platz gewählt hatte, dann setzte er sich in einen der Korbsessel auf der anderen Seite des Tisches und fasste sich in Geduld. Doch Lechtenbrinck blickte auf den See hinaus, schien sich seine Gesprächsstrategie zurechtzulegen.

Warnke wartete und folgte seinem Blick.

Zwischen den Säulen hindurch reichte die Aussicht über den See bis zum gegenüberliegenden Ufer. Auf dem kabbeligen Wasser tanzten Scherben aus Licht. Vor Potsdam schwankten die schwarzen Masten der Segelboote.

Die Sekunden dehnten sich zu Minuten. Endlich wandte

Lechtenbrinck sich wieder Warnke zu. Sein Gesicht war im Halbdunkel kaum zu erkennen.

»Ich will ganz offen mit Ihnen sein«, sagte Lechtenbrinck und zog das Windlicht auf dem Tisch zu sich heran. »Benjamin Miskin war ein hervorragender Molekularbiologe und Sie nur der zweite Mann. Aber jetzt sind Sie eben der Einzige, mit dem wir weiterarbeiten können.« Er nahm die Zündholzschachtel, riss ein Hölzchen an und beobachtete die Flamme. Kurz bevor das Feuer seine Fingerkuppen erreichte, zündete er die Kerze an. »Wie ich schon sagte – wenn es nach mir ginge, würden wir es nicht tun.« Er warf die Schachtel auf den Tisch zurück. Die Geste hatte etwas Geringschätziges. »Sie können sich sicher denken, warum.«

Eine Welle der Abneigung durchlief Warnke. Er wusste, was jetzt kam. Aber er hatte sich seine Antwort schon im Voraus zurechtgelegt. »Warum denn?«

»Ich habe natürlich Erkundigungen über Sie eingezogen. Über Ihre Zeit bei BioTech.« Lechtenbrincks Augen wurden schmal. »Ich arbeite nicht gern mit Junkies.«

Die Flamme im Windlicht blakte, Rauch stieg empor.

»Wenn Sie sich erkundigt haben, dann wissen Sie auch, dass ich clean bin«, sagte Warnke ruhig. »Ich bin nicht stolz auf meine Vergangenheit, aber ich stehe dazu.« Er machte das aufrichtige Gesicht, das Militärs aufsetzen, wenn ihre Artillerie die Falschen getroffen hat. *Die Wahrheit ist, wir wissen nicht, was passiert ist.* »Die Wahrheit ist, dass der Stress in meinem Job enorm ist. Manche Kollegen trinken.« Er zuckte die Schultern. »Bei mir waren es Drogen. Es war schrecklich und wurde immer schlimmer. Aber ich habe den Ausstieg geschafft.« Er gestattete sich ein stolzes Lächeln. »Heute würde ich keine Pille mehr anrühren.«

Lechtenbrinck sah ihn prüfend an. »Hoffen wir's.«

»Ich bin clean. Sonst hätte mich Phoenix nicht eingestellt«, sagte Warnke. »Das Kapitel ist abgeschlossen.«

Der von ihm skizzierte Ablauf entsprach nicht ganz der

Wahrheit. Er hatte die Stelle bei BioTech wegen seines Drogenkonsums verloren. Aber er war ein Fachmann auf dem Gebiet der synthetischen Biologie, hatte sich seit seinem Studium mit nichts anderem beschäftigt. Max hatte ihm eine private Drogentherapie bezahlt und ihn dann Ben Miskin unterstellt.

»Was ist mit Ihrem Vorgänger eigentlich passiert?«, fragte Lechtenbrinck. »Sein Abgang kam so plötzlich.«

»Ja, ziemlich.«

Das war kein Thema, über das Warnke gern sprach. Ben hatte eines Morgens im Labor gesessen, sinnloses Zeug vor sich hingeplappert, war überhaupt nicht ansprechbar gewesen. Niemand bei Phoenix wusste, woran er gelitten hatte, niemand wollte es wissen. Es war noch nie zu einem Unfall gekommen, und aufgrund der Sicherheitsvorkehrungen war die Ansteckung mit einem der untersuchten Virenstämme fast ausgeschlossen. Und Burn-out war sowieso kein Thema in einem erfolgreichen Unternehmen. Auch Warnke kannte bereits diese bleierne Müdigkeit. Bei ihm kamen noch Zukunftsängste hinzu. Seine Tage bei Phoenix waren in dem Augenblick vorbei, in dem Max Zweifel an seiner Leistungsfähigkeit zu hegen begann. Mit viel Glück konnte er dann noch irgendwo einen schlecht bezahlten Job als Laborant finden.

»War Miskin denn krank?«

Lechtenbrinck war hartnäckig. Warnke fragte sich, wer dessen Informant bei Phoenix war und was er ihm erzählt hatte. Ihm fielen Bens abwesender Blick, seine einsilbigen Antworten ein. *Die Schnappatmung.* Schnell verdrängte er das Bild des zuckenden Körpers. Er hatte Miskin für übergeschnappt gehalten. Schließlich war er kein Psychiater.

»Wenn Sie damit eine Ansteckung im Zuge seiner Forschungen andeuten wollen, so kann ich das ausschließen.« Er schüttelte den Kopf. »Wir arbeiten bei Phoenix in einem Hochsicherheitslabor.«

»Vielleicht einfach Herzprobleme?«

Warnke zuckte die Schultern. »So gut kannte ich Ben nicht«, sagte er. »Darüber haben wir nicht gesprochen.«

»Es muss doch irgendwelche Anzeichen gegeben haben.«

»Ich bin Biologe und kein Arzt.« Niemand bei Phoenix hatte den Nervenzusammenbruch vorausgesehen.

»Verstehe.« Lechtenbrinck wirkte nicht überzeugt.

»Hören Sie, vielleicht suchen Sie sich besser einen anderen Partner«, sagte Warnke kühl. *Es gibt keinen, du Armleuchter.* »Einen, dem Sie mehr vertrauen als mir.«

Lechtenbrinck musterte ihn. Das Kerzenlicht spiegelte sich in seinen hellen Augen, ließ sie flackern. »Wir sind hier nicht beim Poker«, sagte er. »Also sparen Sie sich den Bluff. Ich habe sowieso keine andere Wahl. Das wissen Sie. Lassen Sie uns die Sache endlich durchziehen.«

Warnke hätte am liebsten laut gelacht. *Die Sache.* Es war *Spionage.* Und er war es, der den Kopf hinhielt, nicht dieser Scheißkerl mit seiner Villa und seiner Yacht. Aber er hatte genauso wenig eine Wahl wie Lechtenbrinck. Letzte Woche hatte er am Rande eines Meetings bei Phoenix zufällig ein Gespräch zwischen Max und Amanda mitgehört.

Sean wer?

Doherty. Ire, Molekularbiologe, arbeitet derzeit in den Staaten, will aber nach Europa zurück und vor allem zu uns.

Wie alt? Erfahrungen mit synthetischer Biologie?

Sechsundzwanzig, forscht am MIT zur rekombinanten DNA. Sein Teamleiter lobt ihn in den höchsten Tönen.

Okay, Amanda, hol ihn an Bord.

Als Max und Amanda ihn bemerkt hatten, waren sie sofort verstummt. Aber Warnke war jetzt gewarnt. Man suchte also nach einem Nachfolger für ihn, einen jungen Visionär aus Amerika, direkt vom Massachusetts Institute of Technology. Warnke war siebenunddreißig und hatte bisher nur im Labor gearbeitet. Er war zwar clean, doch das hatte bloß neue Probleme ausgelöst. Mit den kleinen bunten Pillen waren nicht nur die Halluzinationen verschwunden. Er hatte auch keine Visionen mehr. Max war zu Recht von ihm enttäuscht.

»Was wollen Sie konkret?«, fragte Warnke.

Lechtenbrinck rauchte, beobachtete ihn schweigend.

»Haben Sie an die praktische Seite gedacht?«

Er arbeitete hinter versiegelten Fenstern und umgeben von bakteriendichten Filtern. Der Gedanke, mit einem Glas in der Hand durch die Sicherheitsschleuse zu spazieren, war absurd. Seine neu erschaffenen Organismen waren Segen und Fluch zugleich, konnten eine unkalkulierbare Bedrohung für die Welt darstellen. Und doch saß er hier. Mit diesem Lechtenbrinck. Hatte den ersten Schritt gemacht.

Lechtenbrinck zog die Mundwinkel herab. »Miskin hat keine Probleme für die praktische Durchführung gesehen«, sagte er, als traute er Warnke diese Expertise nicht zu. »Er wollte verkaufen und hat global gedacht.«

Warnke dachte an Ben Miskin. Einerseits konnte er sich nicht vorstellen, dass Ben geheime Pläne gehegt, neben seinem unmenschlichen Arbeitspensum noch irgendwelche Aufträge angenommen hatte. Andererseits hatte Ben immer schon auf seinem Platz gesessen, hoch konzentriert und kaum ansprechbar, wenn er selbst am Morgen das Labor betreten hatte. Rastlos, kreideweiß und mit rot unterlaufenen Augen hatte Ben immer mehr an eine Laborratte erinnert. Tatsächlich hatte ihn Warnke in seinen letzten Tagen bei Phoenix nie kommen oder gehen sehen. War er da bereits für Lechtenbrinck tätig gewesen? War ein moralisches Dilemma der Auslöser der Krise gewesen? Warnke hatte Ben schon immer für zartbesaitet gehalten.

Ein Windstoß fuhr vom See herauf und fächelte durch das Gras vor dem Wintergarten. Irgendwo knallte eine Tür.

»Für wen arbeiten Sie eigentlich?«, fragte Warnke. Lechtenbrinck kannte sich in den technischen Details kaum aus. Er war also nur der Makler. »Ich meine, das darf ich doch fragen, oder?«

»Mein Kunde will ungenannt bleiben«, sagte Lechtenbrinck, bemerkte dann aber wohl Warnkes Miene und setzte hinzu: »Sagen wir so – er möchte, dass unsere Welt eine bessere wird. Er weiß, welche Verantwortung wir für die Schöpfung tragen. Ihm geht es um Nachhaltigkeit. Dafür greift er zu modernen Mitteln.«

»Aber Ihre Hilfe ist nicht ganz uneigennützig.«

»Wissen Sie, Warnke, wer in meiner Liga spielt, kann sich Großzügigkeit leisten.« Ein Lächeln spielte um Lechtenbrincks Mund. »Ich habe was übrig für Altruismus.«

»Wir reden also von einem Impfstoff?«

»Die Details sollen Ihnen kein Kopfzerbrechen machen«, sagte Lechtenbrinck ausweichend. »Sie liefern einfach. Wo ist Miskin eigentlich?«

»In der Psychiatrie.«

»Was ist passiert?«

»Nervenzusammenbruch«, sagte Warnke. »Ben ist immer ein Eigenbrötler gewesen.« Ben hatte Forschungsergebnisse für sich behalten und die Lorbeeren dafür allein eingeheimst. Er war nie Teil des Teams gewesen. »Was hat Ben Ihnen denn versprochen?« Davon würde er seine Entscheidung abhängig machen. Er wunderte sich selbst über seine Skrupel. *Idiot, du brauchst den Job.*

»Sagen wir – einen Organismus, der noch weitgehend natürlich ist«, sagte Lechtenbrinck und lächelte, schien sich aus irgendeinem Grund über seine eigenen Worte zu amüsieren. »Nennen wir es einen nachhaltigen Organismus.«

»Unsere Forschungen unterliegen der höchsten Sicherheitsstufe«, sagte Warnke. »Die genauen Mutationen kennt nur der Leiter des Experiments. Die DNA-Abschnitte könnten in die falschen Hände kommen.«

»Um Gottes willen, Warnke.« Lechtenbrincks Augen glitzerten. »Wir spielen doch nicht James Bond.«

»Denken Sie an die Anthrax-Anschläge in den USA«, sagte Warnke. »Das, was da per Post an Politiker und Journalisten verschickt worden ist, waren fachmännisch aufbereitete Milzbrandbakterien. Als Täter wurde ein Mikrobiologe mit zwei Patenten zu Milzbrand verhaftet. Ein paar gezielte Mutationen, und aus jedem Impfstoff wird eine Waffe.«

»Miskin wollte Gutes tun, das ist alles.«

Ben hatte also tatsächlich Aufträge von außen angenommen. War ihm bewusst gewesen, mit wem er sich da einließ? *Weißt du es denn?* Andererseits verdiente Phoenix ein Vermögen mit seinen Impfstoffen, auch weil das Unternehmen den Zugang künstlich verknappte. Wenn also Lechtenbrincks Kunde das Mittel aus altruistischen Gründen der Allgemeinheit zur Verfügung stellen wollte – bestand dann nicht geradezu eine Pflicht zur Zusammenarbeit?

»Wogegen soll die Impfung denn sein?«, fragte Warnke, jetzt wesentlich entspannter. »Ich muss schließlich wissen, wonach ich suche. Sonst verlieren wir Zeit, und ich errege unnötige Aufmerksamkeit.«

Lechtenbrinck zog an seiner Zigarette, schwieg eine Weile. Schließlich sagte er: »Es ist wohl davon auszugehen, dass außer Miskin bis jetzt niemand dieses Projekt kennt. Ich werde die Unterlagen durchsehen und Ihnen alle nötigen Informationen zukommen lassen.«

Warnke überlegte blitzschnell. Wenn Ben einen geheimen Impfstoff entwickelt hatte und bei Phoenix niemand davon wusste, musste er entweder an die Unterlagen gelangen oder Bens Forschung nachvollziehen. Dann konnte er die Ergebnisse an Lechtenbrinck verkaufen. Er konnte aber auch mit Max sprechen und sich damit eine Lebensstellung bei Phoenix sichern. Niemand würde jemals von diesem Treffen erfahren. Ohne es zu wollen, hatte Lechtenbrinck ihm einen Ausweg aus seiner Misere aufgezeigt.

»Ich denke, das wäre hilfreich«, sagte er gelassen und ohne allzu großes Interesse, um seinen Triumph zu verbergen.

Lechtenbrinck musterte ihn durch den Rauch seiner Zigarette hindurch. »Schade, dass Sie nicht segeln.«

»Was?«, fragte Warnke, verwirrt über diesen Gedankensprung. »Was hat das hiermit zu tun?«

Lechtenbrinck beugte sich vor und machte noch einen letzten tiefen Zug. Die Spitze der Zigarette glühte auf. Dann drückte er den Stummel im Aschenbecher mit mehr Kraft, als dafür nötig gewesen wäre, aus. »Ich habe es bereits erwähnt«, sagte er. »Wenn das ganze Schiff in Gefahr ist, kann man nicht jeden Mann retten.«

Warnke wurde kalt. Lechtenbrinck hatte ihn durchschaut, würde jeden Versuch, ihn zu betrügen, ersticken. »Klar.«

Lechtenbrinck lehnte sich zurück, stützte die Ellenbogen auf die Armlehnen und legte die Fingerspitzen aneinander. »Die Details unseres Geschäftes besprechen wir ein anderes Mal«, sagte er. »Ich wollte mir ein Bild von Ihnen machen, ehe ich Ihnen eine Zusammenarbeit anbiete.«

Warnke nickte wortlos. Der Job war noch nicht fix.

»Nun schauen Sie doch nicht wie ein begossener Pudel«, sagte Lechtenbrinck. »Sie erfahren schon noch rechtzeitig, worum es geht. Und mein Freund, Professor MacMillan, hat mir signalisiert, dass Ihr Forschungsstipendium am MIT nur noch reine Formsache ist. Je schneller Sie liefern, umso eher sind Sie in Massachusetts.«

»Kann's kaum erwarten.«

Das war der Köder bei ihrem ersten Telefonat gewesen: die Stelle als Assistent am Massachusetts Institute of Technology. Es war nicht nur eine einmalige Chance, bis zu diesem Abend war es seine einzige gewesen. Jetzt wusste er, wie lächerlich gering sein Preis angesichts der Größe des Geschäfts war. Was hatte Ben Miskin verlangt? Er wurde wütend. Wenn es ihm gelang, Bens Arbeit zu reproduzieren, würde er sie Phoenix als seine eigene verkaufen.

»Ich freu mich drauf.« Klang das freudig genug?

Lechtenbrincks Augen verengten sich. »Hören Sie, Warnke, ich weiß, Amerika ist teuer. Als Zeichen meines guten Willens lege ich noch das Flugticket und die Lebenskosten für ein Jahr drauf. Wie klingt das?«

Warnke wich Lechtenbrincks Blick aus, schaute zum See hinunter. Die Trauerweiden am Ufer bogen sich unter dem kalten Novemberwind. Er fröstelte unwillkürlich.

»Sie können das Ticket kaufen.«

Auf Lechtenbrincks Gesicht erschien ein Lächeln, aber sein Blick blieb wachsam. »Na, das ist doch ein Wort«, sagte er. »Sie bekommen rechtzeitig Ihre Anweisungen.«

Warnke schüttelte den Kopf. »Ich kann nicht noch mal hier rausfahren.« Bei Phoenix genoss er den Ruf eines Workaholics. Natürlich hatte er keine Freunde, auch nicht in der Provinz. Ab jetzt musste er sich so normal und unauffällig wie möglich verhalten. Am besten würde er das Gelände von Phoenix bis zum Abschluss der *Sache* nicht mehr verlassen. »Außerdem beginnt in zwei Tagen die neue Sprintphase. Da wohnen alle auf dem Gelände.«

»Überlegen Sie sich was«, sagte Lechtenbrinck ungerührt. »Wir treffen uns in Berlin. Dann besprechen wir die Details Ihres Auftrags. Rufen Sie mich auf keinen Fall an. Ich melde mich bei Ihnen.« Er beugte sich über den Tisch und hielt Warnke die Hand hin. »Deal?«

Warnke schlug ein. »Deal.«

Der Pakt war besiegelt.

4

In der Berliner Rechtsmedizin herrschte Mittagspause. Nur ein Platz war besetzt. Dr. Miriam Kern, die forensische Molekularbiologin, starrte auf den Bildschirm ihres Computers. Die Herbstsonne schien in das Labor, Staubkörnchen tanzten auf ihren Strahlen und legten sich wie ein Schleier über die Zahlenreihen auf dem Display. Miriam bemerkte es nicht. Immer wieder wanderte ihr Blick von ihrem Rechner zu dem Stahltablett auf dem Nachbartisch.

Darauf lagen ein offener luftdurchlässiger Papiersack und daneben, sorgfältig ausgebreitet, eine ehemals orangefarbene Kinderjacke. Oder zumindest das, was von ihr übrig geblieben war. Vorderseite und Rückseite waren rostbraun verfärbt von getrocknetem Blut, scharf standen die gezackten Ränder ab, dort, wo der Stoff aufgerissen worden war. Der rechte Ärmel hing nur noch an einem Faden an der Schulternaht. Das Kind musste verzweifelt versucht haben, sich loszureißen.

Kleidergröße hundertzweiundfünfzig, für zwölf Jahre. Sie passte auch einem groß gewachsenen Zehnjährigen oder einem kleinen Vierzehnjährigen. Aber nur Leon Meier, im nächsten Monat dreizehn, wurde seit zehn Tagen vermisst. Miriam schlug die Akte auf, die neben der Tastatur lag, und überflog die Beschreibung des vermissten Kindes. Leon hatte zum Zeitpunkt seines Verschwindens Jeans getragen, blaue Gummistiefel, eine orangefarbene Jacke und ein blaues Halstuch mit weißen Sternen und einem Werbeaufdruck der Kette White Star Burger. Die Jacke gehörte Leon. Außerdem hatten die Eltern das Kleidungsstück identifiziert, ehe es in die Rechtsmedizin geschickt worden war.

Miriam fischte die kleine Dose, die sie von ihrer letzten Reise nach Hongkong mitgebracht hatte, aus der Kitteltasche. Sie liebte die Metropolen Asiens, ihr modernes Tempo und ihre alte Kultur, die für westliche Augen voller Geheimnisse war. Tiger Balm. Sie hatte ihn in einer Apotheke für traditionelle Medizin in Wan Chai gekauft, wo Türme der blau-goldenen Döschen zwischen Zellophantüten mit getrockneten Tiergliedern, exotischen Pflanzen und Gläsern mit knochenfarbenem Pulver blinkten.

Ihr Drang, eine Probe davon mitzunehmen, um sie in ihrem Berliner Labor zu analysieren, war stärker gewesen als die Angst davor, was ihr passieren konnte, wenn sie mit einer verbotenen Substanz am Flughafen erwischt wurde. Denn dass ein Großteil der angebotenen Arzneien gegen das Washingtoner Artenschutzabkommen verstieß, daran hatte sie keinen Zweifel gehabt. Trotzdem interessierten sie die Bestandteile der Medizin, ihre Wirkungsweise. Wider besseres Wissen hatte sie ein paar Gramm eines grauen Pulvers gekauft.

Abgefüllt in eine neue Puderdose, sodass keine fremden Spuren das Material kontaminieren konnten, war es zwar in ihrer Handtasche unentdeckt durch den Sicherheitscheck am Hong Kong International Airport gekommen, aber dann Turbulenzen über der Mongolei und dem umgeworfenen Kaffeebecher ihres Sitznachbarn zum Opfer gefallen, ehe es die Einfuhrkontrolle am Berliner Flughafen passieren musste. Im Rückblick sagte sie sich, dass sie wohl Glück gehabt hatte und ihr Forschergeist sie noch eines Tages in ernste Schwierigkeiten bringen würde.

Sie schraubte das Döschen Tiger Balm auf, verstrich etwas von dem pastösen Inhalt unter ihrer Nase und holte tief Luft. Der eiskalte Hauch der ätherischen Öle schoss ihr direkt ins Hirn. Sie schloss die Augen, entspannte sich. Jahre in der Rechtsmedizin hatten ihre olfaktorischen Empfindlichkeiten zum Schweigen gebracht. Den Tigerbalsam verabreichte sie gern sensiblen Medizinstudenten bei deren erster Leichenöffnung, damit sie ihr nicht am Tisch zusammenbrachen oder den Boden vollkotzten. Niemand schien heute mehr mit üblen Gerüchen aufzuwachsen.

Miriam war jetzt Mitte vierzig. Halbzeit, wie sie sich manchmal halb spöttisch, halb traurig sagte. Ihre neue Brille hatte wieder eine Dioptrie mehr und ihre weiße Laborhose inzwischen einen bequemen Gummizug. Für sich allein kochte sie nicht, nahm meistens irgendein Fertiggericht mit. *White Star Burger.* Auch bei dieser Kette war sie Stammkundin, hatte sogar mal wie der verschwundene Leon ein blau-weißes Halstuch als Werbegeschenk erhalten.

Ja, in letzter Zeit schlichen Gedanken ans Alter und an verpasste Chancen durch ihren Kopf. Sie lebte allein, ihre langjährige Beziehung mit einem Onkologen war an ihrer Kinderlosigkeit gescheitert. Und an einer aufgeschlossenen Assistenzärztin. Jetzt fuhr er Familienkutsche statt Cabrio. Immerhin etwas.

Im Grunde, so gestand sie sich inzwischen ein, war ihre Arbeit immer ihr Lebensinhalt gewesen. Im Laufe der Jahre hatte sich zwar Routine eingestellt, aber war das nicht in jedem Beruf so? Wenn sie beim allabendlichen Zappen durch die Fernsehsender gelegentlich auf eine Serie stieß, in der langhaarige junge Rechtsmedizinerinnen auf High Heels im Handumdrehen spektakuläre Kriminalfälle lösten, wusste Miriam nicht, ob sie lachen oder sich ärgern sollte. Die Filme hatten nichts mit ihrer Realität zu tun, und die Phantasie der Drehbuchautoren schien keine Grenzen zu kennen. Wem fielen solche Szenarien ein? Und warum blieb sie trotzdem immer bei der jeweiligen Folge hängen und verfolgte gebannt den unrealistischen Plot? Midlife-Crisis. Es verlangte sie nicht nach Mann, Kindern, Hund und Reihenhaus. Aber manchmal sehnte sie sich nach einem anderen, aufregenderen Leben. Sie konnte einen stillen Seufzer nicht unterdrücken.

Heute brauchte Miriam jedenfalls selbst Tigerbalsam.

Die Jacke auf dem Silbertablett verströmte einen ihr unbekannten, übelkeiterregenden Gestank. Der abgestandene

Fischgeruch von Wasserleichen, die süße Fäulnis in der Sonne aufgeblähter Toter oder der Grillgeruch verbrannter Menschen machten Miriam nichts mehr aus. Dieses orangefarbene Stück Stoff jedoch verpestete ihr Labor.

Ein Polizist hatte die Jacke am Morgen vorbeigebracht, und obwohl sie sich gut verschlossen in dem Papiersack befand, war der Mann grün um die Nase gewesen.

Miri, darum beneide ick dir jetzt nicht.

Die Jacke von dem vermissten Jungen?

Stinkt wie Pest und Schwefel. Augen auf bei der Berufswahl, sag ich immer.

Miriam, die alle Pathologen-Witze kannte, hatte pflichtschuldig geschmunzelt. Aber als sie den Beutel kurze Zeit später geöffnet und die Jacke herausgeholt hatte, war ihr das Lachen vergangen. Ein warmer, abstoßender Hauch war aus dem Stoff aufgestiegen, weder menschlich noch tierisch. *Blut, Fleisch, Urin und schmutziges Fell. Ein Raubtier?* Der Gestank rief die Erinnerung an den letzten Zoobesuch mit dem Institut – Ausflug zum Semesterende – in ihr wach. Sie hatte mit ihren Studenten eine ganze Weile vor dem Bärengehege gestanden und der Fütterung zugesehen. Der Geruch hatte sich ihr eingeprägt. Aber die Bären hatten animalisch, natürlich und keinesfalls ungewöhnlich gerochen.

Diese orangefarbene Kinderjacke dagegen war ein Angriff auf ihr Nervensystem, flößte Furcht ein und löste einen nahezu unkontrollierbaren Fluchtreflex in ihr aus. Am liebsten hätte sie sie sofort entsorgt.

Miriam stand auf, ging zum nächsten Fenster, riss die Flügel auf und sog die für November ungewöhnlich warme Herbstluft ein. Sie war eine waschechte Berlinerin, liebte den Atem dieser Stadt, dieses wunderbare Geruchsgemisch aus Alleebäumen und Autoabgasen, aus Natur und Technik. Etwas beruhigter kehrte sie an ihren Computer zurück.

Da war sie, die verdammte Zahlenreihe, die ihr Kopfzerbrechen machte und die sie abwechselnd an dem neuen

Programm, ihrer Sachkenntnis oder ihrem Verstand zweifeln ließ. Was, zum Teufel, bedeutete das? Miriam war so in den Anblick versunken, dass sie fast die Schritte überhörte, die sich ihr von hinten näherten.

Erschrocken fuhr sie herum.

Ein Mann in weißem Kittel, einen angebissenen Apfel in der Hand, schlenderte zwischen den Tischen heran, wobei er sich hin und wieder über eine liegen gelassene Arbeit beugte.

»Chef?«, rief Miriam, nahm ihre Brille ab, kniff die Augen zusammen und drückte mit Daumen und Zeigefinger auf ihre Nasenwurzel. Von dem Starren auf den Bildschirm war sie schon halb blind. »Georg?« Sie setzte die Brille wieder auf. Bei der Lösung dieses Problems brauchte selbst sie fachliche Hilfe. »Hast du kurz Zeit?«

Professor Georg Troschke nickte, biss in seinen Apfel und spazierte in ihre Richtung. Direkt hinter ihr blieb er stehen und fragte: »Großer Gott, was stinkt hier so?«

»Die Jacke da drüben«, sagte Miriam. »Kann ich dir mal was zeigen? Irgendwie werde ich nicht schlau draus.«

Troschke hob die dicken weißen Brauen, warf ihr einen irritierten Blick zu. Unsicherheit war er von seiner Mitarbeiterin nicht gewohnt, ja, er überließ ihr zunehmend eigene Aufgaben. Im nächsten Monat würde er siebenundsechzig werden, stand damit kurz vor Pensionsantritt, und das ganze Institut wusste, dass er keinen Tag länger als nötig arbeiten, sondern sich pfeilgerade in den Ruhestand in sein Häuschen am Starnberger See verabschieden würde. »Worum geht's?«, fragte er, wog den angebissenen Apfel in der Hand.

»Wir haben vor drei Tagen die Untersuchungsanordnung der Staatsanwaltschaft für die Kinderjacke bekommen«, sagte Miriam. »Und jetzt habe ich das DNA-Profil erstellt.« Sie zeigte auf den Bildschirm. »Das Blut stammt eindeutig vom Opfer, aber …« Sie brach ab.

»Wir suchen diesmal nicht den Täter?«

»Von dem gibt's leider keine entsprechenden Spuren.« Miriam runzelte die Stirn. »Da sind zwar ein paar Anhaftungen, aber die sind irgendwie komisch.«

»Wie wär's, wenn du mich erst mal über den Sachverhalt aufklärst?« Troschke biss in seinen Apfel und verzog den Mund. »Bei dem Geruch wird einem ja übel.« Er riss ein Blatt von einem Schreibblock auf Miriams Tisch, wickelte den Rest des Apfels hinein und warf das Päckchen in den Papierkorb.

Miriam sah wieder in die Akte neben der Computertastatur. »Zwei Jungs«, sagte sie, »vierzehn und zwölf Jahre alt. Sind vor gut einer Woche als vermisst gemeldet worden. Der Ältere ist wieder aufgetaucht, vom Jüngeren fehlt nach wie vor jede Spur.« Sie sah zu ihrem Chef hoch. »Die Polizei hat am Tag nach dem Verschwinden der Jungen den einen von ihnen aufgegriffen, einen gewissen Nils Korittke. Irrte irgendwo am Rand vom Teufelsbruch herum.« Sie deutete mit dem Kinn auf die blutgetränkte Jacke. »Das Ding da gehört dem anderen Kind.«

»Sicher?«

»Das Trägermaterial ist ziemlich glatt«, sagte Miriam. »Ich habe also eine Abklebung am Kragenbereich gemacht. Der biochemische Vortest war eindeutig: Blut. Und ich habe das DNA-Profil mit einer Haarprobe des Jungen abgeglichen.« Sie warf einen Blick in die Akte. »Nils Korittke hatte die Jacke dabei, konnte aber nichts zum Verbleib des zweiten Jungen sagen. Von ihm gibt's jedenfalls keine Blutspuren auf dem Stoff, das habe ich bereits überprüft. Nur diese seltsamen Anhaftungen.« Und die machten sie nervös, verdammt.

»Worum handelt es sich dabei?«

»Das ist es ja: Ich habe keine Ahnung.«

Troschke runzelte die Stirn. »Irgendein Hinweis auf einen Unfall – oder einen Täter? Ist 'ne Menge Blut.«

Er ging zum Nebentisch, beugte sich über das Stahltablett und hielt sich dabei die Nase zu. Mit der freien Hand fischte er einen Kugelschreiber aus der Brusttasche seines Kittels, zog damit den Stoff auseinander, wendete ihn hin und her, musterte den schwarz verkrusteten Kragenrand, von dem Miriam die Probe entnommen hatte. Schließlich richtete er sich wieder auf und kehrte zu ihr zurück.

»Das sieht wirklich nicht gut aus«, sagte er nachdenklich. »Besteht noch irgendwelche Hoffnung? Was meint die Polizei?«

Sie zuckte stumm die Schultern.

»Was sagt dieser …?«

»Nils Korittke.« Miriam vertiefte sich wieder in die Akte. »Der schweigt anscheinend hartnäckig«, sagte sie. »Die Jungs sind zum Angeln gewesen, haben aber daheim natürlich nicht erzählt, dass sie ins Moor wollten, sondern an die Krumme Lanke.«

Troschke runzelte die Stirn. »So eine Schnapsidee.«

»Als die beiden am späten Nachmittag nicht nach Hause gekommen sind, haben die Eltern die Polizei informiert.« Sie lehnte sich zurück und sah zu ihm hoch. »Aber die haben erst am nächsten Morgen die Suche gestartet. Haben wohl gedacht, die Ausreißer kehren von allein zurück. Außerdem haben sie zuerst einmal das Gebiet um die Krumme Lanke herum abgesucht.«

»Wer hat diesen Nils schließlich gefunden?«

»Ein Vogelbeobachter im Spandauer Forst«, sagte Miriam. »War auf dem Wanderweg am Teufelsbruch unterwegs, als ihm der Junge mit der blutigen Jacke in der Hand entgegengestolpert ist. Das Kind war überhaupt nicht ansprechbar. Der Mann hat dann den Notruf gewählt.«

»Bis jetzt weiß also keiner, was passiert ist?«

»Der Junge will nicht reden«, sagte Miriam. »Oder er kann es nicht. Steht anscheinend unter schwerem Schock. Dem hat es die Sprache verschlagen, er reagiert weder auf seine Eltern noch auf seinen Namen. Totale Amnesie.«

Troschke nickte gedankenverloren, blickte zu dem Stahltablett hinüber. »Vielleicht ist er ja der Täter, ausschließen würde ich das nicht«, sagte er und zielte mit seinem Kugelschreiber auf die zerfetzte Jacke. »Bei diesem Blutverlust kann der andere Junge …«

»Leon.«

»… Leon kaum noch am Leben sein. Aber ehrlich gesagt glaube ich, dass ein Tier die Kinder angegriffen hat.« Er wandte den Blick von der Jacke ab. »Ein ziemlich großes Exemplar. Oder mehrere Tiere.«

Miriam schüttelte den Kopf. »Irgendwer hat dem Kind die Jacke ausgezogen«, sagte sie. »Ein Ärmel ist fast ab.«

»Sind das da Schnitte auf dem Stoff?«

»J-ein«, sagte Miriam zögernd. »Die Jacke scheint aufgeschnitten worden zu sein, aber die Schnittränder sind ausgefranst, als wäre der Stoff aufgerissen worden. Der Täter hat ein Messer benutzt, denke ich, allerdings eines mit einem auffallend groben Wellenschliff und einer ungewöhnlich dicken Schneide. Könnte natürlich auch das Scherengebiss eines Wolfes gewesen sein.«

»Ein Wolfsrudel in der Stadt? Lass das bloß nicht nach außen dringen. Sonst drehen die Medien durch.« Troschke überlegte. »Kein Opfer, kein morphologischer Befund. Ich wünschte, wir hätten dieses Kind, egal, in welchem Zustand.«

»Der Junge scheint wie vom Erdboden verschluckt«, sagte Miriam. »Am besten, ich rufe die Staatsanwaltschaft an und teile denen mit, dass wir keine Ahnung haben, was sich da draußen herumtreibt.«

Troschke verdrehte die Augen. »Was soll sich da draußen rumtreiben? Ein Bär? King Kong?«

»Wenn ich das wüsste, wäre mir wohler.«

»Quatsch«, sagte er. »Irgendwann muss dieser Junge – Nils – ja reden. Am ehesten war es ein Unfall und er konnte seinem Freund nicht helfen, hat jetzt Schuldgefühle und traut sich nicht, die Wahrheit zu sagen.« Er nickte, schien zufrieden mit seiner These. Miriam konnte sich des Gefühls nicht erwehren, dass er ihre Einwände abwürgen wollte. Gut einen

Monat vor seiner Pensionierung konnte er keinen extravaganten Fall gebrauchen. »Zumal die beiden ja ohne Erlaubnis der Eltern unterwegs gewesen sind.«

Miriam kniff den Mund zusammen.

»Oder Nils ist der Täter«, fuhr Troschke fort. »Das herauszufinden wäre aber eigentlich Sache des Psychologen.« Er legte Miriam die Hand auf die Schulter. »Mach dir keine Sorgen, ich werfe mal einen Blick in die Akte, verfasse ein wasserdichtes Gutachten, und gut is.« Kein Grund, so knapp vor der Pension noch unnötig Staub aufzuwirbeln. *Weg damit.*

»Was willst du reinschreiben?«

»Wir haben die Jacke untersucht, und das anhaftende Blut ist das von diesem vermissten Jungen«, sagte Troschke. »Mehr können wir zum gegenwärtigen Zeitpunkt nicht sagen.« Er klopfte Miriam auf die Schulter, wie man einen braven Hund lobt. Es war eine kumpelhafte Geste, die sie nicht leiden konnte. Immerhin war sie eine Frau, aber vielleicht fiel das ja gar nicht mehr auf. »So, und jetzt muss ich zu meiner Vorlesung.« Ein letzter Klaps, und er drehte sich um.

Miriam hörte Troschke den Gang entlanggehen und dann, wie sich die Tür hinter ihm schloss. Sie schaltete den Rechner ab, starrte auf den leeren Bildschirm. Die Herbstsonne war weitergewandert und schien direkt auf ihren Arbeitsplatz. Doch sie spürte weder das Licht noch die Wärme. Sie fröstelte. Es lag an dem, was sich da im Spandauer Forst herumtrieb und Kinder anfiel. Ihr Blick wanderte wieder zu der blutgetränkten Jacke. *Leon, was ist mit dir passiert?* Erwartungsgemäß gab der Stoff ihr auch jetzt keinen Hinweis. Auf einmal hatte sie das Gefühl, es keine Minute länger an ihrem Arbeitsplatz aushalten zu können.

»Schluss für heute«, flüsterte Miriam. Manchmal hielt sie Selbstgespräche. Sie halfen ihr beim Nachdenken, aber in ehrlichen Momenten gestand sie sich ein, dass diese Angewohnheit im Laufe ihrer einsamen Jahre zunahm.

Niedergeschlagen verließ sie das Labor.

Als Miriam auf dem Parkplatz neben ihrem alten Volvo stand, warf die Sonne bereits lange Schatten, und die Temperatur war empfindlich gefallen. Ein eisiger Luftzug strich um ihren Hals, kroch unter ihren Kragen. Die überraschende Kälte ließ sie erschauern. Das trockene Laub, das sich zu beiden Seiten des Parkplatzes häufte, glühte unbewegt in den letzten Sonnenstrahlen. Kahle Bäume reckten ihre Zweige in die windstille Luft.

Miriam konnte sich die Kälte, die sie gestreift hatte, nicht erklären. Der Gedanke an Flucht tauchte am Horizont ihrer Gedanken auf, forderte Raum, machte sich breit. Ihre Hand zitterte so stark, dass sie den Schlüssel nicht ins Schloss brachte. Sie war unfähig, sich auf eine simple Aufgabe wie das Aufschließen eines Autos zu konzentrieren. Ihre Gedanken kreisten wieder um die blutgetränkte Jacke, konnten sich nicht davon lösen.

Leon, Leon, Leon.

Was war mit Leon passiert?

Auf einmal hatte sie das Gefühl, etwas Wichtiges übersehen zu haben. Etwas, das Menschenleben retten konnte. Sie drehte sich um, wollte ins Labor zurücklaufen. Aber dann fiel ihr der Gestank wieder ein, und sie spürte, wie sich ihr Magen hob. Ein alarmierendes Zeichen für eine Rechtsmedizinerin. Sie hatte seit Jahren keinen Urlaub mehr genommen, brauchte dringend eine Pause. Denn so, wie es aussah, war sie gerade dabei, vor Überarbeitung ihre Professionalität zu verlieren. Oder den Verstand.

Gelegentlich nahm sie eine Amphetaminpille. Wenn sie die Nacht durcharbeiten wollte, sich an einer Sache festgebissen hatte. Aber stets achtete sie darauf, dass aus dieser einen Pille nicht mehrere wurden und dass sie keinen Alkohol dazu trank. Sie brauchte keine Abhängigkeiten. Oder Halluzinationen. *King Kong.*

Hier unten auf dem Parkplatz, durch mehrere Stockwerke

und Türen von ihrem Arbeitsplatz getrennt, kam ihr das Unbehagen, das sie den ganzen Vormittag empfunden hatte, lächerlich vor. Trotzdem wollte sie schleunigst nach Hause.

Miriam schloss den Wagen auf, stieg ein und fuhr vom Gelände der Gerichtsmedizin, schlug den Weg nach Charlottenburg ein. In der weitläufigen Fünf-Zimmer-Altbauwohnung, in der ihre Schritte unter den Stuckdecken verhallten und die sie nach der Trennung aus lauter Bequemlichkeit behalten hatte, würde sie sich einen Tee kochen und sich dann unter der Sofadecke verkriechen. Vor dem Fernseher, so wie immer. Nach ein paar Metern drehte sie die Musik mit Überlautstärke auf.

5

»Nach Dahlem, bitte«, sagte Alexander Lindahl, ließ sich in den Fond des Taxis fallen und schlug die Tür zu. Die Lichter des Berliner Hauptbahnhofs verschwammen hinter den getönten Scheiben. Der Großstadtlärm verstummte.

»Geht's 'n bisschen genauer?« Der Fahrer, ein älterer Mann in abgewetzter Lederjacke, musterte ihn im Rückspiegel.

»Zum Phoenix Research Center. Die Adresse muss ich erst raussuchen.« Er fischte in seiner Jackentasche nach dem Handy. »Moment noch.«

»Nicht nötig. Phoenix, alles klar.«

Das Taxi setzte sich in Bewegung. Alexander lehnte sich zurück und ließ die Lichter des späten Nachmittags an sich vorüberziehen. Der Zug aus Hamburg hatte drei Stunden Verspätung gehabt. *Personenschaden.* Wahrscheinlich wieder ein Selbstmord. Jetzt fing es bereits an zu dämmern.

»Haben Sie schon ein Hotel?«, fragte der Fahrer.

»Ich wohne privat.«

Wenn Alexander in Berlin zu tun hatte, wohnte er immer in Charlottenburg in einer zur Frühstückspension umgebauten Altbauwohnung. Aber Max hatte davon nichts wissen wollen.

Du bist jetzt Teil des Teams, Alex.

Was heißt das?

Dass du natürlich im Phoenix-Gästehaus wohnst. Alles andere ist Zeitverschwendung. In seinem Leben kann man nur begrenzt viele Dinge tun, also machen wir das Beste draus.

Alexander hatte sich gefügt und keinen Einwand erhoben, auch wenn die enge Zusammenarbeit für ihn einen Beigeschmack von Kontrolle hatte. Aber schließlich war er ja kein Gefangener, konnte jederzeit ins Hotel ziehen. Und seit er das MAGAZIN verlassen hatte, musste er auf sein Budget achten.

»Kein schönes Wetter für einen Berlin-Besuch«, sagte der Taxifahrer.

»Allerdings.«

Alexander schaute aus dem Fenster. Draußen waberte milchiger Dunst. Die Häuserfassaden rannen an ihm vorbei. Das schwarz glänzende Pflaster spiegelte das Licht der Straßenlaternen und die bunten Rechtecke der Auslagen. Die beleuchteten Fenster der darüberliegenden Wohnungen verloren sich mit jedem Stockwerk weiter in den sich auflösenden Nebelschwaden. Es sah aus, als ragten die Dächer bis in die Wolken. Der Verkehr war so dicht wie immer.

»Sind Sie länger in Berlin?«, fragte der Fahrer.

»Ich weiß noch nicht.«

Er hatte mit Max ein Informationsgespräch vereinbart. Wenn ihm das Angebot zusagte, würde er gleich in Berlin bleiben. Wenn nicht, dann war es nett, gefragt worden zu sein. Zum MAGAZIN würde er auf keinen Fall zurückkehren. Heckenbusch hatte ihm süffisant Glück gewünscht.

Vor seiner Abreise hatte Alexander noch einen Kollegen aus dem Wirtschaftsressort in die Mangel genommen und dabei erfahren, dass Phoenix in den letzten zwei Jahren kaum neue Arzneimittel auf den Markt gebracht, sondern alle Ressourcen in die Forschung investiert hatte. Keiner wusste genau, worum es dabei ging und ob es bereits Ergebnisse gab. Noch schienen die Aktionäre jedenfalls unbesorgt.

Phoenix scheint ein Geheimnis zu haben, Alex.

Das Geheimnis des Erfolges, nehme ich an.

Auch wenn Alexander kein Wissenschaftler war, war ihm klar, dass Forschungsergebnisse nicht einfach aus dem Hut gezaubert werden konnten. Kein Wunder also, dass Max für seine Geldgeber eine positive Darstellung seiner bisherigen Arbeit brauchte. Es galt, das Erreichte ins rechte Licht zu rücken. Keine große Sache, aber Neuland und damit spannend.

Vielleicht fiel ja auch der eine oder andere Artikel dabei ab, den er verkaufen konnte. *Benefit profit.* Alexander freute sich auf die Arbeit.

Das Taxi kam an einer Ampel neben einem gelben Doppeldeckerbus zum Stehen.

Alexander ließ seinen Blick zu einer Litfaßsäule direkt am Bordstein wandern. Über halb abgerissenen Anzeigen und verschmierten Zetteln klebte ein Filmplakat.

Es zeigte eine leuchtende Wolkenkratzer-Skyline, die in den Nachthimmel ragte. Über dem Meer aus Hochhäusern schwebte, von Scheinwerferstrahlen gehalten, ein grünes Frauengesicht mit geschlossenen Augen, vollen Wangen und einem kleinen roten Mund. Ein Stahlhelm umschloss eng ihr Haar. Darüber prangte, wie in Marmor gemeißelt, der Schriftzug »METROPOLIS«. Darunter stand: »Fritz Lang (1927)«.

Alexander kannte den Film. Mia hatte ihn zu dem Kinobesuch, einem ihrer letzten, überredet.

Die Geschichte des Professors, der wie ein moderner Dr. Faustus die Toten zum Leben erwecken will und an einem Wesen aus Mensch und Maschine arbeitet, war ihm wie eine Metapher der modernen Welt erschienen. Es war nicht gut ausgegangen. Der Kunstmensch war von einer aufgebrachten Menge verbrannt worden. Unter der schönen Fassade war das metallene Ungeheuer sichtbar geworden.

Die Ampel schaltete auf Grün, das Taxi fuhr an.

»Ist es noch weit?«, fragte Alexander.

»Zwanzig Minuten etwa«, sagte der Fahrer. »Sie sprechen gut Deutsch.« Er musterte Alexander im Rückspiegel.

»Danke, das höre ich öfter«, sagte Alexander freundlich und wandte das Gesicht zum Fenster, um zu signalisieren, dass er sich nicht weiter unterhalten wollte.

Die Bäume des Tiergartens reckten ihre kahlen Äste wie verkohlte Arme in die Luft.

Das große Einfahrtstor zum Phoenix-Gelände stand offen. Ein älterer Mann in Uniform saß im Pförtnerhaus, warf einen Blick ins Innere des Taxis und winkte sie zu einer langen Auffahrt weiter.

Das Phoenix Research Center war ein lang gestreckter, futuristisch anmutender Holzbau, der auf einer Seite einen See überragte. Das Gebäude war nicht organisch und spektakulär wie vom Reißbrett einer Zaha Hadid, sondern klar strukturiert, mit einer fast mathematischen Anmutung.

Gerade wegen seiner harmonischen Schlichtheit war die Handschrift eines internationalen Architektenteams unverkennbar. *Phoenix arbeitet nur mit den Besten.*

Links und rechts der Auffahrt breitete sich eine weite Parklandschaft aus. Kahle Baumriesen standen wie bizarre Skulpturen Spalier. Totes Laub sprenkelte die Rasenflächen und sammelte sich auf der sonnengebleichten Stoffbespannung mehrerer Liegestühle. Das Ufer des künstlichen Sees säumte ein Sandstrand. Zwischen zwei Masten hing noch immer ein Netz. Beachvolleyball. Ungeachtet des Nieselwetters stand eine Gruppe junger Leute beieinander und diskutierte lebhaft. Das alles erinnerte Alexander an die Atmosphäre auf dem Campus einer amerikanischen Universität kurz vor Beginn der Herbstferien.

»Wo wollen Sie denn hin?«, fragte der Taxifahrer und zeigte auf ein lang gestrecktes Blockhaus, das halb verborgen zwischen hohen Tannen am anderen Ende des Parks lag. »Da rüber?«

Alexander beugte sich vor und spähte durch die Windschutzscheibe. Das Gebäude war riesig. Seine Wände bestanden aus dicken Baumstämmen. Ein mächtiges Holzdach überwölbte eine Veranda, die sich um das ganze Gebäude zog. Eine breite Holztreppe führte auf einen Kiesweg hinab. Der Architekt hatte sich bei seinem Entwurf eindeutig an einer kanadischen Lodge orientiert.

Das musste das Gästehaus sein.

»Gleich zum Haupthaus, bitte«, sagte Alexander. Er war ohnehin schon zu spät.

Wieder fiel ihm die Zugfahrt ein. Die schier endlose Wartezeit im ICE bis zur erlösenden Borddurchsage.

Das Taxi hielt vor den Eingangsstufen des Hauptgebäudes. Alexander zahlte den Fahrpreis und stieg aus.

Die Luft, die ihm entgegenschlug, war kalt und scharf. Er stellte den Kragen seiner Lederjacke hoch und schob die Hände in die Taschen. Nasskaltes Wetter kannte er aus Hamburg, und es machte ihm nichts aus. Aber in Berlin wehte im Winter immer dieser sibirische Ostwind, der direkt aus den schwarzen Kiefernwäldern Russlands zu kommen schien. Der Geruch nach feuchtem Gras und moderndem Laub, nach Land und nicht nach Stadt, stieg ihm in die Nase. Weil sich die Anlage mitten in Berlin befand, wirkte die Ruhe, die über dem Park lag, fast gespenstisch.

Alexander stieg die Stufen zu einer gläsernen Eingangstür hinauf. Eine Gruppe junger Leute kam ihm entgegen. Alle trugen Daunenjacken, waren ins Gespräch vertieft und schienen einem Ziel zuzueilen. Niemand nahm Notiz von ihm.

Das Erdgeschoss des Haupthauses war ein einziger großer Raum, der bis unter die hölzerne Dachkonstruktion reichte und an das Innere einer Scheune erinnerte. Überall standen lange Tische, an denen Menschen vor Computern saßen. Sie trugen legere Kleidung, sahen eher wie Studenten als wie Angestellte aus und tippten auf die Tastaturen, während sie miteinander flüsterten oder vor sich hin murmelten. Der ganze Raum schien zu summen und zu vibrieren.

Fast die komplette Rückwand der Halle nahm die von unsichtbaren Lampen angestrahlte Nachbildung eines versteinerten Schneckenhauses ein. Seine gezackten Spiralen wanden sich in immer enger werdenden Drehungen einem winzigen Mittelpunkt zu, ein faszinierender Zusammenklang aus Natur und Kunst, der Alexander an das perfekt geharkte Kiesmuster in einem Zen-Garten erinnerte. Es war ein Sinnbild sowohl für Vergänglichkeit als auch Ewigkeit.

Eine schwarzhaarige junge Frau, einen Pappbecher in der Hand, wanderte herum und warf hin und wieder einen Blick auf die Bildschirme. Dann blieb sie vor einer riesigen Tafel stehen und vertiefte sich in die kryptischen Kreidezeichen darauf, während sie an ihrem Getränk nippte.

Obwohl es schon auf den Abend zuging, war an einer Wand eine Art Frühstücksbüfett aufgebaut. Ein Koch in weißer Jacke füllte klein geschnittenes Obst in Glasschälchen. Die Wartenden davor diskutierten lebhaft miteinander.

Eine einzige Stahltreppe strebte wie eine Himmelsleiter in die Höhe und endete auf einer Galerie mit mehreren Türen. Von den Dachsparren hing ein Wald bunter Fahnen herab.

»Willkommen bei Phoenix.«

Alexander fuhr herum.

Ein junger Mann stand hinter ihm. Er war hochgewachsen und breitschultrig, trug Jeans und T-Shirt und wirkte wie ein Student, dem das Surfbrett lieber war als der Hörsaal.

»Meinen Sie mich?«, fragte Alexander.

Der Mann lächelte und entblößte dabei eine Reihe makelloser Zähne. »Ich bin Maik, und Sie sind Alexander Lindahl, nehme ich an.«

»Ja.«

Sie schüttelten einander kräftig die Hand.

»Ich freue mich, dich kennenzulernen, Alex«, sagte Maik. »Willkommen an Bord.«

Alexander deutete auf die geschäftigen Menschen, die dicht gedrängt an den Tischen saßen. »Konferenz?«

Maik schüttelte den Kopf. »Kreativität braucht Nähe«, sagte er. »Dies hier ist unser Gemeinschaftsraum. Hier treffen wir uns, reden, essen oder verbringen einfach Zeit miteinander. Jeder Gedanke wird präziser, wenn man über ihn spricht, sagt Max. Außerdem lassen sich die Grenzen zwischen den Teams und den Fachgebieten so am schnellsten überwinden.« Er lachte. »Aber im Moment ist es wirklich ein wenig hektisch. Bei Phoenix hat gerade eine Sprintphase begonnen.« Er bemerkte Alexanders verständnislosen Blick. »Wir organisieren Projekte in Sprints und Entspannungsphasen. Während eines Sprints schlafen alle im Gästehaus und verarbeiten ihre Laborergebnisse oder bringen Studien zu Ende. Das alles nahezu ohne Pause. Da vorn«, er deutete auf die kreidebedeckte Tafel, »da stehen die vereinbarten Ziele unserer Projekte. Erst wenn die erreicht sind, hören wir auf. Normalerweise dauert das zwei, drei Wochen. Dann ist eine Woche frei. Anschließend starten wir wieder mit neuer Forschungsarbeit. Bis zum nächsten Sprint.«

»Klingt anstrengend.«

»Unsere Teams brennen für ihre Arbeit. Alle haben die gleiche Chance auf den großen Durchbruch und den Ruhm.«

»In der Redaktion gibt es geregelte Dienstzeiten.«

Maik warf ihm einen mitleidigen Blick zu. »Verlage sind überholt«, sagte er in dem nachsichtigen Ton, den man alten Leuten gegenüber anschlägt. »Die haben das Internet doch nicht verstanden. Die Zukunft gehört Algorithmen, die Artikel, Fotos und Videos aufspüren und den Kunden gesammelt präsentieren. Aggregation nennen wir das. Information ist heute die wichtigste Währung. Mit Zeitung ist kein Geld mehr zu machen.«

»Schöne Aussichten für mich.«

Maik lachte wieder. »Komm, ich bringe dich in Max' Büro«, sagte er und fasste nach Alexanders Oberarm. »Die warten da oben schon auf uns.«

Ein junger Mann in weißem Kittel, ein Klemmbrett unter dem Arm und einen Obstteller in der Hand, kam auf sie zu. Sein Blick begegnete dem Alexanders, glitt schnell weiter.

»Hi, Tom«, sagte Maik. »Gratuliere, wie geht's Simone?«

Der Mann murmelte etwas Unverständliches, beschleunigte seinen Schritt und setzte sich an einen der Tische auf einen freien Platz. Dabei wandte er ihnen den Rücken zu, und Alexander fand, dass diese Geste fast etwas Demonstratives hatte.

»Ein Labormitarbeiter?«, fragte Alexander.

»Thomas Brenner, Humangenetiker«, sagte Maik. »Tom arbeitet im Future Office. Im Augenblick ist er ein bisschen durch den Wind – ist gerade Vater von Zwillingen geworden. Kaiserschnitt.«

»Und da ist er hier?«

»Sprintphase«, sagte Maik. »Kommst du?«

»Ja … ja klar.«

Maik führte ihn quer durch den Raum zu der großen Stahltreppe. Auf dem Weg begegneten sie der schwarzhaarigen Frau, die Alexander gleich bei seinem Eintritt aufgefallen war. Sie drückte einen Knopf an einem Automaten, wartete und zog dann ein flaches Päckchen aus einer Klappe.

»Hi, Yue«, sagte Maik.

Die Frau drehte sich um, und Alexander sah, dass sie Chinesin war. Sie musterte ihn aufmerksam, während sie das Päckchen an die Brust drückte.

Maik wandte sich an Alexander: »Jetzt kann ich dir gleich unseren Head of Research, Dr. Yue Chan, vorstellen. Yue ist eine der besten Biowissenschaftlerinnen der Welt. Ihre Fortschritte auf dem Gebiet der kombinanten DNA stellen einen Durchbruch dar. Wir sind sehr stolz, sie an Bord zu haben. Yue, das ist Alex.«

»Kombinante DNA?«, fragte Alexander.

»Synthetische Biologie«, sagte Dr. Yue Chan lächelnd und reichte Alexander die Hand. »Vereinfacht ausgedrückt, arbeiten wir an der Neuschöpfung der Natur. Willkommen bei Phoenix, Alex. Sag einfach Yue zu mir.«

Maik drohte ihm mit dem Zeigefinger. »Lass sie ja keinen DNA-Test machen, sonst reproduziert sie dich in Serie. Sie klont alles, was ihr in die Finger kommt.«

Alle drei lachten herzlich über diesen Scherz.

»Ach, übrigens«, Maik deutete auf den Automaten, »hier

kannst du dir jederzeit ein neues iPad für deine Aufzeichnungen oder ein Ladegerät ziehen. So entfällt das ganze Beschaffungswesen. Kontakt zur Außenwelt stört, wenn man ihn nicht sucht, sagt Max.«

Maik und Alexander stiegen die Treppe zur Galerie hinauf, vorbei an der Glasfassade, hinter der das inzwischen abendliche Berlin glitzerte. Die Kanzel des Fernsehturms schwebte über den Dächern. Ein Flugzeug kroch über den sternenlosen Großstadthimmel. Seine Positionslichter blinkten wie Warnleuchten.

»Die Fahnen«, sagte Maik und deutete in den Dachstuhl hinauf, »symbolisieren die vielen Nationen, aus denen die Phoenix-Mitarbeiter stammen. Jeder kann hier seine Landesfahne aufhängen.« Er lächelte Alexander zu. »Du natürlich auch.«

»Ich werde es mir überlegen.« Was für eine Flagge sollte das in seinem Fall sein? Die deutsche, die schwedische oder die marokkanische? Bestimmt hatte Phoenix auch für dieses Problem die passende Lösung.

Auf den Etagengängen passierten sie offene Türen. Menschen in Freizeitkleidung saßen an Schreibtischen und hackten auf Computertastaturen ein. Dazwischen liefen Leute in weißen Kitteln herum, Tablets in den Händen. Die Geräuschkulisse, ein gleichförmiges Tuscheln und Summen, war dieselbe wie im Erdgeschoss. Es schien die Melodie von Phoenix zu sein. Aus einem Büro dröhnte Heavy Metal.

Sie erreichten den dritten Stock, die Galerie. An einer Wand hingen Fotos, Urkunden, Schleifen, Auszeichnungen. Sie erinnerte an die Wall of Fame, an der Elite-Universitäten ihre erfolgreichen Absolventen zur Schau stellten. Hinter der Glasfront war nur noch der Abendhimmel über Berlin zu sehen. Im Westen schimmerte ein letzter Silberstreif.

Alexander zeigte auf eine Doppelflügeltür, die bis fast unter das Dach reichte. »Was befindet sich dahinter?«

»Unser Future Office«, gab Maik bereitwillig Auskunft.

»So nennen wir das Großraumbüro für unser Genetik-Team.«

»Imposanter Eingang.«

»Manche Exponate sind eben ein bisschen größer«, sagte Maik. »Wir gehen jetzt in Max' Büro.« Er führte Alexander den Gang entlang und öffnete, ohne vorher anzuklopfen, eine Tür. »Hi, Max, hier ist Alex.«

Alexander trat ein und ließ den Blick schnell durch das Zimmer schweifen. Es war ein großes Eckbüro, Traum und Statussymbol aller Manager. Abgesehen davon war es für die Kommandozentrale eines weltweiten Unternehmens spartanisch eingerichtet.

Max saß an einem großen Schreibtisch, auf dem sich Ausdrucke, Zeitschriften und Bücher stapelten. Der Computer, an dem er gerade arbeitete, war das neueste, teuerste und wohl auch leistungsfähigste Modell. Der Rechner war eindeutig der größte Luxus in diesem Arbeitszimmer. Ein paar durchgesessene Ledersessel und ein rotes Sofa vervollständigten die Einrichtung.

»Alex!« Max kam hinter seinem Schreibtisch hervor. Seit der Zeit in Palo Alto hatte er sich kaum verändert. Nur weil er die gleiche Freizeitkluft wie seine Mitarbeiter trug, fielen die ersten grauen Fäden im Haar auf. Doch er hatte noch immer die schlaksige, jungenhafte Figur wie zu ihren Schulzeiten. »Hi! Long time no see! Willkommen bei Phoenix.«

»Hi, Alex«, sagte eine Stimme mit britischem Akzent.

Erst jetzt fiel Alexander die Frau auf, die mit dem Rücken am Fenster lehnte. Sie war dunkelhaarig, schlank und hatte die Arme vor der Brust verschränkt. In einer Hand hielt sie eine Akte. Das Auffallendste an ihr war ihre Kleidung. Sie trug ein graues Businesskostüm und braune Wildlederpumps. Ihr modischer Kurzhaarschnitt passte dazu.

Max drehte sich zu ihr um. »Alex, das ist Amanda«, sagte er. »Sie ist unser CFO. Ich treffe praktisch keine Entscheidung ohne sie.«

»CFO?«, fragte Alexander.

Amanda stieß sich vom Fenster ab und kam auf ihn zu. »Chief Financial Officer«, sagte sie lächelnd und reichte ihm die Hand. Ihr Händedruck war fest. »Herzlich willkommen bei Phoenix, Alex.« Sie sagte Älex. »Natürlich trifft Max seine Entscheidungen ganz allein.« *Mäx.* Sie hatte eine angenehme Altstimme, wirkte gewandt und verbindlich. »Setzen wir uns doch. Kaffee?«

»Tee, bitte.«

»Maik, bist du so nett?«

Maik verließ das Zimmer.

Sie boten Alexander das rote Sofa an und setzten sich in die Ledersessel gegenüber. Amanda hatte die Akte auf ihrem Schoß und strich mit der flachen Hand darüber. Auf einmal bekam die freundliche Plauderei, die bisher die Atmosphäre bestimmt hatte, etwas von einem Vorstellungsgespräch.

»Ich habe Amanda von unserer gemeinsamen Zeit in Palo Alto erzählt«, sagte Max. »Jetzt ist sie natürlich ganz gespannt und hat noch ein paar Fragen.«

Alexander fiel auf, dass Max Amanda bei ihrem vollen Namen nannte, nicht etwa Mandy, und damit keine Kurzform verwendete, wie es sonst bei Phoenix üblich zu sein schien.

»Gern.« Er lehnte sich entspannt zurück und schlug die Beine übereinander. Wenn dies ein Einstellungsgespräch werden sollte, dann nur zu. Max hatte ihn persönlich angerufen. *Wir arbeiten nur mit den Besten.* Sie wollten ihn. »Worum geht's denn?«

»Alex«, sagte Amanda, »bitte betrachte unsere Fragen nicht als Misstrauen dir gegenüber.«

»Auf keinen Fall.«

Max nickte zufrieden. »Phoenix ist das führende Gentechnik-Unternehmen Europas«, sagte er. »Hier denken und forschen die fähigsten Köpfe aus aller Welt. Leider sind die Leute, auf deren Schultern sie sitzen, meist nicht sehr gesellig.« Er schmunzelte. »Deshalb ist ein gutes Klima zwischen unseren Mitarbeitern immens wichtig. Ich bin sicher, du passt perfekt zu uns.«

Alexander fragte sich, ob man diese Punkte nicht früher hätte klären können. »Das verstehe ich natürlich.«

»Alex«, sagte Amanda, »wie Max schon gesagt hat, sind wir führend in der Entwicklung von Arzneimitteln. Wir beschäftigen die besten Biowissenschaftler und Genetiker der Welt. Ein wichtiger Bereich, wenn nicht der wichtigste, unserer Arbeit ist die Forschung.«

»Kombinante DNA, ich weiß«, sagte Alexander. »Ich kenne Dr. Chan bereits.«

Sie warfen sich Blicke zu.

Max räusperte sich. »Du kennst Yue? Woher?«

»Maik hat sie mir vor einer Viertelstunde vorgestellt.«

»Oh ja, natürlich«, sagte Amanda. Sie schlug die Akte auf und überflog die erste Seite. Es sah nach reiner Routine aus. Zweifellos wusste sie den Inhalt auswendig. Sie wollten ihn prüfen, ob er an Stellen seiner Biografie log. Er hatte Phoenix eine Übersicht seiner bisherigen Arbeiten und Auszeichnungen geschickt. Erst danach war ihm der Termin in Berlin mitgeteilt worden. »Du warst mit Max in Kalifornien.« Sie blickte auf. »Warum bist du zurückgekommen? Du hättest drüben ganz andere Möglichkeiten gehabt.«

Die Tür öffnete sich, und Maik brachte ein Tablett mit Teegeschirr herein. Er stellte es auf den kleinen Tisch vor dem Sofa, spreizte Zeigefinger und Mittelfinger zum Victory-Zeichen und verschwand wieder.

»Meine Großmutter war nicht gesund«, sagte Alexander.

Er beugte sich vor und hob den Deckel von der Kanne. Teeblätter schwammen in durchsichtig grünem Wasser. Der Duft von Bergamotte stieg ihm in die Nase. Alexander legte den Deckel wieder auf und lehnte sich zurück. *Mémé* würde niemals aromatisierten Kräutertee servieren.

»Du bist bei deiner Großmutter aufgewachsen?«, fragte Amanda. »Und deine Eltern?«

»Ist das jetzt wichtig?«

»Bei Phoenix haben alle ein freundschaftliches, fast schon familiäres Verhältnis zueinander«, sagte Max. »Wir wollen einfach wissen, mit wem wir es zu tun haben. Und ich habe lange nichts mehr von dir gehört.«

»Meine Eltern haben sich scheiden lassen. Mein Vater ist nach Schweden zurückgekehrt. Er arbeitet als Journalist beim Dagens Nyheter. Wir telefonieren zweimal im Jahr. Meine Mutter hat wieder geheiratet und lebt am Bodensee.« Sie telefonierten viermal im Jahr. »Meine Großmutter hat mich aufgezogen.« Er sah Max an. »Sie ist inzwischen über achtzig.«

»Mémé.« Max lächelte. »Crêpes mit Honig und Sesam – ich erinnere mich gut an unsere Schulnachmittage.«

Amanda tippte mit dem Finger auf ihre Akte. »Du warst einer der Jahrgangsbesten im Abitur«, sagte sie und überraschte Alexander mit dieser Information. »Warum hast du danach angefangen zu arbeiten? Du hättest alles studieren können.«

Weil er sich nicht hatte vorstellen können, Jahre in Hörsälen zu verbringen. Weil seine Gene, eine Mischung aus Marrakesch und Göteborg, ihn zu neuen Ufern getrieben hatten. Daran hatte sich seither nichts geändert. Gerade jetzt verspürte er wieder diese innere Unruhe. Er war nicht gekommen, um private Fragen zu beantworten. Entweder sie wollten ihn, oder sie wollten ihn nicht. Er warf einen diskreten Blick auf die Uhr. Wenn er Glück hatte, konnte er zu einem späten Abendessen wieder in Hamburg sein.

»Ich ziehe die Praxis der Theorie vor«, sagte er in abschließendem Ton. »War's das?«

»Ich habe deinen beruflichen Werdegang natürlich verfolgt«, sagte Max. »Deine Auszeichnungen – beeindruckend. Berichtest du in deinen Reportagen über alles, was du siehst?« Er kniff die Augen zusammen.

Alexander zögerte. Das konnte eine Fangfrage sein. »Es kommt drauf an«, sagte er schließlich.

»Worauf?«

»Auf die Relevanz.«

»Kann ein Journalist überhaupt Rücksichten nehmen?«

»Schonungslose Offenheit ist nicht immer zielführend.«

Max lächelte. »Wer entscheidet das?«

»In meinem Fall?«

»Nur um den geht's hier.«

»Ich.« Alexander dachte an Sven Heckenbusch. »Allein.«

»Keine Ausnahmen möglich?«

Phoenix scheint ein Geheimnis zu haben, Alex.

»Ist da was, das ich wissen sollte, Max?«

Max legte die Fingerspitzen aneinander, stützte das Kinn darauf. Der Blick, mit dem er Alexander musterte, war prüfend. »Wir sind doch Freunde, oder?«

Was sollte das jetzt? »Ja klar.«

Max ließ die Hände sinken. »Ich verlasse mich auf deine Loyalität, nicht als Arbeitgeber, sondern als Freund.« Er machte eine Pause. »Deswegen will ich dich an Bord haben.«

»Ich brauche freie Hand bei meiner Arbeit.«

»Selbstverständlich«, sagte Amanda. »Bei Phoenix bist du nur der Wahrheit verpflichtet, Alex, und nicht uns. Unsere Ergebnisse sind alle belegbar, und Zahlen lügen nicht.« Sie schlug die Akte zu und verschränkte die Finger darauf. »Danke für deine Offenheit.«

»Gern.« Alexander lächelte herzlich. Er wusste, dass er nicht mehr preisgegeben hatte, als in ihrer Akte stand. Aber Max' Appell an seine Freundschaft irritierte ihn.

Max klatschte in die Hände. »Jetzt erzählen wir dir ein paar Dinge über Phoenix und was dich bei uns erwartet«, sagte er. »Du wirst Zutritt zu allen Teams und Labors haben. Unser Credo lautet: Es gibt keine dummen Fragen außer solchen, die nicht gestellt werden.«

»Mit der Einstellung kann ich was anfangen.«

»Während deiner Arbeit für Phoenix wohnst du in unserem Gästehaus«, fuhr Max fort, »so wie alle.« Obwohl er der Firmengründer war, schien er sich in erster Linie als Teil des Teams zu verstehen. *Wie damals in Palo Alto.* »Alles, was du hier hörst oder siehst, unterliegt der absoluten Geheimhaltung. Aufzeichnungen oder Datenträger mit Informationen, die du hier bekommst, dürfen das Gelände von Phoenix nicht verlassen. Im Verdachtsfall – der bei dir natürlich nie eintreten wird – kann eine Leibesvisitation vorgenommen werden. Du hast einen voll eingerichteten Arbeitsplatz im Gästehaus. Wenn du noch etwas brauchst, dann sag es bitte einfach Maik.«

Amanda beugte sich vor. »Alex, wir möchten dir keine Vorschriften über dein Privatleben machen, aber –«

»Freut mich, das zu hören.«

Sie verzog den Mund. »Wir möchten dich einfach bitten, während deiner Zeit bei Phoenix besonders sorgfältig auf deinen Umgang zu achten.«

»Keine Drogen«, sagte Max. »Keine Weibergeschichten.«

»Sollte jemand, den du noch nie gesehen hast, versuchen, dein Vertrauen zu gewinnen«, setzte Amanda hinzu, »erwarten wir von dir nur, uns das zu sagen. Unser Sicherheitsteam wird dann eine diskrete Überprüfung vornehmen. Sollte sich deine neue Bekanntschaft als unbedenklich herausstellen, wird nie jemand von unseren Nachforschungen erfahren. Wenn nicht – musst du sie allerdings beenden.«

Phoenix war ein innovatives Unternehmen mit einem großen Forschungsbereich, die Vorsichtsmaßnahmen also nicht übertrieben. »Einverstanden«, sagte Alexander.

Max sah ihn scharf an. »Wir sind nicht paranoid, Alex, aber wir forschen auf einem ganz neuen Gebiet. Und damit verdienen wir viel Geld. Und du ab jetzt auch.«

»Hört sich gut an.« Über das Honorar hatte er sich bis jetzt keine Gedanken gemacht. Ihn interessierte Phoenix. Der Erfolg. *Das Geheimnis.*

Max lächelte Amanda an, dann sagte er: »Wir zahlen dir ein großzügiges Gehalt, während du hier recherchierst, natürlich bei freier Kost und Logis. Du kannst jederzeit ein Auto aus dem Phoenix-Fuhrpark benutzen.« Er machte eine Pause. »Du hast sechs Monate. Für das fertige Buch bekommst du eine Abschlagszahlung. Alle Rechte liegen dann bei uns.«

»Ich gebe nie die Rechte an meiner Arbeit ab.«

»Das ist eine Conditio sine qua non«, sagte Max. Und dann nannte er die Höhe der Abschlagszahlung.

Alexander dachte, er habe sich verhört. »So viel?«

»Zuzüglich Steuern«, sagte Amanda, CFO.

Denk dran, das ist eine Auftragsarbeit. »Und ich kann wirklich schreiben, was ich für richtig halte?«, fragte Alexander und bemühte sich, sein Misstrauen nicht allzu sehr durchklingen zu lassen.

»Wir bitten dich sogar darum.« Max nickte. »Bei Phoenix gibt es keine Zensur. Fortschritt braucht Freiheit.«

Noch vor einer Woche hatte Alexander an seinem Schreibtisch beim MAGAZIN gesessen und um den Inhalt jeder Story streiten müssen. Jetzt konnte er schreiben, wie und was er wollte. Und das für ein geradezu astronomisches Honorar. *Wir arbeiten nur mit den Besten.* Anscheinend betrachteten sie ihn wirklich als den Besten für den Job. Und der hatte eben seinen Preis. Er spürte, wie sich ein Lächeln auf seinem Gesicht breitmachte.

»Ich verstehe nichts von Biologie.«

Amanda schmunzelte. »Das ist uns bewusst, Alex.«

Max schüttelte den Kopf, gespielte Verzweiflung. »Was warst du für eine Niete in Physik und Chemie«, sagte er. »Stoff gelernt, aber nie verstanden, stimmt's?« Er sah Amanda an. »Einmal hat er gesagt, er kann mit theoretischen Annahmen nicht arbeiten, er will Beweise – *fürs Universum.*«

Alexander musste lachen, der lockere Gesprächsabschluss entspannte ihn. »Na, wenigstens machst du dir keine Illusionen über meine naturwissenschaftliche Kompetenz.«

»Dein fachlicher Input beschränkt sich aufs Schreiben.«

»Dann sind wir im Geschäft«, sagte Alexander.

»Was für ein Tag!« Max strahlte. Er beugte sich vor und klopfte Alexander auf den Arm. »Willkommen an Bord.«

Auf Amandas Gesicht lag noch immer ein Lächeln, aber ihr Blick war nachdenklich. *»Welcome on board«*, sagte sie.

Max und Amanda standen auf. Das Gespräch war zu Ende. Max brachte Alexander zur Tür und öffnete sie.

Auf dem Gang stand Maik.

»Ach, ehe ich es vergesse«, sagte Max. »Maik kennst du ja schon. Er ist dein erster Ansprechpartner und wird dich überallhin begleiten. Er wohnt Tür an Tür mit dir im Gästehaus. Du kannst ihn also immer kontaktieren.«

Mit einem Aufpasser hatte Alexander nicht gerechnet. »Hi, Maik«, sagte er im Ton von Phoenix. »Wie praktisch.«

Maik nickte und grinste.

Na prima, dachte Alexander. Er stand also unter ständiger Beobachtung. Jeder seiner Schritte würde ab jetzt überwacht werden. »Ich kann mich überall frei bewegen?«

»Ja klar«, sagte Max. Sein Ton lag zwischen Überraschung und Gekränktheit. »Im Research Center stehen dir alle Türen offen.« Er klopfte Alexander auf die Schulter. »Sag einfach Maik Bescheid. See you, Alex.«

»Auf bald, Max.«

Maik führte Alexander durch den Park zum Gästehaus. Es war kälter geworden, und der Geruch von Tannennadeln und feuchter Erde lag in der Luft. Wieder fiel Alexander die unnatürliche Stille auf. Nur ganz aus der Ferne war leises Verkehrsrauschen zu hören.

»Ziemlich weitläufige Anlage«, sagte er zu Maik. »Dass man so ein großes Grundstück in Berlin überhaupt bekommt?« In Dahlem musste es ein Vermögen gekostet haben.

»Max hat es vor etwa fünf Jahren gekauft«, sagte Maik. »Gleich, als er aus Kalifornien zurück ist. Im Park stand früher eine alte Villa. Hat so einem Nazibonzen gehört, glaube ich. *Bad vibrations*, wenn du weißt, was ich meine.«

»Die Villa ist während des Nationalsozialismus arisiert worden?«

Maik nickte. »Max hat die ganze Liegenschaft von den rechtmäßigen Erben in Amerika gekauft. Die wollten nicht mehr zurück, kann man ja auch verstehen.« Er drehte sich um und deutete auf das Haupthaus, das durch die kahlen Bäume so surrealistisch wie ein Ufo herüberleuchtete. »Genau da stand die Villa.« Er setzte seinen Weg fort. »An der Stelle vom Gästehaus«, er zeigte auf das Blockhaus, das zwischen den Tannen vor ihnen auftauchte, »war früher das Quartier für die Wachmannschaften.«

Bad vibrations.

Sie hatten das Blockhaus erreicht, stiegen die breite Holztreppe hinauf und betraten das Gebäude. Ein langer, von Zimmertüren gesäumter Gang führte nach links und nach rechts. Auf die Türen waren Zahlen aus Schmiedeeisen genagelt. Ein roter Sisalläufer mit indianischen Mustern lag auf den Dielen. An den Wänden hingen Masken, Pfeile und Bögen. Es roch nach Wald und frisch geschlagenem Holz.

Maik führte Alexander den rechten Gang hinunter bis zu der Tür mit der Zahl 13. Er öffnete sie, knipste das Licht an und ließ Alexander den Vortritt.

»Noch mal: Willkommen bei Phoenix«, sagte er. »Ich wohne auf vierzehn, gleich nebenan. So kannst du mich jederzeit erreichen.«

»Prima.«

Das Zimmer war sichtbar von einem Innenarchitekten mit Anspruch und Ehrgeiz eingerichtet worden. Mehrere im Raum verteilte Lampen verbreiteten behagliches Licht und beleuchteten einen großen Schreibtisch, auf dem der gleiche Computer stand, an dem Max in seinem Büro gesessen hatte, daneben ein Drucker und ein Telefon. Eine mit rotem Leder bezogene Sitzgarnitur gruppierte sich vor einem

Kamin mit rustikaler Steinumrandung. Dicke Holzscheite waren bereits in dem rauchgeschwärzten Feuerloch aufgeschichtet. Ein Schrank mit Schnitzereien und ein breites Bett vervollständigten die Einrichtung. Auf dem Boden lag ein Kelim, der farblich zu einem indianischen Teppich über dem Kamin passte. Bodenlange Vorhänge aus gewebtem Leinen verbargen wohl Terrassentüren. Alexander fühlte sich schon beim ersten Anblick wie erschlagen.

»Gefällt's dir?«, fragte Maik mit Stolz in der Stimme.

»Wenn Pocahontas auch hier wohnt …«

»Die leider nicht, aber viele bei Phoenix sind aus den Staaten«, sagte Maik. »Die mögen eine relaxte Atmosphäre. Max will, dass wir uns in unserer Freizeit erholen. Deswegen das Urlaubsfeeling hier.« Die Begeisterung über Max' Fürsorge war ihm anzuhören. »Du hast Glück, dass das Zimmer frei ist, hier hat eigentlich Ben Miskin, der Leiter des Future Office, gewohnt.«

»Und wo wohnt er jetzt?«

Maik zuckte die Schultern. »Ben ist nicht mehr bei uns«, sagte er etwas vage. »Na ja, ich lass dich dann mal allein. Du weißt ja, wo du mich findest?«

»Zimmer 14, gleich nebenan.«

Maik machte das Victory-Zeichen. »See you, Alex.«

»See you, Maik«, sagte Alexander automatisch und erschrak im nächsten Augenblick, wie leicht ihm der Phoenix-Slang schon fiel.

Als Maik gegangen war, trat er an einen der langen Vorhänge und zog ihn zurück. Vor ihm lag der dunkle Park. Licht fiel aus einem Fenster zu seiner Rechten und zeichnete ein helles Rechteck auf den Rasen. War das die Nummer 14? Dann hatte Maik bereits Posten bezogen.

Alexander dachte an die großzügige Abschlagszahlung, die Max in den Raum gestellt hatte. Warum so viel Geld für so eine leichte Arbeit? Er gab sich die Antwort selbst. Sie arbeiteten nur mit den Besten, und er war eben einer der

Besten. Und Max war sein Freund, verließ sich auf seine Loyalität, vertraute ihm.

Trotzdem blieb es eine Menge Geld.

Alexander riss den Vorhang zu. Die Holzringe klapperten über die lange Stange, als wollten sie Morsezeichen senden.

W-i-l-l-k-o-m-m-e-n-a-n-B-o-r-d.

6

Über die Glasscheibe liefen Wellen aus Licht, die der mit zahlreichen Spots angestrahlte See auf die Front des Research Centers reflektierte. Dahinter stand der winterkahle Wald, aus dem sich die Skyline von Berlin erhob. Die Kanzel des Fernsehturms schwebte wie ein Ei aus Stahl über den Dächern. Die getönten Scheiben ließen den Novemberabend noch düsterer wirken.

Philipp Warnke lehnte mit der Stirn an der kalten Glasfront des Future Office und starrte hinaus. Hier, in dem Großraumbüro im dritten Stock, standen die Schreibtische und Computer, an denen die Wissenschaftler ihre Arbeit erfassen und auswerten konnten, reihten sich Regale mit Wissenschaftsbüchern, stapelten sich Fachzeitschriften.

Nach oben reichte der Raum bis unter die Dachkonstruktion, unter der an einem Drahtseil das riesige Gerippe eines Flugsauriers hing. Es war eine Nachbildung von Archaeopteryx. Sein Schädel mit den spitzen Zähnen ragte an einem langen Hals nach vorn, die Flügel, die in Händen mit zwei Krallen endeten, waren wie zum Flug ausgebreitet, die langen Zehen zum Greifen gespreizt. Zusammen mit den prähistorischen Tierskeletten und Versteinerungen, die sich auf Podesten an den Wänden reihten, verlieh Archaeopteryx dem Future Office eine weltferne Stimmung, die irgendwo zwischen Naturkundemuseum, Wunderkammer und Kuriositätenkabinett lag.

Nur ein Bord gab einen Hinweis auf das Spezialgebiet, das das Zentrum der Arbeit im Future Office bildete. Ben hatte es anbringen lassen. Darauf standen, säuberlich aufgereiht wie die sterblichen Überreste Enthaupteter, Nachbildungen frühmenschlicher Köpfe. »Sahelanthropus tchadensis«, war auf einer kleinen Silberplakette unter einem affenähnlichen

Gesicht zu lesen, gefolgt von »Australopithecus afarensis« und »Homo antecessor«. Erst die Gesichtszüge von »Homo heidelbergensis« und »Homo neanderthalensis« erinnerten an die moderner Menschen.

Ben, wo ist der Kopf des Homo sapiens?

Hab ihn heute Morgen beim Rasieren im Spiegel gesehen.

Pass auf, dass er auf dem Hals bleibt.

Das war der Running Gag im Future Office.

Warnke gähnte. Es ging schon auf Mitternacht zu, und hinter ihm wurde immer noch auf eine Computertastatur eingehackt. Julia schien heute kein Ende finden zu wollen. Die beiden anderen Mikrobiologen waren schon vor einer Stunde gegangen.

Warnke drehte sich um.

Es gab keine feste Sitzordnung, jeder konnte sich mit seinem Laptop an den Platz setzen, der gerade frei war. Julia saß mit dem Rücken zur Wand, direkt neben dem Mammutskelett aus dem sibirischen Permafrost, dessen aufgebogene Stoßzähne im kalten Licht der Schreibtischlampe glänzten und dessen Rippen Warnke immer an einen Käfig aus Knochen erinnerten.

»Hey, Juli«, sagte Warnke. »Mach Schluss.« Er legte eine gewisse Väterlichkeit in seine Stimme – der Abteilungsleiter, der sich um seine Mitarbeiterin sorgt.

Julia hielt die Hände über der Tastatur in der Schwebe und wandte Warnke das Gesicht zu. Ihre Augen zwinkerten hinter der schweren Hornbrille. Das schwarze Haar hing strähnig um ihr blasses Gesicht. Sie war erst Anfang zwanzig, aber ihr Blick hatte schon den verbissenen Ausdruck aller Karrieresüchtigen. Neben ihrem Laptop stand eine Zweiliterflasche Mineralwasser. Sie war noch fast voll.

»Was?«, fragte sie verwirrt.

Warnke fiel ein, dass sie erst seit ein paar Wochen bei Phoenix arbeitete. Er hatte bisher kaum zwei Sätze mit ihr gewechselt. Ihr kläglicher Anblick tat ihm leid. Sie hatte auch kaum etwas getrunken, ein gefährlicher Fehler in der staubtrockenen Luft unter den Dachsparren. Die Anzeichen einer Dehydration konnte man leicht übersehen.

»Geh schlafen, Juli, du machst dich kaputt«, sagte er und meinte es ehrlich. Wie alle anderen wohnte auch Julia in der Sprintphase im Gästehaus. »Für heute reicht es.«

Julia zwinkerte wieder. »Wie spät ist es denn?«

»Gleich Mitternacht.«

Sie sank in sich zusammen und legte die Hände in den Schoß. »Oh.«

»Wann hast du denn heute Morgen angefangen?«

»Weiß nicht – halb sechs oder so.«

»Woran arbeitest du?«

Sie richtete sich auf, ihr Blick wurde lebhaft. »Max hat für mich die Entwicklung eines neuen Bakteriophagen als Ziel definiert. Ich bin so stolz auf sein Vertrauen, immerhin ist das einer der größten Aufträge für Phoenix.« Ein selbstzufriedenes Lächeln erschien auf ihrem Gesicht. »Ich orientiere mich an Phi X 174. Genial, was?«

»Ach, wirklich?«, fragte Warnke, hellhörig geworden.

Phi X 174 war ein einfacher Bakteriophage, ein Bakterienfresser, eine Art Gegenmittel der Natur. Er war zuerst in den Abwässern von Paris entdeckt worden und befiel das Bakterium Escherichia coli, schleuste seine DNA in die Bakterienzelle, brachte ihren biologischen Apparat unter Kontrolle und erzeugte auf diese Weise viele neue Viren. Die Nachkommen von Phi X 174 brachen aus der Zelle aus und infizierten weitere Escherichia-coli-Bakterien.

Julia nickte eifrig. »Die Stadt New York hat uns den Entwicklungsauftrag erteilt«, sagte sie. »Sie wollen ein speziell auf ihr Milieu zugeschnittenes biologisches Gegenmittel. Und weißt du, was das Beste ist?«

Warnke schüttelte stumm den Kopf. Wieso hatte er von diesem Auftrag nichts gehört? Er war der Laborleiter.

»Ich schaffe es sogar vor der Zeit«, sagte Julia. »Bin schon gespannt, was Max sagt.« Ihre Augen hinter den dicken Brillengläsern leuchteten.

Warnke bezwang seinen Ärger. »Na prima«, sagte er milde, »dann kannst du ja auch mal schlafen.«

Julia sah aus, als müsste sie über dieses Argument erst nachdenken. Warnkes Ärger verwandelte sich in Wut. Das Mädchen war ehrgeizig, bereit, für seine Ziele alles zu geben. Sie konnte es bei Phoenix weit bringen, wenn Max ihr diesen hoch dotierten Forschungsauftrag überließ. Irgendwann würde er sie ihm vielleicht sogar vor die Nase setzen. Wenn sie nicht vorher ausbrannte. Es konnte jedenfalls nicht schaden, bei Gelegenheit einen Blick auf die Ergebnisse ihrer Forschung zu werfen.

»Los, Juli«, sagte er. »Hau ab.«

Julia schenkte ihm ein Lächeln, war von seiner Fürsorge sichtlich gerührt. »Noch zehn Minuten, dann bin ich weg.«

Entnervt drehte Warnke sich wieder zum Fenster.

Er dachte an Ben Miskin.

Mittelgroß, drahtig und Ende zwanzig, war Ben optisch eine jüngere Ausgabe von Max gewesen. Dessen Charisma hatte ihm jedoch völlig gefehlt. Während Max anderen Menschen immer seine volle Aufmerksamkeit schenkte und ihnen auf diese Weise das Gefühl gab, etwas ganz Besonderes zu sein, war Ben verschlossen, ja geradezu abweisend gewesen.

Bei Phoenix irritierte derartiges Verhalten niemanden. Zumal Ben immer mit irgendwelchen bahnbrechenden Ergebnissen, von denen nie jemand außer Max erfahren hatte, aus seiner selbst verordneten Klausur aufgetaucht war. Es hieß, dass er dann einen ordentlichen Bonus kassiert hatte.

Immer wieder hatte Warnke spätnachts, wenn er zum Gästehaus gegangen war, Ben und Max in dessen erleuchtetem Büro diskutieren sehen. Nie hatte Ben ein Wort über diese Besprechungen verlauten lassen, sich am nächsten Morgen nur noch verbissener in die Arbeit gestürzt. Einmal hatte

Warnke herauszufinden versucht, woran Ben gerade arbeitete. Doch sein Programm war auf einem isolierten Rechner installiert und nur über einen autorisierten Kanal zugänglich gewesen. Keiner der Rechner, auf denen brisante Forschungen dokumentiert wurden, waren mit der Außenwelt verbunden, um jeden unbefugten Zugriff abzuwehren. Aber Bens Rechner war nicht einmal mit dem hoch abgeschirmten Netz von Phoenix gekoppelt.

Warnke hatte Ben den Erfolg nie geneidet. Ganz bestimmt nicht. Jeder war Teil des Teams, alle waren gleich.

Nur manche sind ein wenig gleicher, was?

Auf einmal hatte Ben sich verändert. Manchmal war er tagelang nicht im Research Center aufgetaucht. Anscheinend hatte das in der Chefetage niemanden gestört, und alle anderen waren so mit ihrer Arbeit beschäftigt gewesen, dass Bens Fehlen vielleicht nur Warnke aufgefallen war.

Dann hatte Ben begonnen, abends noch länger im Future Office zu bleiben. Schließlich hatte er ganze Nächte an seinem Arbeitsplatz ausgeharrt. Warnke wusste das, weil er in der Regel den Nachbarschreibtisch benutzte. Am Ende hatte Ben bizarre Gewohnheiten entwickelt. Während seiner endlos langen Schichten hatte er angefangen, Selbstgespräche zu führen. Warnke hatte nie ein Wort verstanden, es hatte wie das Gemurmel in einer fremden Sprache geklungen. Aber es hatte ihn genervt.

Redest du mit mir, Ben?

Wie bitte?

Kann's sein, dass du langsam durchdrehst?

Ben hatte ihn aus blutunterlaufenen Augen, *Rattenaugen*, angestarrt. In seinem Blick hatten Verzweiflung und Hoffnung zugleich gelegen, und Warnke hatte begriffen, dass er den wunden Punkt getroffen hatte. Ben wirkte von Sorge geradezu zerfressen, war am Ende seiner Kräfte. Warnke kannte diese Unruhe, die einem Zusammenbruch vorausging, nur allzu gut. Nachdem sein Vater endgültig abgehauen war, hatte seine Mutter jahrelang versucht, mit Alkohol gegen ihre Depressionen anzukämpfen, war immer tiefer in die Abhängigkeit geglitten, bis sie eines Morgens tot in der Küche gelegen hatte. Herzversagen, hatte es geheißen. Da war Warnke siebzehn gewesen. Er hatte es trotzdem geschafft.

Und jetzt Ben Miskin.

Er hatte Warnkes Worte als Gesprächsangebot missverstanden, wollte sich ihm anvertrauen. Ein Glücksgefühl hatte Warnke erfasst. Benjamin Miskin PhD, das Gentechnik-Genie, brauchte Hilfe.

Hör mal, Phil …

Du, sorry, ich bin gerade selbst ziemlich unter Druck.

Eine Woche später hatte Ben in seinem Schutzanzug auf dem Boden des Hochsicherheitslabors gelegen und wie ein Karpfen auf dem Trockenen nach Luft geschnappt. Warum hatte Warnke seinen Hilferuf ignoriert? Weil Ben Max' Freund und Vertrauter gewesen war? Weil er Erfolg gehabt und mehr Geld als alle anderen verdient hatte? Oder weil Warnke einmal seine Mitarbeit bei einem von Bens Projekten angeboten und dieser nur verächtlich den Kopf geschüttelt hatte?

Blödsinn. Natürlich nicht. Wenn er Bens Zustand rechtzeitig erkannt hätte, wäre er sofort zu Max gegangen. Ganz sicher. Aber er hatte das ganze Ausmaß seines Nervenzusammenbruchs nicht voraussehen können. Er war schließlich kein Psychiater. Es war nicht seine Schuld, dass Max ihn zu Bens Nachfolger bestimmt hatte.

»Okay«, sagte Julia, »ich hör auf für heute.«

Warnke drehte sich rasch um. »Bis morgen, Juli.«

Julia, den Laptop unter dem Arm, zögerte. »Und du? Gehst du nicht?«

»Ich mach noch das Licht aus.«

»Stimmt was nicht, Phil?«

»Wieso?«

»Du siehst so komisch aus.«

»Unsinn.«

»Machst du dir Sorgen?«

»Nein, aber du kannst mir das Mineralwasser dalassen.«

Julia sah aus, als läge ihr noch eine Frage auf der Zunge, aber sie sagte nur: »Okay, see you, Phil.«

»See you, Juli.«

Warnke wartete, bis sich die Tür hinter ihr geschlossen hatte, dann nahm er die Wasserflasche und ging zu Ben Miskins ehemaligem Arbeitsplatz. Es war jetzt seiner. Niemand außer ihm setzte sich jemals dorthin. Von hier hatte er die Tür im Auge, auch wenn er nicht damit rechnete, dass ihn um diese Uhrzeit noch jemand stören würde. Und selbst wenn – er blieb oft länger, wartete immer, bis sein ganzes Team den Raum verlassen hatte. Erst dann fing er an, seine Ergebnisse einzugeben. Er misstraute grundsätzlich jedem und den Phoenix-Karrieristen erst recht.

Er nahm einen Schluck aus der Wasserflasche und blickte nachdenklich auf das Präparat eines südafrikanischen Quastenflossers, das in seinem Glaskasten aussah, als paddelte der urtümliche Fisch mit dem monströsen Kopf in einem Aquarium. Miskin hatte das Exponat ans andere Ende des Future Office verbannt und stattdessen die lebensgroße Plastik eines Menschen neben seinem Schreibtisch aufgestellt. »Homo habilis, Pliozän, Afrika«, stand auf dem Messingschild am Podest. Darauf hockte ein spärlich behaarter Mensch mit einem affenähnlichen Gesicht, den Blick versonnen in die Ferne gerichtet. Seine Hand umklammerte einen Stein. Das Exponat erinnerte Warnke an einen ausgestopften Menschen, egal, ob es mit Bens Arbeit zu tun gehabt hatte oder nicht. Er beschloss, den Homo habilis ins Lager bringen zu lassen. Immerhin war er jetzt der Laborleiter. *Was hatte sein Vorgänger an Lechtenbrinck verkaufen wollen?*

Ein Verdacht keimte in ihm auf. Warum hätte Ben seine Ergebnisse überhaupt aus der Hand geben sollen? Aus seiner Position bei Phoenix heraus und mit einem eigenen

Forschungsprogramm im Rücken? Das ergab keinen Sinn. Lechtenbrinck hatte ihn belogen. *Arschloch.*

Einen Augenblick lang überlegte Warnke, ob er noch aussteigen, Lechtenbrinck irgendwie loswerden konnte. Sollte er technische Probleme vorschützen? Er verwarf den Gedanken sofort wieder. Lechtenbrincks Geschäft war Spionage, sein Umgang mit abtrünnigen Mitwissern vorhersehbar.

Ohne darüber nachzudenken, fasste Warnke an seine rechte Jackentasche. Sie war leer. *Natürlich.* Rasch zog er die Hand zurück. Es war reine Gewohnheit gewesen. Er besaß ja gar keine Pillen mehr. Warnke wurde nervös. Seit er bei Lechtenbrinck gewesen war, tauchte der Gedanke an die Drogen immer wieder auf, ließ sich mittlerweile kaum noch aus seinem Kopf verdrängen. Oder wollte er ihn gar nicht loswerden?

Verdammt, Lechtenbrinck, das wird dich kosten.

Warnke stand auf, zog eine Schlüsselkarte aus der Tasche und durchquerte das Future Office. Am anderen Ende des Raumes befand sich eine feuersichere Stahltür. Dahinter lagerten die Biowissenschaftler ihre Arbeitsproben. Warnke hob die Karte vor das Lesegerät, wissend, dass das System seinen Zutritt mit Uhrzeit und Aufenthaltsdauer registrierte. Dann betrat er den Raum, der stets bei acht Grad Celsius – Kühlschranktemperatur – gehalten wurde, und schaltete das Licht an. Flackernd sprangen die Neonröhren über seinem Kopf an und beleuchteten eine Reihe Stahlschränke mit Tiefkühleinheiten auf der einen, einen mit Schnellheftern und Tabellen bedeckten Labortisch und einen raumhohen Kühlschrank, in dem noch tiefere Temperaturen möglich waren, auf der anderen Seite.

Schnell ging Warnke zu dem Kühlschrank, drückte den Hebelverschluss hinunter und zog die schwere Tür auf. Jetzt lagen zehn Schließfächer vor ihm. Das oberste war das des Laborleiters. Bis vor Kurzem hatte es Ben Miskin gehört, und noch immer enthielt es ein paar seiner Proben. Max hatte darauf bestanden, dass Ben bei seiner Rückkehr alles so vorfinden sollte, wie er es zurückgelassen hatte. Das war typisch für Max, seine Loyalität, sein Optimismus. Außer ihm rechnete bei Phoenix niemand damit, Ben jemals wiederzusehen.

Warnke öffnete mit seiner Karte das Schließfach und zog einen Ständer mit zugestöpselten Plastikröhrchen aus der Kälte. Jedes war mit Alkohol gefüllt, und in jedem schwebte wie ein weißes Wölkchen ein winziges Stück DNA. Warnke nahm einen der Behälter heraus und hielt ihn gegen das Licht.

Einhundert Mikrogramm DNA – genug für fünfhunderttausend Untersuchungen. Das Röhrchen sah nicht anders aus als alle anderen, die gekühlt oder tiefgefroren hier lagerten. Außer dass ein Etikett daran klebte. Darauf war ein einziger kyrillischer Buchstabe gekritzelt. Er sah aus wie ein unten offenes Dreieck. Ben Miskin war als Kind aus Russland gekommen, hatte seine persönlichen Notizen in kyrillischer Schrift geführt. Warnke konnte kein Russisch, war sich nicht mal sicher, dass der Haken überhaupt etwas bedeutete. Nadjeschda fiel ihm ein, aus dem Labor für alte DNA. Sie würde ihm Auskunft geben – und ihn in der nächsten Sekunde an Phoenix verraten. Enttäuscht steckte er das Röhrchen zurück, schob den Ständer wieder in das Schließfach und schloss die Kühlschranktür.

Nachdenklich öffnete er die Labortür wieder mit dem Transponder und verließ den Raum. Auf Nachfragen würde er behaupten, nach dem Rechten gesehen zu haben. Schließlich war er der Laborleiter.

Er setzte sich wieder an seinen neuen Arbeitsplatz.

»Ben«, flüsterte er. »Hilf mir.«

Natürlich erhielt er keine Antwort. Nur der Homo habilis hockte wie zum Sprung bereit und starrte über seinen Kopf hinweg in eine weite urzeitliche Ferne. Es sah aus, als wöge er den Stein in seiner Hand, um ihn im nächsten Augenblick auf Warnke zu schleudern.

Warnke stützte die Ellenbogen auf den Tisch und vergrub das Gesicht in den Händen, wünschte, er hätte eine seiner kleinen bunten Pillen bei sich. Er spürte, wie er rot wurde. Scham erfasste ihn. Er war clean, würde dem Verlangen auf keinen Fall nachgeben. Warnke fing an zu schwitzen. Schweiß sammelte sich zwischen seinen Schulterblättern und lief seinen Rücken hinunter. Sein Mund war wie ausgedörrt. Er griff nach der Wasserflasche und leerte sie wie ein Verdurstender. Dann setzte er die Flasche ab und fuhr sich mit dem Handrücken über den Mund.

Die Köpfe auf dem Bord starrten ihn vorwurfsvoll an.

»Euch sollte man in die Tonne treten«, zischte Warnke.

Der Durst war immer noch da. Er brauchte mehr Wasser.

Aber in Wirklichkeit lechzte er nach seinen Pillen.

7

Hinter dem Phoenix Research Center lag eine Halle. Sie war an das Haupthaus angebaut und grenzte mit der Rückfront an eine stacheldrahtbewehrte Mauer und dahinter an eine dicht befahrene Straße. Vom Park aus war sie nicht zu sehen. Ihr Eingang lag halb verborgen unter der Stahltreppe im Inneren des Haupthauses.

Am frühen Morgen betrat Max van Damme durch die Tür mit der Aufschrift »Kontroll- und Überwachungsraum« ein Büro. Auf einem großen Tisch standen dort zwei Monitore. Über den einen bewegten sich fortlaufend eine rote und eine schwarze Kurve. Auf dem zweiten waren etwa zehn Quadrate zu sehen, die mit Linien verbunden waren. Darüber stand: »Schaltplan für die Einheit«.

Eine Tür am anderen Ende des Büros führte van Damme in die Halle. Sie erinnerte an einen Flugzeughangar, doch einzig eine Art stählerner Baucontainer stand in ihrer Mitte. Auf einer großen Schalttafel an einer seiner Metallwände blinkten rote und grüne Lämpchen, digitale Anzeigen leuchteten.

Im Vorbeigehen streifte van Dammes Blick ein kleines Glasfenster am Container, hinter dem gedämpftes Licht brannte. Er wandte sich nach rechts und stand kurz darauf vor einer mit einer Überwachungskamera gesicherten Tür. Nach wenigen Sekunden sprang sie auf.

Van Damme betrat einen fensterlosen kleinen Raum.

Nur ein großer Tisch stand darin, darauf acht Monitore, ein Wust an Papier, eine Thermoskanne und eine große Kaffeetasse. Eine Schreibtischlampe beleuchtete das dickliche Gesicht eines älteren Mannes in Khakihemd. Während er van Damme entgegensah, nahm er seine Kopfhörer ab.

»Salut, mon capitaine«, sagte van Damme scherzhaft, spielte auf die Vergangenheit seines Sicherheitsbeauftragten

bei der französischen Fremdenlegion an. »Alles ruhig an der Front, Faber?« Er schloss die Tür, und ein Geruchsgemisch aus abgestandenem Kaffee und Schweiß stach ihm in die Nase. Er unterdrückte den Anflug von Übelkeit. »Schon meinen Freund Alex kennengelernt?«

»Hab ihn beim Einrücken gesehen.«

»Wie findest du ihn?«

Faber blies die Backen auf und stieß die Luft wieder aus. »Netter Typ, zumindest auf den ersten Eindruck. Aufgeweckt. Schenkt seiner Umgebung viel Aufmerksamkeit. Erinnert mich ein wenig an einen Spürhund. Wenn du ihn beschäftigt hältst und immer schön auf der richtigen Fährte suchen lässt, hat die Sache vielleicht – aber nur vielleicht – eine Chance.«

»Klingt nicht überzeugt.«

»Ich bin dein Sicherheitschef und trage die Verantwortung.« Faber spielte mit dem Kabel der Kopfhörer, wickelte sie um den Zeigefinger und wieder ab. »Lindahl war deine Entscheidung, Max, denk dran.«

»Ich kenne Alex seit zwanzig Jahren.«

»Und ich habe den üblichen Einstellungscheck gemacht.« Faber warf das Kabel auf den Tisch und sah van Damme direkt ins Gesicht. »Der Mann ist ein Einzelgänger, in keiner Weise kooperativ. So einer wird nie Teil der Truppe. Auf seiner letzten Arbeitsstelle hat er nur für Probleme gesorgt. Der stand kurz vor dem Rausschmiss. Lindahl hat seinen eigenen Kopf. Das ist eine *unguided missile*.«

»Ja, das ist ganz Alex«, sagte van Damme gut gelaunt.

»Wir sollten vorsichtig sein.«

»Alex hat keine Ahnung von Biologie, geschweige denn vom menschlichen Gehirn«, sagte van Damme. »Wenn du ihn fragst, wo die Synapsen liegen, wird er denken, dass es sich dabei um eine Inselgruppe im Südpazifik handelt.« Seine Mundwinkel zuckten. »Wahrscheinlich wird er überlegen, ob dort der Lebensraum der Ureinwohner bedroht ist, und es als seine Pflicht ansehen, sofort hinzufliegen und einen aufrüttelnden Artikel darüber zu schreiben.«

Faber lachte nicht, seine Miene war undurchdringlich.

»Wir müssen einfach darauf achten, dass nichts nach außen dringt«, fuhr van Damme fort. »Nicht, bevor wir das Projekt einer überwältigten Öffentlichkeit vorstellen.«

Faber griff nach seiner Tasse und schwenkte sie, ehe er einen Schluck von dem kalten Kaffee nahm. »Ich frage mich, was Lindahl tut, wenn dieser Reporter wieder auftaucht«, sagte er nachdenklich. »Dann lege ich meine Hand nicht für ihn ins Feuer.«

»Du glaubst, der wird sich an Alex ranmachen?«

»Lindahl ist jetzt das schwächste Glied in der Kette.«

»Ich vertraue ihm.«

»Das hast du bei Tom auch gesagt.«

»Alex ist anders.« Max runzelte die Stirn. »Außerdem dachte ich, das Problem mit Tom hätten wir erledigt?«

»Alles wie besprochen«, sagte Faber. »Mein Mann ist ihm gestern Abend auf der Joggingrunde gefolgt. Sportunfall – gestolpert und mit dem Kopf auf einen Stein gefallen. Er hat Tom zur Sicherheit noch den Knöchel gebrochen.« Max verzog den Mund. »Den Rest haben die niedrigen Temperaturen erledigt. Mein Mann ist bei ihm geblieben, gegen elf war alles vorbei. Toms Frau hat ihn bei der Polizei als vermisst gemeldet, und die haben die Leiche gefunden.«

Van Damme schloss kurz die Augen. »Keine schöne Sache«, sagte er dann. »Die Witwe braucht jedenfalls Hilfe. Ich wünschte, wir hätten das nicht tun müssen.«

»Er hat mit dem Reporter geredet.«

»Wie alt sind die Zwillinge?«

»Zehn Tage, ein Junge und ein Mädchen.«

»Scheiße.« Van Damme starrte an die Wand, schwieg eine Weile. Dann sagte er: »Phoenix wird der Witwe einen großzügigen Geldbetrag zukommen lassen. Einen, der einer guten Lebensversicherung entspricht.«

»Keine zu hohe Summe, das weckt Verdacht.«

»Hast du überhaupt kein Herz?« Van Damme schüttelte den Kopf. »Und für die Kids richten wir einen Treuhandfonds für die Ausbildung ein. Das ist Ehrensache.« Er sah Faber scharf an. »Wie viel Schaden hat Tom verursacht?«

Faber schwenkte die Tasse im Kreis. »Schwer zu sagen«, meinte er. »Wenn er den Journalisten mit Informationen gefüttert hat ...« Er brach ab, zuckte die Schultern.

Van Damme hob die Hand. »Die Beurteilung der Sicherheitslage ist allein deine Aufgabe«, sagte er. »Und der operative Bereich auch. Also tu, was du für richtig hältst. Ich will's gar nicht wissen. Wir könnten effektiver arbeiten, wenn nicht immer diese Störungen von außen wären.«

Faber nickte schweigend.

»Aber so was sollte nicht wieder vorkommen«, fuhr van Damme fort. »Bei Ben haben wir auch schon einen Fehler gemacht. Den hätten wir von vornherein besser im Auge behalten müssen.«

»Miskin war dem Auftrag mental nicht gewachsen«, sagte Faber und stellte die Tasse auf den Schreibtisch. »Unsere Lösung war perfekt. Klassischer Burn-out. Hat sich für Phoenix geopfert, keine Fragen, keine Zweifel. Zu viele Psychopharmaka. Das Zeug nehmen sie alle. Selbst wenn er in seiner Klapse reden sollte, wird ihm niemand glauben.« Er zog die Brauen zusammen. »Apropos – dieser Warnke macht mir auch Sorgen.«

»Phil? Warum?«

»Nenn es Berufsinstinkt eines alten Soldaten.«

Van Damme musterte ihn. »Überwachen wir den schon?«

»Nicht direkt.«

»Dann kümmere dich drum. Wir stehen kurz vor dem Durchbruch und können kein Risiko eingehen.«

»Wird gemacht.« Faber nickte. »Und Lindahl?«

Van Damme setzte sich auf eine Ecke des Schreibtischs und ließ ein Bein pendeln. »Alex wird ein gutes Buch schreiben, viel Geld verdienen und damit die Welt retten, wirst sehen. Der war immer ein idealistischer Träumer.«

»Genau das ist meine Befürchtung«, knurrte Faber. Er musterte van Damme. »Das ist doch nicht alles, oder?«

Van Damme verzog den Mund. »Yue Chan«, sagte er. »Sie geht mir aus dem Weg. Maik sagt, sie kapselt sich ab, redet mit niemandem. Irgendwas stimmt nicht mit ihr.«

Faber hob einen Papierstapel beiseite und legte eine Akte frei. Er zog sie zu sich heran und schlug sie auf. »Sie hat in der letzten Zeit jede Nacht ein paar Stunden im Labor verbracht«, sagte er. »Angeblich hat sie gearbeitet. Aber ihr Rechner hat keine Tätigkeit registriert. Entweder sie verwendet einen isolierten Computer mit eigenem Zugang für ihre Ergebnisse, oder sie macht es wie der KGB und benutzt Papier.« Er warf van Damme einen scharfen Blick zu. »Aber die Videoüberwachung hat zweimal ihre Anwesenheit im Future Office registriert.«

»Das ist nicht ihr Zutrittsbereich.«

»Eben.«

»Wie konnte sie dann dort rein?«

»Frag mich was Leichteres«, knurrte Faber. »Ich habe ihren Security-Code für alle Bereiche gesperrt. Seit gestern Abend kann sie nur noch in ihr eigenes Labor. Außer ein Zutrittsberechtigter nimmt sie ins Office mit.«

»Ich verstehe nicht, was Yue dort wollte.«

»Sie hat sich an Miskins Rechner zu schaffen gemacht«, sagte Faber. »Aber wir hatten ihn sofort nach seinem Abtransport ausgetauscht.«

Van Damme nickte. »Gute Arbeit, Faber.«

»Ich behalte Chan auf dem Radar.«

»Glaubst du, Ben hat geredet?«, fragte van Damme. »Die beiden haben doch ständig die Köpfe zusammengesteckt.«

Faber blätterte in der Akte zurück. »Chan und Miskin haben sich am Abend vor seinem Anfall zum Essen getroffen. Trattoria La Scala. Mein Mann war am Nebentisch, hat aber nichts Verdächtiges festgestellt. Keine Notizen, keine Handyaktivitäten. Chan hatte Fisch und Miskin Kalb.« Er hob den Kopf. »Das ist die Schwachstelle bei Miskins Zusammenbruch.« Er grinste van Damme an. »Wenn du bei einer hübschen Chinesin landest – gehst du dann am nächsten Tag freiwillig in die Klapsmühle?«

»Der Drogentest in der Klinik war doch positiv?«

Faber nickte. »Wir haben Miskin so vollgepumpt, dass ich schon Angst hatte, es wird sein goldener Schuss.«

»Ich zähle auf dich«, sagte van Damme. »Was Yue Chan betrifft: Die habe ich persönlich vom Beijing Genomics Institute abgeworben. Yue ist schlau, und – *verdammt* – ich mag sie.«

»Weiß ich doch.« Faber nickte. »Aber vielleicht betreibt sie Spionage für China. Schon mal daran gedacht?«

Van Damme verschränkte die Arme vor der Brust, legte den Kopf in den Nacken und starrte schweigend an die Decke.

Draußen in der Halle schlug eine Tür zu.

Faber blickte auf einen Monitor. »Kenny«, sagte er.

Endlich sagte van Damme: »Entweder Yue kommt wieder in die Spur, oder wir müssen uns überlegen, uns von ihr zu trennen.«

»Hältst du einen Rausschmiss für klug?«

»Nein.«

Faber hob die Brauen. »Noch eine Psychose? Ein Unfall?«

»Glaubst du, mir fällt das leicht?«

»Das gibt Fragen, wenn du meine Meinung hören willst.«

»Es ist deine Sache.« Van Damme rutschte vom Tisch. »Überleg dir was und sag mir Bescheid.« Er ging zur Tür. Die Hand schon auf der Klinke, drehte er sich noch einmal um. »Gute Arbeit, das mit Tom«, sagte er, nickte und verließ endgültig den Raum. Die Tür fiel ins Schloss.

In der Halle brannte inzwischen Licht. Ein junger Mann

in weißem Kittel, ein Tablet unter dem Arm, stand vor der Schalttafel am Stahlcontainer und fuhr mit dem Zeigefinger eine Reihe leuchtender Knöpfe entlang. Dabei bewegte er die Lippen, schien ein Selbstgespräch zu führen.

»Hi, Kenny«, sagte van Damme. »Alles in Ordnung?«

Kenny drehte sich um. »Hi, Max«, sagte er gut gelaunt. »Alles im grünen Bereich.«

»Schläft er noch?«

»Wie in Abrahams Schoß.«

Van Damme lachte, umfasste im Vorübergehen kurz Kennys Oberarm und drückte ihn freundschaftlich. »See you, Kenny.« Damit verließ er die Halle.

8

Als Alexander gegen acht Uhr aus dem Gästehaus trat, lag eine dichte Nebeldecke über dem Park. Nur schemenhaft konnte er die schwarzen Baumskelette erkennen und dazwischen die jungen Leute, die in kleinen Gruppen zum Haupthaus zogen. Es roch nach feuchter Erde und Autoabgasen. Er schlug den Jackenkragen hoch und ging wie magisch angezogen von der warm leuchtenden Glasfront über den ungepflasterten Weg zum Research Center. Das Knirschen des Sandes unter seinen Schuhsohlen schien ihm ungewöhnlich laut, der milchige Dunst schluckte alle anderen Geräusche. Wieder wurde ihm die fast meditative Stille bewusst, die Phoenix inmitten einer Weltstadt umgab.

Direkt vor den Eingangsstufen des Haupthauses stand ein schwarzer Mercedes S-Klasse. Er musste gerade gekommen sein, denn sein Lack glänzte schwarz und trocken, zeigte keine Spuren des feuchten Herbstnebels.

In der Halle herrschte Hochbetrieb.

Alle Arbeitsplätze waren besetzt. Worte flogen durch den Raum, schwangen sich in die Luft, umschwirrten den Fahnenwald unter dem Dachfirst und fielen auf die Erde zurück. Aus ein paar Kopfhörern quäkte Musik. Niemand hatte einen Blick für seinen Nachbarn, jeder starrte auf den eigenen Bildschirm. Und doch lief die Kommunikation ungehindert zwischen den vielen Menschen, hing ein Raunen und Summen im Raum.

Alexander hatte gut geschlafen, jetzt war er voller Tatendrang und vor allem hungrig. Die Atmosphäre bei Phoenix beflügelte auch seinen Arbeitseifer. Alles hier war jung, modern und voll positiver Energie. Man hatte ihn mit offenen Armen aufgenommen. Fast war ihm, als wäre er bereits Teil des effizienten Phoenix-Teams. *An Bord*, sozusagen. Im Stillen beglückwünschte er sich dazu, Max' Ruf gefolgt zu sein. Voller Vorfreude ging er zum Büfett.

Der Koch, den er am Vortag gesehen hatte, hatte sich mit auf dem Rücken verschränkten Händen hinter einer dampfenden Eisenplatte und einer Palette mit Eiern postiert. Auf seiner Brust prangte in blauer Schreibschrift sein Name: »Lasse Sjöberg«. Wohl ein Schwede und der erste Mensch mit einem Nachnamen, dem Alexander seit gestern begegnet war.

»Hi, Lasse«, sagte Alexander im Phoenix-Slang.

»Guten Morgen.« Der Schwede war ein Individualist.

»Hast du Grüntee?«

»Klar.« Lasse bückte sich und nahm ein kleines Teeglas von einer Ablage unter dem Büfett. Er ließ seinen Blick über Alexander gleiten. »Willst du arabische Art?« Es klang so selbstverständlich, als hätte er gefragt, wie Alexander seine Frühstückseier wünschte.

»Ja, bitte. Trinken andere hier auch diesen Tee?«

Lasse ließ seinen Blick durch die Halle schweifen, während er eine Handvoll Minze in das Glas tat. »Hussam«, sagte er und deutete mit dem Kinn zu einem Tisch, »und Mahmood. Und manchmal Radjesh, aber der mag lieber Darjeeling.« Er steckte ein Stück Zucker zwischen die grünen Blätter. »Die meisten trinken Kaffee, viel zu viel Kaffee.«

»Hi, Alex«, sagte eine Frauenstimme hinter ihm.

Alexander drehte sich um. Vor ihm stand Dr. Yue Chan, Biowissenschaftlerin und Head of Research, einen Pappbecher in den Händen, von dem schaler Kaffeegeruch aufstieg. Sie trug einen makellosen weißen Kittel über einer hellblauen Bluse mit Stehkragen. Das schwarze Haar hatte sie im Nacken mit einer Seidenschleife zum Pferdeschwanz gebunden. Ihr Gesicht war auffallend blass, violette Schatten lagen unter ihren Augen. Anscheinend hatte sie in der letzten Nacht nicht viel geschlafen.

»Hi, Yue.« Alexander nahm Lasse das Glas ab und nippte

an seinem Tee. Er war aromatisch, erfrischend und süß, perfekt. Ein weiteres Zeichen für das angenehm Kosmopolitische, das ihm bei seiner Ankunft bei Phoenix sofort aufgefallen war, und die respektvolle Art, mit der das Unternehmen seinen Mitarbeitern aus allen Teilen der Welt begegnete.

Jemand lief die Stahltreppe herab. Die Vibrationen des Metalls schienen sich wellenförmig auszubreiten.

»Max will, dass du unser Labor kennenlernst«, sagte Yue, »also komm am besten gleich mit.«

Lasse streckte den Arm aus, nahm Alexander das Teeglas weg und goss den Inhalt in einen Eimer.

»Brennt es irgendwo?«, fragte Alexander ärgerlich.

»Max mag keine Verzögerungen«, sagte Yue.

Die Schritte auf der Treppe verstummten hinter Alexander, und er drehte sich um. Es war Maik. Sein Gesicht wirkte angespannt, älter. Zwischen seinen Brauen stand eine steile Falte. Nichts an ihm erinnerte an den surfenden Studenten, der Alexander gestern in Empfang genommen hatte.

»Hi, Alex«, sagte Maik, seine Lider waren gerötet.

»Guten Morgen«, erwiderte Alexander. »Was ist los?«

»Es hat einen Unfall gegeben.«

»Ist jemandem was passiert?« Alexander sah Yue an, aber sie wich seinem Blick aus, sah zu dem Mercedes hinüber, dessen schwarzer Schatten sich hinter der Glasfront abzeichnete. »Ein Laborunfall?«

Maik schüttelte den Kopf. »Tom ist heute Nacht beim Laufen gestürzt – mit dem Kopf direkt auf einen Stein.« Er biss sich auf die Unterlippe. »War wohl sofort bewusstlos. Aber mit dem gebrochenen Knöchel wäre er ohnehin nicht mehr weit gekommen. Er ist … also, er ist erfroren.«

Alexander erinnerte sich an den mürrischen Mann vom Vortag. »Etwa der mit den Zwillingen?«

»Thomas Brenner, ja.« Maik sah aus, als versuchte er gegen Tränen anzukämpfen. »Es ist ein Wahnsinn.«

Yue wandte ihnen ihr Gesicht wieder zu. »Tom war einer

unserer engagiertesten Mitarbeiter im Future Office«, sagte sie zu Alexander. Sie wirkte betroffen, aber nicht überrascht. »Er ist immer nach der Arbeit allein laufen gegangen.«

»Auch in der Nacht?«, fragte Alexander. Hielten sich die Phoenix-Mitarbeiter, statt zu schlafen, etwa lieber mit Sport für die Arbeit fit?

Yue hob die Schultern. »Sprintphase.«

Maik nickte bekümmert. »Ja, aber wenigstens müssen sich seine Angehörigen keine Sorgen machen«, sagte er. »Es wird natürlich alles geregelt werden.«

»So wie immer«, sagte Yue, und Alexander wunderte sich über den Sarkasmus in ihrer Stimme.

»Was heißt ›so wie immer‹?«, erkundigte er sich.

»Max und Amanda sind gerade im Meeting und besprechen die Details«, gab Maik die Antwort. Er hatte seine Fassung wiedergewonnen. Jetzt strahlte seine Miene Zuversicht aus. »Die Anwälte sind schon da.« Alles würde gut werden, die Fachleute hatten übernommen.

Der schwarze Mercedes also. »Verstehe«, sagte Alexander. Er zweifelte nicht daran, dass auch die Anwälte die besten ihres Standes waren. »Aber was heißt ›so wie immer‹?«

Yue räusperte sich. »Letztes Jahr ist eine unserer Mitarbeiterinnen aus dem Future Office Opfer eines Überfalls geworden«, sagte sie. »Ein paar Jugendliche haben sie vor eine einfahrende U-Bahn gestoßen. Das kommt vor.«

»Berlin ist ein verdammt gefährliches Pflaster«, sagte Maik düster. »Die haben die Schweine nie erwischt.«

Yue nickte. »Malina war eine der besten Humangenetikerinnen, die ich kenne«, sagte sie, »und sie hatte eine kleine Tochter – Vater leider unbekannt. Max hat sofort dafür gesorgt, dass sie nach Polen zu den Großeltern gebracht wird, und einen großzügigen Treuhandfonds für ihre Ausbildung eingerichtet.«

»Phoenix ist wie eine große Familie«, erklärte Maik. »Wir arbeiten hart für den Erfolg des Unternehmens. Und wenn so eine Tragödie passiert, dann werden wir nicht alleingelassen. Phoenix zahlt seine Schulden immer zurück, sagt Max. Für uns ist das selbstverständlich.«

Yue stellte ihren noch fast vollen Kaffeebecher auf das Büfett, wo Lasse ihn sofort nahm, ausschüttete und in einen blauen Plastiksack steckte. »Max will, dass Alex die Labore sieht«, sagte sie zu Maik. »Wir sollten nicht noch mehr Zeit verlieren.«

Maik hob die Hand, als wollte er sich für eine unnötige Verzögerung entschuldigen. »Ich muss Toms Zimmer ausräumen«, sagte er. »See you, Alex.« Mit diesen Worten drehte er sich um und ging schnell zur Eingangstür, kurz darauf hatte ihn der Nebel verschluckt.

Yue führte Alexander in den zweiten Stock hinauf und einen langen Gang entlang. An seinem Ende blieb sie vor einer Metalltür stehen, an der ein Schild mit der Aufschrift »Phoenix Biological Engineering« hing. Darunter stand: »Head of Research Dr. Yue Chan«.

Alexander erinnerte sich sofort, den Firmennamen während seiner Recherche gelesen zu haben. »Phoenix Biological Engineering« war eine Tochterfirma der Phoenix AG.

Yue war seinem Blick gefolgt. »Es gibt auch noch eine Außenstelle.« Sie hielt eine Karte, die an einem roten Band an ihrem Hals hing, an ein Lesegerät. Es summte, und die Tür sprang auf. »Komm mit.«

Yue öffnete die Tür, und Alexander folgte ihr.

Der weitläufige Raum, den sie betraten, war mit Tischen vollgestellt. Darauf standen Geräte, und darüber hingen mehrstöckige Regale, auf denen sich Flaschen mit blauen Deckeln und kleinere Apparate reihten. Kabel schlängelten sich auf die Tische herab, verknäuelten sich und verschwanden in Schubladen und Steckdosen.

Eine junge Frau im weißen Kittel, das blonde Haar hochgesteckt, saß vor einem Computer und hackte auf die Tastatur ein. Über den Bildschirm lief eine Linie unregelmäßiger

Zacken. Die Grafik sah aus, als hätte ein Kind einen Tannenwald gezeichnet.

»Hi, Nadjeschda«, sagte Yue. »Max hat beim letzten Meeting von Alex gesprochen – hier ist er.«

Die Frau am Computer drehte sich um. »Hi, Alex«, sagte sie und fügte, an Yue gewandt, hinzu: »Unser neues Gensequenz-Analyse-Programm ist genial.« Sie hatte einen weichen slawischen Akzent, hohe Wangenknochen und eisblaue Augen und sah wie ein russisches Fotomodell aus, das man für Aufnahmen vor einen Computer gesetzt hatte.

»Hi, Nadjeschda«, sagte Alexander und lächelte ihr zu.

»Willkommen bei Phoenix, Alex«, erwiderte sie und widmete sich, ohne Alexander noch einen einzigen Blick zu schenken, wieder ihrer Arbeit.

Alexander sagte sich, dass auch der Tod eines Kollegen niemanden bei Phoenix davon abhalten würde, jederzeit sein Bestes zu geben.

»Nadjeschda ist Molekularbiologin und Chemikerin und meine Stellvertreterin bei Phoenix Biological Engineering«, sagte Yue, während sie Alexander durch die Tischreihen führte. »Sie arbeitet derzeit an der Umprogrammierung von Bakterien auf einen neuen genetischen Code. Damit errichtet sie praktisch eine genetische Firewall zwischen unserer Phoenix-Schöpfung und der Natur. Es ist ein ganz neuartiges Sicherheitssystem, das wir demnächst auch zum Patent anmelden werden.«

Alexander verstand kein Wort. »Sehr beeindruckend.«

»Nadjeschda war Jahrgangsbeste ihres Fachs an der Universität Sankt Petersburg«, sagte Yue. »Wir halten sie für eine aussichtsreiche Kandidatin für den Nobelpreis und sind sehr stolz, sie an Bord zu haben.«

Phoenix arbeitet nur mit den Besten, natürlich.

Ein junger Mann, auch er im weißen Kittel, beugte sich über ein Gerät, das wie ein Eierkocher aussah, und beobachtete eine Anzeige auf dem Deckel. Er erinnerte an eine Katze, die vor einem Mauseloch lauerte. Sein Mund bewegte sich, als zählte er lautlos die Sekunden mit.

»Kenny«, sagte Yue, »das ist Alex.«

Ohne aufzusehen, sagte Kenny: »Hi, Alex.«

»Max möchte, dass Alex überall Zugang hat.«

Kenny hob den Kopf. »Kennt er H(X) schon?«

Yue zögerte.

»Was ist H(X)?«, fragte Alexander.

Kenny machte den Mund auf, aber Yue kam ihm zuvor. »Das ist der Code für ein Phoenix-Projekt«, sagte sie schnell. »Frag lieber immer erst mich.«

Das runde Gerät piepste. Kenny klappte den Deckel auf und entnahm ihm eine Ampulle. Er hielt sie kurz gegen das Licht und verschwand dann wortlos damit durch eine Tür in einen schummerigen Nebenraum. Es war offensichtlich, dass er über die Abfuhr seiner Chefin verärgert war. Oder er war derjenige in diesem Labor, dem Toms Tod naheging.

»Präparatoren sind sensibel«, sagte Yue.

Alexander erinnerte sich an Maiks Worte. *Phoenix ist eine Familie.* Offenbar gab es in dieser Familie Spannungen.

Alexander zeigte auf eine Wandtafel, auf der zwei grobschlächtige Menschen vor einer Strohhütte am Feuer saßen. Im Hintergrund wucherten Gräser und Farne. »Die sehen wie Neandertaler aus«, sagte er. Dann fiel ihm ein, dass er sich in einem Gentechnik-Labor befand. Das Bild sollte wohl an die gemeinsamen Vorfahren erinnern. Dieser Ansatz zur Demut bei hochdekorierten Wissenschaftlern gefiel ihm. »Hat eure Arbeit auch was mit Klonen zu tun?« Darüber hatte er gelesen. Der Gedanke, eine Existenz für die Ewigkeit zu konservieren, wenn auch nicht im selben Körper, faszinierte ihn. Das kam der Unsterblichkeit schon sehr nahe.

»Nicht für den Markt.« Yue wandte sich zum Gehen, schlenderte zwischen den Tischen hindurch. »Für Leute, die ihre Miezekatze unsterblich machen wollen, gibt es eigene Firmen«, sagte sie. »Menschliche Wesen zu kopieren ist dagegen ein Tabu. Aber das Embryonenschutzgesetz schließt in Deutschland ohnehin sowohl das reproduktive Klonen als auch das Klonen zu therapeutischen Zwecken aus.«

»Wenn ich mit meinem Unternehmen nach Asien ginge?«

Yue schüttelte den Kopf. »Unsere Affenversuche haben gezeigt, dass nicht jede Zelle den Klonprozess übersteht. Am Anfang hat überhaupt nur ein geringer Anteil der Jungen die ersten Stunden überlebt. Es hat jede Menge tote Eizellen, Embryonen und Jungtiere gegeben.«

»Könnte ich die Affen mal sehen?« Affen waren Alexanders Lieblingstiere. Er bewunderte ihre Intelligenz und ihre Anpassungsfähigkeit, fühlte bei jeder Begegnung die Verwandtschaft mit ihnen.

»Phoenix hat das Experiment abgebrochen.«

»Was heißt das?«

»Wir haben sie euthanasiert«, sagte Yue. »Wie gesagt, es war nur ein Experiment.«

Es war nur ein Experiment. Vor seinem inneren Auge erschien das Bild eines pelzigen Leichenhaufens. Affenpfoten ragten daraus hervor, die wie Kinderhände aussahen. Er spürte eine unprofessionelle Abneigung in sich aufsteigen.

»Jetzt klonen wir nur noch Labortiere«, fuhr Yue fort. »Wir setzen zum Beispiel einen Beagle-Embryo in den Uterus einer Leihmutter ein. Der Hund wird später einen Gehirntumor entwickeln und so der Forschung dienen.«

»Dann wird dieser Hund nur geboren, um zu leiden und zu sterben«, sagte Alexander. »Ihr schafft krankes Leben.«

»Wir züchten schließlich keine Schoßhunde.« Yue blieb stehen, drehte sich um und sah ihm direkt ins Gesicht. »Unsere ganze Arbeit dient der modernen medizinischen Forschung. Diabetes, Arteriosklerose oder Alzheimer beruhen auf genetischen Veränderungen, sogenannten Mutationen. Wir erarbeiten neue Ansätze zur Behandlung und Bekämpfung vieler Krankheiten.« Sie nickte. »Das macht allerdings ein anderes Tochterunternehmen, die Phoenix Genetics

Development mit Sitz in Arizona. Natürlich auf der Basis unserer Forschungsergebnisse. Die Zulassungsverfahren für Medikamente sind dort wesentlich unkomplizierter und schneller.« Yue musste seine zweifelnde Miene bemerkt haben, denn auf ihrem Gesicht erschien ein Lächeln. »Keine Sorge«, sagte sie. »Wir gehen mit unserer Forschung sehr verantwortungsvoll um. Wie sehr, zeige ich dir jetzt.«

Yue öffnete die Tür und trat auf den Gang hinaus. Alexander folgte ihr, in Gedanken noch bei den Beagles.

»Was du eben gesehen hast«, fuhr Yue im Gehen fort, »war ein S1-Labor mit der niedrigsten Sicherheitsstufe. Hier werden nur Daten verarbeitet, und die Versuche, die gemacht werden, stellen kein Risiko für den Menschen dar. Einsteigerpraktika in Universitäten haben S1, genauso wie manche Schullabors.«

Zum ersten Mal wurde Alexander bewusst, dass Phoenix mit Viren, Bakterien und Impfstoffen hantierte. Und dass er dieser unsichtbaren Gefahr jederzeit ausgesetzt sein konnte, ohne es zu merken.

Yue schien seine Gedanken gelesen zu haben, denn sie lachte und sagte: »Die Ansteckungsgefahr ist in einem Schulbus höher.« Sie blieb vor einer Metalltür stehen, die Alexander an eine Zellentür im Gefängnis erinnerte, und klappte ein Sichtfenster auf. »Das ist unser S2-Labor. Hier untersuchen wir Erreger von leicht zu behandelnden Krankheiten. Salmonellen, Masern, Grippe, Windpocken. Nur autorisierte Mitarbeiter haben Zutritt, und die Desinfektionsmittel sind auf die Versuchsorganismen abgestimmt. Manchmal ermöglichen wir hier noch Studenten ein Praktikum.«

Alexander beugte sich vor und spähte durch das dicke Glas. *Panzerglas.* Dahinter lag ein normales Labor. Weiße Kittel, lange Tische, Reagenzgläser.

»Interessant«, sagte er und richtete sich wieder auf.

Yue schloss die Klappe und führte ihn zur nächsten Tür auf dem Gang. Auch hier öffnete sie ein Sichtfenster. »Das hier ist S3«, sagte sie. »Milzbrand, Gelbfieber, Hepatitis C und E. Das sind zwar gefährliche Krankheiten, sie lassen sich jedoch mit schwerem Geschütz noch behandeln. Wir arbeiten an neuen Impfstoffen. S3 ist nur über eine Schleuse zu betreten, und unsere Mitarbeiter müssen eine spezielle Schutzausrüstung tragen. In den Räumen herrscht ständiger Unterdruck, und die Fenster sind versiegelt.«

Alexander blickte wieder durch Panzerglas. Drei weiße Marsmännchen beugten sich über etwas, das wie ein Inkubator aussah. Er hatte keine Ahnung, was sie da taten.

Yue wartete, bis er einen Schritt zurücktrat, und schloss das Fenster wieder. »So«, sagte sie. »Und jetzt zu unserem Hochsicherheitslabor.«

»S4, nehme ich an.«

Sie nickte und führte ihn bis ans Ende des Ganges. An der letzten Tür gab es kein Sichtfenster, sondern einen Monitor in Augenhöhe, der das Geschehen im Labor zeigte. Es sah aus, als liefe gerade ein Science-Fiction-Film. Schwer vermummte Menschen hatten ihre Arme durch fest angebrachte lange Handschuhe in Glaskästen gesteckt, in denen sie mit Greifzangen hantierten. Die Anzüge der Wissenschaftler waren so aufgebläht, dass es aussah, als wäre eine Armee von Michelin-Männchen am Werk.

»Pocken, Ebola, Lassa- und Marburg-Virus«, sagte Yue. »Gegen diese Erreger gibt es praktisch keine Therapie. Sie dürfen niemals aus dem Labor gelangen. S4 hat eine Schleuse mit vier Kammern. Alles, was unsere Mitarbeiter am Körper tragen, muss draußen bleiben. Die Ganzkörperschutzanzüge haben eine eigene Sauerstoffversorgung. Nach der Arbeit werden sie mit ätzender Peressigsäure desinfiziert, und der Mitarbeiter nimmt eine ausgiebige Dusche. Allein der Austritt dauert eine halbe Stunde.«

Alexander war beeindruckt. Was hatte Max da auf die Beine gestellt? »Gab es schon mal einen Unfall?«

»Hier arbeiten nur erfahrene Wissenschaftler mit einer speziellen Schulung«, sagte Yue.

Was diese Frage nicht beantwortet.

Auf einmal wurde ihm bewusst, wie heiß und stickig es in dem Gang war, sodass ihm das Atmen schwerfiel.

»Komische Luft hier drinnen«, sagte er.

»Wir filtern über ein spezielles System«, erwiderte sie. »Aber das ist ohnehin alles, was ich dir bei unserem ersten Rundgang zeigen wollte. Lass uns in den Park gehen. Nicht dass du mir hier noch umfällst.«

Als sie den Labortrakt verließen, ertappte sich Alexander dabei, wie er nach Maik Ausschau hielt. Aber sein sogenannter Ansprechpartner war nirgends zu sehen. Wahrscheinlich räumte er noch das Zimmer des toten Thomas Brenner aus. Oder Yue reichte als Aufpasserin.

Oder ich werde paranoid.

Niemand in der Halle schenkte ihnen Beachtung, alle waren auf ihre Arbeit konzentriert. Ein Mann schrieb mit weißer Kreide auf die große Tafel. Eine junge Frau mit strähnigem Haar und dicker Brille redete auf ihn ein. Anscheinend wurden gerade neue Ziele formuliert.

Am Büfett dirigierte Lasse zwei Männer, die Kochjacken trugen und Warmhaltewannen aufstellten. Der Geruch nach heißen Rechnern und frischem Brot vermischte sich zu einem süßen Duft, der Alexander, obwohl er noch vor Kurzem hatte frühstücken wollen, jetzt Übelkeit verursachte. Ihm war der Appetit vergangen.

Dagegen war die klare Luft vor dem Haupthaus eine wahre Wohltat. Alexander blieb auf den Stufen stehen, um einen tiefen Atemzug zu machen. Aber Yue wartete nicht auf ihn, sondern ging zügig in Richtung des künstlichen Sees. Er beeilte sich, ihr zu folgen.

Wir haben die Affen euthanasiert. Wie gesagt, es war nur ein Experiment.

Die Kälte dieser Aussage schien so gar nicht zum humanistischen Anspruch von Phoenix zu passen. Bisher hatte sich Alexander noch nie Gedanken über Laborratten oder

Ähnliches gemacht. Man brauchte sie eben, und ein Menschenleben war mehr wert als das Leben eines Tieres. Aber war Leben nicht Leben? Ein Pressefoto fiel ihm ein, das vor ein paar Wochen auf seinem Redaktionstisch gelandet war. Ein Rhesusaffe, aus dessen Scheitel ein implantierter Metallkörper ragte und der direkt in die Kamera schaute. Sein Blick war leer gewesen, seine Seele bereits weit weg von dieser Welt voller Angst und Qual. Er verbannte das verstörende Bild aus seinem Kopf.

Sie hatten die weite Rasenfläche erreicht.

Yue blieb stehen und schaute zum Wasser hinüber. Obwohl sie nur den weißen Kittel über ihrer Bluse trug, schien sie die kalte Herbstluft nicht zu spüren.

»Tom war ein guter Freund«, sagte Yue unvermittelt.

Er sah sie überrascht an. Bis jetzt hatte er kein Zeichen von Trauer oder großer Betroffenheit an ihr wahrnehmen können. »Das tut mir leid«, sagte er. »Aber war es nicht auch leichtsinnig, mitten in der Nacht und ganz allein laufen zu gehen?« Der Gedanke schoss ihm durch den Kopf, dass Tom doch mit dem Handy einen Notruf hätte absetzen können. Mitten in der Großstadt wäre die Hilfe trotz der tiefen Temperaturen sicher rechtzeitig gekommen. Dass ein Phoenix-Mitarbeiter sein Handy einfach zu Hause ließ, um für ein paar Stunden nicht erreichbar zu sein, schien ihm unmöglich.

Yue steckte die Hände in die Kitteltaschen und ging zum Wasser hinunter. Ihre Schuhe hinterließen dunkle Spuren auf der reifüberzogenen Wiese. Die gefrorenen Grashalme knirschten wie brechendes Glas. Sie blieb am Ufer stehen und schaute zu einer Fontäne hinüber, die wie eine bizarre Skulptur aus dem See ragte. Kleine Wellenringe liefen von ihrem Fuß über das Wasser, versetzten es in Wallung und wurden immer weiter, bis sie sich am Ufersaum wieder in nichts auflösten.

Alexander spazierte hinter Yue her und stellte sich neben

sie. Der Dunst der Fontäne legte sich wie ein Schleier auf sein Gesicht und kroch unter seine Jacke.

»Tom war noch keine dreißig Jahre alt«, sagte Yue.

»Auch junge Leute bekommen einen Herzinfarkt«, sagte Alexander und dachte an das Arbeitspensum bei Phoenix. »Das würde auch erklären, warum er keine Hilfe gerufen hat.«

»Sein Handy ist verschwunden«, sagte sie. »Ich habe heute Morgen gehört, wie Amanda mit Max gesprochen hat.«

»Vielleicht hat er es bei seinem Sturz verloren.«

Auf Yues Gesicht erschien ein schmales Lächeln. Sie zog den linken Ärmel ihres Kittels hoch und hielt Alexander ihr Handgelenk hin, an dem an einem weißen Plastikarmband eine viereckige Digitaluhr saß. »Fast alle von uns tragen so eine Uhr«, sagte sie. »Phoenix hat natürlich ein abgeschirmtes Intranet, das darauf installiert ist. So haben alle Mitarbeiter jederzeit Zugang zu den für sie relevanten Daten und sind auch untereinander vernetzt. Das Gerät funktioniert aber auch wie ein normales Handy – und man kann es nicht so leicht verlieren oder irgendwo liegen lassen.«

Der weiße Dunst war widerlich. Alexander wischte sich die Feuchte aus dem Gesicht. »Er war also nicht allein.« Ihm war, als wäre die Temperatur noch um ein paar Grad gefallen.

Yue bückte sich, hob einen kleinen Stein auf und schleuderte ihn auf den See hinaus. Er beschrieb einen hohen Bogen in der Luft, ehe er dicht vor der Fontäne auf dem Wasser aufschlug und unterging. Alexander fiel auf, dass Yue trotz ihrer Schmächtigkeit über einiges an Kraft verfügte. »Jemand muss die Uhr mit allen gespeicherten Daten mitgenommen haben«, sagte sie endlich und sah auf die Stelle hinaus, an der ihr Stein untergegangen war.

»Dann hat Phoenix jetzt ein Sicherheitsproblem, was?«

Yue schüttelte den Kopf. »Die Uhren werden zentral gesteuert«, sagte sie. »Toms Gerät ist schon gesperrt.«

»Aber das konnte der Dieb nicht wissen.«

Jemand rief vom Haupthaus her. Sie fuhren gleichzeitig

herum. Maik stand auf den Eingangsstufen und winkte fröhlich herüber. Geschmeidig setzte er sich in Bewegung, kam im lockeren Dauerlauf auf sie zu.

»Alex, wir müssen miteinander reden«, sagte Yue hastig. »Nicht hier, irgendwo anders, allein.«

Alexander sah Maik entgegen. »Klar.«

»Sag niemandem, dass ich dich darum gebeten habe.«

»Was ist los?«

»Ich brauche deine Hilfe«, flüsterte sie. »Kein Wort. Zu *niemandem.*« Sie hob den Arm. »Hi, Maik!«

Alexander hätte gern nachgehakt, aber Maik war bereits in Hörweite. Wie ein Marathonläufer trabte er über das gefrorene Gras heran. Seine Turnschuhe hinterließen wellenförmige Muster auf dem Reif. *Wie die Kriechspuren einer Schlange*, dachte Alexander. *Unsinn.*

Maik blieb vor ihnen stehen. »Ich habe euch im Labor gesucht«, sagte er. Es klang vorwurfsvoll.

»Alex hatte Kopfschmerzen«, sagte Yue schnell.

»Ich brauchte frische Luft«, ergänzte Alexander.

Maik ließ seinen Blick zwischen ihnen hin- und herwandern. »Seid ihr fertig?«

»Ich hoffe, ich habe alles richtig verstanden«, sagte Alexander zu Yue. *Ich brauche deine Hilfe?* »Die Materie ist komplex. Ich werde wohl mit Nadjeschda reden müssen.«

Maik boxte ihn in den Oberarm. »Sankt Petersburg ist eine ziemlich kalte Gegend«, sagte er. »Viel Glück.«

Yue steckte die Hände in die Kitteltaschen. »Ich muss zurück an die Arbeit«, sagte sie. »See you, Maik.«

Ohne Alexander noch einmal anzusehen, stapfte sie davon. Auf halbem Weg beschleunigte sie ihre Schritte, bis sie fast auf das Haupthaus zurannte.

»Habt ihr euch gestritten?«, fragte Maik.

»Meine Unwissenheit geht ihr wohl auf die Nerven.«

»Ach so«, sagte Maik. »Max steht irgendwie auf Yue, hat sie selbst an Bord geholt.«

Ich brauche deine Hilfe. Warum sprach Yue nicht mit Max, wenn sie einen Verdacht hatte? Auf einmal konnte Alexander Maik und seinen Phoenix-Slang nicht mehr ertragen.

»Heute komme ich allein zurecht«, sagte er. »Ich muss die Informationen, die ich gerade von Yue bekommen habe, zusammenfassen, ehe ich wieder etwas vergesse. Das ist alles Recherchematerial für mein Buchprojekt.« Dafür war er schließlich hier.

»Na gut«, sagte Maik. »Ich bin sowieso den ganzen Tag auf meinem Zimmer, wenn du was brauchst.«

Warum ließen sie ihn nicht einfach in Ruhe? »Du kannst machen, was du willst«, sagte Alexander.

Er ließ Maik stehen und machte sich auf den Weg zum Gästehaus. *Ich brauche deine Hilfe.* Würde sie sich bei ihm melden, oder sollte er Kontakt aufnehmen? Und was war mit Tom geschehen? Vielleicht hatte er ja wirklich einen Freizeitunfall gehabt. Aber wenn sein Computer, denn nichts anderes war diese Uhr, gestohlen worden war, konnte er auch Opfer eines Verbrechens geworden sein.

Alexander sah zum Haupthaus hinüber, dessen moderne Architektur zu seiner Rechten aus dem Rasen wuchs. Wolken zogen über die Glasfassade, ließen keinen Blick ins Innere zu. Das Research Center wirkte abgeschottet, ja fast unirdisch. Wer immer versucht hatte, mit dem Überfall an geheime Phoenix-Daten zu kommen, hatte sich einen mächtigen Gegner ausgesucht.

Alexander schlug den Weg zum Gästehaus ein, aber er blieb sich der Gegenwart des Research Centers in seinem Rücken bewusst. Unangenehm berührt, beschleunigte er seine Schritte. Ein Schatten war über die goldene Welt von Phoenix gefallen. Es war erst sein zweiter Tag, aber er wusste jetzt schon, dass er mehr Freiraum brauchte.

9

Zu früh, dachte Warnke. Die große Uhr am Kurfürstendamm zeigte auf acht. Erst in einer Stunde sollte er sich mit Lechtenbrinck im Hotel InterContinental am Zoologischen Garten treffen. Aber er hatte einen Zeitpuffer einbauen wollen, bei dem Verkehr wusste man ja nie.

Eine gehässige Stimme in seinem Kopf meldete sich zu Wort.

Wirklich?

Und nun war er zu früh. Ein Abendspaziergang würde ihm nach der stickigen Luft im Labor guttun.

Lügner.

Warnke verdrängte die Stimme, schob die Hände in die Taschen seiner Jeansjacke und sah sich um.

Wie ein verfaulter Zahn ragte die Turmruine der Gedächtniskirche in den Nachthimmel. Der gläserne Gebäudewürfel daneben leuchtete von innen psychedelisch blau. Neonreklamen zuckten über die Häuserfassaden auf der anderen Straßenseite, und auf dem Europa-Center drehte sich der Mercedesstern. Wie ein Gruß aus einer anderen Zeit wirkten die Lichterketten, die im Geäst der Straßenbäume glitzerten und vorweihnachtlichen Glanz verbreiteten.

Der Kurfürstendamm war am Abend genauso dicht bevölkert wie zu jeder anderen Tageszeit. Passanten, eingehüllt in dicke Mäntel und Schals, eilten blicklos an ihm vorbei. Erleichtert stellte er fest, dass das Gesicht, das er zu sehen hoffte und gleichzeitig fürchtete, nicht darunter war. Er war auch lange nicht mehr hier gewesen.

Du wolltest doch nicht mehr herkommen.

Warnke drehte der Gedächtniskirche den Rücken zu und marschierte in Richtung Kaufhaus des Westens.

Bist du wahnsinnig?

Vor einem Schaukasten mit Geschirr lagen zwei Penner trotz der Kälte auf einem zusammengefalteten Pappkarton auf dem Boden. Der eine schien zu schlafen, der andere sah Warnke aus kleinen bösen Augen an. Warnke verlangsamte seinen Schritt.

Los, geh weiter.

Auf dem Glaskasten stand noch immer »Königlich Preußische Porzellanmanufaktur«. Ein Reiter mit Dreispitz grüßte von einem steigenden Schimmel herab.

Warnke blieb stehen.

Ein Doppeldeckerbus fuhr an ihm vorbei. Bleiche Gesichter schwebten hinter den Fenstern wie Mondfische in einem Aquarium und glotzten ihn an. Jeder schien zu wissen, warum er hier war.

Er trat an den Schaukasten und vertiefte sich in den Anblick der ausgestellten Figuren. *Königlich Preußische Porzellanmanufaktur.* Der wache Penner knurrte etwas Unverständliches, hob die Faust und schüttelte sie.

Warnke wich zurück. Ihm war kalt. Er beschloss, direkt ins Interconti zu gehen und die Wartezeit bei einem Tee zu verbringen. Erleichterung durchströmte ihn. Er machte kehrt und schlug die Richtung zum Zoologischen Garten ein.

Ein junger Mann vertrat ihm den Weg. »Wünschen Sie Gesellschaft?« Er lachte, als freute er sich über einen gelungenen Scherz.

Warnke schluckte. »Nein«, sagte er.

Der Mann wich nicht von der Stelle. Er trug die teure Lederjacke, die er, wie Warnke wusste, bei der Arbeit immer anhatte. Jetzt zog er ein Foto aus der Tasche, das Bild eines jungen Mädchens. »Meine kleine Schwester, sehr hübsch, sehr jung.«

Warnke schüttelte den Kopf.

»Lieber einen Boy?« Spott schwang in seiner Stimme.

»Verdammt, Niko, lass mich in Ruhe.«

Niko drehte die Handflächen nach außen, als wollte er Warnke beschwichtigen. »Lange nicht gesehen«, sagte er. »Was verschafft uns die Ehre?«

»Ich bin zufällig in der Gegend.«

»Ja klar.«

»Ich muss weiter«, sagte Warnke. »Hab's eilig.« Aber er rührte sich nicht vom Fleck.

Niko schnappte sich Warnkes Jackenärmel. »Nicht so hastig, mein Bester. Was kann ich für dich tun?«

»Nichts, ich muss wirklich –«

»Du, ich habe da was Neues. Lust auf eine Probe?«

»Ich brauche nichts.«

Niko trat dicht vor Warnke hin und sah ihm direkt ins Gesicht. »Das sagt sich so leicht«, raunte er. »Pass auf.« Er fasste in seine Jackentasche, zog ein zu einem Dreieck gefaltetes Papier heraus und behielt es verdeckt in der Hand. »Das geht dir durch die Schädeldecke, Ehrenwort. Ist der Renner zurzeit.«

Warnke zögerte. »Was ist das?«

»Was ganz Neues, aus Polen.«

»Gefährlich?«

»Quatsch.«

Warnke biss sich auf die Unterlippe, schwieg.

»Die Dinger heißen Smarties und sind echte Hämmer.« Er grinste. »Wer's nicht probiert, ist selber schuld.«

»Ich habe nicht genug Geld mit.«

Niko verzog den Mund, voller Abwehr, als hätte Warnke ihn soeben beleidigt. »Das geht aufs Haus, ist doch klar. Stammkundenrabatt.« Er ließ das Papierdreieck in Warnkes Jackentasche gleiten. »Wenn du mehr willst, weißt du ja, wo du's kriegst.« Damit trat er einen Schritt zurück und wedelte wieder mit dem Foto herum. »Dann keine Gesellschaft, der Herr?«, fragte er laut. Sein Ton lag zwischen Bedauern und Unverständnis.

Warnke ließ ihn stehen und setzte seinen Weg fort. Nach

ein paar Schritten warf er einen Blick über die Schulter. Niko sprach schon mit dem Nächsten, einem älteren Mann, hatte ihm das Foto in die Hand gedrückt. Wie hypnotisiert starrte der Typ auf das Mädchenbild. Die Verhandlungen schienen zu laufen. Warnke ging weiter, beschleunigte seine Schritte. Er lief. Er rannte fast. Als säße ihm ein böser Geist im Nacken.

Ein paar Minuten später tauchte das Hotel Interconti vor ihm auf. Die Fassade mit dem Schachbrettmuster strahlte vor dem dunklen Wald des Zoos. Unter dem Vordach der Glaspyramide parkten mehrere Limousinen. Davor stand eine Gruppe Männer und Frauen in dunklen Mänteln, in den Händen Aktenkoffer und Mobiltelefone. Warnke schlug den Kragen hoch und schritt an ihnen vorbei zum Hoteleingang.

Lechtenbrinck hatte ihn erst gestern angerufen.

Wir sehen uns im Hotel Interconti, gegen einundzwanzig Uhr. Ich habe vorher noch einen Termin in der Nähe. Gehen Sie einfach in die Marlene Bar und warten Sie dort auf mich.

Er hatte so schnell aufgelegt, dass Warnke keinen Gegenvorschlag hatte machen können. Seit drei Jahren war er nicht mehr in der Nähe des Ku'damms gewesen. Im Grunde genommen war Lechtenbrinck schuld an dem kleinen Papierdreieck in seiner Tasche. Genau wie Ben Miskin ganz allein die Verantwortung für sein Schicksal trug.

Warnke betrat die Hotelhalle.

Das Atriumfoyer umfing ihn mit Ruhe und warmen Farben. Mit Leder überzogene Sitzgruppen reihten sich exakt ausgerichtet in der Lobby. Ihre kubistische Form erinnerte an den Bauhausstil. *Berlin, dreißiger Jahre.* Darüber wölbte sich eine Kuppel aus buntem Glas. Von irgendwo erklang Barmusik. »Moonlight Serenade«. Glenn Miller.

Warnke trat an den halbrunden Empfangstresen. »Ich suche die Marlene Bar«, sagte er.

Der Concierge lächelte professionell. »Marlene?«

»Ich bin da verabredet«, fuhr Warnke fort. »Mit Dr. Lechtenbrinck. Er kommt erst gegen neun.«

»Sehr gern.« Der Concierge wies ihm den Weg.

Die Marlene Bar war im Stil der 1930er Jahre eingerichtet und eine Reminiszenz an Marlene Dietrich. An den holzgetäfelten Wänden hingen Filmplakate in Schwarz-Weiß. Louis Armstrongs Stimme ertönte als Hintergrundmusik.

»You must remember this
A kiss is just a kiss
A sigh is just a sigh
The fundamental things apply
As time goes by …«

Der Barkeeper, der hinter der Bierzapfanlage die Gläser zurechtstellte, hob den Kopf und sah Warnke nach, als er um den Konzertflügel herum zu der großen Fensterfront ging und sich in einen der Ledersessel fallen ließ. Das Abendessen im Interconti war in vollem Gange und die Bar nur mäßig besucht. Warnke war noch nie hier gewesen, fühlte sich in dieser Umgebung unbehaglich. Außerdem hatte er das Gefühl, als könnte jeder das Papierdreieck in seiner Tasche sehen.

Er warf einen Blick auf seine Uhr. Kurz nach halb neun. Immer noch zu früh. Er konzentrierte sich auf die Bilder an der gegenüberliegenden Wand. Charlie Chaplins schwarz umflorte Augen starrten ihn an. Auf der Bar klirrten Gläser, und Louis Armstrong sang.

»… On that you can rely
No matter what the future brings
As time goes by …«

Um keinen Verdacht zu erregen, hatte Warnke wie immer den ganzen Tag im Labor gearbeitet und dann behauptet, in einer Mietangelegenheit nach Charlottenburg zu müssen. Er hatte beschlossen, offiziell nach einer neuen Bleibe zu suchen. Die Ausrede würde ihm eine Zeit lang erlauben, jederzeit zu verschwinden.

Ich muss aus meiner Wohnung raus. Eigenbedarf des Vermieters, so eine Scheiße, ausgerechnet jetzt.

Bei Phoenix hatte man Verständnis für seine Lage. Alle

waren ständig auf der Suche nach einer Unterkunft, die kurzfristig zu mieten und ohne Probleme zu kündigen war, wenn der nächste Job winkte. Jedem stand das Thema bis zum Hals, und keiner wollte Einzelheiten erfahren. In den Blicken der anderen hatte eine Mischung aus Verständnis und Mitleid gelegen. *Good luck, Phil, see you.*

»… It's still the same old story
A fight for love and glory …«

Warnke sah sich um. Wurde er hier eigentlich nicht bedient? Der Barkeeper war damit beschäftigt, Zitronen zu zerteilen. Ein Kellner servierte zwei Männern, die an einem Tisch neben der Tür saßen, Clubsandwiches und frisch gepresste Säfte. Viertel vor neun. Warnke ließ sich tiefer in den Sessel sinken. Hinter der Fensterscheibe wirbelte der Wind tote Blätter vorbei.

Um Punkt neun trat Lechtenbrinck durch die Tür. Er schaute sich nicht um, sondern durchquerte zügig die Bar. Sein silbernes Haar leuchtete im schummerigen Licht. Er trug einen dunkelblauen Anzug und ein weißes, am Hals offenes Hemd. In der Hand hielt er einen Kaschmirmantel.

Der Barkeeper hob den Kopf und warf ihm einen flüchtigen Blick über die Zapfanlage hinweg zu, ehe er nach einer neuen Zitrone griff und die Spitze abschnitt.

Warnke hob den Arm und winkte.

Lechtenbrinck steuerte auf den Tisch zu.

Warnke machte Anstalten, aufzustehen.

»Bleiben Sie doch sitzen.« Lechtenbrinck ließ sich in den Sessel auf der anderen Tischseite fallen. »Warten Sie schon lange?« Er warf seinen Mantel auf den freien Sessel.

»Ich bin gerade erst gekommen.«

Lechtenbrinck lächelte, wissend, wie Warnke schien, und machte dem Mann hinter dem Tresen ein Zeichen. »Ein Mineralwasser, bitte. Ohne Kohlensäure.« Dann erst schien ihm Warnke einzufallen. »Ich muss noch fahren. Was nehmen Sie?«

Warnke lechzte nach einem starken Drink. Aber er wollte keinen falschen Eindruck machen. Stattdessen fasste er kurz an seine Jackentasche. »Das Gleiche, bitte.«

Lechtenbrinck hob zwei Finger.

Der Barkeeper nickte, legte Messer und Zitrone weg.

»Und? Alles klar?«, fragte Lechtenbrinck.

»Es wird keine Probleme geben«, sagte Warnke und wich seinem Blick aus. Louis Armstrong sang auch wieder.

»... A case of do or die
The world will always welcome lovers
As time goes by.«

Das Lied nervte Warnke.

Der Kellner brachte das Mineralwasser. Die Gläser waren bis zum Rand mit Eiswürfeln gefüllt. Zitronenschnitze steckten dazwischen. Warnkes Mund war wie ausgetrocknet. Er griff nach einem Glas und trank in großen Schlucken.

Lechtenbrinck wartete, bis der Kellner außer Hörweite war. Dann nahm er sein Glas und schwenkte es, sodass die Eiswürfel aneinanderklirrten. Die beiden Männer in Anzügen, die an dem Tisch neben der Tür saßen, hörten auf zu essen und sahen zu ihnen herüber.

»Machen Sie mir nichts vor«, sagte Lechtenbrinck. »Etwas ist passiert.« Er nahm einen Schluck und beobachtete Warnke über den Rand des Glases hinweg.

»Ich habe über Ihr Angebot nachgedacht«, sagte Warnke. Es drängte ihn, das Papierdreieck aus der Tasche zu ziehen und einen Blick auf die Pillen – seine Babys – zu werfen.

Es knackte, dann setzte eine andere leise Stimme ein. Harry Richman sang Irving Berlins »Puttin' on the Ritz«. Es klang nach Originalaufnahme und Schellack.

Lechtenbrinck stellte sein halb leeres Glas ab. »Hören Sie, ich war heute Abend schon bei einem anstrengenden Termin. Ich will nach Hause. Strapazieren Sie also nicht meine Geduld, sondern sagen Sie, was los ist.«

»Ich frage mich, ob Ihr Angebot Ihr letztes Wort ist.«

Lechtenbrinck zog die Brauen hoch. »Oha«, sagte er leise. »Bis jetzt habe ich nicht gesagt, was ich von Ihnen will.«

»Vielleicht ist mir das Risiko zu groß.«

»Sie wissen doch gar nicht, was Skrupel sind.«

»Ich will wissen, wer Ihr Klient ist.«

Lechtenbrinck ließ sich die Worte durch den Kopf gehen. Dann sagte er: »Sie übergeben die Ware und fliegen nach Massachusetts. Alles andere liegt nicht mehr in Ihrer Verantwortung. Also, wo ist das Problem?«

»Ich habe Sicherheitsbedenken.« Warnke warf einen Blick zur Tür, wo die beiden Männer saßen. Einer von ihnen war mit seinem Clubsandwich beschäftigt. Der andere sah zu ihnen herüber. Warnke beugte sich vor und fuhr mit gesenkter Stimme fort: »Wer garantiert mir, dass die Ergebnisse nicht missbraucht werden? Heute kann das harmloseste Experiment die Grundlage für die Herstellung biologischer Waffen liefern.«

Lechtenbrinck zog eine Zigarettenpackung aus der Tasche und klopfte eine Zigarette heraus. Er drehte sie eine Weile zwischen Daumen und Zeigefinger, ehe er sie wieder zurücksteckte.

Rauchverbot, dachte Warnke hämisch.

Endlich sagte Lechtenbrinck: »Was mit der Ware nach der Übergabe geschieht, ist Sache des Kunden.«

Warnke schoss der Gedanke durch den Kopf, dass Lechtenbrinck keine Ahnung von der Materie hatte. Er war ein Makler, ein Händler der Wissenschaft, sonst nichts. »Ich muss wissen, was mit den Organismen passiert. Alles andere ist mit meinem Gewissen nicht vereinbar.« Er setzte das auf, was er für eine tugendhafte Miene hielt.

Lechtenbrinck blickte auf, überrascht, amüsiert. *»Do you do it for the money, honey?«*, fragte er.

»Wie bitte?«

»Sie kennen doch den Witz von dem Mann und der Nutte?«

Warnke war nicht nach Scherzen zumute. »Nein.«

»Ein Mann fragt eine Frau, ob sie für eine Million Euro mit ihm ins Bett gehen will.« Lechtenbrinck ließ Warnke nicht aus den Augen. »Sie sagt, vielleicht. Und für zehn Euro? Sie, empört, was halten Sie von mir? Das, sagt der Mann, ist geklärt. Jetzt geht es nur noch um den Preis.«

Warnke musste an sich halten, kochte innerlich vor Wut. *Arschloch, damit hast du gerade den Preis in die Höhe getrieben.* Aber für Befindlichkeiten war es zu spät. Er brauchte den Job, musste so viel aus dem Geschäft herausholen wie möglich. Und wie es aussah, hatte Ben an Vorstufen von Biowaffen gearbeitet. *Unter den Augen von Phoenix.* Andererseits: Wo konnte man eine solche Forschung besser verbergen als in einem Hochsicherheitslabor? Niemandem fällt auf, wenn der Laborleiter offiziell an einem Impfstoff gegen Ebola arbeitet und im Geheimen einen Killervirus schafft, gegen den es keine Therapie gibt. Nicht einmal Max würde bei seiner regelmäßigen Laborbesichtigung Verdacht schöpfen.

»Die Biowaffenkonvention verbietet die Entwicklung, Produktion und Lagerung von biologischen Waffen«, sagte Warnke mühsam beherrscht. Im Ernstfall würde er den Kopf hinhalten müssen, nicht Phoenix oder Lechtenbrinck. »Und sie bezieht sich ausdrücklich auf Organismen, die mit der Absicht gezüchtet wurden, sie bei einem Angriff einzusetzen.«

»Ich habe mir sagen lassen, dass die meisten waffentauglichen Mikroben natürliche Krankheitserreger sind, gegen die es ohnehin Therapien gibt.« Lechtenbrinck klang gelangweilt. »Die Forschung zu zivilen oder defensiven Zwecken ist erlaubt.« Er ließ sich nicht erpressen.

»Defensive Zwecke?«

»Biowaffen haben ein ähnlich hohes Abschreckungspotenzial wie Atombomben. Man kann sie nur besser handhaben und lagern.«

»Gegen wen muss sich Ihr Kunde denn verteidigen?«

»Auch das wäre in dem Fall seine Sache.«

Warnke sah auf seine Hände hinunter. »Es gibt eigentlich nur zwei Möglichkeiten«, sagte er. »Ein Staat oder eine Terrororganisation.« Er hob den Kopf. »Ein Staat könnte jedoch mehr Ressourcen aufwenden, mehr Forschung betreiben und seine Aktivitäten leichter geheim halten.«

Lechtenbrinck schwenkte wieder sein Glas. Die halb geschmolzenen Eiswürfel klirrten. Die Männer neben der Tür sahen zu ihnen herüber. »Genug Geplänkel«, sagte er schließlich. »Ich will keinen Killervirus von Ihnen oder, wie Sie sagen würden, ein Designer-Pathogen.«

»Ach, nicht?«

Warnke fühlte sich erschöpft, brauchte endlich seine Pillen. *Babys.* Das klang so süß und harmlos. *Gib diesem Verbrecher, was er verlangt, und nach dir die Sintflut.* Es war sowieso egal, ob er der Lieferant war oder jemand anderer. Im Grunde wunderte er sich, warum Lechtenbrincks Terroristen sich nicht einfach die DNA-Sequenz eines Erregers aus einer Datenbank heraussuchten, in kleinen Stücken bei Synthesefirmen auf der ganzen Welt bestellten und das Genom schrittweise zusammensetzten. *Weil es sich um einen ganz neuen Organismus handelt, mit einer neuartigen DNA. Gegen den kein Kraut gewachsen ist.* Er schob den Gedanken beiseite und fasste in die Jackentasche. Das Papierdreieck war wunderbar kühl.

Lechtenbrinck beobachtete ihn. »Es geht nicht um Biowaffen«, sagte er. »Ich weiß nicht mal, ob Phoenix in dem Geschäft ist. Obwohl van Damme dafür der Richtige wäre.«

»Warum sind wir hier?«, fragte Warnke genervt.

»Was wissen Sie über das Lazarus-Projekt?«

Warnke brauchte ein paar Sekunden, bis er Lechtenbrincks Gedankensprung gefolgt war. »Ich experimentiere nicht mit Hybrid-DNA«, sagte er verwirrt. Auf einmal war Warnke, als täte sich vor ihm eine weite, kalte Ebene auf.

»Das war Miskins Gebiet.« Und er hatte darüber den Verstand verloren.

»Niemand spricht von Hybrid-DNA«, sagte Lechtenbrinck und setzte mit gesenkter Stimme hinzu: »Ich will Lazarus.«

»Lazarus existiert nicht«, sagte Warnke und hörte selbst die Unsicherheit in seiner Stimme. Sollte Bens Traum Wirklichkeit geworden sein? War das das geheime Projekt, dessentwegen Max und er nächtelang die Köpfe zusammengesteckt hatten? »Das Hybrid-Forschungsprojekt hat den Arbeitstitel Lazarus, das ist alles.«

»Sie wissen also nicht, was Lazarus ist?«

»Nein.«

»Dann finden Sie's heraus.«

Warnke wollte nur noch weg. Er sah zu den beiden Männern im Anzug hinüber und begegnete ihrem wachsamen Blick. Erst jetzt wurde ihm bewusst, dass sie die Tür, seinen einzigen Fluchtweg, blockierten. Was sollte er tun? Einen Augenblick spielte er mit dem Gedanken, um Hilfe zu schreien. Der Barkeeper würde die Polizei rufen, die ihn hier rausholen und zu Phoenix fahren würde. *Was wirst du dann Max sagen, du Idiot?*

Warnke schluckte und wandte sich wieder an Lechtenbrinck. Er war im Kühlraum gewesen und hatte zufällig ein Telefonat zwischen Ben Miskin und Max mitgehört. Das Wort »Lazarus« war gefallen, und es war von einer Studie die Rede gewesen, die Ben unbedingt hatte abbrechen wollen. Anscheinend war Max anderer Meinung gewesen, denn Ben hatte gebrüllt, er werde das Ding selbst aus der Welt schaffen, und wenn es das Letzte sei, was er tue. Danach hatte Warnke Türknallen gehört, und wenige Tage später hatte er Ben besinnungslos auf dem Boden liegend gefunden.

»Lazarus ist nur eine Studie«, sagte Warnke. Es war ein müder Versuch. Er hatte wirklich keine Ahnung.

»Wir haben anderes gehört«, sagte Lechtenbrinck.

Warnke spürte, wie ein hysterisches Lachen seinen Hals hinaufkletterte. *Max bringt mich um. Er oder Lechtenbrinck.* Er hielt sich die Faust vor den Mund und hustete.

»Woher soll ich wissen, wer oder was Lazarus ist?«, fragte er, als er sich wieder gefangen hatte. »Phoenix verwendet für alle Projekte Codenamen.«

Lechtenbrincks Lächeln war voller Mitleid angesichts dieser lahmen Lüge. »Sie sind der Laborleiter«, sagte er. »Sehen Sie in die Unterlagen.«

»Ben hätte niemals diesen Deal gemacht.« Aber Ben saß jetzt in der Klapse, und in Warnke kam der Verdacht auf, dass seine zerrütteten Nerven mit seiner Forschung zu tun hatten.

»Ach, nicht?«

Arschloch, du hast mich reingelegt. Wie eine Spinne in ihrem Netz hatte Lechtenbrinck gewartet, bis er die Laborleiterstelle innehatte, dann hatte er die Jagd eröffnet. Hatte er bei Bens Zusammenbruch die Hand im Spiel gehabt? Lechtenbrincks helle Husky-Augen glitzerten. Warnke hatte das Gefühl, als kröche eine Gänsehaut über seinen Rücken. Jetzt hätte er alle Pillen auf einmal schlucken können. Der Gedanke an seine Babys gab ihm neue Kraft.

»Was immer Lazarus ist, es könnte gefährlich sein«, sagte Warnke eindringlich. »Unsere Forschungen können Sie nicht einfach auf die Menschheit loslassen.« Wenn es das war, was er vermutete, graute ihm davor.

»Davon ist keine Rede.«

Warnke entspannte sich ein wenig. Wenn Bens Forschung für ein Labor am anderen Ende der Welt vorgesehen war, dann war das nicht sein Problem. »Wie soll das Ganze praktisch über die Bühne gehen?«, fragte er.

»Bringen Sie die Ware in Ihre Gewalt«, sagte Lechtenbrinck, »und übergeben Sie sie sofort an den Kontaktmann meines Kunden. Sie wird sich keine Sekunde in meiner Obhut befinden.«

»Und wenn ich nicht herausfinde, was es ist?«

Lechtenbrinck lächelte freundlich. »Lassen Sie sich was einfallen«, sagte er. »In Ihrem eigenen Interesse.«

Warnke verstand. Er hatte sich auf diesen Pakt eingelassen. Wenn er nicht lieferte, würde Lechtenbrinck ihn zertreten wie ein nutzloses Insekt. Niemals würde er sein Geschäft durch einen Mitwisser gefährden.

Warnke machte einen neuen Spielzug, wusste, dass er um sein Leben pokerte. »Das ist aber ein Riesending«, sagte er ruhig.

»Wollen Sie mit mir feilschen?«

»Vielleicht gibt es ja noch andere Interessenten.«

»Versuchen Sie nicht, mich reinzulegen«, sagte Lechtenbrinck. »Das haben schon ganz andere nicht geschafft.« In seiner Stimme lagen Warnung und Mitleid zugleich. »Sie bekommen Direktiven für die Übergabe.« Er fuhr sich mit der Hand durchs Haar.

Die beiden Männer neben der Tür standen auf, durchquerten die Bar und setzten sich an den Nebentisch. Sie fassten Warnke ins Auge, schenkten Lechtenbrinck jedoch keine Beachtung. Warnke wurde wieder nervös.

»Was hat Ihr Kunde mit Lazarus vor?«

»Das Objekt wird für Forschungszwecke gebraucht«, sagte Lechtenbrinck freimütig. »Das können Sie sich doch denken. Wie ich schon sagte, mein Kunde möchte die Welt zu einem besseren Ort machen.«

»Und was wird mit mir?«, flüsterte Warnke.

Lechtenbrinck sah aus, als wäre er gedanklich mit anderem beschäftigt, hätte Warnke bereits vergessen. »Das Beste wird sein, wenn Sie gleich einmal Urlaub einreichen.«

»Urlaub?«, fragte Warnke fassungslos. Niemand bei Phoenix hatte je freie Tage beantragt, soweit er wusste. Das musste Verdacht erwecken.

Lechtenbrinck lächelte. »Sie werden angeben, dass Sie für einen Monat nach Amerika wollen. MIT, neue Eindrücke sammeln. Ein kleines Forschungsprojekt?«

Warnke fasste wieder in die Tasche, fühlte das Papierdreieck. Ihm wurde heiß. »Was, wenn die was merken?«

»Sie dürfen eben keine Zeit verlieren.«

Die beiden Männer am Nebentisch schauten unverwandt herüber. Warnke war sich sicher, dass sie auf Lechtenbrinck gewartet hatten, zu ihm gehörten. *Gorillas.* Warnke hatte das Gefühl, dass sie nicht nur zu Lechtenbrincks Sicherheit, sondern auch zu seiner Einschüchterung da waren.

Ein neues Lied setzte ein, Lilian Harveys quiekende Stimme erklang: *»Wein ich? Lach ich? Träum ich? Wach ich?«*

Lechtenbrinck sagte: »Sie übergeben nur die Ware.«

Warnke hatte nicht zugehört. »Wie bitte?«

»Sie übergeben die Ware an unseren Kontaktmann und nehmen die nächste Maschine nach Boston. Die genauen Informationen bekommen Sie noch.« Lechtenbrinck stellte sein leeres Glas ab. »Ihr Ticket ist bezahlt und am Schalter hinterlegt. Wenn Phoenix Verdacht schöpfen sollte, sind Sie längst außer Landes.«

»... Heut werden alle Märchen wahr,
heut wird mir alles klar ...«

Warnkes Mund war trocken. »Alles klar«, krächzte er.

»... Das gibt's nur einmal, das kommt nicht wieder,
das ist zu schön, um wahr zu sein ...«

Lechtenbrinck beugte sich über den Tisch. »Und in Massachusetts grüßen Sie meinen lieben Freund, Professor Mackenzie, ganz herzlich von mir, ja?«

Mackenzie. Mackenzie?

Die Erkenntnis traf Warnke wie ein Keulenschlag. *Mackenzie*, hatte Lechtenbrinck gerade gesagt. Beim letzten Treffen hatte er seinen Freund am Massachusetts Institute of Technology *MacMillan* genannt. Und auf einmal sah er klar. Es würde überhaupt kein Ticket für ihn hinterlegt werden. Man war so lange freundlich zu ihm, bis er seine Aufgabe erledigt hatte. Weitere Pläne für ihn gab es nicht. Er war zum potenziellen Sicherheitsrisiko geworden. Sie würden sich seiner entledigen. Eher früher als später.

Warnkes Herz fing an zu rasen. Sein erster Gedanke lautete Flucht. Sein zweiter, dass es für ihn kein Zurück mehr gab. *Lazarus.* Die Größe des Geschäfts raubte ihm den Atem. Wieder sah er Ben vor sich. Das ausgezehrte Gesicht, die rot unterlaufenen Augen. Er wollte nichts mit dessen Arbeit zu tun haben. Jetzt würde Lechtenbrinck ihn jedoch nicht mehr aus den Fängen lassen. Wenn er nicht kooperierte, würde man ihn gleich aus dem Weg räumen, sich an den Nächsten heranmachen. An Julia, zum Beispiel, die alles für ihre Karriere tat. Ja, Juli würde keinen Augenblick zögern.

Aus purer Angst zwang er sich zur Ruhe. »Alles klar«, sagte er und bemühte sich um einen entspannten Eindruck, als gehörte Technologie-Spionage zu seinem Tagesgeschäft. »Sie können sich auf mich verlassen.«

Lechtenbrinck lächelte. »Das weiß ich doch.« Er zog einen Geldschein aus der Tasche und warf ihn neben die leeren Gläser. Dann machte er den Männern am Nebentisch ein Zeichen. Die beiden erhoben sich sofort. »Sie hören im Lauf der Woche von mir. Mehr Zeit haben wir nicht.« Er stand auf und verließ, seine beiden Trabanten im Schlepptau, die Bar.

Warnke sah ihm nach und schob die Hand in die Jackentasche. Das Papierdreieck knisterte unschuldig, als enthielte es nichts Böses.

Lilian Harvey quiekte:

»… Reich mir zum Abschied die Hand.
Dann ist der Himmel nicht mehr blau.
Dann weißt du's ganz genau …«

Eine Woche. Warnke krampfte die Hand um das Papier. Er brauchte eine Pille. Ihm war schlecht vor Angst.

10

Die Turmstraße in Moabit war menschenleer. Ein kalter Nachtwind fegte über das Trottoir. Die geschlossenen Geschäfte bildeten eine abweisende Front aus Glas und Neonlicht. Nur vor dem türkischen Gemüseladen standen noch ein paar Kisten auf dem Holzregal neben der Eingangstür. Ein Versprechen, dass der neue Morgen und mit ihm die Stammkunden wiederkommen würden.

Alexander manövrierte den Toyota Land Cruiser am Straßenrand zwischen einen alten Volkswagen und einen Pick-up mit einer Werbeaufschrift für Westernreiten in Brandenburg. Maik hatte ihn notgedrungen ziehen lassen.

Du, Maik, ich muss mal ein bisschen raus.

Ich wollte gerade laufen gehen.

Ich fahre allein. Max hat gesagt, ich könnte jederzeit einen Wagen aus dem Fuhrpark nehmen.

Wo willst du denn hin?

Weiß nicht, rumfahren, Stadtluft schnuppern.

Klar, nimm einfach den Land Cruiser, der Schlüssel steckt immer. See you, Alex.

Wenn Alexander in Berlin war, ging er oft in die »Quelle«, eine Kneipe mit gemischtem Publikum, lauter Musik und vollkommener Anonymität. Er wollte in Ruhe ein Bier trinken. Meistens war er sich sowieso selbst Gesellschaft genug. Außerdem musste er nachdenken. Für nach Mitternacht hatte er noch einen Abstecher in eine kleine Bar in Mitte geplant. Er schlug die Autotür zu und lief die paar Schritte zum Eingang.

»Zur Quelle« war eine typische Berliner Eckkneipe. Eine rote, schon leicht abgeblätterte Front mit Bierreklame. Stufen, die zur Eingangstür hinaufführten.

Zwei ältere Männer taumelten gerade die Treppe herab.

Alexander ließ sie passieren, roch dabei ihre Fahne und erwiderte ihren gegrölten Gruß mit einem Kopfnicken. Er stieg die Stufen hoch und betrat das Lokal.

Eine Wolke aus Zigarettenrauch schlug ihm entgegen. Musik hämmerte aus der Jukebox. Deep Purple, »Smoke on the Water«. Hier war die Zeit in den Siebzigern stehen geblieben.

Direkt hinter der Tür belagerten ein paar alte Männer, jeder in einem anderen Zustand der Trunkenheit, die Tische. Aus glasigen Augen verfolgten sie, wie Alexander sich an ihnen vorbeischob. Eine Horde junger Leute hielt Bierkrüge in den Händen und brüllte, die freien Arme wie beim Sirtaki um die Schultern des Nächsten gelegt, ein Lied: »Wir feiern durch – die ganze Nacht.« Sie trampelten auf der Stelle. »Die ganze Nacht, die ganze Nacht!«

Alexander kämpfte sich durch die Feiernden zur Theke durch. Hier war es etwas ruhiger. Zwei Paare, Billard-Queues in den Händen, standen am Tresen und tranken Berliner Weiße mit Schuss. Eine der Frauen sagte etwas auf Holländisch, die anderen lachten. Touristen.

Ein stockfleckiger Spiegel im Goldrahmen hing hinter der Bar und reflektierte ein sepiafarbenes Bild des Lokals.

Ein junger Mann, die Hemdsärmel aufgekrempelt, zapfte Bier wie im Akkord, füllte sechs Glaskrüge gleichzeitig. Als Alexander an die Theke trat, hob er den Kopf.

»Ja, Alex!«, sagte er. »Welch ein Glanz in unserer Hütte. Auch mal wieder in Berlin?«

»Hallo, Patrick«, erwiderte Alexander. »Voller Laden.«

»Um die Uhrzeit immer.« Patrick nahm einen Holzspatel und strich Schaum von einem der Bierkrüge. »Hab deine Reportage aus Nicaragua gelesen«, sagte er. »Hey, Mann, ich hab so 'ne Gänsehaut gekriegt. Drogenkartell – ich denk, ich spinne.« Er deutete über die Köpfe seiner Gäste hinweg zu einer Ecke im hinteren Teil der Kneipe. »Dein Tisch ist gerade frei geworden.«

»Hast du ein Bier für mich?«

Patrick reichte ihm einen vollen Bierkrug. »Ich schick dir später Chiara wegen dem Essen.«

»Nett von dir.«

»Immer wieder gern.«

Alexander nahm sein Bier und schob sich durch die Menge bis zu seinem Tisch. Er setzte sich so, dass er die Tür im Auge behielt, eine Angewohnheit, die er sich irgendwann auf seinen Reportage-Reisen angeeignet hatte.

Er hatte gerade den ersten Schluck Bier getrunken, als ihm jemand von hinten auf die Schulter tippte.

»Lindahl?«, sagte eine Männerstimme.

Alexander fuhr herum. »Ja?«

Vor ihm stand ein Mann um die fünfzig. Er war korpulent, trug eine Army-Jacke, zerrissene Jeans und Turnschuhe und hatte eine rasierte Glatze. Der dicke schwarze Rahmen seiner Hornbrille wirkte wie ein Fremdkörper in seinem bleichen Mondgesicht.

»Ich wollte dich nicht erschrecken«, sagte er. »Stefan Trautmann mein Name. Aber sag einfach Trautmann zu mir.« Seine Berliner Herkunft war nicht zu überhören.

Trautmann ließ sich auf einen Stuhl auf der anderen Tischseite fallen. Dann griff er in eine der vielen Jackentaschen, zog eine Zigarettenschachtel heraus und bot sie Alexander an.

»Ich rauche nicht«, sagte Alexander und trank einen Schluck von seinem Bier.

Trautmann zuckte die Schultern und steckte sich eine Zigarette an. »Hier kann man wenigstens noch qualmen«, sagte er zufrieden. »Ich habe deinen Artikel über Benin gelesen, hat mir gut gefallen. Tiefgehende Recherche, kritischer Zugang. Tipptopp.«

»Danke.« Am Ende hatte Heckenbusch klein beigegeben, und der Artikel war doch noch die Titelstory geworden.

Trautmann machte einen tiefen Zug, blies den Rauch vor

sich hin und steckte die Zigarettenpackung wieder ein. »Ich weiß gute Schreibe zu schätzen, bin selber Journalist.«

»Was willst du von mir, Trautmann?«

»Ich kenne die Annette vom MAGAZIN.«

»Annette Weinzierl? Von der Kultur?«

»Genau die.« Trautmann zog an seiner Zigarette. »Letzte Woche haben wir wegen der Wahlen in Hamburg miteinander telefoniert. Und da hat die Annette mir doch erzählt, dass du bald in Berlin arbeitest. Für Phoenix.«

Für Phoenix, nicht *bei* Phoenix.

»Abend, Trautmann, wie immer?« Eine zierliche junge Frau, Typ kellnernde Studentin, stand neben dem Tisch.

»Wie immer und 'ne Bockwurst, Chiara, mein Mäuschen.«

Chiara schenkte ihm ein nachsichtiges Lächeln und sah Alexander an. »Und Sie? Was zu essen?« Sie hatte rotblonde Locken, schräge grüne Augen und Grübchen.

»Nein danke«, sagte Alexander.

Chiara drehte sich um und verschwand in der Menge.

»Bin öfter hier«, sagte Trautmann. Er nahm einen Zug aus seiner fast aufgerauchten Zigarette, stieß den Qualm aus und musterte Alexander mit zusammengekniffenen Augen. »Ich bin dir nachgefahren«, sagte er. »Ich beobachte Phoenix schon seit ein paar Tagen.« Er zog den Aschenbecher zu sich heran und drückte den Rest seiner Zigarette aus. »Hab den Laden schon länger auf dem Kieker.«

Chiara kam und stellte einen Teller mit einer riesigen Bockwurst und Brot vor Trautmann hin. Dazu zwei offene Fläschchen Jägermeister.

»Mahlzeit, Trautmann«, sagte sie und ging wieder.

»Schreibst du über Phoenix?«, fragte Alexander.

Trautmann zog den Teller mit der Wurst näher zu sich heran. »Hatte ich zumindest vor«, sagte er. »Aber jetzt ist meine Quelle leider versiegt. Oder besser gesagt, man hat sie trockengelegt.«

»Welche Quelle?«

Trautmann biss der Wurst das Ende ab. »Ben Miskin.«

»Miskin«, sagte Alexander. Der Name brachte etwas in ihm zum Klingen. Dann fiel es ihm wieder ein. Ben Miskin hatte vor ihm das Zimmer im Gästehaus bewohnt. »Miskin ist nicht mehr bei Phoenix. Er hat das Unternehmen verlassen.«

»So kann man's auch nennen«, sagte Trautmann kauend.

Alexander nahm einen Schluck Bier. »Was heißt das?«

»Ben war unter anderem Chef des Hochsicherheitslabors bei Phoenix«, sagte Trautmann. »Hat sich vor einiger Zeit an mich rangemacht, wollte Material und Infos über Phoenix loswerden.« Er legte die angebissene Wurst auf den Teller zurück und wischte sich die Hände an der Papierserviette ab. »Jetzt ist der Typ in der Klapse.«

»Er ist verrückt geworden?«

»So verrückt wie du und ich.« Trautmann griff sich das erste Jägermeisterfläschchen und leerte es auf einen Zug.

Alexander sah ihm wortlos zu. *Ich brauche deine Hilfe.*

»Und deshalb«, fuhr Trautmann fort, »wollte ich dich warnen. Nicht dass du in Schwierigkeiten kommst.«

»Schwierigkeiten sind mein zweiter Beruf.«

»Diese nicht. Nimm dich vor Phoenix in Acht.«

Alexander fiel sein erstes Gespräch bei Phoenix ein. Ihm war, als hörte er wieder Amandas Stimme. *Sollte jemand, den du noch nie gesehen hast, versuchen, dein Vertrauen zu gewinnen, bitten wir dich einfach, uns das zu sagen.*

»Das ist doch absurd.«

Trautmann schob den halb leeren Teller von sich. »Nee, mein voller Ernst«, sagte er, griff nach dem zweiten Jägermeisterfläschchen, überlegte es sich anders und stellte es beiseite. »Seit Bens Abgang ist mir klar, das Phoenix gefährlich ist. Das Material, das er mir geben wollte, muss brisant sein. Nur: Worum geht's dabei?« Er beugte sich vor und sah Alexander eindringlich an. »Hilf mir bei der Recherche – und hilf damit auch *dir*.«

Die feiernden jungen Leute tanzten im Sirtaki-Schritt an ihnen vorbei und grölten: »Wir feiern durch, die ganze Nacht, die ganze Nacht! Wir feiern durch …«

Unser Sicherheitsteam wird eine diskrete Überprüfung übernehmen. Sollte sich deine neue Bekanntschaft als unbedenklich herausstellen, wird nie jemand von unseren Nachforschungen erfahren. Wenn nicht – musst du sie beenden.

»Klingt nach ziemlich viel heißer Luft«, sagte Alexander. »Aber ich denke drüber nach.«

»Na, dann denk nicht zu lange.« Trautmann lehnte sich zurück und zog seine Zigarettenschachtel wieder aus der Tasche. »Könnte sonst sein, dass du irgendwann keine Gelegenheit mehr dazu hast.« Er klopfte eine Zigarette aus der Packung und drehte sie zwischen den Fingern. »Sagt dir der Name Thomas Brenner was?«

Alexander wurde kalt. »Tom?«

Trautmann nickte. »Hat letzte Woche versucht, mich zu erreichen«, sagte er. »Ich war auf Außentermin. Er hat mir eine Nachricht auf der Mailbox hinterlassen, wollte mich treffen.« Trautmann steckte die Zigarette zwischen die Lippen und zündete sie an. Durch den Rauch hindurch sah er Alexander scharf an. »Brenner hat sich auf Miskin berufen, ist anscheinend sein Assistent gewesen.«

»Tom Brenner hatte einen Unfall«, sagte Alexander.

»Ich lese den Polizeibericht.«

»Hat er gesagt, worum es ging?«

Trautmann machte einen Zug aus der Zigarette, streifte die Asche an seinem Tellerrand ab. »Ich denke, er hatte das Material, das Miskin mir geben wollte. Vielleicht haben die beiden darüber gesprochen.« Nachdenklich ließ er seinen Blick durch das Lokal schweifen. »Bist du allein unterwegs?«

»Siehst du sonst noch wen hier?«

»Wissen die bei Phoenix, wo du gerade bist?«

»Nein.«

Trautmann verzog den Mund. »Wundert mich.«

»Ich habe denen gesagt, dass ich in die Stadt will.«

»In Zukunft musst du vorsichtiger sein«, sagte Trautmann. »Das ganze Gelände bei Phoenix ist überwacht.« Wie um einen Einwand abzuwehren, hob er die Hand. »Ja, ja, ich weiß, Forschung und so. Aber dein Zimmer ist verwanzt, dein Telefon wird abgehört, und ich wette, die wissen auch, wo du gerade dein Bier trinkst und mit wem du hier redest.« Er runzelte die Stirn und machte einen nervösen Zug aus seiner Zigarette. »Wenn das Ding von Phoenix eines schönen Tages außer Kontrolle gerät, sind wir alle am Arsch.«

»Wer ›wir‹?«

»*Alle*, die ganze Welt«, sagte Trautmann. »Schon mal vom Lazarus-Projekt gehört?«

»Nein, was ist das?« Alexander dachte an Yues Arbeit zur Gensequenzierung. Nadjeschda. Die neuen Impfstoffe. *Phoenix dient den Menschen.* Alle waren so offen, beantworteten bereitwillig seine Fragen. Aber er war Journalist und kein Wissenschaftler. Sie konnten ihm erzählen, was sie wollten. »Ein Forschungsprojekt?«

Trautmann nickte. »Scheint ein Arbeitstitel zu sein«, sagte er. »Miskin hat nur den Projektnamen erwähnt. Schätze, in den Unterlagen ging es darum. Die haben ihn rechtzeitig zum Schweigen gebracht.«

»Phoenix ist doch nicht die Mafia.«

»Nee, Phoenix ist schlimmer«, sagte Trautmann, beugte sich vor und raunte: »›Lazarus ist anders‹, hat Miskin gesagt.« Er richtete sich auf und ließ seinen Blick wieder durch das Lokal wandern.

»Lazarus ist anders?«, wiederholte Alexander. Er kannte sich in der Bibel nicht aus, aber soweit er wusste, war Lazarus von den Toten wiederauferstanden. Er hatte gelesen, dass die Klimaerwärmung jederzeit alte Krankheiten aus dem abschmelzenden Eis wiederauferstehen lassen konnte, gegen die kein Kraut gewachsen war. Vielleicht hatte Phoenix ein Mittel gegen Anthrax oder die Spanische Grippe gefunden, das eine zukünftige Pandemie aufhalten konnte. Es wäre mit Geld nicht aufzuwiegen. *Und dieser Tom ist tot.* Ein unglücklicher Sturz und eine kalte Nacht konnten ein Todesurteil bedeuten. Die Polizei hatte keinen Zweifel an einem Unfall. Aber jemand hatte Toms Uhr mit allen Daten mitgenommen. Ein Fremder? Oder jemand, dem diese Daten gehörten und der nicht wollte, dass sie in falsche Hände gerieten? Er spürte ein vertrautes Kribbeln im Magen. Toms abweisendes Verhalten an seinem ersten Tag bei Phoenix fiel ihm ein, sein ausweichender Blick. Alexanders Berufsinstinkt war erwacht.

»Warum ist Ben Miskin in der Psychiatrie?« Wenn der Mann verrückt war, konnte er dieses Gespräch vergessen.

Trautmann antwortete nicht, sondern blickte zum Tresen hinüber. »Sag mal, bist du mit deinem eigenen Auto da?«

»In Berlin brauche ich keins«, sagte er. »Ich kann jederzeit einen Wagen aus dem Phoenix-Fuhrpark nehmen.«

»Scheiße, wir müssen ein andermal weiterreden.«

»Wieso?«

»Die sind dir gefolgt.«

»Wovon redest du?«

»Guck mal zur Theke«, sagte Trautmann. »Aber nicht so auffällig. Den Typ kenn ich nicht, hab ihn hier noch nie gesehen.« Er zupfte einen Tabakkrümel von der Zungenspitze.

Alexander wartete ein paar Sekunden, dann nahm er sein fast leeres Glas und hielt es Patrick entgegen, als wollte er nachbestellen. Die Holländer waren nicht mehr da. Statt ihrer lehnte jetzt ein junger Mann dort und wandte ihnen den Rücken zu. Er trug einen blauen Daunenparka mit Fellkapuze, ein teures Stück, und einen geradezu militärischen Kurzhaarschnitt. Der Mann passte weder zu den Säufern noch zu den Studenten oder den Touristen, die das Stammpublikum in der Kneipe bildeten. Alexander beobachtete ihn einen Moment zu lang, ihre Blicke begegneten sich in dem Spiegel, der über der Bar hing. Der Mann wandte das Gesicht ab und widmete seine Aufmerksamkeit der Zapfanlage.

»Sieht nach Security aus«, sagte Alexander. »Die Art von Typ, die im Bankfoyer herumsteht.«

Unser Sicherheitsteam. Er wurde unruhig. Vielleicht hatte dieser Trautmann recht, und er war doch nicht allein.

Chiara kam und stellte einen vollen Bierkrug vor Alexander ab. Patrick hatte seine Bestellung aufgefangen.

»Chiara, mein Mäuschen«, fragte Trautmann, »habt ihr neuerdings schniekes Publikum?«

»Was?«

»Na, der Typ an der Bar. Muss man den kennen?«

Chiara grinste, wusste sofort, wer gemeint war. »Bloß kein Neid, Trautmann, bist schön genug.«

»Weeß ick doch, mein Mäuschen. Also, wer isses?«

Chiara schaute zur Theke. Der Mann im Parka bemerkte ihren Blick nicht. »Noch nie gesehen«, sagte sie. »Trinkt alkoholfreies Bier und bewundert sich im Spiegel. Wenn du mich fragst, ist der zum ersten und zum letzten Mal hier.«

»Hat der Typ nach irgendwem gefragt?«

»Nö, wieso?«

»Schon gut, dann mach uns mal die Rechnung.«

»Alles zusammen«, sagte Alexander, zog seine Geldtasche heraus und legte sie auf den Tisch.

Der Mann an der Theke leerte sein Glas und klopfte mit den Fingerspitzen auf den Tresen. Er wollte zahlen.

»Chiara«, sagte Trautmann, »gib mal deinen Stift.« Er nahm den Kugelschreiber und warf einen schnellen Blick zur Bar. Der Mann zählte gerade Münzen neben sein Glas. Trautmann kritzelte hastig ein paar Zahlen auf seine Zigarettenschachtel, legte sie auf seine nicht benutzte Papierserviette und schob Alexander beides hin. »Hier, die Nummer von dem Laden.« Er gab Chiara den Kugelschreiber zurück.

»Das neue Steakhaus am Ku'damm kann man einem Touristen doch empfehlen, watt meinste?«

»Denke schon.« Chiara kassierte und ging.

Trautmann wartete, bis sie außer Hörweite war, dann sagte er: »Du kannst mich jederzeit unter der Nummer erreichen. Aber pass auf, die filzen dein Handy.«

Alexander griff nach der Zigarettenschachtel, erwischte auch die Papierserviette und steckte schnell beides ein. Dann leerte er sein Glas und stand auf. Der Mann an der Bar scherzte mit Chiara.

»Pass auf dich auf, Lindahl«, sagte Trautmann. »Trau niemandem – wirklich niemandem – und denk daran, dass jeder deiner Schritte überwacht wird. Du hörst von mir.«

»Nein, besser, ich melde mich.«

Trautmann musterte ihn. »Na jut, ich warte drauf.«

»Klar«, sagte Alexander. »Bis bald.« Fast hätte er »See you« gesagt. Er hatte einen bitteren Geschmack im Mund. Als er sich umdrehte, um zum Ausgang zu gehen, blieb Trautmann sitzen, hob nur die Hand und bestellte ein weiteres Bier. Kein weiteres Wort, der zufällige Tischnachbar verließ das Lokal.

Vor der »Quelle« war der Wind abgeflaut, aber die Luft war eisig. Inzwischen war es nach elf Uhr. Die Turmstraße lag verlassen da.

Alexander schloss den Land Cruiser auf und setzte sich hinter das Lenkrad. Doch er fuhr nicht los, sondern beobachtete den Eingang der Kneipe. Nach ein paar Minuten ging die Tür auf, und ein junges Paar kam die Stufen herab. Der Mann mit dem militärischen Kurzhaarschnitt tauchte nicht auf.

Er ließ den Motor an. Vielleicht war der Typ gar nicht seinetwegen in der »Quelle« gewesen, und Trautmann litt an Berufs-Paranoia. *Und Miskin?* Der hatte zu Trautmann Kontakt aufgenommen. Was für Material hatte Miskin weitergeben wollen? *Was war mit ihm passiert?* Yue Chan wollte ihn heimlich treffen. *Ich brauche deine Hilfe.*

Lazarus ist anders.

Und was, zur Hölle, war Lazarus?

Alexander strich den Barbesuch in Mitte und fuhr auf direktem Weg nach Dahlem.

11

»Maik?« Alexander trommelte an die Tür. »Maik!« Es war ihm egal, ob er das ganze Gästehaus weckte – je mehr Zeugen, desto besser. *»Maik!«*

Etwas rumpelte in Maiks Zimmer, dann erschien ein Lichtschein unter der Tür. Endlich tauchte Maiks Gesicht im Türspalt auf. Aus verschlafenen Augen blinzelte er Alexander an. Sein blondes Haar stand wirr zu Berge.

»Alex?« Er hielt sich die Hand vor den Mund, verbarg ein Gähnen. »Was ist los? Ist was passiert?«

»Allerdings. Können wir reden?«

»Wie spät ist es denn? Hat das nicht Zeit bis morgen?«

»Gleich Mitternacht – und *nein*.«

Maik brummte etwas Unverständliches und machte die Tür auf. Er trug ein T-Shirt und Boxershorts und war barfuß. Ganz offensichtlich hatte Alexander ihn aus dem Bett geholt.

»Komm rein«, sagte er und schlurfte zu der Sofagarnitur vor dem Kamin. »Ich war laufen und hab mich früher hingelegt.« Er nahm ein kariertes Plaid von einer Lehne und wickelte sich darin ein. »Setz dich doch.«

»Danke.«

Das Zimmer war ein Abbild von Alexanders eigenem, nur dass die Sitzgarnitur vor dem Kamin grün statt rot war und dass vor der Terrassentür ein Trimmrad stand. Auf einem Sessel lag ein zusammengeknüllter Jogginganzug.

Alexander setzte sich auf eines der Sofas, lehnte sich vor und faltete die Hände. Vielleicht war Trautmann verrückt und der Mann in der »Quelle« ein Tourist gewesen. Für wahrscheinlich hielt er das nicht. Er hatte die ganze Fahrt aus Moabit nach Dahlem darüber nachgedacht. Natürlich hatte Phoenix auf jeden, der mit brisantem Forschungsmaterial arbeitete, ein Auge. Aber Trautmanns Warnung ging weit darüber hinaus.

Pass auf dich auf. Trau niemandem – wirklich niemandem – und denk daran, dass jeder deiner Schritte überwacht wird.

Alexander kannte diesen Ton. Oft genug hatte er mit Informanten – *Quellen* – zu tun gehabt. Und immer hatten sie diese Dringlichkeit vermittelt, während ihr Blick unruhig umhergehuscht war. *Amadou und Marie-Ange.* Wenn Trautmann recht hatte, dann war Maiks Zimmer verwanzt. Noch vor wenigen Stunden wäre ihm dieser Gedanke absurd erschienen.

»Schieß los«, sagte Maik und ließ sich auf das gegenüberliegende Sofa fallen. Inzwischen schien seine Müdigkeit verflogen. In der Decke erinnerte er an einen wachsamen Indianer. »Was ist passiert?«

»Ich war heute Abend in Moabit.«

»Aha.«

»In einer Kneipe namens ›Quelle‹.«

»Nie gehört.«

»Ich wollte in Ruhe ein Bier trinken«, sagte Alexander und dachte daran, dass seine Worte möglicherweise aufgezeichnet wurden. »Und da kommt so ein Typ und setzt sich einfach an meinen Tisch.« Er war aufrichtig empört.

Der letzte Rest Schlaf verschwand aus Maiks Gesicht. Er beugte sich vor, fixierte Alexander. »Wer war das?«

Alexander zuckte die Schultern. »Keine Ahnung. So ein Dicker, ziemlich ungepflegt.« Das konnte der Parka-Mann bestätigen. Wenn er denn auf ihn angesetzt gewesen war – wovon man nach Lage der Dinge wohl ausgehen musste. »Hab ihn noch nie zuvor gesehen.«

»Hat er gesagt, wie er heißt?«

»Nein.«

»Was wollte er?«

»Das war seltsam.« Alexander runzelte die Stirn. »Der

Typ ist anscheinend nicht gut auf Phoenix zu sprechen, hat gesagt, ich solle auf mich aufpassen.« Wenn jemand mithörte, wurde er gerade nervös. »Schien ihm ernst damit zu sein.«

»*Was?*«

»Das Gerede war so abstrus, dass ich das Gespräch abgebrochen habe«, sagte Alexander. »Aber Amanda hat mich gebeten, sofort Bescheid zu sagen, wenn sich jemand an mich heranmacht. Wahrscheinlich nur ein harmloser Spinner. Tut mir leid, wenn ich dich unnötig geweckt habe.« Er zog die Brauen zusammen, als versuchte er, sich noch an eine Einzelheit des Gesprächs zu erinnern, zählte bis fünf, dann ließ er die Bombe platzen. »Ach ja, und er hat noch diesen Miskin erwähnt. Du weißt schon, den, der mein Zimmer hatte.«

Das neben Maik, seinem Bodyguard. War Maik auch auf Miskin angesetzt gewesen? Die Puzzlesteine fügten sich zusammen. Aber Alexander war zufrieden, hatte seinem Vertrauten bei Phoenix erzählt, was man ihm vielleicht nachweisen konnte. Über Tom zu sprechen, traute er sich unter diesen Umständen nicht. Wenn Trautmann recht hatte, konnte zu viel Interesse an diesem Todesfall gefährlich sein.

Maik setzte sich auf. »*Miskin?*«

»Ja, was ist?« Dass er von Miskins Schicksal wusste, behielt er für sich, wartete, ob Maik ihn aufklären würde.

»Wir müssen mit Max reden.« Maik stand auf. »Danke, dass du uns informiert hast.« Er warf die Decke auf den Boden, nahm die Joggingjacke vom Sessel und zog ein Handy aus ihrer Tasche. Dann tippte er auf die Eins. Der Anruf wurde sofort angenommen. »Hi, Max, Alex ist gerade bei mir. Er ist heute Abend von einem Typen angesprochen worden. Hat ihm einen gehörigen Schrecken eingejagt.« Maik lauschte, dann warf er Alexander einen Blick zu. »Er sagt, er habe ihn vorher noch nie gesehen.« Er hörte wieder Max zu. »Die Sache ist die: Ben war wohl auch ein Thema.«

Er berichtet von Miskin. Das war also der Knackpunkt. Alexander wandte den Kopf und betrachtete das Rennrad vor der Terrassentür. Wenn sein Gespräch mit Maik abgehört wurde, dann wusste der jedenfalls nichts von der Überwachung. Das war interessant.

Maik nickte. »In Ordnung.« Er schaltete das Handy ab und blickte Alexander an. »Max will mit dir reden. Er holt auch Amanda dazu.«

»Gern.« Alexander stand auf. »Gleich morgen früh?«

»Jetzt sofort.« Maik schlüpfte in den Jogginganzug. »Los, komm, Max wartet nicht gern.«

Schweigend marschierten sie durch den Park. Es war schneidend kalt. Der sternenlose, von unzähligen Lichtern angestrahlte Nachthimmel ließ die Landschaft noch düsterer wirken. Wie Wächter in schwarzer Uniform standen die kahlen Baumriesen am Wegrand Spalier.

Das Haupthaus war hell erleuchtet. *Nachtschicht.* Auch Max saß offenbar immer noch in seinem Büro, hatte Maiks Anruf sofort entgegengenommen. Der Phoenix forderte einen hohen Zoll von seinen Jüngern.

In der Halle saßen noch immer ein paar junge Leute bei der Arbeit. Ihr Raunen und das Klappern der Tastaturen verschmolzen zu der einzigartigen Melodie von Phoenix, zu einem Dialog zwischen Mensch und Maschine.

Schnell gingen sie zwischen den Computertischen, auf denen sich Laborberichte stapelten, hindurch, passten sich dem Tempo von Phoenix an. Niemand schenkte ihnen Beachtung, als sie die Stahltreppe zur Galerie hochstiegen.

Wie beim ersten Besuch klopfte Maik nicht an, sondern betrat sofort das Büro. Max wartete vor seinem Schreibtisch. Amanda stand am Fenster und drehte einen Stift in den Händen. Trotz der späten Stunde trug sie eine weiße Bluse, schwarze Jeans und Wildledermokassins, wohl das, was sie unter legerer Freizeitkleidung verstand.

»Hi, Max«, sagte Maik. »Amanda.« Er drehte sich um, verließ das Zimmer und schloss leise die Tür hinter sich.

Alexander nickte den beiden zu.

Max kam ihm entgegen. »Nimm Platz«, sagte er und deutete auf eines der roten Ledersofas. »Erzähl uns bitte genau, was passiert ist.«

Alexander ließ sich auf das Sofa sinken. »Ich war in der Stadt.«

Max setze sich auf den einzigen Sessel, einen halben Meter höher als das Sofa, und schaute auf Alexander herab. Amanda blieb am Fenster stehen und spielte mit dem Stift.

»Weiter?«

»In einer Kneipe in Moabit, in die ich manchmal gehe, wenn ich in Berlin bin«, fuhr Alexander fort. »Und wie ich da so mein Bier trinke, setzt sich ein Mann zu mir und macht dubiose Andeutungen über Phoenix.« Er zuckte die Schultern. »Ich wollte nicht unhöflich sein, bin aber ziemlich bald gegangen. Trotzdem hielt ich es für richtig, mit Maik darüber zu sprechen.«

»Wie sah der Mann aus?«

»Stämmig, um die fünfzig, Glatze.« Wenn er überwacht worden war, hatte es keinen Sinn, das Offensichtliche zu verschweigen. »Army-Jacke.«

Max nickte, als hätte er mit dieser Beschreibung gerechnet, und sah zu Amanda hinüber.

»Was wollte der Mann von dir?«, fragte sie.

Darüber musste Alexander ausführlich nachdenken. Schließlich sagte er: »Er hat einen Namen erwähnt, Ben Miskin. Ich war aber schon beim Gehen. Maik sagt, er wäre ein ehemaliger Mitarbeiter von euch. Warum hat er Phoenix denn verlassen?« Wenn man eine ehrliche Reaktion wollte, musste man dem Interviewpartner gleich die wichtigste Frage vor den Latz knallen und die Schrecksekunde ausnutzen.

Bei Max ging die Taktik nicht auf. Er zeigte kein Zeichen von Überraschung, war von Maik vorgewarnt worden. »Benjamin Miskin war der Leiter des Future Office und unseres Hochsicherheitslabors«, sagte er, machte eine gefasst bekümmerte Miene. »Unser bester Mann. Er war begabt, engagiert, und wir alle mochten ihn. Eines Morgens hat ihn Philipp Warnke, sein Stellvertreter, auf dem Boden des Labors gefunden – komplett neben der Spur. Seitdem leidet Ben unter Wahnvorstellungen.« Er seufzte. »Wir können nur für ihn hoffen.«

Alexander war schockiert. »Was ist passiert? Ich denke, bei den Vorsichtsmaßnahmen ist ein Unfall unmöglich?«

»Die Wahrheit ist«, sagte Max traurig, »wir wissen es nicht. Wir vermuten, es war Erschöpfung – Burn-out. Wir machen uns deshalb schwere Vorwürfe. Anscheinend hat es typische Warnzeichen für Bens Nervenzusammenbruch gegeben, aber wir haben sie nicht erkannt.« Er schüttelte den Kopf. »Alle Phoenix-Mitarbeiter sind jetzt angewiesen, auf Anzeichen von Überarbeitung zu achten und sich sofort zu melden, damit wir Hilfe anbieten können. Wer will, kann jederzeit Supervision in Anspruch nehmen. So was darf nie wieder passieren!« Er machte eine Pause. Dann sagte er: »Das Angebot gilt natürlich auch für dich, Alex.«

»Danke, sehr nett.«

»Unsere Arbeit hier ist nichts für schwache Nerven, wir wissen das. Jeder trägt besondere Verantwortung. Aber du bist mental stark, wirst mit Herausforderungen fertig, das zeigt deine ganze Haltung. Und du bist unvoreingenommen.« Seine letzten Worte klangen eher nach Frage als nach Feststellung. »Du bist doch noch an Bord?«

»Ich finde Phoenix faszinierend.« *Wer ist Lazarus, Max?*

Amanda verließ ihren Fensterplatz und setzte sich auf die Armlehne von Max' Sessel. Jetzt blickten sie beide auf ihn herab. »Weißt du, wie der Mann, der dich angesprochen hat, heißt? Hat er dir seine Karte gegeben?«

»Nein.«

»Woher kannte er Ben Miskin?«

»Das hat er nicht gesagt.«

Sie sah ihn prüfend an, vermutete, dass er etwas für sich

behielt. »Warum hast du das Gespräch einfach abgebrochen? Und dir nicht angehört, was er zu sagen hat?«

Alexander verdrehte die Augen zur Decke. Er breitete die Hände aus, Handflächen nach außen, hatte nichts zu verbergen. »Weil es mich nicht interessiert hat, weil ich schon ein paar Biere hatte und weil ich müde war«, sagte er genervt. »Wenn ich gewusst hätte, was meine Unterhaltung mit Maik hier auslöst, hätte ich gar nichts erzählt.«

Max und Amanda sahen sich an, sandten einander eine Nachricht. Dann sagte Max: »Es gibt immer mal Versuche, sich bei uns einzuschleichen und Ergebnisse zu stehlen. Jetzt machen sie sich an dich heran. Das tut mir leid.« Er zuckte die Schultern. »Am besten, du versuchst es zu ignorieren.«

»Wer sind ›sie‹?«

»Wir sind nicht die Einzigen, die auf dem Gebiet der Genetik forschen«, sagte Max. »Es ist ein Wettlauf mit der Zeit. Noch haben wir die Nase vorn.«

»Das war ein Spionage-Anwerbeversuch?«

»Totale Abschirmung ist leider nicht möglich.«

Amanda ergriff das Wort: »Unsere jungen Leute arbeiten mit Leidenschaft für Phoenix. Da ist jeder Versuch zwecklos. Aber du bist neu, kein Wissenschaftler, hast keine Vorstellung vom Wert unserer Arbeit.« Sie sah ihn ernst an. »Du bist das perfekte Ziel.«

»Es wäre gut«, fügte Max hinzu und ließ Alexander dabei nicht aus den Augen, »wenn du dem Typen nicht wieder über den Weg laufen würdest.« Seine Stimme klang freundlich wie immer. Aber sie hatte einen warnenden Unterton.

Über den Weg laufen. Max traute ihm nicht. »Habe ich nicht vor«, sagte Alexander und schlug sich mit den Händen auf die Knie. »So, nachdem nun alles gesagt ist, müsst ihr mich entschuldigen. War ein langer Tag, ich muss ins Bett. See you.« Mit diesen Worten stand er auf.

Max brachte ihn zur Tür. »Wir vertrauen dir, Alex.«

Darauf gab es nichts zu sagen.

»Morgen ist Toms Beerdigung«, sagte Max und sah Alexander prüfend an. »Phoenix wird vollzählig dort sein.«

Alexander machte eine angemessen betroffene Miene. Natürlich, ein lieber Kollege und junger Vater. Tragisch, aber er hatte ihn ja nicht gekannt. »Maik hat es mir erzählt«, sagte er. Maik und nicht Trautmann. »Ist beim Joggen passiert, oder? Sport ist ungesund.«

Max nickte, wirkte zufrieden. »Du musst jedenfalls ein paar Stunden allein klarkommen«, sagte er.

Alexander winkte ab. »Ich wollte mir sowieso in Ruhe ein paar Gedanken zu unserem Buch machen«, sagte er. »Fragen ausarbeiten und so. Schreibkram, du weißt schon.«

»Umso besser«, sagte Max lächelnd. »See you, Alex.«

Wie schon am ersten Tag, stand Maik direkt hinter der Tür. Er nickte Alexander zu, als wollte er sagen: Na bitte, war doch gar nicht so schlimm.

»Schön«, sagte Maik. »Dann mal ab in die Falle.«

Max hob zum Abschied die Hand und verschwand im Büro.

Alexander holte tief Luft. Seine Nackenmuskeln waren verspannt, die Vorstellung hatte ihm zugesetzt.

Maik runzelte die Stirn. »Bist du okay?«

»Ich glaube, ich bin einfach müde.«

Maik war offensichtlich erleichtert und boxte ihn in den Arm. »Hey, Mann, du kannst doch mit mir reden. Sag einfach immer, was du auf dem Herzen hast.«

Das könnte dir so passen. »Danke, gut zu wissen.«

Später, in seinem Zimmer, setzte sich Alexander an den Schreibtisch, um ein Gedächtnisprotokoll des vergangenen Abends zu verfassen. Doch kaum wurde der Bildschirm seines Notebooks hell, fiel ihm Trautmanns Warnung ein, niemandem – *wirklich niemandem* – zu trauen. Er fuhr den Rechner herunter und zog seine Brieftasche aus der Jacke. Notizen, Rechnungen und Taxi-Quittungen quollen hervor. Seine Steuerberaterin schimpfte jedes Jahr über diese Zettelwirtschaft.

Alexander zog einen offenen Umschlag, der die Rechnung für einen Bürostuhl enthielt, heraus. Vorsichtig trennte er die Klebstellen auf, sodass das Innere wie ein weißes Blatt vor ihm lag. Er nahm einen Bleistift, damit die Schrift nicht durchschien, und hielt das Gespräch mit Trautmann in seiner eigenen Kurzschrift fest. Hinter dem Namen Lazarus machte er drei Ausrufezeichen. In der perfekt sortierten Schreibtischschublade fand er Tesafilm und Papierkleber. Er verklebte das Kuvert sorgfältig, schob die Rechnung hinein. Die Methode hatte er vor Jahren benutzt, um das geheime Interview mit einer arabischen Dissidenten-Gruppe aus dem Land zu schmuggeln. Bereitwillig war er dem schwer bewaffneten Personal am Militärflughafen beim Filzen seiner digitalen Unterlagen zur Hand gegangen. Den Brief seiner Großmutter hatte niemand beachtet. Jetzt hatte er einen Arbeitsauftrag bei Phoenix. Aber er verhielt sich wie die Zielscheibe diverser Geheimdienste.

Trautmann hatte den Samen des Misstrauens gesät.

Er zog die Zigarettenschachtel aus der Tasche. Dabei fiel auch die Papierserviette mit dem Aufdruck der »Quelle« heraus. Alexander warf sie in den Papierkorb. Dann riss er die Seite mit der Telefonnummer ab und schob sie zwischen ein paar alte Rechnungen in seiner Brieftasche. Trautmann hatte keinen Namen dazugeschrieben, das Stück Pappe war unverdächtig. Alexander lehnte sich zurück und atmete tief durch. *Ben Miskin*, dachte er, *und Thomas Brenner*. Dann fiel ihm noch etwas ein. Yue hatte eine junge Frau erwähnt, eine Mitarbeiterin aus dem Future Office, die von betrunkenen Jugendlichen vor eine U-Bahn gestoßen worden war. *Malina.* Den Nachnamen kannte er nicht. Er beschloss, sich diskret nach ihrem Aufgabenfeld zu erkundigen. Zwei junge Menschen tot, einer in einer psychiatrischen Einrichtung. Der Phoenix, der aus der Asche stieg, schien seine Kinder zu verbrennen.

Alexander sah sich um. Wohin jetzt mit dem Umschlag?

Ihn einfach wieder unter seine Sachen zu schieben, war ihm zu riskant. Wenn sie sein Zimmer filzten, würden sie jeden Zettel dreimal umdrehen. Sein Blick fiel auf die Schreibtischschublade. *Der Klassiker.* Sie wussten nicht, dass er ihnen nicht traute. Ein Versteck würden sie nicht suchen. *Noch nicht.*

Er nahm den Tesafilm, riss einen langen Streifen ab und klebte ihn über die Rückseite des Umschlags, sodass er an zwei Seiten überlappte. Dann zog er die Schublade heraus, kippte ihren Inhalt auf den Schreibtisch und drehte sie um – und stutzte. Auf der Unterseite klebte bereits ein kleines Stück durchsichtiges Plastik, nicht größer als eine Briefmarke. Darunter blinkte ein Metallstück. Alexanders Puls beschleunigte sich. Jemand hatte das Versteck bereits vor ihm benutzt. *Ben Miskin.* Er hatte dieses Zimmer als Letzter bewohnt. Und etwas vor Phoenix verborgen. Trautmann hatte also recht.

Alexander wollte schon nach dem Plastik greifen, doch dann hielt er inne. Was, wenn es versteckte Kameras gab? Dann hatten sie ihn mit dem Umschlag hantieren sehen. Jetzt war es zu spät für Reue, er konnte nur noch ein Täuschungsmanöver starten.

Das Metallstück glänzte im Licht der Schreibtischlampe. Er widerstand dem Impuls, es loszureißen. Stattdessen fuhr er mit dem Zeigefinger an den Kanten der Schublade entlang, als fragte er sich, warum sie so schwer schloss. Es war ein schwacher Täuschungsversuch, aber das Einzige, was ihm in dieser Situation einfiel. Dann drehte er die Schublade wieder um und schob sie ein Stück in den Schreibtisch, rüttelte daran, griff darunter, klopfte ein wenig auf ihren Boden und schloss sie endlich mit Schwung. Zufrieden nickte er. Das Ding lief wieder einwandfrei. Und jetzt überkam ihn ein dringendes Bedürfnis. Das kleine Metallstück unsichtbar zwischen Daumen und Handkante geklemmt, ging er ins Bad.

Es war eine SIM-Karte, eingewickelt in ein Stück Tesafilm. Alexander griff in die Hosentasche, zog sein Handy heraus und tauschte die Karten aus. Miskin hatte den Datenträger nicht mit einem Kennwort gesichert. Als hätte er eine Nachricht für einen Fremden hinterlassen wollen. Für den Fall, dass ihm etwas passierte? Alexander spürte, wie sich seine Nackenmuskeln verhärteten. Hoffentlich hatten die Schweine wenigstens sein Bad nicht verwanzt.

Er drückte verschiedene Tasten, suchte nach Kontakten, Nachrichten, der Anrufliste. Nichts. Die Karte schien leer zu sein. Ärgerlich wollte er den Versuch schon aufgeben. Wahrscheinlich war dieser Miskin wirklich verrückt. *Paranoia.* Alexander tippte noch ein wenig herum, und plötzlich erschien eine Landkarte auf dem Display. Mit einer rot eingezeichneten Route. Sie führte vom Phoenix-Gelände nach Westen, durch Spandau hindurch, zu einem alten Wasserwerk, schlängelte sich dann weiter durch ein Waldstück und verschwand schließlich im Niemandsland. *Offroad.* Hatte Miskin ihm etwa eine Wanderkarte hinterlassen? Dieser Datenträger enthielt keine weiteren Informationen. Was war die Nachricht?

Es ist die Route.

Alexander tauschte die Karten zurück, steckte das Handy ein, und für den Fall, dass er abgehört wurde, drückte er auf die Toilettenspülung. Dann zog er sich aus und drehte die Dusche voll auf. Während er minutenlang mit geschlossenen Augen fast siedend heißes Wasser über seinen Körper rinnen ließ, legte er sich einen Plan zurecht.

12

Am nächsten Morgen schnappte sich Alexander den dicksten Pullover, den er dabeihatte, und zog ihn unter seine Lederjacke. Die Schnürstiefel mit der Profilsohle, die er sonst immer auf seinen Reisen trug, hatte er diesmal nicht eingepackt. Hier war immerhin Berlin. Aber Miskins Route sah eher nach einem Geländelauf aus. Dann mussten die Turnschuhe eben reichen. Schnell steckte er noch seine kleine Leica in die Tasche, verließ sein Zimmer und wäre vor der Tür fast mit Maik zusammengestoßen.

»Hi, Alex.« Maik schenkte ihm sein breites Lächeln.

»Wolltest du zu mir?«

»Zeit fürs Frühstück«, sagte Maik. »Die anderen sind auf der Beerdigung, Lasse kocht heute nur für uns. Das sollten wir uns nicht entgehen lassen. Max hat ihn vom ›Viking‹ in Stockholm abgeworben. Das ist so ein Sterne-Tempel. Lasse sucht alle Zutaten selbst aus, sein Team backt sogar Brot.«

Alexander dachte an den großen Schweden mit der Kochmütze und daran, dass das Begräbnis und die Abwesenheit der Phoenix-Mitarbeiter seinem Plan zugutekamen. Er musste nur Maik loswerden. Also sagte er so gut gelaunt wie möglich: »Lasse? Head of Kitchen oder Head of Bread?«

Maik lachte. »Gutes Essen ist bei uns enorm wichtig. Wir kochen internationale Küche, alles auf höchstem Niveau. Jeder soll sich bei Phoenix wohlfühlen. Nur dann ist der Kopf für neue Ideen frei.«

»Sagt Max, nehme ich an?«

»Genau.« Maik musterte ihn. »Willst du wandern gehen?«

»Um Gottes willen, nein.« Alexander hielt seinen rechten Fuß im Turnschuh hoch. »Sieht das danach aus?« Er schüttelte den Kopf. »Ich fahre gleich in die Stadt.«

»Können wir auch zusammen machen.«

»Nein.« Alexander war empört. »Wenn du das Haus hüten sollst, werde ich dich nicht zum Shopping schleppen. Nicht ohne Max' Einverständnis.« *Touché.*

»Shopping?«

»Weihnachtsgeschenk für meine Oma.«

»Ach so.« Alexander konnte sehen, wie es in Maiks Kopf arbeitete. Wenn er sich jetzt bei einer Einkaufstour aufdrängte, wurde auch dem Dümmsten sein Überwachungsauftrag klar. »Na, dann viel Erfolg.« Es klang ein wenig lahm.

»Ich nehme den Land Cruiser, see you, Maik.« Alexander hob die Hand mit der Leica zum Abschied – ein Tourist machte ja immer Fotos – und lief unter dem leeren Blick der Holzmasken zum Eingang.

Draußen war es nebelig. Der Land Cruiser stand an der Auffahrt zum Haupthaus, seine klobige Silhouette erinnerte in dem milchigen Dunst an ein schlafendes Urzeittier. Der Schlüssel steckte, so wie am Abend zuvor. Jeder bei Phoenix konnte den Wagen nehmen. Alexander legte das Handy, in dem Miskins SIM-Karte steckte, auf den Beifahrersitz und startete den Geländewagen. Mit einem Brummen sprang der starke Dieselmotor an.

Als Alexander durch das große Einfahrtstor rollte, erwiderte der alte Pförtner freundlich seinen Gruß. Niemand hielt ihn auf. Er bog nach rechts ab, in Richtung Spandau, hatte sich die Route auf der Speicherkarte genau eingeprägt, wollte sie vorsichtshalber nicht ins Navi eingeben. Eine Weile steuerte er den Wagen durch den Frühverkehr, kam nur langsam voran. Irgendwann hatte er den Stadtrand erreicht. Nur noch wenige Autos folgten ihm. Ihre Motorengeräusche schluckte der Nebel, und ihre Scheinwerfer wirkten wie ertrinkende Sonnen. Ein Wagen nach dem anderen bog ab, und auf den letzten Kilometern war er allein. Fast hätte er in dem Dunst die richtige Abzweigung verpasst, sodass er scharf bremsen musste, wobei eine Taschenlampe unter dem Beifahrersitz hervorrollte. Endlich hatte er das alte Wasserwerk und einen großen Parkplatz, hinter dem sich hohe Bäume zu einer grünen Wand zusammenschlossen, erreicht.

Alexander stellte den Land Cruiser am Waldrand ab.

Er beugte sich über den Beifahrersitz und fischte die Taschenlampe aus dem Fußraum. Als er sie aufhob, wunderte er sich, wie groß und schwer sie war. Zur Sicherheit knipste er sie kurz an. Sie funktionierte. Er verstaute sie im Handschuhfach. Nach einem letzten Blick auf das Handydisplay – ab hier folgte die rote Linie einem Waldweg – stieg er aus. Feuchtkalte Luft schlug ihm entgegen, in der ein Hauch Moder lag. Der Geruch kam ihm bekannt vor. *Schulwandertag in der Lüneburger Heide, zur Schau gestellte Moorleichen.* Es hatte ihn gegruselt.

Alexander schlug den Jackenkragen hoch. *Wildnis in Berlin.* Und er hatte gedacht, bei Phoenix würde er es mit Chemiesaal-Atmosphäre zu tun haben. Während er losmarschierte, warf er immer wieder einen Kontrollblick auf das Handy. Die rote Linie führte ihn über eine Holzbrücke und folgte dann einem aufgeschütteten Pfad in eine Urwaldlandschaft hinein. Eine Weile war nur das Knirschen des Sandes unter seinen Schuhsohlen zu hören. Weißer Dunst strich über Alexanders Gesicht, streifte seine Wangen und kitzelte seinen Nacken. Er fuhr sich mit der Hand über die Stirn, wischte die Feuchte weg.

Dann hatte er wohl den Rand des Sumpfes erreicht, den er gerochen hatte, denn ein dichter Schilfsaum breitete sich zu seiner Rechten aus. Steif wie Speerspitzen stachen die langen Rispen aus dem Dunst. Eine Bisamratte tauchte zwischen ihnen auf und verschwand gleich darauf wieder. Über dem Sumpf hingen Nebelschleier, doch die ersten Strahlen der Morgensonne leuchteten bereits durch das Grau.

Alexander blieb stehen. »Und jetzt?«, fragte er sich.

Natürlich erhielt er keine Antwort. Nur goldene Schleier waberten vor seinen Augen. Wie Wassergeister schwebten sie empor, nahmen Farbe und Gestalt an, ballten sich zu plumpen Körpern zusammen, schwangen sich in die Luft und zerflossen über seinem Kopf zu zarten Gespinsten.

Alexander wusste nicht, wie lange er schon unterwegs war, als die rote Linie plötzlich einen Neunzig-Grad-Schwenk nach rechts machte. Er hob den Kopf. Auf der Seite lag nur dichtes, undurchdringliches Buschwerk. Hier war der Weg zu Ende. Miskins Karte hatte ihn in die Irre geführt.

»Was soll das jetzt?«, flüsterte Alexander.

Ratlos verglich er seinen Weg mit der roten Linie. Kein Zweifel, sie führte direkt in die Sträucher. Er hob den Kopf, musterte das Buschwerk. Und dann machte er die Entdeckung. Da war ein Loch, eine Art Durchstieg, gerade groß genug für einen gebückten Mann. Es befand sich zwischen einer seltsam gewachsenen Kiefer und einem Strauch, an dem vom Frost verbrannte schwarzrote Beeren hingen. Eine Steinplatte, halb unter der sandigen Erde verborgen, lag zwischen den beiden Stämmen auf dem Boden. Lockend wie eine Schwelle, die überschritten werden wollte.

Alexander holte tief Luft, versuchte, den Modergeruch zu ignorieren, der ihm auf einmal stärker vorkam. Die rote Linie hatte ihn nicht in die Irre geführt. Es führte ein Weg von dieser Stelle aus weiter. Aber ab jetzt hatte er etwas Heimliches.

Alexander zögerte nur kurz. Der Durchstieg und das, was dahinterliegen mochte, zogen ihn magisch an. Entschlossen ging er auf das Buschwerk zu, zwängte sich an der Kiefer vorbei, spürte ihre Nadeln, die in sein Gesicht stachen, als wollten sie ihn am Weitergehen hindern. Der Vergleich mit einem Stacheldrahtverhau kam ihm in den Sinn, doch er vergaß ihn sofort wieder, denn nun stand er auf einem ausgetretenen Pfad, der sich zwischen den Büschen dahinschlängelte. Er schien regelmäßig benutzt zu werden.

Nach nur wenigen Minuten endete der Weg auf einer weiten, mit braunem Sumpfgras bestandenen Lichtung. Hier hatte sich der Nebel bereits aufgelöst. Ein stahlblauer, von zerrissenen Wolken gezeichneter Himmel wölbte sich über einer weiten Sumpflandschaft. Zwischen Grasinseln schillerten Moortümpel. In der Ferne wiegten sich die Halme eines Schilfgürtels. Weiß leuchteten die Stämme der Birken am Waldrand. Das Laub an ihren Ästen schien sich in Goldmünzen verwandelt zu haben, flirrte in der Herbstsonne.

Es war so ruhig, dass Alexander meinte, das Rauschen seines Blutes hören zu können. Er wurde von der Schönheit der Landschaft und ihrer Einsamkeit ergriffen, von dem Gegensatz, den sie zur nur wenige Kilometer entfernten Großstadt bildete. Und doch fühlte er sich unwohl, fasste das Handy fester. Auf einmal schien ihm die Stadt wie ein Hort der Sicherheit. Eine Art siebter Sinn hatte ihn schon auf manchen Reisen vor Schaden bewahrt. Auch jetzt spürte er eine drohende Gefahr, konnte jedoch nicht erkennen, worin sie lag. Er schrieb das Gefühl dieser Urlandschaft zu, dem Moor und seiner unsichtbaren Tiefe.

Alexander blickte den Weg zurück, den er gekommen war, und lauschte. Von irgendwoher musste doch Verkehrslärm zu hören sein. Nein, keinerlei Stadtgeräusche. Nur das leise Gurgeln des Sumpfwassers und das Rauschen des Schilfwaldes, durch den die leichte Morgenbrise strich. Es klang wie Murmeln und Tuscheln, als flüsterten für das menschliche Auge unsichtbare Beobachter miteinander.

Moorgeister.

Ob unter ihm Moorleichen lagen? Alexander blickte auf den vor Nässe glänzenden Morast vor seinen Schuhspitzen, wo ein Teppich rötlich grüner Maden zu verrotten schien. Sonnentau, karnivore Pflanzen. Alexander fröstelte in seiner Lederjacke. Sollte er der roten Linie weiter folgen? Ein Fehltritt, und er war weg. Aber unter ihm lag keine Erde, sondern eine meterdicke Schicht abgestorbener Pflanzen, so fest, dass sich die Bäume eines Birkenwaldes in der Ferne mit ihren Wurzeln hineinkrallen konnten. Eine innere Stimme riet ihm, zu vertrauen. Wenn Ben Miskin hier gegangen war, musste es einen Weg geben, unsichtbar für die Augen, aber tragfähig genug für das Gewicht eines ausgewachsenen Mannes.

Alexander ging los.

Es war einfacher als gedacht. Nach wenigen Schritten hatte er einen Trampelpfad erreicht, der von der Lichtung tiefer ins Moor hineinführte, sich zwischen Sumpfgras, Totholz und graugrünen Flechten dahinschlängelte und seine Entsprechung in der roten Linie auf dem Handydisplay fand. Er entspannte sich, fand seinen Rhythmus. Über ihm zogen Herbstwolken über den stahlblauen Himmel, glitten über die stillen schwarzen Moortümpel zu beiden Seiten des Weges. Alexander achtete darauf, in der Mitte zu gehen, und ließ die Ruhe und den Frieden der Landschaft auf sich wirken. Eine Zeit lang waren nur das Rascheln der vertrockneten Halme und das Schmatzen des Morastes unter seinen Sohlen zu hören. Die gleichförmige Fortbewegung hatte etwas Meditatives. Eine schläfrige, fast lähmende Stimmung erfasste Alexander.

Irgendwo ertönte ein Pfiff.

Wasservögel?

Alexander hatte keine Ahnung, welche Tiere im Moor lebten. Vielleicht ein Reiher.

Er marschierte immer tiefer in die Moorlandschaft hinein. Der modrige Geruch wurde intensiver, und die Luft wurde wärmer. Etwa drei oder vier Grad, schätzte Alexander. Links und rechts des Weges standen Wasserlachen, auf denen Birkenblätter faulten. Eine perlgraue Reiherfeder lag wie ein letzter Gruß des Sommers darauf. Es war also tatsächlich die Stimme eines Reihers gewesen. Alexander bückte sich, hob sie auf und bewunderte minutenlang ihre Schönheit. In dieser Urlandschaft schien Zeit keine Rolle zu spielen. Er warf die Feder zu dem toten Laub zurück. Sie tauchte ein Stück in das Wasser ein, ihre zarten Fasern wurden nass, das Perlgrau verwandelte sich in schmutziges Schwarz. In wenigen Augenblicken hatte das Moor die Reiherfeder zerstört.

Alexander ging weiter.

Der Weg wurde schmaler. Hüfthohes Sumpfgras streifte ihn. Es fühlte sich an, als griffen Finger nach ihm, wollten ihn in faulige Tiefen hinabziehen. Jetzt wurde ihm doch ein wenig mulmig.

Kein Wunder, dass Menschen so einen Ort meiden.

Der Boden wurde morastiger. Alexanders Sohlen schmatzten in Schlamm und Moorwasser. Er hätte festeres Schuhwerk anziehen sollen. Dann lag eine sumpfige Stelle vor ihm. Grasbüschel ragten wie verdorrte Haarschöpfe aus den schwarzen Lachen. Was nun? Er konsultierte das Handy. Die rote Linie lief unbeirrt im Zickzack weiter. Wieder ertönte der Pfiff des Reihers. Diesmal schien er näher zu sein, aus dem Schilfwald zu kommen. Ein zweiter Vogel antwortete ihm.

Alexander zögerte.

Sein Instinkt warnte ihn davor, sich auf das ungewisse Terrain zu wagen, unter dem eine Tiefe lag, vor der ihm schauderte. Doch seine Neugier war stärker. Vorsichtig, den Blick vor seine Schuhspitzen gerichtet, überquerte er die sumpfige Stelle, indem er Grasbüschel als Tritte nutzte. Er sprang im Zickzack hin und her, hatte dabei fast das Gefühl von festem Boden unter den Füßen. Ben Miskin musste sich im Moor gut ausgekannt haben. Ein Ortsunkundiger hatte hier keine Chance.

Alexander war so auf den tückischen Untergrund konzentriert, dass er fast erschrak, als er auf einmal festen, trockenen Boden unter den Füßen hatte. Und nicht nur das. Flechten und Wurzeln waren verschwunden. Unter ihm breitete sich grünes Gras aus. Er hob den Blick und blieb überrascht stehen. War das eine Fata Morgana? Eine Moorspiegelung?

Vor ihm lag ein Dorf aus Holzhütten.

In der Ferne pfiff der Reiher.

13

Stefan Trautmann verließ seine Wohnung in Moabit gegen Mittag. Vor dem Haus blieb er stehen und knöpfte seine Jacke zu. Es war ein klarer Herbsttag. Die Alleebäume glitzerten in der kalten Novembersonne wie mit Eis überzogen. In der Luft hing der Geruch nach nassem Laub und Autoabgasen. Der Morgen überraschte Trautmann mit seiner Schönheit, und er merkte, wie sich ein Lächeln auf seinem Gesicht breitmachte. Er war ein Spätaufsteher, hatte die ganze Nacht an einem Artikel gearbeitet und ihn erst in den frühen Morgenstunden an die Redaktion geschickt. Jetzt wurde es Zeit für das tägliche Frühstück im Café Chaos, zwei Häuserblocks von seiner Wohnung entfernt.

Susanne war wie immer um sieben zur Arbeit gefahren, ohne ihn zu wecken. Manchmal fragte er sich, wie es eine Bankmanagerin mit einem unstrukturierten Freiberufler wie ihm aushielt. Nun waren sie schon zehn Jahre zusammen. Vor Kurzem hatten sie von Heirat gesprochen. Trautmann beschloss, Susanne zum Abendessen einzuladen.

Er wandte sich nach rechts und machte sich, die Hände in den warmen Jackentaschen vergraben, auf den Weg. Seine Gedanken waren bereits bei seinem ersten Espresso, sodass er den alten Golf, der am Rinnstein parkte, nur aus dem Augenwinkel wahrnahm. Erst als ein Mann ausstieg und um die Kühlerhaube herum auf ihn zukam, wurde er aufmerksam. Der Mann meinte eindeutig ihn. Trautmann verlangsamte seinen Schritt, blieb schließlich stehen.

Der Mann war jung und sportlich, trug eine dunkle Daunenjacke, die seinen Oberkörper unförmig erscheinen ließ, und eine enge Strickmütze. Seine Jeans waren abgewetzt und seine Sneaker ausgetreten.

»Stefan Trautmann?«, fragte er freundlich.

»Ja?«

Der Mann nickte, lächelte. »Jan Meier. Ich bin ein Freund von Alex Lindahl. Wir sind Kollegen.«

»Sie sind Journalist?«

»Genau, Alex schickt mich.«

Trautmanns Herzschlag beschleunigte sich. *Nein, besser, ich melde mich.* Zur Sicherheit fragte er: »Für wen arbeiten Sie?«

»DPA«, sagte der Mann. »Wollen Sie meinen Presseausweis sehen?« Der Mann fummelte umständlich am Kragen seiner Jacke herum. »Alex muss Ihnen dringend … Oh, verdammt, jetzt geh schon auf!« Der Reißverschluss schien sich verklemmt zu haben. Der Mann nahm die Hände herunter. »Ach, egal – ich komme geradewegs von Alex. Hier, das soll ich Ihnen geben.« Er fasste in die Jackentasche, zog ein Stück Papier heraus und reichte es Trautmann. »Er sagt, Sie wüssten dann schon.«

Es war eine zusammengefaltete Papierserviette, und als Trautmann sie auffaltete, erkannte er das Logo der »Quelle«. Er erinnerte sich sofort. Lindahl hatte die Serviette zusammen mit der Zigarettenschachtel eingesteckt. Eine Welle der Erleichterung durchlief ihn. Er knüllte die Serviette zusammen und warf sie in den Rinnstein, wo sie zwischen dem nassen Laub liegen blieb. »Alles klar«, sagte er. »Haben Sie Unterlagen für mich?« So schnell hatte er nicht mit dem Material gerechnet. Lindahl war ein Profi.

»Ja, aber nicht hier.« Der Mann blickte sich um, als wollte er sich vergewissern, dass niemand ihr Gespräch verfolgte. »Er möchte, dass ich Sie zu ihm bringe.«

»Warum kommt Lindahl nicht selbst?«

Der Mann zuckte die Schultern. »Alex hat was von einem Aufpasser gesagt, den er nicht abhängen kann. Klingt für mich auch seltsam.«

»Ist gut«, sagte Trautmann. »Ich weiß Bescheid.«

»Muss ich das verstehen?«

»Nein. Wo kann ich Lindahl treffen?«

»Im Spandauer Forst«, sagte der Mann. »Es gibt da etwas, das er ihnen unbedingt zeigen will.«

Trautmann spürte ein Kribbeln im Magen. Lindahl war auf der richtigen Spur. *Der Spandauer Forst.* Auch Ben Miskin hatte ihn erwähnt, aber ziemlich kryptisch davon gesprochen.

Die Impfstoffe sind nur Tarnung, Trautmann. Da steckt was viel Größeres dahinter.

Nämlich?

Ich kann jetzt nicht reden, die warten auf mich. Aber ich stell dir Beweise zusammen – bis Ende der Woche.

Zwei Tage später war Miskin telefonisch nicht mehr erreichbar gewesen. Es hatte einige Berliner Kontakte gebraucht, um zu erfahren, was mit ihm passiert war. Was hatte Lindahl herausgefunden? Auf einmal konnte Trautmann es kaum noch erwarten, ihn zu treffen. Er warf einen Blick in den Rinnstein, wo die Papierserviette inzwischen ihr unschuldiges Weiß verloren hatte und sich aufgeweicht und grau kaum noch von dem matschigen Herbstlaub unterschied. Lindahl hatte gesagt, er werde sich melden. Und er hatte Wort gehalten.

»Fahren wir, Herr Meier.«

»Jan, bitte.«

»Jan.«

Der Golf hatte Stoffsitze, deren Nähte an manchen Stellen aufgeplatzt waren. Auf der Rückbank lagen eine abgeschabte Ledertasche, zwei Aktenordner und ein Stapel zerlesener Zeitungen. Aus dem zusammengeklappten Tagesspiegel sah der Rand einer Zeitschrift hervor. DAS MAGAZIN. Trautmann verschränkte die Arme vor der Brust und sah aus dem Fenster.

Das Wetter begann sich einzutrüben, Wind trieb totes Laub über die Fahrbahn, und Wolken schoben sich vor die Sonne. Binnen Minuten wurde aus dem strahlenden Herbstmorgen ein trüber Novembertag. Trautmann sah zu Jan hinüber, doch der blickte nur starr geradeaus.

Auf einmal fühlte Trautmann sich unwohl.

Er hatte das dringende Verlangen nach einer Zigarette, aber das Auto roch nicht so, als wenn sein Eigentümer rauchte.

Als hätte Jan den Stimmungsumschwung bemerkt, sagte er freundlich: »Wir sind gleich da, Alex wartet schon auf Sie.«

»Wo ist Lindahl?«

»Er will Ihnen irgendwas zeigen. Keine Ahnung, was.«

Trautmann begann sich zu entspannen. Lindahl war vorsichtig, professionell. Gut so. »Und Sie?«

»Ich fahre Sie nur hin«, sagte Jan. »Alex bringt Sie später in die Stadt zurück.«

Trautmann schoss ein Gedanke durch den Kopf. Lindahl war allein? »Was ist mit diesem Aufpasser?«, fragte er.

»Alex hat bei Phoenix hinterlassen, dass er wandern geht«, sagte Jan gelassen. »Ganz einfach.« Für Trautmanns in vielen Interviews geschulte Ohren klangen seine Worte wie einstudiert.

»Darf er das überhaupt?«, fragte er misstrauisch.

»Action wird da gern gesehen.« *Äktschn.*

Eine knappe Viertelstunde später rollte der Golf auf einen Parkplatz am Waldrand. Trautmann kannte den Ort wie fast jeder Berliner, war schon öfter da gewesen.

»Erinnert mich an meine Schulwandertage«, sagte er.

Im Sommer war der Parkplatz mit Familienkombis und Motorrädern überfüllt. Jetzt stand nur ein grüner Geländewagen da, ein Toyota Land Cruiser. Ein paar Meter weiter lehnte an einem Baumstamm mit verschränkten Armen ein junger Mann in Wanderkleidung. Trautmann erinnerte sich, den Wagen vor der »Quelle« gesehen zu haben. An dem Abend, an dem er Lindahl angesprochen hatte. Lindahl war also wirklich hier. Er entspannte sich.

Jan öffnete die Tür und stieg aus.

Trautmann quälte sich aus dem niedrigen Sitz. Die kalte Luft traf ihn wie ein Schwall Eiswasser.

Der junge Mann stieß sich von dem Baumstamm ab und spazierte am Waldrand entlang. Kurz darauf war er in einem Kiefernhain verschwunden.

Trautmann zog seine Zigarettenpackung und das Feuerzeug aus der Tasche, steckte sich eine Zigarette an und nahm einen tiefen Zug. Das Nikotin füllte seine Lungen. Entspannung und Wohlbefinden breiteten sich in ihm aus. Mit einem Klicken ließ er das Feuerzeug zuschnappen.

»Hab ich gebraucht«, sagte er zu Jan.

»Rauchen Sie nur.« Jans Stimme klang nachdenklich und ein wenig mitleidig. »Haben Sie eine Kamera dabei?«

»Scheiße, nein.« Trautmann zog an der Zigarette. »Lindahl hat sicher Material. Also, wo steckt er?«

Jan deutete auf den Spazierweg, auf dem sich im Sommer die Berliner in Massen schoben. »Alex wartet beim Rastplatz«, sagte er. »Kommen Sie.« Er marschierte los.

Trautmann erinnerte sich an keinen Rastplatz, der musste neu sein. Er warf den Zigarettenstummel auf die Erde und ließ das Feuerzeug in die Jackentasche gleiten. Dann eilte er Jan hinterher, holte ihn bei den ersten Erlen ein.

Schweigend folgten sie dem Weg in den Wald hinein. Jan ging zügig, die weichen Sohlen seiner Sportschuhe knirschten auf dem gefrorenen Sand. Auf einmal hatte er es eilig.

Trautmann versuchte, Schritt zu halten. Er wusste, dass zu ihrer Rechten ein Moorsee lag, konnte ihn sogar riechen. Kalte Nebelschwaden zogen vom Wasser herüber und trugen einen säuerlichen Geruch mit sich. Trautmann war ein Stadtmensch, diese Urlandschaft war ihm unheimlich.

Plötzlich blieb Jan stehen. »Wissen Sie eigentlich, worum es geht?«, fragte er.

»Miskin ist nicht mehr dazu gekommen, es mir zu sagen.«

Jans Mundwinkel zuckte. »So«, sagte er, warf einen Blick auf seine Uhr und zog scharf die Luft ein. »Scheiße, schon so spät, ich muss in die Stadt zurück.« Er deutete nach vorn. »Ab jetzt müssen Sie allein weiter.«

Trautmann wurde nervös. »Aber ich dachte, Sie –«

»Keine Angst«, sagte Jan. »Immer geradeaus.«

»Warum gehen Sie nicht mit?«

Eilige Schritte näherten sich ihnen von hinten. Jan fuhr mit der rechten Hand in die Jackentasche und drehte sich um. Eine Joggerin in grauer Sportkleidung lief auf sie zu. Als sie an ihnen vorbeirannte, nickte sie zum Gruß. Kurz darauf hatte der Nebel die Frau verschluckt.

Trautmann blickte den Weg entlang, der sich vor ihnen weiter in den Wald schlängelte und sich zwischen Bäumen und weißem Dunst verlor. »Ich weiß nicht recht.«

»Ihre Entscheidung.«

»Begleiten Sie mich wenigstens ein Stück.«

»Nee, keine Chance, ich muss zu meinem Termin.«

»Na gut« Trautmann schluckte. »Wenn Alex wartet?«

»Tut er.« Jan trat von einem Bein aufs andere.

»Danke fürs Herbringen.«

»Nichts zu danken.«

Trautmann ging, ohne sich noch einmal umzudrehen, los.

Ohne Jans Gegenwart fühlte sich der Wald einsam an und still. Das Knirschen des sandigen Weges unter seinen Schuhsohlen und das gelegentliche Quaken einer Ente, die Trautmann begleiteten, klangen unnatürlich laut. Kurz schoss ihm der Gedanke durch den Kopf, was passieren würde, wenn er über eine der Wurzeln, die den Weg durchzogen, stolperte und sich den Knöchel brach. Er zog sein Handy aus der Tasche. Wie befürchtet, hatte es in dieser Wildnis keinen Empfang.

Er marschierte weiter, bis vor ihm ein reifüberzogener Schilfsaum auftauchte. Die langen Rispen ragten steif und starr in die Luft. Der See selbst verbarg sich hinter Dunstschleiern. Trautmann konnte nur das Schlagen der Wellen an den sandigen Ufersaum hören.

Er blieb stehen und versuchte, die Nebelschwaden mit seinem Blick zu durchdringen. Wo war Lindahl? War er schon weit genug gegangen? Oder hatte er ihn am Ende verpasst?

»Lindahl?«, rief er. »Lindahl!«

Keine Antwort. Totenstille umgab ihn. Die feuchte Kälte kroch unter seine Jacke, und er fröstelte. Auf einmal glaubte er, ein Rascheln hinter sich zu hören. *Endlich.* Eine Welle der Erleichterung durchströmte ihn.

»Hierher, Lindahl! Ich bin hier!«

Alles blieb ruhig. Er schaute sich um. Es war Wahnsinn, bei diesem Wetter weiterzugehen und zu hoffen, irgendwann über Lindahl zu stolpern. Besser, er machte sich auf den Rückweg. Vielleicht war Jan noch da. Er würde ihn in die Stadt zurückbringen. Sonst musste er sehen, wie er die nächste U-Bahn-Station erreichte.

»Trautmann, du bist ein Idiot«, sagte er.

Er war erst wenige Meter zurückgegangen, als er das Geräusch wieder hörte. Diesmal lag es nicht hinter ihm, sondern schien von rechts zu kommen. Er zog die Schultern hoch und marschierte, den Blick starr geradeaus gerichtet, zügig weiter. Fast rechnete er schon damit, dass eine ganze Rotte Wildschweine aus dem Unterholz hervorbrechen würde.

Hinter seinem Rücken knackte leise ein Ast. Sand knirschte. Das war kein zentnerschweres Tier.

Trautmann blieb stehen.

Sofort verstummte das Geräusch. Nur das Murmeln des Wassers drang noch an sein Ohr. Und das Knistern des Schilfes, als stünden die trockenen Halme in Flammen. Trautmann spürte ein Kribbeln im Nacken.

»Hallo?«, rief er aufs Geratewohl. »Lindahl?«

Keine Antwort.

Trautmann drehte sich um. Hinter ihm schwappte die undurchdringliche Nebelsuppe. Zögernd setzte er seinen Weg fort. Wie weit war es noch zum Parkplatz? Seine Muskeln waren angespannt, ließen sich nur mühsam koordinieren.

Er sagte sich, dass ihm seine Nerven einen Streich spielten. Das war kein Wunder. Seit Miskins Abgang wusste er, wie gefährlich diese Recherche war.

Hinter ihm scharrte etwas auf dem Weg.

Trautmann hatte das Gefühl, als stellten sich ihm gegen jedes Naturgesetz die Nackenhaare auf. Er versuchte, das Geräusch zu ignorieren, und beschleunigte seine Schritte. Er würde Lindahl später anrufen.

Ein schabender Laut war hinter seinem Rücken zu hören, als streifte Stoff auf Stoff. Es klang näher als die Geräusche zuvor. Das musste Lindahl sein.

Trautmann drehte sich um. »Hierher«, rief er – und erschrak im selben Augenblick.

In ein paar Metern Entfernung, halb verborgen zwischen den schwarzen Baumstämmen, stand jemand. Trautmann konnte nur eine schemenhafte Silhouette erkennen. Die Gestalt schien groß und untersetzt zu sein. Der Oberkörper und die Schultern wirkten massig im Vergleich zu dem kleinen Kopf. Die Beine waren im Unterholz verborgen.

Trautmanns Mund war wie ausgetrocknet. Seine überreizten Nerven ließen seine Gedanken Karussell fahren. Dieses Wesen sah nicht menschlich aus. Was, um Gottes willen, war das? Er wollte die Hände zum Schutz über den Kopf heben, aber er schaffte es nicht. Seine Glieder waren wie eingefroren.

»Nein«, stammelte er. »Geh weg, bitte.«

Die plumpe Gestalt verharrte zwischen den Bäumen.

Trotz seines Entsetzens verspürte Trautmann Faszination. Wenn er nur seine Kamera dabeihätte! Er sollte flüchten, doch er konnte es nicht, wollte es nicht.

Als hätte es seine Gedanken gelesen, trat das Wesen auf den Weg hinaus. Es streckte ihm einen keulenartigen Arm entgegen. Dann setzte es sich in Bewegung.

Trautmanns Herz fing an zu rasen. »Nein«, keuchte er. »Nicht, bitte nicht.« Auf einmal wollte er nur noch weg. Fahrig stolperte er um die eigene Achse und stürzte los.

Etwas klickte. Dann knallte ein Schuss.

Der Schlag traf Trautmann zwischen den Schulterblättern. Er war so stark, dass er ihn fast umgeworfen hätte. Trautmann drehte sich im Kreis. Der Boden unter seinen Füßen schwankte. Er taumelte in Richtung Ufer. Hinter ihm trommelten schnelle Schritte, entfernten sich und wurden vom Nebel verschluckt.

Trautmanns Rücken stand in Flammen. Er hustete und würgte. In seinem Mund schwappte ein ekelerregender Geschmack nach Eisen und Rost. Das Feuer in seinem Körper breitete sich aus.

Wo ist der See?

Er musste zum Wasser, um das verzehrende Brennen zu löschen. Benommen taumelte er über den knirschenden Ufersaum, strauchelte im schweren Boden, verfing sich in den Brandungswellen aus feuchtem Sand.

Trautmann fiel auf die Knie.

Rote Schleier trieben vor seinen Augen. Ihm wurde schwindelig. Sein Kopf sank nach vorn, und er erbrach sich. Er versuchte, sich mit den Händen abzustützen, doch seine Kräfte verließen ihn, und er schlug der Länge nach hin.

Trautmann spürte, wie das Leben aus ihm hinausströmte. Das Feuer in seinem Rücken fraß sich durch die Lungen in sein Herz, und er meinte zu ersticken.

»Hilfe«, keuchte er. »Lindahl. *Susi* …«

Kalte Wellen umspülten sein Gesicht. Ein paarmal schnappte er noch nach Luft. Dann war da nur noch Wasser.

14

Alexander starrte auf das trügerische Bild. Eine Siedlung aus Holzhütten, mitten im Moor und fernab aller Zivilisation, das konnte nicht sein. Fast erwartete sein Unterbewusstsein, dass es sich vor seinen Augen in Luft auflösen würde. Wie eine Fata Morgana. Wie eine Wasserspiegelung in der Wüste. Aber je länger er hinübersah, umso mehr ganz alltägliche Einzelheiten nahm er wahr.

Die Moorsiedlung war echt.

Sie bestand aus einer Handvoll Hütten, die einen Kreis bildeten. Darum herum zog sich ein etwa zwanzig Meter breiter Streifen, auf dem das grüne Gras fast bis zum Boden gemäht war. *Kein Sumpfgras – Rasen.* Dahinter breitete sich urwüchsige Moorlandschaft aus. In etwa zweihundert Metern Entfernung umgab ein Birkenwald wie ein schillernder Kragen das Dorf, schirmte es von der Außenwelt ab und wirkte wie ein Wall gegen die Zivilisation. *Das ist eine Fata Morgana, eine Moorspiegelung.* Alexander stützte die Hände in die Seiten und ließ den Anblick ein paar Minuten auf sich wirken. Zwischen den Häusern tauchten Männer in grünen Overalls auf und verschwanden wieder.

Alexander zog das Handy aus der Tasche und warf einen Blick auf das Display. Die rote Linie endete hier. »Sie haben Ihr Ziel erreicht«, murmelte er.

Das musste die Außenstelle sein, von der Yue gesprochen hatte. Alexander zog die Leica aus der Tasche und schoss ein paar Bilder. Wurden hier Versuche durchgeführt, die noch gefährlicher waren als die in den Hochsicherheitslaboren im Research Center? S5? Warum hätte Ben Miskin sonst die SIM-Karte verstecken sollen? *Seinem Nachfolger hinterlassen? Ein geheimes Forschungsprojekt?* Auf einmal wurde Alexander die Naivität seines Vorgehens bewusst. Neugierig und unbedacht war er einer Spur gefolgt. Was, wenn sie ihn erwischten? Oder dies hier eine Falle war?

Unwillkürlich trat er einen Schritt zurück, wollte ungesehen umdrehen. Doch es war bereits zu spät. Seine Gegenwart war bemerkt worden. Zwei Männer in grünen Overalls kamen über den Rasen auf ihn zu. Alexander straffte sich, suchte fieberhaft nach Worten. *Einer Ausrede.* Plötzlich blieben die Männer wie angewurzelt stehen, rührten sich nicht mehr, starrten nur herüber.

»Guten Morgen«, rief Alexander.

Er erhielt keine Antwort. Einer der Männer rieb sein Handgelenk. Die beiden waren eher klein gewachsen, aber athletisch gebaut, ihre Körperhaltung abwartend.

»Lindahl«, rief Alexander. »Ich bin ein Freund von Max.« Lieber gleich die oberste Instanz zitieren.

Seine Worte beeindruckten hier niemanden. Die beiden Männer sahen sich an, dann drehten sie sich um und verschwanden wieder zwischen den Holzhäusern. Vielleicht waren sie Arbeiter oder Gärtner in dieser Anlage. Aber sie hatten ihn gesehen. Es gab kein Zurück mehr, ohne Verdacht zu erwecken. Er ging geradewegs auf das Dorf zu.

Als Alexander bei den Blockhäusern ankam, sah er, dass alle Gebäude sich um eine Art Dorfplatz gruppierten. Sie waren aus ganzen Stämmen errichtet und zeigten noch keinerlei Verwitterungsspuren. Die Anlage erinnerte entfernt an ein kanadisches Holzfällerdorf, wirkte jedoch eher wie die künstliche Welt eines Freizeitparks.

Zwischen zwei Häusern hindurch ging Alexander auf den zentralen Platz. Er war mit hellen Steinplatten belegt und so sauber, als wäre er gerade gefegt worden. Kein Grashalm wuchs zwischen den Ritzen, die mit grobem Kies ausgefüllt waren. Es war mindestens zehn Grad wärmer als im Moor, und Alexander öffnete seine Jacke. An dieser Stelle musste ein eigenes Mikroklima herrschen.

Vor einer der Hütten, größer als die anderen, hockten vier

Männer von eher dunkler Hautfarbe auf dem Boden. Auch sie trugen grüne Overalls, hielten Blechteller in den Händen und aßen mit den Fingern. Alexander fielen ihre starken Gebisse mit den ausgeprägten Eckzähnen auf, die sie bei jedem Bissen entblößten. Als die Männer ihn bemerkten, hoben sie die Köpfe und ließen ihr Essen sinken. Alexander konnte klein geschnittenes Obst in den Blechtellern sehen und etwas, das wie Trockenfleisch aussah. Einer der Männer hatte einen grauen Bart und war wohl der Älteste in der Gruppe. Einen weiteren Mann, der seine Gefährten um Haupteslänge überragte und die Statur eines Ringkämpfers hatte, schätzte Alexander etwas jünger ein. Zwei weitere waren kleiner und wohl erst halbwüchsig. Aber auch sie waren athletisch gebaut und wirkten bereits körperlich stark.

»Guten Tag«, sagte Alexander.

Die Männer schwiegen, musterten ihn mit kleinen, ausdruckslosen Augen. Sie hatten fliehende Stirnen unter einem dichten schwarzen Haarschopf, platte Nasen, breite Münder und ungewöhnlich kräftige Kiefer. Wo kamen Menschen her, die so aussahen? Alexander stellte fest, dass sie sich verblüffend ähnelten. Es schien sich um eine Familie zu handeln. Verstanden sie ihn nicht? Er nickte der Runde zu. Die Männer erwiderten seinen Gruß nicht, starrten ihn nur unablässig an. Die Kiefer des Ringkämpfers mahlten.

»Na gut«, sagte Alexander. »Dann geh ich mal wieder.«

Es war eher eine Ahnung als ein Geräusch, die ihn herumfahren ließ. Nur wenige Meter hinter ihm schlich ein weiterer Dorfbewohner an ihnen vorbei. Er war schlank, wirkte sehnig, und seine Bewegungen waren auffallend geschmeidig. Sein Gesicht war zarter als das der anderen, und seine Augen, die er unverwandt auf Alexander gerichtet hielt, hatten einen stechenden Ausdruck. Er wirkte wie auf der Hut, aber keinesfalls ängstlich. Ohne den Blick von Alexander zu wenden, huschte er über den Dorfplatz und verschwand zwischen den Hütten. Auf einmal überkam Alexander das

Gefühl unmittelbarer Gefahr. Unter seiner Kopfhaut fing es an zu kribbeln. Wo, um Gottes willen, war er hier gelandet?

Alexander drehte sich wieder zu den Männern um. Etwas knirschte unter seinem Fuß. Ein flacher Stein, spitz, mit einem ausgezackten Rand. Er hob ihn auf, fuhr vorsichtig mit der Fingerspitze an der Kante entlang. *Messerscharf.* Der Stein war bearbeitet worden. Er erinnerte ihn an das Exponat in einem Museum. *Ein Faustkeil.* Alexander sah zu den Männern hinüber. Als hockten sie um ein Lagerfeuer herum – als läge hinter ihnen keine Welt.

Einer der Teenager stellte seinen Teller auf den Boden und stand auf. Als er ihm den Rücken zuwandte, sah Alexander, dass auf seinem Overall zwischen den Schulterblättern ein Kreis aufgestickt war. In seiner Mitte leuchtete ein roter Buchstabe. P für Phoenix. Auf Alexander wirkte er wie das Zentrum einer Zielscheibe.

Der Junge trollte sich.

Der Bärtige steckte ein Stück Trockenfleisch in den Mund. Während seine starken Kiefer mahlten, glitt sein Blick über Alexanders Körper und blieb schließlich an dem scharfkantigen Stein hängen. Eine eigenartige Mischung von Autorität und Würde ging von diesem Mann aus, seine Ausstrahlung erinnerte Alexander an die eines Stammesfürsten, umgeben von seinen Kriegern. Irritiert stellte er fest, dass er sich diesem schweigenden Individuum unterlegen fühlte. Er spürte eine irrationale Angst in sich aufsteigen. Seine Hand umklammerte den Faustkeil fester. Eine grobe Kante drückte sich schmerzhaft in seine Haut. Der Gedanke an Flucht tauchte in Alexanders Kopf auf, überlagerte alle anderen Empfindungen. Was immer sich in diesem Dorf abspielte, er wollte es nicht mehr wissen. Er wollte nur noch weg.

In die Großstadt.

In die Zivilisation.

Unter Menschen.

Zwischen den Hütten tauchte ein Junge im Kindergartenalter auf. Im Gegensatz zu den Männern hatte er struppiges rotes Haar und ein spitzes Kinn. Auch seine Hautfarbe war heller. Als er Alexander bemerkte, blieb er wie angewurzelt stehen und riss die Augen auf. Sie hatten die Farbe von gelbem Bernstein, schienen in dem braunen Gesicht zu leuchten. *Löwenaugen*, dachte Alexander, *Raubtieraugen.* Auch er trug einen grünen Overall. Der Junge wirkte wie ertappt, rührte sich nicht und drückte mit den Händen einen kleinen blau-gelben Ball an die Brust.

Alexander fing an, sich zu entspannen. Hier lebten nicht nur Männer, die wie Stammeskrieger aussahen, sondern Familien. Um das Kind nicht zu erschrecken, ließ er den nun sicher blutigen Faustkeil unauffällig in seiner Hosentasche verschwinden. Die potenzielle Waffe wegzuwerfen, traute er sich nicht.

Das Kind trat von einem Bein auf das andere. Dann fuhr es sich mit den Händen, die noch immer das Spielzeug hielten, unter der Nase entlang. Alexander musste lächeln. Der Kleine war niedlich, doch der Ausdruck der gelben Augen irritierte ihn.

Starrt der auf meinen Hals?

»Na, du?«, sagte Alexander und machte einen Schritt auf das Kind zu. »Was hast du denn da Schönes?« Er hatte keinerlei Erfahrung mit Kindern, fand dieses aber putzig.

Die Männer hatten ihre Mahlzeit beendet.

Das Kind musterte Alexander wortlos.

Der Bärtige legte die Hände auf die Oberschenkel und starrte vor sich hin. Seine Miene war wie eingefroren, sodass er jetzt an einen meditierenden Buddha erinnerte. Der Ringkämpfer schloss die Augen und fing an, sich wie ein gefangener Bär hin- und herzuwiegen. Der Dritte zeichnete mit dem Finger zwei Linien auf den Boden und fuhr sie immer wieder nach. Eins, zwei, eins, zwei, eins, zwei. Erst jetzt bemerkte Alexander, dass alle Männer rote Plastikarmbänder trugen. Und dass ihre Hände von dicken Adern durchzogen und von Narben und Kratzern gezeichnet waren. Ein paar Striemen waren noch ganz frisch. Es waren Arbeitshände mit langen Fingern. Niemand nahm mehr Notiz von ihm.

Wie die Affen im Zoo.

Das Kind gab einen unartikulierten Laut von sich, hielt sein undefinierbares Spielzeug hoch, wie um es stolz zu zeigen, und drückte es gleich wieder an die Brust. Seinen Gesichtsausdruck hätte man fast als verschwörerisch bezeichnen können. Es wirkte aufgeweckt.

Alexander dachte an die Zielscheibe auf dem Rücken der grünen Overalls und fröstelte. Die versteckte Lage des Dorfes irritierte ihn. Was immer sich hier abspielte, es hatte etwas Heimliches, Gefährliches. Und er hatte das deutliche Gefühl, dass er etwas übersah.

Außenstelle. Alexanders Gedanken kehrten zu Phoenix zurück. Wie lange war er jetzt schon weg? Inzwischen würden die ersten Mitarbeiter von der Beerdigung zurückgekehrt sein. Wenn er sich beeilte, konnte er vielleicht wieder in den Kosmos von Phoenix eintauchen, ehe seine Abwesenheit Verdacht erweckte.

Er warf noch einen letzten Blick auf die Männer und das Kind. Etwas ließ ihn zögern, ihnen den Rücken zuzuwenden. Doch dann drehte er sich entschlossen um und stapfte zügig zum Weg, der ins Moor und zurück in seine Welt führte.

Nach etwa fünfzig Metern drehte sich Alexander noch einmal um. Er wollte einen letzten Blick auf dieses seltsame Dorf werfen. Wer konnte sagen, ob er noch einmal Gelegenheit haben würde, herzukommen?

Der Wind hatte gedreht, trug einen ekelerregenden Gestank heran, den Alexander erst jetzt wahrnahm. Es war ein animalischer Hauch, ein wenig metallisch, raubtierhaft. Alexander unterdrückte seine plötzlich aufkommende Übelkeit. Und dann bemerkte er das Kind. Es stand am Beginn des Pfades und sah ihm nach.

Es ist mir gefolgt.

Seine Hände umklammerten immer noch den Ball. Ein Gedanke schoss Alexander durch den Kopf. Der Junge bewegte sich gefährlich nah am Sumpf. Er schien sich auszukennen.

Alexander winkte ihm zum Abschied.

Der Kleine reagierte nicht.

Alexander drehte sich um und ging weiter. Aber dann blieb er wieder stehen und sah zu dem Kind zurück. Es stand noch immer an derselben Stelle. Der Anblick rührte ihn.

»Wiedersehen, Kleiner«, sagte Alexander.

Das Kind fühlte sich offensichtlich angesprochen, denn es hielt ihm die Hände entgegen. Dann öffnete es sie so langsam, als wollte es einen Zaubertrick vorführen und erwartete den Applaus seines Publikums.

Alexander ging auf das Spiel ein. »Ist das dein Ball?« Er zog seine Kamera aus der Tasche und hielt auf das Kind.

Der Kleine streckte die Finger aus, langsam, einen nach dem anderen. Auf seinem Handteller lag kein Ball. Es war ein halb zerdrückter Singvogel. Eine Blaumeise. Ihr Kopf war verdreht, sodass der Schnabel auf den Rücken zeigte. Der Kleine schaute versonnen auf den toten Vogel. Plötzlich krallte er die Hände in das blau-gelbe Gefieder, riss das Tier in zwei Teile und hielt die Hälften hoch.

Alexander drückte auf den Auslöser der Leica.

Das Kind stopfte sich das rohe Fleisch in den Mund.

Alexander hörte das Mahlen der Kiefer und das Brechen der Knochen. Er fühlte sich abgestoßen, konnte sich dem Anblick nicht entziehen, schoss ein Bild nach dem anderen.

Das Kind verzog das Gesicht, und für einen Moment sah es so aus, als wollte es sich übergeben. Aber dann schluckte es den grauenhaften Bissen tapfer hinunter.

Alexander ließ die Kamera sinken. »Warum frisst du rohe Vögel, wenn dir dann schlecht wird?« Wo war die Mutter?

Das Verhalten des Kleinen wirkte wie eine Demonstration, wie ein Schauspiel, aufgeführt, um den Gast zu beeindrucken. Er fing wieder an zu knipsen. Jetzt zog der Kleine ein Stück Stoff aus der Hosentasche, weiße Sterne auf blauem Grund, und streckte es Alexander entgegen, als wollte er es verschenken. Nein, eher, als wollte er etwas zurückgeben, das dem fremden Mann gehörte.

Alexander schüttelte den Kopf. »Schönes Halstuch«, sagte er. »Behalt es lieber.« Der Kleine ließ das Tuch sinken, wirkte unschlüssig, stopfte es wieder in die Tasche.

Nach etwa zehn weiteren Aufnahmen steckte Alexander die Kamera ein. Sollte er auf eigene Faust zum Dorf zurückgehen und den Rest der Familie fotografieren? Aber inzwischen war die Sonne hinter Wolken verschwunden, und aus dem Moor stiegen feine weiße Fäden auf und verwoben sich über dem Boden zu einem Spinnennetz. Das Wetter schien umzuschlagen. Wenn Nebel einfiel, würde er den Rückweg durch den Sumpf nicht mehr finden. Verstand und Instinkt drängten ihn zum Weitergehen.

Irgendwo knallte ein einzelner Schuss. Jäger, dachte Alexander. Hoffentlich verwechselten sie ihn in der Nebelsuppe nicht mit einem Wildschwein. Er musste grinsen. Ein Gewehrknall war eine Nachricht aus seiner eigenen Welt.

Alexander ließ das Kind stehen und folgte, ziemlich erschüttert, dem Pfad aus dem Moor. Dabei musste er aufpassen, um keinen Fehltritt zu machen. Hoch konzentriert bewegte er sich von Grasinsel zu Grasinsel, watete durch Schlamm und Wasserlachen und folgte dem kaum noch sichtbaren Pfad zwischen dem hüfthohen Sumpfgras. Jetzt beeilte er sich, und je weiter er kam, umso deutlicher spürte er die Erleichterung. Trotzdem war er sich der Untiefe rechts und links des Weges ständig bewusst.

Eine halbe Stunde später stand er wieder auf dem offiziellen Wanderweg, in Gedanken immer noch mit dem Kind beschäftigt. Es war so drollig.

Und es frisst rohe Singvögel.

Am liebsten wäre er in den Land Cruiser gesprungen, damit zu Phoenix gerast und hätte Max zur Rede gestellt.

Was geht da draußen im Moor vor?

Wer ist dieser Junge?

Was hatte Ben Miskin damit zu tun? Warum hatte er den Weg ins Moor dokumentiert und für einen völlig Fremden hinterlegt? Alexander gab sich selbst die Antwort. Miskin war verzweifelt gewesen, hatte um sein Leben gefürchtet. *Man hat meine Quelle zum Schweigen gebracht.* Alexander hatte Trautmanns Stimme im Ohr. Dann sah er die Männer im Moor wieder vor sich. *Sie tragen Zielscheiben auf dem Rücken.* Erst jetzt wurde ihm die ganze Gefährlichkeit seiner Expedition bewusst. Thomas Brenner war allein im Wald joggen gewesen. *Wo?* Hatte sich den Knöchel gebrochen und war erfroren. Seine Computeruhr war verschwunden. Phoenix hatte seine Daten gesichert. Wie hatten sie Tom gefunden? Alexanders Kopfhaut zog sich zusammen. *Die Uhr.* Bestimmt hatte sie ein eingebautes Tracking-System. Sie waren Tom also gefolgt. Alexanders Mund wurde trocken. Niemand durfte von seinem Ausflug erfahren. Nicht, wenn ihm sein Leben lieb war. Ab jetzt würden alle Nachforschungen im Geheimen stattfinden. Er musste die Dokumentation irgendwo sichern. *Wie Miskin die SIM-Karte.* Fast hätte er über seine Naivität gelacht.

Alexander zückte die Kamera und schoss durch den sich schnell verdichtenden Dunst noch ein paar Fotos von dem Einstieg ins Moor, dem Beerenstrauch und der verkrüppelten Kiefer. Und der Steinschwelle, die er so leichtfertig überschritten hatte. Er steckte die kleine Leica in die Jackentasche. Die Bilder waren unscharf, aber sie mussten genügen. Ab jetzt würde er den Weg zum Dorf ohne Miskins Anleitung finden. Und er musste so bald wie möglich Trautmann anrufen. Doch dann fiel ihm Yue ein. *Wir müssen reden, ich brauche deine Hilfe.* Sie war der Head of Research. Yue konnte ihm Informationen beschaffen.

Alexander schlug den Weg zum Parkplatz am Wasserwerk ein. Neben dem Geländewagen stand jetzt ein alter Golf.

Die Aussicht auf eine große Story hatte die warnende Stimme in seinem Kopf zum Schweigen gebracht. Er spürte den Adrenalinstoß, genoss ihn wie immer auf vielversprechenden Einsätzen.

Max, du hast den Richtigen an Bord geholt.

15

Die Galerie in Berlin-Mitte, die sich schlicht »Mitte« nannte, war so schmucklos wie ihr Name. Boden und Wände bestanden aus nacktem Beton, von der Decke hingen an langen Kabeln Glühbirnen herab. Die ausgestellten Ölgemälde wurden von Strahlern in Szene gesetzt.

Das übliche Vernissagen-Publikum schob sich an den schreiend bunten Leinwänden vorbei. An diesem Abend war mehr Presse vor Ort als gewöhnlich, denn auch ein paar bekannte Gesichter aus Wirtschaft und vor allem Politik waren erschienen. Alle Besucher einte der gute Zweck.

Die Südtiroler Künstlerin Maria Nicoletti stellte ihren Zyklus »Angels in Danger« aus. Sie hatte ihn extra für die gleichnamige Hilfsorganisation angefertigt. »Angels in Danger« bekämpfte Kindesmissbrauch weltweit und verfügte über ein ausgefeiltes Programm zur Spendenakquisition. Auch ein Teilerlös der ausgestellten Bilder sollte der Opferhilfe zugutekommen. Niemand, der auf dem Berliner Parkett reüssieren wollte, konnte es sich leisten, der Veranstaltung fernzubleiben.

Alexander hatte die Einladung zur Vernissage schon vor ein paar Tagen in seiner Mail gefunden, ihr jedoch zunächst keine weitere Beachtung geschenkt. Er stand auf dem Presseverteiler von Dr. Sabine Kräutler-Hohmann, der Schirmherrin des Vereins »Angels in Danger«. Sie war Juristin, Anfang fünfzig und auf dem Sprung in die Spitzenpolitik. Er hatte ein Interview mit ihr geführt, als sie von ihrem Beamtenposten in Deutschland zu EFSA, der Europäischen Behörde für Lebensmittelsicherheit, nach Brüssel gewechselt war. Offiziell vertrat sie die deutschen Interessen auf EU-Ebene, aber in Wirklichkeit erwarb sie sich Sporen auf internationalem Parkett und bildete Netzwerke. Als Redakteur des

Hamburger MAGAZINS gehörte Alexander dazu. Sie war die kommende Frau.

Trotzdem hätte er den Termin wohl nicht wahrgenommen, wenn er ihm nicht die Gelegenheit für ein Gespräch mit Yue geliefert hätte. *Alex, wir müssen miteinander reden*, hatte sie gesagt. *Nicht hier, irgendwo anders, allein. Ich brauche deine Hilfe.* Er brauchte Yue jetzt auch.

Alexander hatte sie im Labor angerufen. Über das Haustelefon, ganz offiziell und zum Mithören.

Hi, Yue, interessierst du dich für Kunst?

Ja ...?

Prima. Ich muss heute Abend auf eine Vernissage in Mitte gehen, wichtiger beruflicher Kontakt. Willst du mich begleiten? Ist für einen guten Zweck.

Ich liebe Vernissagen.

Jetzt hielt Yue neben ihm den Ausstellungskatalog in den Händen und lauschte der Eröffnungsrede. Obwohl es sich nur um Floskeln handelte, hörte sie aufmerksam zu. Dr. Kräutler-Hohmann stand, eingerahmt von dem Galeristen-Ehepaar, vor einer großen Leinwand, über die kreuz und quer blaue und gelbe Linien liefen. Mit etwas gutem Willen ließen sich auf dem Bild Flügel erkennen.

Angels in Danger?

Yue hatte sich hübsch gemacht. Sie trug ein rotes Seidenkleid mit Stehkragen und einen schwarzen Mantel und hatte ihr Haar in einer schlichten Hochsteckfrisur gebändigt, die ihren zarten Nacken betonte. An ihren Ohren schimmerten Perlen. Alexander ertappte sich dabei, dass er sich über die attraktive Begleitung freute. *Dr. Yue Chan, Head of Research.* Wer hätte das gedacht?

Er ließ seinen Blick über die Köpfe wandern. Das übliche Berliner Publikum. Ein paar Kunstinteressierte, etwas Presse, viel Politik. Niemand von Phoenix. Zumindest soweit er das erkennen konnte.

Applaus brandete auf. Die Rede war vorbei. Kräutler-

Hohmann schüttelte bereits in der ersten Besucherreihe Hände. Ein junger Mann stand neben ihr und redete eifrig auf sie ein, stellte wohl die Anwesenden vor.

Alexander fasste Yues Ellenbogen und zog sie mit sich zur nächsten Bilderwand. Er bemerkte, dass bereits auf vielen Preisschildern rote Punkte klebten. Die neuen Eigentümer würden noch ein paar Pressefotos mit ihrem Erwerb machen lassen, danach konnten die Scheußlichkeiten in Referentenzimmern und Sekretariaten verschwinden.

»Du wolltest mit mir reden«, sagte er, während sie an den Gemälden vorbeischlenderten. Es war besser, erst sie anzuhören, ehe er sich ihr anvertraute.

»Ich brauche Hilfe«, sagte sie.

Alexander nickte wortlos.

»Ben Miskin«, fuhr Yue fort, »wollte mir Material übergeben. Ben hat sich große Sorgen gemacht.«

Miskin. Der Mann schien der Schlüssel zu den Vorgängen bei Phoenix zu sein. Konnte er Yue vertrauen? »Miskin hat auch mit einem Informanten von mir gesprochen«, sagte Alexander. »Trautmann, ein Journalist.«

Yue zögerte, wirkte irritiert. »Das wusste ich nicht«, sagte sie schließlich, sah sich um, schien sich zu vergewissern, dass niemand zuhören konnte. »Welche Informationen hat dieser Trautmann?«

»Wir konnten nicht reden«, sagte Alexander. »Aber ich habe seine Nummer und könnte ihn anrufen.«

»Gut, je mehr wir wissen, umso besser.« Yue beugte sich vor, musterte das Preisschild, das neben dem Bild an der Wand hing, schüttelte den Kopf. »In China studieren Maler jahrelang ihr Handwerk.« Sie richtete sich wieder auf.

Alexander starrte auf das Bild. Sollten die Tropfen ein Meer von Tränen darstellen?

»Bei uns reicht der Wille zur Kunst«, sagte er unkonzentriert. Es drängte ihn, von der Speicherkarte zu erzählen. Aber der Gedanke an Ben Miskin hielt ihn zurück. Wenn

Trautmann recht hatte und Miskin in der Psychiatrie war, hatte Phoenix vielleicht noch Zugriff auf ihn, konnte ihn für immer hinter den Gittern einer Anstalt verschwinden lassen. Alexander entschloss sich stattdessen zum Frontalangriff. »Ich war im Spandauer Forst.« Täuschte er sich, oder fror gerade ihre Miene ein? »Es gibt da einen Spazierweg, der direkt in eine Siedlung aus Holzhütten führt.«

Yue erstarrte. »Bist du verrückt?«, flüsterte sie. »Warst du etwa dort?« Sie sah ihn entgeistert an, leugnete aber nicht einen Zusammenhang mit Phoenix. »Das ist lebensgefährlich. Wie konntest du den Weg –«

»Wer sind diese Männer im Moor?«

Yue drehte sich um, schlenderte weiter. Alexander folgte ihr. Dabei konnte er sehen, wie sie den Katalog mit den Händen knetete, mit sich rang. Er gab ihr die nötige Zeit.

»Es sind Hominiden«, sagte Yue schließlich so sachlich, als spräche sie über eine allgemein bekannte Spezies. »Eine eigene Züchtung. Phoenix gewinnt sie aus Hybrid-DNA.«

»Ihr gewinnt ... ihr züchtet Menschen? Im Labor?« Alexander war, als täte sich vor ihm eine weite, kalte Ebene auf. Eine Urlandschaft. Bevölkert von Männern, die sich alle ähnlich sahen. »Klont ihr sie etwa?« Er war unwillkürlich lauter geworden.

»Phoenix ist führend in der synthetischen Biologie«, sagte Yue. »Wir erschaffen Hybrid-DNA. Ein unscheinbares Bakterium, dazu etwas Grünalge und ein Hauch Beutelratte – und die Natur ist neu erfunden.« Sie blieb vor einem riesigen Ölgemälde stehen. Stilisierte Engel schwebten zwischen Regentropfen in einen leuchtenden Himmel. »Wir konstruieren Zellen und Lebewesen wie Ingenieure. Offiziell natürlich, um die Welt besser zu machen oder sie überhaupt zu retten.«

»Etwa die Menschen im Moor?«

Yue sah sich hastig um, hakte sich bei ihm ein und zog ihn weiter. Jetzt waren sie ein Paar, das die ausgestellten Bilder besprach. »Das sind keine echten Menschen«, sagte sie. »Phoenix hat die Hominiden aus ganz neuer DNA geschaffen, indem menschliche Gensequenzen mit tierischen kombiniert wurden. Wir können sie sogar in jeder Altersstufe produzieren. Es sind also keine Klone. Phoenix hält ein Patent auf den genetischen Code.« Sie blieb stehen, deutete auf ein blaues Bild, auf dem Wellen über ein schreiendes Mädchengesicht liefen. »Man nennt das Verfahren ›Genome Editing‹. Wir schneiden mittels sogenannter Genscheren bestimme Abschnitte heraus, korrigieren sie oder ersetzen sie durch neue. Das Interessante daran ist, dass man den Eingriff später nicht mehr nachweisen kann. Das frühere Vektorenverfahren hat charakteristische Spuren hinterlassen.« Sie wandte Alexander das Gesicht zu. Es wirkte angespannt. »Ich glaube, Ben wollte mit mir darüber sprechen. Es war sein Forschungsbereich.«

Menschliche und tierische DNA. »Welche Tiere stecken denn in diesen … Hominiden?«, fragte er.

»Affen«, sagte sie. »Genauer gesagt, Berggorillas.«

»Gorillas?« Alexanders Magen wurde flau. Eine Reise zu den Rebellen in Ruanda ging ihm durch den Kopf, der Marsch durch den Regenwald und der Anblick eines alten Gorilla-Männchens, eines Silberrückens, der sich plötzlich aus einem Gebüsch am Wegrand aufgerichtet hatte. Sein Blick, klug und abschätzend, war über Alexanders Gruppe geglitten. Dann hatte sich das Tier umgedreht und war so schnell verschwunden gewesen, wie es aufgetaucht war. *Wir waren ihm zu viele*, hatte sein einheimischer Führer erklärt. *Gorillas sind Kannibalen.* Kannibalen. Erst jetzt ging Alexander auf, dass der Mann das Tier damit auf seine Menschenebene gehoben hatte.

»Ihr seid wahnsinnig«, sagte Alexander scharf. Welcher Gefahr hatte er sich im Moor leichtfertig ausgesetzt? *Anfängerfehler.* »Ihr produziert Mensch-Affe-Hybride. Das ist blanker Horror.«

Auf Yues Gesicht erschien ein schmales Lächeln. »Willst

du nicht wissen, wie die erste Schöpfung auf der Erde abgelaufen ist?«, fragte sie. »Phoenix hat die biosynthetischen Mittel, um Leben zu schaffen. Sollen wir einfach sagen, wir tun es nicht? Warum?«

»Weil es nicht mit unserer Welt vereinbar ist«, sagte Alexander. »Weil es irgendwann keinen Weg zurück mehr gibt. Wer garantiert denn, dass eure Hominiden ungefährlich sind?«

»Niemand hat behauptet, dass sie ungefährlich sind«, sagte Yue. »Aber wir verwahren sie sicher. Diese Prototypen dürfen niemals in ein größeres Ökosystem eindringen. Ein oder zwei Vergewaltigungen, und ihre Gene gehen in der Bevölkerung auf. Das wäre eine Katastrophe.« Sie runzelte die Stirn, machte eine Pause. Dann setzte sie hinzu: »Hominiden sind viel kräftiger und robuster als Menschen. Noch dazu haben sie keine natürlichen Feinde. Die Hominiden sehen Menschen jetzt schon sehr ähnlich, die nächste Generation wird optisch nicht mehr zu unterscheiden sein. Es wird also eine weitere – dann freiwillige – Vermischung stattfinden.«

»Ein Planet der Affen«, sagte Alexander. »Aber könnte sich der Einfluss der Hominiden-Gene nicht im Lauf der Zeit abschwächen?«

»Unsere Prototypen werden für alle Umweltbedingungen geschaffen«, antwortete Yue. »Anders als der Mensch sind sie perfekt adaptiert. Sie können fast überall überleben. Es wird schon allein eine mengenmäßige Auslese geben.« Sie holte tief Luft. »Doch so weit wird es nie kommen.«

»Ihr spielt Gott.«

Sie zuckte die Schultern. »Wir machen im Grunde nichts anderes als die Natur«, sagte sie. »Bei der natürlichen Fortpflanzung findet ständig eine Rekombination von Genen statt, entsteht ein neuer Genpool. Mit den Hominiden ist es uns gelungen, menschenähnliche Wesen zu züchten, die nicht durch Erziehung oder Bildung geprägt werden, sondern durch genetische Selektion. Der nächste Schritt sind dann maßgeschneiderte Organismen, die den natürlichen Lebewesen überlegen sind.«

Was würde man in der Zukunft unter Menschsein verstehen? »Das alte Modell Mensch hat also ausgedient«, sagte er. »Auf lange Sicht wird sich die neue Art durchsetzen, *das* ist Natur.«

Yue widersprach nicht.

Eine Weile gingen sie Seite an Seite, schwiegen, warfen nur hin und wieder einen Blick auf eine der schreiend bunten Leinwände. Irgendwo hatte Alexander Bilder gesehen, die von Schimpansen gemalt worden waren und diesen ähnlich sahen.

»Wir beschleunigen nur die Evolution«, fuhr Yue endlich fort. »Artbildung erfolgt immer in mehreren Schritten, oft über lange Zeiträume. Auch dabei treten ständig Mutationen auf. Wir nehmen einfach den natürlichen und den sexuellen Selektionsdruck raus – deswegen brauchen wir auch keine weiblichen Exemplare – und ersetzen ihn durch eine künstliche Selektion. Die Entwicklung verläuft wie im Zeitraffer. Unsere aktuellen Hominiden sind zum Beispiel an kaltes Klima bestens angepasst. Sie brauchen keine warmen Jacken, wir können sie im Freien halten. Optimal für den Einsatz auf Bohrinseln, wenn in Zukunft das Öl unter den Polkappen gefördert werden kann. Der nächsten Charge, die wir züchten, wird dafür die Klimaerwärmung nichts ausmachen.« Sie beugte sich vor und musterte ein Preisschild, richtete sich wieder auf, ging weiter.

Alexander spürte, wie er wütend wurde. Da hatte es in der Vergangenheit ja schon ähnliche Menschenzuchtprogramme gegeben. Damals hieß das Zuchtziel Arier. *Achtung, das ist ein gefährlicher Weg.* Er versuchte, sachlich zu bleiben. »Warum leben diese Menschen im Moor?«

»Es sind keine Menschen«, sagte Yue. Sie blieb stehen, betrachtete ein kleinformatiges Bild mit einem stilisierten Engel. »Es ist einfach eine Zuchtgruppe. Und im Moor können wir sie vor den Umwelteinflüssen unserer zivilisierten Welt schützen. Wir halten sie in sauberen Hütten, füttern sie regelmäßig und achten auf ihre Gesundheit. Alle Versuche am lebenden Objekt müssen bei Phoenix von einem Ethik-Rat genehmigt werden.«

»Wer sitzt in diesem Rat?«

»Der Vorsitzende ist Max«, sagte sie. »Je nach Versuchsantrag holt er sich Spezialisten dazu. Die Zusammensetzung wechselt also. Die Hominiden werden von einem Primatenforscher und dem Genetik-Team betreut.«

Primaten. »Wo ziehst du die Grenze zum Nichtmenschen?«

Yue sah ihn an. Ihr Blick war offen. »Glaub mir«, sagte sie. »Zwischen den Hominiden und uns liegt eine genetische Kluft. Es sind Affe-Mensch-Hybride. Wir sind gerade erst dabei, ihr Naturell zu erforschen.«

Wir haben die Affen euthanasiert. Wie gesagt, es war nur ein Experiment. Er dachte an den Stammesführer, wie er den Bärtigen inzwischen bei sich nannte, und an das Kind. Was, wenn auch die Leute im Moor nur als Experiment galten? »Und wie weit darf ihr Naturell vom menschlichen abweichen, um noch menschlich behandelt zu werden?«, fragte er und hörte die Schärfe in seiner Stimme.

»Wir halten die Hominiden artgerecht.«

»Artgerecht? Ihr haltet die Leute gefangen.«

Yue schüttelte den Kopf, sein Unverstand schien sie zu nerven. »Die wollen sowieso nicht weg«, sagte sie. »Dazu müssten sie die Fähigkeit haben, zu lernen, zu schlussfolgern und zu planen. Kurz, sie bräuchten gesunden Menschenverstand. Und den haben sie nicht.«

Der Junge hat einen Vogel gejagt, gefangen und gefressen, ist planvoll vorgegangen. Und er wollte mir sein Halstuch zum Geschenk machen. »Was wird später aus ihnen?«, fragte er, um einen sachlichen Ton bemüht. »Bleiben sie für immer unter Ausschluss der Öffentlichkeit? Oder plant ihr einen Zoo?«

»Das Zuchtprogramm ist sehr kostspielig«, sagte Yue und ging weiter. Alexander hielt sich dicht an ihrer Seite. »Das muss sich irgendwann rechnen. Die Hominiden, die wir nicht für unsere Forschungszwecke brauchen – derzeit haben wir insgesamt dreizehn Exemplare –, werden wir an Freizeitparks verkaufen. Leider werden sie ziemlich teuer sein, sodass wir sie wahrscheinlich einzeln abgeben müssen. Das ist für Individuen, die normalerweise in Gruppen leben, natürlich gewöhnungsbedürftig. Aber wir werden wohl auch Hominiden an andere Labore zu Forschungszwecken vermitteln. Da wir sowieso ein Patent auf den Gencode halten, ist ihre Weitergabe unbedenklich.«

Jetzt standen sie vor einem Kinderbild. Das Kind war blass, schwarze Schatten lagen unter seinen Augen. An seinen Schultern saßen violette Flügel. *Angels in Danger.*

»Zu welchen Forschungszwecken?«, fragte Alexander. Ihm gingen die toten Affen nicht aus dem Kopf, die kranken Beagles. »Könnten die Männer auch an den Versuchen sterben?«

»Sie könnten verbraucht werden, natürlich.«

Verbraucht, nicht getötet, nicht ermordet. Verzweiflung erfasste ihn und das Gefühl von Unwirklichkeit. »Habt ihr überhaupt keine moralischen Bedenken?«

»Moral ändert sich ständig«, sagte Yue. »Außerdem hat Phoenix ja einen Ethik-Rat.«

Zwei junge Männer in modischer Aufmachung schlenderten Hand in Hand die Bilderreihe entlang, schenkten ihnen jedoch keine Beachtung. Sie unterhielten sich lebhaft. Ein wenig zu lebhaft, wie Alexander fand. Er beugte sich zu Yue hinunter und flüsterte in ihr Ohr: »Nicht hinsehen, ich glaube, wir werden beobachtet.« Sie wurde eine Spur blasser, aber auf ihrem Gesicht erschien ein tapferes Lächeln. »Also, was ist jetzt mit Ben Miskin?«

Yue nickte, lächelte, als amüsierte sie sich über eine geistreiche Bemerkung. »Ben hat an einem speziellen Forschungsprojekt gearbeitet«, sagte sie. »Wie gesagt: Er hat sich große Sorgen gemacht. Anscheinend hat er das für ihn definierte Ziel erreicht, dann aber bereut.« Sie machte eine Pause. »Er hat gemeint, so müsste sich der Erfinder der Atombombe gefühlt haben.«

»Kein Wunder, wenn er für die Hominiden verantwortlich ist«, sagte Alexander. Die Geläufigkeit, mit der er das Wort bereits aussprach, irritierte ihn. »Ein Forscher mit Gewissen.«

Yue schüttelte den Kopf. »Darum geht es nicht«, sagte sie. »Solche Versuche werden weltweit gemacht, Phoenix hatte einfach nur eher Erfolg damit.« Sie runzelte die Stirn. »Ben wollte sich mit mir treffen und mir seine Unterlagen zur Aufbewahrung geben. Dazu ist es nicht mehr gekommen. Am nächsten Morgen haben sie ihn abgeholt. Ben ist nicht verrückt.« Sie kniff den Mund zusammen.

Weshalb hatte Miskin seine brisanten Unterlagen nicht beiseitegeschafft? Kopien angefertigt und irgendwo hinterlegt? Wenn Versuche mit Hybrid-DNA so gewöhnlich waren, warum die ganze Geheimhaltung? Miskin musste um sein Leben gefürchtet und unbedingt einen Außenstehenden als Mitwisser gebraucht haben. Oder jemanden, der neu war, sich Phoenix noch nicht verpflichtet fühlte. Alexander zögerte mit der Frage, die sich ihm aufdrängte, hatte auf einmal das Gefühl, Yue nicht vertrauen zu können. Schließlich stellte er sie doch: »Hat Ben Miskin mit Max darüber gesprochen?«

Yues Lachen klang bitter. »Auf keinen Fall«, sagte sie. »Es gibt nur zwei Standpunkte. Entweder man verdammt alle Synbiologen, weil sie die Welt ins Chaos stürzen könnten, oder man glaubt, dass sie die Erde in ein Paradies verwandeln werden. Welcher Fraktion, glaubst du, gehört Max an?« Sie runzelte die Stirn. »Wenn Ben mit ihm gesprochen hat …« Yue ließ den Satz unvollendet.

Weißt du, was das Wichtigste ist, Alex?

Was denn?

Der Glaube an das Grenzenlose, das noch Undenkbare und dass man es erreichen kann.

Max würde die Freiheit der Wissenschaft nicht nur mit Zähnen und Klauen verteidigen, er hätte nicht einmal Verständnis für Bedenken. Er würde Yue einfach entfernen. Und ihn auch. *Ich vertraue dir.* Fast hätte er gelacht.

Über das nächste Gemälde in der Reihe liefen fünf rote Linien. So, als hätte sich jemand seine blutigen Finger daran abgewischt. Trotzdem fehlte es dem Bild an Kraft. Die moralische Botschaft stach überdeutlich ins Auge, und die handwerkliche Umsetzung hatte Volkshochschulniveau.

»Kannst du nicht selbst herausfinden, woran Miskin geforscht hat?«, fragte Alexander.

Yue schüttelte den Kopf. »Alle Phoenix-Teams arbeiten aus Sicherheitsgründen unabhängig voneinander«, sagte sie. »Jedes Team hat nur Zugang zu den eigenen Versuchen. Damit sollen Unfälle vermieden werden, die unbeabsichtigte Freisetzung eines veränderten Organismus zum Beispiel. Und Spionage natürlich auch.«

Sie schlenderten weiter, taten so, als betrachteten sie die Bilder. Ein älterer Mann im dunklen Anzug plauderte mit einer jungen Frau. Beide hielten Sektgläser in den Händen, unterbrachen ihr Gespräch, als sie an ihnen vorbeigingen. Alexander erkannte einen Fraktionssprecher, der einmal in der Redaktion aufgetaucht war, und grüßte ihn. Das Gesicht der jungen Frau sagte ihm nichts.

Als sie außer Hörweite der beiden waren, fuhr Yue fort: »Ich werde beobachtet, bald kann ich mich bei Phoenix nicht mehr frei bewegen. Sie haben meinen Zutrittsbereich eingeschränkt. Ich glaube, sie haben mich im Visier.« Sie schwieg ein paar Schritte. »Ohne dich schaffe ich es nicht.«

»Ich habe keine Ahnung von Naturwissenschaft.«

»Aber du hast überall Zugang«, drängte sie. »Du bist kein Wissenschaftler, dir vertrauen sie. *Es muss irgendwo einen*

Hinweis geben.« Ihre Stimme war lauter geworden, Besucher drehten sich zu ihnen um.

Alexander bemerkte Sabine Kräutler-Hohmann, die ihnen mit ihrem Tross entgegenkam, sich händeschüttelnd durch die Reihen der Galeriebesucher arbeitete. Jetzt sprach sie mit zwei älteren Frauen und machte dabei eine anteilnehmende Miene. Ihre Wohltätigkeitsarbeit galt Suchtausstiegsprogrammen für Jugendliche und – natürlich – dem Kampf gegen Kinderpornografie. Das verlieh ihr den Anstrich gesellschaftspolitischen Bewusstseins und den Touch Mütterlichkeit, den eine Politikerin brauchte. Eigene Kinder hatte sie, soweit Alexander wusste, nicht.

Alexander hakte Yue unter und dirigierte sie in die Gegenrichtung. Deshalb die ganze Überwachung, dachte er. Es musste um so viel gehen, dass auch sein Leben im Vergleich dazu gering wog. Er spürte, wie sich sein Herzschlag beschleunigte. *Das war es – das Geheimnis, das er seit seiner Ankunft hinter der glatten Fassade von Phoenix spürte.* Sein Berufsinstinkt hatte ihn noch nie getrogen.

Arm in Arm, wie ein Paar auf einer netten Abendeinladung, spazierten sie zur Eingangshalle zurück. Nur noch wenige Besucher standen dort an den Stehtischen, tranken, diskutierten. Alle Interviews waren erledigt, Texte und Pressefotos bereits in den Redaktionen. Die meisten Gäste waren gegangen, hatten sich auf den Weg zur nächsten wichtigen Veranstaltung des Abends gemacht. Ein Mann in operettenhafter Livree verabschiedete am Ausgang die Besucher.

»Kann ich dir vertrauen?«, fragte Yue.

Alexander nickte, ging in Richtung Ausgang. *Weil ich dir vertraue*, hatte Max gesagt. *Parce que je vous fais confiance.* In Benin hatte er nur dokumentieren können. Jetzt bat ihn Yue um seine Hilfe. Und wenn er sie richtig verstanden hatte, ging es diesmal um mehr. Weitaus mehr.

»Worum geht es eigentlich?«, fragte er.

Yue schlenderte neben ihm, hielt sich den Katalog als

Sichtschutz vor den Mund. »Man hat uns hier schon zu lange zusammen gesehen«, sagte sie. »Wir müssen uns noch einmal treffen. Aber du bist dabei, versprochen?«

Alexander blieb stehen, sah zu ihr hinunter. Trotz ihres dramatischen Appells war ihre Miene ruhig, der Ausdruck ihrer schwarzen Augen kühl. *Head of Research.* Natürlich, sie war in erster Linie Wissenschaftlerin.

»Ich verspreche nichts«, sagte er leise.

Yue nickte. »Zu niemandem ein Wort«, raunte sie. »Wenn sie Verdacht schöpfen, bringen sie dich um.«

Damit ließ sie ihn stehen und ging mit schnellen Schritten zum Ausgang. Es sah aus, als wollte sie flüchten. Soweit Alexander es beurteilen konnte, hatte niemand sie verfolgt oder beobachtet. Wovor lief sie davon? Vor ihm?

Und auf einmal wurde er misstrauisch. Er hatte keine Ahnung von diesen Experimenten, konnte ihr kaum helfen. Was hatte sie wirklich von ihm gewollt? *Willkommen bei Phoenix.* Sie hatte ihn ins Boot holen wollen.

Fragt sich nur, in welches.

Alexander sah, wie sie kurz bei dem Livrierten stehen blieb, ihn anlächelte, ein paar Worte tauschte. Danach trat sie durch die große Glastür auf die Straße hinaus. Allein, ohne Begleitung. So, wie sie gekommen war.

Alexander überlegte, ob – und wenn ja, wie viel – er Maik von diesem Treffen erzählen sollte.

16

Weiter, weiter, weiter.

Er stapft über das gefrorene Gras. Seine Füße brechen die steifen Halme. Die Brüder schlafen noch. Er ist ganz allein. Und ihm ist kalt, ganz schrecklich kalt. Gerade eben erst ist die Sonne aufgegangen. Das Wasser ist schwarz, das Schilf ist grau und der Himmel so rot wie Feuer.

Feuer.

Ein Vogel kreischt und taucht aus den langen Rispen auf, macht sich lang, reckt die Flügel über den Kopf. Jetzt sieht er aus wie ein Kopfschmuck aus Federn. Der Vogel hebt sich in die Luft, fliegt davon. Seine Schwingen sirren.

Schwarze Adlerfedern.

Die Erinnerung huscht durch seinen Kopf wie ein Wiesel. Er hat noch nie einen Federschmuck gesehen, aber er spürt, dass er genau so aussehen muss. *Adler.* Wahrscheinlich hat er wieder nur geträumt. Dann schreit er Löcher in die Nacht, und die Brüder schimpfen. Er ist noch klein, aber sie verlangen, dass er sich wie sie verhält. Wie die Erwachsenen. Nur Schneller Bruder holt ihn zu sich, spricht einen Zauber, und die Nacht breitet ihren Mantel über sie und taucht die Welt in weiche Finsternis.

Weiter, weiter, weiter.

Er hält seinen Köcher aus Birkenrinde fest in der Hand. Gleich hat er die Stelle erreicht, an der die kleinen roten Beeren wachsen. Vor dem warmen stinkenden Fleisch, das die Brüder von der Jagd mitbringen, ekelt ihn. Manchmal lebt es noch und bewegt sich, während die Brüder es fressen. Dann rennt er in seine Hütte, verkriecht sich unter der Decke. Sie sagen, dass sie seine Brüder sind. Aber tief in seinem Innersten weiß er, dass das nicht stimmt.

Die Brüder fürchten nichts. Nicht einmal die Langnasen, die schlechtes Essen ins Dorf bringen. Langnasen sind dumm und langsam. Und schlechte Jäger. Die Brüder spotten, sie könnten ihren Angstschweiß selbst gegen den Wind riechen.

Was hast du denn da Schönes?

Vor zwei Sonnenaufgängen ist eine neue Langnase im Dorf gewesen. Er hat sofort gewusst, dass sie seinetwegen gekommen ist, denn sie hat mit ihm gesprochen, mit ihm, mit niemand anderem. Noch nie hat jemand mit ihm gesprochen. Mit den Brüdern auch nicht. Er ist ihr nachgelaufen. Damit sie bei ihm bleibt. Sogar einen Vogel hat er ihr schenken wollen. Und die kleine Decke, die Schneller Bruder ihm gegeben hat. Aber die Langnase hat beides nicht gewollt. Er hat sogar den Vogel selbst gegessen, um zu zeigen, was für ein wertvolles Geschenk er ist. Bei der Erinnerung an die kratzigen Federn im Mund wird ihm übel.

Der Himmel ist jetzt gelb, und es wird wärmer.

Die gefrorenen Halme knistern, recken und strecken sich, spielen wie Knochenfinger in der Luft. Schnell läuft er weiter, springt von Grasbüschel zu Grasbüschel. Die Brüder haben ihm eingeschärft, immer im Dorf zu sein, bevor die Nacht zu Ende ist. Der Tag ist gefährlich.

Da sind die Beeren.

Rot wie Bluttropfen glänzen sie auf dem silbernen Reif. *Moosbeeren.* Er hockt sich hin, pflückt eine nach der anderen, legt sie sorgsam in seinen Köcher. Die Eiskristalle verbrennen seine Finger. Auf dem Boden des Köchers bildet sich ein roter See.

Lauf, lauf weg.

Er fährt zusammen, erstarrt, lauscht. Da ist sie, die Stimme, die er in seinen Träumen hört. Eine hohe Stimme, voller Panik. Seine Augen fangen an zu brennen. Wo soll er hinlaufen? Die Stimme wird leiser, erstirbt in einem Röcheln. Sie soll bei ihm bleiben. Eine Faust packt sein Herz und presst es zusammen. Wie jedes Mal erfasst ihn kaltes

Entsetzen. Etwas Schreckliches wird passieren, er weiß das. Alle werden sterben. Die Brüder. Die Langnase. Er.

Feuer, Schreie, Tod.

Er springt auf, lässt den Köcher fallen. Die Beeren rinnen über das Moor, färben das Wasser rot.

Sie kommen.

Er wirbelt herum, rennt los, zurück ins Dorf. Sie folgen ihm, sitzen ihm im Nacken. Gleich haben sie ihn erreicht. Er spürt den kalten Hauch ihres Atems auf der Haut. Jetzt sind sie über ihm. Ein furchtbarer Schmerz fährt durch seinen Arm. Die Welt verdunkelt sich, aber diesmal will er nicht fallen, wird er nicht sterben.

Weiter, weiter, weiter.

Er muss die Brüder warnen. Bevor das Unglück wieder über sie kommt. Ehe alles zu spät ist. Die dunklen Gedanken kreisen in seinem Kopf wie Raubvögel. Sein Herz hämmert, und jeder Atemzug brennt wie Feuer. Aber er rennt wie um sein Leben, flieht vor den Verfolgern und vor dem Tod.

Flucht, Flucht, Flucht.

17

Der Sicherheitschef öffnete persönlich die Tür. Max van Damme drängte wortlos an ihm vorbei in das nur von den Monitoren erhellte Büro. Amanda Donovan schenkte Faber im Vorübergehen ein schmales Lächeln. Sie setzten sich vor den Schreibtisch und warteten, bis Faber dahinter Platz genommen hatte. Amanda ließ demonstrativ ihr Handy in die Tasche ihres grauen Flanellanzugs gleiten, und Faber warf ihr einen misstrauischen Blick zu, als befürchtete er, dass sie das bevorstehende Gespräch mitschneiden würde.

»Das ist ja schnell gegangen«, sagte van Damme.

Faber nickte. »Der frühe Vogel fängt den Wurm.«

»Hätte es eine Warnung für Trautmann nicht auch getan?«

»Und wenn wir ihn trotzdem hätten eliminieren müssen?«

Amanda räusperte sich und schlug ein Bein über das andere. »Faber hat recht, Max«, sagte sie. »Eine Schlägerei und ein Mord – die Polizei zählt eins und eins zusammen. Und vergiss nicht Tom.«

»Wir hätten eine Spur, so breit wie eine Autobahn, gezogen«, sagte Faber. »So ist es einfach ein Raubüberfall. Jan hat die Taschen der Leiche geleert. War nicht sein erster Job.« Er zog eine Schublade auf, entnahm ihr eine abgeschabte Geldbörse und warf sie auf den Schreibtisch. »Hier, ist fast kein Geld drin, dafür eine EC-Karte und sein Personalausweis. Das Handy hat Jan auch mitgenommen. Das müssen wir aber erst auswerten.«

Van Damme starrte auf das Portemonnaie wie auf ein giftiges Reptil. »Irgendwelche Zeugen?«

Faber schüttelte den Kopf. »Nur eine Joggerin. Jan sagt, sie hätte Ohrstöpsel getragen. Außerdem war der Nebel so dick wie Erbsensuppe. Die kann keine Gesichter erkannt haben. Mein zweiter Mann hat sie über den Parkplatz zu einem roten Polo laufen sehen. Er hat sicherheitshalber ein Foto von den Autokennzeichen gemacht. Wir finden raus, wer sie ist, und beobachten sie ein paar Tage. Nur für den Fall, dass sie zur Polizei geht.«

»Sehr gut«, sagte Amanda und strich den Stoff ihrer Hose über dem Knie glatt. »Was machen wir mit Alex?«

Faber verschränkte die Arme. »Darauf wollte ich gerade zu sprechen kommen«, sagte er. »Er war auch im Forst.«

»Was?« Van Damme sah überrascht auf.

»Der Land Cruiser stand am alten Wasserwerk«, sagte Faber, ließ seine Worte ein paar Sekunden wirken. Dann fuhr er fort: »Lindahl hat sich bei Maik abgemeldet: Stadtfahrt.«

»Das muss ein Zufall sein«, sagte van Damme.

»Hat dein Mann ihn gesehen?«, fragte Amanda. »Könnte Alex etwas mitbekommen haben?«

»Wir haben extra auf Lindahl gewartet«, sagte Faber. »Ist erst eine halbe Stunde später wieder beim Wasserwerk aufgetaucht, da war die Mission schon abgeschlossen. Er hat eine Kamera dabeigehabt.«

»Na eben«, sagte van Damme. »Nebel, schwarze Sträucher – Alex arbeitet für GEO. Winter im Moor, schätze ich mal.«

Amanda räusperte sich. »Was machen wir mit Alex?«

Van Damme funkelte sie wütend an. »Gar nichts.«

»Die Überwachung ist lückenlos«, sagte Faber zu Amanda. »Aber Miskin hatte den Wagen zuletzt. Wir haben den Speicher des Navis gelöscht, weiß der Teufel, wie Lindahl von Miskins Arbeit Wind bekommen hat.«

»Alex war schon immer neugierig«, sagte van Damme.

»Er hat mit Yue Chan gesprochen.« Amanda ließ nicht locker. »Ich habe die beiden vom Fenster aus im Park gesehen, unten am See. Sie haben sich ziemlich lange unterhalten. Als Maik dazugekommen ist, haben sie das Gespräch abgebrochen.« Sie sah Faber an. »Wo war Maik?«

»Er tut, was er kann.«

»Lindahl war im Spandauer Forst – also ist die Überwachung keineswegs lückenlos.« Amanda beugte sich vor und klopfte mit den Fingerknöcheln auf den Schreibtisch. »Irgendwas geht da an uns vorbei«, sagte sie scharf zu Faber und setzte an van Damme gewandt hinzu: »Es war ein Fehler, Alex an Bord zu holen, Max.«

Van Damme seufzte. »Seit zwei Jahren haben wir kein Medikament mehr auf den Markt gebracht«, sagte er. »Unsere Aktionäre werden langsam nervös. Ich muss meiner CFO nicht sagen, was die nächste Finanzierungsrunde für uns bedeutet, oder? Wir brauchen Alex' Arbeit. Er wird was Menschenfreundliches schreiben, und die Kritiker halten den Mund – bis zum großen Knall.«

Amanda sah aus, als läge ihr eine scharfe Erwiderung auf der Zunge, aber dann verschränkte sie nur die Arme und starrte wortlos an die Decke.

»Maik ist Lindahls Vertrauensperson«, sagte Faber. »Als Trautmann sich an ihn herangemacht hat, ist er direkt zu ihm gerannt. Das freundschaftliche Verhältnis können wir noch ausbauen. Außerdem haben wir inzwischen eine zweite Kamera in Lindahls Apartment installiert und den Land Cruiser verwanzt. Sein Handy haben wir uns gestern vorgenommen. Der macht keinen Schritt mehr ohne uns.«

»Dann ist ja alles gut«, sagte van Damme.

Faber trommelte mit den Fingern auf den Tisch. »Da ist noch was«, sagte er. »Miskin ist weg.«

»Was heißt, Ben ist weg?«

»Hat sich selbst entlassen«, sagte Faber. »Anscheinend hat er sich genau richtig benommen, blöd ist er ja nicht. Selbstmordgefahr bestand laut behandelndem Arzt auch nicht mehr. Kein Grund also, ihn festzuhalten.«

»Wozu bezahlen wir dieser Geröllheimer Unsummen für ihre lächerliche Studie oder was auch immer?« Van Damme wirkte fassungslos. »Das darf doch nicht wahr sein.«

»Frau Professor Pöllheimer war auf einem Ärztekongress«, sagte Faber. »Vier Tage Paris.«

Van Damme warf Amanda einen gequälten Blick zu, stöhnte. »Fangt ihn wieder ein, tot oder lebendig.«

Faber nickte. »Sowieso«, sagte er. »Aber es gibt noch ein richtiges Problem. Doug war gestern auf Patrouille im Teufelsbruch. Er sagt, die Hs waren ziemlich aufgeregt.«

»Ja, und?« Van Damme war in Gedanken noch bei Miskin.

»Er sagt, einer der Hs hätte ihn in der Station angegriffen. Einfach so, aus dem Nichts. Hat nach seiner Kehle geschnappt.«

Van Damme runzelte die Stirn. »Ist was passiert?«

»Doug ist Großwildjäger, der hat die Attacke aus dem Augenwinkel kommen sehen«, sagte Faber, »und dem Ding den Gewehrkolben in die Visage gerammt. Doug sagt, es war die reine Mordlust, und lieber sieht er sich Auge in Auge mit einem Löwen. Feigheit vor dem Feind kennt der sonst nicht.«

»Ist der Hominide verletzt?«

»Boxerauge«, sagte Faber. »Aber die anderen sind jetzt noch mehr in Aufruhr. Die Situation ist nicht ohne.«

Amanda schwieg, sah van Damme an. Der räusperte sich und sagte: »Wahrscheinlich hat er den Hominiden irgendwie gereizt. Wir werden eine Mitarbeiterschulung ansetzen.«

»Mitarbeiterschulung?« Faber klang, als würde er gleich die Fassung verlieren. »Das sind Ungeheuer!«

»Es liegt nur an der Affen-DNA«, sagte van Damme. »Gorillas sind nun mal impulsiv, neugierig – und wirken manchmal eben auch etwas aggressiv.«

Faber beugte sich vor und fixierte van Damme. »Keine Rede von Affen«, sagte er, »hier geht's um Menschen. Ich war bei der Légion! Ich habe gegen die Guerilla gekämpft. Solche Typen kenne ich bis auf den Grund ihrer schwarzen Seele. Das sind Krieger, Mörder.« Er ließ sich in seinen Stuhl zurückfallen. »Woher wollt ihr wissen, was alles in euren

Hominiden steckt? Woher stammt der Menschenanteil? Das hat man davon, wenn man Gott spielt – so was bringt Unglück. Habt ihr überhaupt eine Ahnung, *was* ihr da zum Leben erweckt habt?« Er schnappte nach Atem, hatte sich in Rage geredet. »Und zu den Affen: Wieso nehmt ihr Gorillas, wenn ihr sie nicht im Griff habt, und keine Seidenäffchen? Keiner der Männer, für die ich Verantwortung trage, geht mehr allein zu den Bestien dort rein.« Er schlug mit der flachen Hand auf den Tisch. Ein Blatt segelte zu Boden. »Ab jetzt nimmt Doug seine alte Westley Richards mit. Und wenn's sein muss, macht er davon Gebrauch.«

»Wovon, bitte?«, fragte Amanda.

»Elefantenbüchse, Kaliber .577 Nitro Express.«

»Wenn Doug auch nur einen einzigen Hominiden tötet«, sagte van Damme kalt, »kostet dich das deinen Kopf.«

»Geht in Ordnung.«

Die Männer starrten sich an wie zwei Kampfhunde.

Amanda hüstelte, strich sich eine Haarsträhne hinter das Ohr. »Gentlemen«, sagte sie gelassen, »können wir bitte noch einmal auf das Problem mit Alex zurückkommen? Ich fürchte, eine Elefantenbüchse ist hier nicht die Lösung. Tatsache ist, er war im Moor. Ich traue ihm nicht. Was machen wir, wenn er gegen uns arbeitet?« Es klang nicht wie eine Frage, sondern so, als ginge sie von einer Tatsache aus und wollte nur die weitere Vorgangsweise klären.

Faber zog die Brauen hoch und sah van Damme an.

»In dem Fall trennen wir uns von ihm«, sagte van Damme, noch immer gereizt. »Hoffen wir, dass es nie so weit kommt.«

18

Die Wirkung des Pulvers setzte schlagartig ein. Warnke hatte gerade das Future Office betreten, war wie immer der Erste. Hinter der großen Fensterscheibe zeichnete sich bereits ein heller Streifen über den Dächern von Berlin ab. Am Himmel verblassten die letzten Sterne. Nur die schmale Mondsichel leuchtete noch kalt.

Warnke wurde schwindelig.

Die Köpfe auf dem Regal sahen ihm entgegen, schienen auf ihn zu warten. Homo neanderthalensis klappte mit dem Unterkiefer. Homo habilis spielte mit seinem Stein.

Warnke klammerte sich Halt suchend an den Türrahmen. Der Boden schwankte wie ein Bootsdeck bei schwerer See.

Schade, dass Sie nicht segeln.

Ich verstehe nichts von Schiffen.

Ich will – Lazarus.

Lechtenbrincks Forderung beherrschte seine Gedanken, breitete sich aus, verwuchs mit seinem Hirn wie ein Krebsgeschwür. Seine Nächte waren ein immerwährender Alptraum, nebeldurchzogen und vom Gebrüll wilder Tiere erfüllt, die es nicht mehr gab, nicht mehr geben durfte und die doch seine bisherige Welt mit ihren schweren Schritten erschütterten. Jeden Morgen wachte er schweißgebadet auf und brauchte mehrere Minuten, bis er seine vor Angst eingefrorenen Glieder rühren konnte. Gegen den Alpdruck gab es nur ein einziges Mittel. *Lazarus.* Er musste die Sache durchziehen. *Die Sache.* Verdammt, er würde es tun.

Vor zwei Nächten war er wieder im Future Office gewesen. Um wach zu bleiben, hatte er mehrere Pillen eingeworfen. Inzwischen hatte er sich wieder an sie gewöhnt, sie machten ihn ruhig, ließen ihn klar denken. Wie damals, als er für BioTech ganz neue Produkte – *Visionen* – erschaffen hatte.

Vorletzte Nacht hatte er Bens DNA-Proben aus dem Kühlraum geholt, das Teströhrchen hin und her gedreht, den kyrillischen Buchstaben gemustert. Dann hatte er den Rechner hochgefahren. *Es war ein L.* Das schnell hingekritzelte, nach unten offene Dreieck war ein L. Und auf einmal waren die Puzzlestücke in ihr Raster gefallen, hatten ein Bild ergeben. Ben war genial. Vor aller Augen, dort, wo niemand danach suchen würde, hatte er sein brisantes Forschungsergebnis gelagert. Das L hatte ihn verraten. Ben hatte nur einen einzigen Fehler begangen: Er hatte seiner Muttersprache vertraut, und diese Leichtfertigkeit hatte Warnke den Schlüssel zur Lösung seines Problems geliefert. Und ihm ein noch größeres beschert. In die Erleichterung, die Warnke zunächst erfasst hatte, hatte sich schnell Verzweiflung gemischt. Wenn Lazarus das war, was Warnke vermutete, dann war sein Deal mit Lechtenbrinck ein Handel mit dem Teufel. Es war das Kind.

Ich will Lazarus.

Ben hatte es tatsächlich geschafft, diese teuflischen Gene zum Leben zu erwecken. Eine Zeit lang hatten sie im Future Office darüber spekuliert, ob und wie das möglich wäre. Dann war es still um das Projekt geworden. Verdächtig still, wie Warnke jetzt wusste. Alle hatten geglaubt, Max habe die Versuche auf Eis gelegt. *Auf Eis gelegt!* Wie gut war das denn? Aber im Geheimen hatten sie die Sache durchgezogen, deswegen nächtelang die Köpfe zusammengesteckt. Wenigstens hatten Ben am Ende die Gewissensbisse fertiggemacht. Warnke immerhin war eines klar geworden: Wenn Lechtenbrinck den Organismus Lazarus selbst wollte, dann war sein Kunde technisch noch nicht so weit wie Phoenix. Dann reichte die Probe nicht. Warnke hatte das Teströhrchen zurückgestellt. Und dann hatte er Niko vom Ku'damm angerufen.

Warnke stolperte in den Raum, schlug die Tür hinter sich zu und lehnte sich mit dem Rücken dagegen.

Schatten huschten über die Holzdielen, längst ausgestorbene Echsen, langschwänzige dürre Kreaturen, die auf ihn zukrochen, sich an seinen Beinen rieben, mit ihren widerwärtigen Knochenschuppen an seinen Knöcheln entlangstrichen. Warnke wollte schreien, doch er brachte keinen Ton heraus. *Was ist denn das für ein Scheißdreck?* Er krümmte sich, fühlte sich seekrank, würgte. Etwas klapperte hölzern wie Kastagnetten.

Warnke fuhr hoch.

Das Mammutskelett bewegte seinen augenlosen Schädel hin und her, trat von einem Bein auf das andere, wiegte sich wie ein gefesselter Elefant. Über ihm schrie der Flugsaurier, kreiste mit ausgebreiteten Schwingen unter dem Dachfirst, hatte ihn als Beute erspäht, zielte mit dem zahnbewehrten Schnabel auf ihn.

Highway to Hell.

Ein Mann stieg von seinem Podest und schlich gebückt auf Warnke zu. *Homo habilis.* Die Tierskelette rückten von den Wänden ab, kamen auf ihn zu, kesselten ihn ein, waren Ungeheuer, waren Mondschein auf weißen Knochen, waren lange Schwänze wie Riesenschlangen, waren Zischeln und Gebrüll, waren Niko und sein frohlockendes Grinsen, waren der Abend zuvor, an dem er kläglich versagt hatte.

Warnke rutschte an der Tür zu Boden, sackte in sich zusammen, ergab sich den Ungeheuern.

Nach einer Weile ließ der Schwindel nach.

Der Lärm verstummte, die Skelette sprangen auf die Tische zurück, die Echsen gingen in stinkendem Rauch auf. Homo habilis starrte ausdruckslos in die Ferne. Die Halluzinationen wurden zu einer blassen Erinnerung an einen längst vergangenen Schrecken.

Erschöpft und schweißgebadet drückte Warnke die Stirn gegen den kalten Stahl des Türrahmens. In seinem Inneren loderte ein Feuer, und er wusste, dass es nichts gab, was es löschen konnte. Er war wieder bei Niko gewesen, hatte dringend Nachschub an Pillen gebraucht.

Nur ein paar Smarties.

Niko hatte ihm ein Plastiktütchen hingehalten.

Lust auf was Neues?

Was ist das für Zeug? Koks?

Viel besser, heißt Highway to Hell, probier's einfach.

Das Pulver war teurer gewesen als seine Babys. Viel teurer. Aber Niko hatte behauptet, gerade keine Pillen im Angebot zu haben. Warnke hatte das Pulver genommen. Niko hatte ihn gemustert. Er war ein Menschenkenner.

Scheinst es ja wirklich nötig zu haben, mein Bester.

Niko, du musst mir helfen.

Tue ich das nicht immer? Worum geht's?

Warnke hatte gezögert, sich aber für die Wahrheit entschieden. Wer, wenn nicht Niko, würde ihn verstehen?

Ich muss jemanden betäuben.

K.-o.-Tropfen? Für eine Frau?

Nein, für ein Kind.

Pass auf, du Zauberer, so was ist 'ne Sauerei.

Nur für ein paar Stunden, ganz harmlos.

Ab dreizehn kriegst du sie bei mir, noch dazu Profis. Jünger mach ich nicht, ich hab Prinzipien.

Ist ja nur für eine Fahrt, der Kleine regt sich so auf.

Na, wenn das mal stimmt … Wie alt?

Fünf.

Niko hatte verächtlich den Mund verzogen. *Ich besorg dir was. Stammkundenservice. Wofür, will ich nicht wissen.*

Warnke löste die Stirn vom Türrahmen. Es ging ihm besser. Das Feuer in ihm war zu einem Häufchen glitzerndem Diamantstaub verbrannt. Sein Körper fühlte sich jetzt kühl an, entspannt, leistungsbereit. Er würde Lazarus ein paar Tropfen verpassen und ihn dann Lechtenbrincks Kunden überlassen, egal, was der mit ihm vorhatte. Dann waren alle seine Probleme gelöst. Lazarus war sowieso kein Kind, es war eine Ausgeburt menschlicher Allmachtsphantasien. Ein Ungeheuer. Ein Höllenwesen. Besser, wenn es möglichst spurlos von dieser Erde verschwand.

Warnke spürte, wie sich ein glückliches Lächeln auf seinem Gesicht ausbreitete. Die widerlichen Kreaturen waren auf ihre Podeste zurückgekehrt. Alle Knochen glänzten leblos und golden im warmen Licht des jungen Morgens. Ein wundervoller neuer Arbeitstag für Phoenix brach an.

Er rappelte sich auf, erst noch etwas schwankend, aber dann steuerte er auf seinen Arbeitsplatz zu.

»Morgen, Alter«, sagte er lässig zu Homo habilis.

Sein Kopf war so klar wie nie zuvor. *Highway to Hell.* Niko hatte recht, es war ein Wundermittel. Nur noch eine kleine Prise. Schnell riss er ein Blatt von einem Schreibblock, zog das Plastiktütchen aus seiner Tasche und schüttete etwas Pulver darauf.

Hinter ihm klappte die Tür.

Hastig fegte er mit dem Zeigefinger das Pulver zurück in die Verpackung, hoffte, dass nichts verloren ging.

Schritte näherten sich ihm von hinten.

Warnke schaffte es gerade noch, das Tütchen in seiner Jackentasche verschwinden zu lassen, ehe sich ihm eine Hand auf die Schulter legte. Er drehte sich um. Es war Julia.

»Was machst du da?« Sie starrte auf das Blatt Papier, auf dem noch eine schwache Staubspur lag.

»Ich habe jetzt keine Zeit für dich.« Er hörte selbst, dass seine Stimme nicht ganz fest war. Julia war so unverschämt wie immer.

»Hast du getrunken?«

»Mach dir mal keine Sorgen«, schnappte er und hätte am liebsten hinzugefügt, dass es sie nichts anging, dass sie sich verpissen sollte.

Er konnte kaum noch höflich bleiben. Sie spionierte hinter ihm her, horchte ihn aus. So wie sie abends immer länger im Future Office blieb, oft bis weit über Mitternacht hinaus. Angeblich, um diese verdammte Studie vor dem definierten Ziel fertig zu haben. Das war natürlich lachhaft. Juli verarschte jeden. Sie ließ ihn nicht aus den Augen, überwachte ihn, wollte seinen Job. Natürlich, Juli wollte Laborleiterin werden. Aber auch er blieb immer länger, arbeitete ununterbrochen, wurde kaum noch müde. Im Gegensatz zu ihr.

Ja, er war wieder auf Droge. Aber auch daran war Juli irgendwie schuld. Sie hatte ihn auf den Ku'damm getrieben, zurück zu Niko, zu den kleinen bunten Pillen, zu dem Pulver. Zum Glück wusste die blöde Kuh nicht, wie überlegen er ihr war. *Lazarus.* Wenn er erst den Deal hinter sich hatte und am MIT forschte. Natürlich traf auch Niko Schuld daran, dass er wieder auf Droge war.

Julis ewige Schnüffelei machte ihn rasend. Und sie konnte seinen Deal mit Lechtenbrinck gefährden. Das wurde ihm schlagartig klar. *Woran arbeitest du eigentlich? Ist das ein neues Projekt? Soll ich dir helfen? Du siehst krank aus, bleib doch mal im Bett.* So eine Frau ging jedem Mann derart auf die Nerven, dass er handgreiflich werden konnte, damit sie ihn in Ruhe ließ.

»Phil, du siehst krank aus«, sagte sie gerade wieder.

Er entriss seine Schulter ihrer Hand. »Kümmere dich gefälligst um deine Angelegenheiten«, sagte er wütend.

Sie wich zurück, war sichtlich gekränkt. Einen Augenblick zauderte sie, dann marschierte sie mit festen Schritten durch das Future Office, verließ das Zimmer und knallte die Tür hinter sich zu. Die Knochen des Mammuts klapperten, und der Flugsaurier drehte sich unter der Decke an seinem Stahlseil.

Eine Welle der Erleichterung durchströmte Warnke. Lange hielt sie jedoch nicht an. Dank Juli fühlte er sich nun wirklich krank, seine Schläfen pochten, und ihm war wieder schlecht. Er griff in die Jackentasche und holte die kleine Pillendose mit dem Apothekenaufdruck hervor, die er inzwischen verwendete. So konnte er auch vor allen anderen etwas nehmen. *Vitamine, bei dem Sauwetter hat man sonst gleich die Grippe weg.* Noch einmal Pulver zu verschütten, traute er sich nicht. Er klappte die Dose auf und starrte hinein. In der Dose waren nur noch zwei kleine bunte Kügelchen. Er brauchte die Pillen, er konnte ohne sie nicht mehr leben. Die Babys machten ihn stark, ließen ihn überhaupt durchhalten.

Aber er hatte kaum noch Geld. Zum Glück hatte Niko ihm wieder Kredit gewährt. *Stammkundenrabatt.* Lachhaft, Niko nahm ihn aus wie eine Weihnachtsgans. Trotzdem musste er die Summe begleichen. Zuzüglich Zinsen.

Warnke warf die beiden Pillen ein und würgte sie ohne Wasser hinunter. Dann zog er sein Handy aus der Tasche und suchte Lechtenbrincks Nummer in den Kontakten. Er hatte sie entgegen dessen Anweisung gespeichert.

Rufen Sie mich nicht an, ich melde mich bei Ihnen.

Aber nun kannte er die Größe des Geschäfts. Außerdem war er kein Hampelmann. Und er musste mehr Geld verlangen.

Noch hatte er welches. Aber die neuen Drogen waren teuer. Und er brauchte immer mehr davon. Wie lange würde es dauern, bis er seine Miete nicht mehr zahlen konnte? Bis er auf der Straße saß? Ohne Pillen. Dafür mit einer Flasche Fusel. Denn ohne Droge würde er die Obdachlosigkeit nicht durchstehen.

Es läutete zweimal, dann wurde abgenommen.

»Lechtenbrinck.« Keine Frage, kühl, geschäftsmäßig.

»Ich denke gerade über unser Geschäft nach.«

»Warnke? Was soll das?«

»Ich will neu verhandeln.« Warnke wunderte sich, wie leicht ihm die Worte fielen, wenn ihm dieser Angeber nicht Auge in Auge gegenübersaß. Lechtenbrinck brauchte ihn. *Lazarus, du Arschloch. Das ist Kindesentführung.*

Lechtenbrinck schwieg, die Sekunden vergingen, dann sagte er: »Ich hoffe, die Sache läuft.«

»Es ist alles auf Schiene.« Wieder schoss ihm die Frage durch den Kopf, was Lechtenbrincks Kunde mit dem Kind vorhatte. Jetzt konnte er sich jedoch kein schlechtes Gewissen mehr leisten. Im Grunde konnte ihm das Schicksal dieses

Dings egal sein. »Ich hatte Ausgaben. Der Preis ist gestiegen.«

Schweigen am anderen Ende der Leitung, dann: »Wollen Sie mich erpressen?« Leise, kalt.

Warnke schluckte. »Nein, ich brauche einfach mehr Geld.« Was, wenn Lechtenbrinck jetzt seine Gorillas schickte, ihn wegen Unzuverlässigkeit beseitigen ließ?

»Sagen Sie Bescheid, wann Sie liefern, Sie Nullnummer«, sagte Lechtenbrinck gereizt. »Ich kann auch anders.« In der Leitung knackte es, das Gespräch war zu Ende.

Warnke schaltete das Handy ab und sackte in sich zusammen. *Ich kann auch anders.* Die Angst, die er vor Tagen im Interconti gespürt hatte, war schlagartig wieder da.

Lechtenbrinck würde ihn nicht mehr aus den Fängen lassen. Und seine Geduld war am Ende, so viel hatte Warnke verstanden. Niko hatte die K.-o.-Tropfen erst für nächste Woche versprochen, früher hatte er keine Zeit, war auf Einkaufstour. Und dieses Geschäft wollte er persönlich abwickeln. Weil es um ein Kind ging. *Scheiß-Niko.*

Warnke schleuderte das Telefon auf den Schreibtisch. Mit einer einzigen Armbewegung fegte er Bücher und Zeitschriften vom Tisch, sodass sie polternd auf den Boden stürzten. Die Köpfe starrten ihn hochmütig an.

Seine Zeit lief ab.

Und dabei saß ihm Juli ständig im Nacken. Sie war schlau, konnte herausfinden, was er vorhatte. Dann war er weg vom Fenster. Keine Arbeit, kein Geld – *keine Babys.*

Diesmal würde er krepieren. Der Entzug. Die Schmerzen. Das konnte er nicht noch einmal durchstehen.

Warnkes Schläfen begannen zu pochen, sein Kopf dröhnte, ein Summen bohrte sich schmerzhaft in sein Gehör. Er musste Juli loswerden. Das war er sich schuldig. Sie zog ihn runter, machte ihn kaputt. Wahrscheinlich war sie gerade jetzt auf dem Weg, um ihn zu verraten. Sie intrigierte, wollte seinen Job. Phoenix würde ihn rauswerfen, Lechtenbrinck seine Gorillas losschicken. Er war so gut wie tot. Es gab nur einen Ausweg. Er musste Juli beseitigen.

Warnke drehte sich um, blickte zu ihrem Arbeitsplatz hinüber. Die Studie für die Stadt New York, die Max nicht ihm zugeteilt hatte. Es wurde Zeit, einmal einen Blick auf Julis Ergebnisse zu werfen. Schließlich war er der Laborleiter und verantwortlich für die Performance seiner Mitarbeiter. Entschlossen stand Warnke auf und ging quer durch den Raum zu Julias Platz.

Ihr Notebook war nicht abgeschaltet.

Er setzte sich und überlegte. Benutzte sie den gesicherten Phoenix-Zugangscode? Oder hatte Juli ein eigenes Passwort? Nein, sie war ein Phoenix-Girl. Voller Zuversicht tippte er die komplizierte Zeichenkombination, die es erlaubte, im Notfall in das Programm eines anderen Teammitglieds einzusteigen. Dies, so fand Warnke, war so ein Notfall.

Tatsächlich, der Bildschirm wurde hell. Nach wenigen Sekunden hatte Warnke gefunden, was er suchte.

Er brauchte fast eine halbe Stunde, bis er ihre Ergebnisse nachvollzogen hatte. Sie hatte tatsächlich diesen Bakteriophagen entwickelt, seine Wirkungsweise war im klinischen Versuch nachgewiesen, alle Parameter stimmten, die Forschungsergebnisse waren schlüssig. Warnke stieß einen anerkennenden Pfiff aus. Juli war begabt, fleißig, genial.

Fast wie Ben Miskin.

Max würde voll des Lobes für Juli sein, vielleicht sogar überlegen, ihr den Job des Laborleiters, *seinen Job*, zu übertragen. Eine Welle des Zorns überlief Warnke.

Er musste Juli loswerden.

Die zündende Idee kam Warnke wie eine Erleuchtung. Für einen Augenblick hielt er die Hände noch zögernd über die Tastatur, dann fing er an. Vorsichtig veränderte er ein paar Ergebnisse, nichts, was auf den ersten Blick auffallen würde. Aber in Summe war das Ergebnis katastrophal, Betrug am Kunden. Und an Phoenix. Und vor allem – an *Max*.

Er brauchte über eine Stunde, bis er den roten Faden der Fälschung durch Julis Arbeit gezogen hatte. Als er fertig war, starrte er auf den Bildschirm, sah, dass es gut war.

Eine gefälschte Studie.

Warnke spürte, wie sich ein Lächeln auf seinem Gesicht breitmachte. Er schloss das Programm, stellte den Computer auf Stand-by und kehrte an seinen Arbeitsplatz zurück.

Zur Feier des Tages genehmigte er sich nun doch noch eine Prise von dem wunderbaren Pulver. Ab jetzt sah er seinen Weg klar vorgezeichnet vor sich.

Highway to Hell.

19

Der Anruf erreichte Alexander beim Frühstück in der »Espressobar«. Zwei Stunden zuvor hatte er vor Lasses Büfett gestanden und auf Obst und Joghurt und Vollkorngebäck gestarrt. Fröhliche junge Leute hatten ihn ununterbrochen gegrüßt, und er hatte genauso gut gelaunt geantwortet.

Hi, Kenny.

Hi, Susie.

Und auf einmal hatte ihn die Gier nach Koffein und Zucker gepackt, war sein Freiheitsdrang übermächtig geworden. Er brauchte Luft zum Atmen.

Maik, ich muss mal raus.

Hast du Lust auf einen Morgenlauf?

Vielleicht ein andermal.

Jetzt komm schon mit, du Faultier.

See you, Maik.

Er war mit der S-Bahn nach Charlottenburg gefahren und dann vom Savignyplatz zur Mommsenstraße spaziert. Es war ein klarer Spätherbstmorgen, dessen scharfe Kälte nach feuchtem Laub roch und eher nach Land als nach Stadt. Alexander beglückwünschte sich zu seiner kleinen Flucht. Der Tag schmeckte nach Freiheit und Schuleschwänzen.

Jetzt stand er an einem der kleinen runden Tische in der »Espressobar«, trank seinen starken Kaffee und aß das zweite Himbeertörtchen. Hinter der langen Theke, auf der Kuchen, Torten und Schokolade ausgestellt waren, hing ein geschwungener Spiegel, aus dem ihm sein blasses Gesicht entgegenstarrte. Wie immer in den letzten Tagen fielen ihm der angespannte Ausdruck und der unruhige Blick auf. Er war erst seit einer guten Woche bei Phoenix, aber er hatte sich schon verändert. Sah er nicht schon wie die anderen aus? Hoch konzentriert und trotzdem nervös?

Das Handy in seiner Jackentasche begann zu vibrieren. Er zog es hervor und schaute auf das Display. Es war eine Festnetznummer, die er nicht kannte. Er drückte den Annahmeknopf.

»Lindahl?«

»Guten Morgen, Herr Lindahl«, sagte eine Frau höflich, »hier ist Labitzky von der Deutschen Bank.«

»Ja?« Der Name war ihm unbekannt. »Worum geht es?«

»Wir brauchen noch diese Unterschrift von Ihnen.« Ihre Stimme klang ein wenig atemlos. »Es tut mir leid, dass die Unterlagen jetzt erst fertig sind, aber Ihre Betreuerin, Frau Mertens, ist auf Urlaub. Sie wissen ja, wie das ist.«

Er sah zur Theke hinüber. Der Mann dahinter, in Hemd und breiten Hosenträgern, hob die Brauen. *Espresso?* Alexander nickte.

»Frau Mertens?«, wiederholte er. Er war weder Kunde der Deutschen Bank, noch kannte er jemanden dieses Namens.

»Sie hat mich vor ihrer Abreise gebeten, mich um Ihre Angelegenheit zu kümmern.« Die Stimme am anderen Ende der Leitung hatte diesen dringlichen, geradezu beschwörenden Unterton, den Informanten bei der Kontaktaufnahme hatten.

Ein Gedanke schoss ihm durch den Kopf. *Sie weiß, dass das Handy abgehört wird.* Er spielte ihr Spiel mit.

»Auf Urlaub?«, fragte er, als freute er sich für Frau Mertens. »Das hat sie mir gar nicht gesagt.«

»Nein?« Frau Labitzky räusperte sich. »Könnten Sie in den nächsten Tagen bei uns vorbeischauen? Kommen Sie bitte direkt zu mir, zu Susanne Labitzky.«

Sie sagte nicht, wo sie arbeitete. Aber wenn er Kunde war, musste er das ohnehin wissen.

»In die Filiale von Frau Mertens?«, fragte er.

»Ja, am Kurfürstendamm.«

»Und je eher, desto besser, nehme ich an?«

»Es wäre in Ihrem Sinn.« Sie war hörbar erleichtert.

»Ich bin ganz in der Nähe«, sagte er. »Dann komme ich gleich auf einen Sprung vorbei.«

»Ich bereite inzwischen Ihre Unterlagen vor.«

»Sehr schön, bis später.« Er beendete das Gespräch und ließ das Handy in die Jackentasche zurückgleiten.

»Ärger?« Der Mann mit den Hosenträgern stellte die neue Espressotasse auf den Tisch.

»Meine Bank«, sagte Alexander. »Irgendwo fehlt noch eine Unterschrift.« Ihm fiel auf, wie sehr er sich schon ans Lügen gewöhnt hatte.

Der Mann nickte. »Ist immer das Gleiche.«

»Ja«, sagte Alexander. »Die Rechnung bitte.«

Von der Mommsenstraße zum Kurfürstendamm waren es nur ein paar Minuten. Alexander ging zügig, die Hände in den Taschen seiner Lederjacke. Das Gefühl der Freiheit hatte sich verflüchtigt. Der mysteriöse Anruf hatte ihn daran erinnert, dass der klauenbewehrte Phoenix immer da war. Dass er seinem Griff nicht entkommen konnte. Es war lächerlich, ein Frühstück in der Stadt als Befreiungsakt zu feiern. Die Himbeertörtchen und die Espressi lagen ihm im Magen. Zu viel Zucker, zu viel Koffein.

Sie wissen, wo du bist.

Trautmanns Worte tönten in seinen Ohren.

Er blieb stehen.

Tagelang hatte er nicht mehr an das Gedächtnisprotokoll gedacht, das er in der Nacht nach dem Treffen mit Trautmann verfasst hatte. Klebte es noch unter der Schreibtischschublade? Er hatte nicht mehr nachgesehen. Jetzt fing er an zu schwitzen. *Wie leichtsinnig.* Hastig zog er die Brieftasche aus seiner Jacke, klappte sie auf und atmete tief durch. Alles war unberührt. Niemand hatte seine Jacke durchsucht. Aber natürlich hatte er sich die Reihenfolge der Zettel und Rechnungen nicht gemerkt.

Alexander zog das Stück Zigarettenschachtel mit Trautmanns Telefonnummer heraus und tippte die Zahlen in sein Handy. Es klingelte ein paarmal, dann meldete sich eine offizielle Frauenstimme und sagte: »Der gewünschte Teilnehmer ist derzeit nicht erreichbar. Er wird durch eine Nachricht über Ihren Anruf informiert.«

Entweder hatte er sich verwählt, oder Trautmann war kein Morgenmensch.

Alexander verglich die gekritzelten Zahlen auf dem Papier mit der Nummer auf dem Handydisplay. Es war Trautmanns Nummer. Aber der ging nicht ans Telefon. Das war sehr ungewöhnlich für einen Journalisten. Ein Profi war immer auf einen unerwarteten Anruf vorbereitet, immer einsatzbereit. Er drückte die Wiederwahltaste.

»Der gewünschte Teilnehmer ist derzeit nicht erreichbar. Er wird durch eine Nachricht über Ihren Anruf informiert.«

Er ließ das Handy sinken.

Du kannst mich jederzeit unter dieser Nummer erreichen.

Alexander sah auf die Uhr. Es war kurz nach elf. Warum hatte Trautmann am Vormittag sein Telefon ausgeschaltet?

Aber pass auf, die filzen dein Handy.

Diese Susanne Labitzky wusste das auch, schien sich Sorgen um seine Sicherheit zu machen. Woher hatte sie seinen Namen und seine Telefonnummer? Alexander überlegte, ob er der Frau schon einmal begegnet war, vielleicht bei einer früheren Recherche. Doch er konnte sich weder an eine Person dieses Namens noch überhaupt an die Zusammenarbeit mit einer Mitarbeiterin der Deutschen Bank erinnern.

Er schob die Brieftasche wieder ein und setzte seinen Weg fort. Als er die weite, leere Fläche des Walter-Benjamin-Platzes überquerte, hatte er das Gefühl, als hallten seine Schritte auf den Steinplatten so laut, dass jeder auf ihn aufmerksam werden musste. Das Geräusch schien von den graugrünen Granitfassaden der Gründerzeithäuser zurückgeworfen zu werden, ehe es sich in den Säulengängen verkroch und erstarb.

Verstohlen sah er sich um.

Ein paar ältere Leute waren mit Einkaufstaschen unterwegs. Zwei Frauen in Pelzmänteln standen untergehakt vor dem Schaufenster eines Antiquitätenladens und betrachteten die Auslage. Ein junger Mann in grüner Daunenjacke und Trekkingschuhen lehnte an einer Säule und rauchte. Er schien auf jemanden zu warten. Als er Alexanders Blick bemerkte, schnippte er seine Zigarette weg, schob die Hände in die Taschen und schlenderte davon. Sonst schenkte niemand Alexander Beachtung. Das unangenehme Gefühl blieb.

Alexander setzte seinen Weg fort.

Eine Viertelstunde später betrat er das Foyer der Deutschen Bank. Der diskrete Wachmann im dunklen Anzug, der mit verschränkten Händen neben dem Eingang stand, und die gediegene Atmosphäre, die ihn in der Schalterhalle empfing, vermittelten ihm Sicherheit und ein Gefühl von Normalität.

Er ging direkt zum nächsten freien Schalter.

»Guten Morgen, ich habe einen Termin bei Frau Labitzky«, sagte er zu der jungen Frau hinter dem Tresen. »Sie wartet auf mich.«

Die Schalterbeamtin warf ihm einen freundlich prüfenden Blick zu, dann griff sie zum Telefon und tippte eine Kurzwahl. »Wie war noch mal Ihr Name?«

Er zögerte. *Paranoia.* »Lindahl, Alexander Lindahl.«

»Frau Labitzky? Der Herr Lindahl wäre jetzt da.« Sie schenkte Alexander ein Lächeln, legte den Hörer auf und deutete auf eine Sitzecke in der Schalterhalle. »Wenn Sie bitte kurz Platz nehmen? Frau Labitzky ist gleich bei Ihnen.«

Alexander bedankte sich, ging zu einem der schwarzen Ledersofas und setzte sich vorn auf die Kante. Als er versuchte, sich diskret umzusehen, begegnete er dem aufmerksamen Blick des Wachmannes. Anscheinend erweckte sein Verhalten bereits Verdacht. Er nahm eines der ausgelegten Hochglanzmagazine und überflog einen Artikel, ohne zu begreifen, worum es darin ging.

Er brauchte nicht lange zu warten.

Eine Frau in blauem Hosenanzug und rosafarbener Bluse betrat die Schalterhalle und kam direkt auf ihn zu. Sie war klein und zierlich, und ihr blonder Kurzhaarschnitt betonte die Blässe ihres Gesichts. In der linken Hand trug sie einen schwarzen Aktenordner. Alexander schätzte sie auf Mitte vierzig. Sie blieb vor ihm stehen und reichte ihm die Hand.

»Guten Tag, Herr Lindahl«, sagte sie so freundlich, als würden sie sich gut kennen. »Danke, dass Sie so schnell Zeit gefunden haben.« Sie hatte hellblaue Augen, und ihre Miene wirkte angespannt. »Ich habe Ihre Unterlagen dabei. Am besten gehen wir gleich in mein Büro.«

Alexander folgte ihr zum Fahrstuhl. Dabei konnte er den Blick des Wachmannes geradezu im Rücken spüren. Susanne Labitzky fuhr mit ihm in den dritten Stock und führte ihn einen langen Gang entlang, auf dem ein grauer Teppichboden jedes Geräusch schluckte. An den Wänden hingen Stiche von Alt-Berlin in schmalen Goldrahmen. Auch die Türen, die sie passierten, waren grau, die Namensschilder golden.

»Hier, bitte.« Susanne Labitzky öffnete eine Tür und ließ ihm den Vortritt. »Dies ist mein Arbeitszimmer.«

Das Büro hatte hohe Decken und altes Fischgrätparkett. Die Doppelflügelfenster gingen auf den Kurfürstendamm hinaus. Aus der Tiefe hörte man Verkehrsrauschen.

Sie bot ihm einen der zwei Stahlrohrsessel vor ihrem modernen schwarzen Schreibtisch an und nahm selbst dahinter Platz. Dann legte sie die Mappe vor sich auf den Tisch, faltete die Hände darauf und sah an ihm vorbei. Sie schien nach den richtigen Worten, einem Anfang zu suchen.

»Ich bin wegen einer Unterschrift hier?«, fragte Alexander. *Als wenn dieses Gespräch abgehört würde.*

Sie richtete den Blick ihrer hellen Augen auf ihn. Jetzt fiel ihm auf, dass sie gerötet waren. »Sie wissen, dass Stefan tot ist?«, fragte sie.

»Welcher Stefan?«, fragte er überrumpelt.

»Stefan Trautmann, sie haben ihn erschossen.«

Alexander starrte sie an, weigerte sich zu glauben, was er gehört hatte. Er brauchte ein paar Sekunden, bis er die Bedeutung ihrer Worte begriff. Trautmann war tot. *Sie haben ihn erschossen.* Susanne Labitzky hatte nicht einfach gesagt, er sei erschossen worden. *Sie haben ihn erschossen.* Wer waren »sie«? Für einen irren Augenblick sah er Trautmann hinter dem Schreibtisch sitzen. Eine dicke Brille im Mondgesicht, in Army-Jacke und zerrissenen Jeans.

Ich habe deinen Artikel über Benin gelesen, hat mir gut gefallen, sagte er in Berliner Dialekt. *Tiefgehende Recherche, kritischer Zugang. Tipptopp.*

Alexander verdrängte die Fata Morgana. Seine Gedanken wanderten zu dem Abend in der »Quelle« zurück. Eine volle Kneipe, Musik, Bier. Und eine Fachsimpelei mit einem Kollegen, die eine unerwartete Wendung genommen hatte.

Hilf mir bei der Recherche – und hilf vor allem dir.

Pass auf dich auf, Lindahl. Trau niemandem – wirklich niemandem – und denk daran, dass jeder deiner Schritte überwacht wird.

Der Mann in dem Parka, der Trautmann und ihm in der »Quelle« aufgefallen war, hatte sie zusammen gesehen. Trautmann hatte die Gefahr erkannt und das Gespräch sofort abgebrochen. Und er selbst? Hatte nichts Besseres zu tun gehabt, als zu Maik zu rennen und von der Kontaktaufnahme zu erzählen. Um sich zu schützen. Auf einmal verstand er die Blicke, die Max und Amanda an jenem Abend getauscht hatten, ihre unausgesprochenen Botschaften. Trautmann war für Phoenix kein Unbekannter gewesen. Phoenix hatte ihn bereits im Visier gehabt. Wahrscheinlich hatte seine eigene Aussage die Sache nur wasserdicht gemacht. Er hatte Trautmann so sicher umgebracht, als wenn er den Abzug selbst betätigt hätte.

Alexander spürte ein heftiges Schlingern im Magen.

»Wann ist das passiert?«, flüsterte er.

»Vor drei Tagen, im Spandauer Forst«, antwortete sie.

Im Spandauer Forst, ausgerechnet.

»Geld, Papiere, Handy – alles weg«, fuhr sie fort. »Die Polizei geht von einem Raubüberfall aus.« Ihre Stimme klang bitter. »Ich denke, sie haben ihn dorthin gelockt.«

»Trautmann war ein Profi, so einer ist vorsichtig.«

Susanne Labitzky zuckte die Schultern. »Für seinen Job ist er immer volles Risiko gegangen. Es muss jemand gewesen sein, dem er vertraut hat – oder die Geschichte war einfach zu gut.« Sie ließ ihren Blick über ihn wandern.

Alexander schwieg, konnte ihr Misstrauen verstehen. Nur Phoenix wusste von dem Projekt im Spandauer Forst, von ihrem Treffen in der »Quelle«. Wenn es noch einer Bestätigung für Trautmanns Warnung bedurft hätte, so war es dieser Mord. Jedes seiner Worte war wahr gewesen. Entsetzen packte Alexander. *Cui bono?* Die Antwort lag auf der Hand. *Phoenix.*

»Es tut mir unendlich leid«, flüsterte er.

Ein trauriges Lächeln erschien auf ihrem Gesicht. »Passen Sie lieber auf sich selbst auf.«

»Hat Trautmann von mir erzählt?«

»Ja, und Ihr Name steht auf einer seiner Akten«, antwortete sie und legte die flache Hand auf die schwarze Mappe. »Ich habe sie nach Stefans Tod in unserer Wohnung gefunden. Wir haben einen feuersicheren Safe. Manchmal muss ich vertrauliche Bankunterlagen mit nach Hause nehmen, und gelegentlich hat auch Stefan Material darin gelagert. Gestern habe ich das hier gefunden. Es war ein gelber Klebezettel mit Ihrem Namen darauf.« Sie schob die Mappe über den Schreibtisch zu Alexander hinüber. »Ich kann damit nichts anfangen – und möchte es auch nicht bei mir haben.«

»Was hat Trautmann über mich erzählt?«

»Er hat große Hoffnungen in Sie gesetzt.« Susanne Labitzky wandte das Gesicht zum Fenster. Der Mittagsverkehr rauschte wie ein breiter, träger Fluss drei Stockwerke unter ihnen. »Er hat Sie für ehrlich gehalten, für mutig.« Sie schaute ihn wieder an. »Und für einen Spieler.«

Alexander nahm die Mappe und fuhr mit dem Zeigefinger eine Kante entlang. »Was wollen Sie jetzt von mir?«

»Stefan hatte Angst«, antwortete sie. »Und ich nehme an, dass sie auch zu mir kommen werden.«

»Sie könnten kooperieren, irgendeine eine kleine Information liefern«, schlug Alexander vor. *Spieler.* Vielleicht hatte Trautmann mit seiner Einschätzung recht.

Susanne Labitzky sah ihn spöttisch an. »Glauben Sie, dass ich dann raus aus der Sache bin?«

»Ehrlich gesagt, nein.« Er schlug die Akte auf. Es waren Schwarz-Weiß-Fotos darin. »Kein Datenträger?«

»Sein Arbeitszimmer ist das reinste Chaos.«

»Gut«, sagte Alexander. »Das ist sehr gut.« Er sah von den Bildern auf. »Dann richten Sie noch mehr Chaos an. Und bringen Sie seinen Computer an einen sicheren Ort. Es könnte ein Hinweis auf mich darin sein.«

»Machen Sie sich keine Sorgen.«

Auf den Fotos lag ein Notizzettel. Darauf waren ein paar unleserliche Abkürzungen gekritzelt. Es war die gleiche Schrift wie auf Trautmanns Zigarettenpackung. Nur ein Wort war in Großbuchstaben geschrieben und dick eingekreist.

LAZARUS.

Alexander hob den Kopf. »Hat Trautmann mal von jemandem erzählt, der Lazarus heißt?«, fragte er.

Sie schüttelte den Kopf.

Lazarus. Eine Erinnerung regte sich in Alexanders Kopf. Der Abend in der »Quelle«. Was hatte Trautmann gesagt? *Lazarus ist anders.* Wer, zum Teufel, war dieser Lazarus?

Alexander nahm den Zettel heraus und steckte ihn in die Tasche. Dann blätterte er durch die Fotos.

Es waren Aufnahmen aus einem Restaurant. Ein Paar saß an einem Tisch. Der Mann hatte ein Jeanshemd an, aufgekrempelte Ärmel. Er war schmächtig und trug seine langen blonden Haare zu einem dünnen Pferdeschwanz zusammengefasst. Er wirkte wie einer dieser jungen Rockmusiker, die auf der Bühne immer im Hintergrund am Schlagzeug saßen, etwas unscheinbar und ganz mit sich und ihrem Takt beschäftigt. Die Frau war schwarzhaarig und ihr Gesicht nicht zu erkennen. Alexander blätterte weiter. Der Mann war um die dreißig, hatte ein schmales blasses Gesicht und blinzelte. *Kurzsichtig.* Alexander hatte ihn noch nie gesehen. Die Frau war anscheinend Asiatin. Er sah näher hin. Es war – *Yue Chan.* Yue redete auf ihren Partner ein, zielte dabei mit der Messerspitze auf ihn. Das Gespräch war wichtig, lag ihr am Herzen. Trautmann hatte Yue mehrmals fotografiert. Warum?

Die nächsten Abzüge zeigten die Nachbartische. Ein älteres Ehepaar, zwei junge Frauen, ein Mann mit einem halbwüchsigen Jungen und einem kleinen Mädchen.

Ein einzelner Mann, der Spaghetti drehte.

Alexander hielt sich das Bild vor die Augen.

Dieser Gast kam ihm entfernt bekannt vor. Wo hatte er ihn erst kürzlich gesehen? *Walter-Benjamin-Platz. Grüne Jacke. Trekkingschuhe.* War das der Mann, der ihm aufgefallen war? Der an einer Säule gelehnt und geraucht hatte? Möglich. Oder auch nicht. Vielleicht sah er schon Gespenster.

»Kurz vor seinem Tod hat mir Stefan einen Heiratsantrag gemacht«, sagte Susanne Labitzky unvermittelt.

Sorgfältig legte Alexander die Fotos in die Mappe zurück. Stefan Trautmann hatte also mit dem Tod gerechnet und seine Angelegenheiten regeln wollen.

»Nach zehn Jahren Beziehung wollte er mich heiraten«, fuhr sie fort. »Was sagen Sie dazu?«

Alexander sah sie an. In ihren Augen spiegelten sich Verzweiflung, Trauer, Liebe. »Ich wundere mich, dass er es noch nicht getan hatte«, sagte er und meinte es ehrlich.

Sie zwinkerte, wischte sich eine Träne aus dem Augenwinkel und lächelte ihm zu.

Auf der Telefonanlage blinkte ein rotes Licht.

Susanne Labitzky räusperte sich und drückte auf einen Knopf. »Marina?« Ihre Stimme klang wieder normal, geschäftsmäßig.

»Die Herren für Ihren nächsten Termin sind jetzt da.«

»Schicken Sie sie bitte ins Besprechungszimmer.« Sie ließ den Knopf los und sagte zu Alexander: »Danke.«

Alexander dachte wieder an den einzelnen Gast auf dem Foto, den Mann in der grünen Daunenjacke. *Ja oder nein?* Er beschloss, kein Risiko einzugehen.

»Ich will das Haus nicht mit einer Akte in der Hand verlassen«, sagte er. »Und mein Quartier ist nicht sicher. Kann ich ein Schließfach mieten?«

»Ich gebe am Schalter Bescheid«, sagte sie und drückte einen anderen Knopf auf der Anlage. »Lukas? Hier ist Susanne. Bitte sieh mal nach, welches Schließfach verfügbar ist, und bereite den Vertrag vor. Alexander Lindahl, Neukunde. Herr Lindahl kommt gleich zu dir runter.«

Susanne Labitzky erhob sich und nahm einen Stapel Bankprospekte, ihren Terminkalender und einen Stift vom Schreibtisch. Dann sagte sie: »Mein Kollege Lukas Meinhard wartet am Schalter in der Halle auf Sie. Rufen Sie mich nur noch über die Telefonzentrale der Bank an und vereinbaren Sie jeden neuen Termin mit meiner Sekretärin. Ab jetzt führen wir Sie in unseren Unterlagen als ganz normalen Kunden.«

Alexander stand ebenfalls auf. »Danke für die Fotos«, sagte er. »Es war sehr mutig, mich anzurufen.«

Sie seufzte. »Ich dachte, ich könnte Ihnen vielleicht das Leben retten.« Mit diesen Worten ging sie zur Tür und verließ das Büro, ohne sich noch einmal nach ihm umzudrehen.

Alexander fuhr mit dem Lift in die Halle hinunter.

Um kurz vor Mittag herrschte ein ziemlicher Andrang vor den Schaltern. Er ließ seinen Blick über jede einzelne Warteschlange wandern und hielt nach dem Mann in der grünen

Daunenjacke Ausschau, konnte ihn jedoch nicht entdecken. *Also doch Paranoia*, spottete sein Verstand. Leider war sein Bauchgefühl anderer Meinung.

Schnell suchte er Lukas Meinhard, unterzeichnete den Mietvertrag für ein Schließfach und ließ sich den Schlüssel geben. Dann folgte er Meinhard in den Keller der Bank, um die Fotos in Sicherheit zu bringen.

Als Alexander die Bank verließ, nickte er dem Wachmann zum Abschied zu. Er war zu sehr in Gedanken versunken, als dass er das verblüffte Gesicht des Mannes registriert hätte. Alexander fragte sich, warum sich Trautmann ausgerechnet Yue Chan als Fotomotiv ausgesucht hatte.

Ich beobachte Phoenix schon seit ein paar Tagen. Hab den Laden schon länger auf dem Kieker. Lazarus ist anders.

Der biblische Lazarus war von den Toten erweckt worden. Sie hatten Trautmann im Spandauer Forst getötet. Dass es einen Zusammenhang zwischen dem Mord und seiner Entdeckung im Moor gab, daran hatte Alexander keinen Zweifel. Aber die Hominiden waren Kunstgeschöpfe aus Menschenhand. Sie waren weder wiedererweckt worden noch auferstanden.

Lazarus ist anders.

Alexander dachte an die Fotos. Was war mit Yue? Konnte er noch auf sie als Verbündete zählen? Vielleicht hatte Phoenix sie auf ihn angesetzt, um ihn auszuhorchen.

Freund oder Feind? Ja oder nein?

Was, wenn Yue ihn verraten hatte?

Er sah ihr mühsam beherrschtes Gesicht vor sich, hörte die Sorge in ihrer Stimme. Nein, Yue hatte ein ernstes Anliegen, wollte, dass er ihr half.

Er konnte nur hoffen, dass er recht hatte.

Alexander schlug den Weg zur S-Bahn-Station ein und fuhr nach Dahlem zurück.

20

»Kannst du bitte damit aufhören?«

»Klar.« Warnke hörte auf, mit den Fingern auf seinen Arbeitstisch zu trommeln. Aber er beobachtete weiter Julia, die mit zusammengekniffenem Mund an ihrem Platz saß und auf die Tastatur einhackte. Neben ihr türmten sich Ausdrucke mit Tabellen und Grafiken. »Warum zeigst du deine Ergebnisse nicht Max?«, fragte er leutselig.

Julia hob überrascht den Kopf. »Woher weißt du, was ich hier mache?« In ihrer Stimme schwang Misstrauen.

Warnke schalt sich innerlich einen Idioten. Er setzte ein komplizenhaftes Lächeln auf und hob die rechte Hand, Mittel- und Zeigefinger miteinander verschränkt. »Max und ich sind schließlich so«, sagte er, stellte damit in den Raum, dass er in das Projekt eingeweiht war.

Julia zwinkerte. »Meinst du, dass ich schon so weit bin?«

»Das musst du beurteilen, aber deine Performance hier ist toll«, sagte er, und das war nicht einmal gelogen. »Das ist einer der größten Aufträge für Phoenix.«

»Ich bin fast fertig.«

Warnke nickte anerkennend. »Max wird sehr stolz sein.« Er senkte die Stimme und fügte in konspirativem Tonfall hinzu: »Du weißt ja, dass er dich als Team-Leader sieht?«

Ihr sonst so blasses Gesicht wurde blutrot. »Stimmt.«

Genau *so* hatte er das Miststück eingeschätzt. »Ich könnte eine Stellvertreterin brauchen.«

»Oh, Phil, das ist so nett von dir«, quiekte Julia. Ihre Augen hinter den dicken Brillengläsern hatten einen ganz neuen Glanz. »Max hört auf dich.«

»Allerdings«, sagte Warnke, setzte ein väterliches Lächeln auf, griff nach seinem Handy und schaltete es ein.

Das Display zeigte vier Anrufe an. Es war immer dieselbe

Nummer. Lechtenbrinck hatte versucht, ihn zu erreichen. Er würde sich erst noch mit Niko treffen. Und selbst dann, wenn er im Besitz der K.-o.-Tropfen wäre, hatte er noch keinen Plan, wie er durch den Sumpf bis zur Station und heil mit dem Jungen wieder zurückgelangen sollte. Aber wenn er es schaffte, wollte er mehr Geld. Warnke beschloss, Lechtenbrinck noch ein wenig zappeln zu lassen, und löschte die Anrufe.

»Warum warten?«, sagte er und tippte die Eins. Hinter sich konnte er Julias schweren Atem hören und das Quietschen des Drehstuhls, auf dem sie aufgeregt hin- und herschwang. »Max? Phil hier … Kommst du auf einen Sprung rüber? Juli will dir was zeigen, sie ist mit der Entwicklung des Bakteriophagen …« Er drehte sich zu Julia um. »Das war doch dein Auftrag, oder?« Er konnte sich kaum erinnern.

Julia nickte eifrig.

»Sie ist mit der Entwicklung dieses Bakteriophagen fertig«, fuhr Warnke am Telefon fort. »Du weißt schon, für die Stadt New York.« Er legte etwas Ehrfurcht in seine Stimme. Was für ein prestigeträchtiger Auftrag für Phoenix. *Und für Julia.* »Sie hat ihr definiertes Ziel praktisch erreicht.« Er zwinkerte Julia zu. »Oh, gut – prima.« Er drückte die Austaste, steckte das Handy in die Hosentasche und machte eine zuversichtliche Miene. »Max kommt gleich, ist schon ganz gespannt.«

Um seine Freude zu verbergen, drehte er sich rasch um, ging zum Fenster und starrte hinaus. Hinter der großen Glasfront stand der kahle Laubwald, dahinter lagen die grauen Dächer der Stadt. Ein Meer aus Schindeln mit steinernen Wellenkämmen. Sollte er Niko anrufen und ihn bitten, das Treffen vorzuziehen? Nein, das würde ihn nur neugierig machen und den Preis noch weiter in die Höhe treiben. Er schaltete das Handy auf lautlos. In den nächsten Minuten durfte er nicht gestört werden, musste einen fehlerfreien Auftritt hinlegen.

Die Tür zum Future Office öffnete sich.

Warnke fuhr herum.

Max kam herein, schwungvoll und positiv, zuversichtlich wie immer. Er nickte Warnke zu und ging dann zu Julia hinüber, legte ihr die Hand auf die Schulter und sah lächelnd auf sie hinab.

»Juli«, sagte er, »du willst mir was zeigen?«

Julia wurde feuerrot, nickte, konnte nichts sagen.

Warnke stand bedächtig auf und schlenderte zu den beiden hinüber. »Dann los«, sagte er freundlich zu Julia und setzte an Max gewandt hinzu: »Du wirst staunen.« Das war ihr Ende, gleich würde sie sich ihr Grab graben.

Julia legte die Hände auf die Tastatur, holte tief Luft, und dann tanzten ihre Finger so sicher auf den Tasten wie die eines Klaviervirtuosen auf einer Klaviatur. Endlich klickte sie ein paarmal mit der Maus.

Max blickte, das Kinn in die Hand gestützt, über ihre Schulter, verfolgte jede ihrer Eingaben.

Warnke beobachtete ihn.

Max nickte zustimmend, ein Lächeln lag auf seinem Gesicht. Er vollzog in Gedanken alle Schritte nach, war ganz bei der Sache. Das Lächeln vertiefte sich, seine Miene spiegelte Stolz auf die begabte Mitarbeiterin. Plötzlich erschien eine steile Falte zwischen Max' Brauen. Das Lächeln verschwand. Er beugte den Kopf nach vorn, spähte über Julias Schulter, starrte wie hypnotisiert auf den Bildschirm.

»Was ist das?«, fragte er.

»Wie?«

»Die Zahlen stimmen nicht«, sagte Max. »Du gehst von völlig falschen Parametern aus.«

Julia hob die Hände von der Tastatur. Ihre Augenlider flatterten ungläubig hinter den dicken Brillengläsern.

»Ich weiß nicht …« Ihre Stimme versagte.

Warnke steckte die Hände in die Hosentaschen, neigte den Kopf, fragte: »Was ist denn?«

»Das war ich nicht«, jammerte Julia. »Das sind nicht

meine Zahlen. Max, glaub mir, das habe ich nicht … *Das ist überhaupt nicht meine Studie!*«

»Nun mal ganz ruhig«, sagte Warnke, legte väterlich den Arm um ihre Schultern. Er konnte riechen, wie sie schwitzte. *Angstschweiß.* »Es ist bestimmt alles in Ordnung.«

»Nein«, sagte Max. Seine Stimme klang kalt. Er zeigte auf den Bildschirm. »Sie hat die Ergebnisse gefälscht. Sieh dir das an, Phil, das ist eine Katastrophe.«

Julia sank in sich zusammen.

Warnke hob die Brauen, konnte es nicht glauben, zog den Arm zurück. Er fasste nach der Maus und ließ die Tabellen und Grafiken über den Bildschirm rinnen, musterte ungläubig die Zahlen, musste Max recht geben. Julia hatte eine Phantasiestudie erstellt. Es war nicht nur wissenschaftlicher Selbstmord, bei Bekanntgabe der geschönten Ergebnisse wäre die Reputation von Phoenix ruiniert gewesen. Zum Glück war der Betrug rechtzeitig aufgeflogen. *Geschafft, du Miststück.* Natürlich war es eine plumpe Fälschung. Aber für Max hatte sie gereicht.

Warnke ließ die Maus los. Empört starrte er Julia an, fand keine Worte für den Verrat, konnte nur traurig den Kopf schütteln.

»Ich denke, die Sache ist klar«, sagte Max.

Julia rechtfertigte sich nicht, wirkte wie betäubt.

»Du hast eine Stunde«, sagte Max zu ihr, tödliche Verachtung in der Stimme. »Leibesvisitation beim Auszug. Phil, ich übergebe dir das Projekt. Du musst eben noch mal von vorn anfangen. Ich vertraue dir.« Er legte Warnke die Hand auf die Schulter, drückte kurz zu. Dann drehte er sich um und verließ das Future Office.

Wie in Zeitlupe hob Julia den Kopf. Als erwachte sie aus einem bösen Traum. Sie sah zu Warnke auf. Ihre Augen waren von roten Adern durchzogen. »Du *Riesenarschloch*«, zischte sie. »Das warst du.« Ihre Stimme zitterte vor Wut, sie war sich ihrer Sache ganz sicher.

»Julia, um Gottes willen, wovon redest du?«

»Du hast Angst vor mir.« Sie funkelte ihn an. »Max wollte mir deinen Job geben.«

Warnke seufzte. »Max und ich sind wirklich enttäuscht von dir«, sagte er leise. »Du bist es nicht wert, im Phoenix-Team zu arbeiten. Geh einfach.« Damit ließ er sie stehen und kehrte zu seinem Platz zurück.

Warnke frohlockte. Er hatte nicht nur die Konkurrentin beseitigt, sondern konnte nun auch noch ihre Vorarbeit übernehmen und alle Ergebnisse als seine eigenen ausgeben. Das war mehr, als er erwartet hatte. Natürlich musste er ein wenig warten, bis er die Studie präsentierte. Trotzdem würde Max über seine Schnelligkeit erfreut sein.

Während er so vor sich hin träumte, konnte er Julia hinter sich schluchzen hören. Und auf einmal überkam ihn Scham. Er war ein erwachsener Mann mit einem guten Job und sie ein Mädchen Anfang zwanzig am Beginn ihrer Berufslaufbahn. Er hatte ihre Zukunft zerstört.

Das Handy in seiner Hosentasche vibrierte lautlos.

Warnke zog es heraus, warf einen Blick auf das Display.

Lechtenbrinck.

Julia, ihr Kummer und seine Schuld waren vergessen. Er hatte noch eine andere Aufgabe. *Lazarus.* Aber nach seinem Sieg über Julia wusste er, dass ihm alles gelingen konnte. Er war so euphorisch, dass er das leise Schnappen kaum wahrnahm, mit dem Julia zum letzten Mal die Tür zum Future Office hinter sich schloss.

21

Das Neonlicht im Labor der Berliner Gerichtsmedizin sprang flackernd an. Es war gegen Mitternacht, und über Berlin lag eine weiße Winternacht. Miriam Kern war allein im Labor. Sie trug den fest verschlossenen Papiersack, der die Jacke des kleinen Leon Mayer enthielt, zu einem Stahltisch und öffnete ihn vorsichtig. Sofort stieg der ekelerregende Geruch auf, der sich tief in ihr olfaktorisches Gedächtnis gebrannt hatte. In den letzten zwei Wochen hatte er nichts von seinem Schrecken verloren.

Miriam hatte ihren Chef das Gutachten schreiben lassen, doch der Gedanke an den Papiersack und an das, was er enthielt, hatte ihr keine Ruhe gelassen. Im Gegenteil, obwohl sie für gewöhnlich nach ihrem abendlichen Viertel Rotwein – oder auch etwas mehr – immer in einen tiefen traumlosen Schlaf fiel, hatten sie in letzter Zeit Alpträume heimgesucht. Wenn sie schweißgebadet erwachte, konnte sie sich nie an Einzelheiten erinnern, aber sie brauchte eine lange heiße Dusche, um den Schrecken abzuwaschen. Vor ein paar Stunden hatte sie zu Bett gehen wollen, doch auf einmal hatte sie eine bisher ungekannte Angst vor der kommenden Nacht gepackt. Es war fast wie eine Vorahnung gewesen. Und die Erkenntnis, dass sie der Sache auf den Grund gehen musste, wenn sie ihre Seelenruhe – oder ihren Verstand – retten wollte.

Und jetzt stand sie hier, mitten in der Nacht im menschenleeren Labor, einen Mundschutz umgebunden, die Hände in Latex-Handschuhen, und beugte sich über ein schwarz verkrustetes, stinkendes Stück Stoff. Hinter ihr leuchtete der Bildschirm ihres Rechners. Geradezu anklagend standen dort die Zahlen, die ihr an jenem sonnigen Novembertag Sorgen gemacht hatten und die sie nicht zu deuten wusste.

Der Fall Leon Mayer war ihr nicht mehr aus dem Kopf gegangen, hatte ihren Alltag überschattet. Ein Junge auf der Straße, ein orangefarbener Schirm, ein blutiges Steak auf ihrem Küchentisch hatten gereicht, um ihre Gedanken Karussell fahren zu lassen. Mit zunehmender Gewissheit war ihr klar geworden, dass sie etwas übersehen hatte.

Leon, was ist mit dir passiert?

Man hatte keine Spur von dem Kind gefunden, keine Leiche oder Teile davon. Konnte es sein, dass Leon entführt worden war und noch lebte? Das Blut auf der Jacke konnte auch von Abwehrverletzungen stammen. Miriam zog den orangefarbenen Reißverschluss auseinander, drehte sie von links auf rechts, untersuchte jeden Zentimeter. Inzwischen waren die gezackten Schnittspuren verkrustet, sahen selbst wie die Schneide eines groben Messers aus.

Nichts.

Vielleicht ging ihr der Fall nur so nahe, weil es sich um ein Kind handelte. Nachdenklich fuhr sie mit dem Zeigefinger die Knopfleiste entlang. Ein Knopf fehlte. Typisch für einen zwölfjährigen Jungen. Oder ein Hinweis auf den Täter? Miriam beugte sich über den Stoff, sah genauer hin. In die langen Steppstiche der Naht hatte sich wie eine Nadel ein schwarzes Haar gebohrt. Das war ihr bei der Erstuntersuchung nicht aufgefallen. Sie nahm eine Pinzette, zog das Haar heraus und hielt es ins Licht. Es war schwarz, dick, glänzend, konnte von keinem der beiden Kinder stammen. Das Haar sah überhaupt nicht menschlich aus.

Ein Schwarzbär oder ein Grizzly? Im Spandauer Forst?

Unwahrscheinlich, aber nicht völlig unmöglich und vor allem sehr gefährlich. Trotzdem fühlte sie Erleichterung angesichts dieses Erklärungsansatzes, obwohl es vermutlich bedeutete, dass Leon tot war. Exotische Tiere entkamen immer wieder aus Privatzoos. Ein Bär konnte ohne Weiteres in den Wäldern von Berlin überleben. Aber hielten die nicht gerade Winterschlaf? Miriam beschloss, gleich am Montag Gayle

Fletcher, eine Wildbiologin, mit der sie in einem anderen Fall zusammengearbeitet hatte, anzurufen.

Sie legte das Haar auf einen Objektträger und ging damit zum Chemikalienschrank. Ein paar Minuten später schwamm ein schwarzer Schnipsel in Lösungsmittel und wartete darauf, sein Geheimnis preiszugeben.

Miriam brauchte bis kurz vor zwei, um die DNA zu extrahieren, das Computerprogramm für die Sequenzanalyse auf Fehler zu untersuchen – und sich so weit zu fassen, dass sie den Institutsleiter anrufen konnte. Das Handy läutete schier endlos, bis er abnahm.

»Troschke?«

»Georg, hier ist Miriam.«

»Wer? Was?«

»Da war ein Haar an der Jacke von Leon Mayer«, sagte sie aufgeregt. »Ich habe aus einem Stück davon die DNA extrahiert, und dann wollte ich alle siebzehn Positionen auf der DNA untersuchen, um ein genetisches Profil zu erstellen.« Ihre Stimme wurde lauter. »Zweiunddreißig Zahlen und zwei Buchstaben, also sechzehn Basenpaare und zwei Zahlenwerte, alles mittels Kapillarelektrophorese.«

»Miriam, bist du das? Weißt du, wie spät es ist?«

»Bei der DNA des Haares gibt es gravierende Deletionen. Die Zahlenkette ist unvollständig.«

Georg Troschke schwieg, und als er sich wieder meldete, lag Argwohn in seiner Stimme. »Es fehlen DNA-Stücke?«

»Fünf Merkmale von zwölf.«

Im Hintergrund quietschten Bettfedern.

»Das wäre tödlich«, sagte Georg Troschke.

»Ja – im Normalfall«, sagte sie. »Deswegen kann es auch kein Tier gewesen sein. Tiere haben ganz andere Sequenzen. Außerdem könnten wir das ja gar nicht feststellen. Und der vorhandene Teil der DNA ist eindeutig … humanspezifisch.«

Etwas raschelte, dann hörte Miriam Parkett knarren und

das Klappen einer Tür. Gleich darauf schaltete sich eine Kaffeemaschine zischelnd ein.

»Das wäre vollkommen irre«, sagte Georg Troschke.

»Glaubst du mir nicht?«

»Normalerweise schon.« Die Kaffeemaschine brummte, Kaffee lief in eine Tasse. »Aber so eine DNA gibt es auf der ganzen Welt nicht. Vielleicht irgendwelche Anhaftungen auf dem Haar?« Er schluckte, trank wohl von seinem Kaffee.

»Es sind nur sieben Merkmale vorhanden«, beharrte Miriam. Sie konnte die Bilder der Basenpaare und DNA-Stränge nicht aus ihrem Kopf löschen. Seit bald zwanzig Jahren beschäftigte sie sich mit dieser Arbeit. Sie wusste, dass sie alles richtig gemacht hatte. Die Software für die Sequenzanalyse war die neueste auf dem Markt. Es gab keinen Grund, an dem Ergebnis zu zweifeln. »Großer Gott, Georg, wer oder was hat dieses Erbgut? Es stammt mit Sicherheit von einem Lebewesen, aber – seine DNA gibt es nicht! Das ganze Gebiet um den Teufelsbruch muss sofort abgesperrt werden.«

»Jetzt lass mal die Kirche im Dorf.«

»Ich rufe den Staatsanwalt vom Journaldienst an.«

»Ohne meine Zustimmung geht keine Information raus.«

»Es ist Gefahr im Verzug!« Verzweiflung packte Miriam. »Das kann jederzeit wieder passieren, in dieser Minute! Vielleicht lebt das Kind auch noch, und wir verlieren hier wertvolle Zeit. Willst du dafür die Verantwortung tragen?«

»Erst will ich vor allem die Ergebnisse sehen.«

Miriam holte tief Luft, zwang sich zur Ruhe. »Gut«, sagte sie, um Sachlichkeit bemüht. »Ich komme nach Potsdam.«

»Ich bin fürs Wochenende am Starnberger See«, sagte Georg Troschke. »Du weißt doch, dass ich ein Haus in Feldafing habe. Am Montag entscheiden wir, was zu tun ist.« Das klang abschließend. *Ende der Diskussion.* »Ich bin sicher, es gibt für alles eine Erklärung. Wahrscheinlich ist das Ganze ohnehin nur ein Programmfehler.«

»Du glaubst mir nicht.«

»Es ist zwei Uhr früh«, sagte Troschke. »Fahr nach Hause, am Montag reden wir. Gute Nacht.« Er legte auf.

Miriam schwang in ihrem Drehstuhl herum, starrte aus dem Fenster. Der Himmel über Berlin war sternenlos. Die Lichter der Großstadt färbten ihn schwefelgelb. Der Geruch der Kinderjacke schien aus dem Papiersack heraus und ihren Körper hinaufzukriechen. Auf einmal hatte sie das Gefühl, nicht mehr richtig atmen zu können, sehnte sie sich nach einem hohen Nachthimmel und nach klarer, reiner Luft. Als sie noch als Paar von sich dachte, waren sie oft zum Wandern in die Berge gefahren. Vielleicht sollte sie Weihnachtsurlaub nehmen, alles hinter sich lassen und wieder zu sich selbst finden. In Bayern. Oder in Südtirol? Ein Gedanke schoss ihr durch den Kopf. Sie fuhr hoch.

Paolo.

Paolo Venturini.

Den Südtiroler Kollegen hatte sie in Innsbruck bei seinem Vortrag über die Weitergabe epigenetischer Markierungen bei der Zellteilung kennengelernt. Paolo war Mitte sechzig, emeritierter Universitätsprofessor, Genetiker und Psychologe und arbeitete zeitweise am Institut für Mumienforschung in Bozen. Sein Fachgebiet war die Epigenetik, ein neuer Forschungszweig, der sich mit der Bildung einer Art Gedächtnis in den Genen und der Weitergabe traumatischer Erfahrungen an spätere Generationen befasste. Immerhin – er war Humangenetiker.

Miriam spürte, wie die Energie in ihren Körper zurückkehrte. Sie musste mit irgendwem reden, sonst wurde sie verrückt. Paolo war offen für neue Wege. Vielleicht konnte er ihr einen Fingerzeig geben, der sie in die richtige Richtung führte.

Und noch etwas fiel ihr ein. Welches Datum war eigentlich? Sie schnappte sich ihren Terminplaner vom Schreibtisch, durchwühlte die Zettel darin, suchte die Einladung, die sie vor einem Monat bekommen hatte. Endlich fand sie die

Karte. *München.* Paolo hielt einen Vortrag in der Nähe von München, sie hatte die Anmeldefrist verpasst, aber das Seminar fand an diesem Wochenende in einem Landhotel statt. Paolo wohnte bestimmt dort. Sie hatte seine Handynummer. Sollte sie ihn anrufen? Nein, noch eine Abfuhr wollte sie sich nicht holen. Außerdem musste sie ihm ihre Ergebnisse persönlich zeigen und erklären. Das Thema war zu heikel für ein Telefongespräch.

Miriam warf einen Blick auf die Uhr, ging in Gedanken bereits die Strecke durch. Halb drei. Bis München waren es etwa sechshundert Kilometer, sechs Stunden reine Fahrtzeit, auch wenn in der Nacht auf Sonntag wenig Verkehr sein würde. Das war zu schaffen. Zum Frühstück konnte sie dort sein.

Miriam speicherte alle relevanten Daten auf ihrem Laptop und erstellte noch eine Sicherheitskopie auf einer externen Festplatte. Sie verstaute beides in ihrer Aktentasche, ließ einen Espresso aus der Kaffeemaschine laufen und stürzte ihn heiß hinunter. Nach kurzem Zögern drückte sie noch eine Amphetamintablette aus der halb leeren Packung in ihrem Schreibtisch, schluckte sie und steckte die Packung in die Tasche. Dann verließ sie eilig das Institut und lief zum Parkplatz.

Die Nacht war eisig, und sie hatte nur eine dünne Jacke an. Aber nun hatte sie das Gefühl, als dürfte sie keine Zeit mehr verlieren.

Miriam brauchte dann doch länger als geplant, bis sie aus Berlin herauskam, ein paar Nachtbaustellen blockierten ihren Weg. Endlich fuhr sie auf die A 9 Richtung Leipzig auf.

Es würde eine lange Nacht werden. Sie war jetzt seit sechzehn Stunden auf den Beinen, und die Aufregung über ihre Entdeckung hatte sie nervlich erschöpft. Der Espresso war ihr nur auf den Magen geschlagen, aber die Amphetamintablette wirkte. Miriam fühlte sich wie in einer schlaflosen Nacht, in der man trotz bleierner Müdigkeit hellwach war.

Kurz zuckte der Gedanke durch ihren Kopf, dass die Fahrt Wahnsinn war und dass sie in ihrem Bett besser aufgehoben wäre. Ein unbändiges Verlangen nach ihrer Altbauwohnung, nach ihrem sicheren Zuhause, ergriff sie, wurde fast übermächtig. Hatte Georg nicht recht, war am Montag nicht genug Zeit, eine Entscheidung zu treffen? Nein, lautete die Antwort, die sie sich selbst gab. Nicht, wenn es auch nur die geringste Chance gab, dass Leon noch am Leben war. Oder wenn im Teufelsbruch ein Monster sein Unwesen trieb, das kleine Kinder fraß. Denn genau danach hatte die blutgetränkte Jacke ausgesehen, wie sie sich jetzt eingestand. Wie mit Zähnen und Klauen aufgerissen. Sie würde ihre Seelenruhe erst wiederfinden, wenn die Polizei das Moor durchkämmt und Leon gefunden oder *was auch immer* gefasst hatte. Und die Polizei brauchte keine Hirngespinste, sondern handfeste Anhaltspunkte. Die Paolo Venturini hoffentlich liefern konnte.

Miriam gab Gas.

Eine gute Stunde später, kurz hinter Leipzig, war sie so müde, dass sie das Radio voll aufdrehte. Das Display des Navigationsgerätes zeigte jetzt »Leipzig – Bayreuth – Nürnberg – Ingolstadt – München. Ankunftszeit 8.21«. Das Seminar begann um neun. Immer noch über vier Stunden Fahrtzeit. Aber sie kam gut voran, die Autobahn war fast leer. Nur der rote Polo vor ihr auf der Mittelspur störte sie. Er fuhr mit neunzig Stundenkilometern.

Miriam setzte den Blinker und scherte im selben Augenblick nach links aus. In der nächsten Sekunde erhellten grelle Scheinwerfer das Wageninnere, blendeten sie im Rückspiegel. Eine Dauerhupe zerriss fast ihr Trommelfell, explodierte in ihrem Kopf. Panisch riss sie das Lenkrad nach rechts, der Wagen kam ins Schleudern, verfehlte das Heck des Polos nur knapp, schlitterte mit kreischenden Reifen auf den Pannenstreifen, blieb verkehrt zur Fahrtrichtung stehen.

Miriam ließ den Kopf zurückfallen, schloss erschöpft die

Augen, versuchte, ihr Zittern unter Kontrolle zu bringen. Das war knapp gewesen. Zum ersten Mal im Leben hatte sie nicht in den Außenspiegel gesehen, hatte den Mercedes auf der Überholspur wegen der lauten Musik nicht hören können, war nur haarscharf am Tod vorbeigeschrammt.

Das alles ist Wahnsinn.

Ab jetzt musste sie sich besser konzentrieren. Noch immer zitternd, wendete sie den Wagen und fuhr wieder auf die Autobahn.

Das Radio spielte Dion.

»Oh, well, I roam from town to town,

I go through life without a care …«

Das hatte sie lange nicht mehr gehört, ein schönes Lied. Sie trommelte den Takt auf das Lenkrad, sang mit, um sich wach zu halten. Aber ihre Lider waren schwer wie Blei.

Und noch vier Stunden Fahrt.

22

Seite an Seite trabten sie durch die stillen Straßen in Dahlem. Es war der erste Sonntag im Dezember, der erste Advent, ein grauer Nachmittag. Kahle Bäume säumten die Fahrbahn, und in den Rinnsteinen häufte sich das Herbstlaub. Die Fassaden der Villen hinter den Gartenzäunen wirkten matt, als klebte der graue Stadtdunst daran. Schwarze Tannen trennten die Gebäude voneinander, hielten sie gleichsam auf Distanz.

Abweisende Häuser einer abweisenden Stadt, dachte Alexander, während er versuchte, Schritt zu halten. Maik hatte seine Drohung wahr gemacht. Am frühen Nachmittag hatte er den Kopf durch Alexanders Zimmertür gesteckt, gut gelaunt und unnachgiebig.

Hi, Kumpel, lass uns eine Runde laufen.

Ich muss arbeiten.

Danach geht's noch besser.

Maik hatte ihm eine knallrote Fleecejacke und Laufschuhe verpasst. Die Jacke war viel zu groß, doch wenigstens die Schuhe saßen einigermaßen.

»Tut gut, was?«, rief Maik gerade fröhlich. Er hatte sich die Kapuze seiner schwarzen Softshell über den Kopf gezogen und war deswegen nur gedämpft zu hören.

»Etwas frisch«, gab Alexander zurück.

Auf allen Autos, die unter den Alleebäumen parkten, glitzerte Reif. Den ganzen Tag war die Temperatur nicht über null Grad gestiegen. Trotz der Fleecejacke fror er. Es hatte überhaupt keinen Sinn, bei dieser Kälte durch die Vororte zu rennen. Er hasste diese Lauferei. Wenigstens konnte er die Situation für sich nutzen.

»Stell dir vor, ich habe die Freundin von diesem Reporter kennengelernt«, rief er. »Der, der mich damals in der ›Quelle‹

angemacht hat. Sie arbeitet bei meiner Bank.« Er zählte zehn Schritte. »Hat mich vorgestern wegen einer Unterschrift angerufen.« Sie wussten es ohnehin.

Maik trabte im gleichen Tempo weiter.

»Wir sind ins Reden gekommen, und da hat sie mir erzählt, dass ihr Freund überfallen worden ist.«

Maik lief schweigend dahin, fragte nicht nach.

Alexanders Alarmglocken fingen an zu läuten. Maik wusste bereits von Trautmanns Tod. *Wenn sie Verdacht schöpfen, bringen sie dich um.* Auf einmal wurde er sich der Tatsache bewusst, dass er keine Ahnung hatte, wo er sich befand. Seine einzige Gesellschaft war ein durchtrainierter Mann, dem er kaum bis zum Kinn reichte und der für ein Unternehmen arbeitete, vor dem man ihn mehrfach eindringlich gewarnt hatte.

Er warf einen Blick über die Schulter, ob er jemanden sehen konnte. Aber an einem kalten Sonntagnachmittag im Dezember war kein Mensch auf der Straße. Er sah wieder geradeaus, starrte auf Maiks breites Kreuz, lief mit angespannten Muskeln weiter.

»Dieser Trautmann ist anscheinend erschossen worden«, fuhr Alexander fort und hoffte, dass man ihm seine Nervosität nicht anhörte. »Im Spandauer Forst.«

Maik blieb abrupt stehen, fuhr herum. »Woher weißt du seinen Namen? Ich dachte, du hast ihn nicht gekannt.«

»Von Frau Labitzky natürlich.«

Alexander versuchte, sich zu orientieren. Sie standen vor einer rot-weißen Villa, deren Giebel die Dächer der anderen Häuser überragte. Ein schmiedeeiserner Zaun mit Lanzenspitzen grenzte das Grundstück zur Straße ab. Dahinter lag eine Hainbuchenhecke, deren steif gefrorene Blätter einen Reifrand hatten. Das Gebäude stammte aus den zwanziger Jahren des letzten Jahrhunderts. Ein vereister Plattenweg führte zu einer doppelflügeligen Haustür. An den hohen Altbaufenstern hingen Spitzengardinen. Hinter einem der

Fenster brannte Licht. Eine Frau stand mit dem Rücken zum Garten und rauchte. Alexander ließ seinen Blick über die Torsäulen wandern. An der rechten befand sich ein schmales Messingschild mit einem eingravierten Namen. Darunter lag die Klingel.

Konnte er unbemerkt auf den Knopf drücken?

In Gedanken sah er die Frau bereits zum Gartentor hinunterschauen. Sie würde das Fenster öffnen und ihnen etwas zurufen. Dann wären sie zusammen gesehen worden.

Du bist paranoid.

Maik brummte etwas und setzte sich wieder in Bewegung. Er lief langsamer als zuvor. Alexander schloss zu ihm auf. Nach etwa zehn Minuten fragte Maik: »Wie findest du eigentlich Yue?«

Der Gedankensprung kam so plötzlich, dass Alexander fast gestolpert wäre. Das war also der Grund für diese Schinderei. Ihr Treffen in der Galerie war nicht unbemerkt geblieben. Die beiden jungen Männer in der modischen Aufmachung fielen ihm wieder ein. Sie hatten sich an den Händen gehalten und lebhaft geplaudert. Ein wenig zu lebhaft vielleicht.

»Ganz nett«, sagte er, bemühte sich um einen möglichst lockeren Tonfall. »Klug. Ich habe sie zu einer Vernissage mitgenommen.« Er sah Maik von der Seite an, grinste, hasste sich dafür. »Meinst du, da könnte was laufen?«

Sie trabten an einer Hecke entlang, hinter der ein Hund wütend bellte. Ein Mann rief ihn zur Ordnung. Der Hund kläffte weiter.

»Lass die Finger von ihr«, sagte Maik.

Er bog in eine Seitenstraße ein, lief fünf Grundstücke entlang und schwenkte dann erneut nach rechts. Alexander begriff, dass sie nun wieder auf dem Heimweg waren. Eine Welle der Erleichterung durchströmte ihn. *Idiot.* Hatte er wirklich geglaubt, Maik würde ihn auf einen einsamen Waldweg führen? Und ihn dort – ja, was?

Alexander konzentrierte sich auf die Häuser, an denen sie vorbeikamen, und versuchte, sie sich zu merken. Es war immer gut, wenn man sich als Journalist in der Gegend auskannte, in der man operierte. Aber er war das Laufen nicht gewohnt, ließ sich von einem Fuß auf den anderen fallen, und jeder Stoß fuhr durch seinen Körper. Er hatte Kopfschmerzen. Ohren und Wangen schienen zu glühen, trotzdem hatte er das Gefühl, als vereiste die kalte Luft seine Bronchien. Lange würde er diese Schinderei nicht mehr durchhalten. Maik dagegen trabte leichtfüßig und entspannt dahin. Wahrscheinlich lief er absichtlich langsam.

Plötzlich blieb Maik stehen und drehte sich um.

Alexander stieß fast mit ihm zusammen.

»Halt dich von Yue fern«, sagte Maik. »Guter Rat eines Freundes.« In der Dämmerung war seine Miene nicht zu erkennen. Es sah aus, als umhüllte die Kapuze einen Kopf ohne Gesicht. »Triff dich nicht mehr mit ihr.«

Alexander stützte die Hände in die Seiten, rang nach Luft. »Was geht dich mein Privatleben an?«

»Wir fürchten, dass Yue nicht loyal ist.«

»Wer ist ›wir‹?«

»Es gibt Hinweise aus dem Sicherheitsteam.«

Das Sicherheitsteam. Da war es wieder. Es checkte diskret die Kontakte der Mitarbeiter und erschoss bei Bedarf einen Hominiden. Denn wozu dienten die Zielscheiben auf den grünen Overalls sonst? *Oder einen Journalisten?* Jetzt hatte das Sicherheitsteam Yue im Visier. Aber er selbst zählte anscheinend noch zu den Vertrauten, wenn Maik so offen mit ihm sprach. Er entspannte sich etwas.

»Was sagt Max dazu?«, fragte Alexander. Er brauchte Yue, wollte sie nach Lazarus fragen. »Soviel ich weiß, hält er große Stücke auf sie.« *Wie hieß das noch mal?* »Er hat sie schließlich selbst an Bord geholt.« Wie er diesen Phoenix-Slang verabscheute.

»Max tut das Beste für Phoenix«, sagte Maik. »Auf Gefühle kann er da keine Rücksicht nehmen. Yue wird ihr Projekt abschließen und das für sie definierte Ziel erreichen. Dann muss sie gehen.«

»Wie viel Zeit bleibt ihr noch?«

»Diese Sprintphase.«

»Weiß sie's schon?«

Maik schüttelte den Kopf. »Wenn es so weit ist, will Max persönlich mit ihr sprechen. Sie wird es verstehen.«

Er setzte sich wieder in Bewegung, und eine Weile liefen sie nebeneinanderher. Es war jetzt ganz dunkel geworden. Die Temperatur war noch einmal gefallen, und ein eisiger Ostwind stach wie mit Nadeln in Alexanders Gesicht. In den Fenstern der Villen brannte Licht, beleuchtete Gemälde und Antiquitäten. Auf einigen Tischen strahlten die ersten Kerzen auf Adventskränzen. Sie kehrten zu Phoenix zurück wie auf einen fremden Planeten.

»Was wirft man Yue eigentlich vor?«, fragte Alexander.

»Keine Ahnung.«

»Was passiert mit ihr?«

»Was soll passieren?«, sagte Maik unbekümmert, trabte entspannt weiter. »Sie kriegt 'nen goldenen Handschlag und sucht sich nach Ablauf der Sperrfrist was Neues. Phoenix ist immer fair.« Er sah Alexander von der Seite an. »Wäre gut, wenn du Yue noch nichts davon erzählen würdest. Max hat es nicht gern, wenn man ihm vorgreift.«

»Danke für deine Offenheit«, sagte Alexander. *Du lügst und weißt es nicht einmal selbst.* »Aber das ist schließlich eure Sache. Yue wird einen anderen Job finden.«

Maik boxte ihn scherzhaft in den Oberarm. »Hey, Kumpel, du sollst dich doch nur von *ihr* fernhalten«, sagte er. »Wenn du mal wieder auf eine Ausstellung musst, nimm Nadjeschda mit.« Er lief ein paar Meter, dann fügte er in überraschend ernstem Ton hinzu: »Ist besser für dich, glaub mir.« Seine Worte klangen widerstrebend, so, als hätte Maik sie nicht sagen wollen. Oder dürfen.

Am Ende der Straße erhob sich zwischen den hell erleuchteten Häusern eine schwarze Wand. Dichte Tannen säumten den Park von Phoenix, schirmten sein Universum gegen den Rest der Welt ab. Durch die kahlen Äste der Laubbäume strahlten die Lichter des Haupthauses wie die Leuchtfeuer eines Heimathafens, riefen sie beide zu sich.

Sie liefen schweigend darauf zu. Maik hatte seine Botschaft überbracht. Es gab nichts mehr zu sagen.

Alexander war, als hätte Yue ab jetzt eine unsichtbare Zielscheibe auf dem Rücken ihres weißen Kittels.

Vielleicht trägst du selbst auch schon eine, dachte er. *Und weißt es nur noch nicht.*

23

Warten, warten, warten.

Der Himmel ist grau wie Stein, und das Wasser ist ein Felsenmeer. Raue Wellen laufen darüber hin, rütteln an den leuchtend gelben Schilfhalmen. Die Gräser schütteln sich und zucken. *Feuer.* Wenn das Feuer in das Dorf kommt, frisst es die Häuser und die Brüder.

Weg, lauf weg.

Er starrt auf die Grasflammen im Moor. Vögel steigen daraus auf, wehen als schwarze Körner über den Himmel. Wie leicht können sie sich retten. Er möchte mit ihnen fliegen.

Weg, weg, weg.

Den ganzen Tag schon spürt er die gespannte Stimmung, die einem Beutezug vorausgeht, im Dorf. Dann essen die Brüder das Futter, das sie sonst verschmähen. Und sie schweigen, drängen sich zusammen. Blicke huschen hin und her, lautlos werden Vereinbarungen getroffen. Die Langnasen gehen vor Sonnenuntergang und kommen erst nach Sonnenaufgang zurück. Sie fürchten sich vor der Nacht.

Wenn die letzte Langnase das Dorf verlassen hat, weiß er, dass der Aufbruch unmittelbar bevorsteht. Dann sucht er sich einen Platz am Rande des Sumpfes, wo er auf die Rückkehr der Brüder warten kann.

Warten, warten, warten.

Er nimmt ein schmales Stück Birkenrinde und zieht es immer wieder über einen dicken Ast, bis es weich und rund gebogen ist. Das Büschel Sumpfgras hat er in den letzten Tagen in die Sonne gelegt. Jetzt sind die langen Halme grau und hart und reißfest. Er nimmt eine Handvoll und dreht sie umeinander, bis sie wie der Strick aussehen, den die Langnasen an ihre Dinge binden. Er hat das schon oft getan. Aber er weiß nicht mehr, wann.

Aus dem Moor ertönt ein Pfiff.

Er hebt den Kopf und lauscht. Es ist Alter Bruder, der die anderen anführt und Beute gewittert zu haben scheint. Er fängt an, die Halme um die Birkenrinde zu wickeln, verknotet sie miteinander und beißt die abstehenden Enden ab. Später wird er noch ein Rindenstück hineinlegen und mit Harz festkleben. Dann kann er sein übrig gebliebenes Essen darin aufheben. Die Brüder verschlingen ihre Mahlzeiten immer gleich.

Wieder Pfiffe, diesmal sind es Starker Bruder und Schneller Bruder. Sie haben die Beute umstellt. Die anderen pfeifen wild durcheinander.

Er dreht den Behälter in den Händen, fährt mit dem Finger über die gewundenen Halme.

Wo bleiben die Brüder?

Warten, warten, warten.

Am Himmel kreist ein großer Vogel. Er ist ganz schwarz, und die Flügelspitzen sind aufgebogen. Langsam wendet er den Kopf hin und her. Es sieht aus, als beobachte er ihn.

Adler.

Ein Adler ist ein starker Vogel und ein schneller Jäger. Genau wie die Brüder und ganz anders als Langnasen. Er muss kichern. Aber dann wird er wieder ernst. Er hat gesehen, wie eine Langnase Blitze aus seiner Hand auf Starker Bruder geschleudert hat. Langnasen sind gefährlich.

Er ist froh, dass Schneller Bruder ihn beschützt. Auch wenn die anderen Brüder ihn mit diesem Blick ansehen, der ihm eine Gänsehaut über den Rücken scheucht.

Das Sumpfgras raschelt, der Morast schmatzt unter vielen Füßen, Keuchen dringt an sein Ohr. Jemand stöhnt, scheint verletzt zu sein. Ein Tier quiekt.

Schnell, schnell, schnell.

Er springt auf, macht sich bereit, will die Lage einschätzen. Wenn alles gut gegangen ist, kann er in seine Hütte gehen, unbesorgt schlafen. Wenn nicht, ist es besser, wenn er sich für eine Weile unsichtbar macht. Er ist ihr Bruder. Sie wollen ihm nichts tun, und er will kein Angsthase sein. Aber sein Atem geht auf einmal schneller, und sein Herz schlägt wie das eines fliehenden Rehs.

Das Sumpfgras teilt sich.

Alter Bruder bricht als Erster hervor. Dahinter tauchen nach und nach die anderen Brüder auf. Zwei stützen einen dritten, der kaum laufen kann. Starker Bruder zieht ein kleines Wildschwein an einem Bein hinter sich her. Das Rückenfell ist gestreift und hat goldene Sprenkel wie ein Vogelei. Es keucht und quiekt, sein Bauch ist aufgerissen. Für alle wird die Beute heute nicht reichen.

Alter Bruder überquert den Rasenstreifen, seine Nüstern wittern in der kalten Luft. Jetzt zieht er die Oberlippe hoch, entblößt riesige Fangzähne. Er hat Hunger. Sein Gesicht wendet sich ihm zu, ihre Blicke treffen sich.

Lauf, lauf weg.

Er weicht zurück.

Lässt den Köcher fallen.

Wirbelt herum.

Flitzt davon.

24

»Der hält uns für Idioten!« Faber schlug mit der Faust auf van Dammes Schreibtisch. »Und verdammt, er hat recht!«

Max van Damme lümmelte in seinem Schreibtischsessel, die Hände auf dem Bauch gefaltet, und schwang leise hin und her. Während er seinem Sicherheitschef zuhörte, glitt sein Blick immer wieder zu Amanda Donovan hinüber, die ihren üblichen Platz vor der großen Fensterscheibe bezogen hatte. Der Nachmittag war grau und ließ ihren schlichten schwarzen Anzug wie Trauerkleidung aussehen. Sie wirkte so ruhig und konzentriert wie immer, doch zwischen ihren Brauen stand eine steile Falte.

»Lindahl behauptet, dass er Chan nur einmal in eine Galerie ausgeführt hat«, fuhr Faber fort. »Um sich ein paar Bilder anzusehen. Kleiner Flirt, hat er Maik erzählt.« Er stützte die Fäuste auf die Schreibtischplatte und fixierte van Damme. »Er lügt. Mein Mann hat die beiden beobachtet. Die haben sich eine Stunde angeregt miteinander unterhalten. Keine Spur von Flirt. Chan hat auf Lindahl eingeredet, und der hat danach ziemlich nachdenklich gewirkt. Seither gehen sie sich bei Phoenix demonstrativ aus dem Weg.«

»Yue hat ihm einen Korb verpasst«, sagte van Damme.

Faber seufzte über so viel Gutgläubigkeit.

Amanda gab einen verächtlichen Laut von sich.

»Maik hat Lindahl unmissverständlich klargemacht, dass er die Finger von ihr lassen soll«, sagte Faber. »Ich denke, die Botschaft ist angekommen.«

»Behalt ihn trotzdem im Auge«, sagte Amanda.

»Klar«, sagte Faber. »Lindahl hat auch mit Trautmann kooperiert, da bin ich mir sicher. Egal, was er uns nachher erzählen wollte.«

»Trautmann ist tot«, sagte van Damme.

»Aber wir haben inzwischen sein Handy ausgewertet. Lindahl hat zweimal versucht, ihn zu erreichen.«

In van Dammes Miene spiegelten sich Überraschung und Enttäuschung. Er fuhr mit dem Zeigefinger über die Schreibtischkante, als wollte er ihre Schärfe prüfen. »Wann war das?«, fragte er ruhig.

»Drei Tage nach Jans Einsatz«, antwortete Faber.

Amanda verließ ihren Fensterplatz und ging zu den Männern hinüber. »Da lag Trautmann schon in der Pathologie«, sagte sie, und an Faber gewandt: »Gibt es irgendwelche Hinweise, dass sie sich nach dem ersten Treffen noch mal begegnet sind?«

Faber zuckte die Schultern. »Nein, aber das heißt nicht, dass keine Kontakte stattgefunden haben. Maik tut, was möglich ist, aber er kann Lindahl nicht auf Schritt und Tritt folgen. Er ist ihm ein paarmal entwischt.«

Amanda schüttelte ärgerlich den Kopf. »Dann mach was«, fuhr sie Faber an. »Du bist hier der Security-Chef.«

Van Damme stand auf, kam hinter seinem Schreibtisch hervor und fing an, im Zimmer auf und ab zu gehen. »Ich rede mit Alex«, sagte er schließlich. »Wenn es nötig wird.«

»Dafür ist es zu spät«, sagte Amanda. »Du hörst doch, Lindahl arbeitet gegen uns.«

»Ja«, sagte Faber. »Es ist nur eine Frage der Zeit, bis er auf Lazarus stößt. Was dann?«

Max und Amanda sahen sich an.

»Lindahl ist es gewohnt, hinter die Dinge zu sehen«, fuhr Faber fort. »Und ich fürchte, er ist gerade dabei.«

»Wir werden ihn ablenken und mit Arbeit eindecken«, sagte Max. »Dann kann er sich auf Impfstoffe für die Dritte Welt konzentrieren. Amanda, sorg dafür, dass er jede Menge Zahlen und Bildmaterial von unserer Impfkampagne im Tschad bekommt. Wenn er will, kann er hinfliegen und vor Ort recherchieren.« Er nahm seinen Rundgang wieder auf.

Faber griff nach einem Stift und drehte ihn in den Händen.

»Für einen Reporter ist Lindahl ungewöhnlich emotional«, sagte er nachdenklich. »Maik sagt, er wirkt unausgeglichen auf ihn. Und er hat ein Auge auf Yue geworfen. Wir müssen sie weiterlaufen lassen, sonst wird er misstrauisch.« Faber räusperte sich. »Außerdem hat sich Lindahl mit Trautmanns Freundin getroffen.«

Van Damme blieb stehen. »Mit wem?«

»Susanne Labitzky, arbeitet bei der Deutschen Bank.«

»Woher kennt Alex diese Frau?«

»Sie hat selbst den Kontakt aufgenommen«, sagte Faber. »Wir schneiden Lindahls Telefonate mit. Sie hat behauptet, dass noch eine Unterschrift für sein Konto fehlt. Er ist wie von der Tarantel gestochen losgerast.«

»Und? Hat er ein Konto bei der Bank?«

»Nein, aber seit Neuestem ein Schließfach.« Faber machte eine Miene wie ein Schachspieler, der den nächsten Zug seines Gegners voraussehen kann. »Er hat es sofort nach dem Treffen eröffnet. Mein Mann ist ihm gefolgt und hat gesehen, wie er ein Formular am Schalter ausgefüllt hat. Danach hat ihn der Bankbeamte ins Untergeschoss begleitet, zu den Schließfächern. Jan meint, Lindahl hätte einen Umschlag bei sich gehabt. Könnten natürlich auch Bankunterlagen gewesen sein, aber ich traue der Sache nicht. Es wird Zeit, etwas zu unternehmen, Max.«

Van Damme fuhr mit der Hand durchs Haar. »Noch nicht.«

»Wenn du meinen Rat hören willst –«

»Sonst noch was?«

»Warnke«, sagte Faber. »Wir beobachten ihn. Er nimmt sich immer wieder frei. Angeblich, um eine neue Wohnung zu suchen. Treibt sich aber stattdessen am Ku'damm herum. Ich denke, dass er wieder voll drauf ist.«

»Scheiße.«

Amanda räusperte sich. »Danke für die Information«, sagte sie zu Faber und fügte, an Max gewandt, hinzu: »Wir müssen ihn ersetzen.«

»Unmöglich«, sagte van Damme. »Ich habe ihn gerade mit dem New-York-Projekt betraut. Außerdem steht er hundertprozentig zu Phoenix. Wenn er sich nicht so für Juli eingesetzt hätte, wären wir nie rechtzeitig auf ihren Betrug gekommen.« Er überlegte. »Nimmt Phil die Supervision in Anspruch? Was sagt unser Psychologe über ihn?«

Faber schüttelte den Kopf. »Derek hat ihn seit Wochen nicht mehr gesehen«, sagte er. »Aber ich habe mir einen Auszug aus seiner Akte geben lassen.« Er zog einen Computerausdruck unter seinen Papieren hervor, überflog ihn und las dann vor: »Warnke, Philipp. Angepasst, fehlender Realitätsbezug, Orientierung am Außen ist nicht gegeben, Wahrnehmung richtet sich nach subjektiven inneren Werten und nicht nach objektiven Gegebenheiten.« Er blickte auf. »Mit anderen Worten, der lebt auf seinem eigenen Planeten. Auf so einen Mann ist kein Verlass, der gefährdet die ganze Truppe.«

»See what I mean?«, fragte Amanda.

Van Damme runzelte die Stirn. »Was schlagt ihr vor?«

»Faber wird sich etwas überlegen«, antwortete Amanda. »Sabotage oder Unterwanderung eines Projekts ist schwer zu unterbinden. Wir müssen wichtiges Personal ab jetzt sorgfältiger auswählen und ständig überprüfen.«

»Leute, die nur nach Sicherheitskriterien ausgesucht werden«, sagte van Damme, »behindern die Kreativität und ersticken unabhängiges und kritisches Denken im Keim. Und das wirkt sich negativ auf den Fortgang eines Projekts aus.« Er sah zu Faber hinüber. »Im Ernstfall müssen wir uns eben hin und wieder von jemandem trennen. Aber nach dem Abgang von Tom und Juli bleibt nur Phil. Irgendwer muss Miskin ersetzen. Wie weit ist Phil mit seinem Projekt vertraut?«

Faber nickte, schien mit dieser Frage gerechnet zu haben. Er griff nach einer roten Kladde und schlug sie auf. »Ich habe mir das Protokoll des Future Office besorgt«, sagte er. »Laut

Zugangsdaten war Warnke zwei Mal im Kühlraum und hat Miskins Fach geöffnet.« Er hob den Blick. »Ich vermute, er hat herausgefunden, *wer* Lazarus ist, aber er weiß nicht, *was*. Früher oder später wird er es erfahren müssen, du hast ihn zum Leiter gemacht. Was dann?«

»Du kannst keinen Junkie am größten Projekt von Phoenix arbeiten lassen«, sagte Amanda. »Dieser Phil muss weg.«

Van Damme verdrehte die Augen. »Guter Gott, Amanda, Phil ist nicht der Hellste. Der macht, was man ihm sagt. Beim Lazarus-Organismus geht's sowieso nicht um eine geniale Erfindung, sondern das Zusammensetzen von Bausteinen. Und das hat Miskin schon besorgt. Phil stellt keine Fragen. Er muss nur lange genug den Mund halten.«

»Amanda hat recht, Max«, schaltete sich Faber ein und schlug die Kladde zu. »Wir sollten Warnke eliminieren.«

»Eliminieren?« Van Damme tippte sich an die Stirn. »Wenn ich diesen Mafia-Slang schon höre! Wir sind doch kein Mörderkartell! Wir sind ein Team, das Visionen verwirklicht.« Er breitete die Arme aus, stand vor der Skyline von Berlin wie ein Prediger auf seinem Berg. »Visionen, hört ihr?«

Faber hob beschwichtigend die Hände. »Ist völlig klar, Max, aber ich bin dein Sicherheitschef und –«

»Erst muss sowieso Lindahl weg«, sagte Amanda völlig unbeeindruckt. »Danach kümmern wir uns um Warnke.«

Van Damme starrte sie an, als wäre sie ein giftiges Reptil, das sich in sein Arbeitszimmer verirrt hatte. Für einen Moment sah es aus, als läge ihm eine scharfe Erwiderung auf der Zunge, aber dann schwieg er.

Faber sah Amanda an. »Ich mache die Sache klar«, sagte er, »und arbeite einen vorläufigen Plan zur Beseitigung aus. Nur damit wir was in der Schublade haben. Könnte auf einmal schnell gehen, dass wir in den Einsatz müssen.«

Amanda nickte. »Wir vertrauen dir.«

Faber stand auf, nahm seine Papiere und klopfte sie auf Kante. »Ich melde mich, wenn ich Konkretes habe.«

Van Damme wandte sich ab und starrte aus dem Fenster.

»Du hast freie Hand, Faber«, sagte Amanda.

Der Sicherheitschef warf einen Zustimmung heischenden Blick zu van Damme hinüber, doch der zeigte keine Reaktion. Also nickte er Amanda zum Abschied zu und verließ den Raum.

25

Plötzlich herrschte Unruhe in der großen Halle des Haupthauses. Das gewohnte Summen steigerte sich zu einem aggressiven Sirren, als wäre ein Bär in einen Bienenstock eingebrochen. Als Alexander sich am Abend noch einen Tee am Büfett holte, erfuhr er von Lasse, dass es einen Fall von Betrug gegeben hatte.

Juli – wer hätte das gedacht.

Das Mädchen mit der dicken Brille?

Sie hat meine schwedischen Zimtschnecken so gemocht.

Alexander versuchte, mehr Informationen zu bekommen, stieß aber auf eine Barriere des Nichtwissens. Julia hatte überstürzt gepackt und war verschwunden. Nerya, eine junge türkische Molekularbiologin, sollte ihre Stelle übernehmen.

Die Sprintphase befand sich auf ihrem Höhepunkt, niemand hatte Zeit und Lust, sich mit dem Schicksal einer Kollegin zu befassen, die den Kometen Phoenix wie eine Sternschnuppe kurz gestreift hatte und in seinem Feuer verglüht war.

Einen Tag später sprach niemand mehr über den Vorfall. Alexander verbrachte jetzt die meiste Zeit in seinem Zimmer, diesem Alptraum aus Leder und Stein, und arbeitete an seinem Manuskript oder wühlte sich durch Berge von Tabellen und Fotos von Ärzten in Tropenanzügen und großäugigen Kindern in Entwicklungsländern. Kenny aus dem Labor lieferte ununterbrochen Material. Langsam entwickelte Alexander sich zu einem Fachmann für Seuchen und Epidemien, wusste, wo auf dem Erdball sie vorkamen und welche Impfprogramme Phoenix mit viel Geld und Arbeit unterstützte. Wer Lazarus war, wusste er allerdings immer noch nicht.

Nur zu den Essenszeiten verließ er das Gästehaus, lief durch den eiskalten Park ins Haupthaus und ließ sich von Lasse das Couscous mit den täglich wechselnden Beilagen geben. Er aß schnell, tauschte mit den anderen ein paar Belanglosigkeiten aus und trug dann die von Lasse jetzt immer vorbereitete Thermoskanne mit Minztee ins Gästehaus.

Er wusste, dass sie ihn beobachteten.

Immer wieder ertappte er sich dabei, wie er die Wände seines Zimmers nach Kameras absuchte oder auf den altmodischen Telefonapparat starrte und sich winzige Mikrofone darin vorstellte. Aber er widerstand der Versuchung, nachzuschauen. Es würde ihnen nicht verborgen bleiben.

Seit er die meiste Zeit am Schreibtisch saß, verließ auch Maik sein Zimmer kaum mehr. Stunde um Stunde konnte Alexander das nervenzerrende Surren des Trimmrads hören.

Umso mehr versuchte er, den Eindruck zu vermitteln, er erfülle voll Eifer den gut bezahlten Auftrag von Phoenix. Dabei hatte er jetzt doppelte Arbeit. Er recherchierte, sammelte Informationen, jede Kleinigkeit hielt er mit Bleistift auf der Rückseite der Kuverts in seiner Brieftasche fest. Nach und nach entstand eine Materialsammlung für ein neues, ein anderes Buch. Doch er kam nur langsam voran, durfte keinen Verdacht wecken.

Und er wurde zunehmend misstrauisch. Wem immer er selbst unverfängliche Fragen stellte, der hatte gerade keine Zeit oder arbeitete mit Hochdruck an der Entwicklung eines neuen segensreichen Wundermittels. Es war, als hätte Phoenix gläserne Wände um ihn errichtet, hinter denen er unter den beobachtenden Augen der Wissenschaftler das Leben eines Laboraffen führte.

Oft wurde er ungeduldig, wäre am liebsten zu Yue gerannt und hätte sich mit ihr beraten. Aber nicht nur Maiks Warnung hinderte ihn an jeglicher Kontaktaufnahme, auch Yue vermied jedes Gespräch. Wenn sie sich im Haupthaus begegneten, nickte sie ihm nur kurz zu. Dabei wirkte sie so kühl und konzentriert wie immer. Alexander suchte vergeblich nach einer Möglichkeit, mit ihr zu reden, sie zu warnen. Sie hatte auch nicht die Gelegenheit genutzt, ihm Unterlagen zu bringen, sondern Kenny geschickt. Alexander hatte ihm Tee angeboten und ein wenig geplaudert. Small Talk.

Was musst du denn so alles präparieren, Kenny?

Ich? Nichts. Lydia ist unsere Präparatorin.

Dann habe ich Yue wohl falsch verstanden.

Bestimmt, ich bin Anthropologe und Mumienforscher. Max hat mich an Bord geholt, nachdem er meine Aufsätze im Journal of Biological and Clinical Anthropology und im Yearbook of Mummy Studies gelesen hat.

Wahnsinn! Was macht ein Mumienforscher bei Phoenix?

Ich betreue ein Forschungsprojekt.

Plötzlich hatte es Kenny eilig gehabt. Er hatte sich für den Tee bedankt und war gegangen. Yue anzurufen und nachzufragen, wagte Alexander nicht. Er konnte nur abwarten, bis sie sich von sich aus meldete.

Manchmal überlegte er, Max' Angebot, ein Impfprojekt im Tschad zu begleiten, anzunehmen, das Buch zu schreiben und sich mit seinem Honorar ein paar Jahre sorgloses Leben zu gönnen. Doch diese Momente des Zweifels waren selten. Hinter dem Global Player, dem modernen Gentechnik-Unternehmen, steckte etwas noch viel Größeres. Alexander war sich ganz sicher. Der goldene Phoenix warf einen schwarzen Schatten. Und, verdammt, er wollte diese Geschichte, hing am Haken.

Zur Sicherheit rief er jeden Abend seine Großmutter an.

Salut, mémé, wie geht es dir?

Deutschland ist zu kalt für mich, mon p'tit.

Alexander erzählte ihr von seiner Arbeit, dem Teil, der seinen Auftrag betraf, zeigte sich fasziniert und dankbar für den interessanten Job. *Phoenix dient den Menschen.* Zum Abschied verlor er jedes Mal noch ein paar Worte über das Wetter in Berlin und ermahnte seine Großmutter, auf ihre

Gesundheit zu achten. Dann legte er auf und fragte sich, ob Phoenix die Pille wohl schlucken würde.

Er wusste, dass seine Recherchezeit ablief.

Nach der Entdeckung des Betrugsfalls würden die Sicherheitsvorkehrungen noch einmal erhöht werden. Was konnte er tun? Er beschloss, sich auf eigene Faust umzusehen und nicht zu warten, bis sich jemand meldete, um ihm eine neue Therapie gegen Lassafieber zu präsentieren.

Ein paar Tage nachdem der Betrug bei Phoenix bekannt geworden war, bahnte er sich seinen Weg zwischen den langen Tischen in der Halle des Haupthauses.

Die große Wandtafel war jetzt zur Gänze mit chemischen Formeln und ihm unbekannten Kürzeln bedeckt. Das Klappern der Tastaturen war hektischer, der Stimmenpegel lauter geworden.

Alexander steuerte eine Tür unter der großen Stahltreppe an, die ihm schon zu Beginn seines Aufenthalts aufgefallen war, die aber bisher niemand in seinen Interviews erwähnt hatte. Natürlich hätte er einfach danach fragen können. Doch gerade die Beiläufigkeit, mit der diese Tür übergangen wurde, während ihm sonst voller Stolz das ganze Unternehmen vorgeführt wurde, irritierte ihn.

Niemand hielt ihn auf, als er vor der Tür mit der Aufschrift »Überwachungs- und Kontrollraum« stand. Ohne anzuklopfen, drückte er die Klinke hinunter.

Die Tür war nicht verschlossen.

Alexander betrat ein Büro mit mehreren Arbeitstischen, Computern und Monitoren. Am anderen Ende des Raumes gab es noch eine zweite Tür. Daneben standen ein kleiner Besprechungstisch und drei Stahlrohrstühle. An der Wand gegenüber hing ein Poster, das eine Moorlandschaft zeigte. Aus einem glitzernden Wasserspiegel ragten Baumstämme. Verschlungene Äste wanden sich wie Schlangen in der Luft, wurden vom Wasser reflektiert, bildeten ein unentrinnbares Netz. Es war warm und roch nach der Abluft heißer Geräte.

An einem der Tische saß ein Mann, das lange schwarze Haar zu einem Knoten gebunden, und beobachtete die Linien auf einem Bildschirm. Dabei machte er sich Notizen auf einem Klemmbrett. Ein großes Funkgerät lag in seiner Reichweite.

Alexander schloss die Tür hinter sich.

Der Mann drehte sich um. Er trug einen Vollbart, der ihn älter erscheinen ließ als seine wohl kaum dreißig Jahre, und auf seiner Nase saß eine dicke schwarze Hornbrille. Die Gläser funkelten bläulich im kalten Licht der Monitore, als er Alexander ins Visier nahm.

»Hi, ich bin Alex, ich wollte mich ein wenig umsehen.« Er deutete mit dem Daumen über die Schulter. »Max hat gemeint, ich sollte mal –«

»Hi, Alex. Du schreibst unser Buch, stimmt's?«, sagte der Mann. Er wirbelte den Stift zwischen Daumen, Zeigefinger und Mittelfinger herum. »Komm ruhig rein, ich bin Hussam.« Er drehte sich wieder zu seinem Monitor.

Alexander ging zu Hussam hinüber, blieb hinter ihm stehen und schaute über seine Schulter. »Was ist das?«

»Das Kontrollzentrum für die Forschungsstation.« Hussam drückte auf einen Knopf, und auf einmal erhellte sich eine Glasscheibe über den Computern. In 3D-Animation erschien eine Luftaufnahme der Blockhäuser im Teufelsbruch. Alexanders Herzschlag beschleunigte sich. *Die Siedlung im Moor!* Rote, blaue und grüne Linien verliefen zwischen den Hütten, zentrierten sich auf dem Platz und bildeten dort ein unentwirrbares Farbknäuel.

Seine Gedanken liefen im Zeitraffer durch seinen Kopf. Sollte er zugeben, dass er im Moor gewesen war? Unwissen heucheln? Hussam schien zu glauben, dass er ein Recht zu fragen hatte.

»Ich bin kein Wissenschaftler«, sagte er und hörte, dass seine Stimme heiser klang. »Aber Max sagt, es gäbe keine dummen Fragen außer solchen, die man nicht stellt.«

»Ganz richtig«, sagte Hussam. »Frag nur. Max sagt immer, Forschung braucht Freiheit.«

Bingo. »Hat das was mit den Hominiden zu tun?« Er kannte natürlich das Projekt, Max vertraute ihm schließlich, war den Hybriden aber persönlich nie begegnet. Dabei würde er bleiben. »Ich habe beiläufig davon gehört.«

Hussam nickte. »Das sind die Bewegungsmuster der letzten Stunde«, erklärte er. »Wir können die Interaktionen der Hominiden bis zurück zu ihrer Aussetzung aufrufen.« Er drückte wieder einen Knopf, und eine lange Tabelle erschien, deren Spalten mit H1, H2, H3, H4, H5, H6 und H7 überschrieben waren. Eine zweite Gruppe bestand aus H8, H9, H10, H11, H12, H13 und H(X). Hinter H13 stand *(ex)*. »In die Armbänder der Hominiden sind Bewegungssensoren integriert, die alle zwanzig Sekunden eine Standortmeldung an unser Kontrollzentrum abgeben.« Er lachte. »Der Dorfplatz ist besonders beliebt.«

Alexander überflog die Abkürzungen. H stand für Hominide, die Zahl war eine Nummerierung. Aber etwas störte ihn. Er brauchte ein paar Sekunden, bis es ihm wieder einfiel. Yue hatte gesagt, es gebe dreizehn Hominiden. »Wie viele von denen gibt es denn?«

Hussam sah ihn nicht an. »Derzeit sind es zwölf.«

»Was ist mit Nummer dreizehn?« Er zeigte auf H13 *(ex)*.

»Die Zahl wechselt einfach.«

»Ist euch etwa einer entkommen?«

Hussam schüttelte den Kopf. »Natürlich nicht«, sagte er. »Das System überprüft fortlaufend die Daten der Station. Auch nachts, wenn mein Platz nicht besetzt ist. Es hat eine unabhängige Stromversorgung, keine Verbindung zur Außenwelt und einen eigenen Zugangscode. Es kann nicht manipuliert werden. Die Überwachung ist lückenlos. Sobald sich ein Hominide von dem Ort entfernt, an dem er zur vorgegebenen Zeit zu sein hat, wird Alarm ausgelöst.« Das Funkgerät knisterte, grüne und rote Lämpchen leuchteten auf. Hussam warf einen Blick darauf, dann drückte er eine Taste, und die Lichter erloschen.

»Was passiert bei einem Alarm?«

»Dann wird zunächst die Spannung in dem Bodendraht, der um die Station verlegt ist und die Hominiden auf dem Gelände hält, deutlich erhöht. Sie tragen einen Sensor.« Hussam lehnte sich zurück und verschränkte die Arme vor der Brust.

»Heißt das, die Männer bekommen einen Stromschlag?«

Hussam nickte. »Wenn der Hominide innerhalb der nächsten fünfzehn Minuten nach seinem Verschwinden nicht lokalisiert werden kann, fahren wir raus.«

Das Kind, das Kind, das Kind.

»Wo verläuft dieser Draht?«

»Unter kurzem Rasen, wegen der leichteren Wartung.«

Das Kind war ihm gefolgt, hatte am Beginn des Weges gestanden. *Es hatte sich außerhalb des Rasenstreifens befunden.* »Und wenn ein Hominide ausbricht?«

»Das ist unmöglich.«

»Wenn es aber doch einer schafft?« Wie stark mochte so ein Stromschlag sein? Alexander schluckte. »Irgendwie?«

»Dann geht unser Sicherheitsteam rein.« Hussam bemerkte Alexanders erschrockene Miene und setzte in beruhigendem Tonfall hinzu: »Die Hominiden sind sehr wertvoll. Douglas ist für ihre Sicherheit verantwortlich und außerdem Großwildjäger. Der kann mit einem Betäubungsgewehr umgehen.« Er wirkte aufrichtig, wollte wohl aufrichtig sein. Aber Alexander spürte, dass er log. »Das sind keine Menschen, auch wenn sie so aussehen«, sagte Hussam. »Sicherheit hat oberste Priorität. Bei den meisten Hominiden besteht die DNA aus Bruchstücken verschiedener Spezies.«

Alexander wurde hellhörig. »Nicht bei allen?«

»Doch, die sind alle im Labor entstanden«, sagte Hussam. »Reine Kunstwesen. Deswegen die ganzen Sicherheitsmaßnahmen. Wir wissen noch zu wenig über ihre Krankheiten oder ihr Sozialverhalten, um sie auf die Menschheit loszulassen.«

»Ich weiß, *Forschen heißt Verantwortung tragen.*«

Alexander wandte sich ab und ging auf die andere Seite des Raumes.

Hinter Alexander piepte etwas.

»Hi, Doug«, sagte Hussam.

Alexander drehte sich um und sah, dass Hussam das Funkgerät ans Ohr hielt. Eine Männerstimme war gedämpft zu hören, wurde aber von Knistern und Rauschen überlagert.

»Ein ganzes Wildschwein?« Hussam klang ungläubig.

Die Stimme im Funkgerät quäkte etwas.

»Ich checke das, Doug«, sagte Hussam, hob das Gesicht zu der Glasscheibe an der Wand und tippte hastig auf der Tastatur herum. Über die Scheibe liefen in rasend schnellem Tempo Zahlenkolonnen, dann blieb eine Zeile stehen. Hussam nickte. »Das System funktioniert einwandfrei, außer dem Fütterungsteam war niemand in der Station.« Er fuhr sich mit der Hand über die Stirn. »Hoffentlich keine Jäger.«

Jetzt wurde die Männerstimme laut, wütend.

»Warte mal kurz«, sagte Hussam. »Der Empfang ist wieder schlecht.« Er drückte auf einen Knopf am Funkgerät.

»Ihr Laborratten geht mir auf die Eier!«, brüllte Doug aus dem Lautsprecher. »Das Schwein liegt im Moor. Säuberlich zerlegt. Sieht aus, als wenn ein Dinosaurier die Knochen abgekaut und wieder ausgespuckt hätte. Kein Fetzen Fleisch dran …« Die folgenden Worte gingen in Rauschen unter. »… abgetrennt … Schnittspuren … Tiere …«

»Die Wölfe kommen immer näher an die Stadt.«

Der Lautsprecher knackte, dann war das Rauschen weg.

»Willst du behaupten, ich erkenne keinen Wolfsriss? Das war was anderes, was Größeres. Scheiße, habt ihr da draußen etwa einen Säbelzahntiger freigesetzt?« Dougs Stimme klang grimmig, aber er schien sich beruhigt zu haben, denn er fügte in normalem Tonfall hinzu: »Ich habe Spuren im Moor gefunden, abseits des Weges. Zwei Leute, schätze ich. Aber in der Pampe hält sich kein brauchbarer Abdruck. Wenn die Kerle Hunde dabeihatten, kennen sie jetzt die Station.«

Hussam sprang auf. »Ich informiere Max.«

Aus dem Funkgerät kam keine Antwort.

»Doug?«

Nur Knistern war zu hören – und schweres Atmen.

»Doug?« Hussams Augen verengten sich. »Bist du okay? Sollen wir ein Team rausschicken?«

»Nicht nötig«, sagte Doug, aber seine Stimme klang angestrengt. »Muss nur mal wieder beim Medizinmann vorbeischauen. Sag Max, ich kümmere mich um die Typen.«

Hussam drückte auf einen Knopf, das Funkgerät piepste, verstummte. Dann sah er zu Alexander hinüber. »Jemand hat den Weg ins Moor gefunden«, sagte er. »Ich muss zu Max.«

»Ist Doug krank?«

Hussam nickte. »Hat jahrelang eine Safari-Lodge in Simbabwe geleitet«, sagte er. »Irgendwann fangen sich da unten alle das Sumpffieber ein.« Er blickte auf die Kontrolltafel, runzelte die Stirn. »Wahrscheinlich hat er einen Schub.«

Alexander dachte an seine letzte Reise nach Benin. Ein Malariamittel war fester Bestandteil seiner Ausrüstung. Wie konnte es sein, dass ausgerechnet ein Phoenix-Mitarbeiter keine maßgeschneiderte Therapie erhielt?

Hussam fuhr sich mit der Hand über die Augen, als wollte er einen Gedanken wegwischen. »Ich bin bei Max.«

»Alles klar.« Alexander lächelte verständnisvoll. »Ich habe Zeit«, sagte er, steuerte den Besprechungstisch an und ließ sich auf einen Stuhl fallen.

»Ich sage Max, dass du hier bist.«

Alexanders Herz machte einen Satz. »Großer Gott, nein«, sagte er erschrocken und setzte dann schnell hinzu: »Mach Max bloß keinen Kopf, du weißt ja, wie er dann ist. Kümmert euch lieber um den Notfall. Mein definiertes Ziel sind sowieso die Impfprogramme.« Er nickte bestätigend.

Hussam verließ den Raum. Das Funkgerät nahm er mit.

Alexander wartete eine Minute, dann ging er schnell zu der zweiten Tür. Auch sie war nicht verschlossen. Er öffnete einen Spalt und steckte den Kopf hindurch. Die Luft, die ihm entgegenschlug, war eiskalt und roch nach nichts. *Steril.*

Hinter der Tür lag eine Halle.

In ihrer Bauart erinnerte sie an einen Flugzeughangar. Weiße Fliesen bedeckten den Boden und die Wände, glänzten so sauber wie in einem Operationssaal. *Oder wie in einem Seziersaal.* Ein großer, leerer Arbeitstisch befand sich an einer Wand. Ein Putzschwamm hatte kreisförmige Spuren auf seiner Metallplatte hinterlassen. Daneben standen zwei Stahlschränke mit Hebelverschlüssen. Graues Winterlicht fiel durch schmale Fenster, die hoch an den Wänden angebracht waren. Unter der Decke verliefen Belüftungsrohre.

Mitten in der Halle stand ein mächtiger Stahlcontainer. An seiner Tür hingen schwere Schlösser, zusätzlich zu einem Zahlenbrett neben dem Türrahmen. Auf einer beschrifteten Schalttafel blinkten rote und grüne Lämpchen, digitale Anzeigen leuchteten. Hinter einem kleinen Fenster in Augenhöhe brannte gelbes Licht. In dieser kalten Umgebung wirkte es überraschend freundlich, anziehend. *Lockend.*

Alexander wollte die Halle gerade betreten, als er Schritte auf dem Gang hörte. Schnell drückte er die Tür ins Schloss und setzte sich wieder auf seinen Stuhl, gerade noch rechtzeitig, ehe Hussam hereinkam.

»Alles klar?«, fragte Alexander höflich interessiert.

»Faber übernimmt«, sagte Hussam. »Der Leiter des Sicherheitsteams. Wir holen Doug da raus.«

»Und wenn er die Kerle findet?«

»Ruft er die Polizei, was sonst?«, sagte Hussam. »Das ist Hausfriedensbruch.« Er zog die Schultern hoch. »Kalt, oder?« Sein Blick wanderte von Alexander zu der Tür zur Halle und wieder zurück. »Warst du die ganze Zeit hier?«

»Hab die Station für dich überwacht.« Alexander lachte,

dann stand er auf. »Jetzt muss ich aber los, hab zu tun. Kennst du das Impfprogramm im Tschad?«

Hussam zwinkerte, schüttelte den Kopf.

»Ganz tolle Sache«, sagte Alexander. »See you, Hussam.« Er hob die Hand zum Abschiedsgruß und hielt Hussams misstrauischem Blick stand.

Die Kameras in der Halle beendeten ihre Aufzeichnung, speicherten die Bilder samt Uhrzeit und sandten die Daten an den Rechner im Sicherheitsbüro.

26

Philipp Warnke hastete durch das nächtliche Berlin. Er war auf dem Ku'damm gewesen, hatte nach Niko gesucht. Eigentlich waren sie in der Paris Bar verabredet, aber Warnke hatte nicht so lange warten wollen.

Niko war nicht da gewesen. Ein Mädchen mit schwarzem Bürstenhaarschnitt und Minirock hatte an seiner Stelle gestanden, geraucht und auf Kunden gewartet. Er war ein paarmal an ihr vorbeigegangen. Er hatte keine Pillen mehr. Und nur noch Pulver für eine einzige Line. Als er zum vierten Mal an ihr vorbeigekommen war, hatte sie ihn zu sich gerufen. Er hatte sich um Beiläufigkeit bemüht.

Niko heute nicht da?

Der macht 'nen dicken Fisch. Guck mal in der Paris Bar. Niko hat was von 'nem Polit-Affen erzählt, der Nachschub braucht. Und von mir hast du's nicht.

Jetzt lief Warnke in Richtung Bahnhof Zoo. Die große Uhr zeigte auf Viertel vor zehn. Um zehn waren sie verabredet, aber mit seinem Umweg über den Ku'damm hatte er wertvolle Zeit verschwendet. Bei dem Gedanken, dass er Niko verpassen könnte, wurde Warnke schlecht.

Sosehr er sich beeilte, er kam einfach nicht schnell genug voran, hatte das Gefühl, gegen einen Menschenstrom zu schwimmen. Obwohl er versuchte, den Entgegenkommenden auszuweichen, wurde er immer wieder angerempelt und beschimpft. Er war froh, als endlich der leuchtend rote Neonschriftzug »PARIS BAR« über den Köpfen der Menschenmenge auftauchte.

Warnke rannte fast auf die Tür zwischen den beiden Schaufenstern zu, drückte sie auf, stolperte in das Lokal. Dann blieb er stehen und versuchte, sich zu orientieren. Er war noch nie in der Paris Bar gewesen.

An den Wänden hingen dicht an dicht Bilder, schwarz-weißes Schachbrettmuster bedeckte den Boden, und eine Ledersitzbank lief um den ganzen Raum. Die Holzstühle waren zerkratzt und sahen wackelig aus. Warnke hatte sich einen bekannten Treffpunkt von Politikern und Journalisten vornehmer vorgestellt. Aber das Restaurant war gut besucht, fast alle Tische waren besetzt.

Niko war nirgends zu sehen.

Warnke knöpfte seine Jeansjacke auf und ging zu dem langen Tresen hinüber, hinter dem eine Wand nur aus Flaschen zu bestehen schien.

»Ich suche einen Bekannten«, sagte er zu dem Barkeeper an der Zapfanlage, der gerade ein Bierglas vollllaufen ließ. »Anfang dreißig, längere Haare, schwarze Lederjacke. War der schon hier?«

Der Mann schaute hoch. »Ist mir nicht aufgefallen.«

»Dann warte ich auf ihn.«

Der Barkeeper deutete mit dem Kinn auf einen leeren Platz auf der Bank. »Ich sag Bescheid, wenn einer nach dir fragt.« Er widmete sich wieder seiner Arbeit.

Warnke schob sich durch die Gästemenge zu dem bezeichneten Tisch und ließ sich auf die Bank fallen. Ein paar Plätze weiter saß eine junge Frau, die ganz in ihr Essen vertieft war. Neben ihr, auch auf dem Ledersitz, hockte ein grauer Königspudel. Er hatte eine Serviette um den Hals und kaute ebenfalls. Warnke warf einen Blick auf die Uhr. Schon gleich zehn.

Der Kellner kam und hielt ihm die Speisekarte hin.

»Einen doppelten Whisky«, sagte Warnke. »Ich warte.«

Der Kellner verschwand in Richtung Theke.

Warnke ließ sich zurückfallen und lehnte den Kopf gegen das Lederpolster. Jeden Augenblick konnte Niko durch die Tür treten. Er hatte es gerade noch geschafft.

Warnke fühlte sich erschöpft. Alles war zu viel.

Lechtenbrinck.

Die Drogen.

Geldsorgen.

Lechtenbrinck hatte wieder angerufen. Diesmal hatte Warnke den Anruf angenommen. Der Termin stand, jetzt gab es kein Zurück mehr. Und er hatte noch keinen Plan, wusste nicht, wie er in die Station gelangen, das Kind betäuben und damit zum Flughafen fahren sollte, wo dieser mysteriöse Kontaktmann auf ihn wartete. Er war noch nie im Moor gewesen. Von den Hominiden hatte er nur Schreckliches gehört. In den letzten Tagen war bei Phoenix von einem Abschuss gemunkelt worden. Angeblich war Douglas von mehreren Hominiden angegriffen und verletzt worden. Niemand wusste Genaues, aber Doug war verschwunden. Niko würde ihm eben etwas geben müssen, was seine Nerven beruhigte. Etwas, das ihn stark und tapfer machte. So wie die Hominiden.

Aber wo blieb Niko?

Warnke trank von seinem Whisky und schaute zu, wie das Frauchen des Königspudels ihrem Hund die Schnauze abwischte, die Serviette ordentlich zusammenfaltete und neben ihr Gedeck auf den Tisch legte.

Er warf einen Blick auf sein Handgelenk. Viertel nach zehn. Konnte Niko jetzt überhaupt noch kommen?

Auf einmal gab Warnke sich einen Ruck. Eine Gewissheit, die die ganze Zeit irgendwo in seinem Kopf gesessen hatte, tauchte am Horizont seiner Gedanken auf. Und auf einmal sah er klar. So konnte er nicht weitermachen.

Saß er wirklich hier in einer Berliner Bar, um sich ein Betäubungsmittel für ein kleines Kind zu besorgen? Wollte er den Jungen kidnappen – und nichts anderes verlangte Lechtenbrinck von ihm – und ihn ein paar Verbrechern ausliefern? Er hatte mit dem Gedanken gespielt, Lechtenbrinck das Teströhrchen zu geben. Aber der wollte den Bauplan *und* das Original. Lazarus war einmalig, eine Schöpfung von Phoenix, von Ben zum Leben erweckt. Lechtenbrincks

Kunde war dazu anscheinend noch nicht in der Lage. Deswegen wollten sie das Kind. Was würden sie mit dem Jungen tun? Ihn am Leben lassen? Oder würden sie ihn bei lebendigem Leib sezieren?

Warnke nahm einen hastigen Schluck Whisky.

Diese ganze Lazarus-Geschichte war ein Wahnsinn. *Ein Frevel.* Das kam davon, wenn man Gott spielte. Ben Miskin hatte das Kind entwickelt, viel Geld dafür kassiert – und am Ende dafür bezahlt. Kein Wunder, dass er in der Klapse saß. Jetzt, fern vom Phoenix Research Center, sah Warnke auf einmal klar. Offiziell wusste keiner, was zu Bens Nervenzusammenbruch geführt hatte. *Burn-out.* Ben war langsam dahingesiecht. Sein Geist hatte nach und nach seinen Körper verlassen, bis er wie die Flamme einer heruntergebrannten Kerze erloschen war. Bestimmt wäre er selbst auch verrückt geworden, wenn er eine Horde Monster geschaffen hätte, die sich wie ein Krebsgeschwür durch die Menschheit fressen, ihre Gene streuen und die Welt zerstören konnten. Es war ja nur eine Frage der Zeit.

Warnke hob die Hand und bestellte einen neuen Whisky.

Die Hominiden waren ein Fluch. Und Lazarus hatte ihn inzwischen auch im Griff. Die verdammten Hominiden hatten ihn in Besitz genommen, ihn zu Lechtenbrinck geführt, seine Gedanken vergiftet und ihn zu Taten gedrängt, zu denen er in seinem früheren Leben niemals fähig gewesen wäre.

Er konnte jetzt aufstehen und gehen. In seine Wohnung. Sich endlich ausschlafen. Phoenix aus seinem Leben streichen. Eine neue Arbeit suchen. Wenn er sagte, dass er von Phoenix kam, Laborleiter gewesen war, würde er überall einen Job erhalten. Es gab keinen Grund, warum er nicht jetzt gleich aufstehen und dieses Lokal verlassen sollte.

Der Kellner brachte den Whisky, und er leerte das halbe Glas auf einen Zug. Niko würde nicht nur die K.-o.-Tropfen mitbringen, sondern auch ein Briefchen mit weißem Pulver. *Highway to Hell.* Etwas in ihm gierte danach. Doch eine innere Stimme warnte: *Vergiss Lazarus, lass das Pulver, rette dich, so schnell du kannst.* Er musste weg. Ehe Niko mit seinem Teufelszeug kam, ihn weiter vor die Hunde gehen ließ.

Warum hatte er Ben Miskin belauert, seinen Verfall mit stillem Frohlocken beobachtet? *Ihn verrecken lassen?* Warum hatte er ihm an jenem Morgen nicht geholfen, als er nach Luft schnappend auf dem Boden lag? Weil er an seiner Stelle Laborleiter hatte werden wollen. Bens Seelenqualen hatte er einfach ignoriert. Und jetzt hatte auch er Schuld auf sich geladen, würde er für den Frevel teuer bezahlen müssen.

Er war wieder auf Droge.

Er hatte Julias Leben zerstört.

Er hinterging Phoenix.

Und das Schlimmste: Er betrog Max.

Die Monster im Moor hatten ihn zum Monster gemacht.

Es gab also wirklich keinen Grund, warum er nicht einfach aufstehen und gehen und die U-Bahn nehmen und nach Hause fahren sollte. Gleich morgen würde er sich auf die Suche nach einer neuen Stelle machen. Alle Gentechnik-Labore abklappern, bei jedem Vorstellungsgespräch erklären müssen, warum er ausgerechnet bei Phoenix hingeschmissen hatte. Danach würden sie Max anrufen.

Warnke wurde kalt.

Aber vielleicht wollte er auch gar nicht weg. *Phoenix dient den Menschen.* Das Lazarus-Projekt eröffnete ganz neue Wege in der medizinischen Forschung. Durfte er sich dem in den Weg stellen und den Fortschritt behindern? Wenn er Lazarus seinen Mördern auslieferte, zerstörte er ein einmaliges Projekt.

Warnke leerte sein Glas, fühlte sich schon benommen. Er war ein wenig schläfrig und viel zu faul zum Aufstehen.

Nein, er wollte gar nicht weg, wollte in diesem wunderbaren Team weiterarbeiten, das Vertrauen, das Max in ihn setzte, nicht enttäuschen. Warum sollte er überhaupt einen Posten aufgeben, für den andere töten würden?

Der Gedanke an die Hominiden hatte etwas Wunderbares. Er war Teil dieses Zukunftsprojektes. Warnke wurde warm. Er spürte, wie sich ein glückliches Grinsen auf seinem Gesicht ausbreitete. Julia hatte ihn aufhalten wollen. Aber er war stark, hatte sich durchgesetzt, war gut. Und vor allem: Max vertraute ihm.

Warnke sah auf die Uhr. Zehn vor elf. Und da hatte er die rettende Idee. In einer halben Stunde konnte er im Labor sein, das Röhrchen mit dem Alkohol, in dem ein Wölkchen Erbgut schwamm, holen und Lechtenbrinck bringen. *Statt des Kindes.* Er würde ein betrübtes Gesicht machen und eine Lüge auftischen. Lazarus sei dem Abschuss, von dem gemunkelt wurde, zum Opfer gefallen. Genaues sei nicht bekannt. Wer sollte ihm das Gegenteil beweisen? Sein Gewissen würde so rein sein wie das eines Engels.

Plötzlich fühlte er sich so euphorisch, dass er nicht einmal mehr auf Niko warten wollte. Die Arbeit bei Phoenix genügte ihm, war berauschend genug. *Highway to Hell.* Warnke musste lachen. Phoenix war sein Highway to Hell. Endlich war ihm das klar. Ab jetzt würde es keine Ausflüge zum Ku'damm mehr geben.

Warnke bestellte noch einen allerletzten Whisky.

Die Tür ging auf.

Niko kam herein. Er schaute sich nicht um, sondern steuerte direkt auf einen Tisch unter einem surrealistischen Gemälde zu. Ein älterer Mann in grauem Flanell saß darunter, blickte von seinem Essen auf. Sein Gesicht kam Warnke bekannt vor. Wahrscheinlich der Polit-Affe. Niko beugte sich zu dem Mann hinunter, wandte dabei Warnke den Rücken zu. Warnke konnte nicht sehen, was geschah, aber er wusste, dass jetzt ein Briefchen den Besitzer wechselte. Wahrscheinlich Koks. Darauf standen diese Typen alle.

Warnke nahm einen Schluck Whisky, wartete.

Niko verließ den Tisch, kam herüber und setzte sich neben Warnke an die Wand.

»Hat ein bisschen länger gedauert«, sagte er.

»Macht doch nichts«, sagte Warnke, starrte auf das halb volle Glas. Wie viel hatte er schon getrunken? Der Kellner würde es wohl wissen.

»Hier«, sagte Niko und schob ein kleines Päckchen über die Bank. »Dein Pulver ist auch drin.«

Highway to Hell. »Bist doch der Beste.« In Warnkes Kopf drehten sich goldene Nebel. War das der Alkohol?

»In der Flasche sind zwei Portionen«, fuhr Niko fort, während er seinen Blick durch das Lokal schweifen ließ. »Pass auf, dass du immer nur die Hälfte nimmst.«

»Die Hälfte.« Wovon sprach Niko?

»Jede Einheit reicht für einen Tag.«

Wenn alles gut ging, würde er es nicht brauchen. Trotzdem griff er nach dem Päckchen.

Niko wandte ihm das Gesicht zu. »Du säufst«, sagte er. »Mit Säufern mache ich keine Geschäfte, also pass auf.«

»Geht klar.« Warnke steckte das Päckchen ein, winkte den Kellner heran.

Niko stand schnell auf, klopfte mit den Knöcheln zum Abschied auf den Tisch. Dann drehte er sich um und verließ, ohne dem Mann im grauen Anzug einen Blick zu schenken, die Paris Bar.

Warnke zahlte die Whiskys, erhob sich und ging.

Draußen war die Luft klar und kalt. Sie half ihm, wieder ein wenig nüchterner zu werden. Irgendwo krachte ein Feuerwerk. Blutig rot explodierte eine Chrysantheme über dem Tiergarten. Wie weiße Speere stachen lange Lichtbahnen in die Luft, bewegten sich hin und her und auf und ab, als suchten sie den Himmel über Berlin nach feindlichen Flugzeugen ab.

Warnke fühlte, wie er langsam nüchtern wurde. Ohne die schützende Wärme des Alkohols hatte er der klirrenden Dezembernacht nichts entgegenzusetzen, fror er einfach erbärmlich. Er schob die Hand in die Jackentasche und schloss sie fest um das Päckchen mit den Tropfen und dem Pulver, konnte es kaum erwarten, eine Line zu ziehen.

Highway to Hell.

Warnke hastete zur U-Bahn-Station am Bahnhof Zoo.

27

Die Sonne war gerade aufgegangen, als Miriam gegen acht Uhr auf den halb leeren Parkplatz des Hotels einbog. Es war eines dieser typischen bayerischen Häuser im Alpenlandstil, ein Mittelding zwischen Bauernhof und aufgeblähter Almhütte. Die weiße Fassade zierten grüne Fensterläden und Holzbalkone, an denen Girlanden von Tannenzweigen und Goldkugeln hingen. Links und rechts vom Hoteleingang standen mit roten Kugeln und goldenen Schleifen geschmückte Weihnachtsbäume. Anfang Dezember beherbergte das Haus wohl kaum Touristen: Zeit für Seminare und Weihnachtsfeiern. Sie fuhr die Reihe der geparkten Wagen entlang, bis sie einen blauen Mercedes mit italienischem Nummernschild entdeckte. Wie die Bozener Kennzeichen aussahen, wusste sie nicht, aber sie ging davon aus, dass der Mercedes Paolo gehörte.

Miriam stellte ihren alten Volvo daneben, schnappte sich die Aktentasche vom Beifahrersitz und warf schnell einen Blick in den Rückspiegel. Sie sah schrecklich aus. Unter anderen Umständen hätte ihr der Anblick ihres blassen, von der schlaflosen Nacht verquollenen Gesichts und der im grauen Morgenlicht noch tiefer scheinenden Falten zugesetzt. Aber so fuhr sie sich nur zweimal rasch durchs Haar, dann stieg sie aus und hastete, die Tasche unter dem Arm, auf den Hoteleingang zu.

Die Halle war fast menschenleer, nur ein paar Männer in Anzügen und eine Frau in einem beigen Wintermantel standen zusammen und unterhielten sich. An den Wänden hingen goldgerahmte Ölbilder mit Berglandschaften. Lampen mit rot-grün karierten Schirmen zierten abgebeizte Truhen und Tische. Ihre Messingfüße glänzten um die Wette mit den vielen Silberschalen, in denen sich Äpfel türmten. Es war warm und heimelig und eine Welt vom grauen Berlin entfernt.

Miriam steuerte die Rezeption an, hinter der eine junge Frau in einem rosafarbenen Dirndl stand und eine Liste abhakte. Als sie Miriam herankommen sah, hob sie den Kopf und setzte ein professionelles Lächeln auf.

»Guten Morgen«, sagte sie gut gelaunt. Am Träger ihres Mieders steckte ein Messingschild mit dem Namen Hannah.

»Guten Morgen, mein Name ist Kern. Ich suche Herrn Venturini. Ich hoffe, er ist schon auf.«

Hannah zögerte, und Miriam fürchtete schon, sie würde den Standardsatz hören, dass es grundsätzlich keine Auskunft über Hausgäste gab, aber da entdeckte sie unter den Männern in der Lobby ein flüchtig bekanntes Gesicht. Sie hatte seinen Namen vergessen – wenn sie ihn denn je gewusst hatte –, hob aber sofort die Hand und winkte. »Hallo«, rief sie. »Schön, Sie zu sehen. Ich bin eben erst angekommen.«

Der Mann wirkte überrascht, grüßte aber zurück.

»Professor Venturini sitzt gerade beim Frühstück«, sagte Hannah freundlich und deutete auf eine Tür mit Glaseinsätzen. »Dort drüben ist unser Frühstücksraum.«

Miriam bedankte sich, packte die Aktentasche fester und folgte der angegebenen Richtung. Sie spürte den Blick des Kollegen im Rücken. Es erhöhte ihre Nervosität zusätzlich.

Im Frühstücksraum roch es nach Kaffee und gebratenen Eiern. Nur ein paar Tische waren besetzt. Paolo Venturini saß an einem der großen Rundbogenfenster, hinter denen der Blick auf eine mit Herbstlaub gesprenkelte Terrasse und einen abgedeckten Pool fiel, und las die Süddeutsche. Das Geschirr auf seinem Tisch war benutzt und beiseitegeschoben, er schien mit seinem Frühstück fertig zu sein und nur noch einen Blick in die Zeitung zu werfen. Miriam fiel auf, dass seine Glatze in dem noch immer dunklen Haar dominanter geworden war, aber mit seinem Vollbart und der Lesebrille ähnelte er verblüffend dem italienischen Schriftsteller Umberto Eco.

Miriam ging direkt zu ihm hinüber, blieb neben seinem Tisch stehen und sagte: »Guten Morgen, Paolo.«

Er ließ die Zeitung sinken, hob den Kopf und musterte sie erstaunt über den Rand seiner schmalen Lesebrille. Es war offensichtlich, dass er sich nicht an sie erinnerte. Früher hätte sie dieser Blick gekränkt. Inzwischen war sie daran gewöhnt, mit den Jahren für manche Männer unsichtbar geworden zu sein. Dabei war Paolo doch gut zwanzig Jahre älter als sie. Als hätte er ihre Gedanken gelesen, erhob er sich hastig, faltete die Zeitung zusammen, legte sie auf den Tisch und nahm die Brille ab. »Guten Morgen ...« Er streckte die Hand aus.

»Miriam«, sagte sie. »Miriam Kern.« Sie schüttelte seine Hand. »Rechtsmedizin, Berlin.«

»Oh, natürlich, Miriam.« Paolo lächelte, sein dunkler Vollbart sträubte sich, eine Erinnerung schien aus den Tiefen seines Geistes aufzutauchen. »Innsbruck ... Sie – du warst bei meinem Vortrag, nicht wahr?« Er deutete auf den gegenüberliegenden Stuhl. »Bitte, hattest du schon Kaffee?« Höflich übersah er ihren derangierten Zustand, die zerdrückte Jacke, das ungekämmte Haar, ihr verquollenes Gesicht und tat, als wäre sie gerade frisch zum Frühstück erschienen, um vor Seminarbeginn noch ein wenig mit ihm zu fachsimpeln.

Miriam ließ sich auf den Stuhl fallen, die Aktentasche fest an die Brust gepresst. Jetzt, nach der langen Fahrt und endlich am Ziel, überfiel sie bleierne Müdigkeit. Was sollte sie sagen? Wo beginnen? Vielleicht hatte Georg recht und sie war irgendwelchen Hirngespinsten aufgesessen. Aber nun war sie einmal da, und es gab kein Zurück. Sie legte die Aktentasche auf den Schoß, strich mit den Händen darüber und sah zu Paolo auf. »Ich will dir was zeigen«, sagte sie. »Du musst mir helfen.« Er hob die Brauen. »Ich weiß sonst nicht, an wen ich mich wenden kann.«

Eine Kellnerin im Dirndl erschien. »Möchten Sie Kaffee oder Tee?«, fragte sie Miriam. »Und Ihre Zimmernummer?«

»313«, sagte Paolo, und Miriam hatte den Verdacht, dass er nicht höflich sein, sondern einfach keine Zeit verlieren wollte. »Worum geht es?«

»Einen Cappuccino, bitte«, sagte Miriam.

Die Kellnerin ging, und Miriam öffnete die Aktentasche. Sie zog ihren Laptop heraus, stellte ihn auf den Tisch und klappte ihn auf. Dann drückte sie ein paar Tasten. Der Bildschirm wurde hell, Zahlenreihen erschienen, vertraut und doch unverständlich. Sie fröstelte. Da war sie wieder, die kalte Hand, die nach ihrem Herzen griff und unbarmherzig zudrückte. *Leon.* Sie drehte den Computer um und schob ihn zwischen Brotkorb und Honigtopf zu Paolo hinüber.

Paolo setzte die Brille auf, stützte das bärtige Kinn in eine Hand und sah auf das Display. »Was ist das?«

»Eine Gensequenzanalyse.«

»Ja, das sehe ich, aber sie ist nicht vollständig.«

»Doch.«

Er hob den Blick. »Wie bitte?«

»Vor zwei Wochen ist in Berlin ein Kind spurlos verschwunden«, sagte sie. »Ein Junge. Wir haben Anhaftungen von Blut an seiner Jacke gefunden und ein einzelnes Haar. Das da ist die Analyse des Haares.«

Paolo setzte sich gerade hin und begann auf dem Bildschirm herumzuscrollen. Die Kellnerin brachte den Kaffee, der Frühstücksraum leerte sich. Endlich, nach einer gefühlten Ewigkeit, verschränkte Paolo die Hände vor sich auf der Tischkante und kniff den Mund zusammen. Dann schüttelte er den Kopf, schwieg.

»Deine Meinung?« Miriam trank einen Schluck Kaffee.

»Die DNA stammt vom Blut des Kindes?«

»Ja.«

»Das zweite genetische Profil betrifft dieses Haar?«

»Genau.«

Er sah sie direkt an, seine braunen Augen über der Lesebrille hatten einen überraschten Ausdruck. »Das ist höchst ungewöhnlich«, sagte er.

Höchst ungewöhnlich – aber nicht unmöglich.

Miriam stellte die Tasse ab und beugte sich vor. »In der DNA des Haares gibt es Deletionen«, sagte sie eindringlich. »Die Zahlenkette ist unvollständig. So viel wissen wir auch. Nur, was heißt das? Sag du es mir.«

Die Kellnerin kam vorbei, sie waren die letzten Gäste.

Paolo strich sich über den Bart. »Sieben Merkmale von zwölf sind menschlich – fünf fehlen. Das heißt aber nicht, dass sie nicht vorhanden sind. Sonst wäre das …« Er suchte nach dem richtigen Wort. »… das Wesen nicht lebensfähig.«

»An welche DNA denkst du?«

»An tierische. Die kannst du nicht nachweisen.« Er musterte sie. »Ich glaube, es ist ein Hybrid.«

»Hybrid-DNA?« Darauf war sie noch nicht gekommen.

Paolo nickte. »Möglicherweise ein Mensch-Tier-Hybrid.« Er nahm die Brille ab, klappte die Bügel auf und zu. »Es muss eine Züchtung sein. Vielleicht ist ein Prototyp aus einem Labor entwischt. Es gibt Versuche in diese Richtung, aber das hier ist was ganz Neues.« Zwischen Paolos Brauen erschien eine steile Falte. »Wenn meine Hypothese stimmt, wäre das eine wissenschaftliche Sensation. Ich kenne allerdings kein Labor, das derzeit zur Entwicklung lebensfähiger Hybride mit dieser DNA in der Lage ist.« In seinen letzten Worten schwang Erleichterung, aber auch eine Spur Enttäuschung mit.

Miriams Herzschlag beschleunigte sich. *Ein Hybrid.* Welches Ding, um Gottes willen, streifte durch den Spandauer Forst? Ihr wurde schlecht. Wem oder was war Leon begegnet?

Paolo deutete mit der Brille auf den Bildschirm. »Leider werden wir nicht feststellen können, woher die Tier-DNA stammt. Du glaubst, der Hybrid – so es denn wirklich einen geben sollte, was ich wie gesagt bezweifle – hat das Kind angefallen?«

Miriam nickte stumm, war wie betäubt.

Ein junger Mann in Tweedjacke betrat den Frühstücksraum, kam auf sie zu. Paolo sah ihm entgegen, hob die Hand und rief: »Wir fangen heute später an.«

Der Mann blieb stehen.

»Wir treffen uns um elf im Seminarraum.« Paolo wandte sich wieder an Miriam. Die Tür des Frühstücksraums klappte. »Tut mir leid, dass ich nicht helfen kann. Aber der Fall interessiert mich, erzähl mir mehr.«

Miriam zögerte mit ihrer entscheidenden Frage. Er würde sie für verrückt halten. Andererseits hatte sie nicht den weiten Weg von Berlin zurückgelegt, um jetzt auf halber Strecke kehrtzumachen. Sie räusperte sich. »Da ist noch etwas«, sagte sie, zog den Laptop zu sich heran und gab ein Passwort ein. Diese Daten hatte sie gesondert gesichert. Sie wartete, bis die Zahlenkolonne erschien, dann schob sie Paolo den Computer wieder hin. »Was sagst du dazu?«

Er beugte sich vor, strich wieder durch seinen Bart, musterte das Display. Für Miriam dauerte es eine gefühlte Ewigkeit, bis er sich zurücklehnte und seinen Blick auf sie richtete. »Woher stammt diese Sequenz?« Sein Ton war scharf. »Hat sie mit deinem Fall zu tun?«

»Sie stammt von dem Haar.«

»Das ist nicht möglich! Das Haar hat Hybrid-DNA.«

»Es muss eine Anhaftung sein«, sagte sie. »Irgendwer hat genetische Spuren auf dem Haar hinterlassen. Sie waren sozusagen ein Nebenprodukt meiner Analyse – und sie sind eindeutig menschlich. Trotzdem finde ich sie ungewöhnlich.«

Paolo nickte, wirkte gedankenverloren. »Ungewöhnlich«, sagte er. »Ja, das ist wirklich ungewöhnlich. Unglaublich!«

Auf der Terrasse machten sich zwei Hausmeister daran, das tote Laub mit Reisigbesen zu lockeren Haufen zu fegen.

Miriam fiel auf, dass die Morgensonne verschwunden und ein leichter Wind aufgekommen war. Immer wieder fasste eine Böe nach einem Blatt und trieb es über die Steinplatten, als wäre es ein Tier, das vor einem Jäger zu flüchten versuchte.

»Ich kenne Teile dieser Sequenz«, sagte Paolo und deutete auf den Computer. »Auswendig. Ich habe sie über Jahrzehnte untersucht. Und deswegen bin ich ganz sicher: Es ist nicht möglich. Diese DNA ist Tausende von Jahren alt.«

Miriam starrte ihn an. »Ich habe sie vor Kurzem –«

»Der Mensch«, sagte Paolo betont langsam und eindringlich, so als wollte er ihr eine Tatsache begreiflich machen, »der *Mensch*, von dem dieses Genmaterial stammt, wurde vor über fünftausend Jahren geboren. Er liegt in Bozen im Museum. Und er ist tot.«

Miriams Gedanken fuhren Karussell. »Ich schwöre –«

»Mir ist nicht zu Ohren gekommen«, fuhr Paolo fort, »dass der Eismann seine Kühlkammer verlassen hätte.«

Der Eismann. Miriam nickte stumm, wich seinem Blick aus. Sie hatte irgendwo einen gravierenden Fehler gemacht. Aber da war das neue Programm, mit dem sie arbeitete. Und da war vor allem ihre Berufserfahrung. Auf einmal war die Müdigkeit verflogen. Sie straffte ihren Körper und sah Paolo fest an. »Dieses Material habe ich an der Jacke eines gerade erst verschwundenen Kindes gefunden«, sagte sie. »Dann muss es auch heute noch Menschen geben, die diese DNA haben.«

Auf der Terrasse war Geschrei zu hören. Eine Krähe hatte sich am Rand der Poolabdeckung niedergelassen, und ein Hausmeister scheuchte sie mit erhobenem Besen auf. Unter wütendem Gekreisch breitete der Vogel seine schwarzen Schwingen aus, hob ab und verschwand im grauen Winterhimmel.

»Vielleicht nur einen einzigen«, sagte Paolo. »Hast du noch mehr Unterlagen? Kann ich sie haben?«

»Sie sind Teil einer rechtsmedizinischen Untersuchung.«

»Wenn ihr das Individuum findet, möchte ich unbedingt beigezogen werden«, sagte er. »Die epigenetischen Markierungen, die bei der Zellteilung weitergegeben werden, müssen die Zeit unbeschadet überstanden haben. Weißt du, was das heißt? Was für eine Chance für die Wissenschaft!«

Miriam überlegte schnell. »Sag mir, was du weißt, und du bekommst alle Unterlagen, sobald der Fall abgeschlossen ist.« Und je schneller er ihr half, umso eher würde das sein. Seiner Miene nach zu urteilen, hatte er verstanden.

»Einverstanden.« Paolo verschränkte die Arme vor der Brust. »Aber ich brauche das Individuum«, sagte er. »Mein Forschungsgebiet ist schließlich die Epigenetik.«

»Ich weiß.« Sie hatte extra seinen Vortrag gehört.

»Gut«, sagte Paolo. »Dann ist dir klar, dass ich die Mechanismen, welche die Aktivität von Genen steuern, untersuche – die epigenetischen Markierungen.« Miriam nickte. »Sie bilden sozusagen das Gedächtnis der Zelle für vergangene Ereignisse.« Er deutete auf den Laptop. »Ich kenne diese Zahlen, weil ich mit ihnen gearbeitet habe. Aber die Botschaft, die in ihnen steckt, muss entschlüsselt werden.«

Miriam hatte aufmerksam zugehört. »Wenn du die Zellen da lesen könntest«, sagte sie, »wüsstest du alles über die Erfahrungen dieses Individuums?« Das war ihr neu.

»Genau.«

»Sie sind also ... gespeichert?«

»Gene haben ein Gedächtnis«, sagte Paolo. »Das ist der Titel meines neuen Buches. Und ja – ich wüsste alles über diesen Organismus.« Er lächelte. »Und über seine Vorfahren.«

Eine Sturmböe erhob sich, erfasste die Laubhaufen auf der Terrasse und wirbelte sie durcheinander. Miriam konnte das Heulen des Windes um die Hausecken hören. Die Männer in den blauen Schürzen schrien sich etwas zu, dann drehten sie sich um und verschwanden mit ihren Besen im Haus.

»Über die Vorfahren auch?«, fragte Miriam.

Paolo nickte. »Es gibt so etwas wie eine Gefühlserbschaft«, sagte er. »Gefühle und Erfahrungen werden über Generationen ungewollt weitergegeben. Meiner Auffassung nach spielen die bewusste und die unbewusste Tradierung die gleiche Rolle. Und zwar über viele Generationen.«

»Ich habe im Zusammenhang mit Folter- oder Kriegsopfern davon gehört«, sagte Miriam. »Wenn dies Steinzeit-DNA ist – was heißt das dann für den zugehörigen Organismus? Woran erinnert er sich? Was beeinflusst sein Verhalten?«

Paolo zuckte die Schultern. »Das hängt von seinen Vorfahren, ihren Lebensumständen ab«, sagte er. »Sind sie eines natürlichen Todes gestorben? Oder haben sie Leid und Verfolgung erlebt? Sind sie vielleicht sogar ermordet worden? Alle diese Erfahrungen hinterlassen Spuren im Erbgut. Können solche unverarbeiteten traumatischen Eindrücke nicht integriert und bewältigt werden, kommt es auch in den nachfolgenden Generationen zu Gefühlen von etwas Dunklem, Unverständlichem und Bedrückendem. Man hat das an den Nachfahren der überlebenden Holocaust-Opfer sehr gut dokumentieren können. In Träumen, Phantasien und im unbewussten Agieren der nachfolgenden Generationen treten immer wieder transgenerationale Übertragungsphänomene auf.«

Steinzeit-DNA, ein Steinzeitmensch – oder mehrere?

Miriam dachte an die blutverkrustete Kinderjacke. An das verschwundene, oder musste man jetzt sagen – an das verschleppte Kind?

»Dieser Organismus verhält sich wie ein Steinzeitmensch?«, fragte sie. »Würde er ein Kind töten?«

Paolo gab einen verächtlichen Laut von sich. »Tötet der moderne Mensch Kinder?«, fragte er. »Es ist kein Fall von Kindesenthauptung aus der Steinzeit bekannt. Die Zeit hat uns nicht besser oder, sagen wir, humaner gemacht. Mit moralischer Überlegenheit sollte unsere Generation sehr vorsichtig sein.«

»Ja«, flüsterte Miriam. *Leon, wo bist du?*

Die Tür des Frühstücksraums öffnete sich einen Spalt, der junge Mann in der Tweedjacke steckte den Kopf herein. »Herr Professor?«, rief er. »Die Seminarteilnehmer –«

»Um elf, habe ich gesagt.« Paolo schenkte ihm keinen Bick, winkte nur so, wie man ein lästiges Insekt verscheucht. Die Tür wurde leise zugezogen. »Du solltest in diesem Zusammenhang den Zeittunnel nicht außer Acht lassen«, sagte er zu Miriam. »Normalerweise erleben wir den Zeitablauf als linear progredient.«

Sie nickte.

»Aber wir haben festgestellt, dass es ab der zweiten Generation zu einer Verschiebung der chronologischen Zeitkurve kommt. Auch wenn die Nachgeborenen später auf die Welt gekommen sind, knüpfen sie psychisch genau an dem Punkt an, an dem das Trauma ihrer Vorfahren stattgefunden hat.«

»Das wäre ja nahezu eine Zeitreise.«

Paolo nickte eifrig, hatte sich in sein Spezialgebiet hineingeredet. »Für das Unbewusste gibt es keine rationale Zeitordnung und Kausalität«, sagte er. »Dadurch wird es den nächsten Generationen möglich, an die zerbrochene Zeitlinie ihrer Vorfahren anzuknüpfen.« Er klopfte mit dem Zeigefinger auf die zusammengefaltete Zeitung neben seinem Teller, als wollte er seine Ausführungen mit dieser Geste untermauern.

Miriams Gedanken fuhren Karussell. Ein Steinzeitmensch, der wie – nun ja –, wie ein Steinzeitmensch handelte. Und der im Spandauer Forst herumlief. Zusammen mit einem Mensch-Tier-Hybrid. Ihre Welt, in der bis eben nur Zahlen und Fakten regiert hatten, war gehörig ins Wanken geraten. Hatte sie Paolos Worte richtig verstanden, oder war sie nur vollkommen übermüdet? Ohne darüber nachzudenken, holte sie die Packung mit den Amphetaminen aus der

Tasche und warf eine Tablette ein. Dann griff sie über den Tisch, nahm Paolos unberührtes Glas mit Orangensaft und leerte es auf einen Zug. Die Säure brannte ihre Speiseröhre hinab und breitete sich schmerzhaft kalt in ihrem leeren Magen aus. Sie stellte das Glas ab und nahm Paolo, auf dessen Gesicht sich Überraschung malte, ins Visier.

Ehe er eine Frage stellen konnte, sagte sie: »Würde so ein Steinzeitmensch – traumatisiert oder nicht – ein kleines Kind anfallen und …« Miriam zögerte, fuhr dann aber tapfer fort: »Würde er einen Menschen fressen?«

Paolo starrte sie an, lachte verblüfft. »Es gibt zwar dokumentierte Fälle von Kannibalismus aus steinzeitlichen Höhlen, aber die muss man im zeitlichen Kontext sehen.«

»Würde das Individuum Jagd auf Menschen machen?«

Paolo strich sich durch den Bart, schien seine Worte abzuwägen. »Nein«, sagte er schließlich. »Ich kann es nicht beschwören, aber vom Gefühl her: Nein, natürlich nicht.«

»Was könnte es dann mit einem kleinen Jungen tun?«

Paolo zuckte die Schultern. »Aus Untersuchungen wissen wir, dass es einen regen Wechsel weiblicher Individuen zwischen den Regionen gegeben hat«, sagte er. »Zweifellos zur Auffrischung des genetischen Pools. Ob diese Wanderungen immer ganz freiwillig waren, sei dahingestellt. Es scheint regelrechte Raubzüge zur Erbeutung fremden Erbguts –«

»Die Polizei hat keine Leiche gefunden«, sagte sie. »Der Junge könnte also noch leben?«

Paolo schwieg, die Sekunden dehnten sich.

»Was ist?«, drängte Miriam.

»Ich will dir keine falsche Hoffnung machen«, sagte Paolo endlich. »Aber es ist möglich, dass das Individuum oder die Individuen das Kind bei sich aufziehen. Annahme an Kindes statt ist im Lauf der Geschichte immer vorgekommen.«

»Oh Mann.«

Eine Welle der Erleichterung, ja des Triumphes durchlief Miriam. Die Amphetamintablette fing an zu wirken. *Leon.*

Der Gedanke schoss ihr durch den Kopf, dass sie die Polizei rufen, ihre Informationen weitergeben musste. Doch dann machte sich wieder Verzweiflung in ihr breit. Was sollte sie den Beamten sagen? Im Spandauer Forst läuft ein Steinzeitmensch herum, der einen kleinen Jungen gekidnappt hat? Ach ja, und er ist in Begleitung eines Science-Fiction-Wesens, halb Mensch, halb Tier, also lieber vorsichtig sein, wir wissen nicht, was es ist? Und wenn man sie fragte, wo dieses Fabelwesen herkommen sollte? Sie wusste es ja selbst nicht.

Miriam stützte die Ellenbogen auf den Tisch, schloss die Augen und vergrub das Gesicht in den Händen. Das Beste, was sie erhoffen konnte, war eine Einweisung in eine Anstalt. Ihre Augen brannten, und sie wollte nicht vor diesem kühl kalkulierenden Mann weinen.

»Miriam?«

Ach was, so wie sie aussah, war alles egal. Miriam nahm die Hände vom Gesicht und sah Paolo an. »Ich werde ihn suchen«, sagte sie. »Den Jungen. Ich fahr in den Forst.«

Seine Augen wurden schmal. »Allein?«

»Ja.« Miriam zog den Laptop zu sich heran, klappte ihn zu und steckte ihn in die Aktentasche. »Wenn es noch die geringste Chance gibt, das Kind lebend zu finden, dann werde ich sie nutzen.« Sie stand auf, und Paolo erhob sich sofort. »Danke, Paolo, du hast mir sehr geholfen.«

Paolo sah aus, als wollte er etwas sagen, aber dann kniff er nur den Mund zusammen. Sie schüttelten sich die Hände wie zwei Wissenschaftler, die sich zufällig auf einem Kongress getroffen und ein wenig gefachsimpelt hatten.

»Du hörst von mir«, sagte sie.

Er zog die Brauen zusammen. »Pass auf dich auf«, sagte er. Kein »Auf Wiedersehen«, kein »Ich ruf dich an«. »Du kannst mir die Unterlagen an mein Institut schicken lassen.«

»Natürlich.« Miriam nickte noch einmal zum Abschied, wandte sich um und durchquerte den Frühstücksraum. Vor ein paar Stunden hätte sie sein Verhalten noch gekränkt, jetzt waren ihre Gedanken ganz auf Leon fokussiert und auf die Aufgabe, die vor ihr lag.

Als Miriam Minuten später auf dem Parkplatz in ihren alten Volvo stieg, hatte sie alle Gedanken an in Genen gespeichertes Erbgut und an das, was diese Erkenntnis bedeuten mochte, in den Wind geschlagen. Sie war vollauf damit beschäftigt, die Zeit zu berechnen, die sie für die Rückfahrt und eine kurze Pause in ihrer Wohnung brauchte.

Ehe sie ins Moor aufbrach.

28

Sie trafen sich auf halbem Weg. Gegen sechs Uhr am Morgen, vor Hussams Schichtbeginn, betraten Max van Damme und Amanda Donovan das Kontrollzentrum. Faber wartete bereits auf sie, eine schwarze Mappe unter dem Arm. Diesmal waren sie nicht allein. Ein weiterer Mann saß auf einem Stuhl vor einem der Computer. Er war Mitte zwanzig, und unter seinem blauen Jackett spannten sich die Muskeln seiner Oberarme. Seine Chinos waren tadellos gebügelt, und seine braunen Schnürschuhe glänzten wie frisch geputzt. *Aufstrebende Führungskraft am Casual Friday.*

Als van Damme und Amanda eintraten, stand er sofort auf. Faber nickte nur kurz zur Begrüßung und deutete auf den kleinen Besprechungstisch in einer Ecke des Raumes. Van Damme setzte sich und sah Faber erwartungsvoll an, doch Amanda blieb stehen und musterte den jungen Mann. Sie klopfte mit der Spitze ihres schwarzen Wildlederstiefels auf den Boden.

»Faber«, sagte sie, »möchtest du uns nicht vorstellen?«

»Das ist Jan«, sagte Faber und nahm ebenfalls Platz.

Jan grüßte höflich und ohne ein Lächeln. Sein Blick, kühl und geschäftsmäßig, wanderte von Max zu Amanda und blieb an ihr hängen. Er setzte sich wieder, legte die Hände entspannt auf die Oberschenkel und schien ganz Ohr zu sein.

Amanda wandte sich von ihm ab und sagte zu Faber: »Was gibt's so Dringendes?«

»Lindahl spioniert.«

Van Damme räusperte sich, Amanda schwieg.

»Er war kurz vor der Konservierungszelle«, fuhr Faber fort. »Unsere Kamera hat den Vorgang aufgezeichnet.«

Van Damme und Amanda sahen sich an.

»Lindahl wird also aktiv«, sagte Amanda nachdenklich.

»Jede Wette, dass Trautmann ihm ’nen Floh ins Ohr gesetzt hat«, knurrte Faber.

»Was tut er sonst so?«, fragte Amanda.

Faber schlug seine Mappe auf und nahm ein Blatt Papier heraus, auf dem er protokollartig Notizen gemacht hatte. »Schreibt an seinem Buch«, zählte er auf. »Telefoniert mit der kranken Oma, macht Ausflüge in die Stadt. Einmal war er auf einem Postamt und hat Weihnachtskarten gekauft. Hat meinen Mann einen halben Tag gekostet. Die Karten liegen jetzt auf seinem Schreibtisch herum.« Er hob den Blick. »Wenn ihr mich fragt, verarscht der uns.«

Jan hob die Faust zum Mund und hüstelte.

»Der muss Kontakte nach draußen haben«, fuhr Faber fort. »An der Pforte sind zwei Männer aufgefallen, die das Einfahrtstor unter die Lupe genommen haben. Seriös, dunkle Anzüge, Mercedes S-Klasse. Das Nummernschild wurde nicht erfasst, aber Hermann meint, dass er aus seinem Glaskasten ein Potsdamer Kennzeichen erkannt hat.« Er zog einen Computerausdruck mit Fotos aus seiner Mappe und reichte ihn van Damme. »Von der Überwachungskamera am Tor. Der Typ im beigen Mantel war sogar zweimal da, hat sich umgesehen.«

Amanda beugte sich über van Dammes Schulter und betrachtete die Bilder. »Businessman«, sagte sie.

»Nie gesehen.« Van Damme warf den Ausdruck auf den Tisch. »Hat bestimmt noch mit Julia zu tun. Alex verfügt nur über die Informationen, die wir ihm geben. In ein paar Monaten kann das alle Welt lesen.«

Amanda fing an, im Raum herumzuwandern. »Wir hätten dieses Risiko nie eingehen dürfen, Max.« Sie blieb vor einem der Fotos an der Wand stehen und betrachtete das Licht- und Schattenspiel der Moorlandschaft darauf. »Ausgerechnet jetzt, knapp vor dem Durchbruch.«

Faber war ihr mit Blicken gefolgt. »Jan wird den Job selbst übernehmen«, sagte er. »Er ist mein bester Mann.«

Der so Angesprochene verschränkte die Arme vor der Brust und lächelte Amanda an. Er wirkte vertrauenswürdig und kompetent, war die personifizierte Sicherheit.

»Aber nicht wieder im Spandauer Forst«, wandte sie ein. »Nicht nach der Sache mit Trautmann, das ist zu auffällig.«

»Ich habe bereits die Möglichkeiten im Moor überprüft«, sagte Jan. »Da gibt es ein paar gute Stellen. Aus denen taucht Ihr Mann frühestens in tausend Jahren wieder auf.«

Amanda wanderte weiter, blieb vor einem Poster stehen, auf dem kahle Äste aus einem Moorsee ragten. Ein riesiger Vollmond hing über filigranen Baumskeletten, spiegelte sich in schwarzen Wasserlachen. Ein Spinnennetz aus Schatten lag auf der glitzernden Oberfläche.

»Und wenn wir ihn zur Station schicken?«, fragte Amanda.

Jan hob die Brauen, sah Faber an.

»Könnte funktionieren«, sagte Faber etwas zögernd.

»Zu den Hominiden?«, fragte van Damme. »Wozu?«

Faber zog eine zusammengefaltete Zeitungsseite zwischen seinen Papieren hervor und reichte sie van Damme. »Deswegen«, sagte er. Die Seite stammte aus der B.Z., war eine Woche alt, die Titelzeile lautete: »Leon Meier noch immer verschwunden«.

»Zwei Jungs«, sagte Faber, »waren zusammen im Teufelsbruch. Nur einer ist davongekommen.«

Van Damme überflog den Artikel. »Da steht, die Polizei hätte das Kind auf dem Wanderweg aufgegriffen.« Er hob den Kopf. »Das ist überhaupt nicht in der Nähe der Station.«

»Sie haben die Jacke des vermissten Jungen«, sagte Faber. »Ist ziemlich viel Blut geflossen.«

Van Damme warf die Zeitung auf den Tisch. »Ja und?«

»Es war jedenfalls kein Tier, sagt die Rechtsmedizin.«

Van Dammes Augen verengten sich, aber er schwieg.

»Ich kenne die Assistentin von Professor Troschke«, fuhr Faber fort. »Steht bei uns auf der Warteliste fürs Labor, nettes

Mädel. Ich habe Angie sofort angerufen. Troschke hat sich die Sache angesehen und sich am Ende dafür entschieden, dass die Jacke dem vermissten Jungen zuzuordnen ist. Mehr, schreibt er in seinem Gutachten, können sie derzeit nicht sagen.«

»Gute Arbeit, Faber«, sagte van Damme.

Faber zeigte auf die Zeitung. »Ich denke, *wir* wissen, was das war, oder? Affen fressen sich gegenseitig auf.«

»Ich weiß von keinem Alarm«, sagte van Damme. »Und Doug hat auch keinen Zwischenfall gemeldet. Apropos – wie geht's ihm überhaupt?«

»Liegt noch immer auf der Tropenstation«, sagte Faber und zuckte die Schultern. »Sie wissen nicht, was er hat.«

»Ich denke, es ist Malaria?«

»Sumpffieber schließen die Ärzte aus.«

Amanda sah van Damme an. »Wir holen Lazarus da raus.«

»Und was sollen wir dann mit ihm tun?«, fragte van Damme hörbar gereizt. »Ihn in den Kindergarten schicken?«

»Amanda hat recht«, sagte Faber. »Ich bin für den Schutz von H(X) verantwortlich. Und er ist zu wertvoll, als dass sich eine Horde Bestien über ihn hermachen kann.«

Van Damme schlug sich mit der Hand auf das Knie. »Herrgott«, rief er. »Das sind doch keine Menschenfresser! Sie sind Teil eines neuen Universums. Wir wissen, dass sie in unserer Welt keine natürlichen Feinde haben und sich ungebremst vermehren könnten. Deshalb halten wir sie ja unter höchsten Sicherheitsbedingungen.«

»Ich habe eine neue Lagebewertung vorgenommen«, sagte Faber, ignorierte van Dammes leidenschaftliche Worte. »Und als Leiter des Sicherheitsteams sage ich, dass von der Station eine zunehmende Gefahr ausgeht. Irgendwas stimmt da nicht.«

»Du siehst Moorgeister.«

»Wenn du bei der Légion nicht merkst, dass was in der Luft liegt, beißt du in den Sand, ehe die Sonne untergeht.«

Van Damme nickte. »Okay. Was stört dich?«

»Die ganze Entwicklung macht mich kirre«, sagte Faber. »Frag einen alten Soldaten nicht, warum. Miskin haben wir als Ersten verloren. Was ist mit dem passiert, wo ist er jetzt? Wir wissen es nicht. Und jetzt Doug. Was hat er? Wenn Ärzte nicht mehr weiterwissen, quatschen sie Fachchinesisch. Wer ist der Nächste? Tatsache ist: Wer mit den Bestien irgendwie zu tun hat, wird ausgeschaltet.«

»Willst du damit sagen, die Hominiden haben übernatürliche Kräfte?« Van Damme lachte ungläubig.

»Nein, das nicht, aber …« Faber zögerte. »Da braut sich was zusammen, und wenn du mich fragst, riecht es hier nicht nur nach Angriff – der ist schon in vollem Gange. Wir sollten jedenfalls auf eine Mission vorbereitet sein. Nur für den Fall, dass wir das Experiment abbrechen müssen.«

»Wir sind Wissenschaftler und keine Esoteriker«, sagte van Damme. »Und was heißt ›abbrechen‹?«

»Ich werde meinen Männern passende Waffen besorgen«, sagte Faber. »Und Kampfmesser.« Er schob einen Papierstapel beiseite und legte einen Gegenstand frei. »So was.«

»Oh mein Gott«, sagte Amanda.

Jan reckte den Kopf, verzog anerkennend den Mund.

Der Stahl des schweren Messers schimmerte im Schein der Schreibtischlampe wie Platin. Aus einem massiven Griff wuchsen drei Klingen, deren lange Schneiden sich umeinanderwanden wie miteinander kämpfende Kobras und die in einer speerförmigen Spitze zusammenwuchsen. Jeder Stich musste die Klingen in Rotation versetzen, sodass sie sich schneidend und bohrend ins Fleisch senkten. Dum-Dum-Geschosse konnten kaum weniger zerstörerische Wirkung erzeugen.

»Jagdkommando Tri-Dagger«, sagte Faber, nahm das Messer und drehte es hin und her. Das Licht glitt über die mörderischen Klingen, tanzte auf seiner Spitze. »Manchmal ist ein Nahkampf nicht zu vermeiden. Du brauchst eine ganze Mannschaft von Knochenflickern, damit dein Opfer nicht einfach ausblutet.« Er musterte das Messer liebevoll. »Keine billige Massenware, sondern eine Spezialanfertigung. Ist ein alter Legionär, der die Dinger vertreibt. Ich schicke einen Kurier und lasse zehn Stück abholen. In vier Tagen sollten wir voll ausgerüstet sein. Dann können wir jederzeit in den Einsatz.«

Van Damme starrte ihn an. »Bist du durchgeknallt?«, fragte er. »Es muss noch einen anderen Weg geben, als meinen Hominiden so ein Ding ins Herz zu bohren.« Er zeigte empört auf das Kampfmesser.

Faber nickte bedächtig. »Einen Weg finden, einen Weg bauen oder einen neuen Weg suchen«, sagte er. »Das lernen sie bei den Navy Seals, ist ein super Motto. Aber hier gibt's keinen anderen Weg. Die Sache entgleitet uns. Entweder die Hominiden oder wir, so schaut's aus. Ich werde versuchen, Lazarus rauszuhalten.«

Amanda sah van Damme an. »Wir haben seine DNA.«

Van Damme musterte das Messer, überlegte eine Weile, rang sichtlich mit sich. Schließlich sagte er zu Faber: »Ich denke drüber nach. Du kriegst meine Entscheidung kurzfristig. Aber diese Dinger da«, er deutete auf die mörderische Stichwaffe, »will ich auf keinen Fall im Research Center haben.«

Um Fabers Mund spielte ein Lächeln. »Jawohl, ist klar.«

Van Damme hob die Hände. »Lazarus bringt kein Unglück über diese Welt«, sagte er beschwörend. »Genetisch besteht kaum ein Unterschied zu uns. Natürlich birgt sein Erbgut noch Geheimnisse – aber so ist die Natur. Es werden Arten von dieser Welt verschwinden, ohne dass der Mensch sie je kennengelernt hat. Also, wo ist das Problem?«

»Die rotten uns aus«, sagte Faber. »Ganz einfach.« Er drehte das Kampfmesser wie einen Kreisel auf dem Tisch.

Van Damme wirkte angewidert. »Meine Hominiden führen keinen Feldzug«, gab er zurück. »Moderne Kriegsführung steht nämlich nicht in ihrem Ausbildungsprogramm.«

»Schön«, sagte Faber ruhig. »Aber möglicherweise kommt ihnen gerade wieder die passende Erinnerung. Könnte doch sein. Kennt ihr deren Gen-Speicher? Was steckt da drinnen? Oder besser gesagt – *wer*?«

Jan hüstelte. »Soll ich den Job nun machen?«

Alle drei sahen ihn an, als hätten sie seine Gegenwart schon vergessen. Schließlich sagte Amanda: »Jan hat recht, wir sind wegen Alex hier. Ich vertraue Fabers Urteil.«

Van Damme schüttelte den Kopf. »Ich setze keinen Killer auf Alex an«, sagte er. »Ich bringe doch meinen alten Freund nicht um. Bin ich ein Mörder?« Er klang wütend, die letzten Minuten hatten ihm hörbar zugesetzt.

Faber sah Amanda an, das Schweigen dehnte sich. Endlich beugte sich Amanda zu van Damme hinüber und sagte begütigend: »Dann lassen wir der Natur einfach ihren Lauf.«

Van Damme sah sie fragend an.

»Also, Alex hat gezeigt, dass er Maik vertraut«, fuhr Amanda fort. »Maik bringt ihn unter einem Vorwand ins Moor und lässt ihn dort. Entweder er verläuft sich und gerät in den Sumpf, oder die Hominiden werden ihn als Eindringling betrachten.« Sie sah van Damme eindringlich an. »Als wir einen Mann vom Fütterungsteam ausgetauscht haben, ist ein Hominide auf ihn losgegangen. Erinnerst du dich?«

Van Damme nickte düster.

»Wir mussten ihn erschießen«, fuhr Amanda fort. »Die Hominiden scheinen sehr revierbewusst zu sein.«

»Wir werden am Tag X zur Sicherheit nur einen H rauslassen«, sagte Faber. »Sonst gefährden wir das Projekt.« Er nahm ein Blatt und legte es über das Kampfmesser.

»Wie meinst du das?«, fragte van Damme.

»Wenn ein Hominide einmal die Scheu verloren und einen Menschen getötet hat«, erklärte Amanda, »könnte er in Zukunft für das Fütterungsteam wieder zur Gefahr werden. Dann müssen wir den nächsten töten.«

»Und Alex?«, fragte van Damme.

»Wir überlassen alles den Hominiden«, sagte Amanda.

»Jan wird den Kerl nachher trotzdem zur Sicherheit beseitigen«, sagte Faber. »Ich denke da an H4. Der ist heimtückisch und völlig unberechenbar, braucht immer mal wieder den Elektroschocker.«

»Einen Hominiden vergeuden?«, fragte van Damme.

»Wir müssen einen opfern, Max«, sagte Amanda in abschließendem Ton und erhob sich. »Doch wenn Alex wider Erwarten aus dem Moor zurückkommt, macht Jan den Job. Aber nur dann. Und er entscheidet selbst, ob und wie er eingreift.«

Sofort stand Jan ebenfalls auf und verschränkte die Arme hinter dem Rücken. In seiner Miene war nichts zu lesen.

»Mein Gott.« Van Damme fuhr sich mit der Hand über die Augen. »Alex! Und ein Hominide! Ich muss drüber nachdenken.«

»Dafür ist keine Zeit mehr«, sagte Amanda.

Faber nickte. »Die Operation läuft.«

Jan sah van Damme und Amanda fragend an.

Van Damme nickte.

29

Alexander lag in seinem Bett im Gästehaus, die Hände hinter dem Kopf verschränkt, den Blick zur Decke gerichtet. Es war kurz vor elf. Der Wintersturm heulte um die Ecken des großen Blockhauses. Die Nachttischlampe flackerte. Eigentlich hatte er arbeiten wollen, sich jedoch nicht konzentrieren können. Die Halle mit den dicken Belüftungsrohren ging ihm nicht aus dem Kopf.

Den ganzen Tag schon hatte ein eisiger Wind geweht. In den Abendstunden hatte er an Stärke zugelegt. Jetzt drückten heftige Böen gegen die Terrassentüren, wirbelten totes Laub in einem irren Tanz über den Rasen.

Auch wenn das Gästehaus von außen einen massiven Eindruck machte, waren die Innenwände dünn. Im Nebenzimmer sirrte der Heimtrainer. Maik war unermüdlich. Das Geräusch erinnerte Alexander an einen aggressiven Moskito. Auch auf dem Gang waren gelegentlich Stimmen und Schritte zu hören, junge Leute, die in der Nacht arbeiteten, statt zu schlafen.

Arbeit diente bei Phoenix nicht dazu, die Miete zu zahlen, sondern der Verwirklichung von Visionen. Das immerhin wusste Alexander jetzt. Stets ging es um Leidenschaft. Zumindest nutzte Max diese Legende, um seine Mitarbeiter zu Höchstleistungen anzuspornen. *Visionen.* Und so beuteten sich Hunderte junger Leute selbst aus, für einen kurzen Augenblick des Ruhms und einen kleinen Platz in der Geschichte der Wissenschaft. Sie sonnten sich im Glanz des Phoenix, bildeten eine Art kollektiver Energie.

Phoenix ist eine große Familie.

Alexander wälzte sich im Bett herum.

Fast drei Wochen war er jetzt schon bei Phoenix. Bald würde er Max einen Vorschlag für sein Manuskript vorlegen müssen. *Phoenix dient den Menschen.* Eine erste Rohfassung, ein Lobgesang auf die Verdienste des Unternehmens, war fertig. Max würde sich freuen. Als Verfasser eines Auftragswerks konnte Alexander mit sich zufrieden sein, als Journalist haderte er täglich mit seiner Berufsauffassung, drängte es ihn, endlich sein eigenes Buch zu schreiben. Aber noch immer hatte er nicht alles gesehen, gehört, geschweige denn verstanden.

Die Zeit lief ihm in Riesenschritten davon.

Er wälzte sich auf die andere Seite, dachte wieder an die Halle hinter dem Kontrollzentrum. Fliesen, ein Stahltisch, starkes Licht. Wozu war dieser Seziersaal da? Welche Experimente wurden dort durchgeführt? Wenn er sich danach erkundigte, würde er zugeben, dass er Hussam belogen hatte, sich heimlich umgesehen hatte. Es gab nur einen Ausweg. Er musste noch einmal dorthin zurückkehren.

Ein Ast schlug gegen das Glas in der Terrassentür, fiel polternd auf den Boden. Das Geräusch des Trimmrads steigerte sich zum Angriffssummen eines ganzen Moskitoschwarms.

Alexander drehte sich wieder auf den Rücken.

Das System überprüft fortlaufend die Daten der Station, auch nachts, wenn mein Platz nicht besetzt ist.

Der Kontrollraum war nach Hussams Worten nicht rund um die Uhr besetzt. Also, warum warten? Im Grunde konnte er sich gleich auf den Weg machen.

Alexander stand auf, zog einen dicken Pullover und Turnschuhe an. Das Licht ließ er brennen. Wenn Maiks Blick durch die Terrassentür fiel, sollte er das helle Viereck auf dem Rasen sehen können. Auf leisen Gummisohlen schlich Alexander aus dem Zimmer, lehnte die Tür zur Sicherheit nur an. Auf dem Gang blieb er stehen und lauschte. Das Sirren aus Maiks Zimmer war stetig und beruhigend.

Er ging den langen Gang hinunter.

Vor einer Tür stand ein rothaariges Mädchen in einer

blauen Daunenjacke, Feuerzeug und Zigaretten in der Hand. Erschrocken verhielt er seinen Schritt, fühlte sich ertappt, doch dann lief er entschlossen weiter. Er kannte die Rothaarige. Sie war Laborantin, arbeitete mit Kenny und hieß wie noch mal?

»Hi, Alice.«

Das Mädchen zwinkerte nervös, ließ Zigaretten und Feuerzeug schnell in seiner Jackentasche verschwinden. »Du sagst Amanda nichts davon, oder? Bitte.«

»Haben wir uns denn gesehen?«

»Nein.« Sie lächelte erleichtert. »See you, Alex.«

»See you, Alice.«

Er verließ das Gästehaus. Wenn Maik nach ihm fragte, würde Alice schwören, ihn nicht gesehen zu haben.

Im Park pfiff der Wind in den laublosen Ästen und erzeugte ein eigenartiges Stöhnen. Äste, Blätter und Papierfetzen rasten über die Wege. Über den Himmel trieben schwarze Wolken, verhießen Regen. Ruhig leuchtete dagegen das Haupthaus durch die Baumskelette herüber, ein Zufluchtsort in einer schlingernden Welt.

Alexander fühlte sich geradezu magisch davon angezogen. *Wie die Motte vom Licht.* Als die ersten schweren Regentropfen auf seine Schultern fielen, schlug er den Jackenkragen hoch, zog den Kopf ein und rannte auf den Eingang zu.

Atemlos betrat er die Halle.

Im Inneren des Haupthauses wurde wie immer gearbeitet. Das Raunen der Wissenschaftler und das Klappern der Tastaturen verschmolzen zu der einzigartigen Melodie von Phoenix, zu diesem Dialog zwischen Mensch und Maschine. An der hinteren Wand leuchtete die Skulptur der versteinerten Schnecke. Lichtwellen liefen darüber hin, sodass es aussah, als läge sie am Grund eines eiszeitlichen Meeres.

Alexander ging schnell zwischen den Tischen hindurch, passte sich der Choreografie von Phoenix an und strebte der großen Treppe zu. Dabei vermied er Blickkontakt, versuchte, wie alle anderen in Gedanken versunken zu wirken. Seine Taktik hatte Erfolg, niemand schenkte ihm Beachtung.

Er umrundete die Treppe, hatte die Tür mit der Aufschrift »Kontroll- und Überwachungsraum« schon fast vor sich, als ihn eine Hand an der Schulter packte.

Alexander fuhr herum.

Vor ihm stand ein Mann. Er war blass, zwischen seinen Brauen war eine steile Falte, und sogar in der schwachen Beleuchtung konnte Alexander sehen, dass seine Augen rot und die Pupillen so klein wie Stecknadelköpfe waren. Nahmen die Genies bei Phoenix Drogen?

»Was suchst du hier?«, fragte Rotauge misstrauisch.

»Hi, ich bin Alex, ich bin ein Freund von Max.«

Die Falte zwischen den Brauen vertiefte sich. »Kann ich mir nicht vorstellen«, sagte er. »Hau ab.«

»Ich schreibe das Buch über Phoenix.«

Der Mann betrachtete ihn zweifelnd.

»Max will, dass ich mich überall umsehe«, sagte Alexander. »Dich kenne ich noch nicht.«

»Ich bin der Leiter des Future Office.«

Yue: Wir arbeiten dem Future Office zu.

»Oh, hi …?«

»Philipp.« Die blutunterlaufenen Augen stierten.

»Hi, Phil.« Alexander hob die Hand. »See you.«

Als er die Tür zum Kontroll- und Überwachungsraum öffnete, spürte er den bohrenden Blick von Philipp im Rücken. Alexander widerstand der Versuchung, sich umzudrehen, betrat das Büro und schloss die Tür hinter sich.

Das Kontrollzentrum war nicht besetzt.

Wie Hussam gesagt hatte, lief nur das System. Über die Monitore rannen bunte Linien. Ihr Leuchten war die einzige Lichtquelle, verwandelte den Raum in eine Laterna magica. Die große Glasscheibe an der Wand war abgeschaltet, ließ die Mauer dahinter durchschimmern. Es war heiß und stickig.

Alexander ging direkt zu der Tür am anderen Ende des Zimmers. Sie war nicht verschlossen. Zwei Sekunden später stand er in der Halle.

Nach dem überheizten Kontrollraum war die Kälte ein Schock. Die weißen Fliesen an den Wänden reflektierten das bläuliche Neonlicht, spiegelten seinen Schatten, gaukelten ihm eine metaphysische Anwesenheit vor. Die Temperatur und die sterile Atmosphäre wirkten abstoßend.

Die dicken Belüftungsrohre an der Decke zischten, und gegen die Fenster unter der Decke prasselte der Regen.

Alexander sah zu dem Stahlcontainer hinüber, der wie ein Raumschiff mitten in der Halle stand. Die Metallwände gleißten im Licht der Neonröhren. Die roten und grünen Lämpchen auf der Schalttafel blinkten. Das Hängeschloss an der Tür wirkte wie ein Anachronismus. Hinter dem kleinen Fenster brannte Licht. Die Beleuchtung schien Tag und Nacht eingeschaltet zu sein.

Er lauschte noch einmal nach hinten zum Kontrollraum, dann ging er zu dem Container hinüber.

Auf der Schalttafel waren zehn Quadrate eingezeichnet, die mit Linien verbunden waren. Jedes davon war beschriftet. »Dekontaminationszelle«, »Laborzelle«, »Forschungszelle« und »Konservierungszelle«, las er. Der Schaltplan erinnerte ihn an den Grundriss einer Wohnung und schien den inneren Aufbau des Containers darzustellen.

Das kleine Fenster befand sich in seiner Augenhöhe und schimmerte opalfarben, als wäre es aus Kristall. *Panzerglas.* Er beugte sich vor, spähte hindurch.

Hinter der Scheibe befand sich ein kleiner Raum. Er war leer bis auf einen Stahltisch in der Mitte. *Ein Seziertisch.* Die Metallplatte blinkte kalt. Darauf lag, wie ein warmer Kontrast, ein dunkler Gegenstand. Etwa einen Meter lang und aus Holz. Eine menschliche Figur.

Eine Schnitzerei?

Alexander sah genauer hin.

Auf dem Seziertisch lag eine nackte Mumie. Es war ein Kind. Ein Junge. Vier oder fünf Jahre alt.

Ein totes Kind, aufgebahrt, zur Schau gestellt.

Alexander fuhr zurück, starrte auf das Fenster.

Dann zwang er sich, näher heranzugehen und wieder durch die Scheibe zu sehen.

Es war ein Junge im Kindergartenalter. Seine Haut hatte die Farbe polierten Holzes, glänzte wie lackiert. *Wie mit Eis überzogen.* Das Haar stand kupferfarben und strohig von seinem Kopf ab. Die Augen waren halb geöffnet. Sie waren eingetrocknet, doch ihre ursprüngliche Farbe war noch zu erkennen. Sie waren gelb oder hellbraun.

Der Mund war zerquetscht, die Oberlippe über elfenbeinfarbene Milchzähne hinaufgeschoben. Die Nase war platt gedrückt und das Kinn knochig spitz. Der kleine Körper war so mager, dass sich die braune Haut straff wie ein Trommelfell über dem Brustkorb spannte. Spitz wie Vogelknöchelchen stachen die zarten Schlüsselbeine hervor. Dieses Kind war geradezu lebensgefährlich unterernährt, hatte zu Lebzeiten sicher Hunger gelitten. Der rechte Arm war unnatürlich nach oben gebogen, als hätte man den Kleinen gewaltsam auf die Beine gerissen. Die Knie waren mit schwarzen Blutkrusten bedeckt, die Füße und Beine von tiefen, nicht verheilten Schrammen gezeichnet. Das Kind musste kurz vor seinem Tod in unwegsamem Gelände unterwegs gewesen sein. Es sah aus, als wäre es über Stock und Stein gerannt, gestolpert und gestürzt.

Er war geflohen.

Jemand hatte ihn eingeholt und seinen Arm gepackt.

Voller Mitleid ließ Alexander seinen Blick auf dem zerstörten Gesichtchen ruhen. Erst jetzt fiel ihm die schwere Wunde auf, die die halbe Stirn zerschmettert hatte. Schwarze Wundränder umkränzten ein faustgroßes Loch. Dahinter schimmerte es weißlich grau.

Als wäre der Kopf mit Zeitungspapier ausgestopft.

Aber es war kein Papier.

Das Gehirn, ich kann in seinen Kopf sehen.

Ein feiner schwarzer Faden getrockneten Blutes wand sich aus dem linken Ohr des Kindes, kroch über seinen zarten Hals und verschwand im Nacken. Eine zweite Blutspur lief aus dem linken Mundwinkel. Die vertrockneten Lippen des Kleinen zeigten Löcher, dort, wo sich die Zähne tief eingegraben hatten. Das Kind musste sich im Todeskampf gebissen haben. Jemand hatte es getötet. *Erschlagen.* Die halb geöffneten Augen starrten seelenlos in die Luft. Was oder wen hatten sie zuletzt sehen müssen? Ihre opak eingetrocknete Iris gab kein Geheimnis preis. Zu Lebzeiten mussten sie die Tiefe und Farbe von glänzendem Bernstein gehabt haben. *Löwenaugen.* Selten und wunderschön.

Eine Erinnerung tauchte auf, drängte sich in den Vordergrund und überlagerte alle anderen Gedanken. Auf einmal hatte er das Gefühl, als sträubten sich ihm gegen jedes Naturgesetz die Haare im Nacken. Erst kürzlich war er einem Kind im selben Alter begegnet. Mit bernsteinfarbenen Augen. Und einem zarten, spitzen Kinn.

Das Kind, das Kind, das Kind.

Der tote Junge im Glaskasten erinnerte ihn an den Kleinen, der ihm im Moor nachgelaufen war. Obwohl die Mumie sich durch den Trocknungsprozess stark verändert hatte, die Haut wirkte, als wäre sie Rauch oder Beize ausgesetzt gewesen, schien ihm die Ähnlichkeit frappierend.

Eine Weile starrte Alexander auf den toten Jungen hinter dem Fenster, wollte nicht wahrhaben, was nicht zu leugnen war. Er kannte diesen Jungen, war ihm erst vor wenigen Tagen begegnet. Oder halluzinierte er? Um jede Täuschung auszuschließen, legte er die Hand auf die Glasscheibe. Sie war kalt, glatt, real.

Entsetzen packte ihn.

Er fuhr zurück, rang nach Luft. Sein Magen geriet in Bewegung, schlingerte, hob sich, wollte seinen Inhalt loswerden. Er presste die Hand vor den Mund, würgte. Als er den Brechreiz endlich unter Kontrolle hatte, versuchte er, einen klaren Kopf zu bekommen. Das konnte nicht sein.

Du hast Halluzinationen, los, hau ab!

Seine Füße waren wie angewachsen.

Doch er war sich sicher.

Direkt vor seinen Augen befand sich der Leichnam des Jungen aus dem Moor. Noch vor Kurzem war er herumgelaufen, hatte ihn neugierig beobachtet, das warme Blut eines Vogels getrunken.

Jetzt lag er tot auf dem kalten Stahltisch.

Eine Mumie.

Auf einmal hatte er ein Gefühl von Gefahr. Es war wie eine Vorahnung. *A ghost just walked over my grave.* Roger, ein britischer Kollege, hatte das einmal zu ihm gesagt. Kurz darauf hatte er auf einer staubigen Straße in Ruanda gelegen. Mit einer Kugel im Kopf.

Sie haben das Kind getötet.

Der Gedanke war so klar und logisch, als hätte er eins und eins zusammengezählt. Sie hatten den Jungen – den Hominiden – gezüchtet. Oder sagte man »hergestellt«? *Erschaffen.* Das war das richtige Wort. Phoenix-Slang. Natürlich konnten sie so ein Kunstwesen auch wieder töten. Wie ein Versuchstier.

Phoenix hat einen Ethik-Rat.

Alexander dachte an den Bärtigen und seine Kumpane. Ihre Hände, die das Essen zum Mund führten. Ihre tastenden Blicke, wachsam, abschätzend. Als das Kind ihm nachgelaufen war, um ihm stolz seinen Fang zu präsentieren, hatte es nur noch wenige Tage zu leben gehabt.

Ihn überkam ein solcher Schauder, dass sich seine Nackenmuskeln verkrampften. Sein Herz war ein kalter Klumpen in seiner Brust. Es war das gleiche Gefühl wie vor einem Monat in Cotonou, angesichts der Berge von Leichenteilen in der stinkenden Blechhütte unter einer afrikanischen Sonne.

Er hatte dieses Kind fotografiert. *Lebendig.* Er würde Max die Bilder zeigen. Natürlich nicht, ohne zuvor Kopien an einem sicheren Ort zu hinterlegen.

Als Lebensversicherung.

Der Gedanke war vollkommen irre. Max war schließlich sein Freund, und dies war Phoenix, ein modernes Gentechnik-Unternehmen. Und keine Voodoo-Hütte.

Phoenix dient den Menschen, und das mit allen Mitteln.

Fast hätte Alexander gelacht. Nach und nach gelang es ihm, zu sich selbst zurückzufinden. Bis er alle Beweise gesammelt hatte, durfte niemand von diesem Ausflug erfahren. Das war lebenswichtig. *Überlebenswichtig.* Er versuchte, sich jede Einzelheit des kleinen Körpers einzuprägen, jeden Zug des geschundenen Gesichtchens.

Doch als er sich endlich abwenden wollte, hielt ihn der Blick auf die Mumie gefangen. Wider Willen faszinierte ihn der Anblick. Etwas Geheimnisvolles umgab den ausgetrockneten Körper. So mussten sich die ersten Forscher angesichts der einbalsamierten Pharaonen im Tal der Könige gefühlt haben.

Asche zu Asche, Staub zu Staub.

Tote Körper sollten zerfallen, sich auflösen und den Lebenden Platz machen. Es lag etwas Unnatürliches im Erhalt dieser Leiche.

Flucht, Flucht, Flucht.

Der Gedanke an Flucht begann in seinem Kopf zu kreisen, als hätte ihn die Mumie ihm eingegeben. Schnell drehte er sich um und lief durch die Halle zurück. Er musste weg von Phoenix. Wenn sie ein Kind für die Wissenschaft töten konnten – was war dann er für die Mörder? Nichts. Ein Steinchen auf dem Weg des Fortschritts, das aus dem Weg geräumt werden musste. *Max, sehen so deine Visionen aus?*

Das alles war Wahnsinn.

Im Kontrollraum klapperte etwas.

Die Tür ging auf.

Ein leuchtendes Viereck fiel auf den Boden der Halle. Gleich darauf erschien ein Mann. Er stützte die Hände in Schulterhöhe auf den Türrahmen, als wollte er eine Barriere bilden. Sein Körper bildete ein schwarzes Kreuz vor dem hellen Hintergrund des Kontrollraums.

Es war Maik.

30

Regen, Regen, Regen.

Er tappt über die nasse Erde. Schwere Tropfen prasseln auf seinen Kopf, laufen über sein Gesicht, tropfen von seiner Nase. *Weine nicht, mein Kind*, sagt die hohe weiche Stimme in seinem Kopf. Er bleibt stehen, lauscht den Worten hinterher. Die Stimme löst sich auf, zerrinnt wie der Nebel über dem Moor. Jetzt ist er wieder allein. Eine unsichtbare Schlange legt sich um seinen Hals, würgt ihn. In seinen Augen brennt ein Feuer. Er zwinkert, stolpert über den Weg. Der Wind drückt das Sumpfgras zu Boden, treibt gelbe Wellen über das Moor.

Allein, allein, allein.

Die Brüder streifen umher. Er kann sie nicht sehen, aber er spürt ihre Gegenwart. Sie schleichen über das Moor, schlängeln sich durch das Schilf, haben eine Witterung aufgenommen. Sie jagen. Solange er die Brüder hat pfeifen hören, wusste er, wo sie waren. Aber nun ist alles ruhig.

Allein, allein, allein.

Zum ersten Mal macht ihm die Stille Angst. Und noch etwas ist anders als sonst. Er spürt eine drohende Gefahr, weiß nicht, woher sie kommen wird, weiß nur, dass sie ihm gilt. Argwöhnisch späht er in das graue Dämmerlicht. Regenschleier treiben über das Moor, verbergen Freund und Feind. Starr und schweigend steht der Schilfgürtel vor ihm. Die Regentropfen fallen plätschernd auf das schwarze Wasser zwischen den Stängeln.

Hinter ihm raschelt etwas.

Er fährt herum.

Auf einem Baumstumpf sitzt ein mächtiger Vogel und beobachtet ihn. Sein Schnabel ist gebogen und scharf.

Adler, Adler, Adler.

Der Adler reckt den Kopf nach vorn, stößt sich mit den Klauen ab, und der Wind seiner Schwingen trägt ihn davon. Sein schriller Schrei stürzt auf die Erde, und eine schwarze Feder schwebt herab, gleitet über nasse Flechten, senkt sich auf den Weg. Der Regen frisst die zarten Fasern, und ehe er die Feder aufheben kann, ist sie dem Boden schon gleich.

Allein, allein, allein.

Das Schilf wiegt sich im Regenwind, seine Halme zischeln. Wo sind die Brüder? Ihr warmer Geruch kriecht zwischen den Stängeln hervor, hüllt ihn ein. Sein Herz macht einen Satz. Endlich ist er nicht mehr allein.

Er breitet die Arme aus, dreht sich im Kreis, schneller und immer schneller, lacht. Gleich sind die Brüder bei ihm. In seinem Kopf dreht sich ein Wasserstrudel, seine Knie geben nach, er lässt sich auf den nassen Boden fallen.

Das Schilf teilt sich.

Er hebt den Kopf, blinzelt.

Zwischen den scharfen Halmen steht eine dunkle Gestalt. Es ist keiner der Brüder, sondern eine Langnase. Ihr Haar ist lang und gelb wie trockenes Sumpfgras. Es windet sich wie eine dünne Schlange zwischen den Schulterblättern den Rücken hinunter. Er hat die Langnase noch nie im Moor gesehen. Jetzt hat sie ihn entdeckt. Sie lacht und zieht einen glänzenden Stab aus der Tasche, duckt sich, schleicht auf ihn zu. Und sie redet mit ihm. Wie die Stimme in seinem Kopf. Aber diese Worte klingen nicht weich, sondern kalt, beschwörend, drohend. Sein Herz klopft so schnell wie das eines gefangenen Hasen.

Flucht, Flucht, Flucht.

Die Langnase hat einen Schlangenblick.

Er rappelt sich auf, stolpert rückwärts. Ihm ist immer noch so schwindelig. Sein Herz will seine Brust zerreißen.

Flucht, Flucht, Flucht.

Die Langnase hat ein Messer. Es ist so spitz wie die Messer der Brüder, aber glatt und dünn.

Schon den ganzen Tag hat er die Gefahr gespürt.

Auf einmal weiß er, wie der Tod aussieht. Wie das Blatt, das auf dem Wasser welkt. Wie die Maus, die im Maul des Igels schreit. Wie der Rehkopf, den die Brüder im Sumpf ausgelegt haben, um die Wildschweine anzulocken. Und wie das böse Gesicht unter dem langen gelben Haar.

Eine fremde Stimme ruft in seinem Kopf.

Zum Sonnenuntergang, schnell, schnell.

Ein Pfiff gellt, ein zweiter antwortet ihm.

Er ballt die Fäuste, schreit, brüllt um Hilfe. Seine Schreie rasen über das Moor, suchen die Brüder.

Jetzt tönen Pfiffe von allen Seiten.

Das Schilf wogt, es biegt sich und rollt, als liefen Wellen darüber hin, als bräche sich eine Horde Wildschweine Bahn. Die Halme teilen sich. Die Brüder stürzen hervor, werfen sich auf die Langnase wie Füchse auf ein Kaninchen. Jetzt kann er seinen Angreifer nicht mehr sehen, hört nur noch seine Schreie.

Er hockt sich auf die nasse Erde, schlingt die Arme um die Knie, wiegt sich vor und zurück. Der Regen rinnt über seinen Nacken, läuft zwischen seine Schulterblätter, kitzelt seine Haut.

Nicht weinen, mein Kind.

Er schließt die Augen.

Das Wasser murmelt mit seiner warmen Stimme.

Die Brüder keuchen.

Die Langnase brüllt, brüllt, brüllt.

31

»Hi, Alex«, sagte Maik. »Was tust du hier?«

»Warum verfolgst du mich?«

»Deine Zimmertür war nur angelehnt«, antwortete Maik und löste seine Hände vom Türrahmen. »Da wollte ich sehen, ob mit dir alles in Ordnung ist.« Er musterte Alexander. »Du siehst aus, als wäre dir ein Geist begegnet.«

Alexander deutete mit dem Daumen über die Schulter. »Was ist das da drinnen?«, krächzte er.

Maiks Blick glitt von Alexander zu dem Stahlcontainer. »Verstehe. Du hast unseren Iceboy gefunden.«

»Iceboy.«

»Die korrekte Bezeichnung ist H(X).«

H(X). Kenny, der Yue fragt und eine Abfuhr erhält.

Kennt er H(X) schon?

Was ist H(X)?

Das ist der Code für eines unserer Projekte.

Die Erkenntnis traf ihn wie ein Schlag. Yue wusste von dem toten Kind. *Head of Research.* Er war naiv gewesen. Am liebsten hätte er Maik mit seiner Entdeckung konfrontiert. Aber dann hätte er zugegeben, dass er im Moor gewesen war. Er biss sich auf die Unterlippe.

Maik deutete mit dem Kinn zu dem Stahlcontainer hinüber. »Das ist eine Eismumie. Gut fünftausend Jahre alt.«

Ein anderes Gesicht tauchte vor Alexanders innerem Auge auf. Gelblich eingetrocknete Augen, ein zerquetschter Mund, braune Haut unter einem glitzernden Eispanzer. Es war ein erwachsener Mann. Alexander hatte ihn im Archäologischen Museum in Bozen gesehen. *Aufgebahrt, ausgestellt.*

Der Eismann vom Hauslabjoch.

Maik trat von der Tür zurück. »Los, komm«, sagte er.

»Ich frier mir hier den Arsch ab. Lass uns was trinken, und ich erkläre dir dieses Forschungsprojekt.«

Alexander gehorchte, folgte ihm in den Park.

Erst als ihm die eisigen Regenböen vor dem Haupthaus ins Gesicht bliesen, hoben sich die dunklen Schleier von seiner Seele. Das Gefühl der Unwirklichkeit blieb.

Maik sagte etwas, aber der Wind heulte zu laut, riss ihm die Worte vom Mund. Sein Gesicht glänzte vor Nässe.

»Was?«, schrie Alexander.

Maik beugte sich zu ihm hinüber. »Der Mann aus dem Eis«, brüllte er. »Alle denken, er wäre allein unterwegs gewesen. Aber das war er nicht.«

»Iceboy?«

»Seine Leiche ist später ein Stück weiter westlich gefunden worden«, schrie Maik. »Sieht aus, als hätte er noch weglaufen wollen, aber sie haben ihn erwischt und erschlagen. Ötzi hatte auch eine Pfeilspitze im Rücken.«

Alexander nickte heftig, zum Zeichen, dass er verstanden hatte. Er kannte die zahlreichen Spekulationen über die letzten Stunden des Eismannes.

Endlich hatten sie das Gästehaus erreicht, liefen nebeneinander die Stufen hinauf. Im Gang hing noch leichter Zigarettengeruch. Es war warm und trocken. Sie streiften den Regen aus dem Haar, fuhren sich mit den Händen über die nassen Gesichter. Alexander sah sich verstohlen um, aber Alice war nicht mehr da.

»Wir glauben«, sagte Maik, während sie zu ihren Zimmern gingen, »dass der Eismann noch ein bis zwei Tage gelebt hat. Die Pfeilspitze steckte in seinem Schulterblatt. So ein Ding ist voller Bakterien und Keime, die Wunde hätte sofort desinfiziert werden müssen. Seine rechte Hand war zerschnitten – typische Abwehrverletzungen – und natürlich auch unversorgt.«

Alexander war in Afrika Augenzeuge der Jagd mit Pfeil und Bogen geworden. Nie war der Schuss sofort tödlich gewesen. »Ötzi ist also an einer Blutvergiftung gestorben?« Im Vorbeigehen bemerkte Alexander, dass die Tür zu seinem Zimmer fest geschlossen war.

»Sepsis, Fieber, Schüttelfrost, Schwäche«, sagte Maik, während er seine Zimmertür öffnete. »Und das in dieser eisigen Höhe, die reine Folter. Niemand weiß, wie lange er durchgehalten hat. Deshalb können wir auch nicht sagen, wo er wirklich herkam, was ihn aufs Hauslabjoch getrieben hat und eben ob er allein war.« Er winkte Alexander herein.

Das Zimmer war warm, über dem Trimmrad lag ein Trainingsanzug, auf dem Tisch vor der Sitzgarnitur stapelten sich Bücher mit Lesezeichen und Computerausdrucke. Im Kamin lag hinter dem Glasschirm ein Feuer in den letzten Zügen. Sein rotes Licht flackerte im Raum und auf einem Sammelsurium an Gegenständen auf dem Kaminsims.

Maik warf seine nasse Jacke über einen Sessel, ging zu einem kleinen Kühlschrank neben der Terrassentür, nahm zwei Bierdosen heraus und warf eine davon Alexander quer durch das Zimmer zu. Mit der anderen Dose in der Hand kehrte er zu einem der Sofas zurück und ließ sich darauf fallen.

Alexander setzte sich ihm gegenüber, riss den Verschluss auf. Etwas von dem Inhalt quoll über seine Hand, und er hielt die Dose schnell von sich weg. Dann machte er durstig ein paar große Schlucke. Das Bier war kalt und herb und gut. Er spürte, wie der Alkohol seine verkrampften Muskeln entspannte. Als er die Dose absetzte, fühlte er sich besser.

»Also«, sagte er. »Ich höre.«

Maik beugte er sich vor, nahm ein paar Ausdrucke vom Tisch und klopfte sie bündig. »Heute wissen wir, dass der Eismann nicht allein unterwegs war«, sagte er und legte den Stapel ordentlich auf eine Ecke des Tisches. Alexander sah, dass es Schwarz-Weiß-Aufnahmen eines Lumpenbündels waren. Daneben lag ein dickes Wörterbuch. Deutsch-Spanisch, Spanisch-Deutsch.

»Du glaubst also, er hatte den Jungen dabei?«

»Sie sind zu zweit geflohen«, sagte Maik. »Diese Tatsache – und die schweren Verletzungen – haben ihn zu viel Zeit gekostet. Die Verfolger konnten sie einholen.« Gelassen nahm er einen Schluck Bier, tat eine menschliche Tragödie mit einem Schulterzucken ab. »Shit happens. Schlecht für den Kleinen, gut für die Nachwelt.«

»Die Verantwortung für das Kind muss den Mann noch zusätzlich belastet haben«, sagte Alexander.

Bernsteinfarbene Augen.

Seltsam, dass der Kleine im Teufelsbruch die gleiche eigenartige Augenfarbe gehabt hatte wie ein seit fünftausend Jahren totes Kind. Ein warmes Gefühl der Dankbarkeit durchströmte ihn bei dem Gedanken, dass das Kind in der Station am Leben und in Sicherheit war.

Die Holzscheite im Kamin fielen krachend zusammen, Funken sprühten auf den Schirm. Für einen kurzen Moment lebten sie rot glühend weiter. Dann erloschen sie und hinterließen winzige schwarze Punkte auf der Scheibe.

»Nach der Analyse des Mageninhalts hat sich herausgestellt, dass der Eismann im späten Frühjahr gestorben sein muss«, sagte Maik. »Plötzlicher Schneefall hat den Leichnam konserviert. Den späten Wintereinbruch hätten die beiden wahrscheinlich ohnehin nicht überlebt.« Er schwenkte seine Bierdose im Kreis. »Aus den Fehlern bei Ötzis Bergung hat man jedenfalls gelernt und den zweiten Fund nicht an die große Glocke gehängt. Die Mumie hat eine Zeit lang unter unsäglichen Bedingungen in einem privaten Institut gelegen. Dann hat Max davon erfahren, sie für Phoenix gekauft und Ben Miskin an Bord geholt. Wir mussten den Körper ziemlich lange behandeln, aber H(X) hat weiches Gewebe. Und vor allem Haare.«

»Er war – ist – ein richtiger Rotschopf.« Fast hätte Alexander sich verraten, zugegeben, dass er das Kind im Moor kannte. »Dass sich die Haarfarbe so lange hält …«

Maik nickte. »Das Erbgut eines Haares lagert in den abgestorbenen Zellen, und die sind im Keratin des Schafts eingeschlossen. Die DNA ist für alle Zeiten versiegelt. Bisher hatte man nur poröse Knochen, die von Pilzen und Bakterien besiedelt waren, zur Untersuchung. Sterben diese Mikroorganismen ab, vermischt sich ihr Erbgut mit dem menschlichen Material. Versucht man also, alte DNA aus Knochen zu isolieren und zu sequenzieren, erhält man mehr oder weniger nur eine Art Bio-Eintopf.«

Alexander musste wider Willen lachen. »Schönes Bild.«

»Ben hat erst mal ein Haar gewaschen und gebleicht, um alle Reste von fremdem Erbmaterial zu entfernen. Dann musste er es nur noch chemisch auflösen und die DNA isolieren.« Maik breitete die Hände aus wie ein Zauberer nach einem gelungenen Zaubertrick. »Er konnte das ganze Genom sequenzieren, das komplette Erbgut eines Steinzeitmenschen.«

Das Kaminfeuer war dabei, zu erlöschen. Es brannte nur noch ein einzelner Holzklotz. Eine Rauchschlange kroch unter dem Schirm hervor und wand sich um die Tischbeine. Alexander zog unwillkürlich die Füße weg.

»Du kennst dich ziemlich gut aus«, sagte er.

Ein letztes Flämmchen umzüngelte den weiß glühenden Holzklotz, dann sank es in sich zusammen. Das Holz wurde orange, rot, schwarz, dann brach es auseinander.

»Ich bin schließlich Biologe.« Maik klang ehrlich erstaunt. »Was dachtest du denn, was ich hier tue?«

»Na, dass du als Biologe arbeitest, was sonst?«

Der Wind übertönte ihr Gelächter. Er rüttelte an der Lüftungsklappe im Kamin. Laut klappernd schlug sie auf und zu. Der Geruch nach kalter Asche verbreitete sich.

»Mein Spezialgebiet ist die Bakterienbesiedelung auf präkolumbianischen Mumien aus der Chinchorro-Kultur«, fuhr Maik fort. Sein Blick glitt über den Tisch, blieb an dem Schwarz-Weiß-Foto mit den Lumpen hängen. Er drehte es so, dass Alexander es sehen konnte, und schob es ihm hin.

Das Bild zeigte eine mumifizierte junge Frau. Ihr langes geflochtenes Haar war im Nacken zusammengefasst. Sie hatte den Kopf wie im Schlaf zur Seite geneigt. Auf ihrem Schoß lagen die Mumien zweier Kleinkinder, der Kopf des einen an den Füßen des anderen, mit Stricken zusammengeschnürt wie ein Marktbündel.

»Ich war als Assistent bei der Bergung dabei«, sagte Maik. »Max hat mich direkt nach meinem PhD an der Cambridge University an Bord geholt.« Stolz schwang in seiner Stimme. »Ich bin Yue zugeteilt.«

»Warum stehst du dann nicht im Labor?«

»Im Februar begleite ich eine Expedition in die Anden«, erklärte Maik. »Da geht's bis auf siebentausend Meter rauf, und da oben ist die Luft dünn. Ohne intensive körperliche Vorbereitung hält man das nicht durch. Phoenix hat ein eigenes Trainingsprogramm für mich entwickelt, und das spule ich jetzt ab.« Sein Blick ruhte auf Alexanders Gesicht, seine Miene war nicht zu deuten. »Max hat mich gebeten, dir währenddessen zur Verfügung zu stehen.«

Zur Verfügung stehen. So konnte man es natürlich auch nennen. »Wozu benutzt Phoenix den Gencode von H(X)?« Er wusste, dass aus Samen, die in ägyptischen Königsgräbern gefunden worden waren, Pflanzen gezogen werden konnten.

Maik zuckte die Schultern. »Das Future Office macht verschiedene Versuche damit«, sagte er. »Die Analyse des Genoms ausgestorbener Arten gibt vielleicht Hinweise darauf, warum Frühformen des Menschen verschwunden sind. Lag es am Untergang ihres Lebensraumes? Auch wir zerstören unsere Umwelt. Oder gab es eine Virusinfektion? Eine Epidemie? Wenn wir im Erbgut eine Art genetische Zeitbombe finden, können wir bei heute bedrohten Arten gezielt nach dieser Sequenz suchen. Und was die Lebensräume betrifft, macht es auch Sinn, verschwundene Arten zurückzuholen.« Er hob den Zeigefinger, betonte sein nächstes Argument. »Jedes Ökosystem profitiert von Varietät.«

»Wäre es nicht besser, die heute lebenden Arten zu erhalten?«, fragte Alexander. »Statt sie einfach durch besser angepasste Spezies zu ersetzen?«

»Phoenix sieht sich dazu sogar in der moralischen Pflicht«, sagte Maik eifrig. »Wann immer in einem deutschen Zoo das Exemplar einer vom Aussterben bedrohten Tierart verendet, ruft die Direktion bei uns an. Dann schickt Max unser ›Arche-Noah-Team‹, das Stammzellen entnimmt und in flüssigem Stickstoff bei minus hundertsechsundneunzig Grad Celsius konserviert. Sollte die Art eines Tages aussterben, kann man bei Phoenix auf eine biologische Sicherheitskopie zurückgreifen.«

Alexander stellte die halb leere Bierdose auf dem spanischen Wörterbuch ab und stand auf. Dann fing er an, im Zimmer herumzugehen. »Eines Tages könnten unsere Wälder also wieder von Wollmammuts oder Säbelzahntigern bevölkert sein«, sagte er, blieb stehen und sah auf Maik hinab. »Hat Phoenix etwa schon einen Pleistozän-Park?«

Maik lachte, schüttelte den Kopf. »Um Gottes willen«, sagte er. »Das ist technisch unmöglich. Außerdem müssten wir den Biestern wahrscheinlich ihr ganzes regeneriertes Ökosystem mit erschaffen und auch gleich ein paar moderne Krankheiten ausrotten, für die ihr Immunsystem nicht ausgelegt wäre.« Er nahm einen Schluck Bier. »Man könnte allerdings ihre Original-DNA durch Gene von Vögeln oder Reptilien ergänzen, um ein echt aussehendes Tier zu erhalten. Es wäre eine mammutähnliche, besser angepasste Spezies. Ich sollte direkt mal mit Max reden!«

»Ich hoffe, Max würde das ablehnen.«

Maik wurde ernst. »Max hat andere Probleme«, sagte er. »Die Industrie sitzt uns im Nacken, für die ist unsere Forschung ein Vermögen wert. Wenn jede Spezies jederzeit reproduzierbar wäre, bräuchte es keine Umweltauflagen oder Gesetze, Greenpeace könnte dichtmachen. Man rottet eine Art an einem Tag aus und setzt sie am nächsten – nach

Abschluss aller Arbeiten – wieder an ihrem angestammten Platz ein. Deshalb arbeiten wir unter Hochsicherheitsbedingungen. Wir müssten ständig mit einem Spionageangriff rechnen.«

Alexander spürte, wie sich sein Herzschlag beschleunigte. Das war es also. Das Geheimnis von Phoenix. Seine Größe und sein Umfang ließen Alexanders Gedanken rotieren. Eine Welt, die jederzeit wiederhergestellt werden konnte. Egal, was man ihr antat. Ob Umweltkatastrophe oder Atomkrieg – Menschen, Tiere und Pflanzen konnten problemlos wiederauferstehen. Wie Phönix aus der Asche. Max arbeitete an nichts Geringerem als an der Unsterblichkeit, der Ewigkeit dieses Planeten. Alexander wurde schwindelig.

»Und was ist mit der Spezies Mensch?«, flüsterte er.

Maik zuckte die Schultern. »Was ist schon ein Mensch?«

Die Hominiden sind Menschen, dachte Alexander. Aber was wusste er schon? Nach dieser Nacht würde er alles für möglich halten. Vielleicht hatte Maik ja recht, und der Bärtige und seine Leute waren nur menschenähnliche Larven.

Er schlenderte weiter, blieb mit dem Rücken zum Raum vor dem Kamin stehen. Das heruntergebrannte Feuer verströmte einen letzten Rest Wärme. Brandgeruch stach ihm in die Nase. Er ließ seinen Blick über den Kaminsims wandern. Ein Ladegerät, ein Klappmesser, eine gläserne Schneekugel, Zettelkram. Und eine haarige graubraune Kugel. Alexander griff danach, betrachtete sie und hätte sie fast fallen gelassen.

In seiner Hand lag der Kopf eines Menschen.

Alexander blickte auf zusammengekniffene Augen in einem lederartigen Gesicht. Geschwungene Brauen überwölbten seidige Wimpern. Die Nasenlöcher waren zu Nüstern geweitet. Man hatte die Lippen durchstochen und mit kunstvoll geknüpften Schnüren verknotet, sie für alle Ewigkeit zum Schweigen verdammt. Eine Flut stumpfen braunen Haares ergoss sich zu beiden Seiten des Gesichtes.

Es war ein Schrumpfkopf.

Alexander war selbst schon eine derartige Trophäe angeboten worden. Das war auf einem Markt in Mexiko-Stadt gewesen. Er hatte sofort gesehen, dass es sich dabei um einen präparierten Faultierkopf gehandelt hatte. Der Handel mit Schrumpfköpfen war streng verboten.

Er drehte sich um. »Das ist ein echter Kopf.«

Maik nickte. »Von meinem letzten Einsatz in Peru«, sagte er. »War ein Geschenk. Man kann sie nicht kaufen, und das ist auch gut so.«

Alexander stellte den Schrumpfkopf vorsichtig wieder auf den Kaminsims. Die Haare umflossen das braune, mumifizierte Gesicht, in den geschlossenen Augen war kein Vorwurf zu lesen. Es war eine menschliche Trophäe. Nicht anders als das Kind im Stahlcontainer von Phoenix.

Alexander überlegte blitzschnell. Seinen Ausflug zu den Hominiden durfte er nicht verraten, aber hier war die Gelegenheit, mehr zu erfahren. Er wagte einen Versuch. »Was ist mit dieser Hybrid-DNA?«

Maik hob die Brauen. »Du kennst das Programm?«

»Sagen wir so: Man hat versucht, es mir zu erklären.« Alexander machte eine verlegene Miene. »Leider bin ich eine naturwissenschaftliche Niete.«

»Sprichst du von den Hominiden?«

Darüber musste Alexander erst nachdenken. »Ich glaube, so heißt das Projekt, ja.«

Maik seufzte. »Das Hominiden-Projekt steckt noch in den Kinderschuhen«, sagte er. »Aber Phoenix hält ein Patent darauf. Irgendwann können wir Hominiden zu jedem Zweck und jedem Gebrauch herstellen. Es wird ein optimierter, kommerziell zu nutzender Menschentyp entstehen. Arbeiter, Soldaten oder Wissenschaftler. Alles natürlich reine Fachidioten.« Er runzelte die Stirn. »Olaf und sein Team arbeiten derzeit an einem Schulungsprogramm, um sie für spezielle Zwecke ausbilden zu können. Von Haus aus sind sie leider ziemlich beschränkt.«

Der Stammesführer und seine Kumpane. Der Ausdruck ihrer Augen, wachsam, lauernd, intelligent. »Seid ihr da sicher?«

»Phoenix macht keine Fehler«, sagte Maik.

Alexander nahm einen Schluck Bier. »Ihr schafft also praktisch Menschen im Baukastensystem – wie Frankenstein.«

»Das verstehst du nicht«, sagte Maik.

Alexander ging zu seinem Platz zurück und ließ sich wieder auf das Sofa fallen. *Das Kind, das Kind, das Kind.* So viele Fragen und keine Antworten. Er machte eine gespielt verzweifelte Miene. »Stimmt«, sagte er. »Zum Glück gehören nur die Impfprogramme zu meinem definierten Ziel.«

Maik nickte väterlich.

»Ich glaube, ich muss Max dankbar sein, dass er einem Greenhorn wie mir vertraut.«

»Max weiß, was das Beste für Phoenix ist«, sagte Maik. »Wollen wir morgen eine Runde laufen?«

»Gute Idee.« Alexander stand auf. »Ich glaube, ich werde den Rest der Nacht mit Notizen verbringen.«

»Schön, dass Max dich an Bord geholt hat.«

Als Alexander die Zimmertür öffnete, fuhr ihm ein eiskalter Luftzug ins Gesicht. Ein Stück den Gang hinunter fiel die schwere Eingangstür krachend ins Schloss. Die nächsten jungen Leute traten ihre Schicht an.

In seinem Zimmer ging er sofort zum Bett und warf sich mit dem Rücken darauf. Er legte den Arm über seine Augen, wollte sich von der Welt, die ihm Maik gezeigt hatte, abschirmen. Hinter seinen Lidern drehten sich leuchtende Kreise. Ihm war schlecht. Lebende Menschen, die keine Menschen waren. Die Neuerfindung der Schöpfung.

Willkommen in der irren Welt von Phoenix.

Wenn Phoenix schon mit den ihm anvertrauten Geschöpfen so umging, was tat es dann mit seinen Feinden? Bestimmt hatte es auch für sie eine Verwendung, die der Wissenschaft diente und keine Spuren hinterließ.

Mit Zustimmung des Ethik-Rates.

Wenn nicht vorher der Fluch der Mumie zuschlug. *Iceboy.* Ein fast unwiderstehlicher Drang zu lachen bemächtigte sich seiner. Alexander hätte ihm nachgegeben, wenn er nicht Angst gehabt hätte, gleichzeitig den Verstand zu verlieren.

32

»Oh Gott! Hast du das gesehen? Schnell … schnell …«

Panische Schreie auf dem Gang des Gästehauses weckten Alexander. Er hatte sich die ganze Nacht in Alpträumen gewälzt, fühlte sich wie zerschlagen. Draußen war es schon hell. Der Wecker zeigte auf Viertel nach acht.

»Nein, alle zurück! Alle rein!« Das war Max, gelassen wie immer. »Bleibt in euren Zimmern. Alles wird gut. Der Notarzt ist schon unterwegs.«

Aufgeregte Stimmen füllten das Haus, junge Leute rannten über den Gang, Türen wurden ins Schloss gedrückt.

Wenn Max so früh den Weg in das Gästehaus gefunden hatte, musste etwas Ernstes passiert sein. Alexander, der nach dem Gespräch mit Maik in seiner Kleidung eingeschlafen war, sprang auf und lief zur Tür, öffnete sie einen Spalt und spähte in den Gang hinaus. Das Gästehaus schien jetzt wie ausgestorben. Die Flurlampen brannten, und von den Wänden starrten die Masken mit leeren Augen auf den roten Läufer herab. Ihre breiten Münder grinsten wissend, als teilten sie ein Geheimnis miteinander.

Alexander schlich aus dem Zimmer. Für den Fall, dass Maik nebenan lauschte, zog er die Tür leise ins Schloss. Dann lief er den Gang hinunter und riss die Eingangstür auf.

Der Regen der vergangenen Nacht hatte aufgehört, dafür war es bitterkalt. Die Bäume glänzten gläsern wie von einer Eisschicht überzogen. Niemand war zu sehen, der Weg zum Haupthaus lag menschenleer vor ihm. Max? Erst jetzt bemerkte er die Abdrücke grober Stollenreifen, die vom Weg über die von weißem Reif überzogene Wiese bis in eine Tannenschonung führten. Fußspuren liefen kreuz und quer darüber hin, hatten die gefrorenen Halme zerdrückt.

Alexander folgte den Schuhabdrücken.

Gut versteckt zwischen den Tannen stand ein Geländewagen, ein brauner Pick-up. Die hintere Ladeklappe hing herab, schwang sanft in den Scharnieren.

Davor stand Max.

Trotz der Winterkälte trug er nur Jeans und ein weißes T-Shirt. Man hatte ihn wohl direkt vom Schreibtisch weggeholt. Er war so blass, wie Alexander ihn noch nie gesehen hatte, und hielt Amanda im Arm, die mit abgewandtem Gesicht und zusammengekniffenem Mund gegen das Erbrechen anzukämpfen schien.

Ein dicker Mann in Khakihemd hatte die Hände in die Hüften gestützt, starrte grimmig auf das, was auf der Ladefläche lag. Ein junger Mann mit roten Haaren, den Alexander noch nicht gesehen hatte, lehnte an der Bordwand und rauchte eine Zigarette. Er hatte den Kopf in den Nacken gelegt und blickte den blauen Schwaden nach.

Alexander trat auf einen dürren Zweig.

Alle fuhren herum. Der Rothaarige stieß sich vom Wagen ab und hob die Hand, wollte ihm wohl den Weg verwehren.

»Was ist passiert?«, fragte Alexander, ignorierte die Warnung und ging auf den Pick-up zu.

»Alex, geh bitte.« Max' Stimme klang gepresst. »Du kannst hier nicht helfen.«

Alexander trat neben den Wagen, blickte auf die Ladefläche. Zunächst sah er nur Blut, dann eine rot verfärbte Isomatte und darauf, in zerrissener blutgetränkter Kleidung, ein Bündel Mensch. Oder das, was von ihm übrig war. Es war ein Mann. Er lag auf der Seite, hatte die Beine angezogen und die Hände vor dem Bauch verkrampft. Er zitterte, stöhnte, warf seinen Kopf unablässig von einer Seite auf die andere. Sein langes blondes Haar war blutverkrustet.

»Verdammt, macht doch etwas!«, rief Alexander. »Wo bleibt der Arzt?« Er wollte auf die Ladefläche klettern.

Der Rothaarige packte ihn an der Schulter, hielt ihn zurück. »Ist schon unterwegs«, sagte er. »Es gibt nichts, was wir hier tun können.«

Alexander riss sich los. »Wie ist das passiert? *Max?*«

»Ein Arbeitsunfall«, sagte Max seltsam geistesabwesend. »Ivo war auf Morgenpatrouille und hat ihn gefunden.« Er sah den Rothaarigen an. »So was kommt vor. Das wird wieder.«

Alexander brauchte ein paar Sekunden, bis er Max' Worte begriff. *Das wird wieder.* Der Mann würde sterben. Trotzdem lagen in der Luft weder Schicksalsergebenheit noch Trauer, sondern so etwas wie gespannte Erwartung.

Auf einmal kam ihm die Situation unwirklich vor. Die schweigenden, untätig herumstehenden Menschen. Der vor Blicken geschützte Pick-up. *Wie ein Tier, das man zum Sterben in einen ruhigen Raum bringt.* Zu oft hatte er Menschen in diesem Zustand gesehen, von Kugeln getroffen oder von Landminen zerfetzt. Immer waren die Verletzten von hektischen Rettungsaktivitäten umgeben gewesen. Dieser Mann lag im Sterben. Und keiner tat etwas für ihn.

Ohne auf die Umstehenden zu achten, schwang sich Alexander auf die Ladefläche. Niemand hinderte ihn daran. Er kniete sich auf den glitschigen Stahlboden, nahm den Kopf des Mannes in die Hände und versuchte, ihn ruhig zu halten.

»Hilfe ist unterwegs«, sagte er leise. »Können Sie mich hören?« Er blickte in verzweifelte, wild herumrollende Augen. »Der Notarzt kommt jede Minute.«

Der Mann bewegte die Lippen.

Alexander beugte sein Ohr hinunter. »Was?«

Der Verletzte stöhnte und bewegte die Lippen. Er versuchte zu sprechen, doch die Laute, die aus seinem Mund drangen, waren unverständlich, klangen kaum menschlich.

»Wie bitte?«

Der Mann schloss die Augen. Seine Kraft schien zu Ende zu gehen. Aber noch atmete er.

»Das war's«, sagte Ivo, zog noch einmal an seiner Zigarette, warf den Stummel auf den Boden und trat ihn aus.

Alexander bettete den Kopf des Mannes auf seine Knie, nahm behutsam dessen Hände beiseite, wollte sich ein Bild von den Wunden machen. Wenn auch nur, um dem Verletzten das Gefühl zu geben, dass sich jemand um ihn kümmerte.

Und ihn nicht wie einen Hund verrecken lässt.

Er öffnete die zerrissene Jacke. Von Hemd und T-Shirt waren nur noch blutgetränkte Fetzen übrig. Ein widerlicher Gestank stieg von ihnen auf. Alexander spürte, wie sich sein Magen hob, aber er wurde damit fertig. Jetzt lagen die Verletzungen offen vor ihm da.

Dass der Mann überhaupt noch am Leben war, grenzte an ein Wunder. Seine Haut war zerfetzt, als wäre sie mit Klauen aufgerissen worden. Eine Schulter stand unnatürlich in die Höhe, aus einer faustgroßen Wunde ragte ein spitzer Knochen. Um den Hals liefen tiefe Schnittwunden mit ausgerissenen Rändern. Als hätte sich jemand nicht damit begnügt, die Kehle durchzuschneiden, sondern als hätte er gleich den ganzen Kopf abtrennen wollen. Blut sickerte aus den Halswunden, und der ganze geschundene Körper verströmte einen ekelerregenden Hauch. Als wäre er bereits in Verwesung übergegangen.

Wie ein Toter unter Lebenden.

Alexander sah Max an. »Was war das?«

»Ein Arbeitsunfall.«

»Verarsch mich nicht.«

Max seufzte. »Ben hat sich im Moor verirrt«, sagte er. »Zumindest glauben wir das. Keine Ahnung, was er dort wollte. Ivo und Matthias vom Sicherheitsteam haben ihn in diesem Zustand gefunden und ihn dankenswerterweise eine Stunde zum Auto geschleppt.« Es klang, als könnte er es nicht fassen. »Der kann von Glück reden, dass er noch lebt. Was sagst du, Faber?«

Der Mann im Khakihemd brummte etwas.

»Hat Ben auch einen Nachnamen?«, fragte Alexander.

Max sah Amanda an, zögerte.

»Das ist Ben Miskin«, sagte Amanda. Sie klang resigniert. »Er leidet an Erschöpfungszuständen. Phoenix hat eine ausgezeichnete Therapie-Einrichtung für ihn gefunden, und eigentlich sollte er jetzt dort sein. Aber vor ein paar Tagen ist er verschwunden. Wir haben uns große Sorgen um ihn gemacht.« Sie seufzte. »Zu Recht, wie man jetzt sieht.«

»Ben hat eine Schraube locker«, sagte Ivo.

Ben Miskin schlug die Augen auf. Vielleicht hatte er seinen Namen gehört. Er zog die Brauen zusammen, und es sah aus, als versuchte er, seinen verwirrten Geist zu ordnen.

Alexander nahm seine Hand. Sie war blau verfärbt und eiskalt, fühlte sich schon nicht mehr lebendig an. »Gleich ist der Arzt da«, sagte er. »Und dann wird alles gut.« Aber er wusste, dass nichts jemals wieder gut werden würde.

»Die Natur sucht sich ihren Weg«, sagte Miskin. Jetzt klang er fast normal, und Alexander erkannte, dass dies der letzte klare Moment vor dem Tod war. »Darf nicht …« Er brach ab, rang krampfhaft nach Luft.

Alexander nickte. »Hilfe kommt.«

»Weg damit«, flüsterte Miskin.

Max schlug mit der Hand gegen die Wagenwand. »Ich glaube, wir sollten Ben lieber in Ruhe lassen«, sagte er. »Die Rettung wird gleich hier sein.«

»Die Natur findet ihren Weg.« Miskins Augen flehten. »Darf nicht bleiben … leben … weg, weg, weg …«

»Wir bringen dich weg, Ben«, sagte Alexander.

»Ein Fehler, ein Riesenfehler«, flüsterte Miskin.

»Was für ein Fehler?«

»Das Moor ist ein Friedhof«, wisperte Miskin. Sein Ton war verschwörerisch, als wollte er Alexander ein Geheimnis mitteilen. »Alle sind tot. Ich – und du auch.« Ein Lächeln huschte über sein zerstörtes Gesicht. Er schloss die Augen, sein Atem wurde flacher, verlangsamte sich. Es sah aus, als hätte er seine Botschaft überbracht und wollte jetzt friedlich einschlafen.

Alexander hielt noch immer Miskins Hand. Aber jetzt fühlte sie sich wie ein Eisklumpen an. Er ließ sie los.

»I'm a wanderer«, flüsterte Miskin und verzog den Mund zu einem Grinsen, erinnerte an eine der Holzmasken im Gästehaus. *»I go through life without a care.«* Er lachte.

»Verrückt geworden«, sagte Max traurig. »Armer Ben.«

Amanda presste ein Taschentuch an den Mund.

Ben Miskin fing an zu zittern, klapperte mit den Zähnen, wimmerte wie ein verwundetes Tier. Er krallte seine Hände um den zerfetzten Hals, warf sich hin und her. Jetzt kamen gurgelnde Laute aus seiner Kehle, und ein Schwall von Blut ergoss sich über seine Brust.

»Ben, bleib hier – Ben!« Alexander packte Miskin an den Schultern, drückte ihn auf die Ladefläche, versuchte, ihn ruhig zu halten. *»Scheiße, wo bleibt der Arzt?«*, schrie er. »Wir müssen ihn ins Krankenhaus bringen! *Max!*«

Niemand rührte sich.

Miskin war totenbleich, erbebte unter Alexanders Händen wie im Delirium. Seine Lippen, mit denen er Worte zu formen versuchte, waren dunkellila verfärbt. Sein Atmen begann auszusetzen. Er riss die Augen auf, sah Alexander an, sandte ihm eine letzte unausgesprochene Botschaft. Dann wurde er ruhig, starrte nur noch vor sich hin.

Irgendwann begriff Alexander, dass Miskin tot war. Er ließ sich mit dem Rücken gegen die Ladewand des Pick-ups fallen, vergrub den Kopf in den Händen. In diesem Augenblick hatte er weder Gedanken noch Gefühle. Sein Innerstes war leer.

Eine Hand legte sich auf seine Schulter. »Niemand konnte Ben mehr helfen«, sagte Max leise. »Auch du nicht.«

Alexander hob den Kopf. »Und deswegen habt ihr gar nicht erst die Rettung gerufen, was?« Er war nicht wütend, nicht vorwurfsvoll, stellte einfach fest. »Was macht ihr mit der Leiche?« Erst jetzt bemerkte er, dass Faber dicht neben dem Wagen stand und ihn fixierte.

»Es wird für alles gesorgt werden«, sagte Max müde. »Ich rufe Bens Mutter selbst an und sage ihr ... überbringe ihr die Nachricht. Wir übernehmen die Begräbniskosten, das ist Ehrensache. Schließlich ist Bens Krankheit bei Phoenix ausgebrochen.« Er wich Alexanders Blick aus.

Jetzt kam Bewegung in die Umstehenden. Amanda steckte die Hände in die Taschen ihres Mantels, drehte sich abrupt um und ging davon. Max drückte noch einmal Alexanders Schulter, dann nickte er Faber zu und lief Amanda hinterher. Gemeinsam verschwanden sie zwischen den Tannen.

Ivo kletterte, eine graugrüne Decke über dem Arm, auf die Ladefläche. Er rutschte auf dem blutverschmierten Boden herum, wäre fast gefallen, doch er fing sich wieder und warf die Decke über die Leiche. Alexander sah ihm zu, fühlte sich fern von diesem Ort. Sein Körper kauerte neben dem Toten, aber sein Geist war irgendwo anders.

Ivo sah ihn an. »Alles okay bei dir?«, fragte er.

»Ja, ja, klar.« Alexander umklammerte die Kante der Ladewand und stemmte sich hoch. Seine Knie waren weich, und in seinem Kopf trieben Nebel. Er wartete, bis sich sein Kreislauf wieder stabilisiert hatte, und fragte: »Wo bringt ihr ihn hin?« Dass Miskins letzter Weg nicht ins städtische Krankenhaus führen würde, war ihm klar. Vielleicht gab es einen Bestatter, der solche Dinge für Phoenix erledigte.

Ivo machte den Mund auf, doch bevor er etwas sagen konnte, bellte Faber: »Runter da, Mann.« Ivo sprang von der Ladefläche und wischte sich die Hände an der Hose ab.

»Wo gehobelt wird, fallen Späne«, sagte Faber. »So was passiert. Wäre gut, Lindahl, wenn du's als Betriebsgeheimnis betrachten würdest. Verräter mögen wir bei Phoenix nicht besonders.« Er hakte die Daumen in seinen nietenbeschlagenen Gürtel. An seiner Hüfte hing ein Pistolenhalfter. Und darin steckte eine schwere Glock. »Unser Hausarzt wird sich drum kümmern und den Totenschein ausstellen. In drei Tagen kann die Mutter ihn begraben.«

Alexander zuckte die Schultern. »Ist schließlich eure Sache«, sagte er. »Oder besser gesagt, die von Phoenix.«

»Bist 'n kluges Köpfchen, Lindahl«, sagte Faber freundlich, aber seine Miene war undurchdringlich.

»Ich mische mich nie in fremde Angelegenheiten.«

Faber brummte anerkennend, klang jedoch nicht überzeugt. Er machte Ivo ein Zeichen, und der kletterte auf den Fahrersitz und ließ den Motor an. Vorsichtig manövrierte er den Pick-up rückwärts durch die Tannen auf den Weg. Gefrorene Nadeln rieselten zu Boden, Äste brachen ab, fielen auf die Ladefläche, deckten den Toten zu. Ivo legte krachend den Vorwärtsgang ein und rollte zum Einfahrtstor.

»Wer hat das getan?«, fragte Alexander.

»Die verdammten Hs, wer sonst?«, antwortete Faber. »Die Frage ist, wieso sie ihn nicht gleich erledigt haben.«

Die Hominiden hätten Miskin töten können. Stattdessen hatten sie ihn sterbend zurückgelassen. Wollten sie die Menschen warnen? Auf einmal spürte Alexander, wie ihm der Schweiß ausbrach. »Warum war Miskin überhaupt im Moor?«, fragte er, hörte, dass seine Stimme heiser klang.

»Frag mich was Leichteres, Lindahl«, sagte Faber. »Der war komplett irre. Hatte nur ein Küchenmesser dabei, aber so, wie's aussieht, hat er sich auf einen Kampf mit den Hs eingelassen.« Er schnaubte verächtlich. »Zivilist.«

»Vielleicht wollte er sich nur verteidigen.«

»Hätte auch allen Grund dazu gehabt«, sagte Faber. »Die Halbaffen da draußen sind Bestien. Miskin wär besser in seiner Klapsmühle geblieben. Wer dem Feuer zu nah kommt, verbrennt darin. Immer dran denken, Lindahl, das gilt auch für dich.« Er ließ Alexander stehen und marschierte in Richtung Haupthaus.

Jetzt erst spürte Alexander die Kälte, die nicht von den schwarzen Tannen um ihn herum ausging, sondern die sein

Inneres ausstrahlte. Sie kroch in seine Knochen, bis er das Gefühl hatte, sich nie wieder bewegen zu können. Ben Miskin war in seinen Armen gestorben, seine letzte Botschaft war angekommen. Es war eine Warnung gewesen. Warum hatten sie ihn diese Tragödie mit ansehen lassen? Er beantwortete sich diese Frage selbst. Weil es egal war, keine Rolle mehr spielte. Der Phoenix vergaß nie. Für heute war er davongekommen. Doch es war nur ein Gnadenaufschub.

33

Seit über einer halben Stunde stand Alexander vor der Treppe des Berliner Aquariums und wartete auf Yue Chan. Es war Viertel nach fünf, und noch immer gingen vereinzelt Besucher die Stufen hinauf, aber die Menschen, die das Gebäude verließen, wurden zahlreicher. Ein kalter Winterabend war angebrochen. Dichte Nebelschwaden stiegen, von den Straßenlaternen angeleuchtet, hinter dem mächtigen Dach des Aquariums aus dem Zoologischen Garten auf, zogen wie gelbe Schleier um das Eingangstor mit den steinernen Elefanten.

Wo blieb Yue?

Langsam wurde Alexander nervös. Am Morgen waren sie auf der Stahltreppe im Haupthaus aneinander vorbeigelaufen, und er hatte ihr im Vorbeigehen den Treffpunkt zugeraunt. Etwas Besseres als das Aquarium mit seinen dicken Wänden war ihm auf die Schnelle nicht eingefallen. Jetzt hoffte er, dass sie verstanden hatte und kommen konnte.

Der Ostwind frischte auf und trieb Laub und Papierfetzen über den Gehsteig. Ein alter Mann mit Ohrenschützern führte einen steifbeinigen Labrador an den Fahrbahnrand. Der Hund verrichtete sein Geschäft, und die beiden tappten davon.

Der Feierabendverkehr wurde dichter.

Drei kleine Mädchen mit geröteten Gesichtern, Eislaufschuhe über der Schulter, zogen schnatternd an ihm vorbei. Um sich zu wärmen, schob Alexander die Hände in die Taschen seiner Lederjacke und trat von einem Bein auf das andere.

Gegen halb sechs sah er Yue aus Richtung der Gedächtniskirche heranschlendern. Sie trug einen roten Wintermantel und schwarze Stiefel und blieb immer wieder stehen, um eine

Schaufensterauslage zu betrachten. Man hätte sie für eine chinesische Touristin auf Städtetrip halten können, wenn sie sich nicht in Abständen immer wieder verstohlen umgesehen hätte. Er selbst hatte einen Umweg zum Treffpunkt gemacht und dabei auf mögliche Verfolger geachtet. Es war ihm niemand aufgefallen.

Endlich stand Yue vor ihm.

»Hi, Alex«, begrüßte sie ihn ein wenig atemlos. »Ich habe Kenny gesagt, Professor Makarenko wäre für einen Nachmittag in der Stadt. Du weißt schon, der Genetiker aus Kiew.«

Alexander hatte den Namen noch nie gehört, nickte aber und bewunderte Yue für diese Ausrede.

»Sightseeing, habe ich gesagt«, fuhr Yue fort. »Zwei Stunden bin ich im KaDeWe herumgelaufen, aber mir ist niemand aufgefallen. Ich denke, sie sind mir nicht gefolgt.« Sie zwinkerte nervös.

Alexander blickte trotzdem nach links und rechts. Menschen in dicken Mänteln, Aktenkoffer oder Einkaufstüten in den Händen, liefen vorüber. Jeder ging seinen eigenen Geschäften nach, niemand schenkte ihnen Beachtung. In einiger Entfernung stand der alte Mann mit dem Labrador neben einer Litfaßsäule. Während der Hund an der untersten Reihe der Plakate schnüffelte, sah sein Herr mit der ungenierten Neugierde alter Leute zu ihnen herüber.

»Gut«, sagte Alexander, »lass uns reingehen.«

Sie blickte ihm ins Gesicht. »Was ist passiert? Du siehst aus wie ein Geist.«

Er schüttelte den Kopf, zog sie die Treppe hinauf.

Die Eingangshalle des Aquariums war schummerig. Das Kassenhäuschen sah wie eine stählerne Gondel aus. *Wie ein Stahlcontainer.* Bunt schillernde Fische schwebten hinter Panzerglasscheiben zwischen tropischen Schlingpflanzen. In einem Wasserbecken zogen Koi-Karpfen ihre Bahnen, und hinter einem Schauglas in der Decke paddelten Wasserschildkröten. Grüne Lichtwellen liefen über die Wände.

»Wir schließen um sechs«, sagte die Kassiererin, als sie Alexander die Tickets reichte. »Der Hinterausgang zum Zoo ist allerdings schon seit einer Stunde dicht, falls Sie da noch hinwollten.«

»Alles klar.«

Sie spazierten an einer Glasscheibe entlang, hinter der giftige Rotfeuerfische ihre Stacheln spreizten. Zwischen sich wiegenden Pflanzenwedeln glotzten Kugelfische. Eine Familie mit zwei kleinen Kindern kam ihnen entgegen, war auf dem Weg zum Ausgang.

Als sie sich allein in einem Gang zwischen raumhohen Aquarien befanden, fragte Yue: »Also, was ist los?«

»Erstens«, sagte Alexander, »hat Maik mich vor dir gewarnt. Sie halten dich für ein Sicherheitsrisiko. Du bist in Gefahr. Und zweitens: Weißt du, was mit Ben Miskin passiert ist? Er ist in meinen Armen … *krepiert.*«

Yue schluckte. »Ben hat Max Verantwortungslosigkeit vorgeworfen«, sagte sie. »Und Phoenix hatte Angst, dass er geht und seine Ergebnisse mitnimmt oder vernichtet. Deswegen haben sie ihn zuerst in die Irrenanstalt eingeliefert und am Ende wohl doch umgebracht.«

Sie trat vor eines der großen Aquarien und blieb mit dem Rücken zu ihm stehen. Hinter der Glasscheibe breitete sich eine Unterwasserlandschaft aus Korallen und Seegras aus. Dazwischen schwebten schwerelos Seepferdchen.

»Weißt du, dass das Fische sind?«, fragte sie.

»Ich kenne sie nur getrocknet.«

»Es sind gefährliche Räuber.« Yue fuhr mit dem Zeigefinger über die Scheibe, folgte einem Paar der bizarren Tiere, das mit ineinander verhakten Schwänzen dahinglitt. »Sie saugen ihre Beute mit dieser röhrenförmigen Schnauze aus.« Sie drehte sich zu ihm um. Das grüne Wasser spiegelte sich in ihren Augen und verlieh ihnen einen kalten Glanz. »Nicht alles, was harmlos aussieht, ist es auch.« Ihre Stimme hatte einen eigenartigen Unterton.

Widerwillig betrachtete Alexander die Fische mit dem Pferdekopf und dem wurmartigen Schwanz. »Max hat Miskin nicht getötet«, sagte er. »Dann hätte man seine Leiche nie gefunden, oder wenn, nur mit einer Kugel im Kopf.« Jemand hatte Ben Miskin bei lebendigem Leib zerfleischt. Alexander dachte an Max' leichenblasses Gesicht, an Amandas Kampf gegen das Erbrechen. Sogar dieser Faber war entsetzt gewesen. »Miskin ist allein ins Moor gegangen. Warum? Er hatte ein Messer dabei, sagte dieser Faber.«

Yue wandte das Gesicht ab, betrachtete ein Becken mit rot-weiß gestreiften Garnelen, deren durchsichtige Fühler wie gläserne Antennen aussahen. »Ben war der friedfertigste Mensch auf der Welt«, sagte sie. »Wenn er mit einem Messer ins Moor gelaufen ist, muss er vollkommen verzweifelt gewesen sein. Das war Selbstmord.«

»Miskin wollte sich umbringen?«

Yue schüttelte den Kopf. »Er wollte wahrscheinlich sein Problem lösen, aber er hatte keine Chance.« Sie ging weiter. »Nicht gegen diese Monster.«

»Ich habe den Iceboy gesehen«, sagte Alexander. Es fiel ihm schwer, den lächerlichen Namen zu gebrauchen. »Stimmt diese Geschichte mit der zweiten Mumie am Hauslabjoch?«

Yue warf ihm einen schnellen Blick zu, wirkte überrascht. »Wer weiß, dass du sie kennst?«

»Maik hat mich vor dem Container ertappt.«

Yue verzog das Gesicht. »Dann haben wir noch weniger Zeit, als ich dachte«, sagte sie. »Wir müssen reden.«

Der Weg endete in einer Rotunde, von der ein zweiter Gang in eine andere Richtung abzweigte. Jetzt waren sie auf drei Seiten von Riffen und Wasserfällen umgeben. Zwischen den zerklüfteten Felsen schwammen königsblaue und zitronenfarbene Fische. In der Mitte des Raumes stand eine Bank. Yue ließ sich darauf nieder.

»Es geht um den Iceboy, stimmt's?«, fragte Alexander.

Yue nickte. Sie wirkte sorgenvoll. »Und um H(X)«, sagte sie. »Wie schon gesagt, die Hominiden haben eine völlig neue DNA, die aus verschiedenen Bruchstücken besteht. Auch wegen patentrechtlicher Gründe. Aber das Kind … Das Kind ist ein genetisch identisches Individuum des Iceboys.« Sie sprach betont langsam. »Es hat reine Steinzeit-DNA.«

Alexander brauchte einen Augenblick, bis er Yues Worte begriffen hatte. »Der Junge im Moor ist – ein *echtes Steinzeitkind*?« *Jurassic Park.* Hatte Maik nicht behauptet, es sei technisch noch nicht möglich, alte DNA wieder zum Leben zu erwecken? *Max, was hast du getan?* »Oh Gott.«

»Nicht Gott«, sagte Yue bitter. »Besser: Phoenix.«

Religion hatte bisher keine Rolle in Alexanders Leben gespielt. In diesem Augenblick fragte er sich jedoch, ob es so etwas wie Frevel gab. Phoenix hatte einen Menschen wiederauferstehen lassen, der seit über fünftausend Jahren tot war. Die gleichen Gene, das gleiche Aussehen, das gleiche *Hirn*. Jetzt verstand er den Blick, mit dem ihn das Kind in der Station bedacht hatte – wachsam, lauernd, intelligent. Es hatte ein Tier erlegt. Wie seine Vorfahren oder wie seine Zeitgenossen? Hatte es die Technik vor fünftausend Jahren erlernt? Oder gerade erst für sich entdeckt? Erinnerte es sich an sein Vorleben, oder waren Erfahrungen in seinen Genen gespeichert? Die Wiederauferstehung und das ewige Leben. Der alte Traum der Menschheit. Wusste das Kind von seinem Tod?

»Was sagt der Junge über sein früheres Leben?«, fragte Alexander, hörte selbst, wie rau seine Stimme klang.

»Nichts.« Yue lächelte ein wenig. »Er spricht nicht.«

»Was ist mit einem Sprachtrainer?« Der Gedanke, einen Steinzeitmenschen zu interviewen, faszinierte Alexander wider Willen. Welche Möglichkeiten sich aus dieser Forschung für Historiker ergaben, war gar nicht abzuschätzen. »Einem Pädagogen, einem Logopäden?«

»Derek, unser Psychologe, der auch die Supervision macht, hat alles versucht«, sagte Yue. »Das Kind verweigert jede Kontaktaufnahme. Derek meint, das wäre typisch für ein frühkindliches Trauma.« Yue runzelte die Stirn. »Der Junge ist jedenfalls alt genug, um zu sprechen.«

Alexander lächelte dünn. »Dann glaubt Phoenix also an die Unsterblichkeit der menschlichen Seele.«

»Es wird noch Generationen von Forschern brauchen, bis wir wissen, was alles in den Genen gespeichert ist«, sagte Yue. »Warum bringen manche Familien Musiker hervor und andere Mörder? Da stehen wir noch ganz am Anfang.«

»Immerhin lebt dieses fünftausend Jahre alte Kind.«

»Phoenix nennt es Lazarus.«

Lazarus. Phoenix hatte einen Toten auferstehen lassen. Ein Gedanke schoss Alexander durch den Kopf. Er jagte ihm eine Gänsehaut über den Rücken. *Lazarus ist anders.* Der Junge aus der Station unterschied sich genetisch von den Hominiden. Er war *anders*, und er war Lazarus. Seinetwegen hatte Trautmann sterben müssen. Und sein Schöpfer?

»Miskin ist daran zerbrochen«, sagte Alexander.

Yue zuckte die Schultern. »Sie behaupten, es wäre Burnout gewesen«, sagte sie. »Schwachsinn.«

Trautmann und Miskin hatten mit Lazarus zu tun. »Ist noch jemand … ausgefallen?«

Yue zögerte, nickte. »Ja, Doug ist vor zwei Tagen auf der Tropenstation gestorben.«

Alexanders Hals kratzte. »Woran?«

»Sumpffieber«, sagte Yue. »Er war lange in Afrika.«

Wieder hatte Alexander dieses Gefühl von Gefahr, das ihn angesichts der Mumie überfallen hatte. *A ghost just walked over my grave.* Weil er nicht abergläubisch war, verdrängte er den Gedanken und wechselte das Thema.

»Was passiert, wenn der Junge weiter schweigt?«

Yue erwiderte seinen Blick, klar, offen, ehrlich. Das war eine wissenschaftliche Frage, die sie als Head of Research beantworten konnte. »Das entscheidet unser Ethik-Rat«, sagte sie. »Aber so schnell geben wir nicht auf.«

»Gut, aber wenn alle Bemühungen scheitern?«

Alexander hatte keine Ahnung, wie alt Steinzeitmenschen werden konnten. Dass Phoenix das herausfinden wollte, hielt er jedoch für unwahrscheinlich.

»Dann brechen wir den Versuch ab«, sagte Yue. Sie bemerkte seine Miene und setzte hinzu: »Vergiss nicht, Alex, ohne Phoenix gäbe es dieses Kind gar nicht.«

Dann brechen wir den Versuch ab. Sie würden das Kind also töten. *Euthanasieren.* Wie Affen-Klone. Er musste an die Kindermumie denken. Nackt, ausgetrocknet, nur von einer schützenden Eisschicht überzogen, allen Blicken preisgegeben.

»Woher weißt du das alles?«, fragte er.

Yues Lächeln war dünn. »Von Ben natürlich.«

Alexander spürte, dass sie log, aber er war zu beschäftigt damit, seine Gedanken zu ordnen, um dieser Tatsache Aufmerksamkeit zu schenken. Was wusste er wirklich über die Auffindung des Eismannes? Von einer zweiten Mumie war nirgends die Rede gewesen. Was nicht hieß, dass es keine gegeben hatte. Aber war das Gebiet am Hauslabjoch damals nicht akribisch abgesucht worden? Wen konnte er dazu befragen? Inzwischen waren fast alle, die damals mit der Untersuchung der Leiche zu tun gehabt hatten, tot. Zu früh und völlig überraschend gestorben. Wie Trautmann, wie Miskins Verstand und am Ende er selbst, wie Doug.

Der Fluch der Mumie.

Das wiederauferstandene Kind faszinierte ihn. Aber konnte es ihm auch gefährlich werden? Es war ihm nachgegangen, hatte ihm seine Jagdbeute geben wollen, war in keiner Weise feindlich gewesen. Brauchte es ihn am Ende? Für einen irren Moment hatte er das Gefühl, als wäre er nicht zu Phoenix gekommen, um ein Buch zu schreiben, sondern um das Kind zu finden. Den Frevel von Phoenix aufzudecken.

Alexander schüttelte den Kopf. »Ihr erweckt tote Materie zum Leben«, sagte Alexander. »*Ein Kind!* Euer ganzes Lazarus-Projekt ist Wahnsinn.«

»Es gibt ohnehin eine neue Entwicklung«, sagte sie. »Das alles ist bald zu Ende.«

Alexander setzte sich neben sie. »Wie meinst du das?«

»Phoenix bricht den Versuch ab«, flüsterte sie, wich dabei seinem Blick aus. »Es ist vorbei.«

Alexander brauchte ein paar Sekunden, bis er die Tragweite ihrer Worte verstand. »Und die Hominiden?«, fragte er. »Was heißt das für die Männer dort?« *Das Kind, das Kind, das Kind.* Er spürte, wie sich seine Kopfhaut zusammenzog.

Sie zuckte die Schultern. »Jede Wissenschaft geht Irrwege«, sagte sie. »Wir müssen das Experiment beenden und von vorn anfangen. Die Hominiden erfüllen die in sie gesetzten Erwartungen nicht. Sie sind zu aggressiv und – ja, auch zu dumm. Phoenix steht zu seiner Verantwortung.«

Alexanders Mund war trocken. »Was habt ihr mit den Männern vor?« *Bitte, sag nicht »euthanasieren«.*

»Ich kenne jemanden im Sicherheitsteam«, sagte sie und sah ihn an. »Faber hat Gewehre bestellt. Doppelbüchsen, schweres Kaliber. So was braucht man anscheinend für die Großwildjagd.« Grüne Wellen liefen über ihr Gesicht und gaben ihm etwas Unirdisches. »Das ganze Team hat bis auf Weiteres Urlaubssperre.«

»Was?«

»Faber hat ein Übungsschießen angesetzt«, fuhr sie fort. »Und ab dem kommenden Wochenende gilt Bereitschaft.«

Alexanders Magen fing an zu schlingern. *»Wann?«*

Yue zuckte die Schultern. »Ich habe mich nicht getraut, das zu fragen«, sagte sie. »Das hätte Verdacht erweckt. Aber ich denke, sie machen es am Ende der Sprintphase. Dann feiert Phoenix sein Jamboree, und danach gehen alle für eine Woche nach Hause. Der Zeitpunkt ist perfekt gewählt.«

»Sie wollen die Hominiden töten? Alle?«

»Sieht so aus.«

Alexander starrte sie wortlos an. Nackte Angst packte ihn, legte ihre kalten Hände auf sein Herz, presste es zusammen.

»Und das Kind?«, flüsterte er. »Was ist mit … *Lazarus?*«

In dem Gang, durch den Alexander und Yue vor ein paar Minuten gekommen waren, näherten sich Stimmen. Noch schienen sie ein gutes Stück entfernt. Offenbar gab es außer ihnen noch andere späte Besucher.

»Von dem gibt es immerhin die DNA«, sagte Yue. »Steinzeit-Gene stellen im Grunde kein großes Problem dar, weil in den letzten fünftausend Jahren nur wenige Mutationen im Erbgut stattgefunden haben.« Sie legte die Hand auf seinen Arm. »Wenn *wir* Ben Miskins Code haben, ist Lazarus gerettet, verstehst du? Es wird nicht einfach, aber ich denke, wir könnten eine neue Kopie von ihm herstellen. In meiner Heimat wäre das möglich. Nicht heute, nicht morgen, aber in absehbarer Zeit. Die Versuche laufen schon.«

Phoenix dient den Menschen.

Ein Schwarm orange-weiß gestreifter Fische tauchte aus dem Unterwasserdschungel auf und zog dicht hinter der Panzerglasscheibe vorbei. Die Tiere glänzten metallisch im Neonlicht, wirkten so unecht wie ihre künstliche Umgebung.

»Der Junge wird also auch bei der Treibjagd sterben?«

»Seine menschliche Hülle ist nichts wert.«

Die Stimmen im Gang wurden lauter. Ein Mann und eine Frau, die miteinander scherzten.

»Wenn wir sein Erbgut retten«, fuhr Yue leise fort, »lassen wir seine Gene irgendwann wiederauferstehen. Denk an Ben! Sie haben ihn getötet, aber seine Arbeit wird weiter bestehen. Es liegt nur an uns!«

»Ihr seid wahnsinnig, alle. Phoenix, Max – und du!«

Die Stimmen waren nur noch ein paar Aquarien entfernt.

Yue legte die Hand auf seinen Arm. »Ben wollte immer,

dass ich die DNA in Sicherheit bringe«, flüsterte sie. »Er hat gewusst, dass sie ihn nicht davonkommen lassen werden. Jetzt musst *du* mir helfen.«

Ein junges Paar betrat die Rotunde. Sie hielten sich bei den Händen, wanderten an den Glasscheiben entlang, machten sich gegenseitig auf die schwimmenden Bewohner aufmerksam. Die Frau trug einen Lammfellmantel und der Mann einen blauen Parka mit Fellkapuze. Sein dunkles Haar war militärisch kurz geschnitten.

Alexanders Herzschlag beschleunigte sich.

Sie waren da.

Er packte Yue am Arm, zog sie hoch und drängte sie in den zweiten Gang. Vielleicht hatte Mister Security sie noch nicht zusammen gesehen. Er hoffte es geradezu verzweifelt.

Yue stellte keine Fragen, lief wie um ihr Leben. Alexander rannte hinterher.

Sie hetzten an zahllosen Aquarien vorbei, bis er irgendwann meinte, an allen schon einmal vorbeigekommen zu sein, und immer wieder zweigten sie im Labyrinth der Gänge ab. Binnen Kurzem hatte er die Orientierung verloren, war nur noch auf der Flucht.

Die Worte der Kassiererin fielen ihm ein. *Wir schließen um sechs.* Der Haupteingang wurde bestimmt überwacht. *Der Hinterausgang zum Zoo ist allerdings schon seit einer Stunde dicht.* Sie saßen in der Falle.

Ein tonnenförmiges Glasbecken versperrte den Weg. Rosa-weiße Quallen wogten darin auf und ab. Atemlos blieben sie vor der Wassersäule stehen, sahen sich an.

»Der Zoo«, keuchte er. Die Quallen flimmerten vor seinen Augen, wirkten wie pumpende Herzen an langen Fäden. »Zum Hinterausgang!«

Yue nickte, hatte verstanden. Sie zeigte auf eine Tür, die so gut getarnt war, dass sie kaum wahrgenommen werden konnte. Dahinter rauschte und plätscherte es. Leichter Schwimmbadgeruch lag in der Luft. Dort musste der Technikraum sein, der die Anlage in Gang hielt. *Berliner Aquarium, backstage.*

»Da rein«, zischte sie.

Die Tür war nicht verschlossen.

Alexander und Yue fanden sich in einer von Neonröhren beleuchteten Industriehalle wieder. Die Luft war warm und feucht. Am alten Mauerwerk einer Wand hingen aufgerollte Schläuche und Kabel. Aus Rohren schoss Wasser in riesige Becken. Auf raumhohen Stahltanks waren Schilder angebracht. »Kaltwasser«, »Warmwasser«, »Salzwasser«, »VE-Wasser«. In von Leuchtstoffröhren erhellten Glasbehältern wimmelte es zwischen aufsteigenden Luftblasen von Wassergetier in allen Entwicklungsstadien. Die Geräuschkulisse war ohrenbetäubend.

Sie schlängelten sich zwischen einem Behälter mit der Aufschrift »Pumpe 1« und einem Stahlturm, auf dem »Filter 2« stand, hindurch, versuchten, nicht über die am Boden liegenden Kabel zu stolpern oder in den Wasserlachen auszurutschen. Die Luft veränderte sich, wurde salzig. Auf einem raumhohen Stahlturm stand: »Abschäumer/Skimmer«.

Die Meerwasserabteilung.

Alexander erinnerte sich an Korallenriffe und Seepferdchen. »Wir sind in der Nähe des Eingangs«, schrie er gegen den Lärm an.

Yue drehte sich nur kurz um und lief dann schneller, verschwand um einen Wassertank herum.

Zu seiner Linken sah Alexander Messuhren und Anschlüsse, die sich wohl auf der Rückseite der Schauaquarien befanden. Hin und wieder war eines der Becken leer, gab durch felsige Kunstlandschaften den Blick in einen dunklen Besuchergang frei.

Plötzlich erschien ein Gesicht hinter einer der Glasscheiben. Wie ein Mondfisch schwamm es im Nichts.

Vor Schreck blieb Alexander stehen.

Ein Mann schaute zu ihm herein, als betrachtete er das

Treiben in einem Aquarium. Dunkle Augen unter einem militärisch kurzen Haarschopf starrten wie blind ins Leere. *Die Rückwand des Aquariums ist verspiegelt.* Alexander atmete auf. *Einwegspiegel.* Wo war Yue?

Ein Luftzug streifte ihn, ein eisiger Hauch, der den Geruch nach nassem Laub und Abgasen in sich trug. Yue rief seinen Namen, und er rannte ihrer Stimme nach, direkt auf eine offene Tür zu.

Dahinter war es finster und eiskalt.

»Yue?« Unsicher trat er ins Freie, konnte sie in der Dunkelheit nicht sofort entdecken.

»Geschafft«, flüsterte Yue dicht neben ihm. »Der Technikraum hat einen eigenen Ausgang. Ich habe die Tür klappen hören. Anscheinend ist noch ein Techniker im Haus. Wir müssen aufpassen.«

Head of Research. »Respekt.«

Nach und nach gewöhnten sich Alexanders Augen an das Dunkel. Sie standen auf einem steinernen Treppenabsatz. Ein paar Stufen führten in einen Park und zu einem Weg hinab. Nebelschwaden krochen über den Boden, als wären ein paar Albino-Schlangen aus einem der Terrarien entflohen. Dahinter begann das Zoogelände.

»Wir müssen sehen, wie wir hier rauskommen«, sagte Yue. Sie zog Handschuhe aus der Manteltasche und streifte sie über. »Du fährst dann direkt zu Phoenix – allein.«

Sie stiegen die Treppe hinab. Die hell erleuchteten Fenster des Aquariums schimmerten hinter dem Dunst. Links von ihnen reckte ein gewaltiger Dinosaurier sein steinernes Haupt aus dem Nebel, als wollte er in einer Art Zeitreise lebendig werden. *Jurassic Park.*

Alexander dachte an die Hominiden, an das Kind mit den bernsteinfarbenen Augen. Ob es sich wohl einsam fühlte zwischen den erwachsenen Männern? Die noch dazu keine richtigen Menschen waren? Fühlte es überhaupt etwas?

Seine menschliche Hülle ist nichts wert.

Alexanders Hals wurde eng.

Der Weg führte zu einem von Büschen umgebenen Teich. Die Lichter des Aquariums tanzten auf dem schwarzen Wasser. Sand knirschte unter ihren Schuhen. Ein kleiner Schatten huschte vor ihnen ins Unterholz. Affen brüllten hinter der Nebelwand. Einmal sah sich Alexander um, aber niemand folgte ihnen.

Sie hatten ihn verloren.

Ein verlockender Gedanke begann in seinem Kopf Gestalt anzunehmen. Er konnte Max sagen, dass er das Projekt abbrechen wollte. Oder das Buch in Hamburg schreiben. Aber ihm wurde sofort klar, dass es dafür zu spät war. Phoenix misstraute ihm bereits, verfolgte ihn, konnte ihn nicht mehr aus den Klauen lassen. *Forschen heißt Verantwortung tragen.* Er war zum Sicherheitsrisiko geworden.

Yue warf ihm einen Seitenblick zu, hatte seine Unruhe bemerkt. »Wenn du mir nicht hilfst, war Bens Tod umsonst«, sagte sie. »Er war bestimmt im Moor, um dieses Kind zu beseitigen. Ben wusste um die Tragweite seiner Entwicklung. Ein echter Steinzeitmensch. Das ist der erste Schritt, um alte Arten wiederauferstehen zu lassen. Spezies, die Tausende von Jahren trennen, würden nebeneinanderleben – in allen Mutationsstadien. Unsere Welt würde im Chaos versinken. Ben wollte nicht, dass Phoenix über die DNA des Kindes verfügt. Sie lagert im Kühlraum hinter dem Future Office. Ich habe dort keinen Zutritt mehr, sie haben meine Schlüsselkarte gesperrt. Aber du kannst dich für dein Buch frei bewegen. Nimm das Glasröhrchen und bring es mir. Es ist ein Kinderspiel.« Ihre Worte klangen glatt, einstudiert.

Vielleicht stimmt die ganze Geschichte nicht.

Aber Alexander hatte das Gefühl, dass sie dieses ganze Schreckensszenario nicht erfunden hatte. Das sah Max ähnlich. *Forschen heißt Verantwortung tragen.* Die Hominiden-Sache war aus dem Ruder gelaufen. Weg damit und alles wieder auf Anfang. Max hielt seine Motive bestimmt für ehrenhaft. Die verdammte Menschenjagd würde stattfinden.

»Mörder«, stieß Alexander zwischen den Zähnen hervor.

Sie verließen den Uferweg, gingen über eine gewölbte Holzbrücke. Die Bohlen klangen dumpf unter Alexanders Sohlen, fühlten sich glatt und glitschig an. Das Licht der schmiedeeisernen Laternen waberte gelblich vor ihren Schuhspitzen, war zu schwach, um auch die Wegränder zu erhellen. Schwarz und undurchdringlich standen die Sträucher links und rechts von ihnen.

»Was ist jetzt?«, drängte Yue.

»Du hörst von mir.«

Ein Elefantenruf übertönte ihre Antwort.

Jetzt lag das Haupttor zwischen den Löwensäulen vor ihnen. Das Steinhäuschen mit der Kasse war leer, hinter den Fenstern mit den Broschüren war es dunkel. Auf der anderen Seite des schmiedeeisernen Tors war der Feierabendverkehr noch in vollem Gange. Die tonnenförmige Halle des Bahnhof Zoo leuchtete hell, auf dem voll besetzten Parkplatz kämpften sich Menschen mit Reisetaschen und Rollkoffern zwischen den eng stehenden Autos hindurch. Ein als Berliner Bär verkleideter Mann, in braunem Zottelfell und mit einer Krone zwischen den Bärenohren, verteilte Flugblätter. Der Winternebel roch nach Autoabgasen.

Das Tor selbst war zwar hoch, bestand aber aus Quadraten und Querstreben und wäre vielleicht noch zu überwinden gewesen. Aber zwei Menschen, die vor aller Augen aus dem geschlossenen Zoo kletterten, hatten keine Chance, unbemerkt davonzukommen. Kurz schoss Alexander der Gedanke durch den Kopf, sich mit Yue in eine geschützte Nische eines der Tierhäuser zu flüchten und dort abzuwarten, bis der Zoo am Morgen wieder öffnete. Aber für eine Winternacht im Freien waren sie nicht ausgerüstet, und in spätestens zwei Stunden, wenn niemand sie bei Lasses

Abendbüfett gesehen hatte, würde ihre Abwesenheit bei Phoenix bemerkt werden.

Alexander packte Yue am Arm und zog sie in den Schatten des Kassenhäuschens. »Da kommen wir nicht raus«, flüsterte er. »Wir müssen eine andere Stelle suchen.«

Yue zog die Schultern hoch, ihr war kalt. »Klar.«

Immer auf Deckung bedacht, schlichen sie den Zaun entlang, der das Gelände umgab. Dabei achteten sie darauf, nicht in den Lichtkegel einer Laterne zu geraten und den Schutz der kahlen Sträucher so gut wie möglich zu nutzen. Je weiter sie kamen, desto dunkler wurde es. Aber der Zaun bestand aus hohen glatten Eisenstreben, unmöglich, an ihm hinaufzuklettern. Alexanders Mut sank. Da blieb Yue stehen und deutete auf einen knorrigen Baum, den man zwar zurechtgestutzt hatte, dessen obere Äste aber etwa einen Meter unter dem Rand des Zaunes endeten.

Alexander konnte sich ein Grinsen nicht verkneifen. »Ob das die Affen wissen?«, fragte er. Es war Galgenhumor. Er klopfte prüfend gegen den Stamm, suchte morsche Stellen, fand keine. »Okay, ich gehe als Erster.« Der Zaun war hoch, er würde sich auf die andere Seite fallen lassen müssen und hoffen, dass er sich nicht verletzte. »Dann fange ich dich auf.«

Yue ließ ihren prüfenden Blick die Streben hinaufwandern, nickte und sagte: »Das wird gehen.«

Alexander wartete nicht länger, erklomm den Baum. Es ging leichter als gedacht. Als er das rechte Bein über den Zaun schwang, warf er einen Blick in die Tiefe. Niemand zu sehen. Er umklammerte den Rand des Zaunes, ließ sich daran so weit hinunter, wie seine Arme reichten. Dann hielt er die Luft an, wappnete sich gegen den Aufprall und ließ los. Der Schmerz traf zuerst seine Fußsohlen, raste dann seine Wirbelsäule hinauf und fuhr ihm direkt ins Hirn. Einen Augenblick wurde ihm schwarz vor Augen, und er meinte sich erbrechen zu müssen. Er umklammerte mit beiden Händen die Eisenstreben, senkte den Kopf und wartete, bis er sich wieder gefasst hatte. Dann bewegte er vorsichtig die Beine. Es tat weh, aber er schien sich nichts gebrochen zu haben.

»Alex?«, flüsterte Yue hinter dem Zaun.

Alexander hob den Kopf. »Alles gut«, sagte er. »Komm rüber.«

Etwas raschelte und knarzte, schemenhaft konnte er ihre Gestalt zwischen den Ästen erkennen. Yue war klein und leicht, kletterte schnell und geschickt. Dann hatte sie den oberen Rand des Zaunes erreicht. Sie zögerte keine Sekunde, sondern ergriff den Querbalken und schwang die Beine hinüber.

Er suchte sicheren Stand, hob die Arme, machte sich bereit, sie aufzufangen.

Doch Yue umklammerte zwei Metallstreben und rutschte zügig Meter für Meter daran in die Tiefe, wobei sie die Profilsohlen ihrer Winterstiefel als Bremse benutzte. Ihre Bewegungen waren gleichmäßig und sicher, der Abstieg an einer Kletterwand hätte nicht unaufgeregter sein können.

Alexander ließ die Arme sinken. Yues Stärke überraschte ihn genauso, wie er ihre Fähigkeit bewunderte, in kritischen Situationen einen kühlen Kopf zu bewahren. Hatten in China nicht auch Frauen ihren Militärdienst zu leisten? Dabei fiel ihm die Gefahr wieder ein, in der sie sich befanden. Schnell sah er sich um. Zwei Mädchen in dicken Jacken näherten sich vom Bahnhof Zoo her, die Blicke fest auf ihre Handys gerichtet. Das Rauschen des Verkehrs überlagerte jedes Geräusch. Er drehte sich wieder um.

Yue stand auf dem Boden, blickte in die andere Richtung, taxierte ebenfalls die Situation. Dann wandte sie den beiden Mädchen mit den Handys das Gesicht zu. Ihre Augen wurden schmal. »Ich melde mich«, zischte sie Alexander zu, ließ ihn stehen und ging mit schnellen Schritten los. Er sah, dass sie auf den Ku'damm zustrebte.

Alexander ließ die beiden Mädchen passieren, steckte die

Hände in die Jackentaschen und zog den Kopf in den aufgestellten Kragen. Schließlich marschierte er zur U-Bahn-Station Zoologischer Garten, um zu Phoenix zurückzukehren. Von dem Sprung taten ihm die Beine weh, und bei jedem Schritt spürte er die Erschütterung schmerzhaft im Kreuz. Doch das alles war nichts gegen die Erkenntnis, dass auch er eine Zielscheibe auf dem Rücken trug.

Phoenix hatte ihn im Visier.

34

Bei Phoenix ging die Sprintphase zu Ende. Die Stimmung war gelöst und heiter, wenn auch etwas überdreht. Alle hatten wochenlang durchgearbeitet, auf dem Campus gewohnt, die definierten Ziele erreicht, nichts von der Welt jenseits der Mauern von Phoenix gehört. Gab es diese Welt überhaupt? Wenn ja, dann war sie nicht wichtig.

Jetzt wurde erst einmal gefeiert. *Jamboree.* So hieß das Zauberwort, das seit Tagen durch die Luft schwirrte.

Viele Mitarbeiter waren nur für diese eine Phase, zur Erarbeitung eines klar definierten Ziels, beschäftigt gewesen. Jetzt nahmen sie Abschied. Von Phoenix, seinen Laboren und den Kollegen, mit denen sie zusammengearbeitet, die sie aber nicht kennengelernt hatten. Irgendwann und irgendwo würden sie sich wiedertreffen.

Alexander hatte gleich am Morgen einen Anruf von Amanda auf dem Festnetz erhalten. Als der Apparat auf dem Schreibtisch geklingelt hatte, war er zuerst irritiert gewesen. Er hatte fast vergessen, dass es ihn gab.

Hi, Alex, dies ist Amanda. Ich wollte nur sichergehen, dass du zum Jamboree kommst.

Maik hat mir schon Bescheid gesagt.

Er hat uns von deinem umfassenden Interesse berichtet. Max schätzt das sehr. Wir freuen uns auf dich.

Als Alexander den Hörer auflegte, spürte er die bekannte Anspannung. *Das Zeichen für den Einsatz.* Wenn Yue recht hatte, bereitete sich das Sicherheitsteam genau in diesem Augenblick auf seine grausame Jagd vor.

Jamboree.

Es ging los.

Alexander zog seine Sneakers an, schnürte sie besonders fest. Ein T-Shirt, ein Flanellhemd und den dicksten Pullover, den er mitgebracht hatte. Das musste für den Ausflug ins Moor reichen. Den Norwegerpullover, ein Geschenk seines Vaters, ließ er liegen. Niemand trug zur Party dasselbe wie zur Elchjagd. Die Lederjacke hängte er sich über die Schulter. Das war riskant. Sie könnten ihn nach seinen Plänen fragen. *Wollte mir vor dem Fest ein wenig die Füße vertreten, wer weiß, ob ich morgen dazu in der Lage bin.* Und dazu ein verschwörerisches Grinsen. Er hoffte, dass sie die Lüge schlucken würden.

Etwas machte ihn misstrauisch.

Warum war ihm Amandas Anruf wie ein Befehl und nicht wie eine Einladung erschienen? Weil Amanda ihn bisher kaum zur Kenntnis genommen hatte.

Die Lage hatte sich also verändert.

Nicht nur für die Hominiden, sondern auch für ihn. Sie wollten ihn in den nächsten Stunden unter Kontrolle haben. Und später? Wenn das Sicherheitsteam sein blutiges Handwerk verrichtet hatte? Er verdrängte den Gedanken an später, war sich nicht sicher, ob es überhaupt ein Später für ihn gab.

Alexander verließ sein Zimmer und machte sich auf den Weg zum Haupthaus. Es war früher Nachmittag. Niemand von den jungen Leuten war zu sehen. Alle schienen zu feiern.

Neben dem Eingang parkten der Lieferwagen einer Getränkefirma, der grüne Land Cruiser und eine schwarze Audi-Limousine. A8. Die Scheiben waren verdunkelt, sodass man nicht ins Innere des Wagens sehen konnte. Phoenix hatte anscheinend prominenten Besuch.

Etwas abseits stand der braune Pick-up.

Ein Mann in einem Overall mit Tarnmuster, grüner Daunenweste und Springerstiefeln lehnte an der Seitenwand. *Top Gun.* Er hatte die Knöchel lässig gekreuzt und die Arme vor der Brust verschränkt. Aufmerksam verfolgte er Alexanders Weg. *Leibwächterblick.* War das der Mann, der ihm an dem

Tag, als er Susanne Labitzky getroffen hatte, durch Berlin gefolgt war? Alexander hob die Hand zum Gruß.

»Hi«, rief er. »Alle schon beim Fest, was?«

Auf der Ladefläche des Pick-ups standen zwei grüne Kisten mit Stahlverschlüssen. Daneben lag ein Stapel Decken.

Der Mann lächelte, winkte. »Hi, Alex«, sagte er. »Ja.«

Er weiß, wer ich bin. Alexander wandte sich ab, ging in exakt dem gleichen Tempo weiter, entspannt auf dem Weg zur Party. *Alles im grünen Bereich.*

Das Jamboree fand in der großen Halle statt und war bereits in vollem Gange. Überall waren gasgefüllte Luftballons befestigt, die nach oben strebten und an ihren Schnüren zerrten. Ein paar von ihnen war es gelungen, sich loszureißen. Wie bunte Blasen schwebten sie zwischen den Fahnen unter dem Dachfirst. Statt vor ihren Bildschirmen und Laborberichten saßen die jungen Leute an gedeckten Tafeln. Der Geräuschpegel war gewaltig, das Sprachengewirr babylonisch. Von irgendwo kam Musik. Heavy Metal. Hinter dem Büfett befehligte ein schwitzender Lasse wie ein Feldherr sein fünfköpfiges Team. Dem Essensangebot nach musste es die ganze Nacht durchgearbeitet haben.

Alexander blieb an der Tür stehen und suchte einen Platz, von dem aus er durch die Glasfront nach draußen sehen konnte. Sobald er Anzeichen von Aufbruch feststellte, musste er unauffällig verschwinden. Und schneller im Moor sein als Faber und seine Leute. Noch konnte er nicht weg, ohne Verdacht zu erwecken. Jeder musste ihn sehen, seine Anwesenheit registrieren. *Alex? Der muss hier irgendwo sein.*

Max saß am anderen Ende der Halle und hörte einem jungen Mann in einem zerdrückten weißen Kittel zu, der auf ihn einredete und dabei wild gestikulierte. Er lächelte, nickte, war wie immer ganz Ohr. Der Junge hatte seine ungeteilte Aufmerksamkeit.

Yue Chan wanderte mit einem Kaffeebecher zwischen

den Tischreihen herum, beugte sich immer mal zu jemandem hinunter und wechselte ein paar Worte, ehe sie ihren Rundgang wieder aufnahm. Dabei irrte ihr Blick nervös durch die Halle. Es war nur eine Frage der Zeit, bis ihr Verhalten Aufmerksamkeit erregte. Alexander wandte sich ab, wollte nicht mit ihr zusammen gesehen werden.

Philipp Rotauge war am Büfett und ließ sich von Lasse eine klare Flüssigkeit in ein Schnapsglas füllen. Mit der freien Hand hielt er sich an der Tischkante fest. So wie es aussah, war dies nicht sein erster Drink. Neben ihm türmte Kenny einen Stapel Roastbeef auf seinen Teller.

Alice stand mit zwei anderen Mädchen etwas abseits. Die drei hielten die Köpfe gesenkt und tippten in rasendem Tempo auf ihren Handys herum. Wahrscheinlich schrieben sie sich gegenseitig Nachrichten.

Hussam und Nadjeschda hatten sich etwas entfernt zwei gegenüberliegende Plätze ausgesucht. Zwischen ihnen stand ein großer Dessertteller, von dem sie beide mit langstieligen Löffeln aßen. Wenn sie sich nicht gerade zulächelten oder tief in die Augen sahen.

Alexander beschloss, Lasse ein paar Fragen zu stellen.

Hinter ihm raschelte es. Jemand trat neben ihn. Ein Parfüm, das an den Duft von Grapefruit erinnerte, stieg ihm in die Nase. Es war Amanda. Sie trug ein graues Seidenkleid und sah eher nach Meeting als nach Party aus. In der Hand hielt sie ein Glas stilles Wasser.

»Schön, dass du hier bist, Alex.«

»Ich habe noch nie ein Jamboree gefeiert.«

»Es ist ein großes Familienfest, wie du siehst«, sagte sie freundlich. »Kommst du mit deiner Arbeit voran?«

»Alle sind sehr hilfsbereit.«

Sie nahm einen Schluck Wasser, beobachtete ihn über den Rand des Glases. »Max möchte sich demnächst mit dir zusammensetzen, um über dein definiertes Ziel zu sprechen.«

Alexander hatte sich in der letzten Zeit besonders vorsichtig verhalten. War das aufgefallen? Misstrauten sie ihm deswegen?

»Jederzeit«, sagte er. »Gern.«

Sie drehte das Glas in den Händen. »Weshalb bist du nicht mit unserem Team in den Tschad geflogen?«

Weil ihr mich hier weghaben wolltet. »Ich konnte meine Arbeit nicht unterbrechen«, sagte Alexander. Wahrscheinlich wäre er im Tschad irgendwo verschwunden, und niemand hätte seine Leiche jemals gefunden. Oder erst, wenn sie in einem Zustand gewesen wäre, der keine Rückschlüsse auf die Todesursache mehr zuließ. Er hatte solche Körper, von Leichengasen zur Unkenntlichkeit aufgetrieben und lila verfärbt, auf afrikanischen Landstraßen zur Genüge gesehen. Er setzte ein Lächeln auf und sagte: »Hier ist es gerade so spannend.«

Sie nickte verständnisvoll. »Du interessierst dich für unser Hominiden-Projekt, wie ich höre.«

Alexander wurde kalt. »Genetik fasziniert mich«, sagte er. *Das Kind, das Kind, das Kind.* Er beschloss, den Stier bei den Hörnern zu packen. »Eigentlich würde ich gern mehr über dieses Steinzeit-Erbgut erfahren.« Wenn die Aktion nicht stattfand, würde er sein eigenes Buch schreiben. Max würde staunen. »Maik hat mir von dem Iceboy erzählt.« Das wussten sie, wenn Maiks Zimmer überwacht wurde.

Auf ihrem Gesicht erschien ein Lächeln, das ihre Augen jedoch nicht erreichte. »Du hast gut recherchiert«, sagte sie. »Natürlich bekommst du die Unterlagen, die du brauchst. Max und ich haben schon darüber gesprochen. Phil und das Team aus dem Future Office werden sich freuen, alle deine Fragen zu beantworten.«

»Das wäre schön.« Warum hatte er das Gefühl, gerade in ihre Falle getappt zu sein?

Sie sah zur Stahltreppe hinüber und hob die Hand. »Aber jetzt möchte ich dir jemanden vorstellen.«

Wie aus dem Nichts tauchte zwischen einer Gruppe neben

dem Treppenabsatz ein junger Mann auf. Das geschah so unmittelbar, dass er auf ihr Zeichen gewartet haben musste. Das nette Geplänkel mit Amanda war kein Zufall.

Der Mann steuerte auf sie zu.

Er trug eine senffarbene Cordhose und ein Sportjackett und unterschied sich auf den ersten Blick nicht von den anderen jungen Leuten bei Phoenix. Aber sein Gang war kraftvoller, seine Bewegungen geschmeidiger, sein Blick wachsamer. Alexanders Berufsinstinkt erwachte. *Militär*, war sein erster Gedanke. *Ganove*, sein zweiter. Aus Erfahrung wusste er, dass das eine vom anderen oft nicht zu trennen war. Eine Alarmglocke begann in seinem Kopf zu schrillen.

»Alex«, sagte Amanda, als der Mann vor ihnen stand. »Darf ich dir Jan vorstellen?«

»Hi, Jan«, sagte Alexander.

»Hallo, Alex.« Jans Blick war kühl, taxierend.

»Jan betreut das Lazarus-Projekt«, sagte Amanda. Es war das erste Mal, dass Alexander den Namen offiziell hörte.

Seit Alexander bei Phoenix war, hatte niemand Jan je erwähnt. Auch der Phoenix-Gruß schien ihm unbekannt zu sein. Die Alarmglocke im Kopf wurde lauter. Er wandte sich an Jan.

»Welchen Beruf braucht man denn für deinen Job?«, erkundigte er sich. Ein Journalist durfte neugierig sein.

»Verhaltensforscher«, erwiderte Jan ohne Zögern.

»Welches Fachgebiet?«

»Primaten.« Jan ließ sich nicht aus der Ruhe bringen.

Amanda räusperte sich. »Wir möchten, dass du Jan morgen zu unserer Hominiden-Forschungsstation begleitest«, sagte sie. »Sie liegt in Spandau, im Teufelsbruch.« Sie lächelte.

Alexander machte ein interessiertes Gesicht. Das Dorf war also eine Forschungsstation. Wussten sie, dass er sie bereits heimlich besucht hatte? »Das wäre toll.«

»Jan wird dir die ganze Anlage erklären«, sagte Amanda.

Alexander geriet ins Schwanken. Vielleicht wurde er

wirklich paranoid, und hier stand ein Wissenschaftler, bereit, ihm einen vertiefenden Einblick in seine Arbeit zu geben. Er wollte dem Ausflug schon zustimmen, als er plötzlich über die Köpfe der Feiernden hinweg einen Blick von Max auffing. Der Junge neben ihm redete noch immer wie ein Wasserfall. Doch Max hörte ihm nicht zu, verfolgte das Geschehen neben der Tür. Als er Alexanders Aufmerksamkeit bemerkte, stand er abrupt auf, verließ den Tisch und verschwand in Richtung Kontrollraum.

»Danke für das Angebot«, sagte Alexander zu Jan. »Wer hat dich denn an Bord geholt? Max?«

Jan lächelte dünn. »Ich bin kein Wassersportler.«

Du musst sehr, sehr vorsichtig sein. Trautmann.

Wenn sie Verdacht schöpfen, bringen sie dich um. Yue.

Sie hatten Verdacht geschöpft. Seine Zeit war abgelaufen. Und Max, *verdammt*, Max wusste Bescheid.

»Dachte ich mir schon«, sagte Alexander.

»Ihr fahrt gleich morgen früh«, erklärte Amanda in abschließendem Ton. Das Urteil war gefällt, der Hinrichtungszeitpunkt festgelegt, die Botschaft überbracht. *Heute die Hominiden, morgen du.* Sie hatte noch andere Aufgaben. »See you.« Sie ließ Alexander mit Jan stehen und folgte Max zum Kontrollraum.

»Ich hole dich um sechs ab«, sagte Jan. »Dann kommen wir dem Fütterungsteam nicht in die Quere.«

»Dem Fütterungsteam?«

»Die Hominiden werden einmal am Tag mit Nahrung versorgt«, sagte Jan. »Mehr Kontakt ist nicht erwünscht. Sonst gewöhnen sie sich zu sehr an Menschen und passen ihr Verhalten an. Das verfälscht die Studie.« Sie hatten ihn gut gebrieft, und er war ein Profi.

Der Tod kommt immer im Morgengrauen.

»Bin schon gespannt«, sagte Alexander. »See you.«

»Bis morgen.«

Jan drehte sich um und verließ die Halle. Er feierte nicht

mit den anderen, gehörte nicht zu ihnen. Nachdenklich sah ihm Alexander hinterher. Jan stieg in den dunklen Audi, zog sein Handy aus der Tasche und tippte darauf herum.

Der Pick-up stand noch immer auf dem Vorplatz. Aber jetzt hatten sich zwei weitere Männer zu dem Wartenden gesellt. Sie trugen dicke Tarnkleidung, schwarze Mützen und Fernstecher. Ein Mann rauchte, der andere hielt die Hand ans rechte Ohr, nickte, sah auf die Uhr. *Sprechfunk.*

Alexander wartete, dass Jan wieder aus dem Audi stieg, aber er tauchte nicht mehr auf. Vielleicht wollte er telefonieren, berichten, dass sich die Sache nach Wunsch entwickelte. Phoenix musste sich des Vertrauens seines Opfers sehr sicher sein. Oder seiner Naivität.

Dreh dich um, pack deine Sachen und nimm den nächsten Zug nach Hamburg. Flieg nach Marrakesch und lass dir die Sonne Afrikas auf den Bauch scheinen. Vergiss Phoenix und die Hominiden. Es sind Monster, Irrungen der Natur.

Alexander sah sich verstohlen um.

Alle waren jetzt in der Halle versammelt, niemand achtete auf ihn. Die Party konnte noch Stunden dauern. Wenn er Glück hatte, wurde seine Abwesenheit erst am nächsten Morgen entdeckt. Um sechs. Wenn Jan vor seiner Tür stand. Aber Phoenix würde seine Flucht als Eingeständnis begreifen und ihm Jan nach Hamburg und Marrakesch hinterherschicken. Oder einen anderen Auftragsmörder.

Das Bild des toten Kindes erschien vor Alexanders innerem Auge. *Eismumie*, hatte Maik gesagt, *gut fünftausend Jahre alt*. Der Junge im Moor sah ihn mit seinen Löwenaugen an. Als wollte er ihm eine Botschaft übermitteln. Ihn zu sich rufen. *Unsinn.* Alexander verscheuchte die Fata Morgana. Aber dann spürte er einen Stich im Herzen. Der Kleine würde die nächsten Stunden nicht überleben. Unauffällig sah Alexander nach draußen.

Hinter dem Pick-up stand nun ein grüner Land Rover Defender. Fünf Männer zogen Jacken und Westen mit vielen

Taschen an. Der dicke Faber schob lange schmale Koffer auf die Ladefläche des Pick-ups, nahm eine graugrüne Decke von dem Stapel und warf sie darüber. Ein Mann kletterte auf den Fahrersitz und rieb mit einem Finger auf dem Display hinter dem Lenkrad herum, als wollte er einen Fleck entfernen.

Faber winkte die anderen Männer zu sich.

35

Miriam fror trotz der mit Plüsch gefütterten Army-Jacke, die sie über ihren dicksten Pullover gezogen hatte. Die Jacke gehörte Albert, er hatte sie abgestreift und zurückgelassen wie die Beziehung, in der sie gemeinsam Urlaub in den Bergen gemacht hatten. Auch die Wanderschuhe, in denen Miriams Füße steckten, waren eine letzte Erinnerung an dieses Leben. Wenn sie heute im Moor draufgingen, war es nicht schade darum.

Die Rückfahrt von Bayern nach Berlin war ohne Zwischenfälle verlaufen. Miriam war sogar erstaunlich schnell vorangekommen, hatte gegen drei ihre Wohnung aufgeschlossen. Ihr Rücken schmerzte von der langen Fahrt, und sie spürte, dass die Wirkung der letzten Amphetamintablette nachließ. Vor allem hatte sie seit dem Morgen nichts getrunken. Sie ging in die Küche und öffnete auf der Suche nach der angebrochenen Packung Orangensaft vom Vortag den Kühlschrank. Kein Orangensaft. Sie musste ihn wohl ausgetrunken haben.

In der Seitentür stand noch eine Piccolo-Flasche Sekt.

Es war ein Überbleibsel des letzten gemeinsamen Silvesterabends mit Albert. Der frisch-säuerliche Geschmack und die Kohlensäure waren das, was sie jetzt brauchte. Sie schnappte das Fläschchen, goss seinen Inhalt in ein Wasserglas und leerte es fast auf einen Schluck. Der Alkohol lief ihre Kehle hinunter und schien seinen Weg direkt in ihre Kniekehlen zu finden. Angenehme Wärme breitete sich in ihrem Körper aus, enstpannte ihre Muskeln. Aber innerlich blieb sie aufgewühlt, an Schlaf war nicht zu denken. Miriam trank das Glas aus, stellte es in die Spüle und überlegte.

Die Polizei hatte den Spandauer Forst abgesucht. Wenn Leon ins Moor gelaufen war, so die offizielle Annahme, kam jede Rettung zu spät. Nach dem Gespräch mit Paolo wusste Miriam es besser. Leon konnte noch leben. Jetzt, wo sie keinen Durst mehr hatte, bereute Miriam, den Sekt getrunken zu haben. Alkohol machte sie früher oder später müde. Sie zögerte kurz, dann schlug sie alle Bedenken in den Wind und nahm noch eine Amphetamintablette. Sie würde sich eben einfach mehr konzentrieren müssen. Miriam zog ihre Wanderschuhe und Alberts Jacke an und steckte die Taschenlampe, die sie bei Bedarf für Tatortbegehungen benutzte, ein.

Miriam war noch nie im Moor gewesen, und ihr graute davor. Ein Instinkt riet ihr, in Berlin zu bleiben, die Ermittlungen abzuwarten. Sie schob ihre dunklen Gefühle auf den Aberglauben und die gräulichen Sagen, die sich um diese Urlandschaft rankten. Kurz bedrückte sie der Gedanke, dass ihre Fixierung auf die Rettung des Jungen vielleicht mit ihrer eigenen Kinderlosigkeit zu tun haben könnte. Und dass sie sich Illusionen machte. Aber das war natürlich Unsinn. Hier ging es um ein Menschenleben und um ihren Informationsvorsprung.

Jetzt war sie hier.

Obwohl weit und breit kein Mensch zu sehen war, schloss Miriam ihren alten Volvo ab, ehe sie den Weg in den Wald und über eine kleine Holzbrücke einschlug. Sie hatte eine von Alberts alten Wanderkarten dabei, in der sie die Stelle eingezeichnet hatte, an der laut Polizeibericht die Fahrräder der Jungen gefunden worden waren. Sie schätzte ihre Gehzeit auf gut eine halbe Stunde, das Wetter war klar, gute Vorzeichen für ihren Plan. Im Grunde ihres Herzens rechnete Miriam nicht damit, Leon tatsächlich zu finden. Aber wenn sie eine verwertbare Spur entdeckte, würde die Polizei die Suche wieder aufnehmen, und zwar diesmal an der richtigen Stelle. Sie beschleunigte ihre Schritte.

Der aufgeschüttete Pfad, dem Miriam folgte, führte an einem Schilfsaum entlang. Manchmal meinte sie, ein Gluckern zu hören, als läge hinter dem steifen Gestrüpp ein See. *Moorwasser.* Dem Geruch nach zu urteilen, folgte sie einem Uferweg. Die Luft war feucht, schmieriger Dunst legte sich auf ihre Haut. Genervt wischte sie über ihr Gesicht, etwas Nässe geriet in ihre Augen, ließ ihre Umgebung verschwimmen. Als wollte sie sich hinter einem Schleier verstecken, ungebetene Besucher abschrecken. *Kehr um.* Da war es wieder, dieses angsteinflößende Gefühl. Hatte Leon es auch gespürt? Aber jetzt konnte es nicht mehr weit sein.

Miriam blieb stehen, zog die Wanderkarte aus einer der zahlreichen Jackentaschen und faltete sie auf. Vor einer kleinen Wegbiegung war rot die Stelle eingezeichnet, an der die Fahrräder der Jungen gelegen hatten. Sie hob den Kopf. Nein, sie hatte sich nicht getäuscht. Vor ihr machte der Pfad einen Knick nach links, führte vom Gewässer weg. Es waren nur noch wenige Meter. Aufregung erfasste sie. Sie klappte die Karte zusammen, steckte sie ein, ging weiter.

Zwischen einem Vogelbeerstrauch und einer ziemlich markanten, schief gewachsenen Kiefer, derselben, an der auf den Polizeifotos die Kinderräder gelehnt hatten, lag ein großer, flacher Stein. Darüber wölbte sich ein blätterloses Zweigdach. Es sah wie ein Durchstieg aus. Miriam spürte, wie sich ein Lächeln auf ihrem Gesicht ausbreitete. So ein Tor musste zwei Jungen geradezu wie eine Einladung vorgekommen sein, den rechten Weg zu verlassen. Hatte die Polizei diesen Ort überhaupt genau untersucht? Der Stein erinnerte an eine Schwelle. Miriam zog den Kopf ein, duckte sich unter den Zweigen und überquerte sie.

Hinter der Schwelle lag ein neuer Pfad, der in eine weite, öde Moorlandschaft führte. Die Vegetation schien fast ausschließlich aus Sumpfgras zu bestehen. Zwischen den einzelnen Büscheln schillerte Moorwasser, aus dem hier und dort schwarze Baumskelette ragten. Nils und Leon mussten sich wie Huckleberry Finn und Tom Sawyer gefühlt haben. Ein Wunder, dass nicht beiden etwas passiert war. Zweifel erfasste Miriam. Diese Umgebung war lebensfeindlich und gefährlich. Ihr wissenschaftlicher Verstand sagte ihr, dass Leon irgendwo vor ihr auf dem Grund des Moores lag. Was immer Paolo über Steinzeit-DNA erzählt hatte und das Gedächtnis von Genen, hier hatten seine Theorien keinen Bestand, wirkten sie lächerlich und abgehoben. Hier regierte die Natur, scherte sich nicht um wissenschaftliche Erkenntnisse, sondern forderte das Leben selbst heraus.

Diese Suche hatte keinen Sinn.

Miriam steckte die Hände in die Taschen und sog die feuchte, kalte Luft ein. Sie war Rechtsmedizinerin, Gerüche gewohnt, die andere Menschen als abstoßend empfanden. In diesem Hauch aus Fäulnis und Verwesung, der aus dem Sumpf aufstieg, diesem Atem des Moores, lag für sie etwas Geheimnisvolles, Lockendes. Etwas, das erforscht werden wollte und sie geradezu magisch anzog.

Sie ließ den Blick über die Sumpflandschaft wandern, die toten Baumstämme, den fahlen Schilfgürtel und das Birkenwäldchen in der Ferne. Die Schilfhalme bewegten sich, es sah aus, als ließe der Wind Wellen hindurchlaufen. Dabei regte sich kein Lufthauch. Miriam ging weiter. Sie wurde unruhig. Wie viele Tabletten hatte sie in den letzten vierundzwanzig Stunden genommen? Das Fläschchen Sekt fiel ihr ein, und sie biss die Zähne zusammen. In Überdosierung oder zusammen mit Alkohol konnten Amphetamine Halluzinationen hervorrufen. Das Schilfmeer wogte vor ihren Augen.

In diesem Augenblick ertönte hinter ihr ein Pfiff.

Miriam fuhr herum. War sie nicht allein? Wanderer oder ein Wasservogel? Wieder ein Pfiff, diesmal schien er von rechts aus dem Schilfgürtel zu kommen. Miriam spürte, wie sich ihr die Nackenhaare aufzustellen schienen. Albert und sie waren durch die halbe Welt gewandert. Nie hatte sie so einen Laut gehört.

Pfiffe, einer, zwei, drei, vier.

Sie schienen von allen Seiten zu kommen. Miriam wandte sich von links nach rechts, drehte sich im Kreis, fühlte sich eingekesselt, wollte weglaufen, war wie gelähmt. Das Schilf raschelte und bebte, Wellen liefen hindurch, auf sie zu, wurden breiter, verteilten sich, vereinigten sich, änderten die Richtung, liefen davon, verebbten.

Auf einmal – Ruhe.

Miriam war schockstarr. Kälte stieg aus dem Moorboden auf, kroch ihre Beine hinauf, ließ ihre Glieder gefrieren. Die Stille schien mit Händen greifbar, es war so ruhig, dass sie meinte, ihren Herzschlag und das Rauschen ihres Blutes in den Adern hören zu können. Die Zeit dehnte sich. Endlich spürte sie, wie die Anspannung nachließ. Doch nun war sie so erschöpft, dass sie sich am liebsten einfach hingelegt hätte. Wie in Zeitlupe drehte sie sich um, richtete den Blick auf das Strauchtor. Es war nicht weit, das konnte sie schaffen. Ein grausamer Gedanke schoss durch ihren Kopf. *Du wirst alt, du bist alt, dein Leben geht zu Ende.* Miriam ballte die Fäuste und marschierte los.

Hinter ihr ertönte ein Kinderlachen.

Miriam erstarrte. *Jetzt bist du verrückt geworden, hast du endgültig den Verstand verloren.* Sie drehte sich um.

In ein paar Metern Entfernung stand ein kleiner Junge. Er trug einen wattierten grünen Overall, wie ihn die Kinder im Winter in den Bergen anhatten. Sein rotes Haar stand struppig vom Kopf ab, und er musterte sie neugierig.

Im ersten Augenblick dachte Miriam an Trugbilder, Moorspiegelungen, von denen es hieß, dass sie nächtliche Wanderer irreführten, in die Tiefe des Sumpfes und in den Tod lockten. Dann fielen ihr die Amphetamine und der Sekt ein. Doch das Kind wirkte ganz lebendig. Trat von einem Bein aufs andere. Jetzt lachte es und steckte die rechte Hand in die Tasche, suchte etwas.

»Wer bist denn du?«, fragte Miriam, machte einen Schritt auf den Kleinen zu. Er schien im Kindergarten-, höchstens Grundschulalter zu sein. »Bist du weggelaufen? Wo sind denn deine Eltern?« Sie musste das Kind zur Polizei bringen.

Der Junge riss die Augen auf. Sie waren hellbraun, fast gelb – bernsteinfarben. Jetzt zog er etwas aus der Tasche.

Seine Miene war geheimnisvoll, drollig, sehr niedlich. Sie ging auf ihn zu. Der Kleine hob den Arm, wartete einen Augenblick, dann schüttelte er die Hand wie ein Zauberer, der einen Trick vorführte. Ein zerknülltes Stück Stoff entfaltete sich, wehte hin und her und hing dann wie das abgebalgte Fell eines kleinen Tieres schlaff herab. Es war blau. Mit weißen Sternen. Und sogar aus ihrer Entfernung konnte Miriam die Buchstaben lesen, die dazwischen aufgedruckt waren. *WSB – White Star Burger.* Ihre Knie wurden weich. Sie kannte dieses Halstuch.

»Leon«, krächzte Miriam, übersah in ihrem Glück, dass dieses Kind und den verschwundenen Jungen Jahre trennten, es gar nicht Leon sein konnte. »Oh mein Gott, Leon.«

Der Kleine lachte, sprang auf und ab, freute sich.

Mit ausgebreiteten Armen ging sie auf das Kind zu.

Leon, Leon, Leon.

In diesem Augenblick passierte es. Das Schilf teilte sich, und vier oder fünf Männer in grünen Overalls brachen daraus hervor. Sie stürmten auf Miriam und den Jungen zu. Einer packte das Kind, schwang es sich über die Schulter. Im nächsten Augenblick waren die beiden im Schilf verschwunden.

»Leon!«, schrie Miriam. *»Leon!«*

Die anderen Männer hatten sie erreicht. Einer von ihnen fasste sie an der Schulter. Dunkle Finger bohrten sich mit ungewöhnlicher Kraft durch die Jacke in ihr Fleisch. Miriam blickte in kleine dunkle Augen. Der Gestank aus der orangeroten Kinderjacke, der ihr Labor verpestet hatte, schlug ihr entgegen. Der Mann öffnete den Mund. Zwischen seinen schmalen Lippen konnte sie scharfe Eckzähne sehen.

Miriam wurde übel, ihre Eingeweide rebellierten. Sie wollte sich losreißen, weglaufen, aber sie war vor Angst gelähmt. Ihr wurde schwarz vor Augen, und sie spürte, wie ihre Knie nachgaben.

Das Letzte, was sie hörte, war ein gellender Doppelpfiff.

36

Die Männer bei den Geländewagen folgten Fabers knapper Handbewegung, scharten sich um ihren Kommandeur. Der Fahrer hinter dem Lenkrad hatte jetzt die Arme vor der Brust verschränkt, schien auf den Befehl zum Aufbruch zu warten.

Es geht los.

Alexander überkamen Ruhe und Wachsamkeit zugleich. Seine Sinne waren geschärft. Ihm war, als könnte er alles hören, sehen, verstehen. Es war das gleiche Gefühl, das ihn auf gefährlichen Reportagen überkam. Unmittelbar nach Naturkatastrophen oder im Angesicht einer betrunkenen Soldateska, wenn eine falsche Entscheidung, eine Sekunde Unaufmerksamkeit den sicheren Tod bedeuteten.

Er konnte mit dieser Situation fertigwerden.

Alexander warf einen Blick auf die Uhr. Viertel nach drei. Das Wetter war gut, der Himmel wolkenlos. Trotzdem – auch mit viel Glück blieb ihm gerade noch eine Stunde Tageslicht. Danach musste eben eine starke Taschenlampe reichen. Seine Entscheidung war gefallen. Er würde Faber und seine Männer abziehen lassen und dann selbst ins Moor fahren. Die Flucht zu ergreifen und die Männer im Moor ihrem Schicksal zu überlassen war keine Option.

Das Kind, das Kind, das Kind.

Wie hatte er den Kleinen überhaupt dort zurücklassen können? Er hätte damals schon mit Maik, ach was, mit Max reden müssen. Ihm klarmachen, dass ein kleines Kind bei dieser Kälte nicht ins Moor gehörte. *Aber das Wetter ist nicht das Problem, oder?*, ätzte eine Stimme in seinem Inneren. Die Gefahr liegt ganz woanders. Die Gefahr liegt bei Phoenix.

Die Gefahr ist Phoenix.

Alexander fing an zu schwitzen. Trotzdem spürte er, wie

eine Gänsehaut über seine Arme kroch. Er musste das Kind da rausholen, koste es, was es wolle. Wenn er es nicht tat, würde er sich das nie verzeihen.

Alexander blickte zum Büfett hinüber.

Er hatte keinen Appetit, aber während der nächsten Stunden würde er nicht zum Essen kommen und Kraft brauchen. Die Routine griff. Von Einsatzkommandos hatte er gelernt, immer ausgeschlafen und satt zu sein, wenn es losging.

Die Männer am Pick-up standen im Kreis, die Hände auf dem Rücken, die Füße schulterbreit auseinander. In ihren Overalls und Jacken mit Tarnmuster sahen sie wie eine Fallschirmspringertruppe kurz vor dem Flug aus. Aufmerksam folgten sie den Worten ihres Teamleiters. *Befehlsausgabe.* Auf einmal lachten sie, Faber schien einen Scherz gemacht zu haben. Alle sahen sich an, wirkten nun gelöst, fast ein wenig aufgekratzt. Dies war kein Kriegseinsatz, sondern ein Jagdausflug unter Männern. Abenteuer pur. Nur dass die Treibjagd diesmal auf Menschen ging. Aber sie hatten keine Eile, wussten, wo sie ihre Beute finden würden. Warum sorgten sie sich nicht um das langsam vergehende Schusslicht? Weil sie erst bei Einbruch der Dämmerung ihre Positionen beziehen würden, um die Hominiden nicht vor der Zeit aufzuschrecken.

Die haben Nachtsichtgeräte, verdammt.

Alexander wandte sich ab.

Betont entspannt schlenderte er durch die Halle, nickte ein paar Leuten zu, ließ sich sehen und lachte, vermittelte den Eindruck guter Laune. Auch er feierte mit Phoenix, war Teil des Teams. Niemand schien Verdacht zu schöpfen.

»Hi, Lasse«, sagte er, als er vor dem Büfett stand.

»Hej, hej.« Lasse deutete auf die Platten, die vor ihm standen. »Willst du etwas essen? Filetsteaks kreolische Art, glasierter Schinken, Bouillabaisse, Paella …«

»Ich brauche Energie.«

Lasse strahlte. »Willst du Aquavit aus Göteborg?«

»Lieber Kohlehydrate und Eiweiß, nicht zu schwer.«

»Was hast du vor?«

Alexander zuckte die Schultern. »Was sich so ergibt.«

»Okay.« Lasse zwinkerte ihm zu, überflog sein Angebot. »Blini mit Lachs, hart gekochtem Ei und saurer Sahne?«

»Perfekt. Darf ruhig ein bisschen mehr sein.«

Während Lasse Essen auf einen Teller schaufelte, ließ Alexander seinen Blick unauffällig durch die Halle wandern. Max und Amanda waren anscheinend noch immer im Kontrollraum, Hussam und Nadjeschda waren auch nirgends zu sehen. Kenny war in eine hitzige Diskussion mit dem Laborteam verstrickt. Maik versuchte sein Glück bei einer von Alices Freundinnen, die lachte und sich ständig mit den Fingern durchs Haar fuhr. Die Sache schien zu laufen, Maik war sichtlich abgelenkt. Phil saß am Fuß der Treppe und stierte vor sich hin. Gedankenverloren tippte er immer wieder mit einem braunen Fläschchen an seine Unterlippe. Zwischen seinen Füßen hatte er eine halb leere Schnapsflasche.

Yue stand allein im Gang zwischen zwei langen Tischen und beobachtete ihn. Das hatte ihm noch gefehlt. Man hatte ihn eindringlich vor dem Kontakt mit ihr gewarnt. Aufmerksamkeit konnte er jetzt überhaupt nicht gebrauchen. Yue setzte sich in Bewegung, steuerte auf ihn zu.

Alexander häufte Lachsstückchen und saure Sahne auf ein Buchweizenplätzchen, obwohl ihm nicht mehr danach war, und schob den Bissen in den Mund.

»Hallo, Alex.« Yue stand vor ihm.

Er nickte kauend. Was sollte das? In den letzten Tagen war er ihr aus dem Weg gegangen, hatte beschlossen, sein Ding allein durchzuziehen.

»Nettes Fest«, nuschelte er.

»Können wir irgendwo in Ruhe reden?«

»Hast du schon Lasses Blini probiert?«

Ihre Augen verengten sich. »Ich muss dich sprechen.«

»*Jetzt? Auf dem Jamboree?*« Es war so eine tolle Party, und er musste sie schnellstmöglich loswerden. »Wenn ich morgen nüchtern bin, besuche ich dich im Labor.«

Lasse lachte und goss ein Schnapsglas voll. Später würde er sagen können, dass Alexander getrunken hatte.

»Es ist dringend.«

»Willst du auch Aquavit aus Göteborg?« Alexander strahlte sie an, als hätte er schon einiges intus. »Lasse, schenk meiner Freundin Yue doch ein Glas ein.«

Lasse schnappte sich die Flasche und hielt sie hoch.

Yue sah aus, als läge ihr eine scharfe Antwort auf den Lippen. Aber dann sah sie Alexander nur wütend an, drehte sich um und lief zum Fuß der Treppe. So schnell, als wäre ihr ein Feind auf den Fersen, rannte sie die Stufen hinauf. Kurz darauf war sie auf der Galerie verschwunden.

»Hast du das gesehen?«, fragte Alexander Lasse, der die Schnapsflasche an die Brust drückte. »Was ist mit der los?«

Lasse schüttelte den Kopf. »Harter Job und Drogen«, sagte er bekümmert. »Das ist so, so typisch.«

Stimmte das? Wenn Yue Drogen nahm, konnte er alles vergessen, was sie ihm je erzählt hatte. Aber die Hominiden waren Tatsache. Und der mumifizierte Junge auch.

Das Kind, das Kind, das Kind.

Alexander verdrängte jeden weiteren Gedanken an Yue und ihr seltsames Verhalten, häufte wieder Räucherlachs und gehacktes Ei auf die Blini und ertränkte sein Essen mit saurer Sahne. Dann schlang er das Ganze hinunter. Er hatte keine Zeit mehr zu verlieren.

Kleiner, ich komme.

Minuten später verließ Alexander das Haupthaus.

Der Pick-up und der Defender waren weg.

Es geht los.

Der Land Cruiser stand noch immer neben dem Lieferwagen des Getränkeservice und dem Audi mit den getönten Scheiben. Jan saß mit gesenktem Kopf am Steuer und tippte nach wie vor auf seinem Handy herum. Seiner Umgebung schenkte er keine Beachtung.

Alexander ging zu dem Geländewagen. Der Schlüssel steckte, so wie immer. Er stieg ein und fuhr zügig, aber nicht auffällig schnell, zum Tor. Als er zum Pförtnerhaus kam, hielt er an, beugte sich über den Beifahrersitz und ließ das Seitenfenster hinunter.

»Tag, Hermann«, rief er.

Der Pförtner streckte den Kopf aus dem Fenster. »Guten Tag, Herr Lindahl.«

»Ich leihe mir mal das Auto, hoffe, das Wetter hält.«

»Soll klar bleiben! Wo geht's denn hin?«

»Kleine Kneipenrunde.«

Hermann hob die Hand und ließ ihn passieren.

Alexander bog nach rechts in Richtung Spandau ab. Dabei fiel ihm ein Mercedes mit Potsdamer Kennzeichen auf, der am Bordstein stand. Im Vorbeifahren sah er drei Männer darin sitzen, die anscheinend auf jemand warteten.

Jan beobachtete, die eine Hand jetzt am Zündschlüssel des Audis, sein Handy. Als das Display aufleuchtete und er die Route, die ihm der GPS-Sender im Land Cruiser übermittelte, erkannte, warf er das Telefon auf den Beifahrersitz, ließ den Motor an und fuhr los.

37

Philipp Warnke war zum Kotzen zumute.

Scheiß-Feier.

Er hatte zu viel getrunken. Weil er weder seine Pillen noch irgendwas zum Schnupfen hatte, war er bei diesem beschissenen Jamboree auf Alkohol angewiesen gewesen. Kaum hatte er Lasse das Glas hingehalten, hatte der auch schon seinen Fusel nachgeschenkt.

Scheiß-Aquavit.

Warnke saß unter der Treppe auf dem Boden, den Rücken gegen die Wand gelehnt, die Beine weit von sich gespreizt. Er hatte sich nicht betrinken wollen. Aber jetzt stand diese Flasche neben ihm. Es war schon seine zweite. Fast leer. Er hatte sie einfach mitgehen lassen.

Hey, Lasse, was ist das für Teufelszeug?

Schwedischer Aquavit, aus meiner Heimat.

Lasse war schuld an seinem Zustand.

Scheiß-Lasse.

Er packte die Flasche am Hals und nahm einen großen Schluck. Wie flüssiges Feuer rann der Schnaps seine Kehle hinab, versengte seinen Magen, setzte seine Glieder in Brand, explodierte in seinem Kopf.

Warnke lehnte den Kopf gegen die Wand, schloss die Augen. Er hörte, wie sich die Halle nach und nach leerte. Es war nicht die erste Sprintphase, die er zu Ende gehen sah. Jetzt würden alle zum Gästehaus rennen, ihre fertig gepackten Taschen schnappen und Phoenix den Rücken kehren. Auch er konnte wieder in seine Wohnung im Wedding ziehen. Zwei Zimmer. Hinterhofblick. Und nur ein Holzofen in der Küche.

Scheiß-Wohnung.

Etwas drückte in seiner linken Hand, fühlte sich wie ein

Fremdkörper an. Er starrte auf seine Faust, öffnete sie langsam, Finger für Finger. Da war es. Das Fläschchen. K.-o.-Tropfen. Wofür waren die noch mal gleich?

Das Kind.

Er musste das Kind holen, hatte es Lechtenbrinck versprochen. Welcher Tag war heute? Freitag? Nein, Sonntag.

Der Kontaktmann wartet am ehemaligen Checkpoint Charlie auf Sie, Freitag, siebzehn Uhr, grauer VW Passat, Berliner Kennzeichen. Ich verlasse mich auf Sie.

Checkpoint Charlie. Ging die Fahrt nach Osten? Oder war der Treffpunkt nur gewählt worden, weil die vielen Touristen die Übergabe unauffällig machen würden?

Aber jetzt war Sonntag. Er hatte den Termin verpasst. Weil er trank, und zwar seit Donnerstagabend. Warnke musste grinsen. *Blöd gelaufen.* Dann musste Lechtenbrinck, das Arschloch mit der Yacht, eben noch ein wenig warten.

Scheiß-Lechtenbrinck.

Warnke tastete mit der rechten Hand auf dem Boden. Er sollte aufstehen. Irgendwie. Jetzt. Die Flasche sah ihn an. Fast leer. Er musste aufhören zu trinken. Die Pillen waren in Ordnung, halfen ihm, machten seinen Kopf klar. *Highway to Hell.* Aber der Alkohol umnebelte seinen Verstand. Was hatte ihn dazu getrieben, so abzustürzen? Er mochte keinen Aquavit, verabscheute Kümmelgeschmack. Aber dass die Flasche leer war, passte ihm auch nicht.

Die Halle war nun menschenleer, die Stille geradezu unheimlich. Er war mutterseelenallein. Und er hatte keine Babys mehr. Und kein Pulver. Sein ganzes Geld war weg. Da war nur noch dieses braune Fläschchen. Und das war für das Kind. Er würde das Balg jetzt holen. Jetzt gleich, dann hatte er wieder Geld.

Ab ins Moor – auf dem Highway to Hell.

Warnke schaukelte so lange vor und zurück, bis er auf die Knie kam. Dann ließ er sich nach vorn fallen, stützte die Hände auf den Boden. Jetzt war er ein Vierfüßler.

Kafka lässt grüßen.

Aber nun wusste er nicht mehr weiter. Sosehr er sein Gehirn zermarterte, er fand den richtigen Befehl nicht, mit dem er die Bewegung seiner Glieder in die richtige Reihenfolge bringen konnte. Wenn er wenigstens etwas zu trinken hätte. Er schnappte sich den Aquavit, legte den Kopf in den Nacken und leerte die Flasche auf einen Zug.

Aus dem dritten Stock klangen Schritte.

Warnke setzte die Flasche ab, lauschte.

Das war im Future Office. *Max.* Aber Max war gar nicht da. Warnke hatte ihn und Amanda wegfahren sehen.

Leichte Schritte liefen über die Galerie.

Warnke duckte sich, zog sich in den Schatten der Treppe zurück. Niemand brauchte ihn in diesem Zustand zu sehen. So viel Verstand war ihm geblieben.

Jemand eilte die Treppe hinab. Spitze Absätze schlugen hart auf die Metallstufen. In Warnkes Kopf dröhnten sie wie Hammerschläge in einem Stahlwerk. Er hielt sich die Ohren zu. Ein Schatten huschte über ihn hinweg, dann lief eine Frau durch die Halle und weiter zur Eingangstür.

Es war Yue Chan, der Head of Research. Was tat Yue da? Sie trug einen Trenchcoat, und über ihrer Schulter hing eine Kühlbox aus dem Labor. *Sie macht ein Picknick.* Jetzt blieb sie stehen, sah auf die Uhr.

Schnell holte sie ein Handy aus der Manteltasche, tippte ein paar Zahlen und hielt es sich ans Ohr. Warnke konnte sie leise sprechen hören.

»Alex, wenn du das hörst, komm ins Research Center. Ich weiß, was du vorhast! Vertrau mir!«

Sie steckte das Handy ein und zog dafür ein Paar schwarze Handschuhe aus der Manteltasche, streifte sie über. Mit schnellen Schritten durchquerte sie die Halle. Kurz darauf war sie im Kontrollraum verschwunden.

»Hi, Yue«, krächzte Warnke. »Machst du Picknick?«

Das Bild von Yue und der Kühltasche verblasste in seinem Kopf. Er brauchte was zu trinken. Bestimmt hatte Lasse noch eine Flasche von diesem Scheiß-Aquavit.

Unter Aufbietung aller Kräfte rappelte Warnke sich auf. Er brauchte ein paar Minuten, bis er sein Gleichgewicht gefunden hatte. Und dann noch einmal so viele, bis er es schaffte, sich zu bücken und die Schnapsflasche an sich zu nehmen. Um sie nicht fallen zu lassen, presste er sie an die Brust wie einen Säugling. Nach vorn gebeugt, torkelte er los. Eigentlich war der Aquavit gut, schmeckte ihm jetzt sogar. Das musste er Lasse bei der nächsten Gelegenheit sagen. Bestimmt bekam der immer Nachschub. Er brauchte nämlich keine Pillen. Überrascht stellte Warnke fest, dass ein Schluck Schnaps genügte, um ihn glücklich zu machen. Er war gar nicht drogenabhängig.

Warnke drehte sich um, visierte die Eingangstür an. Er musste mit Lasse sprechen, bevor der nach Schweden verschwand. Schwankend bewegte er sich durch den Raum, hangelte sich von Tisch zu Tisch. Er hatte das Gefühl, als überquerte er ein schlingerndes Bootsdeck. Unter ihm schwappte ein schwarzer Ozean.

Schade, dass Sie nicht segeln.

Der Gedanke an Lechtenbrinck zuckte durch seinen Kopf. Der Abend in der Villa, an dem er den Pakt geschlossen hatte, schien ihm unendlich lange her.

Auf der Höhe des Büfetts stolperte er, konnte sich nicht halten, riss ein paar Bierkrüge zu Boden. Glassplitter sprenkelten den Boden. Warmes Bier lief über die Dielen. Warnke glitt aus, fiel und stützte sich im Fallen ab. Ein schneidender Schmerz fuhr durch seine linke Hand.

Benommen hockte er da, starrte auf seine Handfläche, sah, wie das Blut über seine Finger rann und in die Hautfalten sickerte. In der mittleren Handlinie steckte ein großer Glassplitter, hatte sich wie ein Dolch in das Fleisch gebohrt. Schnitt sie entzwei.

Die Lebenslinie. Ausgerechnet. Kein gutes Zeichen.

Warnke zog das Stück Glas heraus und schleuderte es von sich. Blut quoll aus der Wunde. Er hielt die Hand an den Mund und saugte es auf. Der metallische Geschmack mischte sich mit dem Rest Alkohol an seinem Gaumen. *Bloody Mary.* Es schmeckte tierisch, lebendig, jedenfalls nicht schlecht.

Jetzt musste er weiter. Jemand rief ihn zu sich. Warnke rappelte sich auf, stolperte durch die leere Halle. *Ende der Sprintphase.* Aber Warnke wusste, dass der unsterbliche Phoenix niemals schlief. Er ruhte wie ein schläfriges Raubtier, bereit, sich jederzeit zu erheben, zu kämpfen und zu siegen.

Wieder rief ihn etwas. Und auf einmal wusste Warnke, wem die Stimme gehörte. Es war das Kind, das ihn zu sich rief. *Lechtenbrinck.* Er musste seinen Auftrag erfüllen. Warnke stürmte durch die Halle, rannte ins Freie, in die Kälte, in die Dunkelheit. Mit beiden Händen umklammerte er das braune Fläschchen.

Vor dem Haupthaus blieb Warnke stehen, legte den Kopf schief, lauschte. Alles war so dunkel und still und kalt. Der Vollmond hing zwischen den kahlen Bäumen, beleuchtete seinen Weg, wies ihm das Ziel. Zum Glück hatte er zwei Flaschen Aquavit getrunken. In seinem Inneren brannte ein angenehmes Feuer, wärmte ihn, ließ ihn die Dezemberkälte nicht spüren. Die Schweden wussten, wie man dem Winter begegnen musste. Nur sein Kopf war nicht ganz klar. Aber das störte ihn nicht. Ein größerer Verstand dachte für ihn, hatte ihm alle Verantwortung abgenommen.

Warnkes Glieder zitterten, und seine Zähne schlugen gegeneinander. Der Alkoholschleier hob sich. Warnkes Energie erlosch. Auf einmal war da nur noch eine große Leere in seinem Inneren. Von der Anstrengung war ihm schlecht. Und von dem Aquavit, so ehrlich war er zu sich selbst. Die Pillen bekamen ihm besser. Gleich morgen würde er zum Ku'damm fahren und Niko einen Besuch abstatten.

Warnke fuhr sich mit dem Handrücken über den Mund.

Er brauchte seine Pillen, brauchte seine Babys. *Highway to Hell.* Das Fläschchen lag schwer in seiner Hand. Er öffnete die Finger. *Es sind zwei Portionen.* Eine reichte für das Kind. Und die andere? Wenn er ein wenig probierte? Nur zur Entspannung, nur um sicher zu sein, dass es harmlos war.

Er drehte den Verschluss auf, nahm einen vorsichtigen Schluck, wischte sich wieder mit dem Handrücken den Mund. Na bitte, das war's. Nichts passiert. Und jetzt auf ins Moor. Geradezu euphorisch stolperte Warnke die Auffahrt hinunter.

Im Park wehte ein eiskalter Wind, und es herrschte eine Höllenfinsternis. Irritiert blieb Warnke stehen. Als er den Weg zum großen Tor hinabblickte, erkannte er, woran die neue Dunkelheit lag. Die Schweinwerfer, die von hohen Masten herab die Einfahrt normalerweise beleuchteten, waren ausgefallen. Statt vier Lampen brannte jetzt nur eine.

Das würde er sich gleich mal näher ansehen. In seinem Kopf waberte noch immer ein angenehmer Nebel. Er wankte den Weg zum Tor hinunter. Und wunderte sich erneut. Das Tor stand offen! Und genau davor, auf der Straße, parkte ein Mercedes. S-Klasse.

Der Wagen schien zu warten. Magisch angezogen wie die Motte vom Licht stolperte Warnke darauf zu.

38

Die Erlenreihe erhob sich wie eine schwarze Wand hinter dem Parkplatz, undurchdringlich und unüberwindbar. Als wollte sie Alexander mitteilen, dass er um diese Zeit nichts im Spandauer Forst zu suchen habe. Nur ein einziges Fahrzeug stand in der Nähe der Holzbrücke. Ein Volvo. Älteres Baujahr. Weder der Pick-up noch der Defender waren zu sehen.

Sicherheitshalber fuhr Alexander den Land Cruiser tief ins Gebüsch. Dass er den Geländewagen genommen hatte, war bestimmt nicht unbemerkt geblieben. Wenn er mit einem Sender ausgestattet war, wovon Alexander ausging, konnten sie seine Route verfolgen. Er verdrängte den Gedanken. Darauf konnte er jetzt keine Rücksicht nehmen.

Alexander beugte sich in den Wagen, klappte das Handschuhfach auf. Die Taschenlampe war noch da, und sie funktionierte. Erleichtert steckte er sie vorn in seine Lederjacke. Er konnte nur hoffen, dass die Batterie für seine Moorwanderung noch stark genug war.

Als Alexander aus dem Gebüsch kroch, blieb er ein paar Minuten in dessen Schatten stehen und lauschte. Waren da Motorengeräusche? Nein, Faber und seine Männer waren noch nicht hier oder hatten eine andere Route gewählt.

Nichts rührte sich.

Am Himmel stand ein voller Mond. Die Landschaft glich einer Schwarz-Weiß-Fotografie. Die Erlen warfen bizarre Schatten in allen Grautönen auf den unbefestigten Parkplatz. Die Luft war kühl und feucht. Es roch nach Moder, nach nassem Laub und fauligem Wasser.

Dort hinter der Erlenwand lag die Forschungsstation, lebten Menschen – *ja, Menschen* – wie Versuchstiere. Man konnte sie züchten, beobachten, töten. Und heute würde man sie eliminieren. *Phoenix hat einen Ethik-Rat.* Alexander hätte fast gelacht.

Das Kind, das Kind, das Kind.

Wenn dem Kind etwas passiert war und er zu spät kam? Auf einmal hatte Alexander das Gefühl, den Jungen nicht mehr retten zu können. Er hatte zu lange gezögert, hätte sich Max und seinen Totschlägern in den Weg stellen sollen. Wenn Max dem Kind etwas angetan hatte – würde er ihn umbringen.

Schnell überquerte er den Parkplatz, lief zu der Erlenreihe, überquerte die Holzbrücke und folgte dem Wanderweg, der sich in den Wald hineinschlängelte. Erst als eine Wand von Bäumen hinter ihm lag, knipste er die Taschenlampe an. In ihrem Schein kam er zügig voran. Hin und wieder warf er einen Blick über die Schulter und lauschte. Einmal meinte er, Türenschlagen vom Parkplatz her zu hören. Aber als er stehen blieb, war alles still.

Er fand den flachen Stein zwischen der verkrüppelten Kiefer und dem Vogelbeerstrauch auf Anhieb. Als er den Fuß daraufsetzte, wusste er, dass er erneut dabei war, eine Schwelle zu überschreiten. Hinter dem Felsbrocken begann das Moor, eine fremde Welt, die auf toten Fasern stand und in der fleischfressende Pflanzen und giftige Tiere lebten. Und Wesen, halb Gorilla und halb Mensch. Alles in dieser Sumpflandschaft war ihm feindlich gesinnt. Phoenix hatte nicht umsonst das Moor für seine geheimen Pläne gewählt.

Mit der Taschenlampe und einer freien Hand drückte Alexander die Zweige auseinander, kämpfte sich bis zum Beginn des Pfades durch. Er folgte ihm bis zu der weiten, mit Sumpfgras bestandenen Lichtung.

Direkt vor ihm lag das Moor.

Nur das Knirschen des gefrorenen Sandes unter seinen Sohlen war zu vernehmen. Keine Schritte, kein Rascheln, keine Tierstimmen. Als wäre er das einzige Lebewesen im Wald.

Doch dann hörte er das Geräusch.

Ein leises Schluchzen drang an sein Ohr. Es klang wie das

Wimmern eines Kindes, das keine Kraft mehr zum Weinen hat.

Alexander verharrte.

Mit der Taschenlampe leuchtete er den Weg voraus. Nichts. Dann ließ er den Strahl am Schilfsaum entlanggleiten. Der Lichtkegel erfasste vertrocknete Stängel, die aus schwarzem Wasser ragten. Herbstlaub hatte sich zwischen ihnen gesammelt. Welliger Ufersand, Steine, schleimige Schlieren von Wasserpflanzen. Dann glitt der Strahl über etwas Großes, Dunkles.

Alexander spürte, wie sich sein Herzschlag beschleunigte.

Dort drüben lag ein Mensch. Zusammengekrümmt wie ein Embryo, die Knie an die Brust gezogen und das Gesicht in den verschränkten Armen vergraben. Er rührte sich nicht. Das unheimliche, gleichförmige Wimmern war das einzige Zeichen, dass er überhaupt lebte.

Alexander wurde misstrauisch. Die Situation wirkte surreal und rief in ihm die Erinnerung an so manche Straßenfalle wach, die ihm auf seinen Reisen begegnet war. Er spürte, wie sich seine Muskeln anspannten. Rasch ließ er den Lichtstrahl auf der Suche nach möglichen Komplizen über die Umgebung wandern. Niemand war zu sehen. Natürlich nicht, hier war ja nicht Afrika. Trotzdem blieb er, wo er war, rief nur aus sicherer Entfernung: »Sind Sie verletzt? Brauchen Sie Hilfe?«

Als Reaktion auf seine Worte schien sich der Mann noch mehr zusammenzuziehen. Aber das Wimmern hörte auf.

Alexander rang mit sich. Er hatte eine Mission, brauchte alle Kraft und Konzentration für die nächsten Stunden. Aber natürlich konnte er einen Verletzten nicht einfach liegen lassen. Er unterdrückte einen Fluch und näherte sich vorsichtig, Schritt für Schritt, der Gestalt am Boden.

Es war eine Frau.

Ihre unförmige Jacke hatte Alexander getäuscht. Die mit schwarzer Moorerde verklebten Wanderschuhe waren jedoch zu klein für Männerfüße, und ihr wirres Haar war halblang.

Alexander ging neben der Frau in die Hocke, legte eine Hand auf ihre Schulter. »Hilfe ist unterwegs«, sagte er in dem beruhigenden Ton, den er stets bei Verletzten anschlug, auch wenn er wusste, dass jede Hilfe zu spät kam.

Sie fing sofort zu schreien an, wälzte sich auf dem Boden, trat wie eine Verrückte um sich. Es sah aus, als wollte sie im Liegen davonlaufen, als hätte sie den Verstand verloren.

Alexander packte ihr Handgelenk, riss den Arm von ihrem Gesicht. »Hallo – hören Sie mir zu.« Sie wollte sich befreien, aber er gab nicht nach. »Was ist passiert?« Er betonte jedes Wort einzeln.

Die Frau starrte ihn an, ihre Augen waren rot unterlaufen und ausdruckslos, sie schien innerlich weit weg zu sein. Ihr volles Gesicht war im Licht des Mondes fast weiß. Alexander schätzte sie auf Mitte vierzig. Wahrscheinlich war sie vor Stunden zu einer einsamen Wanderung aufgebrochen, hatte sich verlaufen oder den Knöchel verstaucht. Die Dezembernacht im Freien hätte sie auf keinen Fall überlebt. Alexander dachte an das Kind, an Faber und sein Todeskommando. Er unterdrückte erneut einen Fluch.

Jetzt kam Leben in die Frau. Sie versuchte, sich aufzurappeln. Alexander fasste ihren Oberarm und half ihr, sich aufzusetzen. Dabei bemerkte er, dass ihre Jacke vollkommen durchnässt und an einer Schulter aufgerissen war, sodass das weiße Füllmaterial hervorquoll.

Die Frau atmete schwer, aber sie schien sich in die Wirklichkeit zurückzukämpfen. Sie zog die Beine an, schlang die Arme um die Knie und fixierte Alexander mit noch immer etwas glasigem Blick. »Wo ist er?«, fragte sie streng.

»Wer?« Anscheinend war sie nicht allein unterwegs.

»Leon.«

»Wer ist Leon?«

Sie sah sich um. »Leon«, wiederholte sie. »Der Mann hat ihn einfach mitgenommen.« Ihre Augen flackerten.

Wahrscheinlich ihr Hund. »Ich habe niemanden gesehen«,

sagte Alexander, wollte jetzt keine Zeit mehr verlieren. »Können Sie gehen?«

Der Blick der Frau irrte verzweifelt herum. »Sie haben Leon also nicht gesehen? Ein kleiner Junge mit einem Halstuch?«

Auch das noch. »War der etwa mit Ihnen unterwegs?«

»Nein«, sagte sie, biss sich auf die Unterlippe. Es sah aus, als suchte sie verzweifelt nach einer Erinnerung oder einer Erklärung. Was hatte ihren Verstand so verwirrt? »Wenn Sie ihn nicht gesehen haben …« Auf einmal schlug sie die Hände vors Gesicht. »Oh Gott, es ist alles nicht wahr.«

»Wo haben Sie Ihr Kind zuletzt gesehen?«, drängte er.

Sie ließ die Hände sinken. »Ich habe keine Kinder«, sagte sie so mechanisch, als hätte sie die Worte schon oft gebraucht. »Ich glaube …« Sie schluckte. »Ich glaube, ich habe Halluzinationen. Das kann ja alles gar nicht sein. Die Tabletten und noch dazu der Alkohol – aber ich war so müde und ich wollte ihn retten.« Ihre Augen glänzten im Mondlicht, es sah aus, als wenn sie unter Drogen stünde.

Alexander überlegte blitzschnell. Sie schien nicht in Lebensgefahr, zumindest noch nicht. Aber sie war auch nicht in der Lage, Auto zu fahren. Wahrscheinlich gehörte der alte Volvo auf dem Parkplatz ihr. »Hören Sie«, sagte er und zog seine Jacke aus. Sofort spürte er die eisige Dezemberluft, die durch den zu dünnen Pullover in seine Haut biss. »Ihre Jacke ist total durchnässt. Ich gebe Ihnen jetzt meine. Und dann bleiben Sie hier, bis ich Sie hole, klar?« Wenn er es nicht mehr lebend aus dem Moor schaffte, würde sie wenigstens nicht erfrieren. Hoffte er wenigstens. »Oder jemand anders kommt und hilft Ihnen.« Oder Faber beseitigte alle Zeugen.

Die Frau fuhr hoch. »Wo wollen Sie denn hin?« Sie packte seinen Arm, die Panik war zurück.

Alexander befreite sich aus ihrem Griff, reichte ihr seine Jacke. »Mein Name ist Lindahl«, sagte er, um ihr Vertrauen zu gewinnen. »Ich komme zurück.« Er versuchte, Sicherheit in seine Stimme zu legen.

Sie sank wieder in sich zusammen. »Miriam Kern«, flüsterte sie. Dann holte sie tief Luft, war offensichtlich zu einem Entschluss gekommen. »Okay, danke.« Sie schälte sich umständlich aus dem nassen Stoff, musste mehrmals nachfassen. Ihre Hände waren klamm. »Ich muss sowieso warten, bis die Wirkung der Tabletten nachlässt. Sonst sehe ich wieder Gespenster.« Sie zwängte sich in die zu enge Lederjacke.

Alexander hängte die dicke Jacke noch wie ein Zelt über ihre Schultern, hoffte, dass das Leder als Isolierung ausreichen würde. »Ich beeile mich.«

Miriam Kern kniff den Mund zusammen, nickte stumm.

Alexander eilte weiter, ohne einen Blick zurückzuwerfen.

Nach wenigen Schritten waren der Durchstieg und die Frau hinter ihm vergessen, hatte er nur noch Gedanken für das, was vor ihm lag. Er roch den kalten Hauch des Wassers, der den Geruch nach Verwesung in sich trug, sah den vollen Mond auf den stehenden Lachen treiben. Die Tiefe, die darunterlag, konnte er nur erahnen. Ja, er hatte Angst. Vor dieser Gespensterlandschaft in Schwarz und Weiß. Und um das Kind, zu dem er diese unerklärliche Zuneigung entwickelt hatte.

Seine Sinne schienen ihm so scharf wie nie zuvor. Er hörte das leise Glucksen des Wassers, spürte das Brechen des mit Reif überzogenen Sumpfgrases unter seinen Füßen. Das Knistern klang, als würden sich die Eiskristalle aneinander entzünden. Von irgendwoher kam ein Pfiff. Ein Rascheln und Poltern. Dann lag wieder Totenstille über dem Moor.

Zwischen Flechten und Totholz ging Alexander weiter, richtete den Blick auf den kaum sichtbaren Pfad vor sich, bewegte sich eher intuitiv als bewusst. Wie ein Seiltänzer breitete er die Arme aus, als könnte er so das Gleichgewicht besser wahren. In jeder Sekunde war er sich des Moores zu beiden Seiten bewusst. Seine Instinkte waren in Aufruhr, rieten ihm zur Umkehr. Aber die Sorge um den Jungen verdrängte die Angst um sein eigenes Leben.

Um sich abzulenken, fing er an zu singen.

»They call me wanderer, yeah, the wanderer
I roam around, around, around …«

In seinem Kopf war die Melodie des Computerspiels aufgetaucht, das er an dem Tag gespielt hatte, als Max ihn angerufen und ihm sein Angebot unterbreitet hatte. War das wirklich erst drei Wochen her?

»Oh, well I roam from town to town
I go through life without a care …«

Er spürte, wie sich ein Grinsen auf seinem Gesicht breitmachte. Er wanderte durch eine graue Welt. Brachte Rettung. Wie der Held in dem Spiel.

Wieder streifte ihn hüfthohes Sumpfgras wie mit suchenden Fingern, kitzelte ihn, schien nach ihm zu greifen. Die Sicht wurde schlechter. Bodennebel krochen über den Weg, stiegen auf, hüllten seine Beine ein. Weißes Nichts umgab ihn. Jetzt wusste er kaum noch, wo er ging. Seine Schuhsohlen schmatzten in Schlamm und Moorwasser. Hatte er den sicheren Pfad verlassen?

Plötzlich geriet sein rechter Fuß in Wasser.

Er strauchelte, der Untergrund gab nach, und er sank ein. Etwas umschlang seinen Knöchel, wollte ihn hinabziehen. Alexander ruderte mit den Armen, kämpfte um sein Gleichgewicht. Für den Bruchteil eines Augenblicks gaben seine Finger nach, öffnete sich sein Griff. Die Taschenlampe entglitt ihm. Mit einem hässlichen Platschen schlug sie auf dem fauligen Wasser auf. Und ging unter. Endlich gelang es ihm, seinen Fuß aus dem Morast zu ziehen. Schwer atmend beugte er sich hinab, stützte die Hände auf die Knie und versuchte, sich zu beruhigen.

Die Taschenlampe!

Rasch beugte er sich hinab, wühlte mit den Händen in der stinkenden Brühe, riss die Blätter schleimiger Sumpfpflanzen auseinander – vergeblich. Ein Stück unter sich, doch für ihn unerreichbar, konnte er die Taschenlampe sehen. Sie sank tiefer und tiefer. Eine kurze Weile leuchtete sie noch wie eine ertrinkende Sonne zu ihm empor. Dann wurde ihr Schein immer schwächer, bis sie ganz erlosch.

Zitternd richtete sich Alexander auf, wagte kaum zu atmen, ließ sich auf den Weg fallen und vergrub das Gesicht in den Händen. Auf einen Schlag war ihm die ganze Gefährlichkeit seiner Mission wieder bewusst geworden. Er kannte sich im Moor nicht aus. Hatte dessen Kräfte unterschätzt. Der nächste falsche Tritt konnte sein Ende bedeuten. Er würde einfach von der Erdoberfläche verschwinden. *Moorleiche, 21. Jahrhundert.* Seine überreizten Nerven animierten ihn zum Lachen.

Das hatte alles keinen Sinn.

Er musste umdrehen, jetzt sofort, und Hilfe holen. Die Polizei würde ihm die Kunstwesen nicht abnehmen. Aber wenn er behauptete, es seien Menschen? Er ließ die Hände sinken, starrte auf das unter dem strahlenden Mond flimmernde Sumpfgras. Man würde die Männer befreien.

Und dann?

Er hörte Yue in der Galerie.

Diese Prototypen dürfen niemals in ein größeres Ökosystem eindringen. Ein oder zwei Vergewaltigungen, und ihre Gene gehen in der Bevölkerung auf. Das wäre eine Katastrophe.

Hominiden sind viel kräftiger und robuster als Menschen. Noch dazu haben sie keine natürlichen Feinde.

Für einen Augenblick schwankte Alexander.

Wenn er nichts tat, einfach umdrehte und nach Hause fuhr, würde das Problem für ihn gelöst werden. Das Sicherheitsteam war im Anmarsch, um die Hominiden von der Erdoberfläche zu tilgen.

Um das Experiment abzubrechen.

Vielleicht waren Faber und seine Männer gerade in diesem Augenblick in der Station und verrichteten ihre blutige Arbeit. Wenn er zu spät kam, würde er nur noch einen Leichenhaufen finden. Sollte er auf die Mörder treffen, war auch sein Leben nichts mehr wert. Wenn er jetzt gleich zurückfuhr und sich wieder unter die Feiernden mischte, bestand ein Funken Hoffnung, dass seine Abwesenheit nicht aufgefallen war. Was er nicht wusste, konnte ihm nicht zum Vorwurf gemacht und ihm auch nicht zum Verhängnis werden. Dann – und nur dann – hatte er eine Chance, zu überleben. Dann fiel ihm die Frau ein, die er zurückgelassen hatte. Miriam Kern. Um die müsste er sich auch kümmern.

Und das Kind?

Wenn er das Kind aus der Station holte, war alles klar. Es würde ihn verraten. *Max.* Er hatte die enttäuschte Stimme im Ohr, sah das betrübte Kopfschütteln bildlich vor sich.

Weißt du, was das Wichtigste ist, Alex?

Was denn?

Der Glaube an das Grenzenlose, das noch Undenkbare und dass man es erreichen kann.

Alexander spürte ein böses Grinsen auf seinem Gesicht. *Max, deine Visionen gehen mir am Arsch vorbei.* Er rappelte sich auf, stützte die Hände in die Hüften und sah sich um. Sein Verstand arbeitete wieder einwandfrei. Es war eine klare Mondnacht. Ein Punkt für ihn. Bei bedecktem Himmel waren Faber und sein Team mit ihren Nachtsichtgeräten im Vorteil. Aber so waren die Chancen gleich verteilt. Oder zumindest fast. Wenn er den Weg richtig in Erinnerung hatte, dann hatte er das größte Stück auch schon hinter sich.

Alexander spähte in das Halbdunkel voraus.

Die Bodennebel waren zerflossen. Vor ihm lagen bereits die ersten Grasbüschel. Darunter befand sich Erde, soweit er sich erinnerte, sicherer Boden. Wieder hörte Alexander einen Pfiff, jetzt von links. Diesmal war er ein gutes Stück näher als beim ersten Mal. Der Laut klang nicht menschlich, jagte Alexander einen Schauer über den Rücken.

Sumpfvögel.

Pfiffe von links und von rechts.

Grauen ergriff ihn, panisches Entsetzen. Bisher hatten alle Gefahren in seinem Leben einen Namen gehabt. Sie waren vorstellbar, erkennbar und daher besiegbar gewesen. *Überlebbar.* Hier war alles anders. Sein Instinkt riet ihm, umzukehren und um sein Leben zu rennen. Aber Alexander ließ keinen Gedanken an Flucht zu.

Wieder Pfiffe. Und dazu ein infernalischer Gestank, süßlich, metallisch, warm – ekelerregend. Er stieg irgendwo aus dem Sumpf auf.

Flucht, Flucht, Flucht.

Er wollte fliehen, doch seine Glieder schienen eingefroren, seine Knochen wie mit einer Eisschicht überzogen. Der Geruch würgte ihn. Alexander umklammerte seine Kehle, kämpfte gegen die Übelkeit. Der Gestank war stärker als er. Das viele Essen, das er vor kaum einer Stunde in sich hineingestopft hatte, stieg seine Speiseröhre empor, und er erbrach sich in das schwarze Wasser.

Als sein Magen endlich leer war, richtete er sich zitternd wieder auf. Sein kaum bezwingbarer Fluchtinstinkt kämpfte mit dem Drang, weiterzulaufen, sich zu beeilen. Im Einsatz hatte er schon oft dem Tod ins Auge gesehen. Auf einmal mehr kam es nicht an.

Kleiner, ich komme.

Er stützte die Hände in die Seiten und holte tief Luft. Der Pesthauch war in der modrigen Luft aufgegangen, war kaum mehr spürbar. Alexander schüttelte sich wie ein nasser Hund. Die Sumpfgase hatten ihm einen Streich gespielt.

Er setzte seinen Weg fort, beeilte sich jetzt.

Der Pfad führte nun abwärts. Wieder hatte Alexander das Gefühl, als würde es wärmer. Er näherte sich seinem Ziel. Das hohe Sumpfgras zu beiden Seiten streifte ihn leicht. Aber es war biegsam, nicht mehr gefroren. Der Boden unter Alexanders Füßen wurde fester.

Wenn Faber und sein Team vor ihm ins Moor aufgebrochen waren, mussten sie jetzt irgendwo im Umkreis sein.

Wie um seinen Verdacht zu bestätigen, hörte er auf einmal leise Stimmen. Männerstimmen. Es war nicht mehr als ein Flüstern, und die Worte waren unverständlich. Alexander war, als sträubten sich ihm die Nackenhaare. Er hatte das unheimliche Gefühl, aus dem Dunkel heraus beobachtet zu werden.

Jemand folgte seinen Spuren.

Jetzt meinte er, ein Keuchen zu vernehmen. Es war ganz in der Nähe. Sie waren direkt hinter ihm, in seinem Rücken. Alexander drehte sich um, spähte in die Dunkelheit. Hüfthofes Sumpfgras breitete sich vor seinen Augen aus. Das Mondlicht tanzte auf seinen Spitzen, schuf eine irrlichternde Fläche. Luftspiegelungen gaukelten ihm schwere Körper vor, die sich durch die Halme schlängelten.

Da war er wieder, der Gestank.

Das ist nicht das Sicherheitsteam, du Idiot, das ist was anderes. Irgendwer oder irgendwas verfolgte ihn, jagte ihn, pirschte sich an ihn heran. Alexander hatte sich stets einiges auf seine Furchtlosigkeit eingebildet. Jetzt packte ihn die Angst, umklammerte sein Herz mit ihren eiskalten Klauen, drückte zu. Irrational und zerstörerisch. Wirre Gedanken wirbelten durch seinen Kopf.

Plötzlich ein schriller Pfiff von rechts, Rascheln im hohen Gras, brechende Zweige und dann ein lang gezogener Schrei. Überrascht. Verzweifelt. Voller Grauen.

Ein Todesschrei.

Etwas Schweres klatschte auf das Wasser.

Platschen, Gurgeln und dann – nichts mehr.

Die Stille schien mit Händen greifbar.

Alexanders Herz raste, hilflos drehte er sich im Kreis, versuchte vergeblich, das Geräusch und mögliche Angreifer auszumachen. Nichts. Wenn es die dunklen Umrisse im Moor je gegeben hatte, dann waren sie verschwunden. Aber etwas war ihm ganz nah gekommen. Etwas, das nicht in seine Welt gehörte. Etwas, vor dem ein Mensch sich fürchten sollte.

Etwas Furchtbares.

Er fuhr sich mit dem Handrücken über die Lippen. Seine Hände zitterten, und sein Mund war wie ausgetrocknet. Noch nie im Leben hatte er solche Angst gehabt.

Alexander wartete, bis er das Zittern einigermaßen unter Kontrolle hatte. Dann bemühte er sich um eine rationale Herangehensweise. Sonst wäre er verrückt geworden. Das Moor war ein Naturreservat. Natürlich pfiffen hier Sumpfvögel, brachen Wildschweine durchs Unterholz, keuchte – *was, um Gottes willen, keuchte?*

Habt ihr etwa einen Säbelzahntiger freigesetzt?

Er fand Dougs Scherz nicht mehr witzig. *Schluss mit dem Spuk.* Er hatte eine Aufgabe.

Der Rest des Weges verlief ohne Zwischenfälle. Auch die letzten Nebelfetzen zerrissen und gaben den vollen Mond frei, der jetzt tief über der fast taghellen Landschaft hing.

Als die Station vor Alexander auftauchte, war der Gedanke an die zurückliegenden Schrecken schon dabei, zu verblassen, und seine volle Konzentration galt der bevorstehenden Aufgabe. Vorsichtshalber blieb er ein paar Minuten im Schutz des Sumpfgrases stehen, beobachtete die Ansammlung von Blockhäusern aus der Ferne und lauschte. Alles war ruhig. Keine Spur von Faber und seinen Männern. Der Gedanke schoss ihm durch den Kopf, dass er einer Lüge aufgesessen war. *Die Hominiden sind sehr wertvoll.* Wollte Phoenix wirklich sein Zuchtprogramm zunichtemachen? Er dachte an Max, seinen Blick beim Fest, der ihn gewarnt hatte. Die Hominiden waren nur eine *Charge.* Phoenix hatte ihre DNA, eine Sicherheitskopie, aus der jederzeit neue Affenmenschen entstehen konnten. Wenn Phoenix in dieser Nacht seine Hominiden tötete, verlor es eine Schlacht, aber nicht den Krieg.

Alexander konzentrierte sich auf die Station.

In keinem der Blockhäuser brannte Licht. Auch auf den schmalen Wegen und auf dem Platz im Zentrum rührte sich nichts. Die Hominiden schienen zu schlafen.

Alexander machte sich auf den Weg zur Station.

Wenige Minuten später hatte er die Blockhäuser erreicht. Im Kontrollzentrum hatte er keine Videoüberwachung gesehen. Nur die bunten Linien, die alle Bewegungen der Hominiden darstellten. Die Chancen standen also gut, dass sein Eindringen unbemerkt blieb.

Auf den ersten Blick wirkte alles wie bei seinem ersten Besuch. Kein Laut war zu hören. Die Männer in den grünen Overalls waren nirgends zu sehen. Irgendwie musste er auf sich aufmerksam machen, durfte die Hominiden nicht erschrecken. Was, wenn sie ihn als Eindringling betrachteten und sich verteidigten? Ihn angriffen?

Die Stille irritierte ihn. Die Atmosphäre war anders als beim letzten Mal. Als läge eine eigenartige Spannung über der Station. Die Luft schien zu vibrieren.

Das Kind, das Kind, das Kind.

Wie ein Einbrecher schlich Alexander zum nächsten Blockhaus und spähte durch das Fenster. Auf dem Boden lag ein helles Viereck aus Mondlicht.

Alexander erstarrte.

Der Schein kam nicht vom Fenster, sondern – *von der Tür*. Sein Herzschlag beschleunigte sich. Die Hominiden waren draußen. Er zwang sich, um das Blockhaus herumzugehen.

Die Tür stand sperrangelweit offen.

Er drehte sich um. Der Platz war leer. Darum herum gruppierten sich im Kreis die anderen Häuser. Ihre hölzernen Wände leuchteten silbrig im Schein des vollen Mondes, und an allen Vorderfronten gähnten schwarze Türlöcher.

Eine Stimme in seinem Kopf fing an zu singen:

»And I'm as happy as a clown
A-with my two fists of iron, but I'm going nowhere, no.«

Hinter ihm ertönte ein Pfiff.

39

Schritt für Schritt näherte sich Warnke dem offenen Tor. Der Park lag finster und schweigend zu beiden Seiten des Weges. Ende der Sprintphase, der Phoenix-Campus war verlassen. Die Kälte brannte auf seinen Wangen, prickelte unter seiner Schädeldecke, sodass er das Gefühl hatte, seine Haare stünden zu Berge. Und sie vertrieb die Alkoholschleier. Nur ein kleiner Nebel blieb zurück. Er hatte zu wenig von den K.-o.-Tropfen genommen.

Im Pförtnerhäuschen brannte statt der hellen Neonröhren nur eine Schreibtischlampe. Zu seinem Erstaunen sah Warnke, dass der Pförtner Zeitung las.

Hermann hielt sich die Zeitung so vor die Augen, dass die großen Seiten sein Gesicht verdeckten. Warnke beschloss, Max diese Pflichtvergessenheit zu melden.

Die Beifahrertür des Mercedes wurde geöffnet, und ein Mann in einem hellen Mantel stieg aus. Für ein paar Sekunden sah er die Einfahrt hinauf, dann ging er zum Pförtnerhäuschen und wechselte ein paar Worte mit Hermann. Anscheinend erkundigte er sich nach dem Weg. Danach stieg er nicht mehr ein, sondern verschwand hinter der Mauer. Warnke hörte, dass der Mercedes mit laufendem Motor vor dem Tor stand und wohl auf die Rückkehr des Mannes wartete.

Warnke ging zum Pförtnerhäuschen. Er war jetzt fast nüchtern. Und wütend.

Was fiel Hermann eigentlich ein? Der goldene Phoenix war unbewacht.

»Hi, Hermann«, sagte er mit mühsam gezügeltem Zorn.

Der Pförtner ließ die Zeitung sinken. Es war nicht Hermann, sondern ein junger Mann mit gegeltem Haar. Warnke war sich sicher, das Gesicht bei Phoenix noch nie gesehen zu haben. Für einen Augenblick war er irritiert. Doch der Mann trug die gleiche Uniform wie Hermann, sah ihn unbefangen an.

»Wo ist Hermann?«, fragte Warnke.

»Krank.«

»Und wer bist du?«

»Finn.«

»Hat Max dich hierhergesetzt?«

»Ja, genau.« Der Mann faltete die beiden Zeitungsseiten zusammen und deponierte sie auf dem anderen Zeitungsteil, der vor ihm auf dem Pult lag. Er deutete auf den Mercedes und sagte: »Da wartet jemand auf dich.« Der dunkle Wagen hockte wie ein großes Tier am Straßenrand.

»Okay«, sagte Warnke, trat durch das Tor. Verließ die Sicherheit von Phoenix. Ging zu dem Mercedes.

Die hintere Autotür öffnete sich. Ein Mann stieg aus und zündete sich eine Zigarette an. Mit einem trockenen Klicken schnappte das Feuerzeug zu.

In Warnke regte sich eine Erinnerung, doch er konnte ihr nicht nachgehen, denn in diesem Augenblick bemerkte er den Mann im hellen Mantel, der hinter dem Pförtnerhäuschen erschien und nun auf ihn zukam.

Zu spät fiel ihm ein, dass dieser Finn seinen Namen nicht kannte, gar nicht wissen konnte, dass jemand vor dem Tor auf ihn wartete. Aber er hatte keine Zeit mehr, darüber nachzudenken, denn der Mann im hellen Mantel packte seinen rechten Arm und hielt ihn fest.

Warnke warf sich herum, machte auf dem Absatz kehrt, wollte zu dem Pförtnerhäuschen zurücklaufen. Der Mann war schneller, schlang seine Arme um Warnkes Mitte und umklammerte ihn mit aller Kraft. Entsetzt stellte Warnke fest, dass er den Mann kannte. Er hatte ihn an jenem Abend im Interconti gesehen. Es war einer von Lechtenbrincks Leibwächtern.

»Finn«, kreischte Warnke und zappelte wie ein Fisch auf dem Trockenen. »Finn, *Hilfe*!«

Der Pförtner stand hinter seinem Pult, die Hände auf die Hüften gestützt, und sah dem Geschehen gelassen zu.

»Warnke«, sagte der Raucher neben dem Auto.

Im Bruchteil einer Sekunde begriff Warnke die Gefahr.

»Was wollen Sie?«, stieß er hervor. »Warum warten Sie hier?«

»Hören Sie zu«, sagte Lechtenbrinck, tat noch einen tiefen Zug und warf die halb gerauchte Zigarette in den Rinnstein, »und machen Sie kein Theater.« Seine Stimme klang ernst. »Marvin, lass ihn los.«

Der Mann im hellen Mantel lockerte seinen Griff ein wenig. Für einen gnädigen Augenblick dachte Warnke, seine Nerven hätten ihm einen Streich gespielt.

Aber dann fiel sein Blick auf Lechtenbrincks Gesicht. Seine Miene spiegelte Kälte und die Gewissheit um das Unvermeidliche. Warnke wurde übel.

»Warnke«, sagte Lechtenbrinck. »Ich habe Ihnen vertraut.« In seiner Stimme lagen Enttäuschung und Trauer.

Der Gedanke an Juli schoss Warnke durch den Kopf, an seinen Verrat. Der Ton kam ihm schmerzhaft bekannt vor. Genau so hatte er mit Juli gesprochen. Er wünschte, er könnte jenen Tag rückgängig machen.

Warnke schluckte, seine Kehle war wie ausgedörrt. »Herr Lechtenbrinck«, krächzte er. »Ich wollte Sie schon anrufen, ich bin auf dem Weg ins Moor. Sie kriegen das Kind.« Er schnappte nach Luft, wusste, dass er um sein Leben redete.

»Mein Kunde ist weg«, sagte Lechtenbrinck kalt.

Warnkes Knie wurden weich. »Ich hole das Kind.«

»Du hast versucht, den Preis hochzutreiben, mich zu erpressen«, sagte Lechtenbrinck. »Wolltest wohl Zeit gewinnen? Das Geschäft selbst machen?« Seine Augen verengten sich. Er beugte sich vor und sagte: »In meinem Geschäft betrügt man nicht.« Er betonte jede Silbe.

Warnke warf allen Stolz über Bord. »Bitte«, flehte er. »Bitte lassen Sie mich gehen! Ich gebe Ihnen Lazarus, jetzt gleich. Und die DNA dazu – *bitte.*« Warnke wand sich in Marvins Griff, versuchte, sich loszureißen. »Den ganzen Gencode können Sie haben, jetzt gleich.« Das braune Fläschchen mit dem Betäubungsmittel entglitt seiner Hand, zerschellte auf dem Asphalt.

Sein Kampf war erfolglos.

Lechtenbrinck richtete sich wieder auf und ließ seinen Blick über Warnke wandern, als betrachtete er ein widerliches Insekt. »Meine Kunden haben mir immer vertraut«, sagte Lechtenbrinck ruhig. »Vertrauen ist die Grundlage meines Geschäfts.« Er zog die Zigarettenschachtel aus der Tasche und klopfte eine Zigarette heraus. »Sag die Wahrheit.« Er zündete die Zigarette an, nahm einen Zug und blies den Rauch Warnke ins Gesicht. »Was hattest du vor?« Sein Ton war nicht mehr drohend, sondern nur neugierig. Das Feuerzeug schnappte zu, verschwand wieder in der Tasche.

»Nichts.« Warnke weinte fast.

»Du hast mich doch betrogen.«

»Nein, nein, nein.«

Lechtenbrinck rauchte, schwieg. Endlich sagte er: »Ich lasse dich laufen.«

Warnke starrte ihn an, traute der Sache nicht. »Was?«

»Sag, dass du mich betrogen hast, und dann hau ab.«

Warnke zwinkerte, suchte die Falle, fand sie nicht.

Fast freundschaftlich fügte Lechtenbrinck hinzu: »Die Wahrheit, hm? Ich schätze ehrliche Menschen.« Er machte einen Zug aus der Zigarette. »Du erleichterst dein Gewissen und verschwindest eine Zeit lang aus meinem Blickfeld. Ich muss meinen guten Ruf wieder aufbauen.« Er stieß einen Rauchkringel aus und sah ihm nach, bis er sich in der kalten Luft aufgelöst hatte. »Vielleicht habe ich dann sogar einen neuen Auftrag für dich, und du kannst alles wiedergutmachen. Also: schuldig oder unschuldig?«

Er brauchte nicht zu sterben, musste nur die Wahrheit sagen. Warnke war so erleichtert, dass ihm die Beine wegsackten. Er fiel Marvin in die Arme, der ihn auffing und so fürsorglich wie ein Vater wieder auf die Füße stellte.

»Schuldig«, flüsterte Warnke.

Lechtenbrinck lächelte ein wenig. »Gut«, sagte er leise. »Und jetzt erzählst du das noch meinem Kunden.«

»J-jetzt?« Warnke sah sich verwirrt um. »Hier?«

Lechtenbrinck warf den Zigarettenstummel auf den Boden und trat ihn mit mehr Kraft aus, als dafür nötig gewesen wäre. Dann zeigte er auf den Mercedes. »Marvin bringt dich zur Villa. Unser Kunde wartet dort auf dich.«

Warnke straffte sich. »Und Sie?«

»Ich habe noch in Berlin zu tun.« Er bemerkte Warnkes Misstrauen und setzte hinzu: »Du triffst den Kunden und nimmst die ganze Schuld auf dich. Vielleicht lässt sich dann noch was retten. Was du danach tust, ist mir egal.«

Warnke traute der Sache nicht, wollte Einwände erheben, aber da spürte er schon Marvins Hand im Kreuz, die ihn mit sanfter Gewalt in Richtung Auto drängte. Die Beifahrertür öffnete sich von innen.

»Vorn, bitte, Herr Warnke«, sagte Marvin höflich.

Warnke schob sich auf den Ledersitz neben dem Fahrer.

Marvin schlug die Tür zu und glitt auf den Platz hinter Warnke. »Fahr los«, sagte er über die Rückenlehne zum Fahrer.

Der Fahrer schlug das Lenkrad ein und ließ ein paar Autos passieren. Warnke warf einen Blick über die Schulter zum Seitenfenster hinaus. Die einzelne Laterne beleuchtete schwach das Tor und das Pförtnerhäuschen.

Finn war aufgestanden, entledigte sich gerade seiner Uniformjacke und warf sie auf das Pult. Dann zog er einen klobigen Gegenstand unter der Zeitung hervor und steckte ihn in den hinteren Hosenbund seiner Jeans. Er drehte sich um und starrte auf etwas, das auf dem Boden lag.

Lechtenbrinck stapfte, die Hände in den Manteltaschen und den Kopf gegen die Kälte in den Kragen gezogen, zum

Pförtnerhäuschen. Er drehte sich nicht nach dem abfahrenden Wagen um. Seine Bewegungen hatten etwas Endgültiges. Als wäre die Sache für ihn erledigt. Und Warnke auch.

Ob es dieser Anblick war oder der Gedanke an das Kind im Moor, das er nun niemals holen würde – auf einmal packte Warnke lähmende Angst. Er spürte, wie sich sein Magen hob und ihm der Schweiß ausbrach. Mit überraschender Klarheit wusste er, dass es gar keinen Kunden gab, der auf ihn wartete.

Warnke dachte an Ben, an Juli, an Doug. Etwas war vollkommen schiefgelaufen. Seit Ben das Steinzeit-Gen sequenziert hatte, seit es das verdammte Kind gab, lag ein Fluch über allem. Und auf einmal wusste Warnke, dass auch er sterben, nicht einmal diese Nacht überleben würde. *Lazarus, du Ausgeburt der Hölle.* Er fing an zu schluchzen.

Der Wagen ordnete sich in den Verkehr ein, schlug die Richtung nach Potsdam ein, wurde immer schneller.

Mit verzweifelter Hoffnung krallte Warnke die Finger in den Türgriff und riss daran, bereit, sich bei voller Fahrt aus dem Wagen zu werfen. Der Griff klappte, aber die Tür blieb verschlossen.

Jemand hatte die Kindersicherung aktiviert.

Nun völlig panisch, wollte sich Warnke gerade zu Marvin umdrehen, als er aus dem Augenwinkel einen Schatten über die Rückenlehne huschen sah. Im nächsten Augenblick spürte er etwas Dünnes, Scharfes, Raues, das sich von hinten um seine Kehle legte. Es zog sich zusammen, wurde enger und enger und schnitt in seine Haut, und er versuchte vergeblich, einen Finger zwischen seinen Hals und das raue Seil zu schieben, und es strangulierte ihn, und er würgte und würgte, bis sich Feuerräder hinter seinen Augen drehten und er keine Luft mehr bekam und in sich zusammensackte.

Marvin hielt die Schnur noch ein paar Minuten straff gespannt, dann ließ er das eine Ende los, zog es zurück und steckte das Knäuel in die Manteltasche.

»Zum Anleger«, sagte er, ließ sich gegen die Rückenlehne fallen und sah zum Fenster hinaus.

Es war wieder kälter geworden. Reif ließ die Landschaft bläulich schimmern. Die Landstraße glitzerte im Licht der Autoscheinwerfer, und die Alleebäume sahen wie aus Glas geblasen aus. Eigentlich wunderschön. Marvin mochte den Winter. Wenn der See bald zufror, konnte er mit den Kindern in den Weihnachtsferien Schlittschuh laufen gehen.

Doch heute Nacht brauchte er offenes Wasser.

40

»*Yeah, I'm the type of guy that likes to roam around*
I'm never in one place, I roam from town to town …«

Das Lied zerrte an Alexanders Nerven.

Wieder pfiff jemand.

Er ballte die Fäuste, drehte sich um sich selbst und suchte den Platz mit den Augen ab. Da – eine Bewegung zwischen zwei Häusern. Ein großer Schatten huschte um die Hausecke, verschwand aus seinem Blickfeld.

Die Hominiden.

Sie bewegten sich frei. Natürlich, womit hatte er gerechnet? *Idiot.* Sie konnten das Dorf nur nicht verlassen.

Plötzlich hörte er hinter sich ein Rascheln. Dann trappelnde Schritte. Er fuhr herum, erwartete den Anblick verteidigungsbereiter Männer.

Nur wenige Meter hinter ihm stand – das Kind.

Der schmächtige Körper, das struppige Haar, das spitze Kinn und die stumpfe Nase weckten sofort eine schmerzhafte Erinnerung. *Die Kindermumie.* Nein, dies war der Junge. Und er war am Leben.

Unser kleiner H(X).

Das Kind stand wie angewurzelt. Es schien genauso überrascht von der Begegnung wie er selbst. Seine bernsteinfarbenen Augen leuchteten im Mondschein, als loderte ein Feuer darin. *Löwenaugen*, dachte Alexander wieder, *Raubtieraugen.*

Minuten vergingen.

Sie starrten sich an.

Über fünftausend Jahre hinweg.

Ein Lächeln huschte über das Gesicht des Kindes. Es schien sich an ihn zu erinnern. Alexanders Herz klopfte. Alle Angst war verflogen. An ihre Stelle war Faszination getreten. Und eine überwältigende Ehrfurcht.

»Du kennst mich noch, Kleiner?«

Das Kind reagierte nicht.

Er spricht nicht, verweigert jede Kontaktaufnahme.

Von irgendwoher waren Männerstimmen zu hören.

Das Kind wandte den Kopf, lauschte. Dann rannte es zu der Lücke zwischen den Häusern, wo vor ein paar Minuten der große Schatten verschwunden war. Dort blieb es stehen, drehte sich um. Sollte Alexander ihm folgen? Oder wollte es ihn warnen? Das Kind trippelte ungeduldig von einem Fuß auf den anderen, trieb ihn zur Eile an.

Alexander gab sich einen Ruck und folgte ihm.

Das Kind führte ihn den schmalen Gang zwischen den Wänden aus Baumstämmen entlang bis zur Rückseite der Häuser. Hier war das Dorf zu Ende, begann der breite Rasenstreifen. Dahinter leuchteten in einiger Entfernung die silbrigen Birkenstämme des nahen Waldes.

Der volle Mond beschien eine unwirkliche Szenerie.

Die Hominiden.

Es waren nicht nur die fünf, die Alexander bei seinem ersten Besuch gesehen hatte, sondern mindestens zehn. Sie standen im Kreis, hockten beisammen oder lagen auf dem Boden. Wieder sah es so aus, als scharten sich die Männer um ein unsichtbares Lagerfeuer.

Das Kind rannte auf sie zu, hüpfte vor ihnen auf und ab. Ein Hominide streckte den Arm aus und strich dem Kleinen liebevoll über den Rücken, wollte ihn wohl beruhigen. Es war der schlanke athletische Mann mit den stechenden Augen. Er erinnerte Alexander an einen Indianer. Das Kind legte ihm die Arme um den Hals.

In diesem Augenblick trat Alexander auf einen trockenen Ast. Das Knacken knallte in der Stille der Nacht wie ein Schuss. Alle Köpfe fuhren herum. Der Indianer sprang auf, stieß das Kind hinter seinen Rücken. Dann duckte er sich, fixierte Alexander, sprungbereit.

Der Älteste, der Anführer, stand langsam auf. Ein Zweiter, von der Statur eines Ringkämpfers, tat es ihm gleich. Alle starrten Alexander an, keiner rührte sich. Unbewegt warteten sie ab, was er tun würde, schienen die Gefahr abzuschätzen, die von ihm ausging. Die Sekunden dehnten sich zu Minuten.

Sie haben Angst vor dir.

Die Erkenntnis traf Alexander wie ein Schlag.

Er blieb ruhig stehen, streckte wie in Zeitlupe die Arme vom Körper weg, drehte seine leeren Handflächen nach oben. Trotz der offensichtlichen Furcht der Hominiden blieb er wachsam, fluchtbereit und vermied es, sie anzustarren. Sie waren in der Überzahl und stark wie Wildtiere. *Wie Berggorillas.* Auf keinen Fall wollte er als Angreifer wahrgenommen werden.

Zwei Männer lösten sich von der Gruppe. Der Anführer. Und der Ringkämpfer. Alexander wurde nervös. Schritt für Schritt, die Hände zu Fäusten geballt, kamen sie auf ihn zu. Der Anführer war kleiner als er. Der andere überragte ihn um einen ganzen Kopf. Sie hatten Menschengesichter mit platten Nasen und breiten Affenmündern. Oder Affengesichter mit hohen Stirnen und Menschenaugen. Ihre Mienen waren nicht zu deuten.

Auf einmal wurde sich Alexander des Gestanks bewusst, der von den Hominiden ausging. Süßlich, metallisch, übelkeiterregend. Es war der gleiche Geruch, den er im Moor wahrgenommen hatte. Zusammen mit den Schreien. *Diesem furchterregenden Keuchen.* Eine eiserne Faust umklammerte seinen Hals, drückte unbarmherzig zu, bis er zu ersticken meinte.

Die Hominiden waren ausgebrochen.

Sie streiften frei durch den Sumpf, waren seiner Spur gefolgt, hatten sich an ihn wie an eine Jagdbeute herangepirscht. Diese Menschen aus einer anderen Zeit waren ihm ganz nah gekommen. Er hatte die Gefahr fast körperlich gespürt. *Das Furchtbare.* Sie hätten nach ihm greifen, ihn töten können. Sie hatten es nicht getan. Alexander begriff, dass sie einfach auf ihn verzichtet hatten. Der Gedanke verwirrte ihn. Warum hatten sie im letzten Augenblick von ihm abgelassen? Etwas musste ihn geschützt haben.

Du bist ein abergläubischer Idiot.

Diese Kreaturen waren gefährlich. Leichtsinnig hatte er sich in die Reichweite der Hominiden begeben, war in ihr Revier eingedrungen. Noch einmal würden sie ihn nicht davonkommen lassen.

Ein paar Meter vor ihm blieben die Männer stehen und musterten ihn misstrauisch. Es sah aus, als wollten sie einen Sicherheitsabstand einhalten. Der Anführer war äußerlich ruhig, aber sein Begleiter sah nervös über Alexanders Schulter. Sein Blick huschte sichernd hin und her.

Er denkt, ich bin nicht allein.

Alexander hob die Hände, bewegte sie in einer beschwichtigenden Geste auf und ab. Sofort wich der große Hominide zurück. Seine Fäuste öffneten und schlossen sich fast krampfhaft. Er bleckte die Zähne, entblößte ein Affengebiss mit furchterregenden Reißzähnen. Nur ein wie immer geartetes Pflichtgefühl schien ihn noch an der Seite seines Anführers zu halten.

Er fürchtet sich vor Menschen.

Aus dem Moor hinter ihm waren leise Laute zu vernehmen. Etwas raschelte, verstummte, raschelte wieder. Die Hominiden fuhren auf. Hektisch suchten sie mit den Augen die Umgebung ab, witterten mit ihren flachen Nasen. Flüstern erhob sich unter ihnen, das wie menschliches Raunen klang.

Alexander drehte sich um, versuchte, die Dunkelheit mit seinen Augen zu durchdringen. Das Moor flirrte im Mondlicht, Grasbüschel wiegten sich in der leichten Nachtbrise, Schatten huschten über das Wasser. Von Faber und seinen Männern keine Spur. Aber Alexander wusste, dass sie irgendwo dort draußen sein mussten. Näher kamen. Mit ihren Nachtsichtgeräten und Gewehren. Sechs Mann, mindestens.

Genug, um die unbewaffneten Hominiden ohne Chance auf Gegenwehr zu töten. Wer würde das Kind erschießen? Hatte Faber einem seiner Männer den Befehl dazu erteilt? Oder gebot ihm seine Kommandeursehre, es selbst zu tun?

Er wandte sich wieder den Hominiden zu.

Ich bringe euch hier raus, und wenn es das Letzte ist, was ich tue, dachte Alexander grimmig. Irgendwie musste er einen sicheren Lebensraum finden. Waren sie nun Affenmenschen oder Menschenaffen? Eine eigene Ethnie und Teil eines UNO-Schutzprogramms? Oder gehörten sie in ein Reservat für Primaten? *Phoenix dient den Menschen.* Ihm war übel.

Er öffnete noch einmal seine Hände, drehte sie hin und her, um zu zeigen, dass sie leer waren. »Keine Waffe, seht ihr?« Er sprach leise, beruhigend, musste Zutrauen gewinnen. Die Zeit lief ihm davon.

Die Hominiden zeigten keine Reaktion, standen da wie eine schwarze Wand. Nur das Weiß ihrer Augen glänzte.

Auf einmal streckte der Anführer den rechten Arm aus, drehte ebenfalls die Hand um und öffnete die Finger. Auf seinem Handteller lag ein Brocken Feuerstein, ähnlich dem, den er bei seinem ersten Besuch aufgehoben hatte. Auch dieses Stück war bearbeitet worden, hatte eine scharfe Schneide. Ihre unregelmäßigen Zacken glitzerten gefährlich im kalten Licht des Mondes.

Alexander schüttelte heftig den Kopf.

Der Anführer ließ den Faustkeil sinken. Der zweite Hominide hatte ihn beobachtet, trat jetzt neben ihn und beäugte Alexander neugierig.

Alexander war sich bewusst, dass er seine Gefahrenlage noch einmal erhöht hatte. Er hatte gezeigt, dass er wehrlos war. Aber er brauchte das Vertrauen der Hominiden. Sie mussten ihm aus dem Moor folgen und ihn, den sie fürchteten, wenigstens für kurze Zeit als Ranghöchsten akzeptieren.

Eine Erinnerung zuckte durch seinen Kopf.

Cotonou. Marie-Ange.

Plötzlich sah er das verstümmelte Mädchengesicht vor sich. Dunkle Augen, die als Einziges unversehrt geblieben waren, blickten ihn hoffnungsvoll an. Er hatte nichts mehr an ihrem Schicksal ändern können. Diesmal war er nicht zu spät gekommen. Für die Hominiden konnte er noch etwas tun. Aber er war Realist. Die Chance, dass diese Männer und er selbst die nächsten Stunden überleben würden, war gering.

Öffentlichkeit erschwert den Tätern das Handwerk.

Hatte er das wirklich einmal gesagt? Jetzt war ihm, als hätte dieses Gespräch in einem ganz anderen Leben stattgefunden. Aber der Satz hatte nach wie vor seine Gültigkeit. Auch Phoenix scheute schlechte Presse wie der Teufel das Weihwasser.

Die zwei Hominiden flüsterten miteinander. Sie drehten sich um, machten ein paar Schritte, blickten über die Schulter zu ihm zurück, schienen auf ihn zu warten. Alexander zögerte, doch dann folgte er ihnen. Sie führten ihn zu ihren Gefährten.

Je näher er der Gruppe kam, umso überwältigender war der beißende Geruch. Überrascht stellte Alexander fest, dass er ihn zwar immer noch übelkeiterregend fand, er aber keinen Fluchtreflex mehr in ihm auslöste. Vielleicht hatte er mit diesen Kreaturen doch mehr gemein, als ihm lieb war.

Die Männer standen wieder im Kreis, beachteten ihren Anführer und seine Begleiter nicht. Zwei von ihnen und auch das Kind beugten sich über etwas, das in ihrer Mitte lag. Sie zerrten daran herum, wie an einer nassen Decke. *Wie ein Rudel Wölfe.* Der Anführer stieß einen Pfiff aus, und sie fuhren auseinander.

Langsam trat Alexander näher. Er wollte sehen, was die Aufmerksamkeit dieser Kunstwesen so fesselte.

Es war ein totes Reh. Mit glasigen Augen und weit zurückgebogenem Kopf lag es im Gras. In seiner Kehle klaffte wie ein glänzender Mund ein Schnitt. Die offene Bauchhöhle dampfte in der kalten Luft. Aus ihr stieg der bestialische

Gestank auf, der Alexander früher an den Hominiden aufgefallen war. Es war der Geruch nach Blut und Eingeweiden und Exkrementen.

Der Hauch des Todes.

Das Kind hockte sich über einen bereits abgetrennten Lauf und schnitt einen langen Fleischstreifen aus der Keule. Dabei stellte es sich auffallend geschickt an, wusste genau, wie es die Schneide ansetzen musste. Offensichtlich hatte es Erfahrung im Zerteilen von Jagdbeute.

Sie haben noch gar kein eigenes Bewusstsein.

Die Hominiden hatten dem Reh aufgelauert, es verfolgt und erlegt. Sie waren Jäger, die gemeinsam auf die Pirsch gingen, um ihren Jagderfolg zu optimieren. Vielleicht hatten sie sogar auf das helle Licht dieser Vollmondnacht gewartet.

Das Kind, den Fleischstreifen in der Hand, stand auf und hielt stolz seinen Faustkeil hoch. Die messerscharfen Kanten glänzten feuchtrot. In den bernsteinfarbenen Augen lag eine unausgesprochene Frage.

Alexander nickte ihm anerkennend zu. Er schob die Hände in die Hosentaschen, um anzudeuten, dass er nichts von dem Reh wollte, niemandem seine Beute streitig machte.

Der Anführer ging zu dem Kind hinüber und nahm ihm das Fleischstück ab. Dann kehrte er zu Alexander zurück und hielt ihm den blutigen Fetzen vors Gesicht.

Alexander starrte auf das Fleisch, atmete flach und versuchte, den metallischen Geruch zu ignorieren.

Die Hominiden verfolgten das Geschehen mit erwartungsvollen Mienen. Der Anführer tat so, als wollte er das Fleisch essen, hielt es Alexander wieder vor die Nase. Es war eindeutig ein Freundschaftsangebot. Anscheinend entsprach es der Hominiden-Etikette, Gäste mit kleinen Aufmerksamkeiten zu empfangen.

Alexander nahm den Streifen und schob ihn sich in den Mund. Das Fleisch war noch warm. Er zwang sich, es nicht einfach hinunterzuschlingen, sondern kaute langsam und sorgfältig, ja geradezu genussvoll, so wie es einem derartigen Geschenk zukam. Blut verteilte sich in seinem Mund, legte sich über den Gaumen, rann die Speiseröhre hinab. Er bemühte sich, im Angesicht seiner Gastgeber nicht zu würgen. Endlich schluckte er den Brocken hinunter.

Der Hominide, der den Anführer begleitet hatte, sagte etwas in einer für Alexander unverständlichen Sprache. Seine Stimme war tief und volltönend. Die Männer sahen sich an und nickten. Beifälliges Gemurmel erhob sich.

Alexander hatte richtig reagiert.

Auf einmal redeten alle durcheinander. Sie umringten das Reh, zeigten auf einzelne Teile, gestikulierten und debattierten. Dabei drehten sie ihm unbesorgt den Rücken zu. Nur der Indianer, eine Hand auf dem Scheitel des Kindes, wandte seine stechenden Augen nicht von ihm ab.

Alexander, der noch immer mit dem Brechreiz kämpfte und Faber und seine Männer schon fast vergessen hatte, beobachtete die Horde mit zunehmender Faszination. Ein Gefühl der Unwirklichkeit erfasste ihn. Ihm war, als befände er sich auf einer Zeitreise in die Vergangenheit. Etwas – Zauber oder Fluch – hatte ihn in die Welt der Neandertaler katapultiert. Wären da nicht die grünen Overalls gewesen, deren aufgestickte Zielscheiben auf dem Rücken sogar im Mondlicht gut zu erkennen waren, die Illusion wäre perfekt gewesen. Abgeschottet von der modernen Welt, schien sich vor seinen Augen die Geschichte der Menschheit im Zeitraffer zu wiederholen. Er fragte sich, ob die Hominiden unter Laborbedingungen die gleiche Entwicklung nehmen würden wie die Frühmenschen vor Tausenden von Jahren. Würden sie die gleichen Fortschritte machen, die gleichen Fehler? War ihr Weg vorgezeichnet? Oder gab es im zweiten Anlauf die Möglichkeit, eine andere Richtung einzuschlagen?

Der Anführer drehte sich um und winkte ihn heran.

Alexander hatte kein Bedürfnis nach einem weiteren Stück rohen Rehfleisches. Aber die Zeit verrann, und er wurde immer nervöser. Die Stille machte ihm Sorgen. Es war die Ruhe vor dem Sturm. Er musste versuchen, sich irgendwie verständlich zu machen.

Er ging zu den Hominiden hinüber.

Das Kind, den Faustkeil noch immer in der Hand, schaute zu ihm hoch. Alexander lächelte es an. Der Kleine lächelte zurück. Die Kommunikation funktionierte. Der Indianer trat beiseite, überließ ihm seinen Platz.

»Ihr seid in Gefahr«, sagte Alexander zu ihm. »Ihr müsst mir vertrauen. Ich bringe euch hier raus.«

Die Hominiden starrten ihn verständnislos an.

Sanft nahm Alexander die Hand des Kindes und hob sie hoch. Der Ärmel des grünen Overalls rutschte zurück und gab das rote Armband frei. Er musterte es und stellte fest, dass die Plastikenden miteinander verschweißt waren.

»Verdammt«, sagte er und ließ das Kind los.

Ein Hominide trat vor, ein zweiter folgte ihm mutig. Beide zeigten ihre Handgelenke, an denen die Sensoren befestigt waren. Der Anführer und sein hünenhafter Begleiter wechselten Blicke. Der Anführer sagte etwas, was wie ein Befehl klang. Der Ringkämpfer zögerte, aber dann ging er zu Alexander, musste sich sichtlich überwinden, sich in dessen Reichweite zu begeben. Er hielt seinen Arm hoch. Eine schmale helle Linie zog sich um sein Handgelenk, dort, wo einst das Armband gesessen hatte.

Alexander traute seinen Augen nicht.

Der Anführer zischte ein neues Kommando.

Der Hominide drehte sich um und verschwand zwischen den Blockhäusern. Wenige Augenblicke später tauchte er wieder auf und drückte Alexander ein rotes Plastikband in die Hand. Es war an der Nahtstelle so sorgfältig aufgeschürft worden, dass es unversehrt schien. Die Stelle konnte jederzeit zumindest provisorisch wieder verschlossen werden. Kein Wunder, dass das Fütterungsteam bei seinem täglichen Besuch nie Verdacht geschöpft hatte.

Die Hominiden hatten also begriffen, dass die Armbänder ihnen einen Stromschlag verpassten, wenn sie versuchten, die Station zu verlassen. Und sie wussten, dass sie ihren Bewachern diese Erkenntnis besser vorenthielten. Also hatten sie mindestens zwei Armbänder präpariert – jedenfalls das des Anführers und das des Stärksten. Sie mussten Stunden damit verbracht haben, die Schweißstelle aufzukratzen.

»Wirklich schlau«, sagte Alexander.

Bei ihren Ausflügen ließen die Hominiden die Sensoren in den Hütten zurück. Das Kontrollzentrum von Phoenix konnte also davon ausgehen, dass alle Hs, wie Hussam sich ausdrückte, in ihren Betten lagen. Ohne es zu wissen, hatten sie ein modernes Überwachungssystem und die hoch entwickelte Phoenix-Software mit ihren Urzeithirnen überwunden. Einfache Ursache, große Wirkung. Trotz seiner prekären Lage musste Alexander lachen.

Die Hominiden grinsten breit zurück. Ihre spitzen Fangzähne glitzerten im kalten Mondlicht.

»Genug gescherzt«, sagte Alexander zum Anführer. »Ihr müsst hier weg, und zwar sofort.« Faber und seine Männer mussten inzwischen ganz in der Nähe sein, hatten sie vielleicht schon im Visier. Jeden Augenblick konnten sie, die Waffen im Anschlag, das Dorf stürmen. *»Weg!«*

Der Anführer runzelte die Stirn, versuchte wohl, die Botschaft zu erfassen. Dann schüttelte er den Kopf.

»Weg, weg«, rief Alexander und machte scheuchende Bewegungen mit den Händen.

Die Männer rührten sich nicht.

Und auf einmal hatte er die Idee.

Wenn er die Hominiden von ihren Armbändern befreite, so sein Plan, würden sie hoffentlich verstehen, dass sie frei waren und die Station verlassen mussten.

Alexander nahm dem Kind den Faustkeil aus der Hand, beugte sich hinunter und durchtrennte das Armband des Jungen mit einem einzigen Schnitt. Dabei bemerkte er, dass die ursprüngliche Schweißstelle mit einer gummiartigen Klebmasse, vielleicht einem Pflanzensaft, wieder verschlossen worden war. *Der Kleine treibt sich auch draußen herum.* Deswegen hatte er ihnen also bei seinem ersten Besuch in der Station so weit folgen können. Was wären die Konsequenzen für die Hominiden gewesen, wenn ihr Ausbruch bemerkt worden wäre? Er schob den Gedanken beiseite, hatte jetzt keine Zeit dafür.

Die Schneide des Faustkeils war durch das Plastik geglitten wie ein Messer durch Butter. Er warf das Armband auf den Boden.

Ein Raunen erhob sich unter den Hominiden.

»Der Nächste?« Alexander hielt den Faustkeil hoch.

Der Anführer sah ihn prüfend an. Er war der Boss, trug die Verantwortung für die ganze Truppe. Auf einmal machte er eine Armbewegung, und die beiden Hominiden, die ihm die roten Bänder gezeigt hatten, gingen zu Alexander. Die anderen zögerten noch, diskutierten miteinander. Das Kind lief los, packte den Indianer und schleppte ihn zu Alexander.

Alexander schnitt die Plastikbänder auf, wobei er bemerkte, dass anscheinend erst ein paar von ihnen präpariert worden waren, und warf sie auf den Boden. Das Kind lachte, klatschte in die Hände. Auf einmal gab es kein Halten mehr. Aufgeregt schnatternd stürmten alle heran, umringten ihn, drängelten, boxten einander beiseite. Jeder wollte als Erster seine Fesseln loswerden. Der Geruch war betäubend. Alexander befreite die Männer und wunderte sich selbst über seine Furchtlosigkeit. Ein Gefühl des Zusammenhalts und der Solidarität hatte sich eingestellt. Alle einte dasselbe Ziel: Freiheit.

»Und jetzt nichts wie raus hier«, sagte Alexander, steckte den Faustkeil in die Hosentasche und nahm das Kind bei der Hand. Er winkte den Hominiden so zu, wie es der Anführer vor ein paar Minuten mit ihm gemacht hatte, doch niemand rührte sich.

Sie verstehen dich nicht.

Verzweiflung packte ihn. Er war schon viel zu lange in der Station, hatte sich ablenken und aufhalten lassen. Sein Zeitvorsprung vor dem Sicherheitsteam schmolz dahin. Faber und seine Männer mussten jeden Augenblick auftauchen.

Hektisch zeigte er auf den Kadaver des Rehs, fuhr sich mit der Hand über die Kehle. »Die bringen euch um!« Er tat, als würde er tot zusammenbrechen.

Die Hominiden tuschelten und murmelten, die Meinungen gingen anscheinend auseinander.

In diesem Augenblick knallte der erste Schuss.

41

Alexander fuhr zusammen. Das Kind fing an zu schreien. Er riss es in seine Arme, hielt ihm den Mund zu. Mit angstgeweiteten Augen starrte es ihn an, zitterte, versuchte jedoch nicht, sich zu befreien.

Die Hominiden sahen sich überrascht an.

Der Ringkämpfer ballte die Fäuste und stieß ein tiefes Brüllen aus, doch der Anführer brachte ihn mit einer Handbewegung zum Schweigen. Seine Miene war noch immer ausdruckslos. Nur ein Muskelzucken in seiner Wange verriet seine Anspannung. Er hob den Kopf, zog witternd die Nachtluft ein, hatte die Gefahr erfasst, sondierte blitzschnell die Lage. Dann wandte er sich an Alexander, machte eine weit ausholende Geste, die das Dorf und das Moor rundherum umfasste, ein Feldherr auf seinem Hügel. *Er will meine Einschätzung hören, zwei Generäle vor der Schlacht.* Die Blicke der anderen Hominiden waren erwartungsvoll auf sie beide gerichtet. Sie zeigten keine Furcht mehr, wussten nicht, was ein Gewehr war. Anders als das Kind schienen sie die drohende Gefahr nicht zu spüren. *Kleiner, woher weißt du, was ein Überfall ist?*

Da begann es.

Leuchtspurgeschosse stiegen jenseits des Moores aus dem Birkenwald, rasten über den Himmel, zerbarsten in Scherben aus Licht. Die Hominiden fingen an zu schreien. Kopflos rannten sie herum, wussten nicht, wie ihnen geschah. Alexander fluchte innerlich. Deswegen hatte Faber so lange mit dem Angriff gezögert. Trotz des Vollmondes hatte er den Einbruch der Nacht abgewartet, um die maximale Wirkung seiner Leuchtmunition zu erzielen. Ein Kampf im Dorf war nie der Plan gewesen. Faber versetzte die Hominiden in Panik, sprengte sie aus den Häusern wie Füchse aus dem Bau.

Seine Männer brauchten nur zu warten, bis sie ihnen vor die Mündung rannten, um sie aus sicherer Entfernung einen nach dem anderen abzuknallen. Und sie hatten Nachtsichtgeräte.

Treibjagd auf Menschen.

Eine Gewehrsalve zerriss die Luft. Alexander hörte, wie ihm die Kugeln um die Ohren flogen, dumpf in die Holzwände der Blockhäuser einschlugen. Ein Hominide ging in die Knie. Er presste die Hände auf den Bauch, schwankte, kippte nach vorn und fiel auf sein Gesicht. Blieb liegen. Unter ihm breitete sich eine Blutlache aus.

»Raus«, schrie Alexander. »Die knallen uns ab.«

Der Anführer brüllte wie ein Offizier auf dem Exerzierplatz, und seine Befehle zeigten Wirkung. Ohne ihrem toten Gefährten einen letzten Blick zu schenken, stürmten die Hominiden über seine Leiche, drängten sich schweigend um ihren General. Auf einmal herrschte die konzentrierte Ruhe alter Haudegen vor der Schlacht. Der Anführer beugte sich vor, flüsterte etwas, die anderen lauschten aufmerksam. Niemand beachtete Alexander oder das Kind. *Befehlsausgabe.* Hatte nicht Faber erst vor ein paar Stunden so mit seinen Männern zusammengestanden?

Eine Gewehrsalve zerriss die Nacht.

Alexander presste das wimmernde Kind an sich und rannte los. Er musste den Weg finden, zurück zum Parkplatz, zum Auto, in die Zivilisation. *In Sicherheit.* Hinter ihm brüllte der Anführer einen Befehl, und ein vielstimmiger Kampfschrei antwortete ihm. Schüsse aus allen Richtungen zerrissen die Nacht. Alexander war, als stürzte der Himmel herab. Das Kind im Arm, warf er sich zu Boden, schützte es mit seinem Körper. In seinen Ohren pfiff es, und als er den Kopf hob, sah er, wie alle orientierungslos herumliefen. Wieder brüllte der Anführer, und diesmal stürzten die Hominiden als Horde an Alexander vorbei und rannten ins Moor. Alexander rappelte sich auf, warf das Kind über die Schulter und folgte ihnen.

Gewehrschüsse knallten im Birkenwald. Ihr Widerhall raste über das Moor, traf schmerzhaft Alexanders Trommelfell. Eine Kugel pfiff an seinem Kopf vorbei, er duckte sich, stolperte, wäre fast gefallen, verlor Zeit.

Idiot, wenn du sie pfeifen hörst, trifft sie nicht.

Er sah die Rücken der Hominiden, die sich flink durch das Sumpfgras schlängelten, versuchte Schritt zu halten.

Der Indianer trabte neben Alexander her, obwohl er sich bestimmt an die Spitze der Horde hätte setzen können. Immer wieder berührte er mit der Hand das Kind, wollte es wohl beruhigen. Dabei murmelte er unablässig die gleichen Worte. Es klang, als wiederholte er eine Beschwörungsformel.

Leuchtraketen erhellten den Winterhimmel, tauchten das Moor in ein unirdisches Licht. Gewehrsalven krachten.

Ein großer Hominide drehte sich um sich selbst, stürzte zu Boden, und Alexander wusste, dass er nie wieder aufstehen würde. Er spürte den heißen Atem des Kindes an seinem Ohr. Es umklammerte seinen Hals, schüttelte sich wie im Fieber und schluchzte leise. Auf einmal hatte er das Gefühl, als wüsste das Kind, was dieser Überfall bedeutete. Es wehrte sich nicht, ergab sich in sein Schicksal, wollte nicht flüchten. Rechnete mit dem Tod.

Alexander drückte es an sich, flüsterte: »Mach die Augen zu, Kleiner, ich bring dich hier raus.« Und wusste, dass er das Versprechen kaum würde halten können.

Rundherum knallten Gewehrsalven.

Aus dem Augenwinkel sah er, wie der Indianer mit dem Arm ausholte und einen Stein schleuderte. Ein Schuss brach, und eine Kugel riss ihm die Kehle und den Unterkiefer weg. Er sackte zusammen, fiel auf die Knie, seine Arme sanken hinab. Hilfesuchend sah er zu Alexander hoch. Seine Augen über dem blutigen Krater des Gesichtes waren noch immer voller Leben, stechend und – hoffnungsvoll.

Alexander spürte einen Stich im Herzen. Er wollte bleiben, helfen, retten, wo nichts mehr zu retten war. Verzweifelt rannte er weiter. Jede Sekunde erwartete er den Einschlag einer Kugel zwischen seinen Schulterblättern.

Hinter ihm zischte und knallte es.

Ohne seinen Lauf zu verlangsamen, warf er einen Blick über die Schulter. Das ganze Dorf stand in Flammen. Ein orangeroter Bogen aus Licht spannte sich wie ein blutiger Heiligenschein über die brennenden Häuser, erhellte den Nachthimmel. Auf dem Rasenstück lagen plumpe Körper. *Sie brechen das Experiment ab.* Nichts sollte von der Forschungsstation und dem geheimen Zuchtprogramm übrig bleiben. *Sie haben eine Sicherheitskopie.* Phoenix würde irgendwo auf der Welt neu anfangen.

Das Wichtigste ist der Glaube an das Undenkbare und dass man es erreichen kann.

Alexander verdrängte alle hinderlichen Gedanken, lief weiter, strauchelte in den Sumpfflechten, stolperte über Totholz, rutschte durch glitschigen Schlamm. Kämpfte sich weiter ins Moor hinein.

Weiter, weiter, weiter.

Büschel aus Sumpfgras schwammen wie schwarze Haarschöpfe auf dem Brackwasser. Tote Baumstämme reckten ihre Arme empor, die Stümpfe rot verfärbt vom Widerschein des Feuers. Beißender Rauch mischte sich mit Modergeruch.

Alexander blieb stehen, schnappte nach Luft, wischte sich über die tränenden Augen. Hinter ihm barsten die Stämme der Blockhäuser krachend in der Hitze des Feuers. Die überlebenden Hominiden waren irgendwohin verschwunden. Wohin jetzt? In der Panik der letzten Minuten hatte er die Orientierung verloren, wusste nicht mehr, wo er war.

Wenn sie dich nicht abknallen, wirst du ersaufen.

Das Kind hob das Gesicht von seiner Schulter. In seinen weit aufgerissenen Bernsteinaugen loderten die Flammen des zerstörten Dorfes. Es weinte nicht mehr, war wie erstarrt.

Alexander horchte auf die Geräuschkulisse der Nacht.

Irgendwas tat sich da draußen.

Nur vereinzelt waren noch Gewehrschüsse zu hören. Dafür trug das Wasser menschliche Stimmen heran. *Sie durchkämmen den Sumpf.* Hektisch sah er sich um, suchte einen Fluchtweg.

»Kommt raus, ihr Arschgesichter!«

Faber und seine Männer fluchten, die Jagd war nicht nach Plan verlaufen. Die Hominiden waren frei. Jetzt suchten sie die letzten Exemplare, um ihre Arbeit zu Ende zu bringen.

»Da drüben rennen ein paar – zum Schilf!«

»Macht ihnen die Hölle heiß!«

Stiefel platschten durchs Wasser, entfernten sich.

Alexanders Kopf dröhnte von den Explosionen, seine Arme schmerzten vom Gewicht des Kindes. Wie in Zeitlupe ließ er es zu Boden gleiten. Es fasste nach seiner Hand, schaute ihn mit seinen gelben Augen an. Etwas Altes lag darin, etwas Wissendes. Nichts, was ihm unheimlich war oder ihm Angst machte. Im Gegenteil. In diesem irren Augenblick zwischen Leben und Tod durchlief ihn eine Welle der Zuneigung zu diesem seltsamen Wesen. Dieses Kind gehörte nicht in seine Welt. Und doch würde er alles dafür geben, damit es bei ihm blieb. Er drückte die kleinen Finger ein wenig und spürte sofort Gegendruck.

Er legte den Finger auf den Mund.

Der Kleine reagierte nicht.

Unsicher stieg Alexander, das Kind an der Hand, von einem Grasbüschel zum nächsten. Immer wieder versank ein Stückchen Erde unter seinem Gewicht. Seine fest geschnürten Schuhe füllten sich mit kaltem Moorwasser, wurden schwer, sogen an seinen Füßen. Links und rechts von ihnen breitete sich der Sumpf aus. Ein falscher Schritt, und sie wären verloren. Nicht an die eisige Tiefe denken, einfach weitergehen.

Weiter, weiter, weiter.

Das Kind klammerte sich an seine Hand, folgte ihm vertrauensvoll. Es bewegte sich erstaunlich geschickt, hüpfte von Gras zu Gras, schien jetzt völlig unbesorgt. Trotzdem kamen sie nur langsam voran. Das Kind behinderte seine Flucht. Es war nur eine Frage der Zeit, bis der Kleine vor Erschöpfung nicht mehr weiterkonnte.

Und noch etwas bereitete ihm Sorge. In der offenen Moorlandschaft und mit dem vollen Mond, der wie eine Laterne über ihren Köpfen hing, gaben sie beide ein gutes Ziel ab. Doch sie konnten sich keinen Unterschlupf suchen, keine Pause leisten. Eine Winternacht im Moor würden sie beide nicht überleben.

Auf einmal kreischte ein Kranich, erhob sich aus einem Bruch toter Baumstämme zu ihrer Rechten und schwang sich in die Luft. Seine schwarze Silhouette glitt über den weiten Wasserspiegel. Etwas Schweres platschte zwischen dem Totholz. Ein Mann schimpfte, ein zweiter lachte.

Fabers Männer.

Alexander fluchte innerlich. Jetzt hatten sie die Verfolger direkt auf den Fersen. Das Kind war stehen geblieben. Ruhig sah es sich um, schien die Lage zu sondieren. Plötzlich riss es an seiner Hand, wandte sich in die Gegenrichtung, zog ihn hinter sich her. Von seiner Entschlossenheit überrascht, ließ sich Alexander mitziehen.

Links von ihnen lag der Schilfwald.

Der Kleine verließ den Weg und stieg, sich langsam vortastend, in das schwarze Wasser. Alexander zögerte, doch der Griff des Kindes war unnachgiebig. Also folgte er ihm. Sie wateten durch den Sumpf. Eiseskälte kroch Alexanders Beine hoch, lähmte seine Muskeln. Das Kind ruderte mit den Armen, versank bis zur Brust.

Du folgst einem kleinen Kind in den Tod.

Aber er wusste keinen besseren Weg.

Endlich stieg der Boden an, das Wasser wurde seichter. Gleich darauf hatten sie den Saum des Schilfes erreicht, pressten sich zwischen die raschelnden Halme.

Alexander hockte sich hin, schloss das Kind in die Arme. Seine Glieder zitterten vor Kälte. Der Kleine legte die Hand auf seine Schulter. *Alles gut.* Eine Welle der Zuversicht durchlief Alexander. Mit dem Kind an der Seite konnte ihm nichts geschehen.

Im nächsten Augenblick wurde ihm der Irrwitz dieses Gedankens klar.

Ein Schuss knallte, und Sekunden später erfüllte Brüllen die Luft. Dann schlug etwas Schweres auf das Wasser. Wellen liefen auf Alexander Füße zu, umspielten seine Knöchel, schwappten über das Gras. Jemand stöhnte, keuchte, wühlte klatschend im Schlamm.

»Scheiße, geht das heute zäh«, sagte eine Männerstimme ganz in der Nähe. »Wie viele fehlen noch?«

»Sechs«, lautete die Antwort. »Hast du ihn erwischt?«

»Ja, aber nicht gut getroffen. Weichschuss, schätze ich. Dem brennen jetzt die Eingeweide.«

»Ich schieße nur noch mit Leuchtpunkt-Optik«, sagte der zweite Mann. »Sonst reißt dich der Bär, bevor du ihm eins auf den Pelz brennen kannst.«

»Wo gehst du auf Bärenjagd?«

»Kamtschatka. Kannst ja mal mitkommen.«

»Ich schieß doch nicht auf arme Petze, du Arsch.«

Die Männer verstummten, bemühten sich offenbar, ihr verletztes Opfer auszumachen. Das winselte nur noch. Alexander traute sich kaum, zu atmen. Das Kind war wie versteinert. Schilfhalme zischelten, und jemand japste nach Luft, keine zehn Meter von ihnen entfernt.

»Da drüben«, sagte der zweite Mann. »Der Scheißkerl lebt noch. Ich bring den Fangschuss an.«

»Nee, warte, Faber hat gesagt, wir sollen das Messer ausprobieren.« Die Stimme des ersten Mannes. »Ich steche ihn ab. Hier, halt mal die Waffe.«

Schwere Schritte tapsten durch das Wasser, näherten sich durch die Schneise im Schilf. Alexander packte das Kind, zog es dicht an sich. Er konnte das Schaben der Daunenwesten hören und den Atem der Männer.

»Pass auf, hier gibt's Untiefen.«

»Und Fäulnisgase, was? Das stinkt ja wie Hölle.«

Ein Funkgerät knisterte.

»Da drüben liegt er, der Affe.«

Metall schürfte über Metall. Alexander schloss die Augen. Er glaubte nicht an die Macht von Gebeten, aber er sandte alle seine Gedanken dem Mann, der nur wenige Meter entfernt mit einem Bauchschuss im Schilf lag. Und dem sie jetzt gleich die Kehle durchschnitten, bis er würgend am eigenen Blut erstickte.

Auf einmal riss sich das Kind los.

Es stieß einen schrillen Schrei aus, glitt wie ein Otter durch die scharfen Halme. Alexander war so überrumpelt, dass er ein paar Sekunden brauchte, um sich zu fangen. Aber dann rappelte er sich auf und stürzte hinterher. Die scharfen Blätter schnitten in sein Gesicht, schlitzten die Haut an seinen Händen auf. Er spürte es kaum. Endlich stand er auf der Schneise, sah sich um, entdeckte das Kind. Das Wasser reichte ihm bis zu den Knien. Geduckt stand es da und fixierte seine Jäger.

»Was ist das jetzt?« Die Stimme des Mannes klang freudig überrascht. »Ja, wen haben wir denn da?« Dann bemerkte er Alexander. »Und was, zur Hölle, tust *du* hier?« Sie wussten noch nichts von seiner Flucht. »Das ganze Gelände ist für die Treibjagd abgesperrt.«

Der zweite Mann trat hinter ihm hervor. Er hielt ein Kampfmesser mit drei Schneiden in der Hand. Alle Klingen glänzten blutig. An seiner Schulter blinkte ein Funkgerät. Es war der Mann, den Alexander ein paar Stunden zuvor bei Phoenix getroffen hatte. Gut gelaunt hatte er am Pick-up gelehnt und mit ihm gescherzt.

»Alex?«, fragte er entgeistert. Er drückte auf einen Knopf am Funkgerät. »Faber? Sven hier. Wir haben Lazarus.« Fabers Stimme schnarrte kaum verständlich aus dem Lautsprecher. »Weidmannsdank! Schilfbank, dreihundert Meter zur Station. Und wir haben einen Zaungast, rate mal, wer's ist.« Faber klang ärgerlich. »'tschuldige – dieser Reporter.« Wieder Faber, diesmal betont leise. Sven zog die Brauen hoch, wirkte verwirrt. Sein Blick wurde scharf. »Klar.« Er schaltete das Gerät ab. »Alex«, sagte er ruhig, aber bestimmt, »du gehst jetzt auf den Weg hinauf und guckst ein bisschen in die Sterne. Wir sind gleich fertig. Und nicht dass dir einfällt, abzuhauen. Aus dem Sumpf schaffst du es allein sowieso nicht lebend raus.«

»Der Kleine bleibt bei mir.«

»Tut mir leid.« Sven machte einen Ausfallschritt, griff nach dem Kind. *»Los, komm her.«*

Ehe Alexander reagieren konnte, lief der Junge los. Er drängte sich an den Knien der Männer vorbei, schlug einen Haken, verschwand im Schilf, tauchte wieder auf und blieb ein paar Meter vor ihnen stehen. Aus der Entfernung konnte Alexander die Bernsteinaugen brennen sehen. Es war ein kaltes Feuer.

»Mirko, los, der haut ab!«

Sven stürmte los, der andere Mann rannte hinterher.

Das Kind wirbelte herum, warf sich ins Schilf. Die Männer folgten ihm, kämpften sich durch die starren Halme. Kurz darauf waren alle drei verschwunden. Eine Weile waren noch Rufe zu hören, dann war alles still. Auch das Stöhnen des Schwerverletzten war verstummt.

Alexander blickte auf die weite Sumpflandschaft hinaus, und die Stille ergriff von ihm Besitz und ließ ihn ruhig werden. Nur sein Herz schien schneller zu schlagen, seine Augen mehr zu sehen als sonst. Der volle Mond tauchte das Moor in alle Grautöne und schuf eine Schattenwelt. Ein Windhauch wehte feuchte Luft heran und fächelte durch das Schilf. Die gefrorenen Halme knisterten, und das Wasser murmelte zwischen ihren Stängeln.

Da ertönte ein Pfiff.

Alexander fuhr herum.

Noch ein Pfiff und noch einer.

Das Schilf raschelte und bebte, lief in Wellen wie ein fahler Ozean. Ein widerlicher Gestank breitete sich aus.

Die Hominiden.

Ein paar von ihnen hatten überlebt. Wieder spürte Alexander die Gefahr, die von ihnen ausging. Dieses Wilde, Böse, Unnatürliche. Und obwohl er gerade erst mit den Hominiden gesprochen, ihre Gastfreundschaft genossen hatte, jagten sie ihm jetzt erneut tiefes Entsetzen ein.

Sie konnten nicht mehr in die zerstörte Station zurückkehren. Ab jetzt würden sie auf der Suche nach neuen Jagdgründen frei und ungehindert herumstreifen. Sie waren eine robuste Spezies auf Eroberungszug – und mit vorzeitlichem Wertesystem.

Ein Schrei zerschnitt die Luft. Ein Mann kreischte, ein zweiter schrie, sie hörten nicht mehr auf zu brüllen. Eine Stimme überschlug sich vor Entsetzen. Die andere brach abrupt ab. Dann ein Würgen und ein erstickter Laut. Etwas schlug aufs Wasser, wühlte, planschte, gurgelte. Dann, auf einmal, nichts mehr. Gespensterstille breitete sich aus.

Alexander stand bis zu den Knöcheln im nassen Schlamm, unfähig, sich zu rühren. Die Kälte kroch seine Beine hinauf, tränkte sein Fleisch, verzweigte sich in seinen Knochen wie in den Ästen eines Baumes. Seine Rippen waren ein Käfig aus kaltem Stahl, der sein Herz und seine Lungen einschloss, immer enger wurde, den Atem aus seinem Körper presste. Hatte sich sein ganzes Leben nicht auf diesen Augenblick zubewegt? Max, die Reisen, die Redaktion, das Buch. *Das Kind.* Faber und seine Männer, die ihn bald töten würden. Alles schien sich nach einem eigenen Plan, auf den er keinen Einfluss gehabt hatte, entwickelt zu haben. Er hätte das Kind retten sollen. Und jetzt stand er hier im Teufelsbruch und wartete auf seine Mörder. Dies war sein Ende.

Er hatte seinen Auftrag nicht erfüllt, war ein blutiger Versager.

Du wirst wahnsinnig.

»Sven! Mirko! Verdammte Hunde, seid ihr taub? Ivo, ich glaub, da liegt der Affe. Wo ist Lindahl? *Matze!«*

Die Stimme war nah, keine fünfzig Meter. *Faber.*

Flucht, Flucht, Flucht.

Das eine Wort formte sich zum alles beherrschenden Gedanken in Alexanders Kopf. Er musste weg. Jetzt. Sofort. Faber sammelte seine Männer. Jetzt suchten sie den einzigen noch lebenden Tatzeugen dieser Blutnacht. Wie viel Zeit blieb ihm?

»Tobi und Matze, ihr geht auf Patrouille und sucht die Vermissten«, befahl Faber. »Marian holt den Pick-up. Ivo, du gehst in Richtung Station und hältst nach Lindahl Ausschau. Ich suche im Bruch.«

Gemurmel antwortete ihm, dann stapften schwere Schritte in verschiedene Richtungen durch das Wasser davon.

Weiter, weiter, weiter.

Alexander wandte sich nach rechts. Eine Richtung war jetzt so gut wie die andere. Sein Schicksal hing nur noch von seinem Glück ab. Nur wenn es ihm gelang, den Schilfsaum zu durchqueren, konnte er auf dem Weg zurücklaufen. Wenn seine Verfolger seine Flucht nicht bemerkten. Wenn die letzten Hominiden ihn in ihrer mörderischen Wut auf Menschen nicht töteten.

Alexander duckte sich, bog die steifen Halme auseinander, watete zum Festland hinüber. Immer wieder versank er bis zur Hüfte im eiskalten Wasser.

Pass auf, hier gibt's Untiefen.

Endlich stand er, von Moorwasser triefend, auf einem Trampelpfad. Ein kalter Wind stach wie mit Nadeln in seine Haut und ließ die nasse Kleidung an seinem Körper gefrieren. Er hatte das Mikroklima um die Station verlassen. Nun nagte die Dezemberkälte an ihm, wehte ihm der eisige Atem des nahenden Winters ins Gesicht. Über dem Birkenwald türmte sich eine Wolkenbank. Das Wetter bereitete ihm Sorge. Wenn er es nicht rechtzeitig zum Parkplatz zurückschaffte, würden ihm Erschöpfung und Unterkühlung zum Verhängnis werden.

Weiter, weiter, weiter.

Hinter ihm plätscherte das Wasser. Die gefrorenen Schilfhalme knisterten, brachen krachend. Er fuhr herum. Im nächsten Augenblick trat ein Mann auf den Weg. Auch wenn er eine schwarze Strickmütze trug, wusste Alexander, dass sein Haar rot war. Es war Ivo. Der Mann, der Miskins Leiche weggefahren hatte.

»Hi, Alex«, sagte Ivo. »Jetzt mach dir mal nicht in die Hose. Ich bring dich raus.« An seiner Hüfte hing ein Pistolenhalfter.

»Verpiss dich.«

Ein Schrei zerriss die Luft. Jemand kreischte, brüllte – hemmungslos und so, als wollte er nie wieder aufhören.

»Die Hominiden«, flüsterte Ivo. Sogar im fahlen Mondlicht konnte Alexander die Blässe seiner Haut und die Angst in seinen Augen sehen. Auf einmal waren sie keine Feinde mehr, sondern menschliche Wesen, einer unmenschlichen Gefahr ausgesetzt. »Ich muss zu den Kameraden.«

Alexander kämpfte mit sich. Dies war vielleicht seine einzige Gelegenheit zur Flucht. Die Schreie wurden zu animalischem Gebrüll, rissen an seinen Nerven, wurden zum schrecklichen Déjà-vu. *Ein Gefängnis in Ruanda, ein unter der Folter brüllender Mann – aber dies ist Berlin.*

»Wo ist dein Kumpel?«, fragte er. »Schnell, los, ich komme mit.«

Ivos Miene war ablehnend, es war sein Job, doch schließlich nickte er, wirkte erleichtert. »Hundert Meter in Richtung Station war unser letzter Kontakt«, sagte er, drehte sich um und lief den Weg zurück, immer schneller auf den rot leuchtenden Horizont zu.

Alexander verfluchte sich und folgte ihm.

Je weiter sie rannten, umso leiser wurden die Schreie, bis sie zu einem Keuchen und schließlich zu einem Röcheln wurden. Laute, die das Moorwasser zu ihnen trug, die von überall her zu kommen schienen, sie narrten und in die Irre führten. Sie verstummten auf einen Schlag. Alexander und Ivo blieben unsicher stehen. Wohin jetzt?

»Ich glaube, das war Marian«, sagte Ivo. Seine Stimme klang rau. »Vielleicht da drüben …?« Er brach ab, starrte auf den Wegrand.

Alexander trat neben Ivo.

Im rot gefärbten Wasser schwammen die Reste zweier Männer. Wie Teile eines grauenhaften Puzzles verteilten sich ihre Glieder zwischen den Stängeln des Schilfes. Ein Mann lag mit dem Gesicht im Wasser, der andere starrte mit leeren Augenhöhlen in den Mond. Beiden fehlten Arme und Beine.

Cotonou, die Blechhütte mit den Leichenteilen.

Ivo fing unkontrolliert zu zittern an. »Scheiße, Scheiße, Scheiße«, fluchte er. »Sven und Mirko, das sind – waren … *Ich mach sie alle!*«

Alexander packte ihn. »Ruhe«, zischte er. »Die können uns hören.« Er schüttelte Ivo wie ein Verrückter. *»Still.«*

Ivos Augen verengten sich. »Wo ist Marian?«, flüsterte er. »Der muss hier irgendwo sein, der wollte zum Wagen.«

Ein Geräusch lief in Wellen über den Moorboden, umfing sie, war ganz in der Nähe. Etwas schlug dumpf auf den Boden, wieder und wieder, in einem unheimlichen Rhythmus. Der Laut rief sie zu sich.

»Marian – er hat uns gehört!«

Sie brauchten nicht lange zu suchen.

Am Rand des Sumpfes lag ein Mann auf den zertretenen Flechten, die Augen halb geschlossen. Sein rechter Arm hob sich, fiel herab, hob sich und fiel wieder herab. Es sah aus, als winkte ihnen ein Toter. Ein zweiter Mann hockte neben seinem Kopf, rutschte hin und her, wischte mit einem Tuch über das starre Gesicht.

Der Arm hob sich ein letztes Mal, blieb dann liegen.

Als sie die beiden erreichten, sahen sie, dass der am Boden Ausgestreckte sich nicht mehr bewegte, sich nie wieder bewegen würde. Blut hatte seine Jacke getränkt und den Stoff mit dem Tarnmuster zu einer klebrig-schwarzen Masse werden lassen. Seine Lider waren halb geschlossen, in den Augen flackerte der Schein des noch schwelenden Feuers, verlieh ihnen einen letzten Ausdruck von Leben.

Ivo starrte auf das Totengesicht. »Tobi, was ist passiert?«

Der Mann, der neben der Leiche kniete, blickte auf. In seiner Miene war nicht zu lesen. »Sie haben ihm die Kehle durchgeschnitten.« Er blieb auf der Erde hocken, legte nur die Hände auf die Knie.

Alexander blickte sich um.

Bis vor wenigen Minuten hatte an dieser Stelle das Inferno getobt. Die plötzliche Ruhe machte ihn misstrauisch. Er sah den Anführer vor sich, wie er mit seiner Truppe Kriegsrat hielt. *Urzeitkrieger.* Sie kämpften bis zum bitteren Ende, würden eher sterben, als sich zu ergeben.

»Wo sind die Hominiden?«, fragte Alexander.

»Jaulend abgehauen«, sagte Tobi. »Ich habe einem von den Affen eine Kugel auf den Pelz gebrannt.« Er deutete auf den Toten. »Bin gerade dazugekommen, wie sie sich an ihm zu schaffen gemacht haben.« Seine Stimme war ohne jeden Ausdruck, als ginge ihn das Ganze nichts an. Ein gnädiger Schockzustand hinderte ihn daran, der grausamen Wirklichkeit ins Auge zu sehen und darüber den Verstand zu verlieren.

Alexander dachte an die menschlichen Überreste im Schilf. Hier waren die Hominiden unterbrochen worden, hatten sie ihr Opfer sterbend zurücklassen müssen. Wohin waren sie geflohen? Waren sie schon weit genug weg? Er hockte sich hin, untersuchte den klaffenden Schnitt, der quer über Marians Hals lief. Die Wunde war breit, mit gezackten Wundrändern, und blutete schon nicht mehr. Marians Haut war aschgrau. *Leichenblass.*

Ein Pfiff zerschnitt die Stille.

Alexander sprang auf, suchte die Umgebung mit Blicken ab. Das Feuer, von den Holzhäusern der Station gut genährt, loderte noch immer und erhellte die Landschaft.

Ivo packte Tobi am Arm. »Los, weg hier!«, zischte er.

Der Mann reagierte nicht. Er hatte die Augen geschlossen. Seine Lippen bewegten sich unablässig. Gebetsmühlenartig wiederholte er ständig die gleichen Worte.

Pfiffe schossen von überall her über das Moor.

Ein Steinhagel ging auf die Männer nieder. Tobi, am Kopf getroffen, sank zur Seite, blieb liegen. Seine Glieder zuckten konvulsivisch, dann lief ein Schauer durch seinen Körper, und er blieb reglos liegen.

Alexander und Ivo starrten einander entsetzt an, wussten, dass Tobi tot war und sie selbst innerhalb der nächsten Minuten in Stücke gerissen werden konnten. Sie waren schreckensstarr wie aufgescheuchtes Wild, wussten nicht, wohin sie sich wenden sollten. Der Feind war überall und nirgendwo. Ein Gesteinsbrocken schrammte über Ivos Stirn, und ein roter Mund öffnete sich auf seiner Haut. Blut lief ihm in die Augen. Ivo fluchte, wischte sich mit dem Handrücken über die Lider, riss seine Pistole aus dem Halfter. Er packte Alexander an der Schulter und stieß ihn auf den Boden, kauerte sich an seine Seite und feuerte über ihn hinweg ziellos in das Schilf hinein.

Alexander legte die Hände auf den Kopf und schloss die Augen. Er lauschte den Schüssen, den Einschlägen der Steine und dem Pochen seines Herzens. Der Tod kam näher, und er war weder aufgeregt noch ängstlich. Eine nie gekannte Gleichgültigkeit ergriff von ihm Besitz. So sah also sein Ende aus. Es hätte ihn in Ruanda ereilen können, im Angesicht einer mordenden Soldateska. Oder in Südamerika im Camp der Drogenhändler. Aber sein Tod hatte auf ihn gewartet. Hier bei Berlin wollte er ihn ereilen, sein Leben mit Hilfe von Affe-Mensch-Hybriden auslöschen.

Die Kälte kroch aus dem gefrorenen Moorboden in Alexanders Körper, sandte eisige Stromstöße in seine Muskeln, ließ seine Arme und Beine zucken. Er spürte, wie Ivo sich mit dem Knie auf sein Kreuz stützte, und hörte das Einrasten, als er ein neues Magazin in die Pistole drückte. Wieder knallten Schüsse über seinem Kopf. Das Geräusch prallte schmerzhaft auf sein Trommelfell.

Plötzlich hörte der Steinhagel auf.

Pfiffe gellten, kamen von allen Seiten, stürzten auf sie ein. Das Schilf brach krachend, das Getrampel der Hominiden erschütterte die Erde. Kampfschreie erfüllten die Luft. Alexander vergrub das Gesicht in der Armbeuge, streckte die Waffen, ergab sich in sein Schicksal.

»Ihr Arschgesichter, ihr elenden Schweine!« Ivos Stimme schnappte über. *»Ich mach euch alle!«*

Alexander spürte, wie Ivo von ihm weggerissen wurde, und genoss die neue Leichtigkeit in seinem Rücken. *Du bist wahnsinnig, macht nichts.* Ivos Schmerzensschreie und das Wutgebrüll der Urzeitkrieger konnten ihm nichts mehr anhaben. Seine Seele war davongeflogen, fort von dieser Welt voller Angst und Qual. *Jetzt bin ich wie der Laboraffe mit der Elektrode im Gehirn.* Tiere, Menschen, Tiermenschen.

Kein Unterschied, gar keiner.

Ivos Gebrüll verstummte abrupt.

Gespenstische Ruhe senkte sich über das Moor. Nur das Knistern des Feuers und das Murmeln des Wassers waren zu hören. Und leise Männerstimmen, die Worte raunten, die Alexander nicht verstand. Die Erde vibrierte unter schweren Schritten. Gestank breitete sich aus, wurde schier unerträglich. Ein Hominide kam auf ihn zu. Alexander wappnete sich innerlich gegen die bevorstehende Qual, hoffte, dass sein Ende schnell kommen würde.

Ein stechender Schmerz fuhr durch seine Seite.

Jemand hatte ihm einen Tritt versetzt. *Er will wissen, ob ich noch lebe.* Alexander hielt den Atem an. Eine tiefe, volle Stimme sagte etwas im Befehlston. *Der Anführer.* Der Hominide neben Alexander stupste ihn noch einmal mit dem Fuß an, glaubte ihm seinen Tod wohl nicht.

Ein Befehl, diesmal lauter.

Der Hominide ließ von Alexander ab, seine Schritte entfernten sich. Die anderen flüsterten, raunten, zischelten. Dann schleifte etwas über den Boden, brach die gefrorenen Flechten. Die Geräusche wurden leiser, der Gestank war nicht mehr übermächtig, vermischte sich mit dem Geruch nach Holzrauch und modrigem Wasser.

Die Hominiden zogen anscheinend ab.

Vorsichtig öffnete Alexander die Augen, linste über seine Armbeuge, wollte die Lage einschätzen. Tobi lag unverändert neben Marians Leiche, an der Stelle, an der ihn der Stein niedergestreckt hatte. Neben ihm türmte sich ein Haufen Kleidung. Die Flammen in der Station waren fast niedergebrannt, glosten nur noch in ein paar Wänden. Dünne Rauchfäden stiegen zum Himmel auf, verbreiteten den erstickenden Geruch eines Holzkohlenfeuers.

Vor den schwelenden Resten des Dorfrandes bewegte sich eine Gestalt in Richtung Schilfgürtel. Ein großer Hominide – *der Ringkämpfer* – zog ein helles Bündel hinter sich her.

Alexander hob den Kopf, kniff, um besser sehen zu können, die Augen zusammen. Das Bündel war ein Mensch. Ein Toter. Eine nackte männliche Leiche. *Ivo.* Der Hominide hatte ihm die Tarnkleidung wie ein Fell abgezogen und schleppte ihn nun als Jagdbeute mit. Alexander konnte den Blick nicht von der höllischen Szene wenden, starrte dem Ringkämpfer nach, bis er im hohen Schilf verschwunden war.

Leises Quieken riss Alexander aus seiner Schreckensstarre. Ein kleiner Schatten huschte an ihm vorbei, raste zu den beiden Toten.

Eine Wasserratte.

Alexander sprang auf, fuchtelte mit den Armen, wollte dem Tier hinterherrennen.

Ein Rascheln hielt ihn zurück.

Alexander fuhr herum.

Hinter ihm stand – *das Kind.*

42

Sein Overall war zerrissen und klebte nass an den schmächtigen Gliedern. In der Hand hielt es einen glänzenden Gegenstand. Mit seinen Bernsteinaugen sah es ihn an.

Es hat überlebt.

Die Welle der Erleichterung, die ihn durchlief, ließ seine Knie weich werden. Die Ratte, die Toten, die Schrecken der letzten Minuten waren vergessen.

Das Kind war gerettet – und er auch.

»Ja, Kleiner«, sagte er. Seine Stimme klang fremd in seinen Ohren, so als hätte er sie lange Zeit nicht mehr benutzt. »*Nicht hinsehen!* Wir müssen schnell hier weg.«

Im nächsten Augenblick wurde ihm jedoch klar, dass er ab jetzt nur langsam vorankommen würde. Ohne das Kind hätte er eine Chance gehabt. Nun würden sie beide sterben. Dass er die letzte Stunde überlebt hatte, bedeutete nichts mehr.

Und plötzlich hatte er das Gefühl, als breitete sich ein Mantel über ihn, verdunkelte seine Welt. Kalte Wut, wie er sie noch nie zuvor gespürt hatte, erfasste ihn. Er konnte sich kaum noch konzentrieren. Das Erlebte hatte seinen Verstand verwirrt. Ein finsterer Gedanke schoss durch seinen Kopf, nistete sich ein, vergiftete seinen Geist. Dieser Wechselbalg würde die Hominiden, diese Mörder und Kannibalen, direkt zu ihm führen. Die glühenden Bernsteinaugen machten ihm Angst.

Flucht, Flucht, Flucht.

Verzweifelt drehte er sich um, hastete zurück auf den Weg, folgte ihm in der Richtung, in der er den Parkplatz vermutete, fühlte sich wie ferngesteuert. Jetzt floh er vor dem verräterischen Kind, rannte um sein Leben.

Weiter, weiter, weiter.

Er lief den Weg entlang, ließ den Schilfsaum hinter sich. Sein Gesicht brannte vor Kälte, seine Kleidung war steif gefroren, seine Hände waren klamm und unbeweglich.

Hinter sich hörte er rennende Schritte.

Wieder drehte er sich um.

Das Kind war ihm gefolgt, starrte ihn an.

Alexander wurde ganz ruhig. In seinem Kopf formte sich eine Idee, ergriff von seinem Geist Besitz. Gewalt und Tod hatten die letzte Stunde beherrscht und durch ihre Allgegenwart für ihn den Schrecken verloren.

Er musste das Kind loswerden.

Wenn seine Verfolger es fanden, würden sie vielleicht von ihm ablassen. Er machte ein paar Schritte auf das Kind zu, setzte einen Fuß vor den anderen, pirschte sich an. Dabei hatte er das unwirkliche Gefühl, sich von außen zusehen zu können, ein anderer zu sein.

Das Kind kam ihm entgegen, blieb dicht vor ihm stehen, streckte ihm den glänzenden Gegenstand entgegen. *Da, bitte.* Es war ein dreischneidiges Kampfmesser. Dunkle Schlieren liefen über die Klingen, klebten in den Vertiefungen zwischen den Schneiden.

Wie praktisch.

Alexander zuckte zusammen, erschrak über sich selbst. Das war nicht er selbst. Aber – wer war er dann?

Du wirst wahnsinnig, wahnsinnig, wahnsinnig.

Hastig steckte er die Hände in die Hosentaschen, als wollte er sie an einem Eigenleben hindern, und zwang alle tückischen Gedanken aus seinem Kopf. Was hatte er tun wollen? Zu welchem Ungeheuer hatten ihn die letzten Stunden gemacht? Das Kind war außer ihm das einzige menschliche Wesen in dieser einsamen Sumpflandschaft. Er fiel auf die Knie, zog den Kleinen an sich, schloss ihn in die Arme.

Das Kind hielt ganz still.

Wieder packte Alexander die Wut. Noch immer waren Hominiden irgendwo da draußen im Moor. Sie hatten die

Menschen getötet und das Kind einfach seinem Schicksal überlassen. Es hätte sie bei ihrer Flucht behindert.

Sie haben das Kind geopfert.

Alexander stand auf und nahm dem Kleinen die Waffe ab. Sein erster Impuls war, das Kampfmesser so weit wie möglich in das schwarze Wasser zu schleudern. Doch dann steckte er es, den Griff zuerst, in den hinteren Hosenbund. Er musste die Schrecken, die er durchgestanden hatte, aus seinem Gehirn löschen, sonst würden sie beide die nächsten Stunden nicht überleben. Das Messer schmiegte sich an seine Haut. Der Stahl fühlte sich kalt an – und feucht. Es störte ihn nicht. Fest umschloss er die Kinderhand.

»Mach dir nichts draus, Kleiner«, sagte er grimmig. »So eine Verwandtschaft braucht kein Mensch.« *Deine eigenen Leute sind nämlich schon seit fünftausend Jahren tot.*

Hand in Hand marschierten sie los.

Irgendwann verschmälerte sich der Weg zu einem Pfad, verlor sich fast zwischen hohem Sumpfgras. Der Boden wurde weich, dann fest, dann tappten sie durch wässerigen Morast. Der Schlamm schmatzte unter ihren Füßen, und das Geräusch erinnerte Alexander an das Getuschel der Hominiden. Immer wieder blieb er stehen und lauschte. Inzwischen hatte der Adrenalinstoß, der ihm bis jetzt Kraft verliehen hatte, merklich nachgelassen. Seine Muskeln waren verkrampft, seine Glieder so schwer wie Blei. Und ohne die schützende Lederjacke spürte er jetzt deutlich die feuchte Kälte, die sich unter seinem Pullover eingenistet hatte.

Flüchtig streifte sein Gedanke die Frau, die er auf dem Weg ins Moor zurückgelassen hatte. Die Gewehrsalven und das Feuer der Leuchtmunition mussten sie erneut in Panik versetzt haben. Hielt sie den Ausbruch der Hölle nur für eine weitere Halluzination? Er verdrängte alle Gedanken an die Frau. Ihm war, als müsste er jeden Augenblick einen Pfiff hören, das bärtige Gesicht des Anführers zwischen dem

Sumpfgras auftauchen sehen. Aber die silbrige Weite zu beiden Seiten des Pfades blieb unbewegt.

Inzwischen hatten sie die schwarzen Wasserlachen erreicht. Irgendwo in deren Tiefe musste die Taschenlampe liegen. Alexander erinnerte sich an das Gefühl des nachgebenden Bodens, des Versinkens und dachte an die Wasserpflanzen, die sich um seinen Knöchel geschlungen und ihn beinahe hinuntergezogen hatten.

Er war so in Gedanken, dass er die Bewegung zu seiner Rechten bestimmt übersehen hätte. Aber das Kind hatte sie bemerkt. Zaghaft zog es an Alexanders Hand, deutete auf eine grasbewachsene Stelle zwischen einem Wald aus toten Stämmen, der aus dem Sumpf ragte. Jemand wanderte scheinbar ziellos durch den Bruch, tappte zwischen Totholz und dürrem Buschwerk auf sie zu. Es war ein korpulenter Mann. Unter seinem Arm klemmte ein Gewehr, die rechte Hand lag am Abzug. Mit der linken stützte er den Lauf. Sein Blick schweifte sichernd hin und her. Der Mann kam immer näher. *Faber.* Noch hatte er sie nicht erspäht.

»Ihr elenden Hunde, wo seid ihr?«, brüllte Faber in die Nacht. Wo war seine Truppe? *»Wenn ich euch erwische, schicke ich euch alle zur Hölle, ihr Schwanzlutscher!«*

Alexander stand wie erstarrt, überlegte blitzschnell. Auf einmal war er hellwach, alle Müdigkeit war von ihm abgefallen. Er brauchte einen Plan, für sich und das Kind.

In der von Mondlicht übergossenen weiten Landschaft gab es kein Entkommen für sie. Faber hatte ein Gewehr, würde bei der leisesten Bewegung davon Gebrauch machen. Sie beide abknallen wie Hasen auf dem Feld. *Wieder zwei erledigt.* Eine Hitzewelle flutete durch seinen Körper. Durch seine Adern floss pures Adrenalin. *Mörder.* Noch nie in seinem Leben hatte er solchen Hass verspürt. Er presste die Finger des Kindes zusammen. Es gab keinen Laut von sich.

Faber kam näher.

Alexander hockte sich hin, zog das Kind zu sich herab und duckte sich schützend darüber. Der Kleine hielt ganz still.

»Habt ihr das blöde Gesicht von dem Affen gesehen, als ich ihm das Hirn rausgesprengt habe?«, brabbelte Faber vor sich hin. Er blieb stehen, schrie auf die dunklen Wasser hinaus. *»Mirko, Sven, Ivo, Matthias, wo seid ihr? Tobi? Mari-aaan!«*

Niemand antwortete ihm, nur der Sumpf murmelte leise. Faber stakste weiter.

Alexander überlegte blitzschnell. Faber ging direkt auf sie zu, noch wenige Schritte, und er würde über sie fallen. Er räusperte sich, wollte Faber nicht erschrecken, keine Kurzschlussreaktion auslösen.

Fabers Kopf fuhr hoch. »Sven?«

»'n Abend, Faber«, sagte Alexander und stand, eine Hand auf dem Kopf des Kindes, langsam auf. Der Kleine krallte die Hände in den Stoff seiner Hose.

»Scheiße, Lindahl, bist du das?«

»Wundert dich das?«

Faber fluchte unverständlich, sicherte sein Gewehr und hängte es sich über die Schulter. Dann watete er durch das letzte Stück und kletterte auf den Weg. »Was machst du hier, Lindahl? Auf unerlaubtem Ausgang, was?« Sein Blick fiel auf das Kind. »Na, wenigstens hast du dich nützlich gemacht. Der kleine Affe da gehört mir.« Er fischte eine zerdrückte Schachtel und ein Feuerzeug aus der Hosentasche, zündete sich eine Zigarette an und tat einen tiefen Zug. »Was für ein elender Einsatz.« Er schüttelte den Kopf. »Denke, meine Truppe ist perdu.« Das Mondlicht ließ Fabers Augen glänzen. »Die Monster haben uns erwischt. Denen ist mit normaler Ausrüstung nicht beizukommen.«

Normale Ausrüstung. Leuchtspurraketen, Kugeln und Kampfmesser gegen Faustkeile. Alexander war, als spürte er den kalten Stahl des mörderischen Dolches an seinen Rückenmuskeln. Als wollte sich die Waffe in Erinnerung rufen.

»Und jetzt?«, fragte Alexander. »Wo sind die Hominiden?«

Faber zuckte die Schultern. »Fünf sind uns entkommen«, sagte er. »Mindestens. Denke, die machen sich jetzt 'nen netten Abend auf dem Ku'damm. Die fängt keiner mehr ein.« Er zog an seiner Zigarette. »Ach, fahrt zur Hölle.«

Sie würden mit Gewalt ihre Gene in der Menschheit aufgehen lassen und sie für immer verändern. Die zweite Generation der Hybride würde optisch überhaupt nicht mehr aus der Masse der Menschen herausstechen. *Genome Editing.* Der Eingriff, den Phoenix an ihrem Erbgut vorgenommen hatte, war nicht nachweisbar. Für einen irren Moment fragte sich Alexander, ob Max mit seinem Entschluss, das *Experiment* abzubrechen, am Ende nicht recht gehabt hatte. Das Leben, das er den Hominiden geschenkt hatte, wieder zu nehmen. Im nächsten Augenblick packte ihn Entsetzen über sich selbst. Wohin hatte ihn Phoenix gebracht? Die Hominiden waren angegriffen worden, hatten gekämpft und gesiegt. Es war nicht Alexanders erster Kriegseinsatz. Nur war er diesmal kein Beobachter.

Faber zog noch einmal an der Zigarette, die Glut leuchtete auf, dann warf er den Stummel ins Wasser. »Na, werden wir mal weitermachen«, sagte er und griff nach dem Kind. »Für den brauchen wir jedenfalls keine Kugel.«

Alexander hielt den Kleinen fest. »Was soll das?«

»Nackenschlag. Nie zur Hasenjagd gewesen?« Faber klang erstaunt. »Eine Kugel zerstört das Gewebe.«

»Lass ihn los, sofort.«

»Musst ja nicht hinsehen, du Zivilist«, sagte Faber genervt. »Max will den unversehrten Körper. Ich fänd's ja besser, wenn das Höllendings ganz von der Erdoberfläche getilgt –«

»Lass ihn los.«

Fabers Augen verengten sich. »Letzte Warnung, Lindahl.« Etwas fiel klappernd zu Boden. »Hau ab, los, lauf ins Moor. Dann überleg ich mir das mit dir vielleicht noch anders.« Er grinste. »Husch, husch.«

Alexander spürte, wie sich eine innere Kälte in ihm ausbreitete. Er verzog das Gesicht, streckte sich, fasste sich mit der rechten Hand in den Rücken, als hätte er Schmerzen von der ungewohnten Anstrengung der letzten Stunden. Millimeterweise, um den alten Soldaten nicht misstrauisch zu machen und um sich an den schlangenförmigen Klingen nicht zu verletzen, zog er das Kampfmesser aus dem Hosenbund. Dann schloss er die Finger fest um den kalten Griff des Dolches. Die Ereignisse der letzten Stunden rasten im Zeitraffer durch seinen Kopf. Der flehende Blick des Indianers über dem zur Hälfte weggerissenen Gesicht richtete sich auf ihn, sandte ihm eine Botschaft, verlieh ihm Kampfesmut und nie geahnte Kraft. Er fühlte sich ruhig, konzentriert, furchtlos. Langsam nahm er das Kampfmesser hinter seinem Rücken hervor und richtete die Spitze auf Faber.

»Geh uns aus dem Weg«, sagte er kalt.

Faber starrte auf den Dolch, pfiff leise durch die Zähne. »Tu dir bloß nicht weh«, sagte er, packte das Kind am Hals und zog es an sich. »Schluss mit den Mätzchen.«

Das Kind zappelte, versuchte, sich zu befreien, schrie. Seine Schreie hallten über das Moor, drangen auf Alexander ein, explodierten in seinem Kopf. Mit einer einzigen drehenden Bewegung stieß er Faber das Messer in den Bauch.

Fabers Augen wurden groß, er reagierte nicht.

Entsetzt über sich selbst, wich Alexander zurück, den Dolchgriff noch immer in der Hand. Das Messer saß fest. Er riss die drei Klingen aus der Wunde, wollte Faber von ihnen befreien, bemerkte sofort seinen Fehler. Ein Schwall von Blut ergoss sich aus der zerfetzten Bauchdecke, tränkte das verdorrte Sumpfgras.

Faber ließ das Kind los, schnappte nach Luft. Er beugte sich vor und presste die Hände auf den Bauch, als wollte er seine Eingeweide zurückhalten.

Das Kind rannte zu Alexander, versteckte sich hinter seinem Rücken, krallte die Finger wieder in seine Hose.

Faber ächzte, fiel auf die Knie, legte den Kopf in den Nacken und starrte zu den Sternen hinauf, dann kippte er wie in Zeitlupe um, blieb auf der Seite liegen. Unter ihm breitete sich eine glänzende Lache aus. Dampf stieg davon auf, hing wie ein letzter warmer Atemhauch in der Dezemberluft. Faber klapperte mit den Zähnen, bebte, trat mit den Füßen, wühlte den Boden auf. Speichel lief aus seinem Mund über sein Kinn. Seine Lider begannen zu flattern. Auf einmal hörten alle Bewegungen auf. Die halb geöffneten Augen glänzten immer noch im Mondschein. Aber Faber lag ganz still, und Alexander sah, dass er tot war.

Ich habe einen Menschen getötet.

Habe einen Menschen getötet.

Einen Menschen getötet.

Der Gedanke war da, aber Alexander begriff ihn nicht. War vor Entsetzen starr, konnte nicht glauben, was er getan hatte. Er begann so hilflos zu zittern, als hätte ihn ein tödliches Fieber befallen. Endlich wandte er sich von der Leiche ab, benommen und überwältigt. Ihm war übel. Sein Magen hob sich, Säure stieg seine Speiseröhre hinauf, verätzte seine Kehle. Er krümmte sich zusammen, erbrach sich in das dunkle Wasser.

Ein Pfiff gellte über das Moor.

Das Kind packte Alexanders Hand, riss wie wild daran.

Pfiffe aus verschiedenen Richtungen.

Alexander richtete sich wieder auf, wischte mit dem Handrücken über den Mund. *Die Hominiden.* Sie waren irgendwo da draußen auf Rachefeldzug und suchten nach ihnen.

Wo, zur Hölle, waren sie?

Er lauschte in die Nacht hinaus. Rundherum hörte er verstohlene Geräusche – das hinterhältige Rascheln des Sumpfgrases, das tückische Murmeln des Moorwassers. Er sah sich um. Dahinten bewegte sich etwas. Jenseits des flirrenden Sumpfgrases bewegte sich etwas. Seine Kopfhaut zog sich zusammen. Er hatte das Gefühl, als stünden seine Haare gegen jedes Naturgesetz zu Berge. *Mitten im Sumpf bewegte sich was.* Etwas Großes trieb auf dem Wasser. Es war ein Mensch, der mit dem Gesicht nach unten, ausgebreiteten Armen und gespreizten Beinen auf den leichten Wellen schaukelte. Oder war das nur eine Spiegelung? Alexanders überreizte Nerven spielten ihm einen Streich. Das Moor war voller Bilder und Geräusche.

Du wirst wahnsinnig, das hier ist der Beweis.

»Wir müssen hier weg«, flüsterte er dem Kind zu.

Der Kleine beachtete ihn nicht. Es bückte sich, hob etwas auf, musterte es neugierig und schob es in die Tasche.

Alexander packte ihn am Arm und zog ihn mit, immer weiter, wollte nur weg von dem Toten und den trügerischen Geräuschen. Weg von dem mondlichtgetränkten Moor, raus aus diesem Alptraum. Doch dann sah er etwas und blieb noch einmal stehen, ließ seinen Blick schweifen, brauchte Gewissheit. Tatsächlich, ein gutes Stück von ihnen entfernt trieb ein Bündel im Wasser. Seine Oberfläche glänzte silbrig nass im Mondschein wie der Rücken eines großen Fisches. Erst vor wenigen Stunden war er an dieser Stelle vorbeigekommen. Da hatte es noch nicht dort gelegen.

Das Bündel sah wirklich wie ein Mensch aus.

Das Moor hatte eine Leiche freigegeben.

Alexander begann hilflos zu zittern. Die Kleider klebten an seinen Gliedern wie eine nasse Fischhaut, er hatte die letzten Stunden im Kampf mit Wesen verbracht, die es gar nicht gab, und wäre um ein Haar ertrunken. Er hatte Wahnvorstellungen. Sein überreiztes Hirn malte Schreckensbilder. Er konnte nicht mehr.

Vor ihm lag eine Moorleiche.

Die Moorleiche trug eine helle Hose. Am Horizont seiner Gedanken tauchte eine Erinnerung auf. Phoenix, das Jamboree und Jan, seine kalten Augen und aalglatten Worte.

Hinter sich hörte er ein verstohlenes Geräusch.

Alexander vergaß die Leiche und fuhr herum.

Das Kind – *oder was auch immer* – war ihm nachgegangen. Jetzt stand es mitten auf dem Weg und sah Alexander an. *Kindlich, fragend, hilfsbedürftig.* Dieser Anblick brachte ihn in die Wirklichkeit zurück. Sein Realitätssinn hatte in den letzten Stunden schwer gelitten. Kein Wunder, dass er Wahnvorstellungen hatte. Er warf noch einen letzten Blick auf das Wasser. Das Bündel war verschwunden. *Na bitte.* Irrlichter hatten ihn genarrt. Das war ein bekanntes Naturphänomen im Moor. Und nichts anderes.

Alexander fuhr sich mit der Hand über die Augen. Das Überlebensprogramm, jahrelang auf gefahrvollen Reisen entwickelt, griff. Sein Verstand setzte wieder ein. Was immer in den letzten Stunden passiert war – jetzt galt es erst einmal, lebend aus diesem elenden Sumpf herauszukommen.

Ein Vogelschrei durchschnitt die Stille.

Irritiert sah sich Alexander um. Auf dem obersten Ast eines Baumskeletts hockte ein mächtiger schwarzer Vogel. Helle Augen starrten ihn über einen gekrümmten Schnabel an.

Alexander packte den Kleinen an der Hand. »Komm«, sagte er. »Hier ist kein Ort für Kinder.« Sie mussten die Fabelwesen und die Toten der letzten Stunden für alle Zeiten hinter sich lassen.

Der Vogel breitete seine Schwingen aus, erhob sich in die Luft und strich über das spiegelnde Wasser davon.

Es war ein Seeadler.

Alexander schenkte der Moorlandschaft keinen einzigen Blick mehr, sondern ging zügig weiter. Nach wenigen Metern nahm er das Kind auf den Arm und beschleunigte seine Schritte noch einmal. Das letzte Stück des Weges rannte er – als säße ihm der Teufel im Nacken.

43

Die Frau war weg.

Als Alexander mit dem Jungen zu der Stelle kam, an der er die verwirrte Wanderin zurückgelassen hatte, konnte er sie nicht entdecken. Im ersten Augenblick fragte er sich, ob er den richtigen Platz gefunden hatte. Dann dachte er an die Hominiden, die jetzt frei herumstreiften, und Panik überfiel ihn. Hektisch sah er sich um, auf der Suche nach Spuren, die ihm Aufschluss über das Schicksal der Frau geben konnten. Fast rechnete er damit, Blutspuren, Kleiderfetzen oder Schlimmeres zu finden.

Am Stamm eines Baumes lag ein dunkler Klumpen.

Alexanders Herz machte einen Satz. *Bitte nicht.* Er zwang sich, hinüberzugehen und das weiche Bündel in Augenschein zu nehmen. Es war seine Lederjacke. Sorgfältig zusammengefaltet. Die Frau hatte nicht auf seine Rückkehr gewartet, nur die Jacke für ihn zurückgelassen. Eine Welle der Erleichterung durchlief ihn, die die Sorge und das schlechte Gewissen, das ihn in den letzten Minuten belastet hatte, davonschwemmte. Nun fiel ihm auch der Name der Frau wieder ein. Miriam Kern. Er beschloss, ihre Adresse zu recherchieren. Nur um sicherzugehen. Aber jetzt hatte er Wichtigeres zu tun.

Sie erreichten den Parkplatz ohne weitere Zwischenfälle. Der alte Volvo war nicht mehr da. Doch als Alexander das Kind auf den Rücksitz des Land Cruiser setzte, fiel ihm ein Auto auf, das bei seiner Ankunft noch nicht dort gestanden hatte. Ein Stück weit von dem Volvo entfernt parkte ein schwarzer Audi A8 mit verdunkelten Scheiben. Der Fahrer war nirgends zu sehen.

Kurz regte sich wieder eine Erinnerung in ihm.

Dieser Wagen war ihm schon einmal begegnet. Aber er

wusste nicht mehr, wo das gewesen war. In den letzten Stunden war zu viel passiert. Die neuen Eindrücke überlagerten die alten in seinem Gehirn.

Er fuhr zügig nach Dahlem, die Heizung voll aufgedreht. Mit der Lederjacke hatte er das Kind zugedeckt. Hin und wieder warf er einen Blick in den Rückspiegel. Der Kleine rührte sich während der ganzen Fahrt nicht, sondern starrte nur stumm vor sich hin. Er wirkte schreckensstarr. Das Motorengeräusch und die Lichter der Großstadt schienen ihn einzuschüchtern.

Als sie auf das Phoenix-Gelände zufuhren, bemerkte Alexander erstaunt, dass das Einfahrtstor offen stand. Das Pförtnerhaus war unbesetzt. Und auch mit der Beleuchtung stimmte etwas nicht. Nur ein einziger Scheinwerfer brannte.

»Was ist da los?«, fragte Alexander. »Was meinst du?«

Das Kind gab keine Antwort.

Er stellte den Land Cruiser direkt vor dem Haupthaus ab.

Mit dem Kind an der Hand betrat er die Halle. Niemand war zu sehen. Die langen Tische waren übersät mit schmutzigem Geschirr, halb vollen Gläsern und zerknüllten Papierservietten. Die Luftballons waren erschlafft. Auf dem Boden lag eine zerbrochene Flasche. Jemand hatte sich an den Scherben geschnitten, eine rote Spur zur Eingangstür und einen blutigen Handabdruck auf der Scheibe hinterlassen.

Nur das Büfett machte einen aufgeräumten Eindruck, war mit einer makellos gestärkten Tischdecke versehen, deren Bügelkanten steif wie Messerrücken hochstanden. Lasses Team hatte die Platten und Warmhaltewannen abgeräumt. Die Gäste waren gegangen. Das Fest war vorbei.

»Los«, sagte Alexander, »wir suchen Max.«

Das Kind machte sich stocksteif. Seine bernsteinfarbenen Augen begannen zu flackern. Plötzlich zerrte es an Alexanders Hand, wollte sich losreißen. Der Mut, den es in den letzten Stunden im Moor bewiesen hatte, war verschwunden.

»Dir passiert nichts«, sagte Alexander.

Der Kleine stieß unartikulierte Laute aus, sah sich panisch um, als suchte er einen Fluchtweg.

Alexander blickte die Stahltreppe hinauf, die wie eine Himmelsleiter emporstrebte. *Max?* Irgendetwas sagte ihm, dass Max nicht da war. Dass das Kind und er die einzigen Menschen im Gebäude von Phoenix, ja auf dem ganzen Gelände waren.

Das Kind zappelte wie ein Fisch, zog an seiner Hand.

»Bitte, komm jetzt!«

Das Kind riss sich los, rannte zwischen den Tischen herum, warf Bänke um. Plötzlich erstarrte es, wandte dabei Alexander den Rücken zu. Die Zielscheibe leuchtete auf dem grünen Overall. Gebannt starrte es zum Eingang.

Vor der großen Glasfront stand Max.

Er trug einen Anzug und darüber einen offenen blauen Kaschmirmantel und kam offenbar von einem Geschäftstermin zurück. Sein Gesicht war blass, erschöpft. Breitbeinig, die Hände in den Manteltaschen, stand er da, als wollte er den Ausgang versperren. Entgeistert starrte er das Kind an.

»Hi, Alex«, sagte Max. »Ich war gerade beim Pförtnerhaus. Hermann ist tot. Jemand hat ihn erschossen.« Sein Blick glitt von dem Kind zu Alexander. »Darf ich wissen, was hier vorgeht? Was macht *Lazarus* hier?« Jetzt klang seine Stimme mühsam beherrscht.

»Er lebt noch«, sagte Alexander. »Wundert dich das?«

»Wie hast du ihn aus dem Moor rausgekriegt?«

»Ich habe ihn getragen.«

»Bist du wahnsinnig?« Max schien fassungslos. »Was fällt dir ein? Wo sind die anderen?«

Alexander überlegte blitzschnell. »Immer noch im Moor.«

»Wo ist Faber?«

Alexander dachte an den Indianer, bat ihn um seine Kraft. »Wieso Faber?« Er spürte, wie sich eine kleine Hand in seine schob. Das Kind war lautlos herangekommen.

Max atmete tief ein, entschloss sich wohl, das Spiel mitzuspielen. »Willkommen an Bord, H(X)«, sagte er und setzte an Alexander gewandt hinzu: »Das Ding muss sofort ins Labor.«

Das Ding.

Alexander sah auf das Kind hinunter.

Es war kein Ding, sondern ein Mensch. *Ja, aber was für eine Art Mensch?* Doch selbst wenn dieses Kind von einem anderen Stern gefallen wäre, hätte das für ihn nichts geändert. Er umschloss die kleine Hand fest mit seinen Fingern.

»Alex, glaub mir, es ist besser für uns alle.«

»Dieses Kind bleibt hier.«

»Dann nimm zur Kenntnis«, sagte Max, »dass H(X) eine Entwicklung aus unserem Labor ist. Wir halten das Patent auf seinen Gencode. Er ist Eigentum von Phoenix.«

Die Hominiden haben eine völlig neue DNA, die aus verschiedenen Bruchstücken besteht. Aber das Kind ist ein genetisch identisches Individuum.

»Der Kleine ist genetisch identisch mit einem Steinzeitmenschen. Auf seinen Gencode haben höchstens die Natur oder der liebe Gott ein Patent. Nicht du oder Phoenix.«

»Der Versuch wurde abgebrochen«, sagte Max entschieden. »Wir fangen noch mal von vorn an. Es war ein Fehler, die Entwicklung ganz allein Ben zu überlassen. Und sogar der hat seinen Irrtum erkannt. Anscheinend wollte der Wahnsinnige in die Station laufen und das kleine Monster da abstechen.« Max schüttelte den Kopf bei dem Gedanken an Miskins Naivität. »Hat ihn das Leben gekostet. Also, gib ihn mir.«

Ihr habt Ben krepieren lassen wie einen Hund. »Nein.«

Max seufzte. »Alex«, sagte er. »Sei doch vernünftig. In ein paar Wochen beginnt der nächste Sprint. Ich werde die Erschaffung einer neuen Hominiden-Generation als Ziel formulieren. In Berlin oder woanders.« Er sah Alexander scharf an. »Aber H(X) muss weg.«

»Bin ich noch an Bord?«

»Du willst doch nicht etwa aussteigen?« Max wirkte ehrlich erstaunt. »Ich habe große Pläne mit dir. Du musst die Neuentwicklung der optimierten Hominiden Schritt für Schritt begleiten und dokumentieren. So ein Alleingang wie der von Ben darf einfach nicht mehr passieren. Du bist der Beste, und Phoenix –«

»… arbeitet nur mit den Besten, ich weiß«, sagte Alexander. »Es betrifft mein Honorar.«

Max' Augen verengten sich. »Hier geht es um eine *Vision*«, sagte er. »Um die Zukunft unseres Planeten. Geld ist unwichtig.«

»Ich will überhaupt kein Geld.«

Ein Lächeln huschte über Max' Gesicht. »Das ist der echte Geist von Palo Alto! Ich wusste immer, dass Faber sich in dir getäuscht hat. *Willkommen zurück bei Phoenix!*«

»Ich will das … *Ding*.«

»Wie, das Ding?«

»Ich gehe jetzt hier raus und nehme das Kind mit, und du wirst mich nicht daran hindern oder mich verfolgen.«

Max starrte ihn an. »Spinnst du?«, fragte er entsetzt. »Hey, das ist eine Laborzucht. Kein Mensch weiß, was für Erfahrungen in seinen Genen gespeichert sind. Schon mal was von Epigenetik gehört?«

»Nein«, sagte Alexander. »Du weißt, dass ich in Biologie ein Greenhorn bin. Deswegen hast du mich doch an Bord geholt. Mein letztes Angebot: Du überlässt mir das Kind, oder Phoenix ist der nächste Aufmacher beim MAGAZIN. Es wird eine richtige Enthüllungsstory. *Lazarus* oder *Der Phoenix-Code*. Wie gefällt dir der Titel?«

Max sah aus, als läge ihm eine scharfe Erwiderung auf der Zunge, aber dann verdrehte er nur die Augen. »Du bist ein idealistischer Träumer«, sagte er. »Du tust mir leid, mein Freund.«

Mein Freund. »Also, abgemacht?«

»Nein, das kann ich nicht«, sagte Max. »Es wäre verantwortungslos. Alex, das Ding da ist gefährlich! Man braucht einen Elektroschocker, um es in Schach zu halten.«

Alexander hatte die Angst der Hominiden gespürt. *Ein Elektroschocker.* Das war es also gewesen, was sie von ihm weggehalten hatte. »Hast du das Blutbad im Moor angeordnet?«

Wortlos ließ Max seinen Blick über ihn wandern. »Du verstehst das nicht«, sagte er endlich. »Pass auf: Wir bringen dieses Exemplar jetzt auf unsere Tierversuchsstation und geben ihm was zu fressen. Und morgen suchen wir gemeinsam eine Lösung.« Seine Stimme klang begütigend – und beinahe aufrichtig.

Aber Alexander entging der hinterhältige Unterton nicht. Er war überzeugt davon, dass er das Kind am Morgen nicht mehr vorfinden würde. Phoenix hätte es längst beseitigt. *Euthanasiert.* Wie Yues geklonte Affenbabys. Dann hätte Alexander keinen Beweis mehr. Noch konnte er die Story dem MAGAZIN anbieten. Die ganze Sache publik machen. Er hatte Heckenbuschs fassungslose Miene bildlich vor sich. *Auferstehung eines Steinzeitmenschen, Lindahl? Wo sind deine Beweise?* Es würde keine mehr geben.

Später, wenn Gras über die Sache gewachsen war, würde Phoenix einfach ein neues genetisch identisches Individuum produzieren. Oder zwei oder drei oder mehr. Er würde nichts dagegen unternehmen können. Wenn sie einen Zeugen wie ihn überhaupt am Leben ließen. Was er für äußerst unwahrscheinlich hielt.

Max machte einen Schritt nach vorn, streckte dem Kind die Hand entgegen. »Na komm«, sagte er freundlich zu dem Kleinen. »Ich zeig dir mal unsere Hunde.«

Das Kind rührte sich nicht.

Mit ausgestreckter Hand ging Max weiter auf es zu.

Das Kind machte keine Anstalten, zu fliehen. Es duckte sich wie zum Sprung. Seine Augen funkelten, wachsam, berechnend, wie in einem kalten Jagdfieber.

»Max«, sagte Alexander, wollte ihn aufhalten, warnen.

Max hörte nicht, schlich weiter.

Plötzlich stürzte das Kind nach vorn, schlug seine Zähne blitzschnell in Max' rechte Hand, wirbelte herum und lief auf die Treppe zu.

Alexander stürzte hinter dem Kind her, packte es und schwang es auf seinen Arm, hielt es fest. »Spinnst du?«

Max schrie wie am Spieß. »Die Kreatur hat mich gebissen«, brüllte er, hielt sich die verletzte Hand. *»Wieso lebt dieses Ungeheuer überhaupt noch?«*

Der Junge begann, mit Armen und Beinen um sich zu schlagen, wollte hinuntergelassen werden, sich aus Alexanders Griff befreien. Es war stark, sehr stark. Viel zu stark für sein Alter. Alexander bot alle Kräfte auf, gab nicht nach.

»Hör auf«, sagte er scharf.

Der kleine Körper wurde vor Ablehnung ganz steif. Der Blick der hellen Augen, *Raubtieraugen*, wanderte über Alexanders Gesicht. Wachsam, abschätzend. Der Kopf des Kindes ruckte nach vorn. Ein scharfer Schmerz fuhr durch Alexanders Hals.

Es hat mich gebissen.

Der Angriff kam so überraschend, dass er den Jungen vor Schreck fallen ließ. Der Kleine rappelte sich sofort auf und rannte flink wie ein Wiesel die Treppe hoch. Im nächsten Augenblick war er auf der Galerie verschwunden.

Alexander fasste sich an den Hals.

Die Wunde bestand aus einem Kranz winziger Einstiche. Blut sickerte über seine Finger. Er konnte fühlen, wie das Gewebe heiß wurde und anschwoll. Die Wundränder schmerzten bei der leisesten Berührung. *Es hätte mir die Kehle durchbeißen können.* Genau wie die Hominiden war es stark, entschlossen und instinktgesteuert. Und er hatte sie auf die Menschheit losgelassen, aus Mitleid, aus Unverständnis. Der Gedanke ließ ihn frieren. Aber Max war der Verantwortliche dieser unheiligen Schöpfungsgeschichte.

»Max?« Benommen drehte sich Alexander um.

Max saß mit geschlossenen Augen auf dem Boden, den Rücken gegen die kalte Glasfront gelehnt, den Kopf in den Nacken gelegt. Seine rechte Hand lag auf seinen Knien. Sie war so geschwollen, dass die Haut spannte, als wollte sie gleich aufplatzen. Und sie war bläulich rot verfärbt. Die Farbe erschreckte Alexander.

Er hat einen Schock.

Irgendetwas musste im Speichel des Kindes sein, was bei Max eine allergische Reaktion hervorrief und bei ihm nicht. Konnte das sein? Möglicherweise hatte dieses Geschöpf weniger mit dem modernen Menschen gemein, als er dachte. *Was ist es dann? Ein Fabelwesen – Zwerg, Gnom, Troll?* Vielleicht hatten solche Wesen einst die Erde bevölkert und lebten deshalb noch immer in Sagen. Dann war dieses Geschöpf schon vor fünftausend Jahren ein genetischer Rückfall gewesen, und das Eis hatte etwas noch viel Älteres konserviert als einen Steinzeitjungen.

Normalerweise hätte er diesen Gedanken sofort verworfen. Doch die Ereignisse der letzten Wochen hatten seine Vorstellung von der Wirklichkeit zerstört. Alles, was Alexander seit seiner Ankunft bei Phoenix erlebt hatte, konnte irgendwie nicht sein. Während in den Laboren für eine bessere Zukunft der Menschheit geforscht wurde, lebten in der Schattenwelt des Moores Affe-Mensch-Hybride. Jetzt war die Hälfte von ihnen tot. Die Hominiden waren künstliche Kreaturen, aber so verwundbar wie alle Lebewesen. *Und das Kind?* Erstaunt stellte Alexander fest, dass Lazarus, dem wiederauferstandenen Steinzeitkind, nichts etwas anzuhaben schien. Jeden, der ihm zu nahe gekommen war, hatte sein Schicksal ereilt. Ben Miskin, Tom, Faber und seine Männer.

Alexander fuhr sich mit der Hand über das Gesicht, versuchte, seine Gedanken zu ordnen. Ihm war nichts passiert. Aber er war auch zur Rettung des Kindes in die Station geeilt, hatte seine Feinde ausgeschaltet und es aus dem Moor geführt.

Das stimmt nicht, du Idiot.

Das Kind hatte den Weg gekannt, sich sicher über die trügerischen Grasbüschel bewegt, weg von den gefährlichen Hominiden, weg von seinen Verfolgern.

Es hat mir das Leben gerettet.

Wer oder was hatte die Herrschaft über die letzten Stunden gehabt? Auf einmal begann sein leerer Magen zu schlingern, krampfte sich zusammen. Alexander spürte, wie ihm der Schweiß ausbrach.

Max stöhnte, ließ sich mit dem Rücken an der Glaswand zu Boden gleiten, warf sich hin und her.

Das Kind war verschwunden.

44

Flucht, Flucht, Flucht.

Er läuft, rennt, stolpert. Noch nie ist er dem Himmel so nah gewesen. Das große Haus hat eine Wand aus Luft. Dahinter liegen graue Steinberge. Auf manchen brennt Feuer. Vorsichtig schleicht er einen schmalen Steg entlang. Zu seiner Linken geht es steil hinab. Ein falscher Tritt, und er stürzt in den Abgrund. Nicht der Versuchung nachgeben. Nicht hinabsehen. Er sieht zum Himmel hinauf. Über ihm flattern lange bunte Wolken.

Weiter, weiter, weiter.

Der Steg ist zu Ende. Da ist eine Tür, so eine kennt er. Er drückt auf den eisernen Riegel. Die Tür geht auf.

Tiere, viele tote Tiere.

Er geht an den Gerippen vorbei. Die Langnasen haben ein riesiges Tier getötet. Aus seinem Schädel wachsen gebogene Zähne. Die Jagd war bestimmt gefährlich. Langnasen sind doch nicht feige. Er geht weiter, legt den Kopf in den Nacken, sieht zum Himmel empor. Über ihm kreist ein Knochenvogel. Er sperrt seinen langen Schnabel auf, zeigt seine Zähne, will mit ausgestreckten Krallen nach ihm greifen.

Der Adler kommt, versteck dich.

Der Vogel sieht ihn nicht mit seinen leeren Augen.

Da – er bleibt wie angewurzelt stehen. Die Köpfe der Brüder. Die Langnasen haben sie getötet und ihnen die Köpfe abgeschnitten. So wie die Brüder es mit den Langnasen immer tun. Sein Herz beginnt zu klopfen wie das eines Hasen in der Falle. Er läuft zu den Brüdern, bleibt vor ihren Gesichtern stehen. Im Tod sehen sie ein wenig anders aus. Aber einen von ihnen erkennt er wieder.

Starker Bruder.

Wo ist Schneller Bruder?

Schneller Bruder schläft im Moor.

Eine Schlange legt sich um seinen Hals, zieht sich zusammen. Seine Augen brennen wie im Feuerrauch. Er streckt die Hand aus, fasst um die Schläfe, will ihn streicheln. Das Gesicht ist kalt und hart. Erschrocken zieht er die Hand zurück, reißt den Kopf mit. Er stürzt zu Boden, zerspringt in kleine Stücke.

Flucht, Flucht, Flucht.

Er fährt zurück, stolpert. Etwas fällt aus seiner Tasche. Es ist der Stab seines Verfolgers, der, den er im Schlamm aufgehoben hat. *Feuer.* Der Mann hat damit Feuer gemacht. Die falschen Köpfe der Brüder sind vergessen. Er nimmt den Stab und drückt auf das eine Ende. So, wie der Mann es auch gemacht hat. Eine Flamme schießt empor, tanzt fröhlich auf seiner Hand, verbrennt ihn nicht. Er lacht. Die Flamme ist warm und hell wie die Sonne.

Feuer, Feuer, Feuer.

Mit der Flamme in der Hand geht er herum. *Holz für das Feuer.* Er muss sie füttern, sonst stirbt sie. Das große Knochentier mit den langen Zähnen grinst ihn an. Schnell läuft er hinüber. Die Flamme tanzt auf seiner Hand. Er hält sie an den mächtigen Schädel. Es knistert und zischt. Dünne Rauchschlangen winden sich in die leeren Augenhöhlen. Auf einmal ein Knall. Er fährt zurück. Im Schädel ist jetzt Licht, rot, gelb, weiß. Flammen schlagen aus den Knochenplatten, befreien sich, rasen den Rücken des Knochentiers entlang, tänzeln über seinen Rippen, fallen zu Boden, ziehen eine leuchtende Spur, springen die kalten Köpfe an, kriechen die Wände hinauf.

Feuer, Feuer, Feuer.

Da ist er wieder, sein Alptraum. *Brennende Hütten, brüllendes Vieh, sterbende Menschen.* Es ist so heiß, er fängt an zu schreien.

Flucht, Flucht, Flucht.

Der Rauch beißt in seinen Augen. Er dreht sich um und

rennt auf den schmalen Steg hinaus. Die bunten Wolken am Holzhimmel flattern und knattern. Sie wissen von dem Feuer, haben Angst, wollen sich losreißen.

Weiter, weiter, weiter.

Er schleicht in den Abgrund zurück. Duckt sich, hält inne, lauscht. Das haben ihm die Brüder beigebracht.

Leise, leise, leise.

Er huscht hinunter, ist so schnell wie ein Wiesel. Das Feuer wird ihn nicht einholen. Auch diesmal nicht. Schnell verschwindet er hinter der nächsten Tür. Stutzt. An der Wand hängt das Dorf der Brüder. *Später.* Er hat keine Zeit. Das Feuer hat ihm Angst gemacht. Noch eine Tür. Dahinter ist es kalt, leer, feindlich.

Flucht, Flucht, Flucht.

Ein kleines Haus, grau und glänzend wie das Wasser im Moor vor einem Gewitter. Er friert, ist ganz allein. Wo sind die Brüder? Er will weinen, weiß, dass er sie nie wiedersehen wird. Nun haben sie Adlerschwingen, fliegen durch die Lüfte, beschützen ihn für alle Zeiten. Er will weg aus dieser Kälte, doch etwas befiehlt ihm, weiterzugehen. Über dem grauen Haus liegt ein Zauber, der ihn zu sich ruft.

Komm, komm, komm.

Schnell macht er das Zeichen gegen den bösen Blick. Aber der Ruf verstummt nicht.

Weiter, weiter, weiter.

Schritt für Schritt nähert er sich dem Haus. Es hat ein Fenster, und in seinem Inneren brennt Licht. Genau wie bei den Häusern der Brüder. Es ist ein warmer, vertrauter Anblick. Er hüpft auf das Haus zu, stellt sich auf die Zehenspitzen, späht neugierig hinein.

In dem Haus liegt ein totes Kind!

Flucht, Flucht, Flucht, Flucht, Flucht.

Das Kind ist so groß wie er selbst, aber es ist braun und knochig. Jemand hat seinen Mund zerschlagen, er kann kleine Zähne blecken sehen. Die Augen sind eingetrocknet wie das Sumpfgras im Herbst und von derselben Farbe. Seine Beine sind zerschrammt und blutig.

Lauf, lauf weg! Zum Sonnenuntergang!

Ein Arm ist unnatürlich nach oben gebogen, auf der Stirn des Kindes gähnt ein Loch. Blut läuft aus einem Ohr.

Zwei Männer in Fellkleidung steigen den Hang herauf.

Da vorn ist er!

Der Schmerz fährt ihm den Arm hinauf, sticht seine Speerspitze in seinen Kopf. Er stürzt zu Boden, beißt sich vor Angst und Grauen auf die Lippe. Warmes salziges Blut füllt seinen Mund, rinnt seine Kehle hinab. Er kann dem Tod nicht entfliehen. Den ganzen Tag ist er ihm schon auf den Fersen. Gleich wird er seinen dunklen Mantel über ihn breiten. Er kann ein Rascheln hören. Es ist Schneller Bruder auf seinen Adlerschwingen. Er ist gekommen, um ihn zu holen.

Er krümmt sich auf dem Boden, rollt sich ein wie eine kleine Haselmaus in ihrem Kobel, schließt erschöpft die Augen. Kälte kriecht in seinen Körper. Eine Stimme ruft aus der Ferne. Es ist die Langnase. Sie sucht ihn, will ihn retten, aber er kann nicht mehr antworten.

Das Rauschen der Adlerschwingen wird lauter.

Die Welt versinkt in Finsternis.

45

Max hatte sich auf den Rücken gedreht, hielt die Augen geschlossen und atmete schwer.

Alexander kniete sich neben ihn auf den Boden und schob den Ärmel seines Mantels hoch. Eine dünne rote Linie lief bereits über das Handgelenk. *Blutvergiftung.* Es war nur eine Frage der Zeit, bis die Bakterien über die Blutbahn ihren Weg zum Herzen gefunden hatten. Aber es ging schnell, zu schnell. Alexander wusste, dass die Symptome einer Sepsis nicht vor Ablauf eines Tages auftraten. Der Keim war hoch aggressiv. Irgendwo hatte er gelesen, dass das durch die Erderwärmung abschmelzende Eis Krankheiten freigab, gegen die es keine wirksame Therapie gab. War das Kind ein Überträger? Nein, er selbst hatte keine Symptome. Max musste allergisch sein.

Alexander fluchte, fischte sein Handy aus der Hosentasche. Hastig drückte er auf die Einschalttaste. Nichts geschah. Das Display blieb dunkel. Das saure Moorwasser hatte den Apparat zerstört. Frustriert schleuderte Alexander das nutzlose Telefon durch die Halle.

Max stöhnte, drehte den Kopf hin und her.

Alexander beugte sich zu ihm hinunter, legte eine Hand auf seine Schulter. »Kannst du mich hören?«, fragte er eindringlich. »Gleich kommt ein Arzt, und dann wird alles gut.« Es waren nahezu die gleichen Worte, die er vor ein paar Tagen zu Ben Miskin gesagt hatte. Und auch diesmal wusste er, dass nichts jemals wieder gut werden würde.

Max reagierte nicht. Hatte er das Bewusstsein verloren?

Verzweifelt sah Alexander sich um. Er musste Hilfe holen. Wo steckte das verdammte Kind? Und wonach, zum Teufel, roch es hier? Auf einmal hatte er das Gefühl, als läge Rauchgeruch in der Luft. Er hob den Kopf. Unter der Decke hing dichter Qualm, verbarg die bunten Fahnen vor seinen Blicken. Über die Treppe krochen Rauchschlangen, wanden sich um das Geländer, gleich hatten sie den Hallenboden erreicht.

Alexander sprang auf. »Max, es brennt!«

Wo ist das Kind?

Das Heulen einer Sirene setzte ein, erfüllte das Gebäude, zerriss sein Gehör – Feueralarm.

Das Kind, das Kind, das Kind.

Alexander stürmte zur Treppe, wollte hinauflaufen. Aber der schwarze Qualm war schon zu dicht, nahm ihm die Sicht und den Atem. Von oben sprühte Wasser auf ihn herab, lief über sein Gesicht, brannte in seinen Augen. Er kniff die Lider zusammen, taumelte die Stufen rückwärts hinunter.

Max stöhnte. »Alex …?«

Das Kind war irgendwo da oben auf der Galerie.

»Hilf mir, Alex!«

Das Kind war verloren. Er konnte nichts mehr für den Kleinen tun, hatte umsonst im Moor um sein Leben gekämpft, einen Menschen getötet. Bei dem Gedanken spürte er einen fast körperlichen Schmerz.

Zu spät, zu spät, zu spät.

»Alex!« Max schrie wie am Spieß. »Ich verbrenne!«

Alexander riss sich los, rannte zu Max hinüber. Er schob die Arme unter seine Achseln und verschränkte die Finger vor der Brust. Mit dem Rücken stemmte er sich gegen die gläserne Eingangstür, drückte sie auf, zerrte Max Schritt für Schritt ins Freie.

Erst draußen sah er, wie stark das Feuer bereits wütete.

Die Welt war in Rot und Orange getaucht, der Asphalt schien zu glühen, und vom Himmel ging ein Funkenregen nieder. Irgendwo heulten Feuerwehrsirenen, wurden lauter, kamen näher. Der gewaltige Feuerschein musste in ganz Berlin zu sehen sein.

Max war bewusstlos geworden. Alexander schleppte ihn

auf die Wiese vor dem künstlichen See und legte ihn auf das gefrorene Gras. Sein Gesicht war in rotes Licht getaucht. Als seine Wange den eisigen Boden berührte, öffnete Max die Augen für den Bruchteil einer Sekunde, dann sank sein Kopf zur Seite, und seine Miene wurde ausdruckslos.

»Nicht einschlafen, Max«, sagte Alexander beschwörend. »Hörst du? Der Notarzt ist jede Minute hier.«

Max reagierte nicht, sein Atem ging stoßweise.

Eine Welle von Explosionen erschütterte das Haupthaus, Glasscherben prasselten auf den Vorplatz. Das Feuer hatte die Eingangshalle erreicht, die Glasfront war ein glühendes Rechteck in der Dunkelheit. Eine schwarze Gestalt stand davor, hielt die Hände an die Schläfen gepresst. Es war eine Frau. Sie schwankte hin und her, torkelte die Stufen hinab. Auf dem Vorplatz blieb sie stehen, drehte sich um und blickte zum brennenden Dachfirst hinauf.

»Yue!«, rief Alexander.

Yue wandte den Kopf, hatte ihn gehört. Jetzt machte sie ein paar humpelnde Schritte auf ihn zu. Dann blieb sie stehen. Sie strich sich eine Haarsträhne aus dem Gesicht.

»Hierher, Yue!«, schrie Alexander. »Zum Wasser!«

Yue sah zu ihm herüber, rührte sich nicht. Ihre Miene war nicht zu erkennen. Mit dem Feuer im Rücken war sie nur ein schwarzer Schattenriss. Da drehte sie sich um und ging zielsicher wieder auf den Eingang zu. Inzwischen stand das Haupthaus in vollem Brand. Dort, wo einst das Future Office gewesen war, schlugen Flammen aus dem Dach.

Alexander ließ Max los und rannte auf den Vorplatz. »Yue!«, brüllte er. »Nein, nicht!«

Yue drehte sich kurz um und beschleunigte dann ihre Schritte, als wollte sie vor ihm flüchten. Im nächsten Augenblick war sie in der Halle verschwunden.

»Yue!« Alexander hatte schon fast die Eingangsstufen erreicht, als eine Reihe von Explosionen die Halle erschütterte. Etwas krachte zu Boden, und Alexander sah, dass die

Treppe eingestürzt war. Für einen Moment hing ein Vorhang aus glühenden Metallsplittern in der Luft. Funken regneten auf den Vorplatz. Die Hitze versengte fast sein Gesicht. Er taumelte zurück, Tränen brannten in seinen Augen. Was tat diese Irre?

»Yue – nein!«

Ein Blitz tauchte das Haupthaus in taghelles Licht. Das Dach war ein einziges Flammenmeer. Die hohe Glasfassade erstrahlte wie eine Feuersäule, glühende Regenrinnen wanden sich wie Fabelschlangen. Für einen Augenblick meinte Alexander, eine kleine Gestalt auf der oberen Galerie zu sehen. Die Hand auf den Mund gepresst, taumelte sie vorwärts.

Yue – sie will zum Future Office.

Aber das Future Office gab es nicht mehr.

Da erschütterte ein mächtiger Donner den Vorplatz, und das Dach des Haupthauses sank in sich zusammen.

Alexander stand wie versteinert.

Tot, tot, tot.

Große Scheinwerfer erhellten das offene Einfahrtstor. Im nächsten Augenblick rasten vier Feuerwehrzüge auf den Vorplatz. Uniformierte sprangen auf den Asphalt, Türen und Klappen wurden geöffnet, Schläuche entrollt. Männer rannten in alle Richtungen. Zwei kamen auf Alexander zu.

»Ist noch jemand drin?«, brüllte ein Mann in Helm und schwerem Schutzanzug.

Alexander schüttelte den Kopf. Das ganze Gebäude stand in Flammen. Yue war tot, das Feuer verzehrte ihren Körper. Er dachte daran wie an ein Faktum, das er recherchiert hatte. *Großfeuer in Dahlem, eine Frau vermisst.* In den letzten Minuten hatte sich sein Verstand von seinem Gefühl abgekoppelt. Er hatte die Grenze erreicht, die sein Geist oder der menschliche Geist überhaupt ertragen konnte. Der Gedanke, dass er getötet und sein eigenes Leben riskiert hatte, nur um das gerettete Kind in einem brennenden Gebäude zu verlieren, entbehrte nicht einer gewissen Ironie. Es war der grausame Scherz eines Gottes, an den er nicht glaubte. Alexander spürte, wie ein Lachen seine Kehle hinaufstieg, begriff es als erstes Zeichen eines Zusammenbruchs. Er ballte die Fäuste, starrte in die Flammen, spürte, wie die Hitze seine Netzhaut verbrannte. Dann merkte er, dass das Brennen in seinen Augen nicht von den Flammen und dem Rauch kam, und er ließ seinen Tränen freien Lauf.

Das Kind, das Kind, das Kind.

»Was ist?«, brüllte der Feuerwehrmann.

»Nein«, flüsterte Alexander. »Da drinnen ist niemand mehr.« Ein leises Stöhnen drang an sein Ohr. »Aber dort drüben liegt jemand.« Niemand hörte ihm zu.

Die Feuerwehrmänner richteten dicke Wasserschläuche auf die brennende Fassade. Qualm stieg zum Nachthimmel empor. Auf dem Vorplatz breiteten sich Wasserlachen aus, in denen sich Flammen spiegelten. Als wäre das Phoenix Research Center von einem schwarzen See umgeben.

Der goldene Phoenix versinkt in der Asche.

Ein Feuerwehrmann rannte an Alexander vorbei und weiter zum See, hatte wohl Max entdeckt, brüllte in sein Funkgerät.

Alexander drehte sich um, wandte dem Flammeninferno den Rücken zu und stolperte blicklos durch den Park. Immer wieder musste er über glühende Trümmer steigen, die den Weg zum Gästehaus verlegten. Die Gerippe der Bäume waren schwarze Schattenrisse vor einem glühenden Horizont. Dann lag das Gästehaus verlassen vor ihm. Alle Fenster waren dunkel, die jungen Leute hatten den Phoenix-Campus verlassen. Ende dieser Sprintphase und aller weiteren.

Wie in Trance stieg er die Holztreppe hinauf.

Die Tür war nicht verschlossen, und nur im Gang brannten die Lampen. Der lange Läufer schimmerte so dunkelrot, als wäre er mit Blut getränkt. Von den Wänden starrten die Masken mit leeren Augen auf Alexander herab. Ihre breiten Münder grinsten und lachten ihn aus. Er war ein Versager, und sie wussten es. Alexander schleppte sich den Gang entlang, betrat sein Zimmer und knipste das Licht an.

Das leere Feuerloch des Kamins gähnte ihn an, und in der Luft hing der Geruch nach Pfefferminztee. War es erst einen Tag her, dass er sein Frühstückstablett bei Lasse abgeholt hatte? Er ließ den Blick durch das Zimmer schweifen, zum allerletzten Mal. Ein Stapel Bücher auf dem Nachttisch neben dem zerwühlten Bett. In wie vielen Nächten hatte er sich schlaflos darin gewälzt? Sein Norwegerpullover lag auf dem Sofa. Er hatte sich nicht getraut, ihn zum Jamboree anzuziehen. Aus Angst vor Fragen. Seine Vorsicht war umsonst gewesen. Auf dem Schreibtisch stand sein aufgeklapptes Notebook neben dem verräterischen Telefonapparat. Seine schwarzen Moleskine-Notizbücher mit den falschen Aufzeichnungen. Die Thermoskanne und ein halb volles Teeglas mit matschigen Blättern darin. Im Papierkorb steckten eine zerknüllte Tageszeitung und eine zusammengerollte Ausgabe des MAGAZINS.

Über der Lehne des Schreibtischsessels hing sein blaues Jackett. Die Brusttasche beulte sich ein wenig aus.

Die geheimen Protokolle.

Alexander ging zum Schreibtisch, riss die Schublade heraus und drehte sie um. Das Kuvert war noch da. Wenn er genau hinsah, konnte er die Bleistiftbuchstaben sehen, die sich durch das dünne Papier gedrückt hatten. *Sehr leichtsinnig.* Hier hatte das Sicherheitsteam versagt. Wenn Faber sein Zimmer richtig gefilzt hätte, wäre er geliefert gewesen. Er nahm das Jackett, rollte es zusammen und drückte es an die Brust.

Im Park heulten die Feuerwehrsirenen.

Was sollte er jetzt tun? Zurück nach Hamburg fahren und beim MAGAZIN zu Kreuze kriechen? Heckenbusch würde sein übliches Gesicht machen. *Ihr Jungs bringt mich mit meiner Gutmütigkeit noch um.* Und dann würde er ihn wieder aufnehmen und ihm die Titelstory geben. Alexander wusste, dass er gut war. Das MAGAZIN arbeitete nur mit den Besten. *Wie Phoenix.* Er schüttelte sich unwillkürlich. Nein, er konnte nicht mehr zu seinem Schreibtischjob zurückkehren. Die Ereignisse der letzten Zeit hatten seinen Glauben an eine einzige Wahrheit – *an die Realität* – zerstört. Sein altes Leben war unwiederbringlich vorbei. Das Papier in seiner Hand knisterte, als wollte es sich in Erinnerung bringen.

Alexander fasste seinen Entschluss.

Er hatte die Geheimprotokolle nicht umsonst unter Lebensgefahr verfasst. Jetzt würde er die Notizen auswerten, sich seine Qualen von der Seele schreiben. Nur die öffentliche Wahrnehmung konnte den Hominiden zu ihrem Recht verhelfen, als das gesehen zu werden, was sie waren: Wesen mit Verstand und Gefühlen, wenn auch nicht mit modernen Wertvorstellungen. Aber wo war in dieser Geschichte schon die Moral? Die Hominiden mussten eingefangen werden. Er beschloss, vorerst nichts von den Hybriden zu sagen, sondern nur von einer Horde entlaufener Großaffen zu berichten, die er im Teufelsbruch gesehen habe. Dann würden die Spezialisten des Berliner Zoos mit Betäubungsgewehren ausrücken. Wenn sie ihren Fang untersuchten und Zweifel und Staunen sich breitmachten, musste sein erster Bericht schon fertig sein.

Alexander steckte das Kuvert ein.

Er wusste schon jetzt, dass dies die Enthüllungsstory seines Lebens werden würde. Der Stoff hatte das Zeug zum Bestseller. *Max, jetzt schaffe ich das Undenkbare.* Eine Welle des Glücks durchströmte ihn.

Draußen krachte etwas zu Boden.

Jemand rannte den Gang entlang. Es waren leichte Schritte. Wer war das?

Alexander ging zur Tür und öffnete sie.

Auf dem Gang stand das Kind.

Seine Haare sträubten sich wie ein Gefieder, und sein spitzes Gesicht war rauchgeschwärzt. Zu seinen Füßen lag eine

Holzmaske, in Scherben zersprungen, dazwischen glänzte ein Stein. Als der Kleine Alexander bemerkte, rannte er zu ihm und reckte die Arme in die Luft, als unterbräche er nur ein Spiel.

Alexander warf das Jackett zu Boden, riss das Kind hoch und drückte es fest an sich. Er vergrub das Gesicht an seinem Hals, roch den Rauch und das Feuer, fing an, unkontrolliert zu zittern. In seinen Augen brannten Tränen, und seine Kehle war wie zugeschnürt.

»Wo kommst du denn her?«, krächzte er und sah in das verschmierte Gesicht. »Das kannst du nicht mit mir machen.«

Das Kind gähnte, entblößte dabei kleine spitze Zähne und legte den Kopf auf Alexanders Schulter. Sein Körper erschlaffte, und Sekunden später konnte Alexander ruhige Atemzüge hören.

Alexander rüttelte es leicht. »Wir müssen weg.«

Das Kind hob den Kopf und sah ihn verschlafen an. Alexander setzte es auf das Bett, behielt seine Hand fest in seiner eigenen. Auf dem Boden lagen das Jackett und der Umschlag. *Die Notizen.* Seine Aufzeichnungen konnten die Taten und die Ziele von Phoenix entlarven. *Der Bestseller.* Nicht nur die Presse, auch die Wissenschaft und die Polizei würden sich auf die Geschichte stürzen, jedes Detail recherchieren, überprüfen, erforschen. Am Ende konnten sie das Kind und seine Herkunft verraten.

Alexander rang mit sich. Es war ein kurzer Kampf. Er bückte sich und hob den Umschlag auf.

»Ich muss nur noch was erledigen«, sagte er.

Alexander zog seine Notizen aus dem Kuvert und begann, sie in winzige Stücke zu reißen, bis sie sich in buntes Konfetti aufgelöst hatten und den blutroten Läufer sprenkelten. Mit den Sohlen schob er die Überreste seiner Arbeit durcheinander. Der Anblick befreite ihn, ja machte ihn glücklich.

»Jetzt aber schnell«, sagte Alexander.

Er nahm den Kleinen wieder bei der Hand und verließ, ohne sich noch einmal umzusehen, das Gästehaus.

Als sie vor die Eingangstür traten, hatte es angefangen zu schneien. Die Schneeflocken tanzten vom schwarzen Himmel. Sie waren rosa, gelb, rot, reflektierten den Widerschein des brennenden Haupthauses am Ende des Parks. Es sah wie ein Regen von Rosenblättern im Dezember aus. Die Lichter der Löschzüge sandten bläulich zuckende Blitze durch die Baumskelette. Sogar hier war die Hitze des Feuers zu spüren.

»Wie bist du da bloß rausgekommen?«, fragte Alexander.

Das Kind zeigte auf einen kahlen Baum. Es hatte den mächtigen Vogel entdeckt, der auf einem Ast saß und sie aus hellen Augen anstarrte. Das Tier spreizte kriegerisch das Gefieder. Sein scharfer Schnabel glänzte rötlich.

Es war ein Seeadler.

Seeadler leben am Wasser. Steinzeitmenschen leben in der Steinzeit. Hominiden leben – was weiß ich.

Bestimmt gab es in dem künstlichen Teich Fische. Riesige Karpfen mit einer völlig neuen DNA. Alexander wandte dem Adler den Rücken zu.

Er hatte keine Vorstellung von der Zukunft, von den Herausforderungen, die auf ihn zukamen. Es würde schon irgendwie gut gehen. Zumindest solange niemand von ihnen einen DNA-Test verlangte. Zum ersten Mal an diesem Tag konnte er befreit lachen.

Alexander blickte auf den Kleinen hinunter.

»Wir müssen was besprechen«, sagte er.

Das Kind sah ihn aufmerksam an.

»Wenn du bei mir bleiben willst, musst du dich bessern – keine toten Vögel mehr«, sagte er. *»Nein.«*

Das Kind kratzte sich am Kopf.

»Nicht mehr beißen, hörst du? *Nein.*«

Das Kind legte den Finger an die Nase und runzelte die Stirn. Es schien nachzudenken und eine tief verschüttete Erinnerung heraufzuholen. *Schon mal was von Epigenetik gehört?* Sein Mund bewegte sich ein paarmal, und seine Bernsteinaugen fingen an zu leuchten.

»Nein«, flüsterte das Kind. Ein Strahlen ging über sein Gesicht. »*Nein, nein, nein.*«

Zuerst glaubte Alexander sich verhört zu haben. Dann durchlief ihn eine warme Welle der Zuneigung. Er lächelte, nahm den Kleinen an die Hand, und sie gingen gemeinsam zum großen Einfahrtstor, einträchtig schweigend und den Blick nach vorn gerichtet.

Der Seeadler stieß einen schrillen Schrei aus und schwang sich in die Luft. Er zog eine paar Kreise um das brennende Haupthaus, dann schraubte er sich höher und immer höher, bis seine schwarze Silhouette mit den Rauchwolken verschmolz.

46

Der Notruf ging am späten Vormittag des 26. Februar bei der Polizeidienststelle ein. Die Frau, die die 110 gewählt hatte, war völlig hysterisch und sprudelte die Worte nur so hervor. Im Hintergrund war Kindergeschrei zu hören. Eine hektische Männerstimme versuchte, das Kreischen zu übertönen. Der Beamte am Mikrofon, der nur verstanden hatte, dass es sich um einen Notfall handelte, musste eine Atempause der Anruferin nutzen, um sich Gehör zu verschaffen.

»Wo sind Sie denn jetzt?«, fragte er.

Die Frau schnappte nach Luft. »Im Spandauer Forst.«

»Und wo genau?«

»Auf dem Rundweg am Teufelsbruch! Ich glaube, hier fängt der Sumpf an. Wir haben gerade Wandertag …«

»Was ist passiert?«

»Da liegt wer – oder *was* – ich weiß es nicht!«

»Ist jemand verletzt?«

Sie brach in Schluchzen aus. »Kommen Sie schnell, bitte! Ich kann doch hier nicht mit den Kindern bleiben.«

»Mit wem spreche ich?«

Eine Pause entstand. Dann sagte die Frau, nun deutlich gefasster: »Mein Name ist Hanna Wertheimer. Ich bin Klassenlehrerin der 6a des Pestalozzi-Gymnasiums.« Sie schluckte hörbar. »Wir haben heute unseren Wandertag und waren gerade zum alten Bahndamm unterwegs und – *ich glaube, hier liegt ein Toter.*«

»Sind Sie sicher, dass es sich um einen Toten handelt?«

»Natürlich bin ich sicher! Wir haben erst gedacht, es ist ein Soldat – aus dem Zweiten Weltkrieg oder so. Aber es ist kein Skelett, er hat noch Fleisch … *Oh Gott!*«

Der Beamte drückte ein paar Knöpfe auf dem Schaltbord,

dann beugte er sich wieder zum Mikrofon. »Verstanden, Frau Wertheimer«, sagt er. »Bleiben Sie bitte, wo Sie sind. Die Kollegen und die Rettung sind unterwegs.« Er schaltete das Mikrofon ab und sah sich zu seinem Kollegen um. »Schon wieder ein Toter im Spandauer Forst.«

»Wird langsam zur Gewohnheit.«

Als die Einsatzkräfte eintrafen, stand nur noch ein Mann mit Rucksack neben dem Schilfgürtel, der den Weg zum Teufelsbruch säumte. Etwa dreißig Kinder hatten sich ein Stück entfernt unter einem kahlen Baum versammelt. Eine ältere Frau in roter Wanderjacke redete auf sie ein. Es schien sich um die Lehrerin zu handeln. Der Mann mit dem Rucksack stellte sich als Thomas Lübbe und als Vater vor, der die Klasse als zweite Aufsichtsperson auf dem Wandertag begleitete. Er wirkte verstört, bemühte sich aber sichtbar um Fassung und erbot sich, die beiden Polizeibeamten zum Fundort zu führen.

»Der Mann ist tot«, sagte er zum Notarzt und den beiden Sanitätern. »Da kommt jede Hilfe zu spät.«

»Den Tod stelle nur ich fest«, sagte der Notarzt.

Lübbe wandte sich wortlos zum Gehen, und der ganze Tross folgte ihm.

Obwohl die ersten Strahlen der Frühlingssonne durch den Forst stachen, war die Luft so nah am Moor kalt und feucht. Schwarze Baumriesen überragten die fahlen Rispen des Schilfes, als hätte sich der Winter in diese Landschaft verkrochen, um noch ein paar Wochen bleiben zu können. Auf einem moosüberwachsenen Baumstumpf hockte eine Waldohreule. Ihr Blick aus leuchtend gelben Augen folgte den Männern.

»Da vorn«, sagte Thomas Lübbe und zeigte auf ein Gebüsch zur Rechten, auf eine verkrüppelte Kiefer und einen Vogelbeerstrauch. »Da, sehen Sie? Der Elias und der Noah sind ein Stück vorausgelaufen und haben es gefunden.«

Auf einem flachen Stein lag ein braun-weißer Haufen.

Auf den ersten Blick schien es nur eine Masse zu sein. Erst beim näheren Hinsehen offenbarte sich der ganze Schrecken des Fundes.

Es war ein Mensch, ein nackter Mann.

Oder zumindest das, was von ihm übrig geblieben war. Sein Kopf war nur noch durch ein paar Muskelstränge mit dem Körper verbunden und zur Seite gerollt. Das Haar war rostrot verfärbt und ragte strohig in die Luft. Das Gesicht des Toten war bis zur Unkenntlichkeit zerstört, nur die Zähne bleckten weiß und makellos. Der Rumpf war aufgetrieben wie bei einer Wasserleiche. Rippen und Hüftknochen stachen durch die scheckige Haut. Die Arme und das linke Bein fehlten. Der rechte Fuß steckte in einer Wildlederstiefelette. An ihrem Rand klebte noch ein heller Stofffetzen. Es sah wie das Stück einer Cordhose aus.

»Eine Moorleiche«, stellte ein Polizist fest. »Die liegt sicher schon seit Ewigkeiten im Teufelsbruch. Armes Schwein. Hat wohl das Tauwetter aufgetrieben.«

Der Notarzt schüttelte den Kopf, trat näher zu den menschlichen Überresten, nahm sie genauer in Augenschein.

»Der Körper hat im Moor gelegen«, sagte er. »Aber der Gerbprozess hat noch gar nicht richtig eingesetzt.« Er beugte sich tiefer über die Leiche. »Und das da ist Fraß, wahrscheinlich Wildschweine, aber …« Er brach ab, kniff die Augen zusammen. »An den Knochen sind auch Schnitt- und Schabspuren.«

»Was?« Einer der Polizisten trat näher.

Der Notarzt richtete sich wieder auf. »Ein Messer, ziemlich breite Schneide«, sagte er. »Wellenschliff, würde ich sagen. Sehr scharf. Die Leiche ist fachgerecht zerteilt worden.« Er zeigte auf die Schultern. »Die Arme sind auf Höhe der Articulatio abgetrennt, ebenso die Beine.«

»Was heißt das?«

»Dass die Einschnitte genau in den Gelenken gesetzt worden sind. Da hat jemand sein Handwerk verstanden und so eine Amputation sicher nicht zum ersten Mal durchgeführt. Könnte ein Metzger gewesen sein oder ein Arzt.«

Schweigen breitete sich aus. Alle starrten auf den Toten. Thomas Lübbe sah aus, als müsste er sich übergeben.

Schließlich räusperte sich einer der Polizisten und fragte: »Du meinst, der Mann ist – geschlachtet worden?«

Ein metallisches Rauschen ertönte in der Luft. Die Männer duckten sich unwillkürlich. Die Waldohreule strich dicht über ihre Köpfe und verschwand im Teufelsbruch.

»Es sieht so aus«, sagte der Arzt nachdenklich. »Seltsam. Ich habe während meines Studiums ähnliche Verletzungen in einem Seminar in Medizingeschichte gesehen. Die Knochen stammten von der Ausgrabung einer Steinzeitsiedlung. Die Bewohner sind überfallen und erschlagen worden. Ein paar von ihnen wurden verstümmelt.«

»Großer Gott«, murmelte Thomas Lübbe.

»Und der Todeszeitpunkt?«, fragte der Polizist. »Ich meine, wenn er nun noch keine Ewigkeit hier liegt?«

Der Arzt zuckte die Schultern. »Es war lange ziemlich kalt, andererseits war der Körper im Wasser – der Tod ist sicher schon vor ein paar Wochen eingetreten. Da muss man den rechtsmedizinischen Befund abwarten. Nur – wie ist der Tote an den Wegrand gekommen? Jemand muss ihn hier erst vor Kurzem abgelegt haben.«

Der Polizist warf Thomas Lübbe, dessen Gesichtsfarbe sich in den letzten Minuten von Weiß zu Aschgrau gewandelt hatte, einen scharfen Blick zu. »Vielleicht die Wildschweine.«

»Möglich.« Der Arzt ließ seinen Blick über den Torso wandern. »Die Zähne sind reguliert worden, und am Bauch sind die Muskeln noch gut zu erkennen. Ich denke, unser Patient war zum Zeitpunkt seines Todes gesund, durchtrainiert und zwischen zwanzig und dreißig Jahre alt. Die Identität lässt sich aber bei dem Zustand der Leiche nur noch durch eine DNA-Analyse feststellen. Das heißt, wenn das saure Moorwasser das Erbgut nicht schon zerstört hat.« Er beugte sich weiter hinunter, wischte mit den Fingern im Latexhandschuh über die gegerbte Haut an der Schulter. »Da ist ein Tattoo.«

Alle kamen näher, begutachteten die Tätowierung.

Es war ein Herz, und darin standen zwei Namen. »Jessica & Jan«. Der Schriftzug war gut lesbar, konnte vor nicht allzu langer Zeit gestochen worden sein.

»Er hieß Jan«, sagte ein Polizist mit belegter Stimme. »Vielleicht haben wir den ja in der Vermisstendatei.« Er seufzte. »Na gut, immerhin haben wir jetzt eine Leiche. Anders als bei dem vermissten Jungen.«

»Das hat doch ein Irrer getan«, sagte Thomas Lübbe und wich ein paar Schritte von dem Leichnam zurück.

»Oder jemand, der sich für Archäologie interessiert und anatomische Kenntnisse hat«, sagte der Arzt. »Aber wenn sich noch Erbgutanlagerungen an den Schnittspuren oder dem umliegenden Gewebe feststellen lassen und die DNA des Täters erfasst ist, finden wir ihn.«

Seine Worte sollten wohl Zuversicht vermitteln, doch sie beruhigten nicht einmal die berufserfahrenen Polizeibeamten. Sie hatten schon oft den Anblick von menschlicher Grausamkeit ertragen müssen. Das, was da auf dem Stein lag, war jedoch schlimmer als alles, was sie bisher gesehen hatten. Jemand hatte diesen Mann getötet und dann säuberlich zerlegt wie eine Jagdbeute.

Es war nicht nur der verstümmelte Leichnam, der ihnen Schauer über den Rücken jagte. Auch nicht das Moor mit seiner feuchten Kälte und dem Geruch nach Fäulnis und Verwesung.

Es war der Mörder selbst, der jagte und tötete wie ihre Vorfahren – in grauer Vorzeit.

47

Die »Spree-Prinzessin« pflügt durch das jadefarbene Wasser. Der milde Frühlingswind streicht über das offene Oberdeck, umschmeichelt die Gesichter der wenigen Fahrgäste und spielt in ihren Haaren. Die Fremdenführerin, die mit dem Rücken zur Fahrtrichtung am Bug steht, trägt einen Strohhut gegen die stechende Märzsonne. Der Himmel ist so blau wie mit Wasserfarben gemalt, und die Luft riecht nach Fluss, nach Kastanienblüten und Großstadt.

Frühling in Berlin.

Alexander sitzt allein auf der Holzbank in der letzten Reihe, lauscht dem Rauschen der Wellen an der Bordwand und spürt das Vibrieren des Schiffsmotors in jeder Faser seines Körpers. *Berlin.* Sein Flugzeug ist am frühen Morgen gelandet, das Rückflugticket für die Mittagsmaschine steckt in seiner Tasche. Er wird nicht lange in Berlin bleiben, will kein Risiko eingehen. Und das, was er zu erledigen hat, wird keine Stunde dauern. Er lehnt sich zurück, schließt die Augen und genießt den lauen Wind und hin und wieder einen Spritzer Spree im Gesicht. Wind und Wasser, das fehlt ihm in seiner neuen Heimat. Aber wenn der Handel heute gut über die Bühne geht, kann er ziehen, wohin er will.

Sie haben diese Bootsfahrt auf der Spree als Treffpunkt vereinbart. Mittwochmorgen, keine Wochenendausflügler, nur eine Handvoll Touristen, Fremde. Keiner, der sie kennt. Niemand wird sie später mehr miteinander in Verbindung bringen. Alexander will jeden Verdacht eines illegalen Geschäfts vermeiden, genauso wie sein Gesprächspartner keinen Wert darauf legt, seinen Namen oder den seines Unternehmens in diesem Zusammenhang gedruckt zu sehen.

Ich biete die Story dem MAGAZIN an.

Alexander ist nicht in die Redaktion zurückgekehrt. Er

hat alle Brücken hinter sich abgebrochen. Seit einem Vierteljahr lebt er in der Nähe einer süddeutschen Großstadt. Die Altbauwohnung in Hamburg hat er nie mehr betreten, den eingeschriebenen Brief mit der Kündigung zur Sicherheit in Kopenhagen aufgegeben. Seine neue Adresse, ein kleines Haus mit Blick auf die Alpen in einem ländlichen Vorort, hält er geheim. Bei seinen Nachbarn gilt er als der menschenscheue Schriftsteller, frisch geschieden, dessen Mutter sich um den kleinen Sohn kümmert. Er hat jetzt eine Postadresse bei seinem Vater in Stockholm, arbeitet zur Tarnung als freier Journalist für den Dagens Nyheter. Einmal ist eine Anfrage gekommen. Sein Vater hat behauptet, er hause in einer Jagdhütte in Nordschweden, ohne Post und Telefon. Mémé ist offiziell in ihre Heimat zurückgekehrt.

Manchmal fragt er sich, wie lange dieses Leben im Versteck und unter fremdem Namen dauern wird. Und die Antwort, die er sich selbst gibt, ist immer die gleiche.

Für den Rest deines Lebens.

Zwei Tage nachdem er Berlin verlassen hat, ist das Honorar auf seinem Konto eingegangen. Er hat es akzeptiert, braucht das Geld. Und er schreibt an einem Roman über seine Zeit bei Phoenix. Zur Sicherheit wird er unter Pseudonym erscheinen. Zum ersten Mal seit Langem fühlt er sich wieder wohl mit seiner Arbeit.

Jene Zeit im letzten Winter ist fern und nah zugleich. Er hat Miriam Kern unter dem Vorwand der Sorge angerufen. Ist sie gut heimgekommen? Er musste wissen, welche Erinnerungen sie von jenem Tag, an dem sich für ein paar Stunden die Hölle für ihn aufgetan hat, mitgenommen hatte. Wann war sie nach Hause aufgebrochen?

Die Frau, eine Rechtsmedizinerin, hat auf seine Anteilnahme freundlich, aber zurückhaltend reagiert. Sie habe Migräne gehabt und gehofft, ein Spaziergang an der frischen Luft würde ihr guttun. Leider habe sie auch starke Tabletten genommen und davon anscheinend eine zu viel.

Nach dem Telefonat mischten sich Zweifel in Alexanders Erleichterung. Miriam Kern war eine mit chemischen Substanzen erfahrene Medizinerin. Wie wahrscheinlich war es, dass sie mit einer Überdosis Schmerztabletten im Körper allein an einem Dezembernachmittag am Rande des Teufelsbruchs herumspazierte? Seine Berufserfahrung sagt ihm, dass die Frau etwas verheimlicht. Doch er kann beim besten Willen keine Verbindung zu Phoenix erkennen. Er versucht, sich einzureden, dass Miriam Kern persönliche Probleme hat und mit einem Fremden nicht darüber reden will. So bringt er das warnende Raunen in seinem Kopf zum Schweigen.

Dafür hört er manchmal, wenn er am Schreibtisch sitzt, plötzlich Yues flehende Stimme.

Ich brauche deine Hilfe, wir müssen uns treffen.

Der letzte Blick auf Yue, wie sie die Treppe zum brennenden Future Office hinaufläuft, verfolgt ihn in seinen Träumen. Auch wenn er inzwischen weiß, dass sie eine Spionin war. Nachdem sie vergeblich versucht hatte, Ben Miskin für sich zu gewinnen, hatte sie es bei ihm probiert. Dem Neuzugang bei Phoenix, ohne Fachwissen und mit dem unschätzbar wertvollen Zugang zu allen Abteilungen. Man hatte ihre bis zur Unkenntlichkeit verbrannte Leiche vor der Tür zum Kühlraum mit den Laborproben gefunden. Erst eine DNA-Analyse hatte Gewissheit über die Identität der Toten gebracht. Immer wenn Alexander an die Art ihrer Identifikation denkt, spürt er den Zynismus dahinter.

Das Schiff verlangsamt seine Fahrt. Die Motoren dröhnen. Alexander sieht das Ufer näher kommen. Zwischen hohen Weiden, deren tief herabhängende Zweige das Wasser streifen, taucht der Anleger aus blau gestrichenem Stahl auf. Auf der Plattform steht nur ein einzelner Fahrgast. Es ist ein Mann in Jeans, weißem T-Shirt und Turnschuhen. In der linken Hand hält er einen großen Briefumschlag. Die rechte steckt in einem engen schwarzen Lederhandschuh.

Alexanders Adrenalinspiegel steigt.

Er beugt sich vor, sucht das Ufer mit Blicken ab. Ein Mann mäht den Rasenstreifen an der Böschung. Ein junges Paar liegt im Gras. Zwei Hunde spielen Fangen. Ein Angler. Er hält die Rute ins Wasser und beobachtet das Anlegemanöver des Ausflugsdampfers. Er trägt ein T-Shirt im Tarnmuster. Um seinen Hals hängt ein Fernglas.

Alexander wird nervös.

Der Angler dreht sich weg, hat das Interesse verloren.

Alexander lässt sich gegen die Lehne fallen.

Der Mann ist wie verabredet allein gekommen.

Er verschränkt die Arme vor der Brust und wartet.

Mit einem dumpfen Laut stößt das Schiff gegen die Gummireifen des Anlegers. Stimmen werden laut, jemand läuft locker die stählerne Wendeltreppe zum Oberdeck hinauf. Alexander spürt einen Blick im Nacken. Gummisohlen von Turnschuhen quietschen auf den Deckbrettern. Papier raschelt. Der Mann setzt sich zu Alexander auf die Holzbank.

»Hi, Alex.«

»Bist du allein?«

»Vertraust du mir nicht?«

Alexander verkneift sich eine Antwort. Er braucht den Mann und das, was er im Umschlag vermutet.

Ein Vibrieren läuft durch den Schiffsrumpf, dann legt die »Spree-Prinzessin« ab, steuert auf das offene Wasser hinaus, nimmt Fahrt auf.

»Hast du alles erledigt?«, fragt Alexander, zwingt sich, dem Mann ins Gesicht zu sehen. Der scheint sich seit dem Tag, an dem sie sich in seinem großen Eckbüro mit dem Blick auf den künstlichen See zum ersten Mal wiedergetroffen haben, nicht verändert zu haben. Noch immer wirkt er jünger als seine fünfunddreißig Jahre, ist sein Blick offen und voller Neugierde. *Forschend.* Die Ereignisse haben kaum sichtbare Spuren hinterlassen. Bis auf die Hand natürlich.

Alexander zeigt auf den schwarzen Lederhandschuh. »Irgendwelche Fortschritte?«

Der Mann hebt die Brauen. »Ich bin froh, dass sie noch dran ist«, sagt er sachlich. Kein Bedauern. Kein Vorwurf. »Die Infektion hat das ganze Gewebe zerstört. Da ist kein einziger Muskel mehr heil.« Er zuckt die Schultern. »Jede Forschung hat ihren Preis.«

Hinter dem Mann gleitet am gegenüberliegenden Ufer das Heizkraftwerk Charlottenburg vorbei. Sein rot-weißer Quader und der dahinter aufragende Schornstein verkörpern das beginnende Industriezeitalter und den Glauben an den Fortschritt durch Technik.

Der Mann hält Alexander das Kuvert hin.

»Keine Probleme?«, fragt Alexander, nimmt den Umschlag und legt ihn ungeöffnet auf die Knie.

»Es gibt keine Probleme, nur Herausforderungen.«

»Hätte ich mir denken können.«

Die »Spree-Prinzessin« gleitet unter einer Brücke hindurch. Schwarze Metallstreben werfen ein Spinnennetz aus Schatten auf das Deck. Dann taucht das Schiff ganz in Dunkelheit und Kälte. Über den Köpfen der Passagiere donnert der Verkehr über den Brückenbelag.

»Denkst du noch manchmal an Yue?«, ruft Alexander gegen den Autolärm an. »Sie ist direkt in die Flammen.« Das Bild der kleinen Gestalt, die die brennende Treppe hinauf- und in den sicheren Tod gelaufen war, hat sich fest in seine Netzhaut gebrannt. Die Frage nach dem Warum beschäftigt ihn immer wieder.

Das Schiff fährt wieder ins Sonnenlicht hinaus, die Brücke liegt hinter ihnen. Heckwellen lassen es schaukeln.

»Das Sicherheitsteam hat sie immer für eine Spionin gehalten und uns gewarnt«, antwortet der Mann. »Ich hätte besser darauf hören sollen. Sie hat für China versucht, an unsere Forschungsergebnisse zu gelangen. War wohl ein letzter verzweifelter Anlauf.« Er denkt nach. »Aber ich mochte sie. Hat sie versucht, an dich heranzukommen?«

»Wir waren nur mal in einer Ausstellung.«

Der Mann lächelt, sagt nichts.

Ein Dampfer schippert in der gegenüberliegenden Fahrrinne vorbei. Auf der Seite steht: »Schöneberg«. Die Fremdenführerin unterbricht ihren Vortrag, die Passagiere johlen und winken. Auf der »Schöneberg« blitzen die Kameras. Alexander wendet schnell das Gesicht ab.

Der Mann beobachtet ihn. »Wo wohnst du in Schweden?«

Alexanders Herzschlag beschleunigt sich. *Sie suchen immer noch nach mir. Es war also doch ihre Anfrage.* »Ich habe eine genaue Niederschrift hinterlegt«, sagt er ruhig. Alle seine geheimen Aufzeichnungen sind vernichtet. Mehr als ein Gedächtnisprotokoll hat er nicht. Aber außer ihm weiß das keiner. »Nur für den Fall, dass etwas Unvorhergesehenes passiert. Selbst wenn ich im Badezimmer ausrutsche und mir das Genick breche, schickt meine Anwältin das Material an eine ganze Verteilerliste.«

»Und wenn dir nichts passiert?«, fragt der Mann. »Wie kann ich sicher sein, dass du uns nicht trotzdem verrätst?«

»Sicherheit im Leben gibt's nicht«, sagt Alexander. »Aber es wird ein Roman, Science-Fiction.«

Sein Gesprächspartner lässt sich die Worte durch den Kopf gehen. Dann erscheint ein Lächeln auf seinem Gesicht, und er sagt: »Na gut, ich habe dir immer vertraut. Schreibst du die ganze Wahrheit?« Reines wissenschaftliches Interesse.

»Keine Angst, ich gebe dir und der Firma ein Pseudonym.« Alexander hebt den Umschlag. »Unser Deal gilt.«

Der Mann schüttelt den Kopf. »Du warst schon immer ein idealistischer Träumer, Alex«, sagt er. In seiner Stimme schwingt Mitleid. »Du verschließt die Augen vor der Realität. Niemand weiß, wie dein Experiment mit H(X) ausgeht. Sag nicht, ich hätte dich nicht gewarnt.«

»Jeder Mensch ist irgendwie ein Experiment.«

»Ein *Mensch* vielleicht.«

Das Schiff passiert Bürobauten mit Glasfassaden, über die Wolken ziehen und die das andere Spreeufer reflektieren.

Alexander hat das Gefühl, als befände er sich in einem Spiegelkabinett. Welches Ufer ist echt, welches die Spiegelung? Realität oder Illusion?

»Man kann sich auch in Menschen täuschen«, sagt er.

Am rechten Ufer taucht die futuristische Anlage des Teleport auf. Bunte Gebäudewürfel in einem Park. Der Sitz der Computerbranche. Nur Global Player haben ein weitläufiges Gelände in Dahlem.

»Wie heiße ich denn in deinem Roman?«, fragt der Mann.

»Max«, sagt Alexander. »Max van Damme.«

Der Mann hebt das Kinn und schaut konzentriert einer mächtigen Brücke entgegen. Auf ihren Pfeilern ruhen steinerne Lämmer. »Max van Damme?«, sagt er endlich. »Ja, das gefällt mir.« Er räuspert sich. »Und wie hast du –«

»Phoenix.«

»Phoenix?« Er lauscht dem Klang des Wortes hinterher. Ein Lächeln erscheint auf seinem Gesicht. »Alex, du bist ein Poet! Der Vogel, der sich aus der Asche erhebt. So wie wir. Das ist genial. Ich werde mir den Namen schützen lassen.«

»Irgendwer wird einen Zusammenhang herstellen.«

»Es gibt mehrere Unternehmen wie unseres.«

»Genau das beschäftigt mich.«

Der Mann hat nicht richtig zugehört. »Wir verlagern einen Teil der Forschung nach Asien«, sagt er eifrig. »In China wendet eines unserer Teams bereits Genscheren bei menschlichen Embryonen an. Und das Hominiden-Experiment werden wir auf neue Beine stellen. Du siehst, Phoenix ist genau der richtige Name für uns. Komm wieder an Bord, Alex. Wir können Kreativität immer brauchen.«

Die Brücke mit den Steinschafen verdunkelt für kurze Zeit das Deck. Das Rauschen erspart Alexander die Antwort.

»Ich weiß, was du jetzt denkst, Alex. Aber es war die richtige Entscheidung, das Hominiden-Experiment abzubrechen und die Frühformen auszumerzen.«

Ausmerzen. »Vielleicht existiert ihr Erbgut noch irgendwo«, sagt Alexander, der eine Handvoll Hominiden gerettet – *freigesetzt* – hat. Er hat in den letzten Wochen die Pressemeldungen noch aufmerksamer verfolgt, nichts Verdächtiges entdecken können. Vielleicht sind der Stammesführer und seine Kumpane nicht mehr am Leben, oder sie halten sich versteckt. Nach einiger Überlegung war seine Warnung vor einer Horde streunender Großaffen unterblieben. Nachfragen hätten möglicherweise zu Phoenix und am Ende zu dem Kind geführt. Sollte eines der Individuen gesichtet werden, so würden sich die zuständigen Stellen eben selbst einen Reim darauf machen müssen. Wenn es überhaupt jemals geschehen würde. »Bist du sicher, dass alle tot sind?«

»Um Gottes willen, natürlich.«

Als sie wieder im Licht dahingleiten, fragt Alexander: »Und – dein Sicherheitsteam?«

Der Mann zuckt die Schultern. »Von denen ist keiner zurückgekommen«, sagt er. »Die haben die Hominiden massakriert, und ihre Leichen verrotten irgendwo im Moor. War gar nicht so einfach, die Familien zu beruhigen. Aber niemand konnte uns etwas nachweisen. Was aus meinem Sicherheitschef geworden ist, möchte ich allerdings wissen. So ein Ex-Söldner lässt sich von ein paar Affen nicht beeindrucken. Da braucht es einen echten Killer.« In seiner Stimme liegt ein Anflug von Hochachtung.

Alexander wendet das Gesicht ab, lässt das Ufer vorbeiziehen. Er weiß jetzt, wie gut der Griff eines Kampfmessers in der Hand liegt und wie widerstandslos die Schneide in lebendiges Fleisch gleitet. Hat das Machtgefühl und den Triumph ausgekostet. Und weiß auch, dass er die Schuld bis ans Ende seines Lebens wird tragen müssen.

Der Mann beugt sich zu ihm herüber und raunt: »Wenn du meine Meinung hören willst, dann hat der seine Männer verloren und sich lieber zu irgendeiner Söldnertruppe abgesetzt. Konnte die Niederlage gegen solche Halbmenschen nicht ertragen.«

Halbmenschen. »Es waren Menschen – und arme Teufel.«

»Im zweiten Durchgang werden wir bessere schaffen.«

»Das Feuer hat doch deine Labore zerstört.«

»Die DNA war in einem eigenen Kühlraum gelagert«, sagt der Mann, »der natürlich feuersicher war. Was denkst du denn? Ich habe schon ein exzellentes Team an Bord geholt.« Er deutet auf den Umschlag. »Bist du nicht neugierig?«

Alexander öffnet das Kuvert und wirft einen Blick hinein. »Perfekt.«

»Die Bearbeitung des Passfotos war eine Herausforderung für unsere Leute. Wo steckt der Zwerg eigentlich?«

»Du erwartest nicht, dass ich dir das sage, oder?« Alexander zieht einen Ausweis aus dem Umschlag. Er ist dunkelblau mit weißen Adlerschwingen. *United States of America.* »Amerika?«

»Der ist echt. Ich hoffe, du bist zufrieden.«

»Wie hast du das geschafft?« Alexander kann sich einen bewundernden Unterton nicht verkneifen.

»Unsere Genetics Development sitzt in den USA. Der Geburtsort deines … Kindes ist ab jetzt die Hauptstadt von Arizona. Melinda, unsere CEO, hat sich persönlich um eine passende Mutter gekümmert. Du würdest sie lieben. Einundzwanzig, dreifache Mutter, drogensüchtig und nicht krankenversichert. So eine interessiert sich nur noch für Geld. Sie verzichtet auf alle Ansprüche dem Vater – also dir – gegenüber, hat den Papierkram anstandslos unterschrieben.« Er deutet auf das Kuvert. »Die Dokumente liegen bei. Notariell beglaubigt und mit Haager Apostille. Du kannst sie also überall in Europa einreichen.«

»Wenn ich hierbleibe.«

Das Schiff fährt in den Landwehrkanal ein. Der Wasserweg wird schmaler. Eine bogenförmige Brücke spannt sich darüber, verbreitet einen Hauch Venedig. Jetzt sind die Ufer mit Gestrüpp verwachsen. Halb verfallene Industrieruinen recken ihre Schornsteine in den Himmel. Die Wände sind mit Graffiti bedeckt.

Der Mann legt den Kopf in den Nacken und blinzelt in die Sonne. »Ist dir klar, was dieser Pass bedeutet?«, fragt er. »Dein kleiner Neandertaler kann einmal Präsident der Vereinigten Staaten werden.«

»Wie ich dich kenne, war das Absicht.«

»Vielleicht ein bisschen.« Er sieht Alexander von der Seite an und grinst. »Glaubst du, das merkt dann jemand?«

Sie lachen herzlich über diesen Scherz.

»Na ja«, sagt der Mann, »genetisch kann man dir jedenfalls nichts nachweisen.«

»Zu wenige Mutationen seit der Steinzeit, ich weiß.«

»Gut aufgepasst. Also – komm zurück an Bord.«

Alexander lehnt den Kopf an die Kajütenwand und schließt die Augen. Ende der Diskussion.

Eine Viertelstunde später gleitet die »Spree-Prinzessin« am Tiergarten vorbei zum Ausgangspunkt der Rundfahrt. Die Touristengruppe steht auf, sammelt Rucksäcke und Mineralwasserflaschen ein und folgt der Fremdenführerin über die stählerne Wendeltreppe ins Unterdeck.

Als sie allein sind, sagt Alexander: »Ich weiß, dass ihr mich die ganze Zeit beobachtet habt.«

Der Mann schweigt, wartet gelassen ab.

»Was habt ihr mit Trautmann gemacht?«

»Ich kenne keinen Trautmann«, sagt der Mann. »Du hast bekommen, was du wolltest. Also lass die Toten ruhen.«

Lass die Toten ruhen.

Alexander weiß, wo Trautmanns Mörder zu suchen sind. Trotzdem erwischt ihn das Geständnis jetzt kalt. »Wolltet ihr mich auch aus dem Weg räumen?«

Der Mann zuckt die Schultern. »Du spinnst ja.«

»Sag die Wahrheit.« Alexander sieht ihm ins Gesicht. »Sag hier und jetzt, dass du mich nicht töten wolltest!«

Der Mann schüttelt den Kopf. »Natürlich nicht«, sagt er

genervt. »Wir sind doch kein Mörderkartell. Wir geben alles für unsere Visionen. Glaub mir, das ist die Wahrheit. Ich schwöre: Niemand wollte dich umbringen.« Er spricht die Worte im Brustton der Überzeugung aus. Sein offener Blick ist wie immer – aufmerksam, neugierig, forschend.

Die Maschinen des Ausflugsdampfers dröhnen, Wellen schlagen an seine stählernen Flanken. Ihr Rauschen erspart Alexander die nächste Frage. Wahrscheinlich ist er paranoid.

Langsam gleitet die »Spree-Prinzessin« an einer großen Motoryacht vorbei, nähert sich dem Anleger. Der schwere Rumpf stößt gegen die Holzpfeiler, dann ziehen ihn die Taue an den Steg. Lärmend gehen die Touristen von Bord, Kameras blitzen, ein Reisebus wartet neben hohen Weiden.

Sie verlassen das Schiff als Letzte.

Schweigend durchqueren sie den kleinen Park am Ufer der Spree. Die Bäume tragen ihr erstes helles Grün. Die Kastanien haben weiße und rosafarbene Kerzen. Auf dem Weg knirscht der feine trockene Sand von Berlin. Junge Leute sitzen auf den Parkbänken, tippen auf Handys und Notebooks. Ein Hund jagt einem Eichhörnchen hinterher.

Am Ende des Parks liegt eine viel befahrene Straße. Am Bordstein parken zwei Motorräder, ein paar Kleinwagen und Limousinen und ein Transporter.

Der Mann bleibt stehen, zieht mit der linken Hand einen Autoschlüssel aus der Jeanstasche. »Denkst du wenigstens über mein Angebot nach?«

Komm an Bord, Alex, du gehörst zu uns.

»Ich weiß noch nicht.«

»Du bist der gleiche Sturkopf wie ich.«

Weißt du, was das Wichtigste ist, Alex?

Was denn?

Der Glaube an das Grenzenlose, das noch Undenkbare und dass man es erreichen kann.

Alexander denkt an das Kind und daran, dass er selbst das Undenkbare erreicht hat.

»Leb wohl«, sagt er.

»Nein.« Der Mann lächelt. »See you, Alex.«

Alexander dreht sich um und macht sich auf den Weg zum nächsten Taxistand. Er hat noch genug Zeit, um seine Maschine zu erreichen. Nach ein paar Schritten bleibt er wie angewurzelt stehen. Vor wenigen Minuten ist ihm etwas aufgefallen. Er hat ihm keine Beachtung geschenkt.

Du bist wirklich paranoid.

Er dreht sich um.

Der Mann schließt gerade ein Auto auf. Es ist eine dunkle Limousine mit getönten Scheiben, ein Audi.

Ein A8.

Alexander beginnt zu frieren. An einem Frühlingstag weht ihm wieder der eisige Atem des Winters ins Gesicht.

Erschüttert wendet er sich ab, überquert die Straße, geht zu den wartenden Taxis hinüber.

Neben dem Taxistand steht eine Litfaßsäule. Daran flattert ein halb abgerissenes Filmplakat. »METROPOLIS. Fritz Lang (1927)«. Ein von Wind und Regen zerstörtes Frauengesicht löst sich auf. Alexander erinnert sich an den Film. Das Kunstgeschöpf wird verbrannt, und unter der schönen Hülle kommt das stählerne Ungeheuer zum Vorschein.

Lass die Toten ruhen.

Alexander hätte fast gelacht.

Denk nicht einmal dran, Max!

Er hat Max' Angebot zurückgewiesen. Nun muss er sich auf die nächsten Stunden konzentrieren und darauf, dass er sie überlebt. Das Kind ist ab jetzt Amerikaner, geboren in der Hauptstadt von Arizona.

Wie heißt diese Stadt noch mal?

Er bleibt stehen, zieht die Geburtsurkunde aus dem Umschlag, sucht nach dem Namen. Eine Gänsehaut läuft über seinen Rücken. Der Geburtsort seines Sohnes ist – Phoenix.

Mein besonderer Dank gilt:

– Viktor Mayer-Schönberger, Professor of Internet Governance and Regulation an der Oxford University und lieber Freund, der den Anstoß zu diesem Buch gab.

– Prof. Fabio Monticelli, Leiter der Salzburger Gerichtsmedizin und Mitglied der Ethikkommission der Paris-Lodron-Universität Salzburg, und Prof. Franz Neuhuber, forensischer Molekularbiologe an der Salzburger Gerichtsmedizin, für ihren fachlichen Rat.

– Dr. Edgar Wallner – wie bei all meinen anderen Büchern – für die Beantwortung meiner Fragen zu Medizin und Humangenetik.

– Roman Hocke und Markus Michalek, Literaturagenten bei der AVA international GmbH Autoren- und Verlagsagentur, für kreative Gespräche und die richtige Fragestellung.

– meinem Verleger Hejo Emons für sein Vertrauen.

– Christel Steinmetz, Stefanie Rahnfeld, Hannah Naumann, Sophie Olk, Nina Schäfer, Ingeborg Simandi, Svenja Schulze, Dominic Hettgen und allen anderen Verlagsmitarbeitern, die aus diesem Roman ein Buch gemacht haben.

– meinem Lektor Carlos Westerkamp für die konstruktive Zusammenarbeit.

– meiner Familie für alles.

Bibliografie

Baltimore, David, *Die Moral kann sich ändern*, Interview, DER SPIEGEL, 18/2015

Church, George, *Regenesis – How Synthetic Biology Will Reinvent Nature and Ourselves*, Basis Books, 2012

Dennett, Daniel C., *Spielarten des Geistes*, Science Masters, C. Bertelsmann, 1999

Fleckinger, Angelika (Hg.), *Ötzi 2.0*, Folio, 2011

Fritsche, Olaf, *Die neue Schöpfung – wie Gen-Ingenieure unser Leben revolutionieren*, Rowohlt, 2013

Gore, Al, *Die Zukunft*, Siedler, 2014

Grolle, Johann, *Die Geburt der Fabelwesen*, DER SPIEGEL, Nr. 5/28.01.2017

Keese, Christoph, *Silicon Valley*, Knaus, 4. Aufl. 2014

Keweloh, H./Frintrop, L., *Molekulare Biologie und Mikrobiologie, Basiswissen und Labormethoden*, Europa-Lehrmittel, 2016

Kurzweil, Ray, *Menschheit 2.0*, Lola Books, 2. Aufl. 2014

Moré, Angela, *Die unbewusste Weitergabe von Traumata und Schuldverstrickungen an nachfolgende Generationen*, in: Journal für Psychologie, Jg. 21 (2013), Ausgabe 2

Pääbo, Svante, *Die Neandertaler und wir*, S. Fischer, 2014

Roberts, Alice, *Die Anfänge der Menschheit*, Dorling Kindersley, 2012

Samadelli, Marco, *The Chalcolithic Mummy – In Search of Immortality*, Volume 3, Folio, 2006

Spindler, Konrad, *Der Mann im Eis*, C. Bertelsmann, 1993

Venter, Craig, *Leben aus dem Labor – die neue Welt der synthetischen Biologie*, S. Fischer, 2013

Zink, Albert, *Die Welt der Mumien*, Philipp von Zabern, 2012

https://futurezone.at
https://www.wissensschau.de/genom/epigenetik_und_epigenom.php